湖北省学术著作出版专项资金资助项目

中国学术档案大系

主编 陈文新

本书为2012年山东大学自主创新基金项目“后期桐城派研究”成果

桐城派学术档案

主编 朱修春 副主编 陈 敏

WUHAN UNIVERSITY PRESS
武汉大学出版社

图书在版编目(CIP)数据

桐城派学术档案/朱修春主编. —武汉：武汉大学出版社,2016.3
中国学术档案大系
ISBN 978-7-307-15558-9

Ⅰ.桐… Ⅱ.朱… Ⅲ.桐城派—文学研究 Ⅳ.I207.62

中国版本图书馆 CIP 数据核字(2015)第 066579 号

责任编辑:李 琼 责任校对:李孟潇 版式设计:马 佳

出版发行：**武汉大学出版社** (430072 武昌 珞珈山)
(电子邮件：cbs22@ whu. edu. cn 网址：www. wdp. whu. edu. cn)
印刷：武汉中远印务有限公司
开本：720×1000 1/16 印张:34.5 字数:512 千字 插页:2
版次：2016 年 3 月第 1 版 2016 年 3 月第 1 次印刷
ISBN 978-7-307-15558-9 定价:90.00 元

目　　录

桐城派研究综述(代序) ………………………………………… (1)

桐城派研究经典论著评介 ………………………………………… (1)
《桐城文录》序 ………………………………………… 方宗诚(3)
【评介】 ………………………………………… (5)
《续古文辞类纂》序 ………………………………………… 王先谦(8)
【评介】 ………………………………………… (9)
论桐城派古文选本中的古赋思想
——以《古文辞类纂》等主要古文选本为例 …… 王思豪(12)
【评介】 ………………………………………… (26)
论桐城派 ………………………………………… 李　详(29)
【评介】 ………………………………………… (30)
论古文白话之相消长 ………………………………………… 林　纾(32)
【评介】 ………………………………………… (35)
清代学术概论(节选) ………………………………………… 梁启超(38)
【评介】 ………………………………………… (41)
桐城派之圈识法(存目) ………………………………………… 武义内雄(44)
【评介】 ………………………………………… (44)
五十年来之中国文学 ………………………………………… 胡　适(46)
【评介】 ………………………………………… (107)
介绍西洋哲学要推严复为第一 ………………………………………… 蔡元培(112)
【评介】 ………………………………………… (115)
桐城文学渊源考(节选) ………………………………………… 刘声木(118)
【评介】 ………………………………………… (119)

《桐城文学渊源考》《撰述考》序 …………………… 吴孟复(122)
【评介】 ……………………………………………… (125)
中国新文学的源流(存目) ………………………… 周作人(126)
【评介】 ……………………………………………… (126)
中叶以后桐城派及其他文说 ……………… 青木正儿(129)
【评介】 ……………………………………………… (142)
《桐城耆旧传》序目 ………………………………… 马其昶(145)
【评介】 ……………………………………………… (147)
"桐城文派"及其历史渊源 ………………………… 吴孟复(150)
【评介】 ……………………………………………… (154)
桐城学术与时代 …………………………………… 吴怀祺(156)
【评介】 ……………………………………………… (180)
桐城派与桐城人文述议 …………………………… 刘学照(182)
【评介】 ……………………………………………… (201)
汉学与反汉学
——江藩的《汉学师承记》、《宋学渊源记》和
方东树的《汉学商兑》 ……………………… 朱维铮(203)
【评介】 ……………………………………………… (232)
方东树与汉学的衰退 ……………………………… 王汎森(235)
【评介】 ……………………………………………… (254)
《汉学师承记》与《汉学商兑》
——兼论清代中叶的汉宋之争 ……………… 黄爱平(257)
【评介】 ……………………………………………… (268)
论刘师培、黄侃与姚永朴之《文选》派与桐城派
的纷争 …………………………………………… 汪春泓(270)
【评介】 ……………………………………………… (291)
论姚鼐与四库馆内汉宋之争 ……………………… 王达敏(294)
【评介】 ……………………………………………… (312)
晚清古文研究：以陈用光、梅曾亮、曾国藩、
吴汝纶四大古文圈子为中心(节选) ………… 柳春蕊(314)
【评介】 ……………………………………………… (328)

论莲池书院与桐城文派在河北的兴起 …………… 陈春华(330)
【评介】 …………………………………………………… (338)
崛起与政治(节选) ………………………………… 王达敏(340)
【评介】 …………………………………………………… (347)
政治集团与文学派别的组合体(节选) ………… 曾光光(350)
【评介】 …………………………………………………… (353)
林纾的认同危机与民初的新旧之争(存目) ……… 罗志田(356)
【评介】 …………………………………………………… (356)
二十世纪初文学变革中的新旧之争
——以后期桐城派与"五四"新文学的冲突
与交锋为例 ……………………………… 关爱和(359)
【评介】 …………………………………………………… (374)
民国初期章门弟子与桐城派的北大之争 ………… 卢　毅(377)
【评介】 …………………………………………………… (391)
晚清桐城派与教育制度的近代化(节选) ………… 曾光光(394)
【评介】 …………………………………………………… (407)
《慎宜轩日记》前言 ………………………………… 沈　寂(409)
【评介】 …………………………………………………… (418)
汉党的形成(节选) ………………………………… 赖惠敏(420)
【评介】 …………………………………………………… (424)
桐城方氏:中国文化世家的绝唱 … 陶善才　方宁胜　张　勇(426)
【评介】 …………………………………………………… (441)
中国思想学术史上的道统与派分 ………………… 桑　兵(444)
【评介】 …………………………………………………… (471)

近三十年桐城派研究论著提要 …………………………… (477)

近三十年桐城派研究大事记 ……………………………… (525)

桐城派研究综述(代序)

桐城派兴起于清初，衰落于清末，到了民初则开始逐渐淡出历史舞台，先后历经两百多年，从中国的古代走到了近代。桐城籍人方苞、刘大櫆、姚鼐创立古文理论，渐渐自成一派，到后来阳湖派、湘乡派的加入，桐城派开始枝繁叶茂。桐城派作为清代历史上最大的一个散文学派，从康熙年间起，它延续了两百年之久，其文学流传至广，师友授受关系源远流长，支流余裔蔓延天下，号称一代文坛正宗，在历史上影响深远。按学界主流的看法，桐城派自曾国藩以降，逐渐走向了“衰歇”。但桐城派长时间地显赫于清代文坛，即使到了“衰歇”在即的晚清和民国初年，尚有张裕钊、吴汝纶、范当世、贺涛、马其昶、严复、林纾、姚永朴、姚永概等人厕身文坛，亦能组成一支还算规整的阵容。但随着历史的演进和这一批人的淡出，桐城派变成任凭后人评说的历史主体。

桐城派作为清代文学史上集中国古典散文、文论之大成的古文流派，流传甚广，影响深远。桐城派毁誉参半的发展史、绵延不断的传衍历程、自成一派的古文理论、优秀的开派人及辈出的传承人都吸引着学术界对桐城派的探索。从 20 世纪开始到现在已经有一百多年的历史，一百多年间学术界对桐城派的研究基本上没有间断，但研究的势头时强时弱，经历了不同的阶段。

桐城派研究阶段特点鲜明

最早对桐城派的研究可以追溯到 20 世纪的二三十年代，学术界普遍认为这一时期是桐城派研究的第一阶段。这一阶段桐城派和文选派、章门弟子、新文化运动代表人物激烈争论，学术界对桐城派的研究侧重于文派流变之争的研究。江小角和方宁胜认为该时期的研究特点是“承续清代中叶以来对桐城派的批评，彻底否定桐城派”。

20 世纪 30 年代研究重点转移到单纯的学术角度，与此同时，新的研究理论和新的研究视角出现。姜书阁收集大量的第一手资料对桐城派进行研究和评价，作《桐城文派述评》一书，书中很多观点有史学基础，非常值得后世借鉴。江小角、方宁胜认为，《桐城文派述评》一书运用了新的理论和方法，将桐城派作为一个独立的研究对象加以观照，研究开创了述评结合进行桐城派研究的先河。① 郭绍虞作《中国文学批评史》、钱基博作《中国文学史》，以研究桐城派近 20 位代表作家的古文风格为主，这些著作的出现将有关桐城派的研究引入了一个新时代，构建了 20 世纪桐城派研究的基本框架和范畴。②

从新中国成立初期到 20 世纪 70 年代是桐城派研究的沉寂期，这个时期没有轰动性的桐城派研究专著问世，只有零星的论文支撑。学术界多就桐城派对清廷的政治倾向、对社会主义文化建设的贡献、古文与时文的关系等进行探讨。总的来说，这个时期学者们多运用机械唯物主义的观点，从政治、经济、文化等文学发展的外部规律上对桐城派进行评价，否定意见占上风。③ 受当时政治风气的影响，这个时期的文章政治气息较浓烈，“文革”时期的作品这个特点更明显。

20 世纪 80 年代是桐城派研究的分水岭，此后学术界对桐城派的研究日渐活跃起来。研究桐城派若干学术型会议召开，研究桐城派专门组织成立，都表明了桐城派研究进入一个新的历史时期。与此同时，很多刊物如《学术论坛》、《文学遗产》等开始刊登有关桐城派研究的文章。《江淮论坛》自 1982 年第 1 期起开辟了桐城派研究专栏。不仅中国大陆掀起桐城派研究的高潮，中国台湾和国外的学者也加入了进来。中国台湾尤信雅《桐城文派学述》出版，全书对桐城派渊源、

---

① 江小角，方宁胜：《桐城派研究百年回顾》，《安徽史学》2004 年第 6 期。

② 高黛英：《20 世纪桐城派研究述评》，《郑州大学学报（哲学社会科学版）》2003 年第 3 期。

③ 高黛英：《20 世纪桐城派研究述评》，《郑州大学学报（哲学社会科学版）》2003 年第 3 期。

阳湖派、桐城派的古文等做了全面的论述；日本武义内雄《桐城派之圈识法》、佐藤一郎《江户、明治时代的桐城派》、青木正儿《清代文学评论史》等都是海外研究桐城派的重要代表性作品。可以说20世纪80年代到现在的三十余年间是桐城派研究的繁荣和复兴时期，桐城派研究的范围逐渐扩大，研究问题逐渐深入，出现了从社会学、教育学、地域学等新的研究角度研究桐城派的论著，桐城派研究文献收集、整理、出版工作也得到加强。

桐城派研究内容丰富多彩

与桐城派绵延时间之久、传承人数众多、涉及事件广泛等特点相对应，学术界对桐城派的研究亦涉足很多方面，在此仅选择部分研究内容进行简单罗列。

一、桐城派开宗及传承发展研究

有关桐城派开宗及传承发展研究成果颇多，姜书阁、钱基博、郭绍虞等人的成果是奠基性作品。相当部分研究成果涉及桐城派的先驱、桐城派文派主流和旁支、桐城派的羽翼，以及自然环境、人文环境、社会环境、区域环境对桐城派发展的影响。尤为值得注意的是，有少量论著已经关注到后期桐城派，专门设置章节论述后期桐城派，如关爱和《古典主义的终结：桐城派与“五四”新文学》一书设有“后期桐城派的发展”专章，任访秋《中国近代文学史》中设有“鸦片战争前后桐城派的发展与危机”等专节。

二、桐城派古文理论的研究

桐城派古文自方苞而后，代传至姚鼐，风行天下，时有“天下文章出桐城”之语，其影响一直延续到民国时期。① 后世对桐城派古文的研究主要集中在对桐城派三祖、后期曾国藩等的古文理论的研究，

① 邹然主编：《中国文学批评史》，北京大学出版社2006年版，第339页。

有专著研究，也不乏专门论文研究。具体来讲，是研究方苞“义法说”、刘大櫆“神气说”、姚鼐“义理、考证、文章一体”、曾国藩“义理、词章、经济、考据”缺一不可等理论。关爱和认为“桐城派作为中唐以来绵延不绝的古文运动的收束者，坚守古文写作的艺术性原则，注意不断体悟总结《左》、《史》、韩、欧以来的单行散体之文的写作经验和创作规律，形成了从诵读、鉴赏到写作的古文艺术体系”①。周颂喜评价曾国藩古文理论“在文学上，曾国藩以自己的古文理论和古文创作，使桐城派古文有了一个‘中兴’的气象，从而成为‘桐城——湘乡派’的盟主，为咸、同间文人们所归向”②。

三、姚鼐、刘大櫆、方苞研究

学术界从清代以来到现在对桐城派姚鼐、刘大櫆、方苞的研究从未间断。对三人进行研究的共同之处是：(1)生平族谱研究：主要是一些资料的收集和整理，如《桐城麻溪姚氏宗谱》；(2)古文理论研究：研究甚多，专著也不少，主要围绕三人的古文理论展开研究，如《姚鼐义法说之抽象化》、《方苞古文义法》、《刘大櫆义法说之具体化》；(3)诗文研究；(4)人性品格研究：如周中明先生的《姚鼐对君子人格理想的坚守和追求》。不同之处在于：对姚鼐，后世学者有选择性地以他进入四库馆后无奈离开为视角，对他独尊程朱理学的思想和汉宋之争进行研究；对刘大櫆的《南山集》和“南山集”案进行研究。

四、桐城派古籍文献的整理校勘研究

姚鼐《古文辞类纂》、马其昶《桐城耆旧传》、刘声木《桐城文学撰述考》等是桐城派文献史上的不朽之作，是研究桐城派重要的第一手资料。后世王先谦和黎庶昌等对《古文辞类纂》作续编，以补充其不足；阚华、吴光龙等对刘声木《桐城文学渊源考》、《桐城文学撰述

① 关爱和：《桐城派古文艺术论的起点和基石》，《文学艺术》2004 年第 6 期。

② 周颂喜：《曾国藩古文理论评述》，《求索》1985 年第 2 期。

考》进行解读，对整理编纂桐城派文献目录的意义方法和途径提出了系统的见解。① 严云绶、江小角教授主持的《桐城派名家文集汇刊》，徐成志教授主纂的《桐城派词典》和《桐城派文集叙录》，俞樟华教授主持的《桐城派编年》，为桐城派研究所不可或缺。②

后世不乏对桐城派经典进行研究，如汪祚民在《〈古文辞类纂〉李刻本校勘原委与学术价值》，张秀玉在《〈网旧闻斋书简〉的文献价值》中都对桐城古籍重要的史料价值进行了论述；卞孝萱和武黎嵩从《桐城麻溪姚氏宗谱》中发掘出姚烈仕宦世家、文学世家、名门联姻、宋学传承和注重家庭教育的多种成功原因和家族背景；③ 江小角教授将从《余氏宗谱》中辑佚的桐城派名家佚文编辑成书，从而为学术界揭开了研究桐城派的一个新领域。

但目前不少桐城派经典作家的全集、普通作家的著作还未整理，一些名家的年谱和研究资料还需加以编纂，这些史料的整理和完善工作日后要学者付出更大的努力。

五、阳湖派、湘乡派研究

研究阳湖派和湘乡派的论文有出现，但专著并没有，通常是提及桐城派旁支时涉及两派。

阳湖派是清代乾隆、嘉庆时期的散文流派。汪龙麟认为以 20 世纪 80 年代为界，之前学术界对阳湖派的研究多关注于阳湖派对桐城派的传承这一面，虽言两者之“异”，但重在研究两者之“同”；20 世纪 80 年代之后学术界转而注重探究阳湖派和桐城派之“异”。④

湘乡派是近代古文流派之一，继承和发展了清代桐城派古文，在

---

① 徐成志：《桐城派研究的新篇章——全国第三届桐城派学术研讨会综述》，《安庆师范学院学报（社会科学版）》2007 年第 9 期。

② 王达敏：《桐城派研究》，《安徽大学学报（哲学社会科学版）》2012 年第 6 期。

③ 徐成志：《桐城派研究的新篇章——全国第三届桐城派学术研讨会综述》，《安庆师范学院学报（社会科学版）》2007 年第 9 期。

④ 汪龙麟：《20 世纪阳湖派研究述评》，《通化师范学院学报（社会科学版）》1999 年第 1 期。

标榜义理、考据、辞章之外加上了“经济”，使文章内容更切近现实，但宣扬道统，为清廷服务。曾国藩及其弟子对湘乡派的建立和传承有不可磨灭的贡献。学术界对湘乡派的研究一般也和曾国藩联系起来，研究方向主要有：(1)湘乡派起源问题；(2)湘乡派成立与否问题；(3)湘乡派与桐城派的关系问题；(4)湘乡派文派及古文和散文研究。

六、岭西五大家

“岭西五大家”是清代嘉庆道光年间五位广西籍“桐城派”古文学家的合称，他们是永福吕璜、临桂朱琦、平南彭昱尧、临桂龙启瑞、马平王拯。张维等《岭西五大家研究》出版之前，学术界对“岭西五大家”的研究是一块学术荒原。作者在书中把岭西五大家形成及兴盛的原因、历史地位等与桐城派联系起来，该书的出现为桐城派研究填补了空白，呈现了桐城派传衍境况和岭西五大家的创作风貌，拓展了新的空间。①

七、姚门四杰

姚门四杰是姚鼐门下的四个“高第弟子”②：梅曾亮、管同、方东树和姚莹。他们主要活动于鸦片战争前后，是近代桐城派的重要代表人物，黄霖的《论姚门四杰》一文对姚门四杰做了详细的论述。在文章的最后他总结道：姚门四人师承了桐城三祖的“义法”之说，也喜欢鼓吹桐城派的道统、文统，并且喜欢以桐城派的嫡传自居③，但是所处的时代让四人在攻击汉学、标榜宋学的同时，重视经世致用，适应社会变革。鸦片战争爆发以后，他们当中的姚莹不仅仅像其他三人一样只是发表单纯的言论，而且亲身投入到反侵略的实践当中，成为我国近代史上第一批最杰出的反侵略英雄。

除此之外，学术界裴效维、黄保真等对姚门弟子的散文创作及其

---

① 徐雁平：《桐城文派研究的拓展与充实——简评〈岭西五大家研究〉》，《阅读与写作》2003 年第 12 期。

② 黄霖：《论姚门四杰》，《江淮论坛》1985 年第 2 期。

③ 黄霖：《论姚门四杰》，《江淮论坛》1985 年第 2 期。

对桐城派文章的传承等都有研究。对四人分别也有专门的论述，相对而言，研究管同的作品要少一些。

八、曾国藩和曾门四杰

在桐城派中研究曾国藩，主要是将他和湘乡派联系起来，抛开桐城派的话，对曾国藩的研究现在可以说是已经面面俱到了。包括：曾国藩思想研究(军事、洋务、教育、外交、经世致用等诸多方面)、家书家信家训研究、日记研究、家族家谱研究、治国治家治官研究、管理人才的方式研究、曾国藩睿语研究、曾国藩与洋务派研究、曾国藩与北洋军阀研究等。

曾门四杰是指吴汝纶、薛福成、黎庶昌和张裕钊。四人中学术界对吴汝纶的研究最多，尤其是吴汝纶的教育思想和其对近代教育的影响的研究成果颇丰；至于薛福成和黎庶昌，多从洋务派的代表人物这一角度研究；张裕钊的研究成果最少。

九、桐城派与汉宋之争

这里所提及的汉宋之争特指桐城派为力挺程朱理学，维护其在文坛正统地位而与汉学发生的争论。张晨怡和曾光光等认为：当时学术界的普遍的观点是桐城派与宋学关系密切，在学术上持有门户之见，与汉学家相背离。① 两人从学术思想的角度总结这段时间桐城派与汉宋之争的研究成果，认为：(1)研究者往往将桐城派的学术倾向与政治态度联系起来，并据此对桐城派作出否定性的评价；② (2)桐城派主要作家虽尊崇程朱理学，然而也继承清初经世致用之学的余波，对考证学有排斥也有吸取，对道、咸以后新的经世致用的思潮和外来文化也有不同程度的沾染，有某种适时调整的特色。③

---

① 张晨怡，曾光光：《桐城派研究学术史回顾》，《船山学刊》2006 年第 1 期。

② 张晨怡，曾光光：《桐城派研究学术史回顾》，《船山学刊》2006 年第 1 期。

③ 张晨怡，曾光光：《桐城派研究学术史回顾》，《船山学刊》2006 年第 1 期。

学术界研究桐城派与汉宋之争主要有两个切入点：一是从《汉学师承记》与《汉学商兑》两本书入手，通过不同的角度来展现桐城派捍卫宋学、摒弃汉学的斗争。如黄爱平教授的《〈汉学师承记〉与〈汉学商兑〉——兼论清代中叶的汉宋之争》、台湾学者王汎森的《方东树与汉学的衰退》等。二是从姚鼐与四库馆入手，通过姚鼐进入四库馆、辞官离开四库馆的角度展示汉宋之争，如王达敏的《论姚鼐与四库馆内汉宋之争》等。

十、桐城派与文选派

文选派和桐城派争论实质上就是骈文和散文之争。骈文与散文的对立开始于六朝；到清嘉庆光年间阮元就桐城派的古文进行攻击，骈文和散文之争延续；清末民初，以刘师培等为代表的文选派自诩为骈文的正宗论者，为争夺骈文在文坛的正统地位而与桐城派再次进行论争。

周勋初《黄季刚与〈文心雕龙〉札记的学术渊源》中对文选派和桐城派的争论有论述，他评价文选派和桐城派的骈文和散文之战是“对散文和骈文写作中的许多问题做了理论上的辨析和总结”。① 北京大学汪春泓的《论刘师培、黄侃与姚永朴之〈文选〉派与桐城派的纷争》围绕《文心雕龙》展开论述，通过讨论刘师培对《文心雕龙》的论述和姚永朴对《文心雕龙》的研究等来揭示《文心雕龙》、《文选》对桐城派的影响。作者认为：刘师培和黄侃代表的文选派与桐城派的分庭抗礼是古文现实功用丧失的直接体现。② 黄侃当时撰写《文心雕龙札记》，在著作中纠正他的老师刘师培等关于文学见解的偏颇，进一步发展了选学派的理论，并在《题辞及略例》等篇目中更为激烈批判方苞的“义法说”和姚鼐的“阳刚阴柔”风格论，发表不满桐城派抹杀六朝骈文的

---

① 周勋初：《当代学术研究思辨》，南京大学出版社 1992 年版，第 2 页。

② 汪春泓：《论刘师培、黄侃与姚永朴之〈文选〉派与桐城派的纷争》，《文化遗产》2002 年第 4 期。

言论,① 其初衷是针对以姚永朴为代表的桐城派，想要削弱桐城派的影响,② 但是姚永朴并没有应战，所以汪春泓先生认为两派实际上并未真正地直接交锋。后来爱国救亡运动和新文化运动兴起，不合时宜的选学派和桐城派均被历史抛弃，曾有的争论也成为过往烟云。

十一、桐城派与章门

章太炎倡导推崇魏晋文章，反对唐宋八大家，对桐城派后期的严复和林纾很是不满意。章太炎弟子众多，他们对桐城派的攻击主要是以北京大学为阵地展开，争论的结果是桐城派人士相继退出北京大学文坛，章门一枝独秀。学术界就此事的研究主要集中在桐城派和章门的北京大学之争，如卢毅《民国初期章门弟子与桐城派的北大之争》，作者指出民初发生的北大之争实际上涉及的是章门和桐城派就政治潮流、学术思想、教育体制和同乡同门等具体的人事关系的矛盾，他们在北京大学开展了骈文和散文之争，其实也是一种在北京大学争夺地位的争论，争论的结果是曾在北京大学文科风光无限的桐城派衰落退出北京大学，而章门弟子崛起。卢毅认为此役一举奠定了章门弟子在北京大学乃至全国学术界的强势地位，标志着章门作为一个学术文化群体的异军突起，这是中国近代学术风气的一大转移，对后世学术发展产生了十分重要的影响。

十二、桐城派与五四新文化运动

学术界有种观点这样认为：近代的桐城派虽说是五四新文化运动过程中极力扫除的障碍，但它也是旧文学通向新文学的桥梁。最具代表性的研究成果是关爱和先生的《古典主义的终结——桐城派与“五四”新文学》，该书第四章重点探讨了桐城派与“五四”新文学的关系，指出桐城派古文的消亡与“五四”新体散文的涌现是中国文学从古典

① 高黛英:《20世纪桐城派研究述评》,《郑州大学学报(哲学社会科学版)》2003年第3期。

② 汪春泓:《论刘师培、黄侃与姚永朴之〈文选〉派与桐城派的纷争》,《文化遗产》2002年第4期。

走向现代的一次思想文化的历史性转换。张器友《近代桐城派与五四新文化关系的思考》一文指出：20 世纪 90 年代以来随着对国学的重视，一些人在研究五四新文学与传统文化关系时注意到了传统文化中流淌着“被压抑的现代性”。① 他认为应该从桐城派与新文学的关系的角度来论述古代文学的现代转换。曾光光在纪念五四运动九十周年时写有《桐城派的宿命与五四新文化运动》，就桐城派为什么会成为新文化运动发起者的批驳目标这一问题进行了详细的分析论证。

学术界对桐城派遗老林纾与五四新文化运动关系的研究，有马勇先生《五四新文化运动中的林纾》，2006 年福建师范大学在职研究生黄志斌硕士论文《林纾对“五四”新文化运动的贡献》等。罗志田先生的《林纾的认同危机与民初的新旧之争》是研究后期桐城派人物林纾的典范之作。

十三、文白之争

“文白之争”就是文言和白话之争，这里特指“五四”时期新文学阵营同封建复古派文人之间发生的一场论争。以陈独秀、胡适等新文化运动领袖为代表的一些人以西方的文学为参照系，以进化的文学观和唯白话文学为文学正宗的一元思维，重新审视传统文学及其概念，将桐城派作为旧文学的代表，进行了全面的讨伐和批判。② 胡适发表《文学改良刍议》、陈独秀发表《文学革命论》批判古文，林纾作《论古文和白话文之消长》、《论古文之不当废》回击捍卫古文地位。在钱玄同等人的眼里桐城派是“谬种”，是中国几千年来封建文化的代表，是白话语体建立的障碍，必须全力地清除。到后来，桐城派的中坚人物逐渐退出文坛，桐城派作为一个文学流派不复存在。但综观晚清文坛，白话文对文言文的斗争并未取得压倒性的胜利，没能成为文坛

---

① 转引自徐成志：《桐城派研究的新篇章——全国第三届桐城派学术研讨会综述》，《安庆师范学院学报（社会科学版）》2007 年第 9 期。

② 高黛英：《20 世纪桐城派研究述评》，《郑州大学学报（哲学社会科学版）》2003 年第 3 期。

主体。①

十四、桐城派与新学

研究桐城派与新学的作品有吴微的博士毕业论文《桐城文章与新学的兴起》，该文由陈平原指导完成。论文将桐城人的日记、游记、尺牍、翻译书籍、讲义等作为研究的原始材料，跨文化史、思想史、教育史，分上、下两篇来研究桐城派与新学。

文章的研究重点聚焦在桐城文章与新学兴起的内在关联上。上篇以"桐城文章与外交实录"为中心，将洋务运动时期具有"外交家"身份的桐城文人郭嵩焘、薛福成、黎庶昌及吴汝纶所撰述的日记、游记、尺牍等桐城文章作为研究对象，考察桐城文章对输入西洋新知、引进西学、倡扬新学的贡献，并由此讨论桐城古文自身引发的新变。② 下篇以"桐城文章与文化教育转型"为中心，将辛亥前后具有"教育家"身份的桐城文人马其昶、姚永朴、姚永概、严复、林纾、吴芝瑛等所编纂、翻译、撰著的翻译文章、讲义、教科书(选本、读本)作为研究对象，考察桐城文章如何适应并促进文化教育的转型，进而辨析在新学一统天下、新式文化教育体制形成之后，桐城派连同桐城文章难以从古典走向现代、不得不从中心退向边缘的种种历史现象，探讨桐城光焰自是而熸的内在缘由。③

十五、桐城派与近代教育

徐寿凯认为桐城派得以绵延久远的重要原因之一是教育系统的作用④，桐城派从奠基者到后续者都致力于书院讲学，广揽人才。不得

---

① 吴修成:《近十年来近代桐城派研究综述》,《甘肃联合大学学报(社会科学版)》2006 年第 4 期。

② 吴微:《桐城文章与新学的兴起》，华东师范大学 2009 年博士学位论文。

③ 吴微:《桐城文章与新学的兴起》，华东师范大学 2009 年博士学位论文。

④ 徐寿凯:《桐城文派绵延久远原因蠡测》,《第一届全国桐城派学术讨论会论文集》，1985 年。

不说，教育对于桐城派的传衍壮大至关重要。学者们对桐城派与教育的研究主要集中在两个方面：一是从传统教育的角度梳理桐城派的师承情况。二是就桐城派与晚清近代教育进行研究。这方面的研究成果主要体现在：桐城派与传统教育(包括传统书院教育等)、桐城派与近代教育(近代书院、新式学堂教育，近代学校的心理、德育教育，近代教育制度等)、吴汝纶与近代教育(吴汝纶的教育思想、吴汝纶的教育实践)等。而涉及近代书院的话题，就涉及桐城派的传播研究。

有关传统教育：如曾光光的《桐城派的传承与传统教育》一文。近代教育：王丽红《后期桐城派作家与近代教育转型》，文章主要论述"洋务运动之后，桐城派人士主张在教学中增加西学内容，深入西方诸国进行贴近式学习，开办新式学堂延请西方知识分子充任老师；主张外派留学生的同时，也接受国外的留学人员，增进中外教育和文化交流；引进西方先进教育思想，强调'义务教育''普遍教育'，推动近代教育的发展，促成传统教育向近代教育转型"。张红燕《桐城派心育观对学校积极心理健康教育的启示》一文中介绍桐城派的明理观、养心观等对当代的学校心理健康教育的启示作用。有关教育大家吴汝纶的文章有：陈兴德《近代教育家吴汝纶教育思想及实践活动研究》(西南师范大学 2009 年硕士学位论文)，王琴《吴汝纶教育思想初探》(《史学月刊》2003 年第 8 期)，江小角《论吴汝纶教育思想》[《合肥学院学报(社会科学版)》2005 年第 2 期]，孙德玉《吴汝纶赴日考察对中国近代教育的影响》[《安徽师范大学学报(社会科学版)》2009 年第 3 期]，黄海龙《吴汝纶的政治生涯与教育实践研究》(安徽大学 2012 年硕士学位论文)等。本书收录有《晚清桐城派与教育制度的近代化》。

十六、桐城派与书院的研究

清代的桐城派文人因做官、入幕、讲学、交游而足迹遍及全国，师传、私淑而形成了一个个文学圈子。① 在这个过程中他们兴办书

① 程大立：《第五届全国桐城派学术研讨会综述》，《安庆师范学院学报(社会科学版)》2013 年第 2 期。

院，通过书院讲学、家学传授、私人授徒等传统的教育方式让桐城派的队伍迅速地壮大，渐渐成为一个超地域关系的文学派别。书院在桐城派传播中起了举足轻重的作用，是近代桐城派转型和延续的重要基地和基础。

徐雁平《书院与桐城文派传衍考论》一文中总结道："桐城文派的传衍，凭借的是书院讲学这一途径，从东南传到了广西，又传到了河北，由点及面，使其在地域上有一种平衡，成为全国性的文派。"①桐城派传播过程中形成的区域化现象也是近年来学者研究的对象，如曾光光《传统学派的发展与区域文化因素——以桐城派研究为个案》(《贵州社会科学》2007 年第 2 期)，李柱梁《桐城派区域性繁荣现象成因初探》(《安徽科技学院学报》2010 年第 5 期)等。除联系书院论述桐城派的传衍之外，有的学者也会结合书院展示后期桐城派吴汝纶等对近代教育的重要贡献。

十七、桐城派家族

目前国内并没有研究桐城派家族的专著，只在其他研究家族著作中零星见到对桐城派家族的研究。如 Hilary J. Beattie，*Land and Lineage in China：A Study of T'ung-Ch'eng County，Anhwel，in the Ming and Ch'ing Dynasties* 是国外学者中研究桐城派家族的优秀著作；中国台湾学者赖惠敏的《清代的皇权与世家》中对桐城的张氏家族有所提及；黄季耕《中国文化世家(江淮卷)》中对"桐城派鼻祖戴名世世家"、"桐城派创始人方苞世家"、"桐城派三祖之一刘大櫆世家"、"集桐城派之大成姚鼐世家"、"坚守桐城壁垒的方东树世家"、"桐城派嫡传姚莹世家"、"桐城派后期大师吴汝纶世家"等有研究，对桐城派后期的代表人物曾国藩家族也有专门的研究，亦有专门对桐城方氏家族进行研究的论文。总的来看，学术界对桐城派家族的研究一直以来都比较薄弱，有待后人更深入地研究。

《桐城派学术档案》一书收集 30 余篇作品(其中相当一部分作品

---

① 徐雁平：《书院与桐城文派传衍考论》，《南京晓庄学院学报》2006 年第 1 期。

出自名家之手），涉及桐城派渊源与传播、桐城派与政治、汉宋之争、文白之争、新旧之争、桐城派与近代教育等多个方面，以期对桐城派研究学术史作一简单的回顾和梳理。

（陈敏）

桐城派研究经典论著评介

《桐城文录》序

方宗诚

桐城文学之兴，自唐曹孟徵。宋李伯时兄弟，以诗词翰墨，名播千载。及明三百年，科第、仕宦、名臣、循吏、忠节、儒林，彪炳史志者，不可胜书。然是时风气初开，人心醇古朴茂，士之以文名者，大都尚经济，矜气节，穷理博物，而于文则未尽雅驯，以复于古。郁之久，积之厚，斯发之畅。逮于我朝，人文遂为海内宗，理势然也。盖自方望溪侍郎、刘海峰学博、姚惜抱郎中三先生相继挺出，论者以为侍郎以学胜，学博以才胜，郎中以识胜，如太华三峰，矗立云表，虽造就面目各自不同，而皆足继唐宋八家文章之正轨，与明归熙甫相伯仲。乌呼，盛哉！然余又尝总观桐城先辈文，三先生外，其前后及同时者，无虑五六十家。虽不足尽登作者之堂，而其各有所得，堪以名家者复数人。其余或长经术，或优政事，或论学论文、记忠记孝，亦足以广见闻，备掌故。

今夫言天文者，以日月为明，而恒星之熹微，亦未能或遗也；言地文者，以海岳为大，而泉石之幽窈，亦未能或略也；今世之言人文者，以唐宋八家、明归熙甫为斗极矣，而李翱、皇甫湜、孙樵、晁无咎、唐顺之、茅坤之撰著，亦未尝不流布于后世也。然而，文胜则质丧，巨帙重编，而于事理无关切要，徒乱学者之耳目，纷后人之心志，则又不可不精别慎择，以定其指归。

曩者，康熙间何存斋、李芥须辑《龙眠古文》数十卷，大抵多明人之文也。咸丰壬子春，余与友人戴存庄论吾桐之文，以我朝为盛。然物胜则必反其本，然后可以久而不敝。天地之气运，流行不能自已，蓄久则必盛，盛久则必靡，亦理势然也。去其靡以救其敝，岂非乡后进者之责与？因相与取诸先辈文，精选得数十卷，大约以有关于义理、经济、事实、考证者为主，而皆必归于雅驯。其空文无事理，或虽有事理而文鄙倍者，不录。按时代以分卷次，其大家或数卷至十余卷，其足名一家者，或数卷至一卷，而杂家则数人一卷以附之。自城陷后，藏书之家，多被焚掠，心所知者，尚有数人，无可访问。存庄又被贼祸，客处怀远。自伤孤陋，无同力者，深恐此书中废，使数百年文献无征，则亦古之网罗放失保残守缺者之罪人也。避地鲁谼，友人方宗屏为访得数人文补入之；今年授经东乡，萧生敬孚又为访得数家集，皆为补选，于是遗逸者盖鲜矣。

夫学问之道，非可囿于一乡也。然而流风余韵，足以兴起后人，则惟乡先生之言行为最易入。而况当兵火之后，文字残缺，学术荒陋，使听其日就澌灭，而不集其成，删其谬，俾后之人有所观感而则效焉，其罪顾不重与？昔者，孔子编《诗》而附《鲁颂》，删《书》而附《费誓》，因《鲁史》以作《春秋》，其惓惓于宗国文献如此，是亦学者所当法也。今纂集粗成，将有山左之行，因以稿本归敬孚而属其益加搜访校订以成之，爰书其义例于左(下)云。

咸丰八年秋八月，柏堂逸民方宗诚撰。

(附)义例(摘录)

我朝论文家者，多推望溪、海峰、惜抱三先生。而三先生实各极其能，不相沿袭。望溪先生之文，以义法为宗，非阐道翼教，有关人伦风化者不苟作。且行身方严，出语朴重，论者谓取镕六籍，方驾韩、欧，非过也。吾师植之先生曰，先生之文，“静重博厚，极天下之物赜而无不持载，泰山岩岩，鲁邦所瞻，拟诸形容，象地之德焉”。故能直接八家之统。今特录方望溪文十二卷。

望溪同时友戴潜虚先生，文颇得司马子长、欧阳永叔之生气逸韵，其空灵超妙，往往出人意表；惟蕴蓄渊懿，沉深高洁逊三家，而愤时疾俗之作尤多，用此不逮古作者。先生又以文字得祸，未能深用力如望溪，而名亦遂湮没矣。今附录潜虚文六卷。

……

海峰先生之文，以品藻音节为宗，虽尝受法于望溪，而能变化以自成一体。义理不如望溪之深厚，而藻采过之。望溪初见，即许为今之昌黎，其倾倒极矣。吾师植之先生曰，先生之文，“日丽春敷，风云变态，言尽矣，而观者犹若浩浩乎不可穷。拟诸形容，象太空之无际焉”。今特录刘海峰文八卷。

……

惜抱先生文，以神韵为宗，虽受文法于海峰、南青，而独有心得。吾师植之先生曰：“先生之文，纡徐卓荦，撙节檃括，托于笔墨者，净洁而精微。譬如道人德士，接对之久，使人自深。”因望溪之义法，而不失之憃；取海峰之品藻，而不失之滑耀而浮。经术根柢不及望溪，才思奇纵不及海峰，而超卓之识，精诣之力，则又过之，盖深于文事者也。今特录惜抱文十卷。

……

右(上)文录七十六卷，为人八十有三。标名家以为的，所以正文统也；广取诸家，所以扩学识也。而要之以去浮文资实学为主，则余区区编辑之意也。又采集诸先生行谊为传，冠于卷首，所以备学者之师表及考核云。

(选自贾文昭：《桐城派文选》，中华书局 2008 年版)

【评　介】

方宗诚(1818—1888)，清代学者，桐城派后期名家之一。字存之，号柏堂，安徽桐城人，方东树的从弟。曾做过枣强(今河北省枣强县)知县，后升迁安徽学政。修建过正谊讲舍和敬义书院，喜欢交游讲学。著有《柏堂全集》、《志学录》等。作为桐城派的后期人士，方宗诚虽然在古文创作上建树不多，但不遗余力地选编文集、鼓吹桐城派古文宗旨、扩大桐城派的影响。①

《桐城文录》是一部清代桐城县作家的文选，出自方宗诚和戴钧衡之手。书中收录了从明末清初钱澄之到清后期戴均衡一共 83 家文

---

① 霍松林：《中国近代文论名篇详注》，贵州人民出版社 1986 年版，第 124 页。

章，共有76卷。本选文为《桐城文录》一书之序。

序首先阐述了桐城文派的渊源和桐城文派的正统地位。方宗诚首先指出，桐城派的文风虽始于明代，但真正达到鼎盛则是在清代。其次，他认为方苞、刘大櫆、姚鼐是桐城派的始祖，三人的文章是"'继唐宋八家文章之正轨"，就是说这是桐城派的文统之所在，同时也是桐城文派的源流之所在。从第一段中可以看出，作者旨在宣扬桐城派、歌颂桐城派。

在《桐城文录》的选文标准部分，方宗诚将方苞、刘大櫆、姚鼐等大家比作日月，将稍微不重要的作家比作恒星，认为日月为明，恒星熹微。在承认日月和恒星都很重要的同时，又要对他们区别对待，说明当时的桐城县人才济济，除了方、刘、姚三大家外，还有很多很有价值的作品，但是"又不可不精别慎择，以定其指归"。

方宗诚对《桐城文录》一书的编写目的、桐城文论的基本内容、选文原则和编选体例也有概括。方宗诚指出，戴钧衡编写此书的目的是为了保存家乡的文献，以便后人在需要时可以查阅，同时，此书可作宣传桐城文论的宗旨之用。"大约以有关于义理、经济、事实、考证者为主，而皆必归于雅驯。其空文无事理，或虽有事理而文鄙倍者，不录。"这句话既指出了桐城文论的基本内容，即方苞的"义法"说和姚鼐的"义理、考据、文章"的统一，也道出了《桐城文录》一书的选文标准。而不录"空文无事理"、"有事理而文鄙倍者"的原因则是桐城文论既反对空文（不能空言事理，而要有翔实的考证），又反对无文（只有内容而没有好的文章形式）①。至于方宗诚在义理、事实、考证之外又强调经济，是因为桐城派后期作家在鸦片战争后的复杂社会大背景中更加强调经世致用了。该书编选体例是"按时代以分卷次，其大家或数卷至十余卷，其足名一家者，或数卷至一卷，而杂家则数人一卷以附之"，即按时代先后和成就分卷次、卷数进行编选。

方宗诚用"孔子编《诗》而附《鲁颂》，删《书》而附《费誓》，因《鲁

---

① 霍松林：《中国近代文论名篇详注》，贵州人民出版社1986年版，第124页。

史》以作《春秋》”来说明孔子对文献的重视，后世应当效仿。

此外，在所附《义例》部分，方宗诚对桐城的主要作家如戴名世、方苞、刘大櫆、姚鼐和姚门弟子分别作了评价。比如，他认为戴名世文之“生气逸韵”，方苞文之“取熔六经”，刘大櫆文之“以品藻音节为宗”。综观全文，不难看出此序在解说编辑《桐城文录》宗旨和内容时，不忘赞扬桐城先辈的卓越成就、歌颂桐城文论的正统地位。方宗诚、戴钧衡二先生希望，编辑《桐城文录》能让后人继承和发扬桐城派先祖们的卓越成就，启迪后进，振兴桑梓文化。①

---

① 杨怀志：《清代文坛盟主桐城派》，安徽人民出版社 2002 年版，第 342 页。

《续古文辞类纂》序

王先谦

自桐城方望溪氏以古文专家之学，主张后进，海峰承之，遗风遂衍。姚惜抱禀其师传，覃心冥追，益以所自得，推究阃奥，开设户牖，天下翕然号为正宗。承学之士，如蓬从风，如川赴壑。寻声企景，项颈相望。百余年来，转相传述，遍于东南，由其道而名于文苑者，以数十计。呜呼！何其盛也！

自圣清宰世，用正学风厉薄海，耆硕辈出，讲明心性，恢张义理。厥后鸿生巨儒，逞志浩博，钩研训诂，繁引曲证，立汉学之名，斥诋宋儒言义理者。惜抱自守孤芳，以义理、考据、词章三者不可一阙，义理为干，而后文有所附，考据有所归，故其为文源流兼赅，粹然一出于醇雅。当时相授受者，特其门弟子数辈。然卒流风余韵，沾被百年，成就远大。逐末者不闳，而知道者常胜，讵不信与！

道光末造，士多高语周、秦、汉、魏，薄清淡简朴之文为不足为。梅郎中、曾文正之伦，相与修道立教。惜抱遗绪，赖以不坠。逮粤寇肇乱，祸延海宇，文物荡尽，人士流徙，展转至今，困犹未苏。京师首善之区，人文之所萃集，求如昔日梅、曾诸老，声气冥合，箫管翕鸣，邈然不可复得，而况山陬海澨，弇陋寡俦，有志之士生于其间，谁与祓濯而振起之乎？观于学术盛衰升降之源，岂非有心世道君子责也！

惜抱《古文辞类纂》，开示准的，赖此编存，学者犹知遵守。余辄师其意，推求义法渊源，采自乾隆迄咸丰间，得三十八人。论其得失，区别义类，窃附于姚氏之书，亦当世著作之林也。后有君子以览观焉。

（选自王先谦：《王先谦诗文集》，岳麓书社 2008 年版）

【评　介】

王先谦(1842—1917)，清末著名学者。湖南长沙人，字益吾，因宅名葵园，学人称葵园先生。曾担任江苏学政，湖南岳麓、城南书院院长，在任期间组织学人，集体从事古籍文献的编校刊印工作。后回长沙定居，曾在湖南思贤讲舍、城南书院、岳麓书院讲学。中日甲午战争后，他开始投资兴办近代企业，创建了宝善成机器制造公司，是著名的湘绅领袖之一。曾校刻《皇清经解续编》，并编有《十朝东华录》、《汉书补注》、《后汉书集解》、《荀子集解》、《庄子集解》、《诗三家义集疏》、《续古文辞类纂》等。另著有《虚受堂文集》。

《古文辞类纂》由桐城派三大始祖之一的姚鼐编撰，共75卷，是各类文章总集，所选文章上至战国下到清代，依文体可分为十三类，依次是：论辨、序跋、奏议、书说、赠序、诏令、传状、碑志、杂记、箴铭、颂赞、辞赋、哀祭。该书书首有序目，略述各类文体的特点、源流及其义例。关于版本，嘉庆时康绍庸刊刻初稿本，附有姚氏评语及圈点。道光时吴启昌、光绪时李承渊重刻姚氏晚年定本。吴刻删去圈点，李刻又再恢复。民国十二年(1923)上海广益书局刊行徐斯异、阚家祺、郑家祚、胡惠生等人编撰的《评点笺注古文辞类纂》，广泛搜集古代以及有清一代方苞、刘大櫆、姚鼐、梅曾亮、张裕钊、吴汝纶等人对入选文章的圈点和评语，随之附有总批、眉批，并加简注。《古文辞类纂》刊出后，便有人为此书作续编，如黎庶昌《续古文辞类纂》28卷，王先谦编《续古文辞类纂》34卷，1918年上海会文堂据王先谦刊本影印出版，后商务印书馆出版了这部书的排印本。

王先谦的《续古文辞类纂》成书于光绪八年(1882)，由当时的王氏虚受堂刊印发行。刊行此书是为了补充姚鼐所著书的不足。王先谦也是按照姚书的体系进行分类，补充的内容多为序跋、碑志、杂记、书说类之书，以及论辩类、奏议、诏令、辞赋。不难发现，王先谦的续编本尽量模仿姚鼐之书，希望自己所续之书在内容和体例上兼能延续原书。该书选择的是清朝乾隆年间到咸丰年间从姚范以下到吴敏树一共38位大家的文辞作品，种类繁多，共计补充了455篇文章。王运对王先谦此书的评价是“续编《古文辞类纂》差足以肩惜抱(姚鼐)”。可见此书的影响不小。

黎庶昌编的《续古文辞类纂》共有 28 卷，成于光绪十五年(1889)，分上中下 3 编，收录文章 449 篇。姚书自《战国策》始，不及《六经》；黎书乃补经、子为上编，分 11 类，又据《经史百家杂钞》之目，补列“叙记”、“典志”两类。姚书不录史传；黎书有中编，收史记、汉书、三国志、五代史、通鉴，共 13 卷。下编选清文，共 10 卷，分类同上编。黎庶昌作为“曾门四弟子”之一，在书中收录了很多桐城派的文章，其中曾国藩的尤其多。

王先谦和黎庶昌两人都续编了姚鼐的《古文辞类纂》，因此后人对两者续著的评价值得比较。吴孟复在《桐城文派述评》中对王先谦、黎庶昌二人的《续古文辞类纂》作出了总结：王、黎两书的共同之处在于所选作品多出自“桐城派”、“湘乡派”、“阳湖派”三派作家之手。吴孟复认为，虽然王先谦和黎庶昌两人的续纂体例不同，王书体例和姚书更为接近，但两人体例之不同其实是“‘桐城’、‘湘乡’宗旨之分”。① 吴孟复指出王、黎之书的两个特点：一、黎书的上中两编所选的都是姚书没有收录的。黎庶昌认为“‘铢黍之得，毫厘之失，皆辨析之’；既知如此，又何必选其所未录者”?② 二、姚鼐考虑到古文和时文的不同，在所著之书中从汉开始不再收录辞赋，从宋开始不再收录奏疏。到了清朝的时候，奏疏成了公牍，辞赋已经不再流行，王书中也遵从姚鼐的思路没有再收录它们。虽然黎庶昌的续纂有上中下三编，但是后人在阅读的时候一般只读其书中方苞和刘大櫆以后的作品，也就是黎书的下编。吴孟复最后指出：“如果把王氏所选合上黎书下编，再加以王文濡的《新古文辞类纂》，稍加增删，汇成一书，对于‘桐城派’研究应更有助益。”③

李时在《国学问题五百》的“评王、黎二家之续纂”一节中肯定了王先谦和黎庶昌两人编写续纂的出发点，又指出两书令人产生争议之

① 吴孟复：《桐城文派述论》，安徽教育出版社 2001 年版，第 161 页。
② 吴孟复：《桐城文派述论》，安徽教育出版社 2001 年版，第 161 页。
③ 吴孟复：《桐城文派述论》，安徽教育出版社 2001 年版，第 161 页。

所在，“虽具护惜之心，亦不能为之讳也”①。虽然王先谦和黎庶昌都续编了《古文辞类纂》，书名也一样，但是他们两人著书的体例相差甚大。王先谦之书只涉及方苞和刘大櫆的后人。同时又指出了王书中有待商榷的地方：“但于姚书中，奏议、诏令、辞赋诸类，概付阙如，岂可谓当?”②对于黎庶昌的《续古文辞类纂》，李时在书中和王先谦尽量遵从姚鼐之书的体例不同，黎庶昌“蔑弃姚氏之例”③，完全按照自己的意思来著书，虽然是借了续著知名，实际上却不能算是续纂。

姚鼐的《古文辞类纂》是代表桐城派散文观点的一部影响深远的选本，不少后人对此书作了点注，而王先谦和黎庶昌的续编丰富了桐城派研究的文献资料。

① 李时：《国学问题五百》，中国社会科学出版社 2008 年版，第 140 页。
② 李时：《国学问题五百》，中国社会科学出版社 2008 年版，第 140 页。
③ 李时：《国学问题五百》，中国社会科学出版社 2008 年版，第 140 页。

论桐城派古文选本中的古赋思想
——以《古文辞类纂》等主要古文选本为例

王思豪

桐城派以古文雄踞有清一代文坛，数量众多的古文选本是其表达观念、传播思想的主要媒介。《古文约选》、《古文辞类纂》、《古文词略》、《经史百家杂钞》、《经史百家杂钞简编》、《评注古文四象》、《续古文辞类纂》、《选评〈古文辞类纂〉》、《古文读本》、《历朝经世文钞》等，是习古文之典型范本，既见选评家的古文批评眼光，又传承、教授古文之思想。值得注意的是，为方苞所不重的古赋，继姚鼐《古文辞类纂》后大量出现在桐城派作家的古文选本中，梅曾亮、曾国藩、黎庶昌、吴汝纶、林纾等悉尊姚旨，于古文选本中选录古赋，但至姚永朴、永概兄弟编《历朝经世文钞》却又舍而不录。这种由舍而取、由取而弃的转变有着什么样的文学发展背景①，尤其是有着怎

① 目前学界多在文学史，尤其是古文发展背景下探讨古文选本选古赋，而对赋学在清代古、律之辨的这个大背景有所忽视。如高黛英《〈古文辞类纂〉的文体学贡献》认为《古文辞类纂》包括辞赋类在内的文体划分"生动展示了古文由杂(文学)向纯(文学)演进的趋势。而以'为用'为文体类分的标准及对文体文学性的强调与彰显，表现出与现代相关文学观念的惊人契合"(《文学评论》2005年第5期)；汪祚民《〈古文辞类纂〉评选辞赋发微》指出《古文辞类纂》"在辞赋类选录赋作65篇，在哀祭类选录辞赋13篇，共78篇，超过选文708篇总数11%，在历代古文选本中录赋最多"，并对《古文辞类纂》在辞赋文体的认定与选录上"一以《汉略》为法"作了详明分析，认为是"为赋体界定寻找内在依据"，"为现代的辞赋研究提供了重要的参考与借鉴"。又在《〈古文辞类纂〉重视辞赋选录的理论指归》一文中指出《古文辞类纂》"圈定的最优作品，辞赋最多"，认为这是"意在强化古文的辞章之美，完善其古文内部审美图式的理论构建，提升古文的审美层次，重建桐城派古文的新文统，使桐城派古文理论在审美的维度上获得了新的飞跃"。二文分别载于《安庆师范学院学报》(社会科学版)2005年第5期、2006年第6期。

样的赋学发展背景？古文选本选古赋，他们对赋学上的一些基本却又有争议的问题，如赋的渊源、词与赋的关系、具体作家作品的评价是如何解答的？这些选本在沿承过程中，编纂者的赋学思想有哪些差异，其用意是什么？对上述诸问题，本文拟作初步探究之途。

一

在赋学古、律之辨视野下，桐城派作家在所编纂古文选本中大量选录古赋，走向尊古抑律之途。

中国辞赋发展至中唐已经众体皆备，宋人将唐人发掘未深的新文赋创为巅峰，元明人已无新途可拓，走向复古尊体的道路，古赋派占据赋坛主流。元人祝尧《古赋辨体》谓“心乎古赋者，诚当祖骚而宗汉”①，主张以“骚人情致”取代“空谈性理”，向楚骚悲情传统复归；以古赋之体取代唐宋律赋，向铺张扬厉的汉赋回归。元后期“变律为古”，科试古赋。明前七子之一的李梦阳倡导“唐无赋”、“汉无骚”，教人“究心赋骚于唐汉之上”②。明末吴应箕、陈子龙、夏完淳等人，更举复古大旗，大量创作汉魏古体赋。

在清代，古律之辨是赋坛重大主题。程廷祚谓：“盖自雅、颂息而赋兴，盛于西京。东汉以后，始有今五言之诗。五言之诗大行于魏、晋而赋亡。”“唐以后无赋。其所谓赋者，非赋也。”③就辞赋创作而言，康熙年间仍有考古赋的现象。乾隆以后，馆阁场屋律赋渐盛，与古赋呈相对之势，又“因帝王倡导‘以古文为时文’，反对制艺之文仅为‘弋取科名之具’，从而激发一批赋家以古赋为世用的热情”，古、律之辨一时成为赋坛主导风尚，直至“咸同以降，应试律赋已成强弩之末，古体派再度擎起‘祖骚宗汉’大旗扬古绝学”④。清代赋学

① 祝尧：《古赋辨体》卷3，王冠辑：《赋话广聚》第二册，北京图书馆出版社2006年版。

② 李梦阳：《潜虬山人记》，《空同集》卷48，文渊阁《四库全书》本。

③ 程廷祚：《骚赋论中》，《青溪集》卷3，见《赋话广聚》第三册。

④ 许结：《论清代的赋学批评》，《文学评论》1996年第4期，第31～32页。

选本亦呈现出这种态势，编选者或尊古赋，或重律赋，或主融通。推尊律赋的选本兴盛于乾隆年间，后层出不穷，如朱一飞《律赋拣金录》、法式善《三十科同馆赋钞》等。推尊古赋的选本主要出现在嘉、道与同治年间，如姚文田《赋法》、郑抡才和蒋承志《古小赋钞》、王芑孙《古赋识小录》等。张惠言也力推古赋诸闲①，编《七十家赋钞》，《序》谓庾信之后“其体之变则穷矣，后之作者概乎其未之或闻也”，只选汉魏古赋。李元春《古律赋要》也强调“文随世变”，“文变而为赋，赋又行以文，亦何定体之有。则古之为律，律之法古又何过分哉！惟古赋如诗，皆有劝惩讽谕，律赋试体此意微矣”②。同治年间的梁夔谱更是标举《古赋首选》，且以“《离骚》为词赋之祖，《哀江南赋》为《文选》后巨观”③。

在清代赋学古律之辨背景下，桐城派作家选择了尊古抑律的道路。方苞认为“古文之传，与诗赋异道”，称唐宋之学者“逐于诗赋论策之末”④，对用于取士的律赋颇为不屑。姚鼐编《古文辞类纂》，辞赋类“一以《汉略》为法，古文不取六朝人，恶其靡也。独辞赋则晋宋人犹有古人韵格存焉。惟齐梁以下，则辞益俳而气益卑，故不录耳”。只录古赋，不录律赋。其门人姚椿编《国朝文录》赋类亦只选录古体赋，声明“是录依桐城姚先生《古文辞类纂》例”⑤。梅曾亮编《古文词略》，亦规随《古文词类纂》，尊崇古赋。曾国藩称自己“最好扬、马、班、张之赋”⑥，评张惠言《七十家赋钞》“评量殿最，不失铢

---

① 张惠言辞赋创作，“尝拟司马相如、扬雄之言”，大赋学两汉，小赋以六朝为宗。详参曹虹《阳湖派研究》第八章《“渊雅”之人、恢闳之人——论张惠言》，中华书局 1996 年版，第 146~154 页。

② 李元春：《古律赋要序》，《古律赋要》道光三十年(1850) 刻本。

③ 梁夔谱：《古赋首选序》，《古赋首选》同治八年(1869) 刻本。

④ 方苞：《答申谦居书》，刘季高校点：《方苞集》，上海古籍出版社 1983 年版，第 164 页。

⑤ 姚椿：《国朝文录·序》，上海扫叶山房光绪庚子年(1900)刊本。

⑥ 曾国藩：《同治六年二月初六日日记》，《曾国藩全集·日记》，岳麓书社 1989 年版，第 1348 页。

黍”①。他对唐人律赋多有指疵，如评点《韩昌黎集送温处士赴河阳军序》有云：“唐人为官韵赋，往往起四句峭健壁立。施之于文家，则于立言之体大乖。汉文无起笔峭立者，按之固自有序也。”②认为律赋作法不适合古文家。自编《经史百家杂钞》立“词赋”一类，多录古体赋。又从《经史百家杂钞》中“择其尤者四十八首”而成《经史百家杂钞简编》，可谓字字珠玑，但仍从“词赋类”取四篇。又编《评注古文四象》，分古文为“太阳气势”、“少阳趣味”、“太阴识度”、“少阴情韵”四象，其中第一、二、四象均收有古赋③，可见曾氏对古体赋之推重。其弟子黎庶昌《续古文辞类纂》亦立“辞赋类”，不收律赋。吴汝纶所纂《古文读本》亦只选录古赋。林纾《选评〈古文辞类纂〉》缩姚《古文辞类纂》13 类 700 余篇为 11 类 187 篇，存辞赋类，且评曰：“彦和称当时英杰但有十家(荀卿、宋玉、枚乘、相如、贾谊、王褒、孟坚、平子、子云、延寿也)，太冲诸人不与焉。……当此风雅销沉之后，能存此国粹，为斯文一线之延，亦幸事也。”④录古赋，推崇其为“国粹”。

在桐城派中，方苞《古文约选》为什么不选古赋，至姚鼐又选古赋，到姚永朴兄弟却又舍弃不录呢?《昭明文选》集赋、诗、文章，主要是“辞藻”之作，而论理之文不录。至宋真德秀编《文章正宗》分辞令、议论、叙事、诗歌四类，录《左传》、《国语》以下至唐末之文。真德秀的选文标准，必取论理辨事之文，舍去“辞藻”之作。后来称《文章正宗》为“谈理”一派，和《文选》主张“辞藻”一派，判若二途。方苞编《古文约选》，陈光贻认为其“不过继承《文章正宗》‘谈理’一派，并无创见”⑤。陈先生认为方苞“并无创见”，不免偏颇，但言方苞重理轻辞却是卓识。方苞编《古文约选》“惟两汉书、疏及唐宋八家

---

① 曾国藩：《茗柯文序》，张惠言：《茗柯文编》，上海古籍出版社 1984 年版，第 263 页。

② 曾国藩：《读书录》，《曾国藩全集》，岳麓书社 1989 年版，第 291 页。

③ 曾国藩：《评注古文四象》，民国十三年(1924)有正书局铅印本。

④ 林纾：《选评〈古文辞类纂〉》，浙江古籍出版社 1986 年版，第 442 页。

⑤ 参见陈光贻：《谈〈古文辞类纂〉等书的选文标准》一文，《文献》1984 年第 4 期。

之文，篇各一事，可择其尤，而所取必至约，然后义法之精可见”。他曾说“古文中不可入语录中语、魏晋六朝人藻丽俳语、汉赋中板重字法、诗歌中隽语、南北史佻巧语”①。其重义法轻辞藻的倾向甚为明显。姚鼐则不然，其《古文辞类纂》大量录入古赋，其意即在调和辞、理之间的矛盾。这成为桐城派古文选本的一种传统，梅、曾、黎、林、吴诸家古文选本悉依姚旨。直至后来，姚永朴、永概兄弟，改从方《古文约选》，纂《历朝经世文钞》，弃古赋而不录，强调文章的经世作用。②

二

由方苞《古文约选》到姚鼐《古文辞类纂》，梅曾亮《古文词略》，曾国藩《经史百家杂钞》、《经史百家杂钞简编》、《评注古文四象》，黎庶昌《续古文辞类纂》③，吴汝纶《古文读本》，林纾《选评〈古文辞类纂〉》，再到姚永朴、永概兄弟《历朝经世文钞》，对古赋的选择，经历了一个由舍到取、由取到舍的过程，取舍之间亦是对古、律之辨的赋学思想的承延，这其中也凸显出桐城派作家赋学思想的独特之处。

首先，桐城派古文的辞、理矛盾亦存在于赋学的古、律之辨中。祝尧《古赋辨体》基于古赋与律赋的对立，“祖骚宗汉”，对唐宋赋多有不满，“愚考唐宋间文章，其弊有二：曰徘体，曰文体。……至于赋，若以文体为之，则专尚于理而遂略于辞、昧于情矣。……以论理为体，则是一片之文，但押几个韵耳”，认为“古赋所以可贵者，诚以本心之情，有为而发，六义之体，随寓而形”，“辞者，情之形诸外也；理者，情之有诸中也。有诸中故见其形诸外，形诸外故知其有

---

① 沈廷芳《书望溪先生传后》引方苞言，见徐斐然：《国朝二十四家文钞》卷23，道光十年（1830）文光堂刻本。

② 有关姚永朴的文论观念参见魏世民《桐城派理论的发展和最后总结——论姚永朴的〈文学研究法〉》一文，载《安徽大学学报》（哲学社会科学版）2009年第6期，第57~60页。

③ 王先谦：《续古文辞类纂》不选辞赋，认为辞赋专尚骈俪，与古文有别。

诸中。辞不从外来，理不由他得，一本于情而已矣”①，“其情不自知而形于辞，其辞不自知而合于理，情形于辞，故丽而可观；辞合于理，故则而可法”②。古赋是情辞相符、辞理相合的典范，则而可法。康绍镛为《七十家赋钞》作序谓“盖赋者，《诗》之讽谏，《书》之反覆，《礼》之博奥，约而精之，以情为表，以理为职，以言为端倪者也”③，认为汉魏古赋源于经术，情、辞、理相为表里。在古、律之辨中，桐城派选择古赋。在辞、理之辨中，桐城派亦求助于古赋。姚鼐《古文辞类纂》选古赋，即是效赋作法，以古赋为古文，法赋辞章，在方苞“义法”之外，增入“情”与“辞”的因素，因此他在选录古赋时尤重宋玉、司马相如赋作。吴汝纶编《古文读本》一依姚《古文辞类纂》、曾《经史百家杂钞》，录荀卿、屈原、宋玉、王褒、扬雄、王粲等古体赋，并指出：“桐城诸老，气清体洁，海内所宗，独雄奇瑰玮之境尚少。……曾文正公出而矫之，以汉赋之气运之，而文体一变，故卓然为一代大家。”④曾《经史百家杂钞》、吴《古文读本》均有选录古赋以达到运赋气作古文之目的。

其次，桐城派古文选本选古赋，也承延了古律之辨视野下古赋选本广纳众体以扩大堂庑的趋势。现存最早的古赋合集是《文选》，赋居其首，只录以“赋”名篇者，楚骚、七体、颂赞等皆另立门类。祝尧《古赋辨体》分赋为“楚词体”、“两汉体”、“三国六朝体”、“唐体”、“宋体”五类，又于外录中附入“骚”、“辞”、“文”、“操”、“歌”诸体。张惠言《七十家赋钞》将楚骚、七体纳入赋体之中。桐城派作家继承这种趋势，姚鼐以为“汉世校书有《辞赋略》，其所刻者甚当。昭明太子《文选》，分体碎杂，其立名多可笑者”，其《古文辞类

---

① 祝尧：《古赋辨体》卷7“唐体”序，见王冠辑《赋话广聚》第二册。

② 祝尧：《古赋辨体》卷3“两汉体”序，见王冠辑《赋话广聚》第二册。

③ 康绍镛：《七十家赋钞序》，见张惠言《七十家赋钞》，道光元年（1821）年合河康氏刻本。

④ 吴汝纶：《与姚仲实》，《吴汝纶尺牍》，黄山书社1990年版，第34页。吴汝纶《古文读本》评王粲《登楼赋》云：“两汉浓郁之体，于是一变，建安七子所以为雄。”评鲍照《芜城赋》云：“气骏而词已失古泽。”皆说明吴氏重汉魏古赋之气。

纂》分文为13类，将楚辞纳入辞赋类，并增入《战国策》文、七体及司马相如《难蜀父老》、扬雄《解嘲》等类赋之文。梅曾亮《古文词略》、黎庶昌《续古文辞类纂》、吴汝纶《古文读本》①等悉依姚《古文辞类纂》13类例。曾国藩《经史百家杂钞》将姚《古文辞类纂》的13类更易为11类。他以汉赋之体入古文，又将颂赞、箴铭诸体也纳入到辞赋类中，赋体更加张而广之。桐城派古文家一方面视辞与赋无别，另一方面将古文纳入古赋的范畴，又将辞赋编入古文的选本中，借扩大古赋之范畴从而扩大古文之规模来为自己服务。

最后，桐城派作家以古赋为古文，以古文为时文，承延的又是古律之辨视野下以古赋为律赋的创作范式。这其中又内含有以古赋与律赋之关系来探讨古文与时文之关系，即以古赋为古文、以古文为古赋之关系与以古赋为律赋、以古文为时文之关系。清初陆棻即说："古赋之名始于唐，所以别乎律也。犹之今人以八股制义为时文，以传记词赋为古文也。"②古赋与律赋之关系相类于包括古赋在内的古文与时文之关系。阮元认为汉赋已开八比先河："《两都赋序》'白麟神雀'二比、言语公卿二比，即开明人八比之先路。"③王芑孙云："赋无工拙，以文之工拙定。赋有不嫌四六者，必旁挟乎《史》、《汉》散文之体，而直树以韩、柳孤行之骨，然后营度无乖，波澜皆老。诗不于诗求，赋亦不可于赋求也。"④提倡以古文写法作赋。鲍桂星《赋则》序中言其受师教诲时谓"两先生(吴澹泉、刘大櫆)皆深于古文，其论为赋之法，与古文不异"，指出赋与古文在创作方法上的相通之处，紧接着又说："夫赋有古有律，为古而不求之古，无以为法也；为律而不求之古，犹无以为法也。"⑤明确提出律赋创作要求诸古赋，以古为

---

① 吴汝纶《古文读本》卷1"荀卿赋"下注曰："坐圈依曾文正公"；《渔父》下注曰："以下四首依《类纂》本"；扬雄《酒箴(赋)》下注曰："以下三首依《类纂》本"等。

② 陆棻：《历朝赋格序》，见《历代赋格》，康熙二十五年(1686)刻本。

③ 阮元：《书梁昭明太子文选序后》，见《揅经室集》第三集卷2，上海书店1989年据商务印书馆1926年版影印《四部丛刊》本。

④ 王芑孙：《审体篇》，见《读赋卮言》，光绪十一年(1885)富顺考隽堂刻本。

⑤ 鲍桂星：《赋则序》，见《赋则》，道光年间刻本。

法。又在《凡例》中称宋人试赋多沿唐体“大率皆有韵时文耳”。在鲍氏看来，古文与古赋作法相通，律赋创作要以古赋为法，律赋又是有韵时文，循环一视，四者本通①。李调元《赋话》引唐元稹《郊天日五色祥云赋》中起句云“臣奉某日诏书曰：唯元祀月正之三日，将有事于南郊”，中间云“于是载笔氏书百辟之词曰”、“象胥氏译四夷之歌曰”，后云“帝用愀然曰”诸语，认为“皆以古赋为律赋”②。卷2评白居易《动静交相养赋》“通篇局阵整齐，两两相比，此调自乐天创为之，后来制义分股之法，实滥觞于此种”。卷3云：“唐李程《金受砺赋》，双起双收，通篇纯以机致胜，骨节通灵，清气如拭，在唐赋中又是一格。毛秋晴太史谓制义源于排律，种亦是滥觞，分合承接，蹊径分明，颖悟人即可作制义读。”邱士超更鲜明地提出“时赋”一说，要求“时赋”学唐律赋：“赋中之尔乃、若夫，不择而施，最为讨厌，而时赋必强用两字以冠之，不知唐人胸有成竹，唯以古文大气呼吸之法行之，故一用虚字不见其少，连用虚字而不厌其多，起接上以启下，如一身之血脉相承，绳贯珠联无有断续。”③唐赋虚字运用得好是因为它以古文之法行之，时赋也要学习古文作法。

为方苞所不重的古赋，为姚鼐、梅曾亮、曾国藩、吴汝纶诸人的古文选本所录。在这些选本中，以圈点时文之方法评点古赋，以古赋之作法、结构指导时文写作的现象随处可见。律赋、时文创作衰微，追求经世致用的姚氏兄弟在编纂《历朝经世文钞》时也就弃古赋而不录了。

三

桐城派古文选本对古赋的选择，由舍而取，由取而舍，但其主流

---

① 有类似观点的人不少，如李元度《赋学正鹄序目》即云：“赋者，古诗之流。其体肇于荀卿宋玉，自周秦汉魏至六朝，皆古赋也。唐以诗赋取士，始有律赋之目。古赋变为律赋，犹古文变为时文也。”[光绪十八年(1892)茹古山房校刊本]

② 李调元：《赋话》卷2，丛书集成初编本。

③ 邱士超：《唐人赋钞》，同治十三年(1874) 重刊本。

倾向在取。姚鼐、曾国藩及其诸门生的古文选本均选录古赋，对赋学上的一些基本问题做出了各自的回答，达成很多共识，如同意辞赋一体，以古文为古赋，扩大古赋范畴；以古赋为古文，扩大古文堂庑等。但他们对一些具体问题认识的侧重点亦有诸多不同，从而显现出不同的用意。

一是对辞赋渊源与性质的认识有异。尽管他们都认同《诗经》是赋之源头，但各有偏重。姚鼐虽说“辞赋类者，风雅之变态也”，但紧接着又指出《战国策》中《楚人以弋说顷襄王》、《庄辛说襄王》和《史记》中《淳于髡讽齐威王》等表现战国纵横家风采的文章是赋，因此不少人就将姚鼐归为“赋源于纵横家”之说的提倡者①，这是有一定道理的。姚鼐于《圣驾南巡赋序》中称：“臣愚无似窃作赋一篇，不敢自附于此古诗之流。”②姚氏虽也认同“赋者，古诗之流”的说法，但表现得并没有后来的曾国藩诸人那么鲜明。曾国藩编《经史百家杂钞》谓“近世一二知文之士纂录古文，不复上及六经，以云尊经也”，对《古文辞类纂》等古文选本表示出不满，于是“余抄纂此编，每类必以六经冠其端，涓涓之水，以海为归，无所于让也”。并将《诗经》诸篇冠“词赋类”之首，以示源头。又在《评注古文四象》“少阴情韵”卷中首列《诗经》，后再列诸赋。曾氏以行动来实践“赋者，古诗之流”说，尊体致用。

与此相应，姚鼐、曾国藩对辞赋性质的认识也有所不同。姚鼐认为“辞赋固当有韵，然古人亦有无韵者，以义在托讽，亦谓之赋耳”。姚氏因而将无韵的战国纵横家之文纳入到古赋中，强调赋的讽谏功能。曾国藩则说“词赋类，著作之有韵者”，遵从传统的辞赋界定，“著作敷陈，发明吾心之所欲言者。其为类有二：无韵者曰著作，辩

---

① 如马积高先生在探讨赋源说时，于“本于纵横家言说”条云：“姚鼐编《古文辞类纂》，将《战国策》中的《楚人以弋说顷襄王》、《庄辛说襄王》亦收入‘辞赋’类，盖亦有见于此。”见《历代辞赋研究史料概述》，中华书局 2004 年版，第 6~7 页。

② 姚鼐著，刘季高标点：《惜抱轩诗文集》，上海古籍出版社 1992 年版，第 239 页。

论之类；有韵者曰词赋，敷陈之类”①，明确地将战国纵横之文排斥在辞赋之外，强调辞赋的韵律和铺陈的文学特征。同理，姚氏选录赋作重宋玉而轻荀卿，而曾氏则重荀抑宋。姚氏重宋玉的原因，一方面正如他所声明的“辞赋类者，楚人最工为之，盖非独屈子而已”，为了显示宋玉在辞赋创作中的突出地位。宋玉“祖屈原之从容辞令，终莫敢直谏”，他于赋学的突出贡献是变屈原的“直谏”为“曲谏”。另一方面选《对楚王问》入辞赋，以显示辞赋家与战国纵横家之关系。姚《古文辞类纂》大量选录宋玉赋作，而对荀子赋作一篇不录。曾氏《经史百家杂钞》在少量选录宋玉赋作的同时，又录入荀卿《赋篇》，且紧置《诗经》后，尊荀抑宋的倾向很明显。

二是对扬、马地位的认识有异。方苞虽歧视汉赋，但对司马相如却多有褒言，“盖相如天骨超俊，不从人间来”，其《古文约选》不收相如赋是“恐学者无从窥寻，而妄摹其字句，则徒敝精神于蹇浅耳”。尔后，姚《古文辞类纂》、曾《经史百家杂钞》等古文选本对相如、扬雄的赋均有选录，但对他们的作品选录各有侧重。就姚《古文辞类纂》、曾《经史百家杂钞》选录司马相如、扬雄作品的总数而言，二者相差不大。但就他们所认同的辞(词)赋分类来看，姚氏“辞赋类”收相如赋 7 篇，康本认为是一流作品的有 3 篇，篇目圈数为 12 圈，平均每篇 1.71 圈；李本认为是一流作品的有 4 篇，篇目圈数 17 圈，平均每篇 2.43 圈。收扬雄赋亦 7 篇，康本篇目圈数 10 圈，平均每篇 1.43 圈；李本篇目圈数 12 圈，平均每篇 1.71 圈，康本、李本均认为一流作品仅有 2 篇。由此可知，在姚氏眼中，司马相如的赋作成就高于扬雄。曾《经史百家杂钞》“词赋类”选司马相如赋仅 5 篇，而扬雄达 10 篇，又从《经史百家杂钞》中“择其尤者四十八篇”而成的《经史百家杂钞简编》，“词赋类”只选四篇，扬雄《解嘲》紧随《诗·七月》后，司马相如赋一篇未选，本入“哀祭类”的《哀二世赋》也未入选《经史百家杂钞简编》。就曾氏所认可的“词赋”而言，扬雄的地位高于司马相如。曾氏《评注古文四象》“太阳气势(上)”“经”类后紧接的

① 曾国藩:《杂著·笔记二十七则》,《曾国藩全集·诗文》，岳麓书社 1986 年版，第 373 页。

就是“史”类扬雄赋作，而司马相如赋列入“太阳气势(下)”“史”类。曾氏不以时间先后顺序排列马、扬，而是将后于相如的扬雄列在“经”类之下，这也显示出他对扬雄的推崇。

姚、曾对马、扬地位认识的不同，从他们的赋论中亦可看出。姚鼐《翰林论》云：“是故君子求乎道，细人求乎技。君子之职以道，细人之职以技。使世之君子，赋若相如、邹、枚，善叙史事若太史公、班固，诗若李、杜，文若韩、柳、欧、曾、苏氏……”①将相如与李、杜、韩、柳等并举，归入“求道”君子之列而不及扬雄。又在《王禹卿七十寿序》中说：“今夫闻见精博至于郑康成，文章至于韩退之，辞赋至于相如，诗至于杜子美……此古今谓绝伦魁俊，而后无复逮者矣。”②认为相如赋成就最高，可与郑玄、韩愈、杜甫等并列为古今“绝伦魁俊”，这对相如已经相当推尊了。姚鼐在推尊相如的同时，对扬雄的评价却并不甚高，《古文辞类纂》目录序云：“文士之效法古人，莫善于退之，尽变古人之形貌，虽有摹拟，不可得而寻其迹也。其他虽工于学古，而迹不能忘，扬子云、柳子厚于斯盖尤甚焉，以其形貌之过于似古人也。”推崇韩愈，而对扬雄、柳宗元却颇有微词。曾氏处咸、同之世，出于经世致用的需要，在对文统、道统的回溯中，更推崇扬雄的辞赋创作。曾氏在咸丰九年三月初三谕纪泽中即推“扬子云为汉代文宗”③；在咸丰十一年正月初四谕纪泽中称：“余好古人雄奇之文，以昌黎为第一，扬子云次之。二公之行气，本之天授。”在古文大家中扬雄仅次于韩愈，这是何等推崇。他又在同治二年三月初四日谕纪泽中云：“私窃其志，欲以戴、钱、段、王之训诂，发为班、张、左、郭之文章……由班、张、左、郭上而扬、马，而庄、骚，而六经，靡不息息相通。……至韩昌黎出，乃由班、张、扬、马而上跻六经……近世学韩文者，皆不知其与扬、马、班、张一

---

① 姚鼐著，刘季高标点：《惜抱轩诗文集》，上海古籍出版社 1992 年版，第 4~5 页。

② 姚鼐著，刘季高标点：《惜抱轩诗文集》，上海古籍出版社 1992 年版，第 126 页。

③ 曾国藩：《咸丰九年三月初三日谕纪泽》，《曾国藩全集·家书》，岳麓书社 1985 年版，第 469 页。

鼻孔出气。”将韩愈与扬、马、班、张并举。在曾氏眼里，扬雄的地位远高于相如。其后《选评〈古文辞类纂〉》的林纾也推尊扬雄，认为“昌黎者，竟死追逐扬雄氏所为文，实未尝貌类扬雄。盖雄文肆于赋笔而缩于《法言》，造语重而结响坚，此昌黎之所慕也”①，又说“昌黎沉浸于(扬)雄文”②，扬雄成为韩愈学习的偶像。他在《选评〈古文辞类纂〉》扬雄《解嘲》文后云“通篇行气、结响、赋色，皆臻绝顶”，在韩愈《送穷文》后评云“此文盖仿子云《逐贫赋》而作”，均对扬雄评价甚高。

三是对班固、左思、庾信等人赋学成就的认识有异。方苞对班固的文、赋不甚看重，《古文约选序例》云：“《答宾戏》、《典引》之类皆不录。”姚鼐《古文辞类纂》“辞赋类”只收《两都赋》一篇，“箴铭类”一篇未收。曾氏对班固赋却非常重视，在《经史百家杂钞》“词赋类”中收《两都赋》、《幽通赋》、《答宾戏》三篇铭文，共有六篇；在《经史百家杂钞简编》中选录了《两都赋》；在《评注古文四象》中把班固赋列入“少阴情韵”“史”类，紧随“经”类《诗经》后。班固《两都赋序》称“赋者，古诗之流也”，这正合曾氏将《诗经》列“词赋类”之首的心意。左思赋，姚《古文辞类纂》一篇未收；曾《经史百家杂钞》收《三都赋》一篇，这一方面可能与《三都赋》是汉大赋最后的辉煌有关，另一方面可能也与《三都赋序》所称的“赋者，古诗之流也”有关。另外，曾氏也选了姚《古文辞类纂》未收的庾信《哀江南赋》一篇，并于每段段末按语云：“以上追痛梁亡”；“以上追述梁承平之盛”；“以上言侯景兵起，梁君臣忽于武备”；“以上叙侯景内附”；“以上叙临贺王通侯景”；“以上叙景围台城”；“以上叙援兵不至”；“以上叙韦、江、羊、柳诸将”。这简直就是拿庾信赋作史书读了。

四

姚鼐《古文辞类纂》选录古赋，在评注中重考据功夫的展示；而

---

① 林纾：《百大家评选韩文菁华录序》，《畏庐文集》之《三集》，民国丛书本第4编。

② 林纾：《慎宜轩文集序》，《畏庐文集》之《三集》，民国丛书本第4编。

曾国藩《经史百家杂钞》在评述古赋时，重在赋气的阐发，从辞赋入经术，崇尚道统与经世致用。处在汉学盛行的乾嘉时代，姚鼐不得不对考据之学有所关注。因此他的《古文辞类纂》不仅选录“体国经野，义尚光大”的汉大赋，而且还对兼包才学的汉大赋做过详细的文字考据功夫。如注《上林赋》“蒙鹖苏，绔白虎”谓：“《续书·舆服志》云：武冠，环缨无蕤，以青系为绲，加双鹖尾。五官、左右虎贲、羽林中郎将、羽林左右监，皆冠鹖冠。虎贲将虎文绔。襄邑岁献，织成虎文。’①此乃所云‘蒙鹖苏，绔白虎’也。孟康注鹖，鹖尾也；苏，析羽也，盖得之，而善注谬甚，郭景纯以绔为绊，亦失之。”名物训诂有理有据，纠正李善、郭璞的谬失。又如注扬雄《河东赋》“河灵矍踢，爪华蹈襄”句云：“颜坚云：爪，古掌字。鼐按：《说文》：爪，亦丮也，从反爪，诸两切。丮，持也。故苏林注此赋云：掌据之。是即持丮之义，不得谓即掌字也。《水经·河水下》郦注引‘掌华蹈襄’，盖以音近而相承，失读久矣。‘襄’《汉书》作‘衰’，然《郊祀志》及《史记·封禅书》并作襄山，此文与‘矍踢’协韵，故知作‘襄’为正，‘衰’字误也。”文字考证旁征博引，指出了《汉书》记载的错误。再以班固《两都赋》为例，评注文字共有八处，七处都为考证文字，文学评论仅有一处，还是引用姚范之语。

经世之学兴盛，汉学走向衰微，曾国藩选录古赋，已不再汲汲于文字训诂的功夫。同以曾《经史百家杂钞》选录《两都赋》为例，评注的文字皆为概括每节大意，如“以上浑言宫室”，“以上归真返朴”，“以上较论东西之长短”……无一处考证文字。曾氏选录古赋潜心于运赋气上。曾氏运赋气作古文的思想，学界论述甚多，这里需有两点稍作补充：一是曾氏最看重的是扬雄的赋气，认为他仅次于韩愈“行气”，皆“本之天授”。二是曾氏将汉赋之气分为两类，并与姚鼐的阳

---

① 《续书》指《后汉书》，其《舆服志》云：“武冠，俗谓之大冠，环缨无蕤，以青系为绲，加双鹖尾，竖左右，为鹖冠云。五官、左右虎贲、羽林、五中郎将、羽林左右监皆冠鹖冠，纱縠单衣。虎贲将虎文绔。白虎文剑佩刀。虎贲武骑皆鹖冠，虎文单衣。襄邑岁献织成虎文云。”见《后汉书》，中华书局 1965 年版，第 3670 页。

刚与阴柔之说结合起来。他在《圣哲画像记》中说："西汉文章，如子云、相如之雄伟，此天地遒劲之气，得于阳与刚之美者也，此天地之义气也。刘向、匡衡之渊懿，此天地温厚之气，得于阴与柔之美者也，此天地之仁气也。"①这是曾氏的理论创新，但曾氏选录古赋的最大用意是借词赋以入经术。曾氏推"赋者，古诗之流"说，选录古赋尤重荀卿、扬雄赋作。曾氏之所以重视荀卿赋作，一方面是荀赋有很深的《诗经》印记，另一方面也与荀卿在《诗经》传承中的重大作用密切相关②。魏源《定庵文录叙》云："荀况氏、扬雄氏亦皆从词赋入经术，因文见道，或毗于阳则驳于质，或毗于阴则愦于事，徒以去圣未远，为圣舌人，故至今其言犹立"，而宋玉、唐勒、景差之徒"益与道分裂"③。曾氏重荀卿赋、扬雄赋，意在从辞赋入经术、从辞赋入道统，即以经术为古文，以古文见道统，从而达到经世致用的目的。

在清代赋坛古、律之辨的视野下，观照桐城派作家古文选本选录古赋的风尚，其主要创获有四：1. 桐城派古文选本选古赋主要出现在嘉、道、咸、同年间，这与清代古赋风尚盛行的时期大致相同。方苞《古文约选》不录古赋，而姚鼐等作家的古文选本则选录古赋，这是缘于古文辞、理之辨的考量。2. 古文批评与赋学的古律之辨，皆涉及辞理之争，而赋学上的辞、理之辨自元人祝尧的《古赋辨体》以来就有较完备的阐述，认为古赋是情辞相符、辞理相融的典范。故桐城派作家选古赋，提倡效赋作法，法赋辞章，以古赋为古文，在方苞

① 曾国藩：《圣哲画像记》，《曾国藩全集·诗文》，岳麓书社 1986 年版，第 249 页。

② 汉初经学，尤其是《诗经》学，多传自荀子。陆玑《毛诗草木鸟兽虫鱼疏》云："孔子删《诗》，授卜商。商为之序，以授鲁人曾申，申授魏人李克，克授鲁人孟仲子，孟仲子授根牟子，根牟子授赵人荀卿，荀卿授鲁国毛亨，毛亨作《训诂传》以授赵人毛苌。"《毛诗》为荀子所传；《汉书楚元王交传》云："少时尝与鲁穆生、白生、申公俱受《诗》于浮丘伯。伯者，荀卿门人也。"《鲁诗》亦荀子所传；皮锡瑞《经学历史》谓："《韩诗》今有《外传》，引《荀子》以说《诗》者四十有四。"《韩诗》亦与荀子有关。

③ 龚自珍著，王佩诤校：《龚自珍全集》，中华书局 1959 年版，第 632 页。

“义法”之外，又增入“情、辞”因子。3. 桐城派作家选录古赋，除辞、理方面的权衡外，还有两个方面原因：一是将骚体、七体、赋类文以及颂赞、箴铭等纳入古赋范畴，借以扩大古文堂庑；二是承延赋坛以古赋为律赋之风，桐城派作家将此推衍至古文与时文关系的批评中，论古文与论古赋方法不异。一旦律赋、时文衰微，主张经世的姚氏兄弟即弃古赋而不录。以上两点也是桐城派赋学思想的独特处所在。4. 姚鼐、曾国藩对古赋渊源与性质认识有别，对作家作品的抉择各异，表现出不同的用意。姚氏以辞章合于义理，选录古赋，效赋法、法赋辞，重屈宋、司马相如之赋，重在以古赋为古文。曾国藩则尊“赋者，古诗之流”说，运赋气，重荀卿、扬雄赋作，从词赋入经术，以词赋为经术，以经术为古文，以古文贯道统，从而达到经世目的。桐城派作家选录古赋，既丰富了中国的赋学理论，又裨益于桐城古文的创作与批评。

［原载《安徽大学学报》（哲学社会科学版）2011 年第 6 期］

【评　介】

王思豪，安徽桐城人，毕业于南京大学文学院，获文学博士学位，主要研究方向是中国赋学、明清文学，现就职于江苏省社会科学院文学所。

桐城派亦称“桐城古文派”，是清代中叶文坛上最大的散文流派，其早期的代表人物戴名世、方苞、刘大櫆、姚鼐等均为安徽桐城人，故名。戴名世、方苞、刘大櫆、姚鼐被尊为桐城派“四祖”。

桐城派因其客观上适应了清王朝政治文化建设的需要，受到清王朝的保护，其文章内容多是宣传儒家思想，尤其是程朱理学；语言则力求简明达意，条理清晰，“清真雅正”。桐城派古文理论和创作一直影响到清末的文坛。方苞的《狱中杂记》、《左忠毅公逸事》，姚湘的《登泰山记》都是桐城派有影响的代表作。

桐城派古文在有清一代地位重要，数量众多的古文选本是其传播思想的主要媒介。这些选本既是其学习古文的典型范本，又能够传承古文思想。但是各家选择古文的标准却不太一样。方苞继承归有光的唐宋派古文传统，提出“义法”的主张：“义即易之所谓‘言有物’也，法即易之所谓‘言有序’也，义以为经，而法纬之，然后为成体之文”，并在文章的章法上，追求“雅洁”，“明于体要，而所载之事不杂”，故不重古赋。但是姚鼐之后出现的桐城派作家的古文选本中，却又大量采用古赋，等到姚永朴、姚永概兄弟编录《历朝经世文钞》时却又不录古赋。这种变化与赋学在清代古、律之辨的大背景下的发展密切相关。

在清代，古律之辨是赋坛重大主题。康熙年间仍有考古赋的现象。乾隆以后，律赋渐渐兴盛，与古赋呈相对之势，这激发了一批赋家以古赋为世用的热情，古、律之辨一时成为赋坛主导风尚，一直持续到咸丰、同治以后，古体派再度崛起。清代赋学选本亦呈现出这种态势，编选者或尊古赋，或重律赋，或主融通。推尊律赋的选本兴盛于乾隆年间，后层出不穷，如朱一飞《律赋拣金录》、法式善《三十科同馆赋钞》等。推尊古赋的选本主要出现在嘉庆、道光与同治年间，如姚文田《赋法》、郑抡才和蒋承志《古小赋钞》、王芑孙《古赋识小录》等。在清代赋学古律之辨背景下，桐城派作家选择了尊古抑律的道路。方苞就认为“古文之传，与诗赋异道”，称唐宋之学者“逐于诗赋论策之末”，对用于取士的律赋颇为不屑。曾国藩就认为律赋作法不适合古文家，其弟子黎庶昌选编《续古文辞类纂》也不收律赋。这一时期的桐城派作家收录古赋，推崇其为“国粹”。

桐城派对古赋的选择，经历了一个由舍到取、由取到舍的过程，这个过程也是对古、律之辨的赋学思想的承继，这其中也凸显出桐城派作家赋学思想的独特之处。一、桐城派古文的辞、理矛盾亦存在于赋学的古、律之辨中。为应对古文辞、理之辨的考量，桐城派作家选本走向尊古抑律之途，在“义法”之外，增入“情、辞”因子；后弃古赋而不录则是由于经世之目的。二、桐城派古文选本选古赋，也承继了古律之辨视野下古赋选本广纳众体以扩大堂庑的趋势。在选本中逐渐将骚体、七体、赋类文以及颂赞、箴铭等纳入古赋范畴，增加古赋范畴，借以古赋为律赋的创作范式来讨论古文与时文之关系，论文、评赋方法相参。三、桐城派作家以古赋为古文，以古文为时文，承继的又是古、律之辨视野下以古赋为律赋的创作范式。这其中又含有以古赋与律赋之关系来探讨古文与时文之关系，即以古赋为古文、以古文为古赋之关系与以古赋为律赋、以古文为时文之关系。在对古赋渊源、性质与赋家赋作的择录等具体问题的认识上存在诸多差异，彰显不同用意。

桐城派古文选本对古赋的选择，由舍而取，由取而舍，但其主流倾向在取。姚鼐、曾国藩及其诸门生的古文选本均选录古赋，对赋学上的一些基本问题做出了各自的回答，达成很多共识，如同意辞赋一体，以古文为古赋，扩大古赋范畴；以古赋为古文，扩大古文堂庑等。

姚鼐《古文辞类纂》选录古赋，在评注中重考据工夫的展示，这是因为处在汉学盛行的乾嘉时代，姚鼐不得不对考据之学有所关注。经世之学兴盛，汉学走向衰微，曾国藩选录古赋，已不再汲汲于文字训诂的工夫。曾国藩《经史百家杂钞》一书重在赋气的阐发，从辞赋入经术，崇尚道统与经世致用。

总之，桐城派的古文理论和古文艺术实践都有其杰出的贡献，创造出一个系统的文学创作理论，虽然有一定错误的内容，但总体上还是值得我们借鉴的。桐城派作家重视经世目的，古文选本也能根据时代变化之要而加以完善。虽然桐城派在后期表现出一定的反动思想，但是其爱国情怀是不容忽视的。因此，在评价桐城派时，不能一概而论。

论桐城派

李　详

《说文》有“𠂢”无“派”，“𠂢”从反“永”，谓水之“衺”流别也，即今“派”之正字。夫衺流别赴，异于正源，本非雅词。古云师法，无所谓宗派者，有之，自宋吕居仁《江西宗派图》始。然“一祖三宗”之说，山谷、后山、简斋，尚在人口，其下则蔑如也。可见一时好尚，未为定论。

乃乾隆重中程鱼门（曾文正谓周书昌，非是）。与姚姬传先生相习，谓“天下之文章，其在桐城乎”，此乃一时兴到之言，姬传先生犹不敢承，其与王惕甫书但自居于宋穆伯长、柳仲涂一流，为扬徽之首涂。先生之谦，固不可及。诚知文章一道，大则笼罩百家，自铸伟词，小亦钻仰先达，树义卓然，所宗何师，即为一派，譬之同源异流，归海而会，乃与古人“衺流别”之训相合。若举天下统定一尊，犹之四渎并而为一，云此为正派，余则非是，固无此理。然其说新奇，倡其说者，又为当时之望，因之有不考情实，雷同附和，既挟恐见破，披猖愈甚者，姬传、鱼门之时，岂料及此？

然鱼门之言，乾、嘉时尚无敢奉此为说，以当时诸老，存者犹夥，略一举口，则诘难蜂起，故匿而不见。至道光中叶以后，姬传弟子，仅梅伯言郎中一人，同时好为古文者，群尊郎中为师，姚氏之薪火，于是烈焉。复有朱伯韩、龙翰臣、王定甫、曾文正、冯鲁川、邵位西、余小坡之徒，相与附丽，俨然各有一桐城派在其胸中。伯言亦遂抗颜居之不疑。逮曾文正为《欧阳生文集序》，复畅明此旨，昭昭然若揭日月。文正功勋莫二，又为文章领袖，其说一出，有违之者，惧为非圣无法。不知文正此序，乃借为文章波澜，不意举世尊之若此。惟巴陵吴氏具有先见，作书与文正，力自剖别。文正即答书，许其摘免，虽为相戏之言，其情固输服矣。

文正之文，虽从姬传入手，后益探源扬、马，专宗退之，奇偶错综，而偶多于奇，复字单义，杂厕相间，厚集其气，使声采炳焕，而戛焉有声，此又文正自为一派，可名为湘乡派，而桐城久在祧列。其门下则有张廉卿裕钊、吴挚甫汝纶、黎莼斋庶昌、薛叔耘福成，亦如姬传先生之四大弟子，要皆湘乡派中人也。

自四君殁后，世之为古文者，茫无所主，仅知姬传为昔之大师，又皆人人所指名，遂依以自固，句摹字剽，于其承接转换，“也”、“耶”、“与”、“矣”、“哉”、“焉”诸助词，若填匡格，不敢稍溢一语，谓之谨守桐城家法，而于姬传所云“义理、考据、词章，三者不可缺一”，则又舛焉背驰，若适燕之南其辕，博士书驴券，累纸不见“驴”字，又若为人作奏，而葛龚之名未去者。此则种种骇怪，尾闾之泄，渐且涸焉，无涓滴之润，源既竭矣，派于何有？思之足为寒心。

余于今之能治桐城古文者，皆在相知之列，其学又皆有余于古文之外，未尝不爱之重之，余之此言，盖专为救弊而发。且正告之曰：古文无义法，多读古书，则文自寓法，古文无派，于古有承者，皆谓之派，期无负于古人斯已矣，于桐城何尊焉，于桐城又何病焉。

（原载《国粹学报》1908 年第 12 期）

【评　介】

李详（1858—1931），著名学者，江苏兴化人。担任过南京东南大学中文系的教授，曾被蔡元培聘任为大学院特约著述员，后归乡整理生平著作，编有《陶集说略》、《文选萃精》、《韩诗萃精》等讲稿。此外，还著有《正史源流急救篇》、《文心雕龙补注》、《颜氏家训补注》、《选学拾沈》、《杜诗证选》、《韩诗证选》、《述学笺》、《学制斋骈文》、《槐生丛录》、《汪容甫文笺》、《拭觚脞语》、《〈清代学术概论〉举正》、《学制斋诗集》等。

李详的《论桐城派》原发表于《国粹学报》1908 年第 12 期，主要论述了桐城派的产生、发展(桐城派由方苞创始，经过刘大櫆、姚鼐等，发展到曾国藩再现高峰、梅曾亮紧随其后宣扬附和桐城派，后期吴汝纶等进一步推进其发展，道光以后桐城派散文已成为当时古文的主流)以及末期桐城派文派的弊端，如徒有形式，内容脱离实际，华而不实等。文章中值得一提的是林纾，多数学者对林纾捍卫桐城派古文地位的贡献是持肯定态度的，特别是他在文白之争中所做的努力。但李详认为，林纾推崇桐城派，不过是为了生计而已。

论古文白话之相消长

林 纾

名曰古文，盖文艺中之一。似无关于政治，然有时国家之险夷系彼一言，如陆宣公之制诰是也；无涉于伦纪，然有时足以动人忠孝之思，如李密之《陈情》、武侯之《出师表》是也。然不能望之于人人，即古人得一称心之作，亦不易睹。

文之盛，莫如唐。然《全唐文》，余已阅至大半。四杰唯子安为腴厚；燕、许则貌为汉京，力学《典引》，而思力不及独孤；常州较有法而多懈，权文公则寝处必具衣冠矣；李白、萧颖士皆近六朝，然颖士之渊雅，似较太白为重，故李华终生畏颖士也。其余李峤诸人，皆貌为虚枵。其中昌黎一出，觉日光霞彩照耀四隅。柳州则珠玉琳琅，不能与之论价，于是废其下不观。以鄙意论之，晚唐之罗江东及皮、陆尚有作法，视初唐之陈子昂、张曲江滋味尚多。

至宋，则学派兴而说理之文夥，以陈同甫之豪、叶水心之高，亦稍染习气。苏氏父子、张文潜、晁无咎、黄鲁直、陆务观、秦淮海诸人，似人家分筑小园，一草一木各有位置，谓之包罗万有，余亦不敢信其诣力即能至是也。欧公不主博而主精，读书不如原父兄弟，而起讫作止得韩之真，且一改其壁垒。与荆公相较，荆公肖韩处多，犹杨西亭之逐石谷，终身仿佛石谷，终身不脱石谷窠臼矣。故宋文以欧为上，而独不近柳。曾子固是发源于更生，有时骨干坚卓处，乃能为柳。读此三数家文，以渊潜之眼力观之，脉络筋节精细处，均似遵左氏、史公之法程，有时能变化而脱去之，斯真有本领矣。

元时如姚燧诸人以多为贵，且以野战为长。虞伯生较有先民矩矱，然少问津者。

至明，则两汉之途大辟，人人争趋，弃掷八家如刍狗。愚恒笑以为《品花宝鉴》学《红楼梦》者也。《红楼梦》多贵族手笔，而曹雪芹又司江南织造，上用之物靡不周悉。作《品花宝鉴》者，特一秀才，虽极写华公子之富，观其令厨娘煮粥，亲行命令，如某某之粉宜多宜寡，斟酌久之，如在《红楼梦》中，则一婢之口吻耳。须知汉时古书尚多，而国之气脉亦厚，所以子云、相如以鸿丽之笔横绝一世，此即《红楼梦》中之写楼台、衣服及饮食、起居诸事一无寒俭之态。明人之学汉，但有略猎其字眼、谬装其音吐、假饰其步履，今试问汪伯玉诸人有一篇文字能使人涵泳不去手否？风洲始懵而终悟，故晚年文字较清醒可人意，李沧溟则否。震川穷老尽气，但抱一《史记》，而于《史记》中尤精于《外戚传》，所以叙家庭琐事入细入微，而赠序则无一篇可读者——由作寿序多，手腕过滑，故赠序近流走而不凝敛。

桐城诸家即奉震川为圭臬，惜抱能脱身自拔，望溪质而不灵，故木然有死气。曾文正尊姚，初无一语及方也，但读惜抱之《泰山记》，即知为桐城之杰。而能承其法乳者，惟梅郎中及吴南屏。梅之山水游记，直趋柳州；吴之幽雅处，仍是欧公家法。此等桐城派之文字，方不至恹恹如病人。实则文无所谓派，有提倡之人，人人咸从而靡，不察者，即指为派。余则但知其有佳文，并不分别其为派。恽子居、李申耆、张惠言三家，谓之读书种子则有余，谓足压倒桐城，吾亦不敢许诺。不过康、乾之盛，文人辈出，亦关气运，然道、咸以下，即寥寥矣。间有提倡者，才力亦薄，病在脱去八股而就古文，拘局如裹足之妇，一旦授以圆履，终欠自如，然犹知有古文之一道。

至白话一兴，则喧天之闹，人人争撤古文之席，而代以白话。其始但行白话报。忆庚子客杭州，林万里、汪叔明创为白话日报，余为作白话道情，颇风行一时。已而予匆匆入都，此报遂停。沪上亦间有为白话相诘难者，从未闻尽弃古文行以白话者。今官文书及往来函札，何尝尽用古文？一读古文则人人瞠目，此古文一道，已属声消烬灭之秋，何必再用革除之力？

其曰废古文用白话者，亦正不知所谓古文也。但闻人言韩愈为古文大家，则骂之，此亦韩愈之报应。何以言之？《楞严》、《华严》之奇妙，而文公并未寓目，大呼跳叫，以铙钹钟鼓为佛，而《楞严》、

《华严》之妙处，一不之管，一味痛骂为快，于是遂有此泯泯纷纷者，尾逐昌黎，骂之于千载之后。盖白话家之不知韩，犹韩之不知佛也。然今日斥白话家为不通，而白话家决不之服，明知口众我寡，不必再辩；且古文一道，曲高而和少，宜宗白话者之不能知也。

昌黎与裴晋公，堂属也。晋公亦自命能文，其视昌黎之文恒以为怪。元微之、白香山亦自命能文，乃平浅不如昌黎之道。道既不同，则不免腾其口说。故淮西一碑，听人引倒，而晋公并不一言；罗隐犹为石孝忠立传，似此碑之文字应仆而不留者。夫罗隐之古文尚窥篱樊，且不知昌黎，况晋公之文本与昌黎异趣，能信之耶？故白话家之骂昌黎，吾不一辩白。盖昌黎与书、赠序两门，真所谓神枢鬼藏，不可方物，孰能知之？吾读昌黎《与胡生书》及《送齐皞下第序》、《送浮屠文畅师序》及《送廖道士序》，将近万遍，犹不释手，其中似有魔鬼弄我，正如今日包世杰君讥我为孔子之鬼引人死地者，确哉，确哉！盖古文之不能为普通文字，宜尊之为夏鼎商彝方称耳。其说则又不然，至道不得至文亦万不传。古文家固推昌黎，然亦有非昌黎而亦传者，如忠臣义士从血诚流出文字，则万古不可漫灭。坊本刻谢叠山《却聘书》，乃林西仲节本，原文长冗极矣，然不害为叠山文字。

总之，能读书阅世，方能为文。如以虚枵之身，不特不能为古文，亦并不能为白话。白话至《水浒》、《红楼》二书，选者亦不为错。然其绘影绘声之笔，真得一“肖”字之诀。但以武松之鸳鸯楼言之：先置朴刀于厨次，此第一路安顿法也；其次登楼，所谓叉开五指向前，右手执刀，即防楼上知状将物下掷，叉指正所以备之也，此第二路之写真；登楼后，见两三枝灯烛、三数处月光，则窗开月入，人倦酒阑，专候二人之捷音，此第三路写法也；既杀三人，洒血书壁，踩扁酒器，然后下楼，于帘影模糊中杀人，刀钝莫入，写向月而视，凛凛有鬼气！及疾趋厨次取朴刀时，则倏忽骇怪，神态如生。此非《史记》而何？试问不读《史记》而作《水浒》，能状出尔许神情耶？《史记·窦皇后传》叙窦广国兄弟家常琐语，处处入情；而《隋书·独孤氏传》曰苦桃姑云云，何尝非欲跨过《史记》？然不类矣。故冬烘先生言文字须有根柢，即所谓古文者，白话之根柢，无古文安有白话？近人创为白话一门，自炫其特见，不知林万里、汪叔明固已先汝而为矣。即如《红楼》一书，口吻之犀利，闻之悚然；而近人学之，所作之文字，乃又癯惙欲死。何也？须知贾母之言趣而得要，凤姐之言辣而有权，宝钗之言驯而含伪，黛玉之言酸而带刻，探春之言简而理当，袭人之言贴而藏奸，晴雯之言憨而无理，赵姨娘之言贱而多怨，唯宝玉所言，纯出天真。作者守住定盘针，四面八方眼力都到，才能随地熨帖。今使尽以白话道之，吾恐浙江、安徽之白话，固不如直隶之佳也。实则此种教法，万无能成之理。吾辈已老，不能为正其非，悠悠百年，自有能辨之者，请诸君拭目俟之！

[选自许桂亮选注：《林纾文选》(注释本)，百花文艺出版社 2006 年版]

【评　介】

林纾(1852—1924)，桐城派的代表人物之一，中国近代翻译西方文艺作品的先驱人物，出版翻译小说多达 170 余种。他能诗善画，自 23 岁起，就在福建南台从事教育工作，还在自己的旧居创建“苍霞精舍”，并任汉文总教习，主授《毛诗》和《史记》，颇受门人尊敬。林纾 31 岁中举以后，求仕心切，先后七次赴京城参加会试，但每次都以失败告终。戊戌变法失败后，他悲愤不已，加上改译《巴黎茶花女遗事》大获成功，他意识到寄情译述同样可以成就功名，从此绝意仕途。48 岁时离开福州，先后在杭州东文精舍、北京金台书院、京师大学堂等处教书。在杭州期间还为白话日报写作过白话诗《闽中新乐府》。他反对迷信、反对妇女缠足、反对宗法制大家庭。晚年长住北京，教书之余专门从事绘画和翻译。

林纾不懂外文，必须依靠别人的口译讲解，才能用文言文改译欧美等国的小说作品。由他改译的法国小说家小仲马的名著《巴黎茶花女遗事》，在出版之后轰动全国。严复将该译著评论为“可怜一卷《茶花女》，断尽支那荡子肠”。林纾改译的《鲁滨逊漂流记》、《伊索寓言》、《新天方夜谭》、《黑奴吁天录》等外国文学作品，也曾被国人争相传阅、风行一时。应该说，林纾与梁启超、严复等人，是中国新文化运动的先驱者，林纾用文言文翻译西方小说，缩小了雅文学与俗文学之间的距离，影响了一代乃至于几代的文学传人。包括陈独秀、胡适、鲁迅、周作人、刘半农、郭沫若、田汉在内的大多数中国现代作家，是由阅读林译小说起步从事文学创作的。

林纾的这篇文章被认为是研究“五四”时期林纾的思想的重要作品之一。在文中，林纾评价了唐、宋、元、明、两汉等著名人物的作品，同时分析了《水浒传》、《红楼梦》中的相关生动描写。本文是林纾众多反对白话文和新文化运动作品中的一篇，而林纾对白话文的态度其实是经历了一个变化的过程的：

1913 年 2 月 24 日，林纾在《平报》上发表《论中国丝茶之业》，提倡创办白话报，以宣传养蚕知识。

1917 年 1 月《新青年》刊登胡适的《文学改良刍议》，明确地提出“以今世历史进化的眼光观之，则白话文学之为中国文学之正宗，又为将来文学必用之利器，可断言也”。陈独秀的《文学革命论》也明确地提出提倡白话文和新文学。为了反驳胡适、陈独秀之文，林纾作《论古文之不当废》一文，文中说“知腊丁不可废，则马班韩柳亦有其不宜废者。吾识其理，乃不能道其所以然，此嗜古之痼也”。这时他开始对白话文表示不满。

1918 年 3 月，钱玄同在《新青年》发表《给新青年编者的一封信》，接着刘半农发表《复王敬轩书》，二人在各自的文中对林纾进行批评。钱玄同的《寄陈独秀》、胡适的《建设的文学革命论》、刘半农的《我之文学改良观》也对林纾进行攻击。林纾发起反击，在 1919 年写出《荆生》、《妖梦》攻击白话文。在小说《荆生》中林纾描写“皖人田其美”影射陈独秀、“浙人金心异”影射钱玄同、“狄莫”影射胡适等人。随后，李大钊发表《新旧思潮之激战》支持新文化运动，反对林纾。这时的林纾开始言辞激烈地攻击白话文。

1919 年 4 月 5 日林纾在《公言报》发表《腐解》一文，陈独秀则作《林纾的留声机》、《婢学夫人》驳斥其观点。1919 年 4 月，林纾在《文艺丛报》上发表《论古文白话之消长》，在文中他说“文字须有根底，即所谓古文者，白话之根底，无古文安有白话”？这就是说，古文是白话的基础。文中同时透露出林纾对白话文的认可“然今日斥白话家为不通，而白话家决不之服，明知口众我寡，不必再辩；且古文一道，曲高而和少，宜宗白话者之不能知也”。文章的最后他说：“吾辈已老，不能为正其非，悠悠百年，自有能辨之者，请诸君拭目俟之。”这时的他虽然坚持己见却已“力不从心”。

五四新文化运动爆发之后，白话文代替文言文成为不可扭转之势。林纾在对抗新文化运动和维护古文的路上可谓尽心尽力，面对陈独秀等人的攻击，他迎面而上，猛烈还击，但终究没有挽救古文灭亡的命运，却悲惨地被后人冠上了“封建文化的卫道者”之名。文白之争在中国近代的历史上是一件不小的事情，林纾成为其中重要的参与者。

清代学术概论(节选)

梁启超

十九

以上诸师所论，皆为全盛期之正统派。此派远发源于顺、康之交，直至光、宣，而流风余韵，虽潜未沬，直可谓与前清朝运相终始。而中间乾、嘉、道百余年间，其气象更掩袭一世，实更无他派足与抗颜行。若强求其一焉，则固有在此统一的权威之下而常怀反侧者，即所谓“古文家”者是已。

宋明理学极敝，然后清学兴。清学既兴，治理学者渐不复能成军。其在启蒙期，犹为程、朱、陆、王守残垒者，有孙奇逢、李中孚、刁包、张履祥、张尔岐、陆陇其、陆世仪诸人，皆尚名节，厉实行，粹然纯儒，然皆硁硁自守，所学遂不克光大。同时有汤斌、李光地、魏象枢、魏裔介辈，亦治宋学，颇嫥嫛投时主好以跻通显。时清学壁垒未立，诸大师著述谈说，往往出入汉宋，则亦相忘于道术而已。

乾隆之初，惠、戴崛起，汉帜大张，畴昔以宋学鸣者，颇无颜色。时则有方苞者，名位略以斌、光地等，尊宋学，笃谨能躬行，而又好为文。苞，桐城人也，与同里姚范、刘大櫆共学文，诵法曾巩、归有光，造立所谓古文义法，号曰“桐城派”。又好述欧阳修“因文见道”之言，以孔、孟、韩、欧、程、朱以来之道统自任，而与当时所谓汉学者互相轻。范从子鼐，欲从学戴震。震固不好为人师，谢之。震之规古文家也曰：“诸君子之为之也，曰：是道也，非艺也。夫道固有存焉者矣，如诸君子之文，亦恶睹其非艺欤？”（《东原集·与方希原书》）钱大昕亦曰：方氏“所谓古文义法者，特世俗选本之古文……法且不知，义更何有？……若方氏乃真不读书之甚者，吾兄特以其波澜意度近于古而喜之……”（《潜研堂集》三十三《与友人书》）由是诸方诸姚颇不平。鼐屡为文诋汉学破碎，而方东树著《汉学商兑》，遍诋阎、胡、惠、戴所学，不遗余力。自是两派始交恶。其后阳湖恽敬、陆继辂自“桐城”受义法而稍变其体；张惠言、李兆洛皆治考证学，而亦好为文，与恽、陆同气，号“阳湖派”。戴、段派之考证学，虽披靡一世，然规律太严整，且亦声稀味淡，不能悉投众嗜，故诵习两派古文家者卒不衰，然才力薄，罕能张其军者。

咸同间，曾国藩善为文而极尊“桐城”，尝为《圣哲画像赞》，至跻姚鼐与周公、孔子并列。曾国藩功业既焜耀一世，“桐城”亦缘以增重，至今犹有挟之以媚权贵欺流俗者。

平心论之，“桐城”开派诸人，本狷洁自好，当“汉学”全盛时而奋然与抗，亦可谓有勇。不能以其末流之堕落归罪于作始。然此派者，以文而论，因袭矫揉，无所取材；以学而论，则奖空疏，阏创获，无益于社会。且其在清代学界，始终未尝占重要位置，今后亦断不复能自存，置之不论焉可耳。

方东树之《汉学商兑》，却为清代一极有价值之书。其书成于嘉庆间，正值正统派炙手可热之时，奋然与抗，亦一种革命事业也。其书为宋学辩护处，固多迂旧，其针砭汉学家处，却多切中其病，就中指斥言“汉易”者之矫诬，及言典章制度之莫衷一是，尤为知言。后此治汉学者颇欲调和汉宋，如阮元著《性命古训》。陈澧著《汉儒通义》，谓汉儒亦言理学，其《东塾读书记》中有《朱子》一卷，谓朱子亦言考证，盖颇受此书之反响云。

在全盛期与蜕分期之间，有一重要人物，曰会稽章学诚。学诚不屑于考证之学，与正统派异。其言“六经皆史”，且极尊刘歆《七略》，与今文家异。然其所著《文史通义》，实为乾嘉后思想解放之源泉。其言“贤智学于圣人，圣人学于百姓”，“集大成者乃周公而非孔子”（《原道篇》）；言“六经皆史，而诸子又皆出于六经”（《易教》、《诗教》、《经解》诸篇）；言“战国以前无著述”（《诗教篇》）；言“古人之言，所以为公，未尝私据为己有”(《言公篇》)；言“古之糟粕，可以为今之精华”(《说林篇》)；言“后人之学胜于前人，乃后起之智虑所应尔”(《朱陆篇》)；言“学术与一时风尚不必求适合”(《感遇篇》)；言“文不能彼此相易，不可舍己之所求以摩古人之形似”(《文理篇》)；言“学贵自成一家，人所能者，我不必以不能为愧”(《博约篇》)。书中创见类此者不可悉数，实为晚清学者开拓心胸，非直史家之杰而已。

二十

道、咸以后，清学曷为而分裂耶？其原因，有发于本学派之自身者，有由环境之变化所促成者。

所谓发于本学派自身者何耶？

其一，考证学之研究方法虽甚精善，其研究范围却甚拘迂。就中成绩最高者，惟训诂一科，然经数大师发明略尽，所余者不过糟粕。其名物一科，考明堂，考燕寝，考弁服，考车制，原物今既不存，聚讼终未由决。典章制度一科，言丧服，言禘祫，言封建，言井田，在古代本世有损益变迁，即群书亦未由折衷通会。夫清学所以能夺明学之席而与之代兴者，毋亦曰彼空而我实也？今纷纭于不可究诘之名物制度，则其为空也，与言心言性者相去几何？甚至言《易》者摈“河图洛书”而代以“卦气爻辰”，其矫诬正相类。诸如此类者尚多，殊不足以服人。要之清学以提倡一“实”字而盛，以不能贯彻一“实”字而衰，自业自得，固其所矣。

其二，凡一有机体发育至一定限度，则凝滞不复进，因凝滞而腐败，而衰谢，此物理之恒也。政制之蜕变也亦然，学派之蜕变也亦然，清学之兴，对于明之“学阀”而行革命也。乃至乾嘉以降，而清学已自成为炙手可热之一“学阀”。即如方东树之《汉学商兑》，其意气排轧之处固甚多，而切中当时流弊者抑亦不少，然正统派诸贤，莫之能受，其驺卒之依附末光者，且盛气以临之。于是思想界成一“汉学专制”之局。学派自身，既有缺点，而复行以专制，此破灭之兆矣。

其三，清学家既教人以尊古，又教人以善疑。既尊古矣，则有更古焉者，固在所当尊。既善疑矣，则当时诸人所共信者，吾曷为不可疑之？盖清学经乾嘉全盛以后，恰如欧洲近世史初期，各国内部略奠定，不能不有如科仑布其人者别求新陆，故在本派中有异军突起，而本派之命运，遂根本摇动，则亦事所必至、理有固然矣。

所谓由环境之变化所促成者何耶？

其一，清初“经世致用”之一学派所以中绝者，固由学风正趋于归纳的研究法，厌其空泛，抑亦因避触时忌，聊以自藏。嘉道以还，积威日弛，人心已渐获解放，而当文恬武嬉之即极，稍有识者，咸知大乱之将至。追寻根源，归咎于学非所用，则最尊严之学阀，自不得不首当其冲。

其二，清学之发祥地及根据地，本在江浙。咸同之乱，江浙受祸最烈，文献荡然，后起者转徙流离，更无余裕以自振其业，而一时英拔之士，奋志事功，更不复以学问为重。凡学术之赓续发展，非比较的承平时代则不能。咸同间之百学中落，固其宜矣。

其三，“鸦片战役”以后，志士扼腕切齿，引为大辱奇戚，思所以自湔拔，经世致用观念之复活，炎炎不可抑。又海禁既开，所谓“西学”者逐渐输入，始则工艺，次则政制。学者若生息于漆室之中，不知室外更何所有，忽穴一牖外窥，则粲然者皆昔所未睹也，还顾室中，则皆沈黑积秽。于是对外求索之欲日炽，对内厌弃之情日烈。欲破壁以自拔于此黑暗，不得不先对于旧政治而试奋斗，于是以其极幼稚之“西学”知识，与清初启蒙期所谓“经世之学”者相结合，别树一派，向于正统派公然举叛旗矣。此则清学分裂之主要原因也。

（选自梁启超：《清代学术概论》，中国书籍出版社 2006 年版）

【评　介】

这两部分文字选自梁启超《清代学术概论》一书。梁启超（1873—1929）是中国近代史上著名的政治活动家、启蒙思想家、资产阶级宣传家、教育家、史学家和文学家。他和康有为等一起“公车上书”，进行维新变法，是近代中国民族资产阶级的重要代表人物之一，是带领中国探索摆脱封建制度走向新社会的伟大的社会活动家。他办报纸、办学堂，倡导文体改良的“诗界革命”和“小说界革命”，是近代思想的启蒙家。其具有代表性的著作包括：《中国历史研究法》、《中国近三百年学术史》、《新民说》、《饮冰室主人自说》、《中国文化史》、《饮冰室主人全集》、《李鸿章传》、《曾国藩传》、《王安石传》、《饮冰室合集》、《梁启超选集》、《中国历史研究法补编》、《唐代集会总集与诗人群研究》等。

梁启超仅用了15天的时间便完成《清代学术概论》一书。在该书的序中，梁启超说明，该书原是应其学生蒋方震之请，为蒋著《欧洲文艺复兴史》而作的序。但不意下笔后而不可休，成稿后“则篇幅与原书埒”，不得已而宣告独立成书。在书中，梁启超将清代学术的发展与欧洲的文艺复兴相比附，借助佛教关于一切流转相生、住、异、灭发展过程的思想，把清代学术思潮史划分为启蒙期、全盛期、蜕分期、衰落期四个阶段，主要介绍了清代的学术发展、发展过程中在各方面的成就，及其各学派的师承源流、得失成败。

本选文的第一部分主要讨论了明、清时期清学和宋学的发展状况：清学启蒙期，清学壁垒未立，代表人物有孙奇逢、刁包、张履祥、张尔岐等人；宋学的代表人物则是汤斌、李光地、魏象枢等，这时的学术大家对清学和宋学的态度基本是不偏不倚的；乾隆之初，汉学大兴，代表人物惠栋、戴震，宋学较之则逊色，代表人物桐城派方苞、刘大櫆、姚鼐等，汉宋之争渐现苗头；嘉庆年间，方东树作《汉学商兑》，不遗余力地攻击汉学，将汉宋之争推向顶峰；其后汉宋之学都有衰退之势，这时候桐城派分支的阳湖派“受义法而稍变其体”，“两派古文家者卒不衰，然才力薄，罕能张其军者”；咸丰、同治年间，曾国藩力挺桐城派，实现了“桐城中兴”。梁启超对于作为宋学忠实“拥护者”的桐城派给出了客观的评价，“平心论之，‘桐城’开派诸人，本狷洁自好，当‘汉学’全盛时而奋然与抗，亦可谓有勇。不能以其末流之堕落归罪于作始。然此派者，以文而论，因袭矫揉，无所取材；以学而论，则奖空疏，阏创获，无益于社会。且其在清代学界，始终未尝占重要位置，今后亦断不复能自存，置之不论焉可耳”。

本篇选文的第二部分主要论述了道光、咸丰以后清学衰落的原因。其原因可以分为内外两个方面：

内因即清学自身的原因：第一，考证学研究方法虽精，但研究范围拘迂；第二，事物的一般发展规律都是到达一定的高度后就开始停滞不前，继而出现衰落之势，清学也不例外；第三，清学家教人尊古又善疑，加之当时社会风雨飘摇，清学根基的动摇在情理之中。

外因即环境变化的原因：第一，清王朝后期内忧外患，需要务实之学，清学却学非所用，遂遭人排斥；第二，清学的发祥地在江浙，江浙地区自唐宋经济重心南移后就是全国繁荣之地，列强最先侵略，社会动荡，学术发展受到影响；第三，鸦片战争后，有识之士学习西方，要求经世致用。

梁启超用较少的笔墨，思路清晰地展示了清学发展和衰落的路径。文章论述有条理，不蔓不枝，从中不难看出他丰厚的学术修养和在清代学术发展史研究与把握上的造诣功力。

桐城派之圈识法(存目)

武义内雄

【评　介】

武内义雄，日本学者。《桐城派之圈识法》原载《支那学》第1卷第8号。

武内义雄(1886—1966)，出生于本州岛三重县，是日本哲学家，儒家等中国古代思想研究家、文学博士，国立东北大学名誉教授，曾留学中国。他从官学正统的观点研究儒家和老子的哲学思想，曾任西本愿寺教授，大阪国立图书馆管理员、佛教大学讲师。

他著述颇丰，先后撰著了《老子原始》、《老子的研究》、《老子与庄子》、《论语译注》、《诸子概说》、《中国思想史》、《论语研究》、《易与中庸的研究》等书，构成了一个庞大的研究中国思想文化体系。

本文主要论述了桐城派的圈识法。作者开篇即指出，姚鼐《古文辞类纂》一书对后人最大的启发是圈点法的使用。圈点法类型多样，从中可体会文章的妙处，但是未学者最开始贪多连圈，反而不知文品之所在，因此研究姚鼐《古文辞类纂》必须于此加以重视。在武内义雄看来，后世要读懂《古文辞类纂》，首先要给《古文辞类纂》做圈点。由于每个人的圈点方法和习惯不同，不同的篆刻本对后人理解《古文辞类纂》便会造成差异。依据《诸家评点古文辞类纂》可知，在桐城派中，善用圈点不是姚鼐的“专利”，桐城派后期的吴汝纶就藏有《古文辞类纂》刻本，对圈点之法有自己的认识。

作者又指出，姚鼐以文章知名，其治学以词章为主，义理与考据处于从属地位，依据他所著之《老子章义》及《庄子章义》，可知他的读书方法是首先分析一篇之段落，再加圈点，最后附以自己之意见。

武内义雄还指出，圈识法原本是姚鼐的读书法，后来被桐城众人仿效，变成了桐城派的读书法。武内义雄最后对桐城派诸人做圈注的特点进行了论述，指出圈识对于读者是非常重要的，它的意义在于可以让人们更方便地领会全文意旨。

五十年来之中国文学

胡　适

一

这五十年在中国文学史上可以算是个很重要的时期。综括起来，这五十年的重要有几点：

(1)五十年前《申报》出世的一年(1872)，便是曾国藩死的一年，曾国藩是桐城派古文的中兴第一大将。但是他的中兴事业，虽然是很光荣灿烂的，可惜都没有稳固的基础，故都不能有长久的寿命。清朝的命运到了太平天国之乱，一切病状一切弱点都现出来了，曾国藩一班人居然能打平太平天国，平定各处匪乱，做到他们的中兴事业。但曾、左的中兴事业，虽然延长了五六十年的“满清”国运，究竟救不了“满清”帝国的腐败，究竟救不了“满清”帝室的灭亡。他的文学上的中兴事业，也是如此。古文到了道光、咸丰的时代，空疏的方、姚派，怪僻的龚自珍派，都出来了，曾国藩一班人居然能使桐城派的古文忽然得一支生力军，忽然做到中兴的地位。但“桐城—湘乡派”的中兴，也是暂时的，也不能持久的。曾国藩的魄力与经验确然可算是桐城派古文的中兴大将。但曾国藩一死之后，古文的运命又渐渐衰微下去了。曾派的文人，郭嵩焘，薛福成，黎庶昌，俞樾，吴汝纶……都不能继续这个中兴事业。再下一代，更成了“强弩之末”了。这一度的古文中兴，只可算是痨病将死的人的“回光返照”，仍旧救不了古文的衰亡。这一段古文末运史，是这五十年的一个很明显的趋势。

(2)古文学的末期，受了时势的逼迫，也不能不翻个新花样了。

这五十年的下半便是古文学逐渐变化的历史。这段古文学的变化史又可分作几个小段落：

(一)严复、林纾的翻译的文章。

(二)谭嗣同、梁启超一派的议论的文章。

(三)章炳麟的述学的文章。

(四)章士钊一派的政论的文章。

这四个运动，在这二十多年的文学史上，都该占一个重要的地位。他们的渊源和主张虽然很多不相同的地方，但我们从历史上看起来，这四派都是应用的古文。当这个危急的过渡时期，种种的需要使语言文字不能不朝着“应用”的方向变去。故这四派都可以叫做“古文范围以内的革新运动”。但他们都不肯从根本上做一番改革的工夫，都不知道古文只配做一种奢侈品，只配做一种装饰品，却不配做应用的工具。故章炳麟的古文，在四派之中自然是最古雅的了，只落得个及身而绝，没有传人。严复、林纾的翻译文章，在当日虽然勉强供应了一时的要求，究竟不能支持下去。周作人兄弟的《域外小说集》便是这一派的最高作品，但在适用一方面他们都大失败了。失败之后，他们便成了白话文学运动的健将。谭嗣同、梁启超一派的文章，应用的程度要算很高了，在社会上的影响也要算很大了，但这一派的末流，不免有浮浅的铺张，无谓的堆砌，往往惹人生厌。章士钊一派是从严复、章炳麟两派变化出来的，他们注重论理，注重文法，既能谨严，又颇能委婉，颇可以补救梁派的缺点。《甲寅》派的政论文在民国初年几乎成一个重要文派。但这一派的文字，既不容易做，又不能通俗，在实用的方面，仍旧不能不归于失败。因此，这一派的健将，如高一涵、李大钊、李剑农等，后来也都成了白话散文的作者。这一段古文学勉强求应用的历史，乃是新旧文学过渡时代不能免的一个阶级。古文学幸亏有这一个时期，勉强支持了二三十年的运命。

(3)在这五十年之中，势力最大，流行最广的文学，说也奇怪，并不是梁启超的文章，也不是林纾的小说，乃是许多白话的小说。《七侠五义》、《儿女英雄传》都是这个时代的作品。《七侠五义》之后，有《小五义》等等续编，都是三十多年来的作品。这一类的小说很可代表北方的平民文学。到了前清晚年，南方的文人也做了许多小说。刘鹗的《老残游记》，李伯元的《官场现形记》，《文明小史》，吴沃尧的《二十年目睹之怪现状》，《恨海》，《九命奇冤》……都是有意的作品，意境与见解都和北方那些纯粹供人娱乐的民间作品大不相同。这些南北的白话小说，乃是这五十年中国文学的最高作品，最有文学价值的作品。这一段小说发达史，乃是中国"活文学"的一个自然趋势：他的重要远在前面两段古文史之上。

(4)这五十年的白话小说史仍旧与一千年来的白话文学有同样的一个大缺点：白话的采用，仍旧是无意的，随便的，并不是有意的。民国六年以来的"文学革命"便是一种有意的主张。无意的演进，是很慢的，是不经济的。譬如乾隆以来的各处匪乱，多少总带着一点"排满"的意味，但多是无意识的冲动，不能叫做有主张的革命，故容易失败了。太平天国的革命，"排满"的色彩稍明显一点，但终究算不得是有意识有计划的"排满"运动，故不能得中上阶级的同情，终归于失败。近二十年来的革命运动，因为是有意识的主张，有计划的革命，故能于短时期之中，收最后的胜利。文字上的改革，也是如此。一千年来，白话的文学，一线相传，始终没有断绝。但无论是唐诗，是宋词，是元曲，是明清的小说，总不曾有一种有意的鼓吹，不曾明明白白的攻击古文学，不曾明明白白的主张白话的文学。

近五年的文学革命，便不同了。他们老老实实的宣告古文学是已死的文学，他们老老实实的宣言"死文学"不能产生"活文学"，他们老老实实的主张现在和将来的文学都非白话不可。这个有意的主张，便是文学革命的特点，便是五年来这个运动所以能成功的最大原因。

以上四项，便是这五十年中国文学的变迁大势。以下的几章便是详细说明这几个趋势。

二

曾国藩死后的"桐城—湘乡派"，实在没有什么精彩动人的文章。王先谦辑的《续古文辞类纂》(光绪八年，1882 编成的)选有龙启瑞，鲁一同，吴敏树等人的文章，可以勉强代表这一派的老辈了。王先谦自序说："惜抱(姚鼐〕振兴绝学，海内靡然从风。其后诸子各诩师承，不无谬附。……梅氏（梅曾亮，1855死）浸淫于古，所造独为深远。……曾文正公（国藩）以雄直之气，宏通之识，发为文章，冠绝今古。……学者将欲杜歧趋，遵正轨，姚氏而外，取法梅、曾，足矣。”

“姚氏而外，取法梅、曾，足矣”，这是曾国藩死后的古文家的传法捷径。我们不能多引他们的文章来占篇幅，现在引曾国藩的《欧阳生文集序》，因为这篇序写桐城文派的渊源传播，颇有文学史料的价值：

> 乾隆之末，桐城姚姬传先生（鼐）善为古文辞，慕效其乡先辈方望溪侍郎之所为，而受法于刘君大櫆，及其世父编修君范。三子既通儒硕望，姚先生治其术益精。历城周永年书昌，为之语曰：“天下之文章其在桐城乎？”由是学者多归向桐城，号桐城派，犹前世所称江西诗派者也。
>
> 姚先生晚而主钟山书院讲席。门下著籍者，上元有管同异之，梅曾亮伯言，桐城有方东树植之，姚莹石甫。四人者称为高第弟子，各以所得传授徒友，往往不绝。在桐城者有戴钧衡存庄，事植之久，尤精力过绝人，自以为守其邑先正之法，禮之后进，义无所让也。
>
> 其不列弟子籍，同时服膺，有新城鲁仕骥絜非，宜兴吴德旋仲伦。絜非之甥为陈用光硕士，硕士既师其舅，又亲受业姚先生之门，乡人化之，多好文章。硕士之群从有陈学受藝叔，陈溥广敷；而南丰又有吴嘉宾子序，皆承絜非之风，私淑于姚先生。由是江西建昌有桐城之学。仲伦与永福吕璜月沧交友，月沧之乡人有临桂朱琦伯韩，龙启瑞翰臣，马平王拯定甫，皆步趋吴氏、吕氏，而益求广其术于梅伯言。由是桐城宗派流衍于广西矣。
>
> 昔者国藩尝怪姚先生典试湖南，而吾乡出其门者未闻相从以学文为事。既而得巴陵吴敏树南屏称述其术，笃好而不厌。而武陵杨彝珍性农，善化孙鼎臣芝房，湘阴郭嵩焘伯琛，溆浦舒焘伯鲁，亦以姚氏文家正轨，违此则又何求？最后得湘潭欧阳生（勋）……受法于巴陵吴君，湘阴郭君，亦师事新城二陈。其渐

染者多，其志趣嗜好，举天下之美，无以易于桐城姚氏者也！

……自洪、杨倡乱，东南荼毒；钟山、石城，昔时姚先生撰杖都讲之所，今为犬羊窟宅，深固而不可拔。桐城沦为异域，既克而复失。戴钧衡全家殉难，身亦呕血死矣。

余来建昌，问新城南丰兵燹之余，百家荡尽，田荒不治，蓬蒿没人；一二文士转徙无所。而广西用兵九载，群盗犹汹汹，驟不可爬梳；龙君翰臣又物故。独吾乡少安，二三君子尚得优游文学，曲折以求合桐城之辙。而舒焘前卒，欧阳生亦以瘵死。老者牵于人事，或遭乱不得竟其学；少者或中道夭殂；四方多故，求如姚先生之聪明早达，太平寿考，从容以跻于古之作者，卒不可得。

这一篇不但写桐城派的传播，又可以使我们知道这一派的最高目的是“曲折以求合桐城之辙”。“举天下之美，无以易乎桐城姚氏者也！”

曾国藩在当日隐隐的自命为桐城派的中兴功臣，人家也如此推崇他(王先谦自序可参看)。他作《圣哲画像记》，共选圣哲三十二人，而姚鼐为三十二人之一，这可以想见他的心理了。他的幕府里收罗了无数人才；我们读薛福成的《叙曾文正公幕府宾僚》(《庸庵文编》四)一篇，可以知道当日的学者如钱泰吉，刘毓崧，刘寿曾，李善兰(算学家)，华蘅芳(算学家)，孙衣言，俞樾，莫友芝，戴望，成蓉镜，李元度；文人如吴敏树，张裕钊，陈学受，方宗诚，吴汝纶，黎庶昌，汪士铎，王闿运——都在他的幕府之内。怪不得曾派的势力要影响中国几十年了。但这一班人在文学史上都没有什么重要的贡献。年寿最高，名誉最长久的，莫如俞樾，王闿运，吴汝纶三人。俞樾的诗与文都没有大价值。王闿运号称一代大师，但他的古文还比不上薛福成(诗另论)。吴汝纶思想稍新，他的影响也稍大，但他的贡献不在于他自己的文章，乃在他所造成的后进人才。严复、林纾都出于他的门下，他们的影响比他更大了。

平心而论，古文学之中，自然要算“古文”(自韩愈至曾国藩以下的古文)是最正当最有用的文体。骈文的弊病不消说了。那些瞧不起唐、宋八家以下的古文的人，妄想回到周、秦、汉、魏，越做越不通，越古越没有用，只替文学界添了一些似通非通的假古董。唐、宋八家的古文和桐城派的古文的长处只是他们甘心做通顺清淡的文章，不妄想做假古董。学桐城古文的人，大多数还可以做到一个“通”字；再进一步的，还可以做到应用的文字。故桐城派的中兴，虽然没有什么大贡献，却也没有什么大害处。他们有时自命为“卫道”的圣贤，如方东树的攻击汉学，如林纾的攻击新思潮，那就是中了“文以载道”的话的毒，未免不知分量。但桐城派的影响，使古文做通顺了，为后来二三十年勉强应用的预备，这一点功劳是不可埋没的。

三

太平天国之乱是明末流寇之乱以后的一个最惨的大劫，应该产生一点悲哀的或慷慨的好文学。当时贵州有一个大诗人郑珍(子尹，遵义人，生 1806，死 1864)在贵州受了局部的影响(咸丰四年，贵州的乱)，已替他晚年的诗(《巢经巢诗抄》后集)增加无数悲哀的诗料。但郑珍死在五十八年前，已不在我这一篇小史的范围之内了。说也奇怪，东南各省受害最深，竟不曾有伟大深厚的文学产生出来。王闿运为一代诗人，生当这个时代，他的《湘绮楼诗集》卷一至卷六正当太平天国大乱的时代(1849—1864)；我们从头读到尾，只看见无数《拟鲍明远》，《拟傅玄麻》、《拟王元长》，《拟曹子建》……一类的假古董；偶然发现一两首“岁月犹多难，干戈罢远游”一类不痛不痒的诗；但竟寻不出一些真正可以纪念这个惨痛时代的诗。这是什么缘故呢？我想这都是因为这些诗人大都是只会做模仿诗的，他们住的世界还是鲍明远、曹子建的世界，并不是洪秀全、杨秀清的世界；况且鲍明远、曹子建的诗体，若不经一番人解放，决不能用来描写洪秀全、杨秀清时代的惨劫。王闿运集中有 1872 年作的《独行谣》三十章(卷九)，追写二十年的时事，内中颇有大胆的讥评，但文章多不通，叙述多不明白，只可算是三十篇笨拙的时事歌括，不能算作诗！我不得已，勉强选了他的《铜官行·寄章寿麟·题感旧图》一篇代表这一位大名鼎鼎的诗人：

铜官行·寄章寿麟·题感旧图

（适按：此诗无注，多不可通。章字价人。曾氏靖港之败，赖章救他出来。后来曾氏成功受封，章独不得报酬，人多为他抱不平。章晚年作《感旧图》。并作记，记此事。参看郑孝胥《海藏楼》诗卷三，页三）

桂平盗起东南卷，唯有长沙能累卵。三年坐井仰恃天，城堞微风动穳。凶徒无赖往复来，潘张迁去骆受灾；闭门待死谥忠节，未死从容居宪台。曾家岭枷偏在颈，三家村儒怒生瘿。劝捐截饷百计生，欲倚江吴效驰骋。庐黄军败如覆铛，盗舟一夜满洞庭。抚标大将缒楼走，徐公绕室趾不停。省兵无人无守御，却付曾家一瓦注。空船坐守木关防，直置当锋寻死处。军谋兵机不暇讲，盗屯湘潭下靖港；两头张手探釜鱼，十日淘河得枯蚌。刘、郭苍黄各顾家，左生狂笑骂猪耶。彭、陈、李生岂愿死？四围密密张罗罝。此时牴篃求上计，陈谋李断相符契；彭公建策攻下游，捣坚禽王在肯綮。弱冠齐年我与君，君如李广欲无言。日中定计夜中变，我归君去难相闻。平明丁叟踊门入，报败方知一军泣。督师只拟从湘累，主薄匆匆救杜袭。十营并发事全虚，从此舍舟山上居。七门昼闭春欲尽，独教陈、李删遗疏。版桥漂破帅旗折，铜官渚畔烽明灭。岂料湘潭大捷来，千里盗屯汤沃雪！一胜申威百胜从，塔、罗如虎彭、杨龙。时人攀附三十载，争道当年赞画功！骆相成名徐、陶死，曾弟重歌脊令起。惟余湘岸柳千条，犹恨当时呜咽水。信陵客散十年多（适按：此诗作于曾国藩死后约十年）。旧逻频迎节镇过；时平始觉军功贱，官冗间从资格磨。凭君莫话艰难事，佹得佹失皆天意。渔浦萧萧废垒秋，游人且觅从事记。

这种诗还不能完全当得一个“通”字，但在《湘绮楼诗集》里那许多假古董之中，这种诗自然不能不算是上品了。

但是这个时代有一个诗人，确可以算是代表时代的诗人。这个诗人就是上元的金和，字亚匏，生于 1818 年，死于 1885 年，著有《秋蟪吟馆诗抄》七卷。当1853年南京城破时，金和被陷在城中，与长发军中人往来，渐渐的结合了许多人，要想作官兵的内应。那时向荣的大本营即在城外，金和偷出城来，把内应的计划告知官兵；向荣初不信，他就自请把身体押在大营，作为保证。城内的同党与官兵约定期日攻城，到期官兵不到；再约，官兵又不到。城内的同党被杀的很多。金和亲自经过围城中的生活，又痛恨当日官军的腐败无能，故他的纪事诗不但很感动人，还有历史的价值。他的《痛定篇》(卷二，页十二—二十)用日记体作诗，写破城及城中事，我们举他一首作例：

二月二十三，传闻大兵至，贼魁似皇皇，终日警三四。南民私相庆，始有再生意。桓桓向将军，仰若天神贵。一闻贼吹角，即候将军骑，香欲将军迎，酒欲将军馈。食念将军食，睡说将军睡。……七岁儿何知，门外偶嬉戏，公然对路人，说出将军字。阿姊面死灰，挞之大怒詈。从此望将军，十日九憔悴。更有健者徒，夜半誓忠义，愿遥应将军，画策万全利。分隶贼麾下，使贼不猜忌。寻常行坐处，短刃缚在臂。但期兵入城，各各猝举燧。得见将军面，命即将军赐。谁料将军忙，未及理此事?

他的《六月初二日纪事一百韵》，前面写向荣刻日出兵，写先期大飨士卒，将军行酒誓师，写明日之晨准备出战，共九十几句，到篇末只说：

……一时惊喜遍旌倪，譬积阴雨看红霓……夜不敢寐朝阳跻……日中才听怒马嘶，但见泛泛如凫鷖(yī)，兵不血刃身不泥，全军而退归来兮!

这已是骂的很刻毒了。但下面的一首《初五日纪事》更妙，我们可以把他全抄在这里：

前日之战未见贼，将军欲赦赦不得。或语将军难尽诛，姑使再战当何如?昨日黄昏忽传令，谓“不汝诛贷汝命。今夜攻下东北城，城不可下无从生”。三军拜谢呼刀去，又到前回酣睡处。空中乌乌狂风来，沉沉云阴轰轰雷。将谓士曰雨且至，士谓将曰此可避。回鞭十里夜复晴，急见将军天未明。将军已知夜色晦，“此非汝罪汝其退”。我闻在楚因天寒，龟手而战难乎难。近来烈日恶作夏，故兵之出必以夜。此后又非进兵时，月明如昼贼易知。乃于片刻星云变，可以一战亦不战。吁嗟乎，将军作计必万全，非不灭贼皆由天。安得青天不寒亦不暑，日月不出不风雨！

这种嘲讽的诙谐，乃是金和的特别长处。他是全椒吴家的外孙，与《儒林外史》的著者和《儒林外史》的几个重要人物都有点关系，他是表彰《儒林外史》的一个人，故他的诗也很像是得力于《儒林外史》的嘲讽的本领。有心人的嘲讽，不是笑骂，乃是痛哭；不是轻薄，乃是恨极无可奈何，不得已而为之。他的《十六日至秣陵关遇赴东坝兵有感》一篇云：

初七日未午，我发钟山下。蜀兵千余人，向北驰怒马。传闻东坝急，兵力守恐寡。来乞将军援，故以一队假。我遂从此辞，仆仆走四野。三宿湖熟桥，两宿龙溪社，四宿方山来，尘汗搔满把。僧舍偶乘凉，有声叱震瓦。微睨似相识，长身面甚赭。稍前劝勿瞋，幸不老拳惹。婉词问何之，乃赴东坝者。九日行至此，将五十里也！

这种技术确能于杜甫、白居易的“问题诗”之外，别开一个生面。他有《军前新乐府》四篇，我们选他的第四篇，篇名《半边眉》：

半边眉，汝何来？太守门下请钱回。太守门，何处所？钟山之旁近大府。大府初闻难民苦，公家遍括闲田租，旁郡金檄上户输。一心要贷难民命，聘贤太守专其政。太守计曰“费恐滥，百二十钱一人赡”。太守计曰“难民多，一人数请当奈何？我闻古有察眉律”。呼仆持刀对人立，一刀留下半边眉，再来除是眉长时。一一防蠹术果奇，作蠹术斯巧。岂但无眉人不来，有眉人亦来都少。惟有一二市井奸，赂太守仆二十钱，奏刀不猛眉犹全，半边眉可三刀焉。否则病夫真饿杀，痴心尚恋一朝活，拌与半边眉尽割。吁嗟乎……太守何不计之毒？千钱刲人耳与目，万钱截人手与足，终古无人请钱至，太守，岂非大快事？

此外尚有许多可选的诗，我们不能多举例了。金和的诗很带有革新的精神，他自己题他的《椒雨集》云：

是卷半同日记，不足言诗。如以诗论之，则军中诸作，语宗痛快，已失古人敦厚之风，尤非近贤排调之旨。其在今日诸公有是韬钤，斯吾辈有此翰墨，尘秽略相等，殆亦气数使然耶？

他又有诗（卷七，页八）云：

所作虽不纯乎纯，要之语语皆天真。时人不能为，乃谓非古人。

这虽是吊朋友的诗，也很可代表他自己的主张。他在别处又说（卷一，页三）：

尽数写六书，只此数万字。中所不熟习，十复间三四。循环堆垛之，文章毕能事。苟可联贯者，古人肯唾弃，而以遗后人，使得逞妍秘？操觚及今日，谈亦何容易？乃有真壮夫，于此独攘臂；万卷读破后，一一勘同异；更从古人前，混沌辟新意；甘使心血枯，百战不退避。一家言既成，试质琅嬛地，必有天上语，古人所未至。……彼抱窃疾者，出声令人睡。何不指六经，而曰公家器！

正因为他深恨那些"抱窃疾者"，正因为他要"更从古人前，混沌辟新意"。故他能在这五十年的诗界里占一个很高的地位。

这五十年的词，都中了梦窗（吴文英）派的毒，很少有价值的。

故我们不讨论了。

四

自从1840年鸦片之战以来，中间经过1860年英法联军破天津入北京火烧圆明园的战事，中兴的战争又很得了西洋人的帮助，中国明白事理的人渐渐承认西洋各国的重要。1861年，清廷设总理各国事务衙门；1867年，设同文馆。后来又有派学生留学外国的政策。当时的顽固社会还极力反对这种政策，故同文馆收不到好学生，派出洋的更不得人。但19世纪的末年，翻译的事业渐渐发达。传教士之中，如李提摩太等，得着中国文士的帮助，译了不少的书。太平天国的文人王韬，在这种事业上，要算一个重要的先锋了。

但当时的译书事业的范围并不甚广。第一类是宗教的书，最重要的是《新旧约全书》的各种译本。第二类为科学和应用科学的书，当时称为“格致”的书。第三类为历史政治法制的书，如《泰西新史揽要》，《万国公法》等书。这是很自然的。宗教书是传教士自动的事业。格致书是当日认为枪炮兵船的基础的。历史法制的书是要使中国人士了解西洋国情的。此外的书籍，如文学的书，如哲学的书，在当时还没有人注意。这也是很自然的。当日的中国学者总想西洋的枪炮固然利害，但文艺哲理自然远不如我们这五千年的文明古国了。

严复与林纾的大功劳在于补救这两个大缺陷。严复是介绍西洋近世思想的第一人，林纾是介绍西洋近世文学的第一人。

严复译赫胥黎的《天演论》在光绪丙申(1896)，在中日战争之后，戊戌变法之前。他自序说：

> ……风气渐通，士知弁陋为耻；西学之事，问涂日多。然亦有一二巨子訑然谓彼之所精不外象数形下之末，彼之所务不越功利之间；逞臆为谈，不咨其实。讨论国闻，审敌自镜之道，又断断乎不如是也。……

这是他的卓识。自从《天演论》出版(1898)以后，中国学者方才渐渐知道西洋除了枪炮兵船之外，还有精到的哲学思想可以供我们的采用。但这是思想史上的事，我们可以不谈。

我们在这里应该讨论的是严复译书的文体。《天演论》有《例言》几条，中有云：

> 译事三难：信，达，雅。求其信已大难矣。顾信矣，不达，虽译犹不译也。则达尚焉。……今是书所言本五十年西人新得之学，又为作者晚出之书，译文取明深义，故词句之间时有所颠倒附益，不斤斤于字比句次，而意义则不倍本文。题曰达旨，不云笔译；取便发挥，实非正法。……凡此经营，皆以为达；为达即所以为信也。……信达而外，求其尔雅。此不仅期以行远已耳，实则精理微言，用汉以前字法句法则为达易，用近世利俗文字则求达难，往往抑义就词，毫厘千里。审择于斯二者之间，夫固有所不得已也。……

这些话都是当日的实情。当时自然不便用白话；若用白话，便没有人读了。八股式的文章更不适用。所以严复译书的文体，是当日不得已的办法。我们看吴汝纶的《〈天演论〉序》，更可以明白这种情形：

> ……今西书虽多新学，顾吾之士以其时文公牍说部之词译而传之，有识者方鄙夷而不知顾，民智之瀹何由？此无他，文不足焉故也。文如几道，可与言译书矣。……今赫胥黎之道……严子一文之，而其书乃骎骎与晚周诸子相上下。然则文顾不重耶？……

严复用古文译书，正如前清官僚戴着红顶子演说，很能抬高译书的身价，故能使当日的古文大家认为“骎骎与晚周诸子相上下”。

严复自己说他的译书方法道：“什法师有云，‘学我者病’。来者方多，幸勿以是书为口实也。”(《天演论·例言》)这话也不错。严复的英文与古中文的程度都很高，他又很用心，不肯苟且，故虽用一种死文字，还能勉强做到一个“达”字。他对于译书的用心与郑重，真可佩服，真可做我们的模范。他曾举“导言”一个名词作例，他先译“卮言”，夏曾佑改为“悬谈”，吴汝纶又不赞成；最后他自己又改为“导言”。他说：“一名之立，旬月踟蹰；我罪我知，是存明哲。”严译的书，所以能成功，大部分是靠着这“一名之立，旬月踟蹰”的精神。有了这种精神，无论用古文白话，都可以成功。后人既无他的工力，又无他的精神；用半通不通的古文，译他一知半解的西书，自然要失败了。

严复译的书，有几种——《天演论》，《群己权界论》，《群学肄言》——在原文本有文学的价值，他的译本在古文学史也应该占一个很高的地位。我们且引一节做例：

> 望舒东睇，一碧无烟。独立湖塘，延赏水月；见自彼月之下，至于目前，一道光芒，滉漾闪烁。谛而察之，皆细浪沦漪，受月光映发而为此也。徘徊数武，是光景者乃若随人。颇有明理士夫，谓此光景为实有物，故能相随，且亦有时以此自讶；不悟是光景者从人而有；使无见者，则亦无光，更无光景与人相逐。盖全湖水面受月映发，一切平等；特人目与水对待不同，明暗遂别，一一不得以所未见，遂指为无，是故虽所见者为一道光芒，他所不尔，又人目易位，前之暗者，乃今更明，然此种种，无非妄见。以言其实，则由人目与月作二线入水，成角等者，皆当见光；其不等者，则全成暗(成角等与不等，稍有可议，原文亦不如此说)。惟人之察群事也，亦然；往往以见所及者为有，以所不及者为无。执见否以定有无，则其思之所不赅者众矣。(《群学肄言》三版页七二—三。原书页八三)

这种文字，以文章论，自然是古文的好作品；以内容论，又远胜那无数“言之无物”的古文；怪不得严译的书风行二十年了。

林纾译小仲马的《茶花女》，用古文叙事写情，也可以算是一种尝试。自有古文以来，从不曾有这样长篇的叙事写情的文章。《茶花女》的成绩，遂替古文开辟一个新殖民地。林纾早年译的小说，如《茶花女》，《黑奴吁天录》，《滑铁卢及利俾瑟战血余腥记》……恰不在手头，不能引来作例。我且随便引几个例。《拊掌录》(页一九以下)写村中先生有一个学唱歌的女学生，名凯脱里纳，为村中大户之孤生女。

> 其肥如竹鸡，双颊之红鲜如其父圃中之桃实，貌既丰腴，产尤饶沃。……先生每对女郎辄心醉，今见绝色丽姝，安能不加颠倒？且经行其家，目其巨产矣。女郎之父曰包而忒司……屋居黑逞河次，依山傍树而构，青绿照眼。屋顶出大树，荫满其堂室，阳光所不能烁，树根有山泉滃然仰出，尽日弗穷。老农引水赴沟渠中，渠广而柳树四合，竟似伏流，汩汩出树而逝。去室咫尺，即其仓庾，粮积拥肿，几欲溃窗而出。老农所积如是，而打稻之声尚不断于耳。屋檐群燕飞鸣；尚有白鸽无数，有侧目视空者，亦有纳首于翼，企单足而立者，或上下其颈呼雌者——咸仲阳集于屋顶。而肥腯之猪，伸足笠中，作喘声，似自鸣其足食；而笠中忽逐队出小豭，仰鼻于天，承取空气。池中白鹅，横亘如水师大队之战舰排樯而进，而群鸭游弋，则猎舰也。火鸡亦作联队，杂他鸡鸣于稻畦中，如饶舌之村妪长日詈人者。仓庾之前，数雄鸡高冠长纬，鼓翼而前，颈羽皆竖，以斗其侣；有时以爪爬沙得小虫，则抗声引其所据有之母鸡啄食，已则侧目旁视；他雄稍前，则立拒之。先生触目见其丰饶，涎出诸吻。见猪奔窜，则先生目中已现一炙髁；闻稻香，则心中亦畜一布丁；见鸽子，则思切而苞为蒸饼之馅；见乳鸭与鹅游流水中，先生馋吻则思荡之以沸油。又观田中大小二麦及珍珠米，园中已熟之果，红实垂垂，尤极动人。先生观状，益延盼于女郎，以为得女郎者，则万物俱奁中有矣。

《滑稽外史》第四十一章写尼古拉司在白老地家中和白老地夫妇畅谈时，司圭尔先生和他的女儿番尼，儿子瓦克福，忽然闯进来。白老地的妻子与番尼口角不休：

> 方二女争时，小瓦克福见案上陈食物无数，馋不可忍，徐徐

近案前，引指染盘上腥腻，入指口中，力吮之；更折面包之角，窃蘸牛油嚼之；复取小方糖纳之囊中，则引首仰屋，如有所思，而手已就糖盂累取可数方矣。及见无人顾视，则胆力立壮，引刀切肉食之。

此状司圭尔先生均历历见之，然见他人无觉，则亦伪为未见，窃以其子能自图食，亦复佳事。此时番尼语止，司圭尔知其子所为将为人见，则伪为大怒状，力抵其颊，曰："汝乃甘食仇人之食！彼将投毒鸩尔矣。尔私产之儿，何无耻耶。"约翰（白老地）曰："无伤，恣彼食之。但愿先生高徒能合众食我之食令饱，我即罄囊，冻非所惜。"（页百十一）

能读原书的自然总觉得这种译法不很满意。但平心而论，林译的小说往往有他自己的风味；他对于原书的诙谐风趣，往往有一种深刻的领会，故他对于这种地方，往往更用气力，更见精彩。他的大缺陷在于不能读原文；但他究竟是一个有点文学天才的人，故他若有了好助手，他了解原书的文学趣味往往比现在许多粗能读原文的人高的多。现在有许多人对于原书，既不能完全了解；他们运用白话的能力又远不如林纾运用古文的能力，他们也要批评林译的书，那就未免太冤枉他了。

平心而论，林纾用古文做翻译小说的试验，总算是很有成绩的了。古文不曾做过长篇的小说，林纾居然用古文译了一百多种长篇小说，还使许多学他的人也用古文译了许多篇小说，古文里很少滑稽的风味，林纾居然用古文译了欧文与迭更司的作品。古文不长于写情，林纾居然用古文译了《茶花女》与《迦茵小传》等书。古文的应用，自司马迁以来，从没有这种大的成绩。

但这种成绩终归于失败！这实在不是林纾一般人的错处，乃是古文本身的毛病。古文是可以译小说的，我是用古文译过小说的人，故敢说这话。但古文究竟是已死的文字，无论你怎样做得好，究竟只够供少数人的赏玩，不能行远，不能普及。我且举一个最明显的例。十几年前，周作人同他的哥哥也曾用古文来译小说。他们的古文工夫既是很高的，又都能直接了解西文，故他们译的《域外小说集》比林译的小说确是高的多。我且引《安乐王子》的一部分作例：

> 一夜，有小燕翻飞入城。四十日前，其伴已往埃及，彼爱一苇，独留不去。一日春时，方逐黄色巨蛾，飞经水次，与苇邂逅，爱其纤腰，止与问讯，便曰："吾爱君可乎？"苇无语，惟一折腰。燕随绕苇而飞，以翼击水，涟起作银色，以相温存，尽此长夏。
>
> 他燕啁哳相语曰，"是良可笑。女绝无资，且亲属众也"。燕言殊当，川中固皆苇也。
>
> 未几秋至，众各飞去。燕失伴，渐觉孤寂，且倦于爱，曰："女不能言，且吾惧彼佻巧，恒与风酬对也。"是诚然，每当风起，苇辄宛转顶礼。燕又曰："女或宜家，第吾喜行旅，则吾妻亦必喜此，乃可耳。"遂问之曰："若能谐吾行乎？"苇摇首，殊爱其故园也。燕曰："若负我矣。今吾行趣埃及古塔，别矣！"遂飞而去。

这种文字，以译书论，以文章论，都可算是好作品。但周氏兄弟辛辛苦苦译的这部书，十年之中，只销了二十一册，这一件故事应该使我们觉悟了。用古文译小说，固然也可以做到"信，达，雅"三个字，如周氏兄弟的小说。但所得终不偿所失，究竟免不了最后的失败。

五

中日之战以后，明白时势的人都知道中国有改革的必要。这种觉悟产生了一种文学，可叫做"时务的文章"。那时代先后出的几种"危言"，如邵作舟的，如汤寿潜的，文章与内容都很可以代表这个时代的趋势。到 1897 年，德国强占了胶州，人心更激昂了；那时清光绪帝也被时局感动了，于是有"戊戌变法"(1898)的运动。这个变法运动在当日的势力颇大，中央政府和各省都有赞助的人。但顽固的反动力终究战胜了，于是有戊戌的"政变"。变法党的领袖是康有为，谭嗣同，梁启超等。谭嗣同与同志五人死于政变，但他的著述，在他死后仍旧发生不少的影响。康有为是“今文家”的一个重要代表，他的《新学伪经考》与《孔子改制考》等书，在这五十年的思想史上，自有他们的相当位置。他的文章虽不如他的诗，但当他“公车上书”以至他亡命海外的时代，他的文章也颇有一点势力，不过他的势力远不如梁启超的势力的远大了。梁启超当他办《时务报》的时代已是一个很有力的政论家；后来他办《新民丛报》，影响更大。二十年来的读书人差不多没有不受他的文章的影响的。

严复、林纾是桐城的嫡派，谭嗣同、康有为、梁启超都是桐城的变种。谭嗣同的《三十自纪》(《文集》)中说：

> 嗣同少颇为桐城所震，刻意规之数年，久自以为似矣；出示人，亦以为似。诵书偶多，广识当世淹通嫥壹之士，稍稍自惭，即又无以自达。或授以魏晋间文，乃大喜，时时籀绎，益笃嗜之。由是上溯秦、汉，下循六朝，始悟心好沈博绝丽之文，子云所以独辽辽焉。旧所为，遗弃殆尽。……昔侯方域少喜骈文，壮而悔之，以名其堂。嗣同亦既壮，所悔乃在此不在彼。……所谓骈文，非四六排偶之谓，体例气息之谓也，则存乎深观者。

梁启超自述也说：

> 启超夙不喜桐城派古文；幼年为文，学晚汉、魏、晋，颇尚矜炼。至是(指办《新民丛报》时)自解放，务为平易畅达，时杂以俚语，韵语，及外国语法；纵笔所至不检束。学者竟效之，号新文体。老辈则痛恨，诋为野狐。然其文条理明晰，笔锋常带情感，对于读者，别有一种魔力焉。(《清代学术概论》，页一四二)

这是梁氏四十八岁的自述，没有他三十自述说的详细：

> 八岁学为文，九岁能缀千言。一二岁应试学院，补博士弟子

> 员。日治帖括，虽心不慊之，然不知天地间于帖括外更有所谓学也，辄埋头研钻。顾颇喜词章，王父父母时授以唐人诗，嗜之过于八股。家贫无书可读，惟有《史记》一，《纲鉴易知录》一，王父日以课之；故至今《史记》之文能成诵者八九。父执有爱其慧者，赠以《汉书》一，姚氏《古文辞类纂》一，则大喜，读之卒业焉。……十三岁始知有段王训诂之学，大好之，渐有弃帖括之志。十五岁……肄业于学海堂……乃决舍帖括以从事于训诂词章。

此一段可补前一段“夙不喜桐城派古文”的话。谭嗣同与梁启超都经过一个桐城时代，但他们后来都不满意于桐城的古文。他们又都曾经过一个复古的时代，都曾回到秦汉、六朝；但他们从秦汉、六朝得来的，虽不是四六排偶的形式，却是骈文的“体例气息”。所谓体例，即是谭嗣同说的“沈博绝丽之文”；所谓气息，即是梁启超说的“笔锋常带情感”。

谭嗣同的《仁学》，在思想方面固然可算是一种大胆的作品，在文学方面也有代表时代的价值。我们引一节作例：

> 不生不灭有征乎？曰，弥望皆是也。如向所言化学诸理，穷其学之所至，不过析数原质而使之分，与并数原质而使之合；用其已然而固然者，时其好恶，剂其盈虚，而以号曰某物某物，如是而已。岂能竟消磨一原质与别创造一原质哉？……本为不生不灭，乌从生之灭之？譬如水加热则渐涸，非水灭也，化为轻气养气也。使收其轻气养气，重与原水等。且热去而仍化为水，无少减也。譬如烛久爇则尽跋，非烛灭也，化为气质流质定质也。使收其所合之炭气，所然之蜡泪，所余之蜡煤，重与原烛等。且诸质散而滋育他物，无少弃也。譬如陶埴，失手而碎之；其为器也毁矣。然陶埴，土所为也。方其为陶埴也，在陶埴曰成，在土则毁；及其碎也，还归乎土，在陶埴曰毁，在土又以成。但有回环，都无成毁。譬如饼饵，入胃而化之，其为食也亡矣。然饼饵，谷所为也。方其为饼饵也，在饼饵曰存，在谷曰亡；及其化也，选粪乎谷，在饼饵曰亡，在谷又以存。但有变易，复何存

亡？……（删去一排两个譬喻）……譬于陵谷沧桑之变易；地球之生不知经几千万变矣；洲渚之壅淤，知崖岸之将有倾颓；草木金石之质日出于地，知空穴之将就沦陷；赤道以旋速而隆起，即南北极之所翕敛也；火期之炎，冰期之冱，即一气之舒卷也。故地球体积之重率必无轩轾于昔时；有之，则畸重而去日远，畸轻而去日近，其轨道且岁不同矣。譬如流星陨石之变：恒星有古无而今有，有古有而今无；彗孛有循椭圆线而往可复返，有循抛物线而一往不返。往返者，远近也，非生灭也；有无者，聚散也，非生灭也。木星本统四月，近忽多一月，知近度之所吸取。火、木之间，依比例当更有一星，今惟小行星武女等百余，知女星之所剖裂，即此。地球亦终有陨散之时，然地球之所陨散，他星又将用其质点以成新星矣。王船山之说《易》，谓一卦有十二爻，半隐半见；故大易不言有无，隐见而已。孔子之论礼，谓殷因于夏；周因于殷；故礼有不得，与民变革损益而已。凡此诸体，虽一一佛有阿僧祗身，一一身有阿僧祗口，说亦不能尽。（《仁学上》，页十三）

这一节不但材料可以代表当时的科学知识，他的体例也可以代表当时与二十年来的“新文体”。谭嗣同自己说的骈文的体例与气息，在这里也可以看得出来。但我们拿文学史的眼光来观察，不能不承认这种文体虽说是得力于骈文，其实也得力于八股文。古代的骈文没有这样奔放的体例，只有八股文里的好“长比”有这种气息（上例中，水与烛一比及陶埴与饼饵一比，最可玩味）。故严格说来，这一种文体很可以说是八股文经过一种大解放，变化出来的。

说这种文体是受了八股文的影响的，这句话也许有人不愿意听。其实这句话不全是贬辞。清代的大文家章学诚作古文往往不避骈偶的长排，他曾说：

嗟夫，知文亦岂易易？通人如段若膺，见余《通义》有精深者，亦与叹绝；而文句有长排作比偶者，则曰“惜杂时文句调”！夫文求其是耳，岂有古与时哉？即曰时文体多排比，排比又岂作

> 时文者所创为哉？使彼得见韩非《储说》，淮南《说山》《说林》，傅毅《连珠》诸篇，则又当为秦、汉人惜有时文之句调矣。论文岂可如是？此由彼心目中有一执而不化之古文，怪人不似之耳。
>
> （《与史余村简》）

此说最有理。文中杂用骈偶的句子，未必即是毛病。当日人人做八股，受了一种影响，也是很自然的事。其实这一派的长处就在他们能够打破那“执而不化”的狭义古文观，就在他们能够运用古文时文儒书佛书的句调来做文章。这个趋势，到了梁启超，更完备了。

梁启超最能运用各种字句语调来做应用的文章。他不避排偶，不避长比，不避佛书的名词，不避诗词的典故，不避日本输入的新名词。因此，他的文章最不合“古文义法”，但他的应用的魔力也最大。

梁启超的文章很多，举例也很难。我且举他的《新民说》第十一篇《论进步》的一节：

> 然则救危亡求进步之道将奈何？曰，必取数千年横暴混浊之政体，破碎而齑粉之，使数千万如虎如狼如蝗如蝻如蜮如蛆之官吏失其社鼠城狐之凭藉，然后能涤肠荡胃以上于进步之途也！必取数千年腐败柔媚之学说，廓清而辞辟之，使数百万如蠹鱼如鹦鹉如水母如畜犬之学子毋得弄舌摇笔舞文嚼字为民贼之后援，然后能一新耳目以行进步之实也！而其所以达此目的之方法有二：一曰无血之破坏，二曰有血之破坏。无血之破坏者，如日本之类是也。有血之破坏者，如法国之类是也。中国如能为无血之破坏乎？吾馨香而祝之！中国如不得不为有血之破坏乎？吾衰绖而哀之！虽然，哀则哀矣，然欲使吾于此二者之外，而别求一可以救国之途，吾苦无以对也。呜呼，吾中国而果能行第一义也，则今日其行之矣。而竟不能！则吾所谓第二义者，遂终不可免。呜呼，吾又安忍言哉？呜呼，吾又安忍言哉？

我再举一个例：

> 罗兰夫人何人也？彼生于自由，死于自由。罗兰夫人何人也？自由由彼而生，彼由自由而死。罗兰夫人何人也？彼拿破仑之母也，彼梅特涅之母也，彼玛志尼、噶苏士、俾士麦、加富尔之母也。质而言之，则十九世纪欧洲大陆一切之人物，不可不母罗兰夫人；十九世纪欧洲大陆一切之文明，不可不母罗兰夫人。何以故？法国大革命为欧洲十九世纪之母故。罗兰夫人为法国大革命之母故。

这两个例很可以表示梁启超自己说的"笔锋常带情感"的文体。前一例可以表示这种文字的好的方面；后一例可以表示这种文字的坏的方面。更恶劣的如：

> 虽然，天不许罗兰夫人享家庭之幸福以终天年也！法兰西历史世界历史必要求罗兰夫人之名以增其光焰也！于是风渐起，云渐乱，电渐迸，水渐涌，谆谆出出，法国革命！嗟嗟咄咄，法国遂不免于大革命！

但这种文字在当日确有很大的魔力。这种魔力的原因约有几种：

(1)文体的解放，打破一切"义法"、"家法"，打破一切"古文"、"时文"、"散文"、"骈文"的界限；(2)条理的分明，梁启超的长篇文章都长于条理，最容易看下去；(3)辞句的浅显，既容易懂得，又容易模仿；(4)富于刺激性，"笔锋常带情感"。

梁启超中年的文章，《国风报》、《庸言报》时代的文章，把早年文章的毛病渐渐的减少了；渐渐的回到清淡明显的文章。但学他的文章的人，往往学了他的堆砌，他的排比。在记叙的文章内，这种恶劣之处更容易呈现出来。前七八年流行一时的《玉梨魂》一类的小说，便是这种文体用来叙事的结果了。

六

康、梁的一班朋友之中，也很有许多人抱着改革文学的志愿。他们在散文方面的成绩只是把古文变浅近了，把应用的范围也更推广了。在韵文的方面，他们也曾有“诗界革命”的志愿。梁启超《饮冰室诗话》说：

> 当时所谓“新诗”者，颇喜挦扯新名词以自表异。丙申丁酉间(1896—1897)吾党数子皆好作此体。提倡之者为夏穗卿(曾佑)。而复生(谭嗣同)亦綦嗜之。……其《金陵听说法》云：“纲伦惨以喀私德(Caste)，法会盛于巴力门(Parliament)。”……穗卿赠余诗云：“帝杀黑龙才士隐，书飞赤鸟太平迟。”又云：“有人雄起琉璃海，兽魄蛙魂龙所徒。”……当时吾辈方沉醉于宗教……故《新约》字面络绎笔端焉。

这种革命的失败，自不消说。但当时他们的朋友之中确有几个人在诗界上放一点新光彩。黄遵宪与康有为两个人的成绩最大。但这两人之中，黄遵宪是一个有意作新诗的，故我们单举他来代表这一个时期。

黄遵宪字公度，嘉应州人，生于1848年，死于1905年，著有《人境庐诗草》十一卷。他做过三十年的外交官，到过日本，英国，美国，南洋等处。他曾著《日本国志》，《日本杂事诗》。当戊戌的变法，他也是这运动中的一个人物。他对于诗界革命的动机，似乎起的很早。他二十多岁时作的诗之中，有《杂感》五篇，其二云：

> 大块鑿混沌，浑浑旋大圜。隶首不能算，知有几万年？羲、轩造书契，今始岁五千。以我视后人，若居三代先。俗儒好尊古，日日故纸研；六经字所无，不敢入诗篇。古人弃糟粕，见之口流涎，沿习甘剽盗，妄造丛罪愆。黄土同抟人，今古何愚贤？即今忽已古，断自何代前？明窗敞流离，高炉爇香烟；左陈端溪砚，右列薛涛笺；我手写我口，古岂能拘牵？即今流俗语，我若登简编，五千年后人，惊为古斓斑。

这种话很可以算是诗界革命的一种宣言。末六句竟是主张用俗话作诗了。他那个时代作的诗，还有《山歌》九首，全是白话的。内中如：

买梨莫买蜂咬梨，心中有病没人知。因为分梨更亲切，谁知亲切转伤离？

催人出门鸡乱啼，送人离别水东西。挽水西流想无法，从今不养五更鸡。

一家女儿做新娘，十家女儿看镜光。街头铜鼓声声打，打着中心只说“郎”。

都是民歌的上品。他自序云：

土俗好为歌，男女赠答，颇有《子夜读曲》遗意。采其能笔于书者，得数首。

我常想黄遵宪当那么早的时代何以能有那种大胆的“我手写我口”的主张？我读了他的《山歌》的自序，又读了他五十岁时的《己亥杂诗》中叙述嘉应州民族生俗的诗和诗注，我便推想他少年时代必定受了他本乡的平民文学的影响。《己亥杂诗》中有一首云：

一声声道妹相思，夜月哀猿和竹枝。欢是团圆悲是别，总应肠断妃呼豨。

他自注云：

土人旧有山歌，多男女相思之辞，当系獠蛋遗俗。今松口松源各乡尚相沿不改。每一辞毕，辄间以无辞之声……正如妃呼豨，甚哀厉而长。

他对于这种民间文学的兴趣，可以使我们推想他受他们的影响定必不少。故他在日本时，看见西京民间风俗“七月十五夜至晦日，每夜亘索街上，悬灯数百，儿女艳妆靓服为队，舞蹈达旦，名曰都踊，所唱皆男女猥亵之词，有歌以为之节者，谓之音头”，他就能赏识这种平民文学，说“其风俗犹之唐人《合生歌》，其音节则汉之《董逃行》也”。他因此作成一篇《都踊歌》：

长袖飘飘兮，髻峨峨，荷荷；
裙紧束兮，带斜拖，荷荷；
分行逐队兮，舞傞傞，荷荷；
往复还分，如掷梭，荷荷；
回黄转绿兮，挼莎，荷荷。
中有人兮，通微波，荷荷，
贻我钗鸾兮，馈我翠螺，荷荷；
呼我娃娃兮，我哥哥，荷荷。
柳梢月兮，镜新磨，荷荷，
鸡眠猫睡兮，犬不呵，荷荷，
待来不来兮，欢奈何，荷荷？
一绳隔兮，阻银河，荷荷，
双灯照兮，晕红涡，荷荷。
千人万人兮，妾心无他，荷荷；
君不知兮，弃则那，荷荷！
今日夫妇兮，他日公婆，荷荷。
百千万亿化身菩萨兮，受此花，荷荷！
三千三百三十二座大神兮，听我歌，荷荷！
天长地久兮，无差讹，荷荷！

(原刻此诗不分行。分行更好)

这固是为西京的风俗作的，但他对于这种民间白话文学的赏识力，大概还是他本乡的山歌的影响。《都踊歌》每一句的尾声“荷荷”，正和嘉应州山歌“每一辞毕，辄间以无辞之声……甚哀厉而长”，是相像的。我们可以说，他早年受了本乡山歌的感化力，故能赏识民间白话文学的好处；因为他能赏识民间的白话文学，故他能说“即今流俗语，我若登简编，五千年后人，惊为古斓斑”！

他自己曾说(此据他的兄弟遵楷跋中引语)：

各人有面目，正不必与古人相同。吾欲以古文家抑扬变化之法作古诗，取《骚》、《选》乐府歌行之神理入近体诗。其取材以群经三史诸子百家及许郑诸注为词赋家不常用者；其述事以官书会典方言俗谚及古人未有之物未辟之境，举吾耳目所亲历者，皆笔而书之。要不失为以我之手写我之口。

这几句话说他的诗，都很确当。但他在“以古文家抑扬变化之法作古诗”的方面，成绩最大。我们且举《赤穗四十七义士歌》(有长序，当参读)的末节：

……臣等愿毕无所求，愿从先君地下游。……明年赐剑如杜邮，四十七士性命同日休。一时惊叹争歌讴。观者，拜者，吊者，贺者，万花绕冢，每日香烟浮！一裙，一屐，一甲，一胄，一刀，一矛，一杖，一笠，一歌，一画，手泽珍宝如天球！自从天孙开国首重天琼锋，和魂一传千千秋。况复五百年来武门尚武国多贲倴！到今赤穗义士某某某某四十七人一一名字留！内足光辉大八州，外亦声明五大洲。

此外如他的《降将军歌》，《度辽将军耿》，《聂将军歌》，《逐客篇》，《番客篇》……都是用做文章的法子来做的。这种诗的长处在于条理清楚，叙述分明。做诗与做文都应该从这一点下手：先做到一个“通”字，然后可希望做到一个“好”字。古来的大家，没有一个不是这样的；古来决没有一首不通的好诗，也没有一首看不懂的好诗。金和与黄遵宪的诗的好处就在他们都是先求“通”，先求达意，先求懂得。

黄遵宪颇想用新思想和新材料——所谓“古人未有之物，未辟之境”——来做当日所谓新诗。他的《今别离》四篇，便是这一类。我且引他的《以莲菊桃杂供一瓶作歌》的末段来作例：

……即今种花术益工，移枝接叶争天功。安知莲不变桃桃不

> 变为菊？回黄转绿谁能穷？化工造物先造质，控抟众质亦多术，安知夺胎换骨无金丹，不使此莲此菊此桃万亿化身合为一？……六十四质亦幺么，我身离合无不可。质有时坏神永存，安知我不变花花不变为我？千秋万岁魂有知，此花此我相追随！待到汝花将我供瓶时，还愿对花一读今我诗！

这种“新诗”，用旧风格写极浅近的新意思，可以代表当日的一个趋向；但平心说这种诗并不算得好诗。《今别离》在当时受大家的恭维；现在看来，实在平常的很，浅薄的很。

《人境庐诗抄》中最好的诗，自然还要算《拜曾祖母李太夫人墓》一篇。此诗能实行他的“我手写我口，古岂能拘牵”的主张。内中一段云：

> ……春秋多佳日，亲戚尽团聚。双手擎掌珠，百口百称誉。“我家七十人，诸子爱渠祖，诸妇爱渠娘，诸孙爱诸父。因裙便惜带，将缣难比素。老人性偏爱，不顾人笑侮。”邻里向我笑：老人爱不差。果然好相貌，艳艳如莲花。诸母背我骂，健犊行破车，上树不停脚，偷芋信手爬；昨日探鹊巢，一跌败两牙，噀血喷满壁，盘礴画龙蛇。兄妹昵我言，向婆乞金钱，直倾紫荷囊，滚地金铃圆。爷娘附我耳，劝婆要加餐；金盘脍鲤鱼，果为儿下咽。伯叔牵我手，心知不相干，故故摩儿顶，要图老人欢。
>
> 儿年九岁时，阿爷报登科。见儿大父旁，一语三摩挲：“此儿生属猴，聪明较猴多。雏鸡比老鸡，异时知如何？我病又老耄，情知不坚牢。风吹儿不长，那见儿扶摇？待儿胜冠时，看儿能夺标；他年上我墓，相携着宫袍。前行张罗伞，后行鸣鼓箫；猪鸡与花果，一一分肩挑；爆竹响墓背，墓前纸钱飘。手捧紫泥封，云是夫人诰；子孙共罗拜，焚香向神告：‘儿今幸胜贵，颇如母所料。’世言鬼无知，我定开口笑。”

这个时代之中，我只举了金和、黄遵宪两个诗人，因为这两个人都有点特别的个性，故与那一班模仿的诗人，雕琢的诗人，大不相同。这个时代之中，大多数的诗人都属于“宋诗运动”。宋诗特别性质，不在用典，不在做拗句，乃在做诗如说话。北宋的大诗人还不能完全脱离杨亿一派的恶习气；黄庭坚一派虽然也有好诗，但他们喜欢掉书袋，往往有极恶劣的古典诗。(如云：“司马寒如灰，礼乐卯金刀。”)南宋的大家——杨、陆、范——方才完全脱离这种恶习气，方才贯彻这个“做诗如说话”的趋势。但后来所谓“江西诗派”，不肯承接这个正当的趋势(范、陆、扬、尤都从江西诗派的曾几出来)，却去模仿那变化未完成的黄庭坚，所以走错了路，跑不出来了。近代学宋诗的人，也都犯这个毛病。陈三立是近代宋诗的代表作者，但他的《散原精舍诗》里实在很少可以独立的诗。近代的作家之中，郑孝胥虽然也不脱模仿性，但他的魄力大些，故还不全是模仿。他曾有诗赠陈三立，中有“安能抹青红，搔头而弄姿?”之句。其实他自己有时还近这种境界，陈三立却做不到这个地步。郑孝胥作陈三立的诗集的序，曾说：

> 往有巨公与余谈诗，务以清切为主。于当世诗流，每有张茂先我所不解之喻。其说甚正。然余窃疑诗之为道，殆有未能以清切限之者。世事万变，纷扰于外；心绪百态，腾沸于内；宫商不调而不能已于声，吐属不巧而不能已于辞；若是者，吾固知其有乖于清也。思之来也无端，则断如复断，乱如复乱者，恶能使之尽合？兴之发也匪定，则倏忽无见，惝怳无闻者，恶能责以有说？若是者，吾固知其不期于切也。

他这篇序虽然表面上是替江西诗派辩护，其实是指出江西诗派的短处。他自己的诗并不实行这个“不清不切”的主张，故还可以读。他后来有答樊增祥的诗，自己取消这种议论：

> 尝序伯严(陈三立)诗，持论辟清切。自嫌误后生，流浪或失实。君诗妙易解，经史气四溢。诗中见其人，风趣乃隽绝。浅语莫非深，天壤在毫末。何须填难字，苦作酸生活？会心可意言，即此意已达。

樊增祥的诗，比较的最聪明，最清切，可惜没有内容，也算不得大家。此外还有许多人，努力模仿古人，努力作诗匠。但他们志在“作古”，我们也不敢把他们委屈在这五十年之内了。

七

这五十年是中国古文学的结束时期。做这个大结束的人物，很不容易得。恰好有一个章炳麟，真可算是古文学很光荣的结局了。

章炳麟是清代学术史的押阵大将，但他又是一个文学家。他的《国故论衡》、《检论》，都是古文学的上等作品。这五十年中著书的人没有一个像他那样精心结构的；不但这五十年，其实我们可以说这两千年中只有七八部精心结构，可以称做“著作”的书，一如《文心雕龙》、《史通》，《文史通义》等，其余的只是结集，只是语录，只是稿本，但不是著作。章炳麟的《国故论衡》要算是这七八部之中的一部了。他的古文学工夫很深，他又是很富于思想与组织力的，故他的著作在内容与形式两方面都能“成一家言”。

章氏论文，很多精到的话。他的《文学总略》(《国故论衡》中)推翻古来一切狭陋的“文”论，说“文者，包络一切著于竹帛者而为言”。他承认文是起于应用的，是一种代言的工具；一切无句读的表谱簿录，和一切有句读的文辞，并无根本的区别。至于“有韵为文，无韵为笔”，和“学说以启人思，文辞以增人感”的区别，更不能成立了。这种见解，初看去似不重要，其实很有关系。有许多人只为打不破这种种因袭的区别，故有“应用文”与“美文”的分别；有些人竟说“美文”可以不注重内容；有的人竟说“美文”自成一种高尚不可捉摸，不必求人解的东西，不受常识与论理的裁制！章炳麟说：

> 文字本以代言，其用则有独至。凡无句读文，皆文字所专属者也，以是为主，故论文学者不得以兴会神旨为上。……知文辞始于表谱簿录，则修辞立诚，其首也。

又说：

不得以感人者为文辞，不感者为学说。……学说者，非一往不可感人。凡感于文言者，在其得我心。是故饮食移味，居处缊愉者，闻劳人之歌，心犹怕然。大愚不灵，无所愤悱者，睹妙论则以为恒言也。身有疾痛，闻幼眇之音，则感概随之矣。心有疑滞，睹辨析之论，则悦怿随之矣。

他是能实行不分文辞与学说的人，故他讲学说理的文章都很有文学的价值。他并不反对桐城派的古文，他的《葑汉微言》有一段说：

问桐城义法何其隘邪？答曰，此在今日，亦为有用。何者？明末猥杂佻悦之文雾塞一世，方氏起而廓清之。自是以后，异喙已息，可以不言流派矣。乃至今日而明末之风复作，报章小说，人奉为宗。幸其流派未亡，相存纲纪，学者守此，不至堕入下流，故可取也。若谛言之，文足达意，远于鄙倍，可也。有物有则，雅驯近古，是亦足矣。派别安足论？（页六八）

但他自己论文，却主张回到魏、晋。他说：

魏、晋之文，大体皆卑于汉，独持论仿佛晚周。气体虽异，要其守己有度，伐人有序，和理在中，孚尹旁达，可以为百世师矣。（《国故论衡》中《论式》页九四）

为什么呢？因为：

老庄形名之学，逮魏复作，故其言不牵章句；单篇持论，亦优汉世。（页九二）

故他以为：

持诵《文选》，不如取《三国志》，《晋书》，《宋书》，《弘明

集》,《通典》观之。纵不能上窥九流,犹胜于滑泽者。(页九三)

他又说:

> 夫雅而不核,近于诵数,汉人之短也。廉而不节,近于强钳;肆而不制,近于流荡;清而不根,近于草野;唐、宋之过也。有其利而无其病者,莫若魏、晋。(页九五)

又说:

> 效唐、宋之持论者,利其齿牙。效汉之持论者,多其记诵。斯已给矣。效魏、晋之持论者,上不徒守文,下不可御人以口,必先豫之以学。(同页)

“必先豫之以学”六个字,谈何容易?章炳麟的文章,所以能自成一家,也并非因为他模仿魏、晋,只是因为他有学问做底子,有论理做骨骼。《国故论衡》里文章,如《原儒》、《原名》、《明见》、《原道》、《明解故上》、《语言缘起说》……皆有文学的意味,是古文学里上品的文章。《检论》里也有许多好文章;如《清儒》篇,真是近代难得的文章。

但他究竟是一个复古的文家。他的复古主义虽能“言之成理”,究竟是一种反背时势的运动。他论文辞,知道文辞始于表谱簿录,是应用的;但他的文章应用的成绩比较最少。他对于同时的文人都有点薄鄙的意思(看《文录》二《与邓实书》及《与人论文书》)。他自命“将取千年朽蠹之余,反之正则”。他于近代文人中,只承认“王闿运能尽雅”。有人问他如何能做到古雅的文章,他曾把王闿运做文章的法子来教人。什么法子呢?原来是先把意思写成平常的文章,然后把虚字尽量删去,自然古雅了!他又喜欢用古字来代替通行的字;他自己说:

> 六书本义,废置已夙;经籍仍用,通借为多。舍借用真,兹

为复始。(《检论》五，《正名杂义》，页二八)

他不知道荀卿“约定俗成谓之宜”的话乃是正名的要旨，故他这种“复始”的工夫虽然增加了古气古色，同时便减少了应用的程度。他自己著书，本来有句读，还可以帮助一般读者的了解。后来他的门人校刻他的全书，以为圈读不古，删去句读，就更难读了。他知道文辞以“存质”为本，他曾说：“文益离质则表象益多，而病亦益笃。”他痛恨那班：

> 庸妄宾僚，谬施涂塈，案一事也，不云“纤悉毕呈”，而云“水落石出”；排一难也，不云“祸胎可绝”，而云“釜底抽薪”。表象既多，鄙倍斯甚！(《正名杂义》页一四)

但他那篇《订文》(《正名杂义》乃《订文》的附录)中有句云：“后之林烝，知孟晋者，必修述文字”，用“孟晋”代求进步，还说得过去；“林烝”二字，比他举出的“水落石出”“釜底抽薪”，更不通了。

总而言之，章炳麟的古文学是五十年来的第一作家，这是无可疑的。但他的成绩只够替古文学做一个很光荣的下场，仍旧不能救古文学的必死之症、仍旧不能做到那“取千年朽蠹之余，反之正则”的盛业。他的弟子也不少，但他的文章却没有传人。有一个黄侃学得他的一点形式，但没有他那“先豫之以学”的内容，故终究只成了一种假古董。章炳麟的文学，我们不能不说他及身而绝了。

章炳麟论韵文，也是一个极端的复古派。他说古今韵文的变迁，颇有历史的眼光。他说：

> 吟咏情性，古今所同，而声律调度异焉。魏文侯听今乐则不知倦，古乐则卧。故知数极而迁，虽才士弗能以为美。(《国故论衡》中，《辩》，页九九)

这是很不错的历史见解。根据于这个“数极而迁”的观念，他指出《三百篇》为四言诗的极盛时期；到了汉以下，“四言之势尽矣”，故束晳等的四言诗都做不好，到了唐朝，“五言之势又尽，杜甫以下辟旋以入七言”；到了“宋世诗势已尽，故其吟咏情性，多在燕乐(词)”。他论近代的诗，也很不错：

今词又失其声律，而诗龙奇愈甚。考征之士，睹一器，说一事，则纪之五言，陈数首尾，比于马医歌括。及曾国藩自以为功，诵法江西诸家，矜其奇诡。天下骛逐，古诗多诘屈不可诵，近体乃与杯珓谶辞相等。江湖之士艳而称之，以为至美。盖自《商颂》以来，歌诗失纪，未有如今日者也。

这种议论的自然结果应该是一种很激烈的文学革命了。谁知他下文一转便道：

物极则变，今宜取近体一切断之(自注：唐以后诗但以参考史事，存之可也。其语则不足诵)，古诗断自简文以上，唐有陈(子昂)、张(九龄)、李(白)、杜(甫)之徒，稍稍删取其要，足以继风雅，尽正变矣。

这种极端的复古论，和他的文学史观，实在是互相矛盾的。如果四言诗之势已尽于汉末而五言诗之势已尽于唐初，如果诗之势已尽于宋世，那就如他自己说的“虽才士弗能以为美”了，难道他们还复兴于今日吗？那“数极而迁”的文学，难道还可以恢复吗？

但他不顾这个矛盾，还想恢复那“数极而迁，虽才士弗能以为美”的诗体。他的韵文(《文录》二，页八六以下)全是复古的文学。内中也有几首可读的，如《东夷诗》的第三四首：

客从海西来，上堂结罗袜，长跪箸席上，对语忘时日。仰见玉衡移，握手言离别。下堂寻革鞮，革鞮忽已失。回头问主人，主人甫惊绝。乞君一两靴，便向笼间掇。笼间何所有？四顾吐长舌。

甲第夫如何？绳篾相钩带，虎落穿方空，空小门不大。按项出门去，恣情逐岩濑。三步复五步，京市亦迢遰。时复得町畦，云中闻犬吠。策杖寻其声，耆献方高会。“陛下千万岁！世世从台隶！”

这种诗的剪裁力确是比黄遵宪的《番客篇》等诗高的多，又加上一种刻画的嘲讽意味，故创造的部分还可以勉强抵消那模仿的部分。此外如《艾如张》，如《董逃歌》，若没有那篇长序，便真是“与杯珓谶辞相等”了。最恶劣的假古董莫如他的《丹橘》与《上留田》诸篇。《丹橘》凡“七章，二章章四句，五章章八句”，我猜想了五年，近来方才敢猜这诗大概是为刘师培作的。我引第五六章作例：

天道无远，谗夫既丧。何以潄浣？其痍其壮。越畹望之，度畦乡之。不见广陵，蓬莱障之。

樓之桀矣，不宿乾鹊。民之罣矣，如狙如玃。知我之好，匪伊朝夕。尔虽我封，我心则怿。

这种诗使我们联想到《易林》，《易林》是汉朝的一种“杯珓谶辞”。其实一千几百年前的“杯珓谶辞”未必就远胜一千几百年后的“杯珓谶辞”。

章炳麟在文学上的成绩与失败，都给我们一个教训。他的成绩使我们知道古文学须有学问与论理做底子，他的失败使我们知道中国文学的改革须向前进，不可回头去；他的失败使我们知道文学“数极而迁，虽才士弗能以为美”，使我们知道那“取千年朽蠹之余，反之正则”的盛业是永不可能的了！

八

当日俄战争（1904—1905）以后，中国革命的运动一天一天的增加势力。同时的君主立宪运动也渐渐的成为一种正式的运动。这两党的主张时常发生冲突。《新民丛报》那时已变成君主立宪的机关了，故时时同革命的《民报》做很激烈的笔战。这种笔战在中国的政论文学史上很有一点良好的影响，因为从此以后，梁启超早年提倡出来的那种“情感”的文章，永不适用了。帖括式的条理不能不让位给法律家的论理了。笔锋的情感不能不让位给纸背的学理了。梁启超自己的文章也不能不变了；《国风》与《庸言》里的梁启超已不是《新民丛报》第一二年的梁启超了。自1905年到1915年(民国四年)，这十年是政论文章的发达时期。这一个时代的代表作家是章士钊。章士钊曾著有一部中国文法书，又曾研究论理学；他的文章的长处在于文法谨严，论理完足。他从桐城派出来，又受了严复的影响不少；他又很崇拜他家太炎，大概也逃不了他的影响。他的文章有章炳麟的谨严与修饰，而没有他的古僻；条理可比梁启超，而没有他的堆砌。他的文章与严复最接近；但他自己能译西洋政论家法理学家的书，故不须模仿严复。严复还是用古文译书，章士钊就有点倾向“欧化”的古文了；但他的欧化，只在把古文变精密了；变繁复了；使古文能勉强直接译西洋书而不消用原意来重做古文；使古文能曲折达繁复的思想而不必用生吞活剥的外国文法。

章士钊的文章，散见各报；但他办《甲寅》时(1914—1915)的文章，更有精彩了，故我们只引这个时代的文章来做例。他先著《学理上之联邦论》中有云：

> 理有物理，有政理。物理者，绝对者也。而政理只为相对。物理者，通之古今而不惑，放之四诲而皆准者也。政理则因时因地容有变迁。二者为境迥殊，不易并论。例如十乌于此，吾见九乌皆黑；余一乌也，而亦黑之，谓非黑则于物理有远，可也。若十国于此，吾见九国立君；余一国也，而亦君之，谓非立君则于政理有违，未可也。何也？立君之制，纵宜于九国，而未必即宜于此一国也。或曰，“自培根以来，学者无不采经验论”。此其所指似在物理，而持以侵入政理之域，愚殊未敢苟同。……科学之验，在夫发现真理之通象；政学之验，在夫改良政制之进程；故前者可以定当然于已然之中，后者甚且排已然而别创当然之例。不然，当十五六世纪时，君主专制之威披靡一世，政例所存，罔不然焉；苟如论者所言，是十七世纪后之立宪政治不当萌

芽矣。有是理乎？(《甲寅》，一，五)

他的意思要说“联邦之理，果其充满，初不恃例以为护符”。后来有人驳他，说他的方法是极端的演绎法。章士钊作论答他(《联邦论·答潘君力山》)，中有一段云：

物理之称为绝对，究其极而言之，非能真绝对也。何也？无论何物，人盖不能举其全体现在方来之量之数，一一试验以尽，始定其理之无讹也。必待如是，不特其本身归纳之业直无时而可成，而外籀演绎之事，亦终古无从说起。……是故范为定理，不得不有赖于“希卜梯西”(Hypothesis)焉。希卜梯西者，犹言假定也。凡物之已经试验，历人既多，为时亦久，而可信其理为如是如是者，皆得设为假定。用此假定之理以为演绎，历人既多，为时亦久，而无例焉与之相反，则可谥以绝对之称矣。故“绝对”云者，亦假定之未破者而已，非有他也。(《甲寅》一，七)

第二次答复(《甲寅》一，一九)又说：

若曰，“吾国无联邦之事例，联邦之法理即为无根”，则吾所应谈之法理，而无其事例者，到处皆是矣；若一切不谈，政治又以何道运行耶？况事例吾国无之，而他国固有。以他国所有者，推知吾国之亦可行，此科学之所以重比较，而法律亦莫逃其例者也。安得以本国之有无自限耶？大凡事例之成，苟其当焉，其法理必已前立；特其法理或位乎逻辑之境而人不即觉，事后始为之说明耳。今吾饱观政例，熟察利害，他人事后始有机会立为法理者，而吾得于事前穷其逻辑之境，尽量出之，恣吾览睹，方自幸之不暇，而又何疑焉？

罗家伦在他的《近代中国文学思想之变迁》一篇(《新潮》二，五)里，曾说章士钊的文章“可谓集‘逻辑文学’的大成了”。他又说，“政论的文章，到那个时候，趋于最完备的境界。即以文体而论，则其论调既无‘华夷文学’的自大心，又无‘策士文学’的浮泛气；而且文字的组织上又无形中受了西洋文法的影响，所以格外觉得精密”(页八七三)。这个论断是很不错的。我上文引的几段，很可以说明这种“逻辑文学”的性质。

章士钊同时的政论家——黄远庸，张东荪，李大钊，李剑农，高一涵等，都朝着这个趋向做去，大家不知不觉的造成一种修饰的，谨严的，逻辑的，有时不免掉书袋的政论文学。但是这种文章，在当日实在没有多大的效果。做的人非常卖气力；读的人也须十分用气力，方才读得懂。因此，这种文章的读者仍旧只限于极少数的人。当他们引戴雪，引白芝浩，引哈蒲浩，引蒲徕士，来讨论中国的政治法律的问题的时候，梁士诒、杨度、孙毓筠们早已把宪法踏在脚底下，把人民玩在手心里，把中华民国的国体完全变换过了！洪宪的帝制虽不长久，洪宪的余毒至今还在，而当日的许多政论机关都烟消云散了。民国五年(1916)以后，国中几乎没有一个政论机关，也没有一个政论家；连那些日报上的时评也都退到纸角上去了，或者竟完全取消了。这种政论文学的忽然消灭，我至今还说不出一个所以然来。但《甲寅》最后一期里有黄远庸写给章士钊的两封信，至少可以代表一个政论大家的最后忏悔。他说：

> 远本无术学，滥厕士流，虽自问生平并无表见，然即其奔随士夫之后，雷同而附和，所作种种政谈，今无一不为忏悔之材料。盖由见事未明，修省未到，轻谈大事，自命不凡；亡国罪人，亦不能不自居一分也。此后第努力求学，专求自立为人之道，如足下所谓存其在我者，即得为末等人，亦胜于今之一等脚色矣。
>
> 愚见以为居今论政，实不知从何处说起。《洪范》九畴亦只能明夷待访。……至根本救济，远意当从提倡新文学入手，综之，当使吾辈思潮如何能与现代思潮相接触，而促其猛省。而其要义须与一般之人，生出交涉。法须以浅近文艺普遍四周。史家以文艺复兴为中世改革之根本，足下当能语其消息盈虚之理也。(《甲寅》一，十)

这封信，前半为忏悔，后半为觉悟。当日的政论家苦心苦口，确有很可佩服的地方。但他们的大缺点只在不能“与一般之人，生出交涉”。这一句话不但可以批评他们的“白芝浩—戴雪—哈蒲浩—蒲徕士”的内容，也可以批评他们的精心结构的政论古文。黄远庸的聪明先已见到这一点了，所以他悬想将来的根本救济当从提倡新文学下手，要用浅近文艺普遍四周，要与一般的人生出交涉来。章士钊答书还不赞成这种话，他说“必其国政治差良，其度不在水平线下，而后有社会之事可言，文艺其一端也”。黄远庸那年到了美国，不幸被人暗杀了，他的志愿毫无成就；但他这封信究竟可算是中国文学革命的预言。他若在时，他一定是新文学运动的一个同志，正如他同时的许多政论家之中的几个已做新文学运动的同志了。

九

以上七节说的是这五十年的中国古文学。古文学的公同缺点就是不能与一般的人生出交涉。大凡文学有两个主要分子：一是“要有我”，二是“要有人”。有我就是要表现著作人的性情见解，有人就是要与一般的人发生交涉。那无数的模仿派的古文学，既没有我，又没有人，故不值得提起。我们在这七节里提起的一些古文学代表，虽没有人，却还有点我，故还能在文学史上占一个地位。但他们究竟因为不能与一般的人生出交涉来，故仍旧是少数人的贵族文学，仍旧免不了“死文学”或“半死文学”的评判。

现在我们要谈这五十年的“活文学”了。活文学自然要在白话作品里去找。这五十年的白话作品，差不多全是小说。直到近五年内，方才有他类的白话作品出现。我们先说五十年内白话小说，然后讨论近年的新文学。

这五十年内的白话小说出的真不在少数！为讨论的便利起见，我们可以把他们分作南北两组：北方的评话小说，南方的讽刺小说。北方的评话小说可以算是民间的文学，他的性质偏向为人的方面，能使无数平民听了不肯放下，看了不肯放下；但著书的人多半没有什么深刻的见解，也没有什么浓挚的经验。他们有口才，有技术，但没有学问。他们的小说，确能与一般的人生出交涉了，可惜没有我，所以只能成一种平民的消闲文学。《儿女英雄传》，《七侠五义》，《小五义》，《续小五义》等书，属于这一类。南方的讽刺小说便不同了。他们的著者都是文人，往往是有思想有经验的文人。他们的小说，在语言的方面，往往不如北方小说那样漂亮活动；这大概是因为南方人学用北部语言做书的困难。但思想见解的方面，南方的几部重要小说都含有讽刺的作用，都可以算是“社会问题的小说”。他们既能为人，又能有我。《官场现形记》、《老残游记》、《二十年目睹之怪现状》、《恨海》、《广陵潮》……都属于这一类。(南方也有消闲的小说，如《九尾龟》等。)

我们先说北方的评话小说。评话小说自宋以来，七八百年，没有断绝。有时民间的一种评话遇着了一个文学大家，加上了剪裁修饰，便一跳升做第一流的小说了(如《水浒传》)。但大多数的评话——如《杨家将》、《薛家将》之类——始终不曾脱离很幼稚的时代。明、清两朝是小说最发达的时期，内中确有好几部第一流的文学。有了这些好小说做教师，做模范本，所以民间的评话也渐渐的成个样子了，渐渐的可读了。因此，这五十年的评话小说，可以代表评话小说进步最高的时期。当同治末年光绪初年之间，出了一部《儿女英雄传评话》。此书前有雍正十二年和乾隆五十九年的序，都是假托的。雍正年的序内提起《红楼梦》，不知《红楼梦》乃是乾隆中年的作品！故我们据光绪戊寅(1878)马从善的序，定为清宰相勒保之孙文康(字铁仙)做的。文康晚年穷困无聊，作此书消遣。序中说“昨来都门，知先生已归道山”。可知文康死于同治光绪之际，故我们定此书为近五十年前的作品。《七侠五义》初名《三侠五义》，又名《忠烈侠义传》，今本有俞樾的序，说曾听见潘祖荫称赞此书，“虽近时新出而颇可观”。俞序作于光绪十五年(1889)，故定为五十年中的作品。此书原著者为石玉昆，但今本已是俞樾改动的本子，原本已不可见了。石玉昆的事迹不可考，大概是当日的一个评话大家。又有《小五义》一部，刻于光绪十六年(1890)；《续小五义》一部，刻于同年的冬间。此二书据说也都是石玉昆的原稿，从他的门徒处得来的。《续小五义》初刻本，尚有潘祖荫的小序，说他捐俸余三十金帮助刻板。这也可见当日的一种风气了。《续小五义》之后，近年来又出了无数的续集，此外还有许多“公案”派的评话，但价值更低，我们不谈了。

《儿女英雄传》的著者虽是一个八旗世家，做过道台，放过驻藏大臣，但他究竟是一个迂陋的学究，没有见解，没有学问。这部书可以代表那“儒教化了的”八旗世家的心理。儒家的礼教本是古代贵族的礼教，不配给平民试行的。满洲人入关以后，处处模仿中国文化，故宗室八旗的贵族居然承受了许多繁缛的礼节。我们读《红楼梦》，便可以看见贾府虽是淫乱腐败，但表面上的家庭礼仪却是非常严厉。一个贾政便是儒教的绝好产儿。《儿女英雄传》更迂腐了。书里的安氏父子，何玉凤，张金凤，都是迂气的结晶。何玉凤在能仁寺杀人救人的时节，忽然想起“男女授受不亲”的圣训来了！安老爷在家中捉到强盗的时候，忽然想起“伤人乎？不问马”的圣训来了！至于书中最得意的部分——安老爷劝何玉凤嫁人一段——更是迂不可挡的纲常大义。我们可以说，《儿女英雄传》的思想见解是没有价值的。他的价值全在语言的漂亮俏皮，诙谐有味。旗人最会说话；前有《红楼梦》，后有此书，都是绝好的记录。《儿女英雄传》有意模仿评话的口气，插入许多“说书人打岔”的话，有时颇讨厌，但有时很多诙谐的意味。例如能仁寺的凶僧举刀要杀安公子时，忽然一个弹子飞来，他把身一蹲。

谁想他的身子蹲得快，那白光来得更快，噗的一声，一个铁弹子正着在左眼上。那东西进了眼睛，敢是不住要站，一直的奔了后脑杓子的脑瓜骨，咯噔的一声，这才站住了……肉人的眼珠子上要着上这等一件东西，大概比揉进一个沙子去利害。只疼得他哎哟一声，咕咚往后便倒。当啷啷，手里的刀子也扔了。

那时三儿在旁边，正呆呆的望着公子的胸脯子，要看这回刀尖出彩；只听咕咚一声，他师傅跌倒了。吓了一跳，说：“你老人家怎么了？这准是使猛了劲，岔了气了；等我腾出手来扶起你老人家来啵？”才一转身，毛着腰，要把那铜镟子放在地下，好去搀他师傅，这个当儿，又是照前噗的一声，一个弹子从他左耳朵眼儿里打进去，打了个过膛儿，从右耳朵眼儿里钻出来，一直

> 打到东边那个厅柱上，吧挞的一声，打了一寸来深，进去嵌在木头里边。那三儿只叫得一声“我的妈呀！”——镗——把个铜鏇子扔了——咕咭——也窝在那里了。那铜鏇子里的水泼了一台阶子。那鏇子唏啷花啷一阵乱响，便滚下台阶去了。(第六回)

这种描写法，虽然不合事实，却很有诙谐趣味；这种诙谐趣味乃是北方评话小说的一种特别风味。

《七侠五义》也没有什么思想见地。他是学《水浒》的；但《水浒》对于强盗，对于官吏，都有一种大胆的见解；《七侠五义》也恨贪官，也恨强盗——这是北方中国人的自然感想，但只希望有清官出来用“御铡三刀”和“杏花雨”的苛刑来除掉那些赃官污吏；只希望有侠义的英雄出来，个个投在清官门下做四品护卫或五品护卫，帮着国家除暴安良。这是这些侠义小说和公案小说的公同见解。但《七侠五义》描写人物的技术却是不坏；虽比不上《水浒传》，却也很有点个性的描写。他写白玉堂的气小，蒋平的聪明，欧阳春的镇静，智化的精细，艾虎的活泼，都很有个性的区别。第三十二回至第三十四回写白玉堂结交颜眘敏一节，又痛快，又滑稽，是书中很精彩的文字。书中有时也有很感慨的话，如第八十回写智化假装逃荒的，混入皇城做工的第一天：

> 按名点进，到了御河，大家按挡儿做活。智爷拿了一把铁锹撮的比人多，掷的比人远，而且又快。傍边做活的道，“王第二的，你这活计不是这么做”。智爷道：“怎么？”傍边人道：“俗语说的‘皇上家的工，慢慢儿的蹭。’你要这么做，还能吃的长吗？”智爷道：“做的慢了，他们给饭吃吗？”傍边人道：“都是一样慢了，他能不给谁吃呢？”智爷道：“既是这样，俺就慢慢的。”

这种好文章，可惜不多见；不然，《七侠五义》真成了第一流的小说了。

《小五义》与《续小五义》有许多不通的回目，中间又有许多不通的诗，大不如《七侠五义》。究竟这种幼稚的本子是石玉昆的原本呢？

或者，那干净的《七侠五义》大体代表石玉昆的原本而《小五义》以下是假托的呢？那就不容易决定了。《小五义》以下精彩甚少，只有一个徐良，写的还有趣。我们不举例了。

南方的讽刺小说都是学《儒林外史》的。《儒林外史》初刻于乾隆时，后来虽有翻刻本，但太平天国乱后，这部书的传本渐渐少了。乱平以后，苏州有活字本；《申报》的初年有铅字排本，附有金和的跋语，及天目山樵评语。自此以后，《儒林外史》的通行遂多了。但这部书是一种讽刺小说，颇带一点写实主义的技术，既没有神怪的话，又很少英雄儿女的话；况且书里的人物又都是“儒林”中人，谈什么“举业”“选政”，都不是普通一般人能了解的，因此，第一流小说之中，《儒林外史》的流行最不广，但这部书在文人社会里的魔力可真不少！一来呢，这是一种创体，可以作批评社会的一种绝好工具。二来呢，《儒林外史》用的语言是长江流域的官话，最普通，最适用。三来呢，《儒林外史》没有布局，全是一段一段的短篇小品连缀起来的；拆开来，每段自成一篇；斗拢来，可长至无穷。这个体裁最容易学，又最方便。因此，这种一段一段没有总结构的小说体就成了近代讽刺小说的普通法式。

我们先说李伯元（常州人，事迹未详）的《官场现形记》。这部书先后共出了六十卷，全是无数不连贯的短篇纪事连缀起来的。全书的体例与方法，最近《儒林外史》。《儒林外史》骂的是儒生，《官场现形记》骂的是官场；《儒林外史》里还有几个好人，《官场现形记》里简直没有一个好官。著者自己说，他那部书是一部做官教科书：

> 前半部是专门指摘他们做官的坏处，好叫他们读了知过必改。后半部方是教导他们做官的法子。如今把这后半部烧了，只剩得前半部；光有这前半部，不像本教科书，倒像部《封神榜》、《西游记》，妖魔鬼怪一齐都有。（第六十卷）

其实当时官场的腐败已经到了极点，这种材料遍地皆是，不过等到李伯元方才有这一部穷形尽相的“大清官国活动写真”出现，替中国制度史留下无数绝好的材料。这部书的初集有光绪癸卯年（1903）茂苑、惜秋生的序，痛论官的制度：

……选举之法兴则登进之途杂，士废其读，农废其耕，工废其技，商废其业，皆注意于官之一字。盖官者有士农工商之利而无士农工商之劳者也。天下爱之至深者，谋之必善；慕之至切者，求之必工。于是乎有脂韦滑稽者，有夤缘奔竞者，而官之流品已极紊乱。

限资之例，始于汉代。……开捐纳之先路，导输助之滥觞。所谓衣食足而知荣辱者，直是欺人之谈！……乃至行博弈之道，掷为孤注，操贩鬻之行，居为奇货。其情可想，其理可推矣。沿至于今，变本加厉；凶年饥馑，旱干水溢，皆得援救助之例，邀奖励之恩。而所谓官者乃日出而未有穷，不至充塞宇宙不止！

官者，辅天子则不足，压百姓则有余。……有语其后者，刑罚出之；有诮其旁者，拘系随之。……于是官之气愈张，官之焰愈烈。羊狠狼贪之技，他人所不忍出者，而官出之；蝇营狗苟之行，他人所不屑为者，而官为之。……国衰而官强，国贫而官富；孝弟忠信之旧，败于官之身；礼义廉耻之遗，坏于官之手。而官之所以为人诟病，为人轻亵者，盖非一朝一夕之故，其所由来者渐矣！

《官场现形记》的主意只是要人人感觉官是世间最可恶又最下贱的东西。如卷四写黄道台的门房戴升鼻子里哼的冷笑一声，说：

等着罢，我是早把铺盖卷好等着的了。想想做官的人也真是作孽。你瞧他升了官，一个样子；今儿参掉官，又是一个样子。不比我们当家人的，辞了东家，还有西家，一样吃他妈的饭。做官的可只有一个皇帝，逃不到那里去的！

又如卷八陶子尧对着堂子里的娘姨说他的官运，他说：

我们做官的人，说不定今天在这里，明天就在那里，自己是不能作主的。

新嫂嫂说：

难末大人做官格身体，搭子“讨人身体”差勿多哉……堂子里格小姐……卖拨勒人家，或者是押帐，有仔管头，自家做勿动主，才叫做“讨人身体”格。耐笃做官人，自家做勿动主，阿是一样格？

陶子尧道：

你这人真是瞎来来！我们的官是拿银子捐来的，又不是卖身，同你们堂子里一个买进一个卖出，真正天悬地隔。

不过这个区别实在很微细。卷十四写江山船上的一个妓女龙珠对周老爷说：

我十五岁上跟着我娘到过上海一趟，人家都叫我清倌人，我肚里好笑。我想我们的清倌人也同你们老爷们一样。……

去年八月里江山县钱大老爷在江头雇了我们的船，同了太太去上任。听说这钱太老爷在杭州等缺，等了二十几年，穷的了不得，连什么都当了。好容易才熬到去上任。他一共一个太太，两个少爷，九个小姐。大少爷已经三十多岁，还没有娶媳妇。从杭州动身的时候，一家门的行李不上五担，箱子都很轻的。到了今年八月里，预先写信叫我们的船上来接他回杭州。等到上船那一天，红皮衣箱一多就多了五十几只，别的还不算。上任的时候，太太戴的是镀金的簪子；等到走，连小小少爷的奶妈，一个个都是金耳坠子了！钱太老爷走的那一天，还有人送了他好几把万民伞。大家一齐说老爷是清官，不要钱，所以人家才肯送他这些东西。我肚皮里好笑，老爷不要钱，这些箱子是那里来的呢？……瞒得过我吗？做官的人，得了钱，自己还要说是清官，同我们吃了这碗饭一定要说是清倌人，岂不是一样的吗？

周老爷听了他的话，气的一句话也说不出，倒反朝着他笑；歇了半天，才说得一句“你比方的不错”。

李伯元除了《官场现形记》之外，还有一部《文明小史》，也是“《儒林外史》式”的讽刺小说。

吴沃尧，字趼人，是广东南海的佛山人，故自称“我佛山人”。当梁启超在日本创办《新小说》时，吴沃尧的《二十年目睹之怪现状》(以下省称《怪现状》)的第一部分就在《新小说》上发表。那个时候——光绪癸卯甲辰(1903—1904)——大家已渐渐的承认小说的重要，故梁启超办了《新小说》杂志，商务印书馆也办了一个《绣像小说》杂志，不久又有《小说林》出现。文人创作小说也渐渐的多了。《怪现状》、《文明小史》、《老残游记》、《孽海花》……都是这个时代出来的。《怪现状》也是一部讽刺小说，内容也是批评家庭社会的黑幕。但吴沃尧曾经受过西洋小说的影响，故不甘心做那没有结构的杂凑小说。他的小说都有点布局，都有点组织。这是他胜过同时一班作家之处。《怪现状》的体例还是散漫的，还含有无数短篇故事；但全书有个“我”做主人，用这个“我”的事迹做布局纲领，一切短篇故事都变成了“我”二十年中看见或听见的怪现状。即此一端，便与《官场现形记》、《文明小史》不同了。

但《怪现状》还是《儒林外史》的产儿；有许多故事还是勉强穿插进去的。后来吴沃尧做小说的技术进步了，他的《恨海》与《九命奇冤》便都成了有结构有布局的新体小说。《恨海》写的是婚姻问题。一个广东的京官陈戟临有两个儿子：大的伯和，聘定同居张家的女儿棣华；小的仲蔼，聘定同居王家的女儿娟娟。后来拳匪之乱陈戟临一家被杀；伯和因护送张氏母女出京，中途冲散；仲蔼逃难出京。伯和在路上发了一笔横财，就狂嫖阔赌，吃上了鸦片烟，后来沦落做了叫花子。张家把他访着，领回家养活；伯和不肯戒烟，负气出门，仍病死在一个小烟馆里。棣华为他守了多少年，落得这个下场；伯和死后，棣华就出家做尼姑去了。仲蔼到南方，访寻王家，竟不知下落；他立志不娶，等候娟娟；后来在席上遇见娟娟，原来他已做了妓女了。这两层悲剧的下场，在中国小说里颇不易得。但此书叙事颇简单，描写也不很用气力，也不能算是全德的小说。

《九命奇冤》可算是中国近代的一部全德的小说。他用百余年前广东一件人命案做布局，始终写此一案，很有精彩。书中也写迷信，也写官吏贪污，也写人情险诈；这些东西都成了全书的有机部分，全不是勉强拉进来借题骂人的。讽刺小说的短处在于太露，太浅薄；专采骂人材料，不加组织，使人看多了觉得可厌。《九命奇冤》便完全脱去了恶套；他把讽刺的动机压下去，做了附属的材料；然而那些附属的讽刺的材料在那个大情节之中，能使看的人觉得格外真实，格外动人。例如《官场现形记》卷四卷五写藩台的兄弟三荷包代哥哥卖缺，写的何尝不好？但是看书的人看过了只像看了报纸的一段新闻一样，觉得好笑，并不觉得动人。《九命奇冤》第二十回写黄知县的太太和舅老爷收梁家的贿赂一节，一样是滑稽的写法，但在那八条人命的大案里，这种得贿买放的事便觉得格外动人，格外可恶。

《九命奇冤》受了西洋小说的影响，这是无可疑的。开卷第一回便写凌家强盗攻打梁家，放火杀人。这一段事本应该在第十六回里，著者却从第十六回直提到第一回去，使我们先看了这件烧杀八命的大案，然后从头叙述案子的前因后果。这种倒装的叙述，一定是西洋小说的影响。但这还是小节；最大的影响是在布局的谨严与统一。中国的小说是从“演义”出来的。演义往往用史事做间架，这一朝代的事“演”完了，他的平话也收场了。《三国》、《东周》一类的书是最严格的演义。后来作法进步。不肯受史事的严格限制，故有杜撰的演义出现。《水浒》便是一例。但这一类的小说，也还是没有布局的；可以插入一段打大名府，也可以播入一段打青州；可以添一段破界牌关，也可以添一段破诛仙阵；可以添一段捉花蝴蝶，也可以再添一段捉白菊花……割去了，仍可成书；拉长了，可至无穷。这是演义体的结构上的缺乏。《儒林外史》虽开一种新体，但仍是没有结构的；从山东汶上县说到南京，从夏总甲说到丁言志；说到杜慎卿，已忘了娄公子；说到凤四老爹，已忘了张铁臂了。后来这一派的小说，也没有一部有结构布置的。所以这一千年的小说里，差不多都是没有布局的。内中比较出色的，如《金瓶梅》，如《红楼梦》，虽然拿一家的历史做布局，不致十分散漫，但结构仍旧是很松的；今年偷一个潘五儿，明年偷一个王六儿；这里开一个菊花诗社，那里开一个秋海棠诗社；今回老太太做生日，下回薛姑娘做生日……翻来覆去，实在有点讨厌。《怪现状》想用《红楼梦》的间架来支配《官场现形记》的材料，故那个主人“我”跑来跑去，到南京就见着听着南京的许多故事，到上海便见着听着上海的许多故事，到广东便见着听着广东的许多故事。其实这都是很松的组织，很勉强的支配，很不自然的布局。《九命奇冤》便不同了。他用中国讽刺小说的技术来写家庭与官场，用中国北方强盗小说的技术来写强盗与强盗的军师，但他又用西洋侦探小说的布局来做一个总结构。繁文一概削尽，枝叶一齐扫光，只剩这一个大命案的起落因果做一个中心题目。有了这个统一的结构，又没有勉强的穿插，故看的人的兴趣自然能自始至终不致厌倦。故《九命奇冤》在技术一方面要算最完备的一部小说了。

和吴沃尧、李伯元同时的，还有一个刘鹗，字铁云，丹徒人，也是一个小说好手。刘鹗精通算学，研究治河的方法，曾任光绪戊子(1888)郑州的河工，又曾在山东巡抚张曜的幕府里，作了治河七策。后来山东巡抚福润保荐他“奇才”，以知府用。他住北京两年，上书请筑津镇铁路，不成；又为山西巡抚与英国人订约开采山西的矿。当时人都叫他做“汉奸”，因为他同外国人往来，能得他们的信用。后来拳匪之乱(1900)联军占据北京，京城居民缺乏粮食，很多饿死的；他就带了钱进京，想设法赈济；那俄国兵占住太仓，太仓多米而欧洲人不吃米；他同俄国人商量，用贱价把太仓的米都粜出来，用贱价粜给北京的居民，救了无数的人。后数年，有大臣参他“私售仓粟”，把他充军到新疆，后来他就死在新疆。二十多年前，河南彰德府附近发现了许多有古文字的龟甲兽骨，刘鹗是研究这种文字最早的一个人，曾印有《铁云藏龟》一书。(以上记刘鹗的事迹，全根据罗振玉的《五十日梦痕录》。我因为外间知道他的人很不多，故摘抄大概于此。)

刘鹗著的《老残游记》，与李伯元的《文明小史》同时在《绣像小说》上发表。这部书的主人老残，姓铁，名英，是他自己的托名。书中写的风景经历，也都带着自传的性质。书中的庄抚台即是张曜，玉贤叩是毓贤；论治河的一段也与罗振玉作的传相符。书中写中子平在山中遇着黄龙子玙姑一段，荒诞可笑，钱玄同说他是“老新党头脑不甚清晰的见解”真是不错。书末把贾家冤死的十三人都从棺材里救活回来，也是无谓之至。但除了这两点之外，这部书确是一部很好的小说。他写玉贤的虐政，写刚弼的刚愎自用，都是很深刻的；大概他的官场经验深，故与李伯元、吴沃尧等全是靠传闻的，自然大不相同了。他写娼妓的问题，能指出这是一个生计的问题，不是一个道德的问题，这种眼光也就很可佩服了。他写史观察(上海施善昌)治河的结果，用极具体的写法，使人知道误信古书的大害(第十三回至第十四回)。这是他生平一件最关心的事，故他写的这样真切。

但《老残游记》的最大长处在于描写的技术。第二回写白妞说大鼓书的一大段，读的人大概没有不爱的。我们引一小段作例：

> 王小玉……唱了几句书儿，声音初不甚响……唱了十数句之后，渐渐的越唱越高；忽然拔了一个尖儿，像一线钢丝抛入天际，听的人不禁暗暗叫绝。那知他于那极高的地方，尚能回环转折；几啭之后，又高一层；接连有三四叠，节节高起。恍如由傲来峰西面攀登泰山的景象；初看傲来峰削壁千仞，以为上与天齐；及至翻到傲来峰，才见扇子崖更在傲来峰上；及至翻到扇子崖，又见南天门更在扇子崖上。愈翻愈险，愈险愈奇。那王小玉唱到极高的三四叠后，陡然一落，又极力骋其千回百折的精神，如一条飞蛇在黄山三十六峰半中腰里盘旋穿插，顷刻之间，周匝数遍。……

这一段虽是很好，但还用了许多譬喻，算不得最高的描写工夫。第十二回写老残在齐河县看黄河里打冰一大段，写的更为出色。最好的是看打冰那天的晚上，老残到堤上闲步：

> 抬起头来，看那南面山上一条白光，映着月色，分外好看。一层一层的山岭，却分辨不清；又有几片白云在那里面，所以分不出是云是山。及至定睛看去，方才看出那是云那是山来。虽然

> 云是白的，山也是白的，云有亮光，山也有亮光；只为月在云上，云在月下，所以云的亮光从背后透过来；那山却不然，山的亮光由月光照到山上，被那山上的雪反射过来，所以光是两样了。然只稍近的地方如此。那山望东去，越望越远，天也是白的，山也是白的，云也是白的，就分辨不出来了。

只有白话的文学里能产生这种绝妙的“白描”美文来。

以上略述这五十年的白话小说。民国成立时，南方的几位小说家都已死了，小说界忽然又寂寞起来。这时代的小说只有李涵秋的《广陵潮》还可读；但他的体裁仍旧是那没有结构的“《儒林外史》式”。至于民国五年出的“黑幕”小说，乃是这一类没有结构的讽刺小说的最下作品，更不值得讨论了。北京平话小说近年来也没有好作品比得《儿女英雄传》或《七侠五义》的。

十

现在我们要说这五六年的文学革命运动了。中国的古文在二千年前已经成了一种死文字。所以汉武帝时丞相公孙弘奏称“诏书律令下者……文章尔雅；训辞深厚，恩施甚美；小吏浅闻，不能究宣，无以明布谕下”。那时代的小吏已不能了解那文章尔雅的诏书律令了。但因为政治上的需要，政府不能不提倡这种已死的古文；所以他们想出一个法子来鼓励民间研究古文：凡能“通一艺以上”的，都有官做，“先用诵多者”。这个法子起于汉朝，后来逐渐修改，变成“科举”的制度。这个科举的制度延长了那已死的古文足足二千年的寿命。

但民间的白话文学是压不住的。这二千年之中，贵族的文学尽管得势，平民的文学也在那里不声不响的继续发展。汉魏六朝的“乐府”代表第一时期的白话文学。乐府的真美是遮不住的，所以唐代的诗也很多白话的，大概是受了乐府的影响。中唐的元稹、白居易更是白话诗人了。晚唐的诗人差不多全是白话或近于白话的了。中唐、晚唐的禅宗大师用白话讲学说法，白话散文因此成立。唐代的白话诗和禅宗的白话散文代表第二时期的白话文学。但诗句的长短有定，那一律五字或一律七字的句子究竟不适宜于白话，所以诗一变而为词。词句长短不齐，更近说话的自然了。五代的白话词，北宋柳永、欧阳修、黄庭坚的白话词，南宋辛弃疾一派的白话词，代表第三时期的白话文学。诗到唐末，有李商隐一派的妖孽诗出现，北宋杨亿等接着，造为“西昆体”。北宋的大诗人极力倾向解放的方面，但终不能完全脱离这种恶影响。所以江西诗派，一方面有很近白话的诗，一方面又有很坏的古典诗。直到南宋杨万里、陆游、范成大三家出来，白话诗方才又兴盛起来。这批白话诗人也属于这第三时期的白话文学。南宋晚年，诗有严羽的复古派，词有吴文英的古典派，都是背时的反动。然而北方受了契丹、女真、蒙古三大征服的影响，古文学的权威减少了，民间的文学渐渐起来。金、元时代的白话小曲——如《阳春白雪》和《太平乐府》两集选载的——和白话杂剧，代表这第四时期的白话文学。明朝的文学又是复古派战胜了；八股之外，诗词的散文都带着复古的色彩，戏剧也变成又长又酸的传奇了。但是白话小说可进步了。白话小说起于宋代，传至元代，还不曾脱离幼稚的时期。到了明朝，小说方才到了成人时期；《水浒传》、《金瓶梅》、《西游记》都出在这个时代。明末的金人瑞竟公然宣言“天下之文章无出《水浒传》右者”，清初的《水浒后传》，乾隆一代的《儒林外史》与《红楼梦》都是很好的作品。直到这五十年中，小说的发展始终没有间断。明、清五百多年的白话小说，代表第五时期的白话文学。

这五个时期的白话文学之中，最重要的是这五百年中的白话小说。这五百年之中流行最广，势力最大，影响最深的书，并不是《四书五经》，也不是性理的语录，乃是那几部“言之无文行之最远”的《水浒》、《三国》、《西游记》、《红楼》。这些小说的流行便是白话的传播；多卖得一部小说，便添得一个白话教员。所以这几百年来，白话的知识与技术都传播的很远，超出平常所谓“官话疆域”之外。试看清朝末年南方作白话小说的人，如李伯元是常州人，吴沃尧是广东人，便可以想见白话传播之远了。但丁（Dante）、鲍高嘉（Boccacio）的文学，规定了意大利的国语；嘉叟（Chaucer）、卫克烈夫（Wycliff）的文学，规定了英吉利的国语；十四五世纪的法兰西文学，规定了法兰西的国语。中国国语的写定与传播两方面的大功臣，我们不能不公推这几部伟大的白话小说了。

中国的国语早已写定了，又早已传播的很远了，又早已产生了许多第一流的活文学了，然而国语还不曾得全国的公认，国语的文学也还不曾得大家的公认，这是因为什么缘故呢？这里面有两个大原因：一是科举没有废止，二是没有种有意的国语主张。

科举一日不废，古文的尊严一日不倒。在科举制度之下，居然能有那无数的白话作品出现，功名富贵的引诱居然买不动施耐庵、曹雪芹、吴敬梓，政府的权威居然压不住《水浒》、《西游》、《红楼》的产生与流传：这已经是中国文学史上侥幸又最光荣的事了。但科举的制度究竟能使一般文人钻在那墨卷古文堆里过日子，永远不知道时文古文之外还有什么活的文学。倘使科举制度至今还存在，白话文学的运动决不会有这样容易的胜利。

1904 年以后，科举废止了。但是还没有人出来明明白白的主张白话文学。二十多年以来，有提倡白话报的，有提倡白话书的，有提倡官话字母的，有提倡简字字母的：这些人难道不能称为“有意的主张”吗？这些人可以说是“有意的主张白话”，但不可以说是“有意的主张白话文学”。他们的最大缺点是把社会分作两部分：一边是“他们”，一边是“我们”。一边是应该用白话的“他们”，一边是应该做古文古诗的“我们”。我们不妨仍旧吃肉，但他们下等社会不配吃肉，只好抛块骨头给他们吃去罢。这种态度是不行的。

1916 年以来的文学革命运动，方才是有意的主张白话文学。这个运动有两个要点与那些白话报或字母的运动绝不相同。第一，这个运动没有“他们”、“我们”的区别。白话并不单是“开通民智”的工具，白话乃是创造中国文学的唯一工具。白话不是只配抛给狗吃的一块骨头，乃是我们全国人都该赏识的一件好宝贝。第二，这个运动老老实实的攻击古文的权威，认他做“死文学”。从前那些白话报的运动和字母的运动，虽然承认古文难懂，但他们总觉得“我们上等社会的人是不怕难的：吃得苦中苦，方为人上人”。这些“人上人”大发慈悲心，哀念小百姓无知无识，故降格做点通俗文章给他们看。但这些“人上人”自己仍旧应该努力模仿汉、魏、唐、宋的文章。这个文学革命便不同了；他们说，古文死了二千年了，他的不肖子孙瞒住大家，不肯替他发丧举哀；现在我们来替他正式发讣文，报告天下“古文死了！死了两千年了！你们爱举哀的，请举哀罢！爱庆祝的，也请庆祝罢！”

这个“古文死了两千年”的讣文出去之后，起初大家还不相信；不久，就有人纷纷议论了；不久，就有人号咷痛哭了。那号咷痛哭的人，有些哭过一两场，也就止哀了；有些一头哭，一头痛骂那些发讣文的人，怪他们不应该做这种“大伤孝子之心”的恶事；有些从外国奔丧回来，虽然素同死者没有多大交情，但他们听见哭声，也忍不住跟着哭一场，听见骂声，也忍不住跟着骂场。所以这种哭声骂声至今还不曾完全停止。但是这个死信是不能再瞒了，倒不如爽爽快快说穿，叫大家痛痛快快哭几天，不久他们就会“节哀尽礼”的；即使有几个“终身孺慕”的孝子，那究竟是极少数人，也顾不得了。

文学革命的主张，起初只是几个私人的讨论，到民国六年(1917)一月方才正式在杂志上发表。第一篇胡适的《文学改良刍议》还是很和平的讨论。胡适对于文学的态度，始终只是一个历史进化的态度。故他这一篇的要点是：

> 文学者，随时代而变迁者也。一时代有一时代之文学……因时进化，不能自止。唐人不当作商周之诗，宋人不当作相如子云之赋，即令作之，亦必不工。逆天背时，违进化之迹，故不能工也。……
>
> 以今世历史进化的眼光观之，则白话文学之为中国文学之正宗，又为将来文学必用之利器，可断言也。

后来他的《历史的文学观念论》说的更详细：

> 居今日而言文学改良，当注重“历史的文学观念”。一言以蔽之曰：一时代有一时代之文学。此时代与彼时代之间，虽皆有承前启后之关系，而决不容完全抄袭；其完全抄袭者，决不成为真文学。愚惟深信此理，故以为古人已造古人之文学，今人当造今人之文学。……纵观古今文学变迁之趋势……白话之文学，自

宋以来，虽见屏于古文家，而终一线相承，至今不绝。……岂不以此为吾国文学趋势自然如此，故不可禁遏而日以昌大耶？……吾辈之攻古文家，正以其不明文学之趋势，而强欲作一千年二千年以上之文。此说不破，则白话之文学无有列为文学正宗之一日，而世之文人将犹鄙薄之，以为小道邪径而不肯以全力经营造作之。……夫不以全副精神造文学而望文学之发生，此犹不耕而求获，不食而求饱也，亦终不可得矣。施耐庵、曹雪芹诸人所以能有成者，正赖其有特别毅力，能以全力为之耳。

胡适自己常说他的历史癖太深，故不配作革命的事业。文学革命的进行，最重要的急先锋是他的朋友陈独秀。陈独秀接着《文学改良刍议》之后，发表了一篇《文学革命论》(六年二月)，正式举起“文学革命”的旗子。他说：

余甘冒全国学究之敌，高张“文学革命军”大旗，以为吾友之声援。

旗上大书吾革命军三大主义：

曰推倒雕琢的，阿谀的贵族文学，建设平易的，抒情的国民又学。

曰推倒陈腐的，铺张的古典文学；建设新鲜的，立诚的写实文学。

曰推倒迂晦的，艰涩的山林文学；建设明了的，通俗的社会文学。

陈独秀的特别性质是他的一往直前的定力。那时胡适远在美洲，曾有信给独秀说：

此事之是非，非一朝一夕所能定，亦非一二人所能定。甚愿国中人士能平心静气与吾辈同力研究此问题。讨论既熟，是非自

明。吾辈已张革命之旗，虽不容退缩，然亦不敢以吾辈所主张为必是而不容他人之匡正也。（六年四月九日）

可见胡适当时承认文学革命还在讨论的时期。他那时正在用白话作诗词，想用实地试验来证明白话可以作韵文的利器，故自取集名为《尝试集》。他这种态度太和平了。若照他这个态度做去，文学革命至少还须经过十年的讨论与尝试。但陈独秀的勇气恰好补救这个太持重的缺点。独秀答书说：

鄙意容纳异议，自由讨论，固力学术发达之原则；独至改良中国文学当以白话为文学正宗之说，其是非甚明，必不容反对者有讨论之余地；必以吾辈所主张者为绝对之是而不容他人之匡正也。

这种态度，在当日颇引起一般人的反对。但当日若没有陈独秀“必不容反对者有讨论之余地”的精神，文学革命的运动决不能引起那样大的注意。反对即是注意的表示。

民国六年的《新青年》里有许多讨论文学的通信，内中钱玄同的讨论很多可以补正胡适的主张。民国七年一月，《新青年》重新出版，归北京大学教授陈独秀、钱玄同、沈尹默、李大钊、刘复、胡适六人轮流编辑。这一年的《新青年》（四卷、五卷）完全用白话做文章。七年四月有胡适的《建设的文学革命论》，大旨说：

我的“建设新文学论”的唯一宗旨有十个大字：“国语的文学，文学的国语。”我们所提倡的文学革命只是要替中国创造一种国语的文学。有了国语的文学，方才可以有文学的国语。有了文学的国语，我们的国语方才算得真正国语。

这篇文章名为“建设的”，其实还是破坏的方面最有力。他说：

这二千年的文人所做的文学，都是死的，都是用已经死了的

> 语言文字做的，死文字决不能产出活文学。……简单说来，自从《三百篇》到于今，中国的文学凡是有一些儿价值有一些儿生命的，都是白话的，或是近于白话的。……中国若想有活文学，必须用白话，必须用国语，必须做国语的文学。

这就是上文说的替古文发丧举哀了。在"建设的"方面，这篇文章也有一点贡献。他说：

> 若要造国语，先须造国语的文学，有了国语的文学，自然有国语。……真正有功效有势力的国语教科书便是国语的文学，便是国语的小说诗文戏本。国语的小说诗文戏本通行之日，便是中国国语成立之时。……中国得来的新文学用的白话，就是将来中国的标准国语。造将来白话文学的人，就是制定标准国语文学的人。

这篇文章把从前胡适、陈独秀的种种主张都归纳到十个字，其实又只有"国语的文学"五个字。旗帜更明白了，进行也就更顺利了。

这一年的文学革命，在建设的方面，有两件事可记，第一，是白话诗的试验。胡适在美洲做的白话诗还不过是刷洗过的文言诗；这是因为他还不能抛弃那五言七言的格式，故不能尽量表现白话的长处。钱玄同指出这种缺点来，胡适方才放手去做那长短无定的白话诗。同时沈尹默、周作人、刘复等也加入白话诗的试验。这一年的作品虽不很好，但技术上的训练是很重要的。第二，是欧洲新文学的提倡。北欧的 Ibsen，Strindberg，Anderson；东欧的 Dostojevski，Kuprin，Tolstoi；新希腊的 Ephtaliotis；波兰的 Seinkiewicz；这一年之中，介绍了些这人的文学进来。在这一方面，周作人的成绩最好。他用的是直译的方法，严格的尽量保全原文的文法与口气。这种译法，近年来很有人仿效，是国语的欧化的一个起点。

民国七年冬天，陈独秀等又办了一个《每周评论》，也是白话的。同时北京大学的学生傅斯年、罗家伦、汪敬熙等出了一个白话的月刊，叫做《新潮》，英文名字叫做 The Renaissance，本义即是欧洲史上的“文艺复兴时代”。这时候，文学革命的运动已经鼓动了一部分少年人的想象力，故大学学生有这样的响应。《新潮》初出时，精彩充足，确是一支有力的生力军。民国八年开幕时，除了《新青年》、《新潮》、《每周评论》之外，北京的《国民公报》也有好几篇响应的白话文章。从此以后，响应的渐渐的更多了。

但响应的多了，反对的也更猛烈了。大学内部的反对分子也出了一个《国故》，一个《国民》，都是拥护古文学的。校外的反对党竟想利用安福部的武人政客来压制这种新运动。八年二三月间，外间谣言四起，有的说教育部出来干涉了，有的说陈、胡、钱等已被驱逐出京了。这种谣言虽大半不确，但很可以代表反对党心理上的愿望。当时古文家林纾在《新申报》上做了好几篇小说痛骂北京大学的人。内中有一篇《妖梦》，用元绪影北大校长蔡元培，陈恒影陈独秀，胡亥影胡适；那篇小说太龌龊了，我们不愿意引他。还有一篇《荆生》，写田必美(陈)、金心异(钱)、狄莫(胡)三人聚谈于陶然亭，田生大骂孔子，狄生主张白话；忽然隔壁一个“伟丈夫”：

> 趯足超过破壁，指三人曰：“汝适何言？……尔乃敢以禽兽之言，乱吾清听！”田生尚欲抗辩，伟丈夫骈二指按其首，脑痛如被锥刺；更以足践狄莫，狄腰痛欲断。金生短视，丈夫取其眼镜掷之，则怕死如蝟，泥首不已。丈夫笑曰：“尔之发狂似李贽，直人间之怪物。今日吾当以香水沐吾手足，不应触尔背天反常禽兽之躯干。尔可鼠窜下山，勿污吾简。……留尔以俟鬼诛。”

这种话很可以把当时的卫道先生们的心理和盘托出。这篇小说的末尾有林纾的附论，说：

> 如此混浊世界，亦但有田生、狄生足以自豪耳！安有荆生？

这话说的很可怜。当日古文家很盼望有人出来作荆生，但荆生究竟不可多得。他们又想运动安福部的国会出来弹劾教育总长和北京大学校长，后来也失败了。

八年三月间，林纾作书给蔡元培，攻击新文学的运动；蔡元培也作长书答他。这两书很可以代表当日“新旧之争”的两方面，故我们摘抄几节。林书说：

> ……大学为全国师表，五常之所系属。近者谣诼纷集，我公必有所闻。……弟年垂七十；富贵功名，前三十年视若死灰；今笃老，尚抱守残缺，至死不易其操。前年梁任公倡马、班革命之说，弟闻之失笑。任公非劣，何为作此媚世之言？马、班之书，读者几人？将不革而自革，何劳任公费此神力？
>
> 若云死文字有碍生学术，则科学不用古文，古文亦无碍科学。英之迭更累斥希腊、拉丁、罗马之文为死物，而至今仍存者，迭更虽躬负盛名，固不能用私心以蔑古。矧吾国人尚有何人如迭更者耶？……
>
> 且天下惟有真学术，真道德，始足独树一帜，使人景从。若尽废古书，行用土语为文字，则都下引车卖浆之徒所操之语，按之皆有文法……则凡京津之稗贩皆可用为教授矣。若《水浒》《红楼》皆白话之圣，并足为教科之书，不知《水浒》中辞吻多采岳珂之《金陀萃编》，《红楼》亦不止为一人手笔，作者均博极群书之人。总之，非读破万卷，不能为古文，亦并不能为白话。若化古子之言为白话演说，亦未尝不是。按《说文》“演，长流也”，亦有延之广之之义，法当以短演长，不能以古子之长演为白话之短。……(以下论“新道德”一节，从略。)
>
> 今全国父老以子弟托公，愿公留意，以守常为是。……此书上后，可不必示覆；唯静盼好音，为国民端其趋向。……林纾顿首。

蔡元培答书对于“尽废古书，行用土语为文字”一点，提出三个答案。但蔡书的最重要之点并不在驳论，因为原书本不值得一驳，乃在末段的宣言。他说：

至于弟在大学，则有两种主张：

(一)对于学说，仿世界各大学通例，循思想自由原则，取兼容并包主义。……无论有何种学派，苟其言之成理，持之有故，尚不达自然淘汰之运命者，虽彼此相反，悉听其自由发展。

(二)对于教员，以学诣为主……其在校外之言动，悉听自由，本校从不过问，亦不能代负责任。……

蔡元培自己也主张白话，他曾说：

我们中国文言同拉丁文一样，所以我们不能不改用白话。……虽现在白话的组织不完全，可是我们决不可错了这个趋势。(在北京高等师范国文部演说)

他又说：

我敢断定白话派一定占优胜。……将来应用文一定全用白话；但美术文或者有一部分仍用文言。(在北京女子高等师范演说)

林、蔡的辩论是八年三月中间的事。过了一个多月，巴黎和会的消息传来，中国的外交完全失败了。于是有五四的学生运动，有“六三”的事件，全国的大响应居然逼迫政府罢免了曹汝霖、陆宗舆、章宗祥三人。这时代，各地的学生团体里忽然发生了无数小报纸，形式略仿《每周评论》，内容全用白话。此外又出了许多白话的新杂志。有人估计，这一年(1919)之中，至少出了四百种白话报。内中如上海的《星期评论》，如《建设》，如《解放与改造》(现名“改造”)，如《少年中国》，都有很好的贡献。一年以后，日报也渐渐的改了样子了。从前日报的附张往往记载戏子妓女的新闻，现在多改登白话的论文译著小说新诗了。北京的《晨报》副刊，上海《民国日报》的《觉悟》，《时事新报》的《学灯》，在这三年之中，可算是三个最重要的白话文的机关。时势所趋，就使那些政客军人办的报也不能不寻几个学生来包办一个白话的附张了。民国九年以后，国内几个持重的大杂志，如《东方杂志》，《小说月报》……也都渐渐的白话化了。

民国八年的学生运动与新文学运动虽是两件事，但学生运动的影响能使白话的传播遍于全国，这是一大关系；况且五四运动以后，国内明白的人渐渐觉悟"思想革新"的重要，所以他们对于新潮流，或采取欢迎的态度，或采取研究的态度，或采取容忍的态度，渐渐的把从前那种仇视的态度减少了，文学革命的运动因此得自由发展，这也是一大关系。因此，民国八年以后，白话文的传播真有"一日千里"之势。白话诗的作者也渐渐的多起来了。民国九年，教育部颁布了一个部令，要国民学校一二年的国文，从九年秋季起，一律改用国语。又令：

> 凡照旧制编辑之国民学校国文教科书，其供第一第二两学年用者，一律作废；第三学年用书，准用至民国十年为止；第四学年用书，准用至民国十一年为止。

依这个次序，须到今年（1922），方才把国民学校的国文完全改成国语。但教育制度是上下连接的；牵动一发，便可摇动全身。第一二年改了国语，初级师范就不能不改了，高等小学也多跟着改了。初级师范改了，高等师范也就不能不改动了。中学校也有许多自愿采用国语文的。教育部这一次的举动虽是根据于民国八年全国教育会的决议，但内中很靠着国语研究会会员的力量。国语研究会民国五年成立的，内中出力的会员多半是和教育部有关系的。国语文学的运动成熟以后，国语教科书的主张也没有多大阻力了，故国语研究会能于傅岳芬做教育次长代理部务的时代，使教育部做到这样重要的改革。

还有一件事，虽然与文学革命的运动没有多大的关系，却也是应该提及的。民国元年，教育部召集了一个读音统一会，讨论读音统一的问题。读音统一会议定了三十九个"注音字母"。这一副字母，本来不过用来注音，"以代反切之用"的。当初的宗旨，全在统一汉文的读音，并不曾想到白话上去，也不曾有多大的奢望。七年十一月，教育部把这副字母正式颁布了。八年四月，教育部重新颁布注音字母的新次序(吴敬恒定的)。八年九月,《国音字典》出版。这个时候,国语的运动已快成熟了,国语教育的需要已是公认的了;所以当日“代反切之用”的注音字母,到这时候就不知不觉的变成国语运动的一部分了,就变成中华民国的国语字母了。

民国九年十年(1920—1921),白话公然叫做国语了。反对的声浪虽然不曾完全消灭,但始终没有一种“持之有故,言之成理”的反对论。今年(1922)南京出了一种《学衡》杂志,登出几个留学生的反对论,也只能谩骂一场,说不出什么理由来。如梅光迪说的:

> 彼等非思想家,乃诡辩家也。……夫古文与八股何涉?而必并为一谈。吾国文学,汉魏六朝则骈体盛行,至唐宋则古文大昌,宋、元以来又有白话体之小说戏曲。彼等乃谓文学随时代而变迁,以为今人当兴文学革命,废文言而用白话。夫革命者,以新代旧,以此易彼之谓。若古文之递兴,乃文学体裁之增加,实非完全变迁,尤非革命也。诚如彼等所云,则古文之后,当无骈体;白话之后,当无古文。而何以唐、宋以来文学正宗与专门名家皆为作古文或骈体之人?此吾国文学史上事实,岂可否认以圆其私说者乎?……

这种议论真是无的放矢。正为古文之后还有那背时的骈文,白话已兴之后还有那背时的骈文古文,所以有革命的必要。若“古文之后无骈体,白话之后无古文”,那就用不着谁来提倡有意的革命了。又如胡先骕说的:

> 胡君(胡适)……以过去之文字为死文字,现在白话中所用之字为活文字……而以希腊、拉丁文以比中国古文,以英、德、法文以比中国白话。(比字上两个以字,皆依原文)……以不相类之事,相提并论,以图眩世欺人而自圆其说,予诚无法以谅胡君之过矣。希腊、拉丁文之于英、德、法,外国文也。苟非国家完全为人所克服,人民完全与他人所同化(与字所字皆依原文),自无不用本国文字以作文学之理。至意大利之用塔斯干方言为

> (原作之)国语之故，亦由于罗马分崩已久，政治中心已有转移，而塔斯干方言已占重要之位置，而有立为国语之必要也。希腊、拉丁文之于英、德、法文，恰如汉文与日本文之关系。今日人提倡以日本文作文学，其谁能指其非？胡君可谓废弃古文而用白话文，等于日人之废弃汉文而用日本文乎？吾知其不然也。……

其实胡适的答案应该是“正是如此”。中国人用古文作文学，与四百年前欧洲人用拉丁文著书作文，与日本人做汉文，同是一样的错误，同是活人用死文字作文学。至于外国文与非外国文之说，并不成问题。瑞士人，比利时人，美国人，都可以说是用外国文字作本国的文学；但他们用的是活文字，故与用拉丁文不同，与日本人用汉文也不同。

《学衡》的议论，大概是反对文学革命的尾声了。我可以大胆说，文学革命已过了议论的时期，反对党已破产了。从此以后，完全是新文学的创造时期。

至于这五年以来白话文学的成绩，因为时间过近，我们还不便一一的下评判。但是我们从大势上看来，也可以指出几个要点：第一，白话诗可以算是上了成功的路了。诗体初解放时，工具还不伏手，技术还不精熟，故还免不了过渡时代的缺点。但最近两年的新诗，无论是有韵诗，是无韵诗，或是新兴的“短诗”，都很有许多成熟的作品。我可以预料十年之内的中国诗界定有大放光明的一个时期。第二，短篇小说也渐渐的成立了。这一年多(1921 以后)的《小说月报》已成了一个提倡“创作”的小说的重要机关，内中也曾有几篇很好的创作。但成绩最大的却是一位托名“鲁迅”的。他的短篇小说，从四年前的《狂人日记》到最近的《阿 Q 正传》，虽然不多，差不多没有不好的。第三，白话散文很进步了。长篇议论文的进步，那是显而易见的，可以不论。这几年来，散文方面最可注意的发展乃是周作人等提倡的“小品散文”。这一类的小品，用平淡的谈话，包藏着深刻的意味；有时很像笨拙，其实却是滑稽。这一类的作品的成功，就可彻底打破那“美文不能用白话”的迷信了。第四，戏剧与长篇小说的成绩最坏。戏剧还有人试做；长篇小说不但没有人做，几乎连译本都没有了！这也是很自然的现象。现在试作新文学的人，或是等着稿费买米下锅，或是天天和粉笔黑板做朋友；他们的时间只够做几件零碎的小作品，如诗，如短篇小说。他们的时间不许他们做长篇的创作。这是一个原因。况且我们近来觉悟从前那种没有结构没有组织的小说体——或是《儒林外史》式，或是《水浒》式——已不能使人满意了，所以不知不觉的格外慎重起来。这个慎重的现象，是暂时的，也许是很好的。平心而论，与其多出几集无穷无尽的《官场现形记》类的小说，倒不如现在这样完全缺货的好了。

以上略述文学革命的历史和新文学的大概。至于详细的举例和详细的评判，我们只好等到《申报》六十周年纪念时再补罢。

（收入 1923 年 2 月《申报》五十周年纪念刊《最近之五十年》1924 年 3 月《申报》出版此文之单行本）

附录日本译《中国五十年来之文学》序

这部书是为上海《申报》五十周年纪念册作的。我的目的只是要记载这五十年新旧文学过渡时期的短历史，以备一个时代的掌故，算不得什么著作。桥川先生竟把它译成日本文了，实在使我很惭愧。我只好借这个机会，指出一两处应补充之点。

第一，这五十年的词，虽然没有很高明的作品，然而王鹏运（临桂人），朱祖谋（湖州人）一班人提倡词学，翻刻宋、元词集，却是很有功的。王氏的《四印斋所刻词》，朱氏的《强邨所刻词》，吴氏的《双照楼词》，都是极可宝贵的材料。从前清初词人所渴想而不易得见的词集，现在都成了通行本了。

第二，近人对于元人的曲子和戏曲，明清人的杂剧传奇，也都有相当的赏鉴与提倡。最大的成绩自然是王国维的《宋元戏曲史》和《曲录》等书。此外，如商务印书馆影印的《元曲选》，如日本京都大学文科印行的元椠杂剧三十种，如刘世珩的《暖红室汇刻传奇》，如董康刻的《盛明杂剧》，都可算是这几十年中的重要贡献。

第三，小说向来受文士的蔑视，但这几十年中也渐渐得着了相当的承认。古小说的发现，尤为这个时期的特色。《宣和遗事》的翻印，

《五代史平话》残本的刻行，《唐三藏取经诗话》的来自日本，南宋《京本通俗小说》的印行，都可给文学史家许多材料。近年我们提倡用新式标点符号翻印古小说，如《水浒传》，《红楼梦》之类，加上历史的考证，文学的批评，这也可算是这个时期一种小贡献。

以上不过是补充原本的遗漏，略表我对于译者的谢意和对于读者的歉意。

（选自胡适：《五十年来中国之文学》，人民文学出版社 1998 年版）

【评　介】

胡适（1891—1962），著名学者、诗人、历史学家、文学家、哲学家，新文化运动最重要的领袖之一，提倡文学革命。他是采用西方近代哲学体系和方法研究中国先秦哲学的第一人，在哲学、儒学、古典文学、禅宗等方面都有所研究并且成就卓著。他以其博士论文《先秦名学史》为基础，编写了《中国哲学史大纲》（上卷）。但该书仅完成先秦部分。虽然胡适一生也没有写下卷，被讥是“善著上卷书”，但却起到了抛砖引玉的作用。此外，胡适在关于古典小说《红楼梦》、《水浒传》、《西游记》、《三国演义》、《三侠五义》、《海上花列传》、《儿女英雄传》、《官场现形记》、《老残游记》等的研究上皆有成果，著述六十万言，结集为《中国章回小说考证》出版。

胡适的《五十年来之中国文学》写于 1922 年 3 月，是他应《申报》之邀，为纪念《申报》创刊五十周年（1872—1922）出的题为《最近之五十年》的大型纪念刊而专门撰写的。胡适后来为该书日译本写序时谈道：“我的目的只是要记载这五十年新旧文学过渡时期的短历史，以备一个时代的掌故，算不得什么著作。”《申报》在当时的影响力很大，如今则是很多学者参阅的重要文献资料之一。胡适能受邀为《申报》写作，可见他当时影响力极大。但这篇文章发表后曾惹来不少争议，华东师范大学罗岗在《论胡适〈五十年来之中国文学〉》一文指出：“《五十年来之中国文学》出版后，并不如想象的那样摧毁廓清，一锤定音。相反，倒有不少人对胡适这种历史叙述的方式表示异议。几年后陈子展的意见就颇有代表性，他认为《五十年来之中国文学》‘以其为《申报》五十年纪念而作，故分划时代不得不如此，又以其偏重白话文，故立论不得不如彼’。”①

胡适在开头概括了这五十年作为文学发展史上的重要时期的特点：一、这五十年是一段古文末运史，虽然曾国藩凭借其自身权力和政治影响力发展了湘湖派，造就了桐城派在当时短暂的辉煌，但最终没有摆脱衰落的命运。二、胡适认为这五十年的下半部分是古文逐步变革的年代，古文的变化史被他分为四个段落，这四个段落代表人物分属不同的流派，写作风格也不尽相同。但其中相同的是他们都作古文，他们都尝试着向“应用”的方向发展。在这个过程中，他们的保守和保留暴露无遗。就在他们的文字发展不下去的时候，白话文开始了。三、在这五十年中，流传最广的是白话文小说。胡适认为，它们是五十年间中国文学的最高作品。四、胡适先生列举乾隆时的匪乱、太平天国运动的失败和近代革命的成功来证明其观点，没有计划的运动是不会成功的，文学的革命同样需要有计划地进行。近五十年来文学革命的成就归功于明确地提出文章要用白话写作。上述四点是作者对五十年来文学发展情况的一个概括，在后面各章中，他详细地论证了这些观点：他按照时间顺序，列举每个时间段中有代表性的人物及作品，总结其中的特点来阐释自己的观点。通过以下几个部分展现五十年来中国文学的变化过程：在实录的基础上自出机杼，古文之路已走到尽头，古文学的新变化，白话小说的发展，新文学革命及其发展的表现。通过阅读，不难发现，作者其实肯定了白话文，提倡白话文和新文学运动。《五十年来中国之文学》就是为了启示人们，当下文学要走的路，须由“死文学”到“活文学”，最后到文学革命。

胡适引曾国藩的《〈欧阳生文集〉序》，是为了说明桐城派的渊源，并评价影响了晚清几十年的曾国藩的桐城派古文。胡适认为，在古文学中，桐城派的“古文”是最正当最有用的文体，由于学习桐城派古

① 罗岗：《论胡适〈五十年来之中国文学〉》，《文艺理论研究》1994 年第 4 期。

文的人大多能做到将古文做通顺，因此得以“为后来二三十年勉强应用的预备，这一点功劳是不可埋没的”。胡适还承认桐城派古文的长处，但对于桐城的中兴，最终评价也不过是“回光返照”，终究是要衰亡的。胡适认为“太平天国之乱是明末流寇之乱以后的一个最惨的大劫，应该产生一点悲哀的或慷慨的好文学”，但从节录的文字部分可以看出，他对当时大多数的文学创作并不持肯定态度，对金和的诗作却给予了肯定。胡适选取了金和几个作品，赞美金和作品的讽刺批判之到位，并称其革新精神也值得赞赏。胡适认为：“这五十年的词，都中了梦窗（吴文英）派的毒，很少有价值的。故我们不讨论了。”胡适对于在晚清声名显赫的一些古文家也发表了自己的看法，如，“俞樾的诗与文都没有价值”，而王闿运的文章不及薛福成，吴汝纶的贡献则在于“他所造成的后进人才”。这种评价不无偏颇之处，由于胡适在提倡新文化运动时，只是将古文称为“已死的文字”，由死文字作出来的文学也只能是死文学，由此逻辑，胡适反对古文字，自然也会反对这些用古文字作文的古文家了，所以评价不高也在情理之中。对于一代大师王闿运的文章，胡适称之为“假古董”，认为王只在于模仿，不在于创新，同时没有反映时代、太平天国运动，由此，胡适更为赞赏金和的诗。这一点足以体现胡适作为新文化运动的先驱、启蒙家而站在精英立场上的倾向。

林纾曾经在《荆生》、《妖梦》中影射胡适。胡适在《五十年来中国之文学》中专门辟出一个章节来介绍严复和林纾的翻译成果：“严复是介绍西洋近世思想的第一人，林纾是介绍西洋近世文学的第一人。”胡适在文中选择了严复和林纾两人翻译的部分作品，讲到严复和林纾用古文译书的特点。他用这样的话形容严复的译书特点，“正如前清官僚戴着红顶子演说，很能抬高译书的身价，故能使当日的古文大家认为‘骎骎与晚周诸子相上下’”。他认为，“严译的书，所以能成功，大部分是靠着这‘一名之立，旬月踟蹰’的精神”。有了这种精神，加上严复不错的外语水平和古文能力，所以能获得很大的成功。经他所译的书，在古文学史上多有很高的地位。胡适对严复翻译的《天演论》、《群己权界论》、《群学肄言》也给了很高的评价，他认为这些作品“在原文本有文学的价值”，经过严复的翻译之后，“他的译本在古文学史也应该占一个很高的地位”。概括来说，胡适对严复是肯定的。

至于林纾，胡适讲到林纾译小仲马的《茶花女》，用古文叙事写情，认为“也可以算是一种尝试”。“《茶花女》的成绩，遂替古文开辟一个新殖民地”。他对林纾有着自己客观的评价，认为“林译的小说往往有他自己的风味；他对于原书的诙谐风趣，往往有一种深刻的领会，故他对于这种地方，往往更用气力，更见精彩。他的大缺陷在于不能读原文；但他究竟是一个有点文学天才的人，故他若有了好助手，他了解原书的文学趣味往往比现在许多粗能读原文的人高的多”。胡适的总结词是，“平心而论，林纾用古文做翻译小说的试验，总算是很有成绩的了”。但他同时指出，“但这种成绩终归于失败”，而失败的原因不在人，而在古文，“古文是可以译小说的……但古文究竟是已死的文字，无论你怎样做得好，究竟只够供少数人的赏玩，不能行远，不能普及”。这些论断指出了古文的弊端。

在对古文的翻新上，胡适也关注到谭嗣同和梁启超的时务文章，称“严复、林纾是桐城的嫡派，谭嗣同、康有为、梁启超都是桐城的变种”。胡适认为，康梁等虽言文学革命，但他们经过桐城时代，受桐城的一些影响；又因为经过了复古的时代，因而其文章也有“体例气息”。“所谓体例，即是谭嗣同说的‘沈博绝丽之文’”；“所谓气息，即是梁启超说的‘笔锋常带感情’”。对于梁启超的文章何以有如此大的吸引力，胡适也作出了四点总结：文体的解放；打破义法、古文、骈散文的限制等；“条理分明”、“辞句浅显”；“富于刺激性”。胡适的总结很到位，一矢中的。

以上是胡适在《五十年来中国之文学》中提到桐城派的部分，文章的后半部分则提到新旧之争。总的来说，胡适对于桐城派这样一个以古文为主的派别的评价比较客观实际。

归纳起来说，胡适写这篇文章就是为了提倡新文学和白话文。但他没有否定古文在这五十年中所取得的成就，尽管在评价古文的时候，认为“古文只配做一种奢侈品，只配做一种装饰品，却不配做应用的工具”；“古文是可以译小说的”，但“无论你怎样做得好，究竟只够供少数人的赏玩，不能行远，不能普及”，“所得不偿所失”。但总的来说，胡适的评价还是相对客观的。这篇文章被公认为是中国文学史写作史上的力作。作为新文学的提倡者、白话文的提倡者，胡适为白话文的普及和发展，无疑作出了很多贡献。

介绍西洋哲学要推严复为第一

蔡元培

中国哲学，可以指目的，止有三时期：

一是周季，道家、儒家、墨家等，都用自由的思想，建设有系统哲学，等于西洋哲学史中希腊时代。

二是汉季至唐，用固有的老庄思想，迎合印度宗教。译了许多经论，发生各种宗派。就中如华严宗、三论宗、禅宗、天台宗等，都可算宗教哲学。

三是宋至明，采用禅宗的理想，来发展儒家的古义。就中如陆王派，虽敢公然谈禅，胜似程朱派的拘泥；但终不敢不借儒家作门面。所以这一时期的哲学，等于欧洲中古时代的烦琐哲学。

从此以后，学者觉得宋明烦琐哲学，空疏可厌。或又从西方教士，得到数学、名学的新法。转而考证古书，不肯再治烦琐的哲学，乃专治更为烦琐之古语学、古物学等。不直接治哲学，而专为后来研究古代哲学者的预备。就中利用此种预备，而稍稍着手于哲学的，唯有戴震，他曾著《孟子字义疏证》与《原善》两书，颇能改正宋明学者的误处。戴震的弟子焦循著《孟子正义》、《论语通释》等书，阮元著《性命古训》、《论语论仁论》等篇，能演戴震家法，但均不很精深。这都是五十年以前的人物。

最近五十年，虽然渐渐输入欧洲的哲学，但是还没有独创的哲学。所以严格的讲起来，“五十年来中国之哲学”一语，实在不能成立。现在只能讲讲这五十年中，中国人与哲学的关系，可分为西洋哲学的介绍与古代哲学的整理两方面。

五十年来，介绍西洋哲学的，要推侯官严复为第一。严氏本到英国学海军，但是最擅长的是数学。他又治论理学、进化论兼涉社会、法律、经济等学。严氏所译的书，大约是平日间研究过的。译的时候，又旁引别的书，或他所目见的事实，作为案语，来证明他。他的译文，又都是很雅驯，给那时候的学者，都很读得下去。所以他所译的书，在今日看起来，或嫌稍旧；他的译笔，也或者不是普通人所易解。但他在那时候选书的标准，同译书的方法，至今还觉得很可佩服的。他译的最早，而且在社会上最有影响的，是赫胥黎的《天演论》(Huxley：Evolution and Ethics and other Essays)。自此书出以后，“物竞”、“争存”、“优胜劣败”等词，成为人人的口头禅。严氏在案语里面引了“人各自由，而以他人之自由为界”、“大利所在，必其两利”等格言。又也引了斯宾塞尔最乐观的学说。大家都不很注意。

严氏于《天演论》外，最注意的是名学。彼所以译 Logic 作为名学，因周季名家辨坚白异同与这种学理相近。那时候墨子的《大取》、《小取》、《经》、《经说》几篇，荀子的《正名》篇也是此类。后来从印度输入《因明学》，也是此类。但自词章盛行，名学就没有人注意了。严氏觉得名学是革新中国学术最要的关键。所以他在《天演论》自序及其他杂文中，常常详说内籀外籀的方法。他译穆勒的《名学》(John Stuart Mill：*System of Logic*)，可惜只译了半部。后来又译了耶芳斯《名学浅说》(W. S. Jevons：*Logic*)，自序道：“不佞于庚子、辛丑、壬寅间曾译《名学》半部，经金粟斋刻于金陵，思欲赓续其后半，乃人事卒卒，又老来精神茶短，惮用脑力。而穆勒书，深博广大，非澄思渺虑，无以将事，所以尚未逮也。戊申孟秋，浪迹津沽。有女学生旌德吕氏谆求授以此学。因取耶芳斯浅说，排日译示讲解，数月成书。”可以见严氏译穆勒书时，是很审慎的，可惜后来终没有译完。

严氏所最佩服的，是斯宾塞尔的群学。在民国纪元前十四年，已开译斯氏的《群学肄言》(H. Spencer：*Study of Sociology*)，但到前十年才译成。他的《自序》说：“其书……饬戒学者以诚意正心之不易，既已深切著明。而于操枋者一建白措注之间，辄为之穷事变，极末流，使功名之徒，失步变色，俛焉知格物致知之不容已。乃窃念近者吾国以世变之殷凡，吾民前者所造因皆将于此食其报，而浅谫剽疾之士，不悟其从来如是之大且久也。辄攘臂疾走，谓以旦暮之更张，将可以起衰，而以与胜我抗也。不能得。又搪撞号呼，欲率一世之人，与盲进以为破坏之事。顾破坏宜矣，而所建设者，又未必其果有合也，则何如稍审重而先咨于学之为愈乎。”盖严氏译这部书，重在纠当时政客的不学。同时又译斯密的《原富》(A. Smith：*Inquiry into the Nature and Causes of the Wealth of Nations*)，以传布经济哲学，译孟德斯鸠的《法意》(C. D. S. Montesquieu：*Spirit of Law*)，以传播法律哲学。彼在《原富》的凡例说：“计学以近代为精密，乃不佞独有取于是书，而以为先事者：盖温故知新之义，一也。其中所指斥当轴之迷谬，多吾国言财政者之所同然，所谓从其后而鞭之，二也。其书于欧亚二洲始通之情势，英法诸国旧日所用之典章，多所篡引，足资考镜，三也。标一公理，则必有事实为之证喻，不若他书，勃窣理窟洁净精微，不便浅学，四也。”可以见他的选定译本，不是随便的。

严氏译《天演论》的时候，本来算激进派，听说他常常说“尊民叛君，尊今叛古”八个字的主义。后来他看得激进的多了，反有点偏于保守的样子。他在民国纪元前九年，把他四年前旧译穆勒的 *On Liberty* 特避去“自由”二字，名作《群己权界论》。又为表示他不赞成汉人“排满”的主张，译了一部甄克思的《社会通诠》(E. Tenks：*History of Politics*)，自序中说“中国社会，犹然一宗法之民而已”。

严氏介绍西洋哲学的旨趣，虽然不很彻底，但是他每译一书，必有一番用意。译得很慎重，常常加入纠正的或证明的案语，都是很难得的。

《天演论》出版后，“物竞”、“争存”等语，宣传一时，很引起一种“有强权无公理”的主张。同时有一种根据进化论，而纠正强权论的学说，从法国方面输进来，这是高阳李煜瀛发起的。李氏本在法国学农学，由农学而研究生物学，由生物学而研究拉马尔克的动物哲学，又由动物哲学而引到克鲁巴金的互助论。他的信仰互助论，几与宗教家相像。民国纪元前六年，他同几个朋友，在巴黎发行一种《新世纪》的革命报，不但提倡政治革命，也提倡社会革命。学理上是以互助论为根据的。卢骚与伏尔泰等反对强权、反对宗教的哲学，纪约的自由道德论，也介绍一点。李氏译了拉马尔克与克鲁巴金的著作，在《新世纪》发表。虽然没有译完，但是影响很大。李氏的同志如吴敬恒、张继、汪精卫等等，到处唱自由，唱互助，至今不息，都可用《新世纪》作为起点。

严、李两家所译的，是英、法两国的哲学（唯克鲁巴金是俄国人，但他的《互助论》，是在英国出版的），同时有介绍德国哲学的，是海宁王国维。王氏关于哲学的文词，在《静庵集》中。

（选自苏中立、涂光久主编：《百年严复：严复研究资料精选》，福建人民出版社2011年版）

【评　介】

本文节选自蔡元培《五十年来中国之哲学》，原收录于申报馆编《最近之五十年》（1923年12月出版）。此据苏中立、涂光久主编：《百年严复：严复研究资料精选》，福建人民出版社2011年版。此标题为该资料编者拟定。

蔡元培，我国著名的革命家、教育家、政治家。曾任北京大学校长，期间开创了北京大学的学术自由之风；1920年至1930年，他兼任中法大学校长。蔡元培生前对西方哲学有深入的研究，为将西方哲学引入中国作了重大的贡献。其一生中翻译的西方作品有：《哲学要领》（1903年译成，原书为德国的科培尔所著）、《伦理学原理》（1909年译成，原书为德国泡尔生所著）、《哲学大纲》（1915年编译，以德国厉希脱尔的《哲学导言》为本，兼采泡尔生与冯德的《哲学入门》）等。

严复（1854—1921），曾任过京师大学堂译局总办、上海复旦公学校长、安庆高等师范学堂校长，清朝学部名辞馆总编辑。严复是清末很有影响力的资产阶级启蒙思想家、翻译家和教育家，是中国近代史上向西方国家寻找真理的“先进的中国人”之一。严复一生致力于教育事业，呼吁国家救亡图存，在《救亡决论》一书中喊出了“救亡”的口号。他用“物竞天择、适者生存”的社会进化论的思想，激发了国人的危机意识和民族意识。

严复归国后，师从桐城派“末代宗师”吴汝纶学习桐城派古文，专门接受“桐城家法”训练，这为他以后熟练运用桐城古文原则翻译西方学术著作打下了坚实的基础。严复与吴汝纶一直保持书信来往，两人谈到翻译语言时，吴汝纶就主张要使用桐城派的用语原则，认为“行文欲求尔雅，有不可阑入之字，改窜则失真，因仍则伤洁，此诚难事”，并且反对语言“俚俗鄙浅”，要追求“雅洁”。严复提出“信达雅”的翻译三原则，至今对翻译事业仍具有不可磨灭的作用，或许就是深受桐城派古文追求“雅洁”的影响。严复并不是桐城派大家，甚至还有人觉得他并不属于桐城派，但他在实践中运用桐城古文进行翻译，也在自己的文章中赞扬桐城古文，无疑为桐城古文注入了活力，但仅仅是延长了古文二三十年的寿命，并不能挽救桐城古文在新文化运动中被批判以至消亡的历史命运。其实，严复的这种尴尬地位，恰恰是当时中西方文化激烈碰撞的一种折射。

苏中立和涂光久评价此文道：“蔡元培此文认为，中国古代，周有系统哲学，汉唐有宗教哲学，宋明有烦琐哲学。五十年来，中国没有独创的哲学，只是介绍西洋哲学与整理古代哲学；而五十年来，介绍西洋哲学的，要推侯官严复为第一。本文还讲述了严复选书的标准，译书的方法，《天演论》的影响，以及严复由激进到保守的转变等。”①

蔡元培在文章开篇对中国哲学简单地做了一个分期，并对严复的思想、严复介绍西方哲学的过程做了概述。这些概述中有三点值得注意。第一，严复的译文十分讲究“雅”，而其在选择所译书籍的时候又是非常谨慎的。第二，严复最为佩服的是斯宾塞的群学。第三，严复的思想从年轻时候的激进走向老年时候的保守。

在近五十年来中国之哲学中，蔡元培首推严复，说明其时代的学者对严复给予极高的评价。现在，关于严复的研究资料不断出现，荧屏影视资料也层出不穷，不少现代名人也对严复作出评价。上海电视台曾播出关于严复的纪实，认可其为大师。香港中文大学的首席教授郎咸平这样评价严复：“我这几年基本不接受媒体采访，因为题目不是楼市就是股市，实在没有亮点。我接受了媒体关于严复的访谈，我

---

① 苏中立、涂光久主编：《百年严复：严复研究资料精选》，福建人民出版社 2011 年版。

谈了两个多小时还未尽兴。我想向网友推荐我心目中真正学贯中西的大师，他最后只成为了中国历史上一颗耀眼的彗星。他的悲剧就是在当时特殊环境下，他是唯一有能力了解西方浩瀚的哲学思想的中国人。但老天爷开了中国一个大玩笑，让他止步于天演论和以英国哲学思想为主的翻译工作。如果他向右进一步就能进入孕育军国主义的斯宾塞思想，向前进一步就能进入孕育现代法治化主义的康德思想，向左一步就能进入孕育了社会主义的黑格尔马克思思想。但是当时甚至到现在的中国都难以理解他的深邃思想，从而造成后继无人的窘境，因此使得他的止步让今天的中国都缺乏一个指导中国往何处去的哲学思想，只有读懂严复的悲剧才能理解中国现在的悲哀。”郎咸平教授的这段话表达了他对严复这位大师的由衷敬仰。他认为严复是当时唯一能够理解西方哲学的中国人，他的思想之深邃，是很少人能比及的，这个评价是极高的。

桐城文学渊源考(节选)

刘声木

归有光，字熙甫，一字开甫，号震川，昆山人。明嘉靖乙丑进士。官南京太仆寺丞，弱冠尽通五经三史诸书，以文字之说发明《史记》旨趣，乃有途辙可寻。其评点《史记》，例意尤为卓绝千古。其为文原本经术，江洋疏纵，闳深俊洁，间有骀宕变化。好太史公书，得其神理。后徙居嘉定安亭江上读书谈道，从游弟子常数百人。纂《震川文集》三十卷、《别集》二十卷、《续集》八卷、《补集》八卷、《三吴水利录》四卷、《续》一卷；杂著二十四种，皆不传。《震川文集》、《苏州府志》、《昆山新阳县志》、《学古绪言》、《三易集》、《贺先生文集》、《小岘山人诗文集》、《归震川年谱》、《文翼》、《苌楚斋书目》、《论文集要》、《文艺丛报》。

补遗：归有光生当“前后七子”焰炽之时，独不标榜门户，以一老儒毅然与之抗，日久论定，共推为三百年冠冕。研习之众，流传之广，与“唐宋八家”相当。曾国藩平日论文颇睥睨一切，独谓有光与方苞文为真六经之裔，论文独推太史公，自谓能得其神于两千于年之上，实为古今一人。其文序事有法，以宽博有余之气胜，虽无意于感人，而欢愉惨恻之思溢于言外，论《易》图与经义序则更醇。其波澜意度，音响节奏，终非后人模仿所能及。彭绍升谓有光生明中叶以降，皇极不张，封疆多故，累朝休养富庶之效日耗蹙，有光有隐于衷，于国家治乱之几，人才消失之故，以及赋役、水利、海防诸大政，熟复于中而形于言，多凿凿切利病，而其言或不敢以尽，即尽矣而不伤于激，盖风人之旨存焉。至其俯仰身世，反观默省，时复超然远览，谦然而不自足，故其音悲缈而深长，此有光之所存，有未可一一为流俗人道者，其论最为确切，询具知人论世之识，诗虽无意求工，而滔滔自运，要非流俗所能及，汪琬最为爱好，终非无故撰《震川未刻集》四卷，文约二百首，太仓王祖畲编并录副，原本藏常熟□□□家。《存悔斋文稿》、《秋草文随》、《吴县志》、《雕菰楼集》、《明人诗钞》、《仙屏书屋初集》、《耐轩文二钞》、《初月楼诗文钞》、《修凝堂文录》、《文贞文集》、《憺园集》、《复初斋诗文集》、《二林居集》、《绿漪草堂文集》、《尧峰文钞》、《止斋文钞》、《游道堂集》、《改亭诗文钞》、《见堂诗文钞》。

（选自刘声木编撰：《桐城文学渊源撰述考》，黄山书社 1989 年版）

【评　介】

刘声木(1876—1959)，原名刘体信，安徽庐江人，其父为清代四川总督刘秉璋。光绪末年曾担任官职，进入民国以后，一心致力于著书。著有《苌楚斋随笔》50 卷，《桐城文学渊源考》13 卷，《桐城文学撰述考》4 卷，《续补汇刻书目》30 卷，《再续补汇刻书目》16 卷，《三续补汇刻书目》15 卷，《寰宇访碑录校勘记》11 卷，《续补寰宇访碑录》，《寰宇访碑录校勘记》，《国朝鉴藏书画记》等。这些著作后汇集于《直介堂丛刻》行世。

《桐城文学渊源考》一书历时三十多年才完成，最初引用了七百四十多种参考书，成书之后，汇刊于《直介堂丛刻》中。后又用十多年的时间，再检书八百二十余种，成为《直介堂丛刻补遗》,① 于 1929 年出版发行。

全书由序、凡例、补遗录、补遗凡例、引用书目、正文等部分构成。书中收录了从明代归有光等到清末近代马其昶等共 1200 多个桐城派相关人士的作品，这些人中既有桐城派人士，也有湘乡派和阳湖派人士。除了这三大派外，其他作品也广录其中。该书的一大亮点是合“学案”和“索引”于一体，方便后人查找之用，收录范围广、资料

① 吴孟复：《桐城文派述论》，安徽教育出版社 2001 年版，第 232 页。

全，是探寻桐城派渊源发展与传播的重要的参考书，吴孟复先生评价此书是“兼具‘学案’、‘目录’、‘索引’之作用”的“研究桐城文派最佳之工具”。

刘声木编写此书时，所录之人物必须符合一定的标准：“此编所取以学文为主，仅以师生朋友相称者不入”。由于种种原因，林纾和严复没有被收入此书。关于严复是否为桐城派的问题，学者们有不同见解。以胡适为代表的一部分人认为严复是桐城派。而以刘声木为代表的另一部分学者则反对该观点，因此严复与桐城派的关系可以说是复杂的。刘声木将严复排除在其著作之外，在一定的程度上引起了相关学者的争议。其他的争议还表现在，刘声木将曾国藩、吴敏树等湘乡派，以及张惠言、恽敬等阳湖派的一些人物收录到书中。不少学者认为尽管刘声木该书中出现了一些令人生议的地方，但它在桐城派研究中所占的重要地位是不容置疑的。后世学者研究桐城派大多以此书作为参考书目，可见该书对后世研究桐城派作了不少贡献。

本文节选的部分是关于明代古文大家归有光的生平、学术等相关资料。归有光在多次会试不中的情况下，隐居嘉定安亭江，追随他的弟子众多。但他当时名气并不是很大，直到在钱谦益的介绍下，他才为人们所知，并且确定了其明代散文大家的地位。在清朝初年，归有光就被桐城始祖所推崇。方苞赞美他擅长写人伦真情，深得太史公、欧曾风神：“其发于亲旧及人微而语无忌者，盖多近古之文。至于事关天属，其尤善者，不俟修辞，而情辞并得，便览者恻然有隐。其气韵盖得子长，故能取法欧曾，而少更其形貌耳。”刘大櫆更是认为归有光的散文成就在明代最高，“欧苏既没，其在明代，惟归氏熙甫一人”。桐城派的集大成者姚鼐编撰《古文辞类纂》一书时，从元明两代众多散文家中，仅仅选取归有光一人作为上承唐宋、下启清代的散文大家，由此可见桐城派对归有光的确到了推崇备至的地步。

归有光对桐城派文人最大的启发是他的文论思想，尤其是文道合一的观念。这在一定程度上催生了桐城派散文理论的创建。归有光本着“文以致用”的理念，关注国运世情，创造了大量的经世致用的文章，这对桐城派也产生了一定影响。归有光的自然本色、言生于情等文学理论和融小说笔法于散文中等创作技巧更是直接影响到桐城派内容醇正、文辞雅洁的散文风格的确立。这是桐城派奉归有光为宗师的原因，也是桐城后学刘声木在《桐城文学渊源考》中将桐城溯源于归有光，将归有光当做桐城源头第一人，列在最先的原因。

《桐城文学渊源考》《撰述考》序

吴孟复

桐城文派是我国散文史上重要流派之一，原其发生于康雍之际，而绵延于近代现代，新旧嬗递之间，因革之际，其功过得失，自尤值得研究。

且也，研究桐城文派，其作用并不限于散文而已，更涉及思想史、学术史、语言学、文章学与文艺理论及诗歌诸领域。何以言之?

就桐城而言，不仅有一个桐城文派，而且还有一个桐城学派。从方学渐到方以智、钱澄之，在思想史上是颇有地位与影响的。方学渐在《明儒学案》中列于泰州学派，即王学左派，这个学派在思想史上是具有启蒙意义的。方以智、钱澄之的思想就更值得研究。桐城文派与桐城学派之间有离有合；近年来已有人指出方苞与颜、李的关系，指出刘大櫆的进步思想，看来，过去那种简单地把桐城文派视为程、朱理学附庸的看法是值得讨论的；因而研究明清思想史，便不能不研究方、刘诸家。近世若吴挚甫及其门下诸老，其思想亦足研究。

桐城文派之外，还有个桐城诗派。程秉钊早已说过："论诗亦有桐城派，比似文章孰重轻?"钱锺书先生也同意这个提法(见《谈艺录》)。近年来，也有人就这方面写了专文。桐城文派的重要作家如刘大櫆、姚鼐、姚莹、戴均衡等人，本身就是桐城诗派的作家。这个诗派还直接影响到近代的"光宣诗坛"，若姚叔节、范伯子，即是"光宣诗坛"中的重要作家。

桐城文派提出的"义理、考据、词章合一"，它对乾嘉的古文经学到道咸以后的今文经学的嬗变之间所起的作用，是学术史上客观存在的事实，过去在这方面有过一些讨论，但还不充分，像姚鼐及其弟子孔广森在《公羊》学的导启作用，即还未为人注意。追溯而上，由明人“空疏之学”到清人的朴学，方以智、钱澄之作用，四库已评及之；然方苞、姚范等人的作用如何，尚缺少深入的研究。

再就桐城文派本身而言，这些作者提出许多美学问题、文艺理论问题，这一点，现在已受到学术界的普遍重视，无待多言。至桐城文派作者所言的“义法”，主要讲的是“文章学”、“篇章语言学”、“文艺风格学”上的理论问题，他们总结了古代作家使用语言、写作文章的经验，揭示出一些规律，提出了一些问题，至少是为建立我国自己的“文章学”、“汉语篇章语言学”与“文艺风格学”等等新的学科，提供了很多的资料。这些尤其值得发掘与利用。

所以研究桐城派是很有意义很有作用的。不特从继承遗产来说，必不可少；即就面向世界、面向未来来说，也必须深入研究它，充分利用它。

近十年来，由于党的关怀领导，由于“双百”方针的落实，桐城派的研究正在迅速展开，但研究的范围，还只是限于几个作家，几种文集，甚至只侧重于几种著名的文论，此外，则尚少涉及；即使也有全面论述的，由于闻见不周，每多泛泛之谈。这样，自不能逐步深入，更谈不上窥其全貌。其关键就在于缺少资料，缺少提示资料所在之工具书。

桐城文派绵历二百余年，流衍南北诸省，作者众多、著作繁富，而正反两方面论述之作尤多。不特青年学者苦于无从问津，即老师宿学也往往不能尽知其人，也就不能尽见其书。故欲求研究之深细，必先有工具之提供，而指示资料所在之工具，就尤为重要。盖传记之作、文章之选、言论之辑，篇幅所限，势有难周；而考其师承，录其名氏，括其生平，详其著作，提示传记、评论之所在，兼具“学案”、“目录”、“索引”之作用，则吾邑前辈刘十枝先生所编《桐城文学渊源考》《桐城文学撰述考》实为研究桐城文派最佳之工具。

一、书中收录之人，上自明代归(有光)、唐(顺之)，下逮近世马(其昶)、姚(永朴、永概)、贺(涛)、王(树枏)诸老，以至当代章士钊、于省吾，凡六百四十余人。其中既有桐城派，亦有阳湖、湘乡两派；而三派之外(如张之洞《书目答问》中所说之“不立宗派”古文家），若清初之侯、魏、汪；近代之魏、龚与后来之严几道（复），亦有收录，采集之博，实为明中叶后散文研究之重要资辑；就桐城派研究言，可以探索，可以比较。

二、《渊源考》溯源于归有光，其明末清初诸大家亦多列入。自方、戴、刘、姚以下，则以一师为一卷，而以其门人、私淑附之，明传授之流别，示师承之所自。每一作者列其姓名、里贯、简历，且摘引评论。这些评论，皆取原书原文，且注明有关各书之书名。合“学案”与“索引”为一书，便于读者之检索。

三、《撰述考》列作者二百三十八人，收书二千三百七十余种。有中国的，亦有日本的；有常见的，亦有稀见的；有些稀见之本，还著明曾藏某处。此无异于桐城文学（也可说是明清古文）专题书目，助人即类求书，因书究学。且《考》中所收为作者之各种著作（并非限于古文），经、子、诗、词，皆在其中，故又为研究桐城学派、桐城诗派的重要工具。

刘先生之撰此书，历时三十余年，所用参考书七百四十余种，成书之后，汇刊于《直介堂丛刻》中。其后又以十年时间，再检书八百二十余种，成为《补遗》。其中有未详之名、字、科举年分等，则缺字，则存疑，意至慎也。徐天祥同志先取《补遗》纳入原书；复就可以补之者，检阅他书以补之；其尚未能补之者，仍付缺遗之列，其勤其谨，良足称赞。其有助于桐城三派之研究，有助于明清文学之研究，有助于思想史、学术史、文学史及语言学，文章学之研究，是可以肯定的。

忆昔《直介堂丛刻》印成之时，曾赠吾家一部。我时年十二，窃取读之，虽不甚懂，然自是知有桐城文派。其后，在姚仲实、袁伯夔诸师指导下，颇读方、姚之书，然亦未始不由于此。自审不贤，甘于识小，三十以后，不复致力词章。今以望七之年，幸逢文明之盛，得见吾皖南北徽州、桐城两派之学之研究者日多，含英咀华，提要钩玄，庶几涵泓演肆，变而益大。徐君盛年好学，文质斐然，校点此书，尤见功力。我既乐观厥成，因不辞而为之序，以告读者。

（选自吴孟复：《吴山萝诗文录存》，黄山书社 1991 年版）

【评 介】

吴孟复，安徽省庐江人，当代古籍学家，古典文学研究家。曾任安徽省社会科学界联合会副主席，安徽省语言学会、文学学会、考古学会、诗词学会常务理事。主要著作有：《训诂通论》、《古书读校法》、《唐宋八大家概述》、《宋词鉴赏词典》(合著)等，同时还曾担任《续经籍纂诂》的总纂。

本文在内容方面由三部分组成。在第一部分中，作者先概括了研究桐城文派的作用涉及范围之广，又由“桐城”二字延伸到桐城学派和桐城诗派，并分别介绍了二者在思想史和近代诗坛上的重要影响，由此总结出研究桐城派不论是在继承遗产还是面向世界、面向未来方面，都是十分有意义的。接着，作者在第二部分指出，由于缺少资料、缺少合适的工具书，导致近十年来关于桐城派的研究虽开展十分迅速，但仍存在范围窄、深度浅的问题，并由此过渡到刘十枝先生所编《桐城文学渊源考》、《桐城文学撰述考》作为研究桐城文派的最佳工具，有效地填补了这一空白，并从三个方面阐述了本书的优势：第一，书中收录之人所跨年代久、派系分布广；第二，《桐城文学渊源考》为所列之人提供了详细的信息，合“学案”与“索引”为一，便于检索；第三，《桐城文学撰述考》的收录书目无论是从国别还是部集方面来看，其分布都十分广泛。第三部分，作者回忆了刘先生为撰此书所付出的辛勤劳动，并再次肯定了此书在研究桐城三派、明清文学等方面的重要作用。文章的结尾，作者回忆了自己在恩师的指导下，初读桐城文派作品时的情形，并对于近年来桐城文派研究取得显著成绩这一可喜现象表达了欣慰之情。

本文以古雅精练的文字，层层递进，为读者介绍了《桐城文学渊源考》、《桐城文学撰述考》的重要意义，使读者不仅对于该书有初步的了解，也进一步加深了其对于桐城派的认知。

中国新文学的源流(存目)

周作人

【评　介】

周作人(1885—1967),散文家,翻译家,青年时代曾留学日本,和鲁迅一起向国内民众翻译、介绍外国文学。五四运动时任北京大学等校教授,从事写作。论文《人的文学》、《美文》,新诗《小河》等在新文学运动中均有重大影响。其散文风格一向被认为冲淡朴讷、从容平和。在外国文学艺术的翻译介绍方面,尤其钟情于对希腊、日本文学的译介,贡献巨大。著有自编集《艺术与生活》、《自己的园地》、《雨天的书》等三十多种,译有《日本狂言选》、《伊索寓言》等。

《中国新文学的源流》原为周作人1932年在北平辅仁大学所作的讲演,于同年9月由人文书店出版。出版附有一篇《小引》和两篇附录《论八股文》、《沈启无选辑近代散文钞目录》。1995年,华东师范大学出版社重新印行此书,除初版《小引》及两篇附录以外,又增加了中书君、佚名、主、孙福熙等四人在当时发表的关于此书的评论文章。《中国新文学的源流》全书不足百页,仅约6万5千字,舍掉附录的5篇他人作品,真正篇幅在四五万字之间,但却勾勒出中国文学史的概貌。全书共五部分内容,标题分别是"关于文学之诸问题"、"中国文学的变迁"、"清代文学的反动(上)"、"清代文学的反动(下)"、"文学革命运动"。

周作人作"新文学的源流"的讲演时,"新文学"已经替代了旧文学。在《小引》中他说:"所讲的题目从头就没有定好,仿佛只是什么关于新文学的什么之类。”虽然周氏说是“什么关于新文学的什么之类”，但读过《中国新文学的源流》之后会注意到周作人的立足点不是“新文学”，或者说不是胡适们提倡并已建立的新文学。周氏不仅与胡适们曾经过于强调“白话”的形式不同，周氏更侧重于“内容”，并且有对胡适的思路进行反拨的意图。

周作人不仅有着深厚的国学根底，还接受过众多西方思想流派的影响。《中国新文学的源流》一书就展现了周作人博采各家知识并将其他知识融入自己的思想体系的能力。关于这部著作，不少学者发表过自己的看法：李洁非著的《读〈中国新文学的源流〉手记》一文对《中国新文学的源流》这部书的评价是，“名为《中国新文学的源流》，却讲的是二三千年来中国文学的变迁，是替五四新文学‘寻根’的作品。书的总体思想，或可称作一种二元论的文学史观，亦即整个中国文学是一个‘言志派’与‘载道派’相交替的过程。以作者而论，自然是将喜好放在抒写性灵的、自由的、个性主义的‘言志派’一边的”①。罗岗著的《写史偏多言外意——从周作人〈中国新文学的源流〉看中国现代“文学”观念的建构》(收录于《记忆的声音》，学林出版社 1998 年版)一文也有较高的参考价值。朱晓进著的《一种可资借鉴的文学史研究的思路——略论周作人〈中国新文学的源流〉》一文认为，“周作人在中国文学中一直存在着‘两种不同的潮流：(甲)诗言志——言志派；(乙)文以载道——载道派，而这两种潮流的起伏，便造成了中国的文学史’”②。这种二元对立的矛盾运动史观看问题的方法，是值得借鉴的文学史研究观点。黄曼君的《关于中国新文学源流的思考——古今文学“对话”的一种现代传统观范式的考察》(收录于梅新林、黄霖、胡明等主编的《中国文学古今演变研究论集三编》，上海古籍出版社 2010 年版)一文就新文学源流的精神，启蒙式文学传统范式的历史发展的基本特点、价值和

---

① 李洁非：《翻了一半的书》，长春出版社 1997 年版，第 349 页。

② 朱晓进：《中国现代文学史研究的视阈》，人民文学出版社 2008 年版，第 25 页。

意义、未来的发展作了探讨考察。此外，高为的《专业、业余及散文——从〈中国新文学的源流〉谈起》（收录于《书缘与人缘》，北方文艺出版社 2010 年版）一文也对这一问题作了较深刻的阐发。

中叶以后桐城派及其他文说

青木正儿

一　方苞、刘大櫆、姚鼐(桐城派)

继承康熙年间随着唐宋八大家文的流行而形成的尊重经学之风、坚持文以“载道”说的首屈一指者，是名噪于康熙末期至乾隆初期的方苞。他是安徽桐城人，同乡门人刘大櫆继承其法，又有同乡人姚鼐从刘大櫆学习古文之法，乾、嘉年间，其门徒蔓延极广，影响所及直至目前，这就是桐城派。

方苞(望溪)是康熙年间古文家姜宸英(参见第五章第三节)所推举的后辈，生于康熙七年，较姜小四十岁。据云，姜宸英见到方苞文章，大加叹赏，亲自前往拜访，与之结交，并将自己的文章拿给方苞看，请他评论。其学问专宗宋之儒学，尤于《春秋》及三《礼》有深入研究。据称，方苞曾同姜宸英谈到在学问文章方面的希望，说：“学行继程(颢、颐)、朱(熹)之后，文章介韩(愈)、欧(阳修)之间。”(王兆符《望溪文集序》)他论文章，严格讲求“义法”，也就是义理(即文的内在理法)和文法(即文的外在法则)。他主张“义”应以儒教的道义特别是孔子的《春秋》之义为根柢，坚持所谓“载道”之说；“法”则应体现《春秋》的褒贬笔法之意，以《左传》、《史记》以来唐宋八家古文之法为宗，使此二者相为表里、互相关联来评论或撰写文章，这就是“义法”。所以它不是专讲抑扬、顿挫、波澜、照应之类的单纯技巧性的文法，它所论述的是根据义理去判断、取舍内容而如何将其表达于文字的方法。然而他对文章的用语，十分注意，极其重视词语的选择，这一点是很有名的。他告诫门人，在古文中断然不可使用的有五种用语：一、语录中语；二、魏、晋、六朝人藻丽俳句；三、汉赋中板重字法；四、诗歌中隽语；五、南北史佻巧语（《望溪文集》附录年谱所引门人沈廷芳的记载）。盖一是禅僧及宋儒语录所用俗语，二是魏、晋、六朝骈体文所用藻饰过多的对仗语言；三是汉赋中死板滞重的文字表达方法，也就是过分堆砌难懂的形容词汇和实物名称之类；四是指诗歌中的俏丽语；五是指《南史》和《北史》中轻薄的玩笑话。总之，是告诫不可使俗语、韵文用语和骈文用语混入古文中。兹将他严格地谈到用语的事例列举如下。他在《答程夔州书》（文集卷六）中说："凡为学佛者传记，用佛氏语则不雅，子厚、子瞻皆以兹自瑕，至明钱谦益则如涕唾之令人彀矣。岂惟佛说，即宋五子讲学口语亦不宜入散体文，司马氏所谓言不雅驯也。"（《史记·五帝本纪论赞》）勿以俗语入文，这倒还合乎情理，至于在有关佛教的文章中亦忌用佛家语，则未免顽固太甚。他所喜好的《史记》和韩愈文章均使用有当时的口语，他又怎么看呢！

其文说散见于《望溪先生文集》，而《答申谦居书》（文集卷六）则可大体看出其概念。其要旨如下："盖古文之传，与诗赋异道。魏、晋以后，奸佥污邪之人而诗赋为众所称者有矣，以彼瞑瞒于声色之中，而曲得其情状，亦所谓诚而形者也。故言之工而为流俗所不弃。若古文则本经术而依于事物之理，非中有所得不可以为伪。故自刘歆承父之学，议礼稽经而外，未闻奸佥污邪之人而古文为世所传述者。……姑以世所称唐宋八家言之，韩及曾、王并笃于经学……柳子厚自谓取原于经，而掇拾于文字间者，尚或不详。欧阳永叔粗见诸经之大意，而未通其奥赜。苏氏父子则概乎其未有闻焉。此核其文而平生所学不能自掩者也。韩、欧、苏、曾之文，气象各肖其为人。子厚则大节有亏，而余行可述。介甫则学术虽误，而内行无颇。其他杂家小能以文自襮者，必其行能少异于众人者也。"这是文章的评论，经学的评论，还是人物的评论，难辨其详。但是我认为这三者平行才正是他对古文的理想，是文之所以异于诗赋的原因。他平素不喜《汉书》和柳文，曾列举它们的短处，加以抨击。尽管人们说那是过分的苛评，但是他对自己的论断却断然不肯稍有缓和（《国朝先正事略》卷十四)。在上文中，他还曾评论柳宗元，说是经学不足，并且贬斥他在节操方面有缺点。盖指柳任监察御史时，曾依附翰林待诏王叔文党，被擢为礼部员外郎，叔文失败后，被贬为永州司马。此外，其《书柳文后》(文集卷五)云："子厚自述为文，皆取原于六经(见《答韦中立论师道书》)，甚哉，其自知之不能审也！彼言涉于道，多肤末支离而无所归宿，且承用诸经字义，尚有未当者。盖其根源杂出周、秦、汉、魏、六朝诸文家，而于诸经，特用为采色声音之助尔。……其雄厉凄清醲郁之文，世多好者，然辞虽工，尚有町畦，非其至也。"就是说，柳的"载道"是不充分的，而且有六朝骈体文的痕迹，这是他所看不上的。其次，他之所以不取《汉书》，似乎与其说是由于其文章关系，不如说是由于义法上的关系。他在《书〈汉书·礼乐志〉后》(文集卷二)开头就说："甚哉，班史(班固《汉书》)之疏于义法也！"他非难道，《汉书·礼乐志》同《史记·礼书》相比较，所采取用于礼的乐歌多到不必要的程度，而却缺乏关于礼仪的记录。在《书〈汉书·霍光传〉后》(同上)中，他说："《春秋》之义，常事不书，而后之良史取法焉。……班史义法，视子长(司马迁《史记》)少漫矣，然尚能识其体要。"语气虽宽容，却仍指出在义法之详略方面，有不充分之处，并且加以贬抑说："假而子长若退之为之，必有以异此也夫！"总之，未有像他这样严重看待以"载道"为文之根本义理者，自清初以来，标榜此说以为古文家的最高理论，到他这里已达极点。

刘大櫆(海峰)是方苞的同乡，康熙末年至北京，携自己所作文章往谒方苞。方苞阅后，大为惊叹，并介绍给京师的文坛，因而成名，于是便发生了师生关系。然而其所崇尚固自不同，他喜好方苞所不取的《庄子》，亦爱《楚辞》等。然而他受方苞的影响，也讲义法。因此，论述儒教义理的文章，都被评为极其醇正。其文说，在《刘海峰文集》卷一中有《论文偶记》数十条，其主要观点尽于此。兹举出其中值得注意的数条如下。他所提示的根本理论是以"神气音节"为主，而以"神气"为第一要务。他说："行文之道，神(精神)为主，气(气氛)辅之。曹子桓(丕)、苏子由(辙)论文，以气为主，是矣。然气随神转，神浑则气灏，神远则气逸(超脱)，神伟则气高，神变则气奇，神深则气静，故神为气之主。至专以理为主者，则犹未尽其妙也。盖人不穷理(儒家哲学)读书，则出词鄙俗空疏；人无经济(经世济民，即政治知识)，则言虽累牍，不适于用。故义理(穷理)、书卷(读书)、经济者，行文之实；若行文自另是一事。譬如大匠操斤，无土木材料，纵有成风尽垩手段，何处设施？然即土木材料，而不善设施者甚多，终不可为大匠。故文人者，大匠也，神气、音节者，匠人之能事也，义理、书卷、经济者，匠人之材料也。”“作文本以明义理、适世用，而明义理、适世用，必有待于文人之能事。程子谓，无子厚笔力，发不出。”又说：“神者气之主(本体)，气者神之用(作用)。神只是气之精处(精华)。”比之于方苞的所谓“义法”，则“义理、书卷、经济”相当于“义”，“神气、音节”相当于“法”。方苞所说的义，以义理为主，而刘大櫆又扩大之，方苞所说的法是严格指用语而言，而刘大櫆较之用语更重视音节即文字的音调。他说：“文章最要节奏(音乐美)；譬之管弦繁奏中，必有希声窈眇处。神气者，文之最精处也；音节者，文之稍粗处也；字句者，文之最粗处也。然论文而至于字句，则文之能事尽矣。盖音节者，神气之迹也，字句者，音节之矩也。神气不可见，于音节见之，音节无可准，以字句准之。音节高则神气必高，音节下则神气必下，故音节为神气之迹。一句之中，或多一字、或少一字；一字之中，或用平声、或用仄声；同一平字仄字，或用阴平、阳平、上声、去声、入声，则音节迥异，故字句为音节之矩。积字成句，积句成章，积章成篇，合而读之，音节见矣，歌而咏之，神气出矣。……所谓字句、音节，须从古人文字中实实讲贯过始得，非如世俗所云也。”这是祖述韩愈“气盛则言之短长与声之高下者皆宜”(《答李翊书》)之说。他又说：“凡行文多寡短长、抑扬高下，无一定之律，而有一定之妙，可以意会，而不可以言传。学者求神气而得之于音节，求音节而得之于字句，则思过半矣。其要只在读古人文字时，便设以此身代古人说话，一吞一吐，皆由彼而不由我。烂熟后，我之神气即古人之神气，古人之音节都在我喉吻间，合我喉吻者，便是与古人神气、音节相似处，久之，自然铿锵发金石声。”此说盖将诗论中之神韵、格调二说加以合并，其神气相当于神韵，音节不外是格调。而以神气为文之最重要要素，它表现在音节中。这种看法，比王渔洋等人之说更组织严密，更容易了解。但是，神气是否主要表现于音节，姑作别论，他认为它们互为表里，神气为形而上的东西，音节是形而下的东西。

其次，作为文章的旨趣，他推崇素朴、古淡。他说："文到高处只是朴淡意多。譬如不事纷华，悠然世味之外，谓之高人。昔人谓子长文字峻。震川谓此言难晓。要当于极真、极朴、极淡处求之。"所以他还推崇简洁、萧疏。他说："文贵简。凡文，笔老则简，意真则简，辞切则简，理当则简，味淡则简，气蕴则简，品贵则简，神远而含藏不尽则简。故简为文章尽境。"又说："文贵疏。宋画密，元画疏。颜(真卿)、柳(公权)字密，钟(繇)、王(羲之)字疏。孟坚(班固)文(《汉书》)密，子长文(《史记》)疏。凡文，力大则疏。气疏则纵(自由)，密则拘(束缚)。神疏则逸(安乐)，密则劳。疏则生，密则死。"朴、淡、简、疏是消极的美，探源穷极则势必追溯到老庄的虚无的审美思想"大巧若拙"(《老子》)。所以他说："文法至钝拙处乃为极高妙之能事；非真钝拙也，乃古之至耳。古来能此者，史迁(司马迁)尤为独步。"又说："拙者巧之至，非真拙也。钝者利之至，非真钝也。"他还说："马迁句法似赘拙，而实古厚可爱。"文章推崇朴淡简疏，乃古来古文家崇奉的信条，但是他断然地提出了"钝拙"二字。总的说来，这种思想，从宋代以来，在诗论和书画论中相当风行，决非惊人之论；但是作为文论则是向所未闻之论，毕竟弥足珍贵。盖既有他所爱读的《庄子》的影响，在此《偶记》中，亦有以文同书画比较而论之处。从他对书画很感兴趣这一点推测，可以想象，此论或系从书画论得到了启示。如上所述，他主张消极的美。然而仅仅如此，则文章缺乏润泽。所以，为了弥补这一缺点，他说："文贵华。华正与朴相表里，以其华美，故可贵重。所恶于华者，恐其近俗耳。所取于朴者，谓其不著脂粉耳。昔人谓：不著脂粉而清真刻削者，梅圣俞之诗也。不著脂粉而精采浓丽，自《左传》、《庄子》、《史记》而外，其妙不传。此知文之言。"盖"不著脂粉"者朴也，"精采浓丽"者华也。文章不事雕琢而自然具备之美，这正是他所要求的"华"，也就是"朴"，是保全了天真的老庄式的美。他的思想之中，看来确实潜伏着庄子的影响。这一点与其师方苞坚持儒教思想的文说大异其趣，他并不像他的老师那样宣扬"载道"说。因此，人们评论他的文章不及其师和其弟子姚鼐，盖其文章中混有儒家以外如庄子这样的不纯成分，所以不醇正。这大约就是被古文家评价不高的理由之一。然而他的“神气音节”说，较之方苞的“义法”说更具有艺术性。

姚鼐(字姬传，号惜抱)亦桐城人，从伯父姚范学古文，其伯父与刘大櫆相友善，使其从刘大櫆学习。经学是他专门从伯父那里接受的教育，但是，他的理想是兼修汉儒的训诂之学和宋儒的性理之学。终于他获得了很高的出蓝之誉：人们评论说，他的文辞胜于方苞，儒学深于刘大櫆，他的出现巩固了桐城派的地盘。他的文说散见于《惜抱轩文集》，但是所谈不太多。他编有《古文辞类纂》，选收上自秦汉，下至方苞、刘大櫆的古文，以为示范，并略记有关文体之说。从其说中可以看出某些同刘大櫆的师承关系的痕迹。首先，让人想到似乎他继承了刘大櫆“神气音节”说的，是他的下述论点。他论气与音节的关系说：“意与气相御而为辞，然后有声音节奏高下抗坠之度，反复进退之态，彩色之华，故声色之美，因乎意与气而时变者也。是安得有定法哉!”(《答翁学士书》)其说盖谓，构思与心情一致而形诸辞，于是产生其辞的音乐上的和声与旋律。因此，其美术美与音乐美是随着作者的构思与心情的不同而变化的。要而言之，外形是随着内容而确定的。他又说：“气充而静者，共声闳而不荡；志章以检者，其色耀而不浮。”(《答鲁宾之书》)此等学说的根柢里似乎潜藏着刘大櫆氏的“神气”表现于“音节”之说。他又在《古文辞类纂》序目之后，指出学文之要谛，说：“所以为文者八，曰：神、理、气、味、格、律、声、色。神、理、气、味者，文之精(第一义的东西)也；格，律、声，色者，文之粗(第二义的东西)也。然苟舍其粗，则精者亦胡以寓焉！学者之千古人，必始而遇其粗，中而遇其精，终则御其精者而遗其粗者。”盖“神、理、气、味”是内在的东西，“格、律、声、色”是外在的东西。前者使刘大櫆氏所谓“神气”之说完善化，后者则扩充了其“音节”之说。刘大櫆氏在各种要素之中特别强调这几项，而姚鼐则将其加以普遍化。“理”，刘氏也谈过“义理”，但是未讲过“味”。“声”相当于刘氏的“音节。”“色”是文采，“格”是品格，“律”是文法。学习古人的范文，应先自外在的东西始，其次转向内在的东西，最后舍弃外在的东西而专取其内在的东西。这是古来艺术论的一般看法，是不可更改的定论。称前者曰“形似”，称后者为“神似”。以非形似而神似为艺术之极致。达到这一最后阶段，学艺者之能事即告终结；但这是难以轻易达到的境地。故姚鼐在此序目的论辩类中论道：“学之至善者，神合焉，善而不至者，貌存焉。惜乎子厚之才可以为其至而不及至者，年为之也。”所谓“神合”，神似也，所谓“貌存”，形似也；而巨才如柳宗元犹未能完全摆脱形似之域。其次，关于文之“色”即文采，刘氏曾论“朴淡”之可贵。姚氏也论及“平淡”之可贵。他在《与王铁夫书》中说：“古人文章之体非一类。其瑰玮奇丽（刘氏所谓‘华’）之振发，亦不可谓尽出于无意也（多少施以技巧）。然要是才力气势驱使之所必至，非勉力而为之也。……故文章之境莫佳于平淡，措语遣意有若自然生成者，此熙甫（归震川）所以为文家之正传。”这也是由于师承关系。

他的独树一帜的文说，具有特色的是“阴阳刚柔”之说。其说在《复鲁絜非书》（文集卷六）和《海愚诗钞序》（文集卷四）中有所阐述。统观之，其要旨如下：“天地之道，阴阳刚柔而已。文者，天地之精英，而阴阳刚柔之发也。唯圣人之言统二气之会而弗偏。……自诸子而降，其为文无弗有偏者。其得于阳与刚之美者，则其文如霆，如雷，如长风之出谷，如崇山峻崖，如决大川，如奔骐骥……其得于阴与柔之美者，则其文如升初日，如清风，如云，如霞，如烟，如幽林曲涧，如沦，如漾，如珠玉之辉，如鸿鹄之鸣而入寥廓……观其文，讽其音，则为文者之性情形状举以殊焉。且夫阴阳刚柔，其本二端，造物者糅而气有多寡进绌，则品次亿万，以至不可穷，万物生焉。……夫文之多变，亦若是已。糅而偏胜可也，偏胜之极，一有一绝无，与夫刚不足为刚，柔不足为柔者，皆不可以言文。”（《复鲁絜非书》）“苟有得乎阴阳刚柔之精，皆可以为文章之美。阴阳刚柔并行而不容偏废，有其一端而绝亡其一，刚者至于偾强而拂戾，柔者至于颓废而暗幽，则必无与于文者矣”（《海愚诗钞序》）。“宋朝欧阳（修）、曾（巩）公之文，其才皆偏于柔之美者也。欧公能取异己者（即刚）之长而时济之；曾公能避所短（即刚）而不犯”（《复鲁絜非书》）。这也是一种“气”之说，将气分为阴与阳、刚与柔二端，而将阳与刚相结合，阴与柔相结合，观乎由此二气之交错而产生的变化来论文，其思想盖来自《周易》的阴阳刚柔之说。但这里谈的主要是文章的鉴赏品评上的问题。师事姚鼐的吴德旋在《初月楼古文绪论》中说："文章之道，刚柔相济。"则此理论亦已适用于写作方面。值得注意的是，他虽为方苞的再传弟子，但并不甚尊重其"义法"说。就是说，他轻视方苞对《史记》的评论，他说："其阅太史公书(《史记》)，似精神不能包括其大处、远处、疏淡处及华丽非常处。止以义法论文则得其一端而已。然文家义法，亦不可不讲。"(《与陈硕士》)又说："望溪不取孟坚(班固)之旨，其间别有说(义法之说)焉。盖以学问论，则《汉书》乃史家之首宗，岂可轻视。若以为文论，凡《汉书》除所取太史公之作，其传之佳者，尽在昭、宣之世，大抵西汉人旧文，非孟坚所能为也。其诸志率本刘歆。若班氏自为之文，只是东汉之体，不免卑近。若司马相如之文，自是西汉之杰，昌黎极推之。以学论，司马固远逊孟坚，以文论，孟坚安得望相如！昌黎诗文中效相如处极多，如南海庙碑中，叙景瑰丽处即效相如赋体也。而先生(望溪)谓韩文无司马体，则退之为文，学人必变其貌而取其神，故不觉耳。韩公效相如处颇多，故其称之不容口也。"(《与张翰宣》)他就是这样回避而无视方苞的义法论，而试去阐述自己的《汉书》贬斥论，指摘方氏对韩文的错误观点，自信十足地大吹法螺。真是痛快淋漓。

二　恽敬(阳湖派)、阮元(骈文派)

以上所述，是专门关于古文之说，此外还有一种通行的文体叫"骈文"。所谓骈文，就是"骈体"。这种文体，对句众多，句调严整，"骈"者，"并"也，即并列两句而为一对之意。古文反之，不设对句，而以单句为主，故相对于"骈体"而称"散体"，相对于"骈文"亦称"散文"。骈文是六朝时兴起的文体，一直盛行到唐代。唐代中叶，韩愈、柳宗元等起而倡导复兴周秦两汉散文，及至宋代欧阳修等，这一运动终于获得成功，而将骈文驱逐出文坛。这种复兴的散文，专门称作古文而通行起来。由此，在普通文章中不再使用骈文，大概只用于内容空虚而必须藻饰文词的礼仪性文章之中，而逐渐衰微下来。在这种情况下，由于明代李、何等人倡导的秦汉文复古运动，而进一步遭受了致命的沉重打击。然而，明末，张溥编辑《汉魏六朝百三名家集》，提倡骈文，陈子龙起而响应，于是打开了骈文复兴的局势。及至清初的陈维崧、吴绮等人辈出，而日趋昌盛，再度侵入文坛，遂形成与散体、古文并行之势。然而，关于这种复兴的骈文，一向未见有突出的论著。此类著述，仅清初的丛书《学海类编》中有陈维崧的《四六金针》一卷。但是《四库全书总目》指出，该书不是陈维崧的著作，是从元代陈绎曾的《文说》中将关于骈文(一名四六文)写作方法的论述加以摘编而成。其后，至乾隆年间，骈文日益盛行，胡天游、邵齐焘、袁枚、吴锡麟、洪亮吉等优秀作家辈出，形成与古文家相对抗的形势。前述方苞禁用的古文用语中所以有"魏晋六朝人的藻丽俳语"一项，就是想防止由于这样的形势而使骈文用语混入古文中，以保持文体的纯洁。

这时，恽敬、张惠言从骈文派转向古文派而另开创了一派。两人都是江苏阳湖人，故世称阳湖派。恽敬生于乾隆二十二年，张惠言生于二十六年，他们较姚鼐分别年轻二十六岁和三十岁。一说，最初有刘大櫆的门人钱鲁思者，恽敬、张惠言二人均从钱鲁思听讲刘氏的古文说，遂放弃一向所习文章，而转入古文之道，并将其法传给乡里的人们(陆继辂《七家文钞序》)；或说，他们从刘氏的门人王灼听讲刘氏之说(包世臣《艺舟双楫·再与杨季子书》)。张惠言姑且不谈，从恽敬《大云山房文稿》来看，文说极少，虽有《与纫之论文书》(初集卷三)，但内容空虚。在其他的书和尺牍中还可以发现对古人和近人文章的若干评语。据说，他间接听到了刘海峰之说，而转向了古文。但是对刘氏并未讲过太多的好话，他在《与章澧南》(《言事》卷一)中说："承见示《海峰楼文集》，二十余年前在京师一中舍处见之，今细检量，论事论人未得其平，论理未得其正。大抵笔锐于本师方望溪先生，而疏朴不及，才则有余于弟子姚姬传先生矣。前阁下以洁目之。鄙见：太史公之洁全在用意捭落，千端万绪，至字句不妨有可议者。今海峰字极洁而意不免芜近，非真洁也。姬传以才短，不敢放言高论，海峰则无所不敢矣。惧其破道也。"又在《上举主笠帆先生书》(二集卷三)中进行了评论，说："本朝作者如林，其得正者方灵皋(望溪)为最，下笔疏朴而有力，唯叙事非所长。再传为刘海峰，变而为清宕，然识卑且边幅(可为文章资料的素养)未化。三传而为姚姬传，变而为渊雅，其格在海峰之上焉，较之灵皋则逊矣。”总之，以“疏朴”之故，推方氏为第一；对刘氏，虽承认其。“才”和文笔之“锐”，但是由于疏朴不足，识见低，调子不良，评为三人中的最下位。从这里可以窥见，他重视文章的疏朴，同时，同才华相比较，他宁选择学识。他认为《史记》之“洁”在意而不在字句之说，值得注意。他在尺牍《与舒白香》(《言事》卷一)中也论及此点，他说：“是以敬观古今之文，越天成(任其自然)越有法度(文法)，如《史记》，千古以为疏阔，而柳子厚独以洁许之。今读伯夷，屈原等列传，重叠拉杂，及删其一字一句，则其意不全。可见古人所得矣。至所谓疏阔乃通身枝叶扶疏，气象浑雅，非不检之谓也。”总之，他认为，不拘泥于所谓法，任其自然，则疏朴、疏阔，较之字句之洁更注重意之洁者，最为得法之文。在这种意义上，他推尊《史记》。其次，在唐宋文方面，似以韩愈、曾巩为宗。在《答陈云渠》(《言事》卷一)中他曾自述道：“敬少时，诗学太白，后渐入香山、东坡。所嗛嗛不足者，太似耳。……至文亦太似韩(愈)、曾(巩)，高深处尚不及。”而在《上曹俪笙侍郎书》(初集卷三)中，他回顾了明代的王慎中、归有光及清代的侯方域，汪琬以下方苞、刘大櫆、姚鼐，对他们均感到不满足。阳湖派是桐城派的一个另立门户般的派别。但是令人感到，他似乎为了宣布其独立，而硬要贬斥桐城派以表示其不服从它的意思。

骈文同古文相对峙，自乾隆起，到嘉庆、道光时代，成为它最昌盛的时期。恽敬、张惠言是从骈文转入古文的，其后，也出现了如阳湖派的董基诚、董祐诚和桐城派的刘开、梅曾亮这样的著名作家。他们除古文外，还兼善骈文。于是，古文和骈文互相接近、互相调和的风气高涨起来，出现了企图以骈文式的东西杂入古文、加以润色的文章，和将古文式的成分采入骈文以补救文脉散漫的文章。承担起促进这种形势的，是阮元。

阮元(芸台)是江苏仪征人，是一位身为大官而奖励学问，有益于学界，因而享有盛名的通儒，作为骈文家，也是自成一家。他生于乾隆二十九年，比恽敬小七岁。嘉庆末年，他任两广总督时，在广州设立学海堂书院。道光四年，以《文笔策问》为题，考书院学生，要他们作文论盛行于六朝的“文”与“笔”的区别。其答案全部收在《学海堂集》中，并且刊行过单行本。他考这个问题的意图，就是鼓吹研究六朝文学，具体地说就是提倡骈文。这时，他的儿子阮福也写了一篇很漂亮的答案。但是他为了解答阮福的疑问，还自己动笔写了一篇《文韵说》。这是一篇骈文说，收在《揅经室续集》卷三中。在此以前，他发表了《文言说》、《书梁昭明太子文选序后》、《与友人论古文书》（均见《揅经室三集》卷二）、《四六丛话序》（《揅经室四集》卷二，又原书序）等文章，阐述自己关于骈文的主张，其中，《四六丛话序》是乾隆五十三年、他二十五岁时为其师孙梅（《四六丛话》编者）写的，是上述诸文中写得最早的作品，但已经是以典丽的骈文来公开陈述自己的意见。他主张骈文乃文章之正统说。首先让我们看看《文言说》的要点：“《左传》（襄公二十五年）曰：‘言之无文，行之不远。’此何也？古人以简策传事者少，以口舌传事者多，以目治事者少，以口耳治事者多。故同为一言，转相告语，必有愆误。是必寡其词，协其音，以文其言，使人易于记诵，无能增改，且无方言俗语杂于其间，始能达意，始能行远。此孔子于《易》所以著《文言》之篇（即《周易·文言传》）也。古人歌诗、箴铭、谚语，凡有韵之文，皆此道也。《尔雅》释训，主于训蒙，子子孙孙以下用韵者三十二条，亦此道也。孔子于乾坤之言，自名曰文，此千古文章之祖也。……《文言》数百字，几于句句用韵。……要使远近易诵，古今易传……不但多用韵，抑且多用偶，即如‘乐行忧违’，偶也……‘和义幹事’，偶也……‘水湿火燥’，偶也，‘云龙风虎’，偶也……凡偶皆文也。于物两色相偶而交错之，乃得名曰文。文即象其形也（原注：《考工记》曰：‘青与白谓之文，赤与白谓之章。’《说文》曰：‘文，错画也，象交文。’）然则千古之文，莫大于孔子之言《易》，孔子以用韵比偶之法，错综其言，而自名曰：文。何后人之必欲反孔子之道（为无韵单行之语），而自命曰：‘文，且尊之曰古也。’”总之，他认为，对“言”进行整顿修饰，采用对偶语法者，是上古之“文”，在这个意义上，近世之所谓“古文”，并非“文”，唯有骈文才是传统的“文”。

其次，《书梁昭明太子文选序后》论述《文选》编选者梁昭明太子关于“文”的概念，与近世古文家的概念不同，而昭明太子的看法，从传统观点来看，是正确的，仍然是主张骈文乃文章之正统。其要点如下。他说："昭明所选，名之曰文，盖必文而后选也，非文则不选也。经也，子也，史也，皆不可专名之为文也。故《昭明文选序》后三段，特明其不选之故：必沈思翰藻，始名之为文，始以入选也。……自孔子《易·文言》始传曰：'言之无文，行之不远。'……自齐梁以后，溺于声律，彦和《雕龙》，渐开四六之体，至唐而四六更卑然，文体不可谓之不卑，而文统不得谓之不正。自唐宋韩、苏诸大家，以奇偶相生之文为八代之衰而矫之。于是昭明所不选者，反皆为诸家所取。……求其合于昭明序所谓文者鲜矣。……其不合之处，盖分于奇(单句)偶(对句)之间。经、子、史多奇而少偶，故唐宋八家不尚偶。《文选》多偶而少奇，故昭明不尚奇。如必以比偶非文之古者而卑之，则孔子自名其言曰文者，一篇之中偶句凡四十有八、韵语凡三十有五，岂可以为非文之正体而卑之乎！……然则今人所作之古文，当名之为何！曰：凡说经讲学者，皆经派也，传志记事，皆史派也，立意为宗，皆子派也；唯沈思翰藻乃可名之为文也。非文者尚不可名为文，况名之曰古文乎！"此说中关于《文选序》的选择主旨与骈体文的关系，阐述不明确，这一点在后来的《文韵说》中已有详细论述。总之，针对大讲特讲"载道"说，并抬出《史记》以为是至高无上之文的古文家，他说，那样的东西是不能归入"文"的范围的，其嘲讽真是痛快淋漓，用今天的话说，就是从纯文学的立场来论文。他的见解是正确的。当然，这要归功于昭明太子的序文。再次，《与友人论古文书》的前半，谓近代古文家之文，无论如何不及汉代之文，后半则不过是略谈了与上述《书梁昭明太子文选序后》相同的意思。

最后，《文韵说》是回答其子阮福提出的"《文心雕龙》(总术篇)云：'今之常言，有文有笔，以为无韵者笔也，有韵者文也。'……而昭明《文选》所选之文，不押韵脚者甚多，何也?"这一关于文与笔之区别的疑问而写的。其要点如下："梁时恒言所谓韵者，固指押脚韵，亦兼谓章句中之音韵，即古人所言之宫羽，今人所言之平仄也。……八代不押韵之文，其中奇偶相生，顿挫抑扬，咏叹声情，皆有合乎音韵宫羽者。……沈约矜为创获，故于《谢灵运传》(《宋书》)论曰，夫五色相宣，八音协畅，由乎元黄律吕，各适物宜。欲使宫羽相变，低昂舛节，若前有浮声，则后须切响，一简之内，音韵尽殊，两句之中，轻重悉异，妙达此旨，始可言文。……《答陆厥书》云，韵与不韵，复有精粗，轮扁不能言之，老夫亦不尽辨。休文(沈约)此说，乃指各文章句之内有音韵宫羽而言，非谓句末之押脚韵也。是以声韵流变而成四六(骈文)，亦只论章句中之平仄，不复有押脚韵也。四六乃有韵文之极致，不得谓之为无韵之文也。昭明所选不押韵脚之文，本皆奇偶相生，有声音者，所谓韵也。休文所矜为创获者，谓汉魏之音韵乃暗合于无心；休文之音韵乃多出于意匠也。岂知汉魏以来之音韵，溯其本原，亦久出于经哉！孔子自名其言《易》者曰文，此千古文章之祖。……此岂圣人天成暗合，全不由于思至哉！……卜子夏之《诗大序》(冠于《诗经·周南》之首)曰：'情发于声，声成文，谓之音。'……此子夏直指诗之声音而谓之文也，不指翰藻(文采)也。然则孔子《文言》之义益明矣。盖孔子《文言》系辞，亦皆奇偶相生，其声音嗟叹以成文者也，声音即韵也。……子夏此序，《文选》选之，亦因其中有抑扬咏叹之声音，且多偶句也。综而论之，凡文者，在声为宫商(平仄)，在色为翰藻(文采)。……吾固曰，韵者即声音也，声音即文也。然则今人所便单行之文(即所谓古文)，极其奥折奔放者，乃古之笔，非古之文也。"这种论点有很多缺点。第一，《文选》的"文"，不是相对于"笔"的"文"，是兼指"文"与"笔"的广义的"文"。其次，《文心雕龙》所说的"韵"，似乎仅指句末的押韵，而不包括章句中的声音。又，《诗大序》在"声成文，谓之音"之后，紧接着说"治世之音安以乐，其政和也"云云，看了这话谁都会明白，这是就诗的音乐方面，亦即关于声乐之说，在《吕氏春秋·适音篇》的乐论中，也有与此几乎相同的文字。然则所谓"声成文"，是说人的噪音构成音乐的旋律，而"文"不外是旋律之意，阮元解之为言语的声音，更将其理论运用于孔子的《文言》，未免牵强附会过甚。然而其目的是在于阐述骈文正统论，或多或少的勉强是可以允许的吧。

总而言之，阮元以其地位、声望和学识，发表了这些论文，必定会引起文坛的注意，而对鼓吹骈文给予有力的支持。当时，梁章钜的《退庵论文》中也全文转载了《文言说》和《书梁昭明太子文选序后》这两篇文章。然而骈文在技巧地安排对句并设法整饬句法这一点上，未免有文字游戏的缺陷，虽然富有艺术性，于达意却诸多不便。所以，乾隆末期著名骈文家许广森尝论骈文，警惕人们说：“骈体文以达意明事为主。不尔则用之婚启，不可用之书札，用之铭诔，不可用之论辩，真为无用之物。六朝文无非骈体，但纵横开阖（文势之运行及展开、收束之法），与散体文同也。”（《退庵论文》引）这种缺点，陈代以后尤甚。为避免这种缺点，较孔广森稍早的前辈汪中、后辈李兆洛等将魏晋时代骈散未分之体悬为目标。这种骈散调和之风逐渐流行起来。关于这个问题，清末光绪年间的谭献说：“吾辈文字不分骈散，不能就当世古文家范围，亦未必有决此藩篱也；不谓三十年来几成风气。”（《复堂日记》卷八）这种调和风气在古文家方面也已出现。下一书将叙述这一情况。

（选自青木正儿著，杨铁英译：《清代文学评论史》，中国社会科学出版社 1988 年版）

【评 介】

青木正儿（1887—1964），号迷阳，日本著名的汉学家，曾担任国立山口大学教授。青木正儿从小就很喜欢中国文化，喜欢读《西厢记》等中国古典作品，在大学时专门研究“元曲”。1919 年与京都大学同学小岛佑马、本田成之等组成“丽泽社”，创办《支那学》杂志。他在该杂志上发表《以胡适为中心的中国文学革命》，是向日本介绍中国新文化运动及其中心人物胡适的第一篇文章。他还多次向胡适提供在日本搜集到的中国文学史资料。后来他到中国访学，与胡适有直接的交往。青木正儿曾被中国学术界誉为“日本新起的汉学家中有数的人物”，后更被誉为“日本研究中国曲学的泰斗”。他曾撰写多部与中国有关的作品，包括：《对中国文化的乡愁》、《中国近世戏剧史》、《中国文学概说》、《清代文学评论史》、《中国文学思想史》、《元人杂剧概说》、《清代北平风俗图》等。

青木正儿曾提到，他将之前已经出版过的《中国文学思想史》的第七章“清代文学思想”部分扩大成为《清代文学评论史》。编写《中国文学思想史》的时候，青木正儿的清代知识基础相对薄弱，书中第七章关于清代文学的内容只有三十页左右。昭和十六年(1941)，他利用在京都大学讲课之便，找到了弥补“清代文学思想”这一题目不足的机会，加之整理合并了岩波讲座的旧文，所以想对清代这一章特别着意进行修订。如果清代这一部分修补过多，就会显得和其他章节不平衡，考虑到这点，就希望将清代部分单独写成一本书。于是《清代文学评论史》问世了。青木正儿说，希望通过本书看清思潮动向，而不是单纯叙述评论的发展过程。

本文选自《清代文学评论史》，到目前为止，该书的译本主要有两种：1962 年 12 月台湾开明书店出版的陈淑女译本，全书为竖版；1988 年 1 月中国社会科学出版社出版的杨铁英译本。本文依据后者。书中第八章讲述了清“中叶以后桐城派及其他文说”，该章节又分为三部分：方苞、刘大櫆、姚鼐；恽敬、阮元；包世臣、曾国藩(第三部分，本书未收录)。本评介将对第二部分“恽敬、阮元”的内容进行一个简单的概括。

骈文是与散文相对而言的。它兴起于六朝，然而唐中叶韩愈、柳宗元提倡古文运动，加上宋代欧阳修的努力，骈文渐渐被逐出文坛。明末，由于张溥、陈子龙等提倡骈文，骈文复兴。骈文到清代日趋昌盛，形成和古文并存之势。在骈文和古文对抗的背景下，恽敬和张惠言从骈文转向古文开创了阳湖派，成为桐城派的一个分支。恽、张二人都生于乾隆年间，都听钱鲁思讲刘大櫆的古文说，于是放弃骈文转入古文之道。根据青木正儿所引文献，恽敬转道之后，他对刘大櫆并非完全认同，也没有过多的赞誉。青木正儿认为“阳湖派是桐城派的一个另立门户般的派别。但是令人感到，他似乎为了宣布其独立，而硬要贬斥桐城派以表示其不服从它的意思”。这样说的理由，是“恽敬不拘泥于所谓法，任其自然，则疏朴、疏阔，较之字句之洁更注重意之洁者，最为得法之文”；“以韩愈、曾巩为宗”；“在恽敬的不少作品中透露出了对方苞、刘大櫆、姚鼐的‘不满意’”。至恽敬和张惠言后的阳湖派后人，不少是古文和骈文兼所擅长，在一定程度上促进了古文和骈文的融合。

谈到桐城派，多数研究者会对桐城派前期的创始人、传承者、集大成的文学理论、作品风格进行论述，对其后期的中兴者曾国藩的论述也不少。这个特点在青木正儿的书中也有所体现。青木正儿引用了中国清代很多名家的作品作为他观点的佐证，所引作品皆到位并有说服力，可见青木正儿深谙中国文化。总之，《清代文学评论史》是一部外国人看中国清代文学的著作，反映了异国人对桐城派的解读，对于开拓桐城派研究是非常有益的。

《桐城耆旧传》序目

马其昶

自　序

余既广征载籍，会粹旧闻，述邑先正遗事，自前明以迄近世，为专篇及附见者凡九百余人，略次时先后，成《桐城耆旧传》十一卷，附《列女》一卷，谨叙其端曰：

乌乎！一代人才之兴，其大者乃与世运为隆替，观于乡邑，可知天下，岂不信然哉！盖当燕藩夺统，吾县方断事法，以遐方小臣，不肯署表，自沉江流。厥后余按察珊，齐按察之鸾及先太仆，皆以孤忠大节，与世龃龉。陵夷至天启，左忠毅公乃死于珰祸，而明随以亡。当是时，钩党方急，方密之、钱田间诸先生，间关亡命，救死不遑，犹沉潜经籍，纂述鸿编，风会大启。圣清受命，吾县人才彬彬，称极盛矣。方、姚之徒出，乃益以古文为天下宗。自前明崇节义，我朝多研经擒文之士。

吾尝暇日陟嶙峣、投子之巅，望西北曾峦巨岭隐然出云表，而湖水迤逦荡潏于其前，因念姚先生所称，黄、舒之间，山川奇杰之气蕴蓄且千年，宜其遏极而大昌；又窃怪今者风流歇竭，何前后旷不承邪？岂不以师友之渊源渐被沦而日薄，士或问其先德，噤不能言，闻见孤陋，不足感发兴起之与？

《诗》曰："维桑与梓，必恭敬止。"盖言迩也。仰前哲之芳躅，悼末俗之陵替，文献放失，余甚惧焉。曩者，先伯祖通判公尝有《龙眠识略》之辑，遭乱亡佚，郡县书又率伤冗繁。余维传记之作，必归诸驯雅。窃取迁、固之遗法，始足赓扬盛美，诱迪方来，因不自揆，著为此编。乌乎！吾之述此，第及一县之地，远不出数百里外，而上自名卿、硕辅，以逮文儒忠义之彦，操行不一，要皆特立于一时，而可不泯没手后世者。吾党之士，苟一关览，非其先祖，即其邦之老成宿望。世近己，则欣慕之情切，耳目之所能逮，则疑沮不生。而两朝之学术风趋，盛衰得失之林，亦略具于此，又欲令异世承学、治国闻者有考焉。

光绪十二年春马其昶撰

自序二

其昶少有志乡邦文献，及居先母忧，祥禫后，始从事于此。发前所集采传记、公私谱牒盈箧笥。编次粗成，荣城孙佩兰葆田、丰城毛实君庆蕃见而好之。自后肄业经史，遂久束高阁。曾一出视徐椒岑丈，陈静潭，姚仲实、叔节兄弟，及迁安郑东父杲，番禺梁星海鼎芬，凡此诸君，咸有匡益。又尝思就正吴挚甫、萧敬孚二先生，未果。今年馆中多暇，乃锐意取前稿重修之，更益所未备。自六月朔定为常课，每日改制二三篇，七旬成书。计初草创，至今逾岁廿，海内知旧，会晤未期，而东父物故已久，吴、徐、萧之传俨然在录，因益以追念吾亲，顾瞻身世，弥增凄慨也。

光绪三十三年秋八月乙丑其昶记

自序三

曩吾为此传，用阮文达公拟国史《儒林传》例，采掇旧文，悉注所出。尝侍吴先生，语及之，先生曰："此百衲衣也，宁复有佳文乎？且所贵立言君子者，为其有鉴裁孤识，安见出于人者之必可征？今方欲传信后世，奈何先不自信也？夫著述者之行远与否，亦视其文好丑耳。徇俗以败吾意，无为也！"自是遂翻然改图，事皆有征，词必己出。犹以成书期迫，刊落未尽为憾。逾年重编目次，追忆前语，书此以谂同志。

戊申春三月既望其昶又记

（选自马其昶：《桐城耆旧传》，黄山书社 1990 年版）

【评 介】

马其昶(1855—1930)，清末民初著名的作家、学者，安徽桐城人，桐城派中后期的主要代表人物之一。他编纂的经类书籍包括：《周易费氏学》八卷，叙录一卷；《毛诗学》三十卷；《尚书谊诂》若干卷；《礼记节本》六卷；《大学·中庸·孝经合谊》三卷。史类书籍包括：《清史·儒林传稿》若干卷；《桐城耆旧传》十一卷，附《列女》一卷；《清史·文苑传稿》若干卷；《左忠毅公年谱定本》二卷。诸子百家书籍包括：《老子故》二卷；《庄子故》八卷；《屈赋微》二卷；《金刚经次诂》一卷。自著文集包括：《抱润轩文集》二十二卷；《抱润轩文集续集》若干卷；《存养诗钞》若干卷；《桐城古文集略》十二卷。

《桐城耆旧传》的撰写历时 20 年，于清宣统三年(1911)正式出版，是一部文学史料价值极高的地方志，记述了桐城地方学术及其流变，被评价为“桐城名门群英谱”。全书共有 12 卷，借鉴《史记》、《汉书》的体例，记载了从明朝到清末桐城籍德高望重的名人 900 多位，并为每位英杰附专篇评论，大致依据人与事的先后顺序编排。① 其征引文献来源广泛，包括《明史》、《桐城县志》、传主文集、谱牒、墓志，以及口述史料和个人见闻等。同时，作者融通上下 500 年的政治、经济、军事、文化、科技、农田水利、交通、艺术等领域的人和事，论及王后将相、仆役村民，或名卿、硕辅或忠孝、义士、烈女，由此汇成鸿篇巨制。② 在当时的背景下，所谓“耆旧”，指的是忠、孝、节、义之人，凡是符合这个标准的桐城籍人多被马其昶列入该书

① 鲍加、金辉主编：《魅力安徽：安徽优秀文化》(第 11 册·下)，安徽大学出版社 2008 年版，第 9 页。

② 鲍加、金辉主编：《魅力安徽：安徽优秀文化》(第 11 册·下)，安徽大学出版社 2008 年版，第 9 页。

论述的范围。其中，《桐城耆旧传》非常重视道德评判，肯定了明清两代地方循吏、乡绅在社会管理与乡村教化中的作用，有助于人们对明清地方社会与政治史及其特点的了解。① 此外，它为人们了解明清时期的学术流变提供了重要史料和独特视角，因而有重要的学术史价值。

马其昶在自序中表明了他编写《桐城耆旧传》的原因：明清两代的桐城可谓人才济济，特别是以方苞、姚鼐为代表的文人取得了卓越的成就。马其昶希望通过记录这些名人事迹，宣传桐城文化，并让后人继承和发扬。书中较为详细地记载了桐城姚氏、方氏、张氏等名门大家族的宗族源流、成长背景、师承关系，是研究这些家族的重要参考资料。此外，书中还有一部分内容是对明清正史的补充，对于明清研究同样极有参考价值。

与桐城派后期的其他代表人物如严复、吴汝纶、曾国藩等相比，后世对马其昶其人、其文的研究相对较少。近年来关于马其昶的论文主要包括：孙维城的《马其昶〈抱润轩文集〉〈遗集〉墓志、寿序类浅评》(收录于《安徽省桐城派研究会成立大会暨第二届全国桐城派学术研讨会论文集》，2005 年)；黄建荣的《论马其昶〈屈赋微〉阐明微言的注评特色》(《云梦学刊》2006 年第 2 期)；孙维城的《桐城派后期文章的现代演变——以现代演变解剖马其昶〈抱润轩文集〉》(《中国现代文学研究丛刊》2006 年第 6 期)；熊隽的《论马其昶的以儒解〈庄〉》[《湖北大学学报》(哲学社会科学版)2009 年第 2 期]；徐希军的《马其昶〈桐城耆旧传〉的史学价值》(《史学史研究》2010 年第 2 期)；陶家韵的《马其昶〈庄子故〉的学术成就及影响》[《安庆师范学院学报》(社会科学版)2010 年第 7 期]；以及袁鹤群的《马其昶与袁世凯的两次交锋》(《江淮文史》2012 年第 3 期)。

通观史学界对马其昶的研究，我们可以发现如下特点：第一，研究起步较晚，大多数的研究成果集中在 2000 年以后；第二，研究的内容主要集中在马其昶的著作上，对马其昶其人的思想研究不多；第

---

① 徐希军：《马其昶〈桐城耆旧传〉的史学价值》，《史学史研究》2010 年第 2 期。

三，研究的模式大多是通过对马其昶某个作品的研究来揭示其作品的风格和价值等，缺乏新颖的研究路径；第四，这一领域的学者数量相对较少；第五，研究成果的呈现以论文的形式为主，专著性质的成果几乎没有，大多作为某书籍的一个部分而出现。

产生上述情况的原因，一方面可能是因为马其昶对后世的影响相对较弱，尽管他也是桐城派后期的重要代表人物；另一方面，可能是因为马其昶在思想、文学、政治等方面贡献或特点并不突出。但总体说来，马其昶留给后世的著作是后人了解他本人、了解桐城派的重要资料来源，这一点是毋庸置疑的。

“桐城文派”及其历史渊源

吴孟复

“桐城文派”，旧称“桐城派”，指的是以“古文”写作为主的一种艺术流派。但桐城还有“学派”与“诗派”，三者互相影响，而又不必尽同——如“学派”中的主要人物方以智，其文章却是明末复社一路，秉承“七子”，师法秦汉，故与“桐城文派”的导源“唐宋八大家”与归有光者不同。但“桐城文派”在学术思想方面，又很受方学渐——方以智的影响，而方苞的学承颜(元)李(塨)，则又为“学派”注入新的内容。方苞不作诗，但刘大櫆、姚鼐则把古文之抑扬顿宕技法，用入诗中，成为“诗派”的特色之一；同时又把诗歌的美引入文中，使散文诗化，这又成为“桐城文”的艺术特色之一。三派相互影响，然又非完全一样，故分而言之，则各有特点，轮廓分明；合而言之，则绕缭不清，立论反难。如清朝钱大昕即因方苞文中把“桐城”写作“吾桐”或“桐”，便加以鄙弃，以为“不足观”。其理由是当时各省中以“桐”为县名的，如“桐庐”、“桐乡”，等等，共有五县，仅称一“桐”字，那怎能知是“桐城”呢？但是，方苞写的是文艺性散文，而不是科学性的“地志”，也不是历史；且作者是桐城人，他文中的“桐”自不会被人误解为“桐庐”、“桐乡”。过去许多人对“桐城文”的责备，正是把“学派”与“文派”混为一谈而引起的。所以，我们特地标明“桐城文派”，这样，可以减少许多纠葛。

再说，过去一些对“桐城文”的抑扬，大都仅据某些概念，如“理学”、“八股”，而对之缺少具体分析。拿理学说，其中有许多流派，这是人们共知的。“桐城理学”是哪种流派呢？这种流派特点如何呢？方苞说的“制行在程朱之后，文章在韩欧之间”，这话是从哪里来的呢？(方苞文中并没有这句话，它是“颜李学派”学者王兆符记下而加以称赞的)还有方与颜李关系研究如何呢？刘大櫆与方苞，姚鼐与戴震，其间关系如何？异同如何？皆有待于深入探讨。“桐城派”所讲的文艺理论、文学主张，也须结合其具体作品进行分析，如果只是从概念到概念，那就永远讲不清楚。

这里，先就“桐城文派”的历史渊源，作一个简要的介绍。

第一节 “桐城文派”的历史渊源

什么是“桐城派”？它的渊源如何？过去讲的人很多，我认为吴敏树说最为得当。吴敏树说：

> 今之所谓桐城文派者，始自乾隆间姚郎中称：私淑于其乡先辈望溪先生之门人刘海峰。又以望溪接续明人归震川(有光)，而为《古文辞类纂》一书，直以归、方续八家，刘氏嗣之。

为什么说这段话最得当？这里要作些分析。

(1)他认为“桐城派”是一个“文派”。按我的理解，它是一种文艺散文的流派，而不是一个学派。因此，就不存在什么“义理、考据、词章”的问题。姚鼐生当乾隆中叶，考据盛行，他曾想拜戴震为师，戴震没有接受，但在给他的信中，提出了“义理、考据、词章三者合一”这个名论。戴震讲的本指治学方法而言；姚鼐将其解成宋学、汉学、文学，已非戴震原意，曾国藩说姚鼐“一篇之中唯此尤竞竞”，硬把姚鼐说成反汉学，把“桐城文学”讲成“桐城学派”，不仅不合事实，也混淆了文学与非文学的界限，造成研究上的困难。“桐城派”最后一位大师姚仲实(永朴)就说：古文家“一异于义理家”，“二异于考据家”，“三异于政治家”，“四异于小说家”(《文学研究法·范围》)。这段话是很有见解的。所以，对比“桐城派”，首先要分清文学与非文学的界限，要扫除旧说中许多纠葛不清的地方。

(2)吴敏树认为：“桐城文”是韩欧等“八家”的“古文”的延续。什么叫“古文”？李兆洛说：“六经之文，斑斑俱存。自秦迄隋，其体递变，而文无异名。自唐以来，始有古文之目，而目六朝之文为骈体。”但唐宋以后，朝廷的制诰，大臣的表章，官场的书启，也还是多为“骈四俪六”的文字。这就是韩愈在《与冯宿论文书》中说的“俗下文字”。与这种“俗下文字”相对称的是“古文”。“古文”一词亦即见于韩愈此书中。“四六”来源于六朝骈文，六朝骈文又源于东汉崔(瑗)蔡(邕)。故有人说韩愈“文起八代之衰”。自崔、蔡之文来看，多用典故，堆砌词藻，如崔、蔡“言孝必曾、闵”，说话夸大，已非事实；而骈文用语更多含糊。正如陆机在《文赋》中所说：“恒患意不称物，文不尽意。”那末，六朝及唐直到清末、民初，朝廷上、官场上为什么还一直沿用“四六”骈文呢？原因就是由于那本是“官样文章”，原属假话，本无真情，而骈文恰能无中生有，以假为真。脸上有麻子，“以玉冠之”就美了。这就是封建统治阶级的“宫廷文学”、“庙堂文学”总是以骈俪为主的缘故。自韩、柳到桐城派，主张散体，反对骈文，就是要用比较准确的语言，力图使文能达意。

但是，又应看到：“八代之文”还有“盛”的一面；韩、柳对“八代”虽有改革，也有继承。小说、寓言、人物传记、山水游记都是在六朝时发展起来的。韩、柳自己虽然绝口不言“六朝”，然而，实际上其文之妙处正自“六朝”来。姚鼐已认为柳宗元文“用《水经注》兴象”，吴德旋(宜兴人，也是“桐城派”作者之一)亦认为柳宗元的《梓人传》等“未免小说气”；姚仲实(永朴)、叔节(永概)又说韩愈《试大理评事王君墓志铭》、《蓝田县丞厅壁记》近乎小说，而陈寅恪更明白地说出韩愈文章之妙皆自小说与变文来。我们也认为：不仅《毛颖传》是小说，《祭鳄鱼文》与《送穷文》一样，也应属于寓言，均来自六朝的《修竹弹芭蕉文》。欧阳修的《醉翁亭记》、《六一先生传》，继承六朝之痕迹亦甚明白。当然，这不是说他们模仿六朝，而是说对前人之长有所借鉴与吸收。这样说，应该是合乎实际的。

我们认为：只有以这样的观点，才能理解韩、柳；也只有以这样的观点，才能正确理解“桐城派”是怎样继承韩、柳的。“桐城派”对韩、柳的继承，主要是继承他们反对浮华的骈文，力求用白描的、简洁的语言来抒情达意，同时，也继承了韩、柳的有继承、有革新的精神。

(3)吴敏树认为“桐城派”的直接渊源是归有光。这比把归与王慎之、唐顺之、茅坤混为一谈的见解高出一筹。因为归有光并不是简单地模唐仿宋，其真正源泉乃在于吸收了评话、小说的描写方法，而将其创造性地运用之于散文。

归有光自己说他的文章是学《史记》的。但他评《史记》时却说“太史公但至热闹处就露出精神来了，如今人说平话者然，一拍手又说起，只管任意说去”，又云：“《史记》如二人说话堂上，忽撞出一人来，即挽入在内。”由此可见，他是把《史记》的写法与平话小说的表现手法结合起来，从中悟出写作技巧的。归有光所写多为社会中下层及一些孤儿寡妇的日常生活。张士元说：“余尤喜其叙事诸文，虽世俗琐事，皆古雅可观……读之使人喜者忽以悲，悲者忽以喜，不自知其手舞足蹈而不能自已也。”(《震川文抄序》)归有光用小说的白描手法与简洁生动的语言，写出“小文章”。闻一多指出这种写法，给散文开辟了一个新境界。“桐城派”对归有光的继承，正在于继承这种“小文章”的写作技巧。刘熙载说归有光“小文章好”，章太炎也说“刘才甫(大櫆)小文章好”，可见两者之间的渊源。

(4)吴敏树还认为“桐城派”始于方苞，盛于姚鼐。方苞处在明亡未久的时候。桐城方氏一家与明末的东林、复社关系极为密切(左光斗、方孔炤、方以智、方文、钱澄之等人皆与东林、复社有关)。方苞父亲是明末遗老，方苞兄弟是在明朝遗老杜濬、张怡等人直接熏陶下成长的。特别是在当时，讲理学、讲文学，首先都要讲气节，要严“夷夏之防”。方苞与李塨、戴名世交好，应该是由于气类之同。彭绍升说：方苞“所书明季诸公逸事，发微阐幽，生气坌涌，尤足使顽廉懦立也”(《望溪逸稿序》)，不难想象，如果不是文字狱的关系，方苞的文章内容，应该是继复社、比《南山》的。事实上，桐城民间至今亦尚以方、戴并称为“桐城派”。就我们看来，不仅戴名世，即钱澄之亦当为“桐城派”之先导(章炳麟、陈衍曾有此看法)。

复社文人、明末遗老比较关心现实，文章较有内容；但在文理、语法上不甚讲究。方苞说：“古文义法不讲久矣……吴越间遗老尤放恣。”从纯洁语体、严密语法来说，方苞主张“气清词洁”是有一定进步意义的。如果以气清词洁之文写较丰富的社会内容，那应是很理想的。但是，清王朝一面提倡理学，一面大兴文字狱。“方戴两家书案”相继发生，很多桐城人被株连，方苞亦因之下狱。戴名世既腰斩，《南山集》等成为禁书。文字狱使方苞及后来的刘、姚等人慄慄危惧，谨小慎微。因而，桐城派只写一些“小文章”，那是势所必至的了。

（选自吴孟复：《桐城文派述论》，安徽教育出版社 1992 年版）

【评　介】

本文选自《桐城文派述论》。该书共 15 万字，是作者研究桐城派数年来的一个成果总结，不少学者认为该书是近代研究“桐城文派”的学术著作中难得一见的精品著作。书中对“桐城文派”产生的历史渊源、地理因素、人文因素、艺术特色、师友传授、诸家风格等作了较为详细的论述，论述的内容和观点很多是前人所没有提到过的，有一定的独创性。书中指出了“桐城文派”的文学、哲学渊源，对桐城派与其他散文流派的关系做了新的解释，认为桐城派主要致力于文艺散文的研究和写作，而阳湖派则更加侧重于政治和学术型文章的论述；桐城派以“小文章”出名，阳湖派则以说理见长，桐城派研究在一定程度上不太注重与实际结合，阳湖派则相对务实；此外，该书还指出桐城派人士的身份与其文论发展的内在联系，并对桐城派研究过程中的一些争论提出了自己的看法。比如，作者认为桐城文章不是封建文章的正宗。

全书共十章，第一章就桐城派与古文和骈文的关系做了论述，指出“桐城文派”的历史渊源。第二章主要讲了“桐城文派”产生、发展的地理因素。作者从桐城的地理环境、社会风俗、历史条件、桐城文人的职业性质等几方面阐述了“桐城文派”之出于桐城的原因，简单说来，就是桐城风景优美，但却山多地少，为了生存，读书入仕成为桐城人的一个重要选择，科举失败后的人就会选择以教师作为自己的职业。教师写文章不但写给自己看，也要写给别人看，这在一定程度上决定了他们语言的使用要符合常规，要兼顾实用性和艺术性。第三章就“桐城文派”的艺术特色作了阐述；第四章、第五章和第六章就戴名世和方苞、刘大櫆、姚鼐与“桐城文派”做了论述；紧随其后的三章涉及的是桐城派分支和后期著名代表人物的事件；最后一章就如何诵读和研究古文的问题给出了意见和建议。

裴杰在《精思妙旨，自成一家——谈〈桐城文派述论〉的几个特色》一文中总结《桐城文派述论》的艺术特色为：博采众长，取材新颖；钩深抉微，立论精湛；言约义丰①。裴杰认为“《述论》一书的问世，不仅仅是梳理旧说、评品古人、探解疑问，而是推陈出新，建立新论”，是“用马克思主义的认识论、方法论，站在历史、哲学史的高度来认识‘桐城文派’，了解‘桐城文派’的艺术特点”②。这一评价较有代表性。

① 裴杰：《精思妙旨，自成一家——谈〈桐城文派述论〉的几个特色》，《淮北煤炭师范学院学报》(哲学社会科学版)2000年第2期。

② 裴杰：《精思妙旨，自成一家——谈〈桐城文派述论〉的几个特色》，《淮北煤炭师范学院学报》(哲学社会科学版)2000年第2期。

桐城学术与时代

吴怀祺

引　言

桐城地域文化的研究，是一项综合的系统工程。如果把桐城局限在"派"中，又把桐城派限定为"文派"，这对展示桐城学术文化的精深的内涵是不利的。所以，近年来，学人都意识到桐城派不只是"文派"(还有"诗派")，更是"学派"；桐城学派不只有文学，还有史学，有经史之学；① 文中有史，有史论、有政论，文史之中皆有义，相互为用，融而为一体，在全国学术中，开出新境。

特别要指出的是，桐城学术的经世之特征，具有世界史的眼光；桐城学术渴求了解世界的新学，呈现出学术上的新趋势，显示桐城学术世界史的视野。这些在今天全球化趋势下，其意义是不言而喻的。

正如马其昶通伯先生在治《周易费氏学》中，接续了易学的费氏

① 侯外庐先生的《中国思想通史》第四册(下)(人民出版社 1960 年第 1 版)，第二十六章以 60 余页，专论方以智的学术，侯先生说："方以智最为王夫之所敬"(第 1122 页)。如果说王夫之是中国古代思想的高峰，那方以智的学术思想也当是另一高峰。

学的研究①，内心也表达出学术上求新追求。费(直)氏学在千百年传承中几乎湮没无闻，通伯先生可说是千百年来全面整理、研究有特出成就者。哈佛大学的燕京学社收藏的《周易费氏学》，《光明日报》有报道。我在2008年访美，访问哈佛大学燕京学社，友人为我查得此书。台北新文丰出版公司影印出版了这部著作，即出自通伯先生的“抱润轩本”，台中的中正大学的友人为我购得此书。近年，又通过网络购得此书的复印本。我在整理过钱澄之饮光先生的《田间易学》②后，在有生之年，当研读、整理《周易费氏学》。

在此，可以先引通伯先生在全书的结篇《附记》中的最后一段话，他说：

> 初稿间取泰西新说以证明《易》象，后以科学夙未研求，惧涉附会，遂刊除焉。世有博通君子，赓续为书而发明之，固所望也。

这一段文字体现通伯先生治学谨严，更在于他渴求中西学术的交融，以求民族学术有新的发展。这使我想起南怀瑾先生在《易经杂说》的一段话，他说：“如果有人能把西方的唯物史观和我们固有的历史哲学深入研究，真正了解他的内涵，然后再能对世界经济、政治的发展融会贯通了，应该可以写一本很好的书，那就对人类思想贡献太大了。”③

---

① 马(其昶)通伯先生，不但在经学上，如治费氏《易》上，是代表人物；其《庄子故》等，在子学上有相当高的成就；他是《清史稿》的总纂之一，担任《文苑传》等部分的修撰。其《桐城耆旧传》可以说是一部地方学术史，是列传式的学术史，把古代纪传体的儒林传、文苑传的写法，应用到地方史的撰写上。所论所述，颇得史迁之史法。章太炎在《马通伯先生像赞》中称之：“文章之寄，是唯枞阳，公殿其行。圣泽斩矣，新学披昌，公能宪章。括囊《六艺》，大典洋洋，《三经》作纲。我瞻法象，既温从方，没齿不忘。”

② 列入《安徽古籍丛书》，为国家重点古籍图书，《钱澄之全集·田间易学》，黄山书社1998年版。

③ 《易经杂说》，(台北)考古文化事业公司出版2003年版，第251页。

先父吴孟复先生在谈及桐城文派与学派时，有系统的思考，这段话比较长，但对于认识桐城学术是有意义的。先生说：

> 就桐城而言，不仅有一个桐城文派，而且还有一个桐城学派。从方学渐到方以智、钱澄之，在思想史上是具有地位与影响的。方学渐在《明儒学案》中列于泰州学派，即王学左派，这个学派在思想史上是具有启蒙意义的。方以智、钱澄之的思想就更值得研究。桐城文派与桐城学派之间有离有合；近年来已有人指出方苞与颜、李的关系，指出刘大櫆的进步思想，看来，过去那种简单地把桐城文派视为程、朱理学附庸的看法是值得讨论的；因而研究明清思想史，是不能不研究方、刘诸家。近世若吴挚甫及其门下诸老，其思想亦足研究。
>
> ……
>
> 所以研究桐城派是很有意义很有作用的。不特从继承遗产来说，必不可少；即就面向世界、面向未来，也必须深入研究它，充分利用它。①

我对桐城文化学术的认识，是在研究史学思想史过程中，研究安徽文化发展史过程中和在整理安徽古籍中，受到启发。下面结合过去发表的文字②，写出几点感受，作为发言之用，以庆祝第五届全国桐城派研讨会的召开，并向参会各位师友请教。

---

① 吴孟复：《〈桐城文学渊源考〉〈撰述考〉序》，《吴山萝诗文录存》，黄山书社 1991 年版，第 63、64 页。

② 参吴怀祺：《评姚莹的边疆史地研究》，《中国边疆史地研究》1993 年第 1 期；《安徽地区文化变迁与史学——为〈安徽史学〉复刊 20 周年而作》，《安徽史学》2004 年第 1 期；《安徽地区文化特征的形成与文化资源的发掘》，《奋进中的思考——纪念安徽建省 330 周年暨省情再认识学术研讨会论文集》，安徽人民出版社 1997 年版；《田间易学 · 整理说明》(安徽古籍整理丛书本，1998 年版)；《关于方以智"质测"与"通几"的思维》，载《中国史学思想通论 · 历史思维卷》第二节，福建人民出版社 2011 年版。

一、学术文化的世界史的视野

鸦片战争前后，姚莹、魏源、林则徐等一批先进的人物，反对外国资本主义的侵略，为适应形势的需要，积极开展边疆史地的研究。从学术上说，他们具有共同的特点、共同的学风，同声相应，同气相求，实际上已经形成一个新型的学术群体。不同于旧的学术宗派的是，他们不争门户，争民族的自强，求民族的生存发展；放开眼界看变化中的世界，又从变化的世界中思考中国的出路。带有这个时代印记的忧患意识汇成爱国主义的史学思潮。

姚莹的边疆史地研究的旨趣、涉足的领域很多，写出一系列相关的作品，这些显示姚莹在中国边疆史地研究史上的重要地位。这篇文章侧重从思想、认识上讨论姚莹边疆史地研究的若干问题。

(一)边疆史地研究的新视野

中国近代边疆史地学和古代经世致用史学存在直接的渊源关系，认识姚莹的学术，无疑地要讨论他的学术渊源受授，同时要讨论他怎样从古代史地学向近代边疆史地学转轨，使得史地学的研究领域得到开拓，学术研究的重心也有所变化。特别是在海峡两岸同胞为捍卫领海主权的完整、为民族统一大业而奋斗的今天，论说姚莹的业绩，就更有重要的意义。①

姚莹的家学是具有经世致用的传统学问，其曾祖姚范治学是“考证与义理兼进，自经史百家、天文、地理、小学训诂，以逮二氏之学无不淹通明贯”②。蓄书十余万卷。治学多有心得。祖父姚斟元为饱学之士，整理姚范的治学所得。这件事经姚鼐、姚莹等才完成，编成了《援鹑堂笔记》50 卷，姚莹从中体察到“先曾祖为学之实”③。其父姚骙，好有用之学，尤其熟悉史事，从经、史及百家言中手抄出有关

---

① 我省学人黄季耕、施立业等先生，对姚莹都有很好的研究。

② 姚莹：《姚氏先德传》。

③ 《东溟文集》卷 3《与张阮林论家学书》。

世用的材料，有数十轶之多①。姚莹承家业，治经史，认为“君子立学传于后世者，道也，而不在文；功也，而不在道德”②，“尤讲经世之务”③。他说：“自束发读书，则有志慕古人，以为人生天地间，当图尽寸之益于斯人斯世，乃为此生不虚。”④毫无疑问，经世致用的史地学和近代边疆史地学因缘相结，近代边疆史学是传统的经世致用史地学的继承、发展。而不同的是，近代边疆史地学是近代社会矛盾的产物，特别是随着外国资本主义的加紧侵略，激化了的中国人民大众和外国资本主义国家之间民族矛盾的产物。姚莹致力于边疆史地学研究的激情，不是别的什么原因，正是这个时期民族矛盾给他的刺激。他说到自己研究边疆问题的动机时指出：“盖时至今日，海外诸夷侵凌中国甚矣。沿海数省既遭蹂躏；大将数出，失地丧师，卒以千万取和。至今海疆大吏受其侮辱而不敢较。天主邪教明禁已久，一旦为所挟，而后开其他可骇可耻之事，书契以来，所未有也。忠义之士，莫不痛心疾首，旦夕愤恨。思〔殄〕(珍)灭丑虏，挥我王疆，以正人心，以清污秽。”⑤姚莹说的这一段话，反映那一时代先进人们的共同心声，要反对“海外诸夷”的侵凌，要捍卫“王疆”。这一时代的边疆史地学可以说都是这种民族情感孕育、发展出来的。

姚莹曾是清廷的封疆大吏，丰富的阅历，目睹种种严酷的事实，政治上坎坷遭遇，使他更加洞察出社会腐朽，感受到民族的危机，也使他的边疆史地研究更为开阔。

姚莹字石甫，安徽桐城人，生于乾隆五十年(1785)，卒于咸丰二年(1852)。二十四岁中进士，在福建、广东、台湾、江苏、四川等任地方官，得到陶澍、林则徐等推荐。他支持林则徐禁烟，抗击英国侵略的斗争。

他两次在台湾任职。鸦片战争期间，姚莹在台湾打击英国侵略军

---

① 《东溟文集》卷 6《先府君行略》。
② 《东溟文集》卷 3《上座师赵分巡书》。
③ 《桐城县志·人物志》。
④ 《东溟文集》卷 3《复李按察书》。
⑤ 《东溟文后集》卷 8《复光律原书》。

有重大的贡献。清政府同英国签订《南京条约》后，姚莹也受到迫害，至四川，一再奉使察木多，他的重要边疆史地之作《康輶纪行》是在“待罪山城”“奉使途中”写就的。一生的沉浮遭际凝聚成他的边疆史地研究中的忧患意识，造就他的边疆史地研究开阔的一面。

姚莹的著作大多和边疆史地内容有关。成书于道光九年(1829)的《东槎纪略》5卷记载有关台湾噶玛兰、西番、东番沿边各隘等内容，书中有凤山县城、台北营制、鹿门炮台、台北道里记等内容的叙述。道光十三年(1833)脱稿的《识小录》，其中卷四有“喀尔喀内附始末”、“俄罗斯通市始末”、“库伦”、“卡伦形势”、“新疆两路形势”、“廓尔喀”、“西藏”的专门内容。《东溟文集》在这一年八月重刊，文集是研究姚莹有关边疆史地学见解不可缺的文献。在《康輶纪行》一书之后，姚莹“待罪蓬州”时又写成《寸阴丛录》四卷，其中有《肃慎氏》、《三韩》、《天下兵额》等篇，主要是研究古代边疆史地的文字。另外他的《奏稿》及编就的《海运纪略后编》记道光二十八年(1848)海运事，这些都有关于边疆史地的内容。姚莹研究涉及中国边疆史地的各个方面，其中在研究台湾和西藏的历史、地理、文化、风习方面，在中国近代边疆史地研究中是很突出的。这些著作覆盖边疆历史、地理、风习、宗教、关隘兵防、物产、文字、传说诸多方面。姚莹以很大精力搜集有关材料，了解海外诸西方国家的历史、地理、宗教、中外交涉的内容。边疆史地的研究在姚莹那里呈现出浩浩乎辽阔大海的气象。

姚莹的学术研究，是中国经世史学的发展，又具有世界史的眼光。他计划编一套《域外丛书》，为实现这一项计划，做出很大努力，一生都在注意搜“域外书”。道光二十六年(1846)他在《复光律原书》中说：“……故自嘉庆年间，购求异域之书，究其情事，近岁始得其全，于海外诸洋有名大国，与夫天主教、回教、佛教，一一考其事实，作为图说，著之于书，正告天下，欲吾中国童叟皆习见习闻，知彼虚实，然后徐筹制夷之策，是诚喋血饮恨而为此书，冀雪中国之耻，重边海之防，免胥沦于鬼蜮，岂得已哉。”①这也可看作是他计划

---

① 《东溟文后集》卷8《复光律原书》。

编《异域丛书》的宗旨。关于《异域丛书》的规模和他得到哪些有关的文献，他没有说明，我们可以从其他地方找到一些线索。这些材料列出来稍烦琐一些，但要认识姚莹史地学研究的状况，也还是有必要。他感慨“自来言地理者皆详乎中国而略外夷，《史记》、前后《汉书》，凡诸正史外，《外夷列传》多置不观，况外夷书乎”①！他列出“今存者”的书目，或许就是他说“始得全”者的书目。这些书是：

(南朝)宋·释法显：《佛国记》；

唐·玄奘：《大唐西域记》十二卷；

宋·徐兢：《宣和奉使高丽图经》四十卷；赵汝适：《诸蕃志》二卷；朱辅：《溪蛮丛笑》一卷；

元·周达观：《真腊风土记》一卷；汪大渊：《岛夷志略》一卷；

明·董越：《朝鲜赋》一卷；黄衷：《海语》三卷；张燮：《东西洋考》十二卷；西洋艾儒略有《职方外纪》五卷；邝露：《赤雅》一卷；朝鲜无名氏：《朝鲜志》二卷；西洋南怀仁：《坤舆图说》二卷；

清·图理琛：《异域录》一卷；《皇舆西域图》五十二卷；《皇朝职贡图》九卷；《满洲源流考》十二卷；《盛京通志》一百二十卷；《热河志》八十卷；《蒙古源流》八卷；陈伦炯：《西域闻见录》四卷；《绥服纪略》一卷；和泰庵：《西藏赋》一卷；以及当时的徐松：《新疆赋》一卷及魏默深：《海国图志》六十卷。“而海夷之说乃得全焉”。

姚莹计划把这些包括国内民族地区、周边地区、民族与邻国及海外有关国家史地书编在一起，虽有明显的时代局限性，但从另一方面讲，他也把边疆史地研究推向一个更为开阔的境地。

这项计划没有实现，主要原因是姚莹看到魏源的《海国图志》后，产生了自己的想法。他说：“意欲取凡外域之书，荟萃刻之，名曰《异域丛书》，稗究心时务者，有所考镜；而见闻未广，尚待搜讨，今魏默深有《海国图志》之作，余可辍业矣。”②他非常服膺魏氏之作，说“余数十年所欲言所欲究者，得默深此书，可以释然无憾”③。

---

① 《东溟文后集》卷8《复光律原书》。

② 《康輶纪行》卷4《华人著外夷地理书》。

③ 《康輶纪行》卷12《商贾说外夷有裨正史》。

魏源的《海国图志》问世，使姚莹取消编《异域丛书》的计划，却又激发姚莹深入西藏采访的热情，以完成《康輶纪行》一书的写作。他说："……适友人魏默深贻以所著《海国图志》，大获我心，故乍雅之役，欣然奉使，就藏人访西事，既得闻所未闻，且于英人近我西藏之地，与夫五印度、俄罗斯之详，益有征焉。"①

《康輶纪行》十六卷写作是在"道光甲辰、乙巳间"②，也就是1845年、1846年间，但据他给余小坡的书信，在蓬州任期内还在整理、修改，他说："莹待罪山城，循分戢影，幸僻陋之区，人近质朴尚易为理，得以其暇，稍事笔墨。《康輶纪行》一书大为修整，去其烦芜，而增订后藏外五印度及西洋英吉利、弥利坚、佛兰西诸夷地制情形、与英廓二夷通接后藏之要隘，凡诸国佛教、回教、天主教源流支派，详考而辩论之，复绘图于卷末。"③今安徽省图书馆收藏姚莹《康輶纪行》十二卷，为道光二十六年手稿，此当为未经增删整理《康輶纪行》的一部分。

《康輶纪行》一书的内容，姚莹概括为六个方面：一乍雅使事始末；二、喇嘛教及其他宗教源流；三、外夷山川形势风土；四、入藏诸路道里远近；五、泛论古今学术事实；六、沿途感触杂撰诗文④。书中论述的事项，姚莹给友人的信中作了介绍："弟前使西藏，有《康輶纪行》十六卷，颇详西域山川疆域，与英夷马头之在印度与后藏接界者，因乍雅前后藏而推及廓尔喀、披楞、五印度以至佛兰西、英吉利、弥利坚西洋有名诸国；因两胡图克图而推及达赖喇嘛、班禅额尔德尼、黄教、红教以至诸国回教、欧逻巴之天主教，讨论其源流支派、情势、地势，考证而辨明之，绘为图说，并杂论古今人物学问、文章、政治之利病得失。"⑤

《康輶纪行》第十六卷的图说也反映了姚莹治边疆史地的世界史

① 《康輶纪行·自叙》。

② 《东溟文外集》卷2《陈息凡康輶小草序》。

③ 《东溟文后集》卷8《与余小坡言西事书》。

④ 见《康輶纪行·自叙》。

⑤ 《东溟文后集》卷8《谢陈子农送重刻逊志斋集书》。

眼光，从世界“万国”看中国。他曾取南怀仁、陈伦炯和守台湾时俘获英国人颠林所绘的图，想自成一图。魏源的《海国图志》出来，他没有别订一图单独成书，而是把各种图及自己作的图说作为《康輶纪行》的附录，即第十六卷列出，其中有：艾儒略万国全图说、艾儒略万国全图；汤若望坤舆全图说、汤若望地球图；南怀仁坤舆图略说、南怀仁坤舆图；陈伦炯四海总图；夷酋颠林绘图进呈说；夷酋颠林舆图；李明彻地球正背面图说；今订四海舆地总图，今订四海总图。

这后面的“今订”图是他自成之图，是在考订前面诸图后，汇而总之，又取《海国图志》参互考证。这本“今订”的舆图的意义，用他自己的话来说是：“明乎此，然后四海万国俱在目中，足破数千年茫昧，异时经略中外者，庶有裁焉。”①卷十六列的图还有：新疆南北两路形势图说，新疆南北两路形势图：西边外番诸国图说，新疆西边外属国图：西藏外各国地形图，西藏外各国图；乍雅地形图说，乍雅图。

姚莹的《康輶纪行》一书的价值决不限于认识四川、西藏的边疆史地上，这本书卷帙不多，体裁体例未必规整，但是它全方位反映了姚莹对世界的理解和认识，体现把中国放在世界总形势下来研究边疆史地的自觉，也说明姚莹的边疆史地研究是把历史、地理、宗教、文化、风俗作为一个整体的各个层面，作为相互关联的整体把握。

从姚莹的边疆史地研究，可以透视这一时期边疆史地学几个鲜明的特征，也可以说是中国近代边疆史地学的几个特征。

一、具有强烈反对外国资本主义侵略的爱国主义思想。姚莹一再说明他计划编《异域丛书》、写《康輶纪行》是为在“海外诸夷侵凌中国”的形势下求“驭夷”之方，是“喋血饮恨”写作的，痛心中国无人留心海外事。这是一种民族自尊、自强的意识。

二、具有一种渴求了解世界、认识世界的欲望。姚莹研究文献，搜求各种书刊，垂询各地人士，甚至商贾之言；夷酋俘虏也成了他的垂询的对象。姚莹在台湾期间，还登上英人的舰船，了解外国情形。在这样的过程中，姚莹深深感到由于封闭僵化造成中国和西洋诸国之

---

① 《康輶纪行》卷 16。

间的差距。

三、边疆史地研究对海事、海外诸国史地给以更多的关注，研究的重心有所变化，研究的领域更加广泛。

四、要求有精确可信的史地书。古代的史地著作不能适应形势，一个重要原因是这些书的模糊性，姚莹说："讲地理者，于中国古今郡县犹未能确指，识外夷乎！"①一旦"国家有事边海时"，只有详实、精确的史地著作才可应用。

五、由边疆史地研究，引发出政治变革的要求。姚莹对兵防、关隘设置及盐法等提出更革的主张，很可说明这一点。

林则徐、魏源、姚莹等一批先进分子的边疆史地研究都具有这些特征，而这些也是中国史学开始近代化的重要方面。姚莹以其开阔的视野，在边疆史地众多领域取得的成就，成为边疆史地研究中有突出贡献的人物。

（二）夷夏观念在更新

中国古代传统史学中的夷夏问题是一个较为复杂的问题，涵盖内容是多方面的，夷夏问题既可以是国内民族问题，也有中外关系问题，有时也有用到中原地区和开发较迟的地区之间的问题，它涉及国土、民族、文化、心理特征、物产、经济等方方面面。历代的思想家、政治家、军事家以对夷夏问题的理解，表述他们的边疆观念、对民族问题的理解、对历史的认识等等。

在漫长的中国封建社会历史的发展过程中，一些先进的思想家提出华夏一体、华夷同风的认识，但是那种民族歧视、民族不平等的思想往往通过对"夷夏"见解的阐述得到流传，所谓"非我族类，其心必异，戎狄志态，不与华同"②，就是一个典型。

近代外国资本主义侵略者用炮火轰开中国的大门，传统的夷夏观念受到震动、打击，同时在新的历史条件下，夷夏观念又有新的内容，西方的侵略者是"西夷"，中外关系交涉称为"夷务"。夷夏问题

① 《康輶纪行》卷120。

② 《晋书》卷56《江统传》。

主要是指中国和西方资本主义国家之间的问题。清政府统治者一方面在“洋夷”的武力威胁面前妥协退让，另一方面又固执天朝大国观念，妄自尊大，盲目排外，拒绝吸收西方先进的东西。鸦片战争后，中国先进的人们，一方面要求积极御侮，抵抗侵略，又一方面放开眼界看世界，要求学习西方。他们对夷夏问题有了新的理解。

姚莹的边疆史地研究强烈反映出他了解西方、认识西方的要求，要制夷就要了解夷情。鸦片战争是一个血的教训，盲目自大，不研究夷情会造成怎样的后果，姚莹从这样的角度做总结：

> 夫海夷之技未有大胜于中国也，且情形地势且犯兵家大忌；然而所至，望风披靡者，何也？正由中国书生狃于不勤远略，海外事势夷情平日置之不讲，故一旦海夷猝来，惊若鬼神，畏如雷霆，夫是以败至此耳①。

在姚莹看来，“海夷”在武器技艺上超过中国不是太多，而且劳师万里来中国，是犯兵家孤军深入的大忌，但是却节节进逼，其中一个重要原因是“中国书生狃于不勤远略，海外事势夷情平日置之不讲”。“深拒夷事而不讲”②的治边对策带来怎样的后果！对照所了解的“夷情”，姚莹认为中国在两个方面不如西夷。一是西夷对中国的积极的搜集资料、研究中国，而中国无人留心海外事，他说：“英吉利、佛兰西、米利坚皆在西洋之极，去中国五万里。中国地利人事，彼日夕探习者，已数十年，无不知之，而吾中国曾无一人焉留心海外事者。不待兵革之交而胜负之数已较然矣。澳门夷人至于著书笑中国无人留心海外，宜其轻中国而敢肆猖獗也。莹实痛心。”③连夷人都耻笑中国人不留心海外事务，而我们边疆重臣、文士书生仍在昏昏聩聩，心安理得，盲目自大。

二是夷人重视天文航海自然科学，而这些学问在当时中国极不被

---

① 《东溟文后集》卷8《复光律原书》。

② 《东溟文后集》卷8《与余小坡言西事书》。

③ 《东溟文后集》卷8《复光律原书》。

重视，“几成绝学”。姚莹目睹一件事，受到很大的刺激。他说：“余尝至英夷舟中，见其酋室内，列架书籍，殆数百册，闻之所言，亦与回人相似而尤详记载各国山川风土，每山必有图。其酋虽武人，而犹以书行。且白夷泛海，习天文算法者甚众，似童而习之者。盖专为泛海观星以推所至之地，道里方向，远近必习，知此，乃敢泛海舶纵所之也。吾儒读书自负，问以中国记载或且茫然，至于天文算法，几成绝学，对彼夷人，能无此愧乎。”①英酋武人在舟中还置书数百册，外夷自童子幼年时即学天文算法，而“吾儒”读书自负，却对天文算法一类自然科学，一窍不通。姚莹说面对夷人，我们能不羞愧吗？这在那个时代是怎样清醒的意识！又要有怎样的勇气，才能阐述这样的观点！

魏源提出“师夷之长技以制夷”，姚莹提出要积极了解西夷，“知彼虚实，筹制夷之策”②，又提出要同西夷一样掌握自然科学天文算法航海的知识。他们在思想上相通，而姚莹又有其独到的地方。魏源、姚莹都没有抛弃“夷夏”的提法，但在他们思想上，夷夏之间茫昧无知与文明、落后与先进的比较，和传统的夷夏的认识显然不同。他们的夷夏观念实际已经发生变化。姚莹以理气说对中国古代夷夏问题作了解释。秦始皇是杀父以诈强并六国，匈奴冒顿亦是杀父以诈强而并东胡、月氏。秦始皇传二世即亡国，冒顿子孙相继数十世。难道说天要以禽兽之道行于夷狄地区吗？姚莹说：“夷狄亦人也。”为什么不使圣人生于其地呢？这不是别的原因，是“天气之故”，地气所致。夷狄之地不生水草，晓瘠斥卤，土风刚劲，清淑之气不存在，圣哲贤智之生很困难。他说泛“夫上古之世，中国之人弱肉强食，愚蠢无知亦犹之夷狄也。天地之气旁礴亭毒久之，不知几何年矣，然后圣人出焉……然则地之产人物，必待清淑之气至焉，然后灵秀所钟，延生贤智。其风气之开，后于中国常数千年，而终莫能及中国，理固然也。天何容心于其间哉！然则天道可知矣。恢恢大圆，其气滂泱，无所不

---

① 《康輶纪行》卷5《外夷讲图书》。

② 《东溟文后集》卷8《复光律原书》。

周，无所不至，而有先后迟速不同”①。

姚莹以程朱理学中的理气说解释古代夷夏差别，他丢掉程朱贱夷狄的思想，以理气说作为他的历史观的依据。第一，中国上古之世，同样是弱肉强食，愚蠢无别，也同夷狄一样。所谓华夷之别不是永恒不变的。第二，地气清淑，产生圣人，而地气又在运转，夷狄无圣人，未必以后也没有圣人。第三，由于地气运转的大圆转动，有一个时间过程，华夷有差别，也只是“先后迟速不同”，即是说是处在历史发展的不同的阶段上。总之，夷夏的差别不是永恒不变。“蠢者有时而灵，高者有时而下，一行乎自然之气，气必运而后至，不可强为也”。这是一个必然的规则。

姚莹在台湾，以进步的眼光，看出台湾土著民族在进步中，特别是“郑氏父子驱逐红毛而有之，本朝康熙二十七年入版图，至今得沐圣化教养，近二百年已变革盱睢富庶，若此更百余年，山后之地尽辟，岂非海外一大都会耶”。他两次任官台湾，看到进步事实，说：“以余所见台湾生蕃，则已身游洪荒之世矣；今又来兹域，畅览夷风，然后知六合之内，人物由朴而华，作之君师，其理一也”。②“六合之内，人物由朴而华”，可以说这是带有普遍意义的进化历史认识。

（三）“外夷交侵”下，学术出路的思考

近代边疆史地学是从传统学问中挣扎着发展出来的，它是传统学问的扬弃。特别是嘉道时期，清人的学风日益败坏，脱离世务的虫鱼事业已严重地妨碍了学术的发展，在“外夷”的交侵之下，学术不能适应形势，和社会的矛盾更加突出。姚莹把乾隆后清朝学术的经历概括称之为三变。他说从乾隆四十年后，“数十年来，世风凡三变矣：其初好博闻强记，薄先儒身心性命之学为空迂而好华美骄侈，既乃尚通达，骋宏辩，讥讪礼法之士如寇仇。近日并通达宏辩者亦少，惟事

① 《寸阴丛录》卷4《天道》。

② 《东溟文后集》卷1。

苟便而已”①。“风俗系乎人心，人心系乎学术”，世风的衰替反映学术的败落。

姚莹认为学术弊病危害最大是造成了一批媚夷人的寡廉鲜耻之徒。他说：“窃叹海内学术之敝久矣！自四库馆启之后，当朝大老皆以考博为事，无复有潜心理学者。至有称诵宋元明以来儒者，相与诽笑。是以风俗人心日坏，不知礼义廉耻为何事。至于外夷交侵，皆望风而靡无耻之徒，争以悦媚夷人为事，而不顾国家之大辱，岂非毁讪宋儒诸公之过哉”!② 把汉宋之争带到政治见识中自是不妥，御夷与媚夷决不能以学术上的汉、宋作为分界线。但当时一批号称专精考博之人，在外夷交侵下，媚洋人，也是事实。更重要的是，姚莹学术批评的用心，在提倡学术要关心世务、要为抵侮外夷入侵而读书、治学。他还有一段学术批评的话，也当作这样理解，他说：“所谓汉学者，拾贾、孔之余波，研郑、许之遗说，钻磨雕琢，自以为游夏之徒，复背道而驰，人心陷溺极矣。于是上自公卿，下至州邑，依然不出功利刑名之见，刚愎者或贪婪而忌；阴柔者，惟逢迎以保禄。孝、弟、忠、信、礼、义、廉、耻之防荡然无复存者。至于海外数万里之远夷以其隙侵侮中国，而中外大臣颓焉不振，莫不惊心咋舌，周知所为，相顾聚谋，惟以和夷为事，辱国丧师，不知愤耻，其有奋义讨敌者，反抑之以悦敌人，甚且奏请重兴异教者，若恐人心沦溺犹有未尽也。呜呼，此非衰敝极变之候乎!”③由学术批评进而转为对腐朽统治的揭露，对怯懦的外交的抨击。自公卿至州县，各层机构为一批利禄之徒把持；远夷侵侮，这一批人以和夷为事，不知愤恨。敝政与一时的学术风尚联系在一起，姚莹的学术批评是他的政治思想的表述。把政治腐败原因归结到学术人心上，这样的认识并不科学，但姚莹是在思考学术的出路。

姚莹推崇宋学，对程朱理学再三致意，又服膺王阳明的心学，这反映南宋以后朱陆合流的情形。应该注意到的是姚莹崇宋学，主要从

① 《东溟文集》卷 2《贻朱澹园序》。

② 《东溟外集》卷 1《覆黄又园书》。

③ 《中复堂遗稿》卷 1《黄右爱：〈近思录集说序〉》。

经世的角度着眼。如王应麟《困学纪闻》一书，能综核群言，自经史子集、天文、地理、河渠潜运、兵制，凡得失是非之迹，皆慨乎言之。而后世学者没有看到书中精神，认为王厚斋的治学，“徒以为渊源赅拾之书”，但这不是王氏著述的旨趣。所以即使谈宋学，也有一个以什么眼光认识宋学的问题。

清朝嘉道时期，学术之蔽已极，要走出死胡同，姚莹认为学者不只要读书，而且于日用事物出入周旋之处，要切实研究，“为学之要端有四：曰义理也，经济也，文章也，多闻也”①。把学术归结为义理、经济、文章、多闻四端为姚莹的卓识。与义理、考据、辞章为学术三项内容的论点相比较，姚氏强调学术的致用的价值，突出“经济”、“多闻”的方面，企图以此给当时的学术注入一点活力。中国近代边疆史地学在当时学术领域显得有生气，其原因在于治边疆史地学的学者总是贴近现实，讲求经世之务，求御夷之方。姚莹的认识反映了学术发展的趋向。

另外，学者要重视研究“域外书”。姚莹自少年时就喜搜集图书文献，三十年仕宦，由京师至吴中，而粤、浙、闽、扬州，所在采访。这些书籍经友人整理编目的四部书，计 66184 卷，丛书 16 种。姚莹又勤求夷人之书，说“余尝得英夷图书数部，皆方志也，苦无人翻译”②。留心海外事，首要的工作是搜求文献、整理这些文献，阅读、研究这些文献。如王大海的《海岛志略》、林则徐译成中文的西方新闻纸屯利玛窦和汤若望的舆图、七椿圆的《西域闻见录》、魏源的《海国图志》等，姚莹都做过研究、整理。

再次，要学习天文算数一类的自然科学，与夷人相比，我们落后了，前面我们引过姚莹痛心疾首的一段话，结尾说：“吾儒读书自负，问以中国记载或且茫然，至于天文算法，几成绝学，对彼夷人，能无此愧乎。”

还有一点要提出来的是，姚莹主张学习西方语言和国内少数民族的语言。他曾经由《澳门月报》得到消息，西洋留心中国文字者“耶马

---

① 《东溟文集》卷 2《与吴岳卿书》。

② 《康輶纪行》卷 5《外夷形势当考地图》。

利国为最，普鲁社次之”。由于不通西方语言文字，夷人所著的书读不了，夷人绘的图看不明白，“若无人翻译，览之茫然”，他决定以后到广东去，当“觅人译出”。姚莹根据《一切经音义》、《佛尔雅》、《卫藏图识》各种书，特别是《卫藏图识》中的一卷“蛮语”，写出《蕃尔雅》十九卷，作为阅读梵文、藏文文献的工具书。《蕃尔雅》十九篇保存在《康輶纪行》卷五中。

在外夷交侵下，学术的出路在适应形势，把学术的讨论和现实的研究结合起来，使传统的学术在内容、形式、研究手段上得到更新，姚莹这样提出问题，也这样解决问题，并开始一系列的工作，写出各种边疆史地著作。姚莹边疆史地研究留给我们的启示是：我们的边疆史地学研究者应具有历史感、时代感、责任感，为挽救民族危机、振兴民族，开展边疆史地研究，使边疆史地研究永远充满活力。

二、易学思维与近代科学意识

（一）方以智的易学特点

朱伯崑先生的《易学哲学史》第三卷第八章第五节《方以智与〈周易时论合编〉》，专论方氏家族易学的成就与特色①。朱先生从思维上，论说了中西哲学比较的要点，他说：

> 中国古代社会长期以农业生产为生活资料的主要来源，人们的生活方式和思维方式都受其制约。这种状况直到明代仍未改变。适合农业生产需要而形成气论哲学包括阴阳五行学说，其主要任务是研究和总结气象的变化同生物生长的关系，以此为基础而形成的思维方式，自然重视过程和联系，从而忽视对个体结构的分析。但由此得出结论，认为中国传统文化中没有科学的理论思维，或者将阴阳五行说归之于神秘主义，总之，以为欧洲的粒

① 见朱伯崑：《易学哲学史》第三册第四编第八章第五节，华夏出版社1995年版，第336~426页。

子系统作为评判科学思维的唯一尺度，也是站不住脚的①。

由此，方以智的易学与成就，这就：“从自然哲学进而探讨本体论的问题，是方氏易学哲学的一大特点。由于方氏将本体论问题纳入其象数之学的体系，其易学哲学则大大超过了以前象数学派的水平。”

下面具体说明方以智的易学探讨的几个要点。

(二)关于“质测”与“通几”的思维

方以智在认识论上还提出了“质测”与“通几”兼重的方法论原则。侯外庐先生在谈到方以智的易学研究，指出：“他的哲学思想，不但始终利用了《易经》这一古代的思想材料加以改造，并增添了时代所允许增添的新内容，而且也利用了禅学形式加以自由解释。”②借《易传》的“通几”观念，“把古代思想材料，改变了其中的内容，装潢了他自己的新认识，所谓‘寓通几于质测’，即寓哲学于科学”，“方以智的学术不但受了前人的影响，如王宣的《物理所》，而且深受西方知识输入的影响”③。

那么，“质测”与“通几”究竟是什么性质的求知方法呢？他自己对“质测”与“通几”所下的定义，要数以下文字最为详明准确：

> 盈天地间皆物也。人受其中以生，生寓于身，身寓于世，所见所用，无非事也。事一物也。圣人制器利用以安其生，因表理以治其心。器固物也，心一物也。深而言性命，性命一物也，通观天地，天地一物也。推而至于不可知，转以可知者摄之。以费知隐，重玄一实，是物物神神之深几也。寂感之蕴，深究其所自

① 朱伯崑：《易学哲学史》第三册，华夏出版社1995年版，第426页。

② 侯外庐主编：《中国思想通史》第四卷(下)，人民出版社1960年版，第1151页。

③ 侯外庐：《方以智的社会思想和哲学思想》，《侯外庐史学论文选集》(下)，人民出版社1988年版，第100页。

来，是曰“通几”，物有其故，实考究之，大而元会，小而草木蠢蠕，类其性情，征其好恶，是曰“质测”。“质测”即藏“通几”者也。有竟扫“质测”，而冒举“通几”，以显其宥密之“神”者，其流遗物。谁是合外内、贯一多而神明者乎？万历年间，远西学入，详于“质测”而拙于言“通几”。然智士推之，彼之“质测”犹未备也。儒者守宰理而已。圣人通神明，类万物，藏之于易，呼吸图策，端几至精，历律医占，皆可引触，学者几能研极乎？①

在这段论述中，方以智先指出世界统一于物，然后阐述主体认识“物”的辩证过程，同时说明主体要认识“物”必须运用“质测”、“通几”方法以及运用“质测”、“通几”方法所必须遵循的原则，最后强调“通几”的运用不能脱离“质测”，否则就会犯“遗物”即背离客观的认识错误。②

照方以智自己所说，“质测”是探求“物之故”的方法。何谓“故”？方以智说：“所以者何？则故而已矣。”③意思是说“故”乃物之“所以者”即物所以存在的内在根据，所谓“物理”。“物”所固有之“理”，在方以智看来，就是指“物”自身存在的内在矛盾运动，所谓“阴阳刚柔，物理也”④。这一“物理”要靠质测家们“质之通”来把握：“考测天地之家，象数、律历，声音、医药之说，皆质之通者，皆物理也。”⑤这里所讲的“质之通”，意谓质核而通类。“质核”又称为“据质论之”或曰“考其实际”，“通类”也就是比类归纳。这两方面决定了“质测”方法的基本特征。

无论是“质核”还是“比类”，都以感性对象或曰经验对象为转移，所以方以智说“质测”亦即“实考究之”。所谓“实考究之”，也就是“以实事征实理”⑥。可见，重观测、重试验、征确然，这些是“质

---

① 《物理小识·自序》。

② 王茂、蒋国保等：《清代哲学》，安徽人民出版社 1992 年版，第 545 页。

③ 《药地炮庄·天地》篇眉批。

④ 《药地炮庄》引《知言鉴》语。

⑤ 《通雅》卷三《文章薪火》。

⑥ 《东西均·扩信》。

测”方法所必须坚持的。

方以智指出，要有效地运用“质测”方法，还必须严格按以下具体步骤进行：首先是“类其性情”，就是说将纷繁的事物归类排比，找出物性相通以便相互求征，否则，“非体天地之撰，类万物之情，乌能知其故哉”①，也就无从认识事物之理。这可以叫做“以形知形，皆可实征”②，它是整个“质测”认识的基础一步；其次是“征其好恶”，意思是说将通过类比得出的结论，即所谓“物理”或曰“质理”、“实理”，再从好坏两个方面加以比照验证。虽然“验其实际多则甚难”，但如果不经过这一比照验证找出同异，就会“惟见其合，不见其分”(《易余·性命质》)，仍然有可能囿于现象而不能“通其故”，再次是“推其常变”，就是将比照所得结论再类推一下,③ 看其在正常条件下与反常条件下的适应程度。这种类推必须以上面的“实征”为基础，同时要注意：一方面，“以后理征前理”,④ 以求整个“实征”过程的一致性，另一方面，“远征诸近，近征诸远”⑤，以求一定的“实征”认识与一定的时空条件相吻合。

培根乃欧洲近代哲学开创者之一，他提倡“归纳法”。培根的“归纳法”注重运用“三表法”。所谓“三表”，一为“存在表”或曰“本质和具有表”，是指从大量经验材料把某一特定研究对象所具有的相同性质的例证收集到一起，二为“差异表”或曰“缺乏表”，是指将不具有“存在表”所列举的那些性质的例证收集在一起，三为“比较表”或曰“程度表”，是指考察不同性质的差别程度。将培根所说与方以智所言两相比较，我们不难发现，方以智“质测”法所必需的三个步骤，与培根“归纳法”所强调的“三表”，在根本思想上是相通的。

侯老的所论，从思维上，说明方以智的认识与西方的科学方法论相通。应当看到，这样的思维对近代科学所具有的重要的意义。桐城

---

① 《物理小识·总论》。

② 《易余目录》提要。

③ 王茂、蒋国保等：《清代哲学》，安徽人民出版社 1992 年版，第 545 页。

④ 《东西均·扩信》。

⑤ 《东西均·疑信》。

学术的重要价值，就在这里。

三、兼综融会的学术理念

安徽文化到了近代，发生了新的变化，安徽在全国的学术占有显著的地位。1924 年梁启超在他写的《近代学风之地理的分布·序》文章中，在比较我国各地区的文化后，指出了安徽文化和全国文化的联结以及安徽文化地位的重要。他说：

> 一、何故一代学术几为江、浙、皖三省所独占？
> 二、何故考证学盛于江南，理学盛于河北？
> ……
> 七、何故江西与皖、浙比部而学风乃绝异？
> 八、何故文化愈盛之省份其分化愈复杂——如江南之与江北，皖南之与皖北，浙东之与浙西，学风划然不同？
> 九、何故同一省中文化截然殊致——如江苏之徐海一带，安徽之淮泗一带，可述者远逊他耶？
> 十、何故同一郡县而文化或数百年赓续不替？如皖之桐、歙，苏之常、扬等。
> 精读吾文者，凭借所胪列事实，可以发生大大小小问题，如此类问题盖不下数十。能一一求其故而解答之，则我国近代文化一部分之性质及其来历可以明了，此史家之责也。①

梁启超肯定安徽文化在全国的重要地位，又说明安徽地区文化与邻近地区文化上的差异，就是安徽文化，各个地区也存在地区的差别。近代的安徽皖北与皖中、皖南发展很不一样。同时，安徽文化中还有值得重视的现象，如皖中的桐城、皖南的歙县，从行政地区上说，只是一个县，但文化的特色非常突出。梁氏从地理环境上思考这些文化现象，提出了问题，开启文化探索上的新径，但他是从人的心

---

① 《饮冰室合集·文集之四十一》。

理去寻求文化差异的原因，没有从历史发展过程中的政治经济大变动中去寻求答案，因此他也就没有可能对这类文化现象给予正确的阐释。

就近代文化说，如果把几千年的安徽文化作为一个整体来把握，第一，安徽文化地位十分重要，不只是在近代，在古代也有重要的地位，“我国历史悠久，典籍丰富。我省地处南北之交，学术尤擅其盛。数千年来，哲学、史学、文学、艺术、语言、科学科技，作者辈出，著述如林，或自成一家，或蔚然成派，多为中华民族文化之菁华，有裨社会主义文化之建设”①。

第二，皖北与皖中、皖南都有过自己的辉煌时期，不能以局限在一个时期讨论文化问题。

由于政治经济文化发展不平衡规律，安徽文化在全国文化发展过程中，也在发生不断变动。

古代政治经济文化重心的南移，使得安徽文化在波动中向南转移。

第三，古代文化中经、史、子、集各个部门都有重要的成就。近代，特别是20世纪，随着传统经学、子学的转型，哲学、史学与文学各个新的部门出现了新的变化和发展。

在讨论安徽文化变动过程中，思考桐城文化的出现，是有意义的。

（一）安徽地区文化变迁与桐城学术

在我国历史长期发展过程中，安徽地区形成了和全国有联系但又有自己特点的文化，这一文化既是本地区经济政治发展的反映，是本地区复杂的历史的积淀，也是与邻近地区文化交融的产物。齐鲁文化、中州文化（中原文化）、楚文化和吴越文化在江淮地域交流碰撞，对安徽地区文化产生深刻的影响。

安徽地区在长期历史发展过程中，其文化历史发展的总趋势是由皖北向皖中、皖南转移，进而形成了三个文化带，这就是相互联系的

① 《安徽古籍丛书·安徽古籍丛书编印缘起》。

皖北、皖中与皖南三个文化地带，从而构成我省特色的文化。从历史上看，安徽文化在各个历史时期经历了震荡，逐渐成为全国文化重点地区之一。

南宋中国经济重心南移，理学勃起，这些对安徽文化产生重要的影响。安徽的皖北、皖中、皖南三个文化地带基本形成。

明清时期我省两大文化的重心形成，也就是所谓的皖江南北之学。

皖中的桐城为中心的桐城文派、学派为主体的皖中之学，或称之为江北之学。地区包括桐城、枞阳、舒城、庐江及怀宁一带。所谓桐城派，不只是为文派，也是学派。桐城的文学成就是大家所熟知的，但对这一地区的学术上的成就，往往被人忽视。朱彝尊的《经义考》中，这一地区的经学占有相当多的篇幅。桐城的诸子之学也有相当的成就。方以智、钱澄之等为一代名家①。戴名世的史学在史学史上地位十分重要。戏曲文化黄梅戏在发展。

五四运动中新文化由沿江一带进而影响全省，出现新文化思潮。而我省的陈独秀、胡适在北京成为开一代风气的人物，影响着全国文化的发展。另外，清末桐城派殿军马其昶(通伯)先生在经学、子学、史学等方面，都有重要的成就。姚永朴、姚永概在北京大学主讲，同受聘于清史馆，与马氏名重当世。

一个世纪以来的海内外的皖籍学人，在海内外的文化交流中，都相当活跃，硕果累累。在整个文化变动过程中，思考桐城文化特点的形成，是必要的。

(二)安徽地区文化特征

安徽地区文化与史学在长期发展过程中，形成一定的特色文化。我们可以概括为以下几点：

——兼容性。所谓兼容性是指一个地区形成一定特色的文化，又同时注意吸收其他学派学者的成果。虽有争论，但无严重的门户之争。

① 参见拙作：钱澄之《田间易学·整理说明》。

先秦时代的道儒杂各家学术一直到了近代，各个学术流派的学术观点在安徽都有反映，皖学对邻近地区的文化善于吸收是一个特点。所以毫不奇怪，楚文化，齐鲁文化，吴越文化在我省的文化发展中，都有它的影响。方以智、钱澄之都有这样的特点。方以智在学术上，“坐千古之智，折中其间”①，而且力主中外会通。钱澄之治《易》，汉宋兼采。桐城诸老主张义理、考据、辞章为一，而戴震谓：“天下有义理之源，有考据之源。”②戴震与姚鼐既有差异，又相互服膺。这种学风一直保存到近代。姚永朴虽生长在桐城，诗文“恪守姚氏家法，顾不以桐城张门户”，治学“兼汉宋古今，无门户之见”。③ 这种学术上的兼容性，可以说，是一个地区文化上的活力所在。我国文化学术史上从司马迁到顾炎武、黄宗羲、方以智学术都有这样的优良传统。这也是安徽地区文化的特色。吴孟复先生说：

> 皖学影响之深广，盖学术史上所罕见。推其所以冠绝一时，衣被数省，非特人才之多，实由学风之美。太炎（章太炎《国故论衡·清儒》）、任公（梁启超《清代学术概论》）言之綦详，析而述之，约有数端：“综形名，任裁断”，有师承而无门户，一也；“博学于文，约守其例”（参见刘申叔《左庵外集·戴震传》），由具体问题之研究，细绎而得其条理（规律）。方法冥合于科学，学术遂成为专门，二也；义理、考据、词章之合一，或即文学、史学、哲学之交融（何兹全先生语），时至今日，趋势益明，三也。④

——兼通性。通百家之学。这里主要是指我省历史上很多学者，在学术的成就，既是专精，又通诸多方面学问。重视文史人文科学又

① 参见《通雅》卷首《物理小识编录缘起》。

② 段玉裁：《戴东原先生年语序》。

③ 吴孟复：《姚先生永朴赞弟永概传略》，载黄山书社版《论语解注合编·附录》。

④ 吴孟复：《吴山萝诗文录存·〈语言学论文集序〉序》，黄山书社 1991 年版，第 53~54 页。

重视自然科学的探讨。方以智在学术上，是“博涉多奇”，“凡天文、礼乐、律数、声音、文字、书画、医药、下逮琴剑、技勇之属，无不析其旨趣”①。

——开拓性。古代的老庄及三曹文学，新安理学、桐城学术等都是开学术的风气与蹊径。《四库全书总目》谓桐城方以智学术影响深远，是开清代考据学风气的人物，“以智崛起崇祯中，考据精核，迥出其上，风气既开，国初顾炎武、阎若璩、朱彝尊等，沿途而起，始一扫悬揣之空谈，虽其中千虑一失，或所不免，而穷源溯委，词必有征，在明代考证家中，可谓卓然独立”②。从方氏的实学影响上来认识《四库全书总目》作者的话，是有道理的。

——传承性。安徽地区文化通过教育与家学形成学术上的传承性，形成了地方的文化世家。例如汉代皖北的桓氏、魏晋庐江的何氏等。明清皖中的桐城的学术传承不绝，一直到近代都有他们的学术代表人物。桐城学术的变动展现出家学传统，可以说，这一特点，在桐城学术史，表现特别明显。从桐城学术传承中，有方以智、钱澄之开先河，家学传承带动了学术的发展。从桐城四祖，到姚门四杰，到曾门四弟子。在传承中，桐城学术又播及其他地区，形成阳湖派、湘乡派、侯官派。所以，很有必要在已有研究的基础上，改作、撰写相关的《学案》③。一部《桐城耆旧传》，实际上是一部皖中地带的学术渊源人物传记，也可以说是一部皖中学案。梁启超说皖之桐(城)、歙(县)“同一郡县而文化或数百年赓续不替”，也是表明安徽地区文化的传承性。

皖学如果以长江为界，有江之北与江之南的分别，两者相异亦相通，诚如，钱仲联先生的《吴山萝诗文录存·序》开篇所说：“清三百年间之治方术者多矣，而皖学为尊。南则休宁戴氏以考据著，北则桐

---

① 《桐城耆旧传》卷八。

② 《四库全书总目》卷一一九“通雅五十二卷”，中华书局 1965 年版，上册，第 1028 页。

③ 《宋元学案》、《明儒学案》以及徐世昌所著的《清儒学案》(今人陈祖武兄点校本，值得重视，河北人民出版社 2008 年版)。

城方、刘、姚，以文章雄。要其终，二者未尝不殊途而归。”所以说，“皖学”是皖北、皖中、皖南三者学术的统称。皖学研究应该有更为开阔的认识。桐城学术的研究，具有的重要意义，是不言而喻的。

（选自《桐城派研究》第十五辑，合肥工业大学出版社2013年版）

【评　介】

吴怀祺，安徽庐江县人，1938年9月出生于贵州省贵阳市。1961年毕业于安徽师范大学历史系，获学士学位，1981年毕业于北京师范大学历史系，获硕士学位，后留校为北京师范大学史学研究所讲师、副教授、教授、博士生导师，曾任全国史学理论研究会理事；2005年被聘为“中国自然辩证法研究会易学与科学专业委员会”的理事。吴怀祺教授长期从事中国史学史研究，特别是在中国史学思想史的研究领域内做出了开拓性的工作，为享受国务院特殊津贴专家。其重要著作有《宋代史学思想史》（黄山书社）；《中国史学思想史》（安徽人民出版社出版简体字版、台湾文史哲出版社出版繁体字版）；主编并参加撰写10卷本《中国史学思想通史》（黄山书社）；《郑樵文集（校补）·郑樵年谱稿》（书目文献出版社）；《郑樵评传》（广西教育出版社）；《易学与史学》（中国书店出版简体字版、台湾大展出版社出版繁体字版）；点校整理清人钱澄之的《田间易学》（黄山书社）等；《史学理论与史学史研究》（福建人民出版社）；《中国史学史》（白寿彝主编）第四册（五代辽宋金元时期）（上海人民出版社）。主编并参加撰写的著作有：《中国大事典·宋卷》（中华工商联合出版社）；《中国文化史·宋卷》（中共中央党校出版社）。主要论文有：《郑樵的史学思想》、《说〈周易〉的变通史学思想》、《〈资治通鉴〉的价值和司马光的历史观》、《中国近代考据学和王国维的古史新证》、《全球化趋势与新世纪史学》、《历史学、历史观与20世纪社会变动》、《新中国史学50年》、《加强两岸学术交流，发展民族传统史学》、《史学话语权与民族史学》等，多篇为《新华文摘》等转载。目前承担的项目有教育部人文社科基地的重大国家项目《中国古代史学思想研究》；教育部基金项目《中国马克思主义史学与社会实践》。

《桐城学术与时代》一文是吴怀祺在第五届全国桐城派研讨会提交的论文，原收入《桐城派研究》第十五辑(合肥工业大学出版社 2013 年版)。吴怀祺教授认为桐城地域文化的研究，是综合系统的工程。桐城学派不只有文学，还有史学，有经史之学；而桐城学术的经世特征，具有世界史的眼光；桐城学术渴求了解世界的新学，呈现出学术上的新趋势，显示桐城学术世界史的视野。首先，吴教授从姚莹的边疆史地研究出发，论证在外夷交侵下，学术的出路在适应形势，把学术的讨论和现实的研究结合起来；其次，吴教授探究了方以智提出的“质测”与“通几”兼重的方法论原则，认为方以智的认识与西方的科学方法论相通，而这样的思维对近代科学具有重要的意义；最后，吴教授论述了近代安徽文化出现的变化。安徽地区在长期历史发展过程中形成两大文化中心，其中桐城派尤其活跃，在近代影响着全国文化的发展。而皖学的文化特征，可以概括为兼容性、兼通性、开拓性、传承性。桐城学术的研究，具有的重要意义是不言而喻的。

（周晓杰）

桐城派与桐城人文述议

刘学照

清代桐城派源于安徽桐城。从地缘文化来说，桐城人文滋生了桐城派；而桐城派影响及于全国，又成为人文桐城的特出表征。本文谨从文化社会史的视角对桐城派与桐城人文作简要述议，以期显现桐城派和桐城人文的历史文化价值和社会现实意义。

承先启后：清代桐城人文的前驱先路

安徽是我国历史文化资源丰厚的省区之一，而地处皖中的桐城，向为人文荟萃之地。明清以降，桐城文风昂扬，以张、姚、方、马等著姓望族为代表的书香门第、“科第世家”，人才辈出，彰显了浓郁的人文精神。据相关典籍可知，明清两代桐城出举人 900 多人，进士 280 多人。而清代桐城历史文化名人之多，更居于皖省各县前列。清代桐城人文盛况在清初已显现端倪，从而为稍后桐城派崛起并引领全国文坛开拓了优越的地缘文化基础。

清初桐城人文景观由方以智、钱澄之等遗臣逸士开其端，继而又涌现姚文然、姚文燮、江皋、张英等名臣循吏和姚际恒、马教思、孙元衡、潘江、方孝标、戴名世等饱学之士。仕学互动，相待而成清初桐城人文盛景。

方以智，字密之，明季湖广巡抚方孔炤之子，崇祯进士，“复社四公子”之一，以文章誉望动天下。入清为避追捕，出家为僧，更名弘智，别号药地。旋漫游各地。他少负异才，博学多通，书画兼工，精于考据，“以事实征实理”，尤通天文、音韵之学，更难得的是对方始传入的西学有所会通。著述甚丰，有《通雅》、《物理小识》、《东西均》、《药地炮庄》、《浮山集》等。提出“质测即藏通几”、“二而一，一而二”，“合二而一”等合理命题和“考古所以决今”的切实之见，其“坐积千古之智”的湛学深思精神影响深远。方以智诸子皆能传承方学家风。长子中德，著《古事比》；幼子中履，著《古今释疑》。次子中通，字位伯，集诸家算法之说，著《数度衍》二十四卷，① 曾和“深明西术”的“算术”名家揭暄论难“日轮大小”、“古今岁差”等天文历算问题，别录《揭方问答》一书。② 梁启超在《中国近三百年学术史》中将安徽方中通与江西揭暄等人齐列为被清初梅文鼎、王锡阐会通中西历算之风而起的知名学者。③

钱澄之，字饮光，原名秉镫。与方以智友善。少以名节自励，与复社等名士交游。后仕南明，经特试，授翰林院庶吉士，官至编修。入清，归隐乡里，常到江宁交游。他通经学，讲求象数，兼及义理，实以朱熹为宗。能文，尤以诗负盛名。诗风平实，有田园韵味，深有影响。所著《田间诗学》、《田间易学》，“以庄继《易》，以屈继《诗》”，深涵“离忧抑郁”之气。《清史稿》将钱澄之与方以智一起列入“遗逸”列传。④ 方、钱对桐城后学影响至深。

由明季入清之后，桐城出现一批以科第入仕负有清名的官宦。姚文然，明崇祯年间进士，改庶吉士。顺治初年，受荐，授国史院庶吉士。康熙初年，起补户部给事中。与后来列为名臣的魏象枢“皆以给事中敢言负清望”，号“姚魏”。后官至刑部尚书，推明律义，“必剂

① 《列传二百八十七遗逸一：方以智子中德等》，赵尔巽等撰：《清史稿》第四五册，中华书局 1977 年版，第 13832~13833 页。又见方以智：《密之学案》，杨向奎：《清儒学案新编》第一卷，齐鲁出版社 1985 年版，第 406~441 页。

② 《列传一百九十三畴人一：方中通揭暄》，《清史稿》第四六册，中华书局 1977 年版，第 13943~13944 页。

③ 梁启超：《中国近三百年学术史》，天津古籍出版社 2003 年版，第 377 页。

④ 《列传二百八十七遗逸一：钱澄之》，《清史稿》第四五册，中华书局 1977 年版，第 13834 页。又见《钱澄之》，蔡冠洛等编著：《清代七百名人传》下册，中国书店 1984 年版，第 1581 页。

宽平”，“决狱有所平反”。他为官“清介，里居几不能自给，在官屏绝馈遗。晚益研性命之学”。他家教有方，子姚士基和姚士塈，官湖广和陕西知县，皆有治行。① 姚文然是姚鼐的高祖，他从清初树立的笃学修德、为官清正、重研性命之学的家风对姚氏家族影响至深。

姚文燮和江皋都是顺治末年进士。姚官至同知，为官明允，清积案，决疑狱，为民上陈疾苦，免除民累，“民庆更生”。江历任知县、知府、提学、道参政(后称道员)等官，为官清勤，曾“出俸金，率先众力”治理河道，在筹办军需、惩治悍卒、除民苛役方面饶有政声。姚、江二人都是名昭清初史册的循吏。②

张英，字敦复，康熙初年进士，由词臣官至文华殿大学士，兼礼部尚书。曾充《国史》、《大清一统志》等总裁官。史称他为官“始终敬慎，有古大臣风”，“在讲筵，民生利病，四方水旱，知无不言”。他“性和易，不务表襮”，“壮岁即有田园之思”。老年致仕回乡后，作《聪训斋语》、《恒产琐言》，以务本、力田、随分、知足告诫子弟。他开创的由他子孙传承的重文修德家风造育了清史上历时最长的“科第世家”。③

清初桐城人文景象的另一面是涌现一批负有名望的文人学士。经学家姚际恒，字立方，一字首源，寄居浙江仁和(今杭州)，康熙年间诸生。少时泛观百家书，后专力治经，攻伪古文。历十四年著，著成《九经通论》，惜遗稿散失；然《尚书通论》被学者收存，《诗经通论》和《礼经通论》有学者称引。他与阎若璩同时辨《古文尚书》之伪，撰《尚书通论辨伪例》十卷，功力不在严氏之下。论《诗》，专主废毛诗《序》，尤为言人所不敢言。又撰《古今伪书考》，考据详严。另著有《好古堂书目》、《书画记》等。④ 梁启超在《清代学术概论》中说，

---

① 《列传五十：姚文然》，《清史稿》第三三册，中华书局 1977 年版，第 9903~9905 页。

② 《列传二百六十三循吏一：姚文燮、江皋》，《清史稿》第四三册，中华书局 1977 年版，第 12978~12979、12986 页。

③ 《列传五十四：张英》，《清史稿》第三三册，中华书局 1977 年版，第 9965~9967 页。

④ 《姚际恒》，《清代七百名人传》下册，中国书店 1984 年版，第 1629 页。

姚际恒“其怀疑精神极炽烈”，“列举经史子部疑伪之书数十种，中固多精凿之论”。① 足见其在清初经学研究中的地位。

康熙年间进士马教思，字临公、严仲，号檀石，授翰林院编修。他工诗文，精算法，通音韵，长史事。著有《古学类解》、《群书集粹》、《左传纪事本末》、《等韵集要》、《皖桐幽贞录》等，是清初经史兼湛的著名学者。此外，诗人孙元衡，字湘南，康熙中曾为台湾同知，官至东昌知府。有《赤嵌集》。所作诗纪台湾风土人情，为清初著名诗人王士禛所称誉。还有学者潘江，字蜀藻。工诗，能文。康熙中举鸿博，不赴。隐居著述。著有《六经蠡测》、《字学疑析》、《古年谱》、《木斋诗集》等。② 他居乡里奖掖后进，对士子戴名世为文甚为称赏，并出所藏书供其研读，被戴视为终生之师。③

清初桐城人文郁起，堪可称为清初全国人文景观的一个缩影。同样，清初以来盛行的文字狱也给桐城人文留下了深重的阴影。方孝标和戴名世就是因文字狱被打入另类。方孝标，名玄成，字孝标，别号楼冈，后避讳以字行。祖父方黄中（字大美）为明季大仆寺少卿。父方拱乾为顺治初年少詹事。方孝标顺治六年（1649）中进士，历官侍读学士，两充会试同考官。顺治十四年（1657）江南乡试，孝标五弟章钺中式。旋因此次乡试引起物议，卒成科场大狱。方章钺涉嫌舞弊，其父母兄弟被流放至宁古塔。两年后，方孝标兄弟父子得释归。康熙十二年（1673），方孝标因访亲游历云贵，未几吴三桂反滇中，孝标被拘。后乘间逸去，削发为僧，名方空。间道经湖南，归至江宁。乃追记在滇所闻时事，成《滇黔纪闻》，刊入所著《钝斋文选》中。方孝标教子有方，传衍方氏自明代以来即形成的重文笃学家风。其子方登峄，以贡生官工部主事；孙方式济，由进士官内阁中书。方孝标身后因戴名世《南山集》狱，遭戮

---

① 《梁启超：《清代学术概论》，东方出版社 1996 年版，第 16 页。

② 吴海林、李延沛编：《中国历史人物辞典》，黑龙江人民出版社 1983 年版，第 602、600、608 页。

③ 杨怀志、潘忠荣主编，操鹏、江小角副主编：《清代文坛盟主桐城派》，安徽人民出版 2002 年版，第 39 页。

尸。其子孙被遣戍于黑龙江，雍正六年(1728)其子方登峄客死于卜魁城(齐齐哈尔原名)①。

戴名世，字田有，一字褐夫，自号忧庵。他母亲方氏是方苞的姑母。他少负奇气，才辩隽逸，家贫课徒自给。又往来于家乡、江宁、北京等南北之间，卖文为活。他少时喜读《左传》、《史记》，留心明史，考求前代奇节玮行，时时著文自抒湮郁之气。为矫正时文之弊，提出“以古文为时文”的主张。他科途曲折，至五十七岁终中进士一甲二名(榜眼)。所著《南山集》，征引方孝标《滇黔纪闻》中所叙南明史事，述称南明三王名号。他中进士刚两年，都御史赵申乔(新科状元赵熊诏之父)劾其《南山集》语多悖逆，被逮两年后论罪处死。他为文善叙事，散文长于史传。又著有《孑遗录》，纪明末桐城兵变事。其他著述大多失传。② 后人隐其名称他为潜虚先生。至清末，陆续有《潜虚先生文集》、《南山文集》、《戴褐夫集》等在民间流传。桐城后辈戴钧衡为之编有《潜虚先生年谱》。③ 梁启超极称许戴名世，说他“本是一位古文家，桐城派古文，实应推他为开山之祖”。又说，“看起来不过是一普通文士，本绝无反抗清廷之意，但他对于当时官修《明史》确有所不满”。④ 戴名世因对修史表现出些许不同之见而遭杀头之祸，这不仅是他个人的悲剧，也扫荡了方以智、钱澄之辈在桐城所植的遗臣逸士之气。如受到此案牵连，小戴十五岁的方苞便从中吸取了“守道为福”的教训。可以说，清初桐城人文胜景以及《南山集》案遗留的阴影，一起铺垫了清代桐城人文的前路。就作为清代桐城人文特出表征的桐城派来说，好为古文的戴名世也确实是为其“开山”的先驱。

---

① 杨向奎：《清儒学案新编》第二卷，齐鲁出版社 1988 年版，第 542~550 页。

② 《列传二百七十一文苑一：戴名世》，《清史稿》第四四册，中华书局 1977 年版，第 13370 页。

③ 黄秀文主编：《中国年谱辞典》，百家出版社 1997 年版，第 378 页。

④ 梁启超：《中国近三百年学术史》，天津古籍出版社 2003 年版，第 198 页。

家学师承："方刘姚"派引动文坛

"天下高文归一县"。桐城派古文不仅风行一时，而且几乎流行大半个清代，这实在是清代桐城人文的一个亮丽篇章。桐城古文或谓桐城派，由方苞开其端，刘大櫆承其后，姚鼐总其成。其路径是通过家学熏陶、师弟相承、文友交游，"方姚之文"走出"方姚之乡"，从而引动全国文坛。

"话到桐城必数方"。从方以智、方苞、方观承到方东树、方宗诚，"桐城方氏，在全清三百年间，代有闻人"。① 桐城派开创者方苞出身于一个"以文学进"的世家，高祖黄中(大美)、曾祖象乾是明进士、恩贡生；曾祖避明季乱侨居江宁。祖父帜，岁贡生，善为文，历任县学训导、教谕。父仲舒，国子监生，好读书，常与著名学者、诗人钱澄之等相唱和。方苞，字凤九，号灵皋，晚号望溪。他幼承家学，并从父辈的"交游"中受到陶冶。后为文，深受钱澄之等称赞。苞兄方舟，字百川，廪贡生，孝友好学，与苞同"以时文名天下"，世称"二方"。早逝，邑人尊为乡贤。② 方孝标是方苞的族祖，其孙方式济为方苞五服族弟，善为诗，尤工乐府。与方苞在江宁"居相近，少小相亲"。方式济后随父方登峄遣戍黑龙江。其次子方观承，历经劫难，"厉志勤学"，善诗文，工书法，由监生加中书衔入仕，官至直隶总督，"治河有声"，成为"莅政精密、勤于民事"的一代名宦。③ 同邑后学姚鼐为他作《方恪敏公家传》，称他是"以名臣而兼诗人之盛者"。④ 方观承子方维甸，乾隆进士，官至闽浙总督，是一位

① 梁启超：《中国近三百年学术史》，天津古籍出版社 2003 年版，第 174 页。

② 孟醒仁：《桐城派三祖年谱》，安徽大学出版社 2002 年版，第 1、8、12、18、27、119 页。

③ 《列传一百十一：方观承》，《清史稿》第三六册，中华书局 1977 年版，第 10825~10831 页。又见《方观承》，《清代七百名人传》下册，中国书店 1984 年版，第 1450 页。

④ 孟醒仁：《桐城派三祖年谱》，安徽大学出版社 2002 年版，第 233 页。

被称为“名父之子”的好官。①

方苞，笃学修内行，生平以道自重。少时从父治经古文。岁试中式，受知于学使高裔。学使招他入使院，敦率他作好时文。后又携他赴京师，授徒交友，以文名动公卿。李光地叹其文为“韩柳复出”。②后由举人中式成进士，闻母病，不应殿试，归侍。方苞与表兄戴名世文交深挚，接受其开启一代文风的“以古文为时文”的主张并光大之。因曾为《南山集》作序受戴案牵连，入狱后仍潜心著述。后得获释，因“文学”见知康熙帝，“特除清要，驯致通显”。方苞性耿介，虽“奋欲以学术见诸政事”，对“朝政得失，有所论列”。然终甘守词臣之位，“直南书房”，“直蒙养斋”，“充武英殿修书总裁”，“专事编辑”。雍、乾时，一再以足疾辞礼部侍郎等实官。得以“专领修书”、从事“教习庶吉士”、编《钦定四书文》、修《三礼义疏》等讲撰之事，年将八十还里。家居后，建宗祠，设义田，“以赡合族生徒”。著有《望溪全集》。史称，方苞“为学宗程朱尤究心《春秋》、《三礼》，笃于伦纪”。“其为文，自唐、宋诸大家上通《太史公书》”，“尤严于义法，为古文正宗，号‘桐城派’”。③ 还有识者指出，方苞向善古文，后受万斯同等影响，“意求经义，好读宋儒书”，“于经学都多所发挥”，“虽所得不多，但不失为有思想的文学家”。并认为，清代学坛“开一代学风”的“汉刘歆伪窜古文经学以成王莽之篡汉”说，实“自望溪起”。④ 方苞子孙都重文。长子道章，举人，拣选知县；次子道兴，府学廪生；长孙超，乾隆初年中举，英山教谕。其他孙曾辈亦多为

---

① 《列传一百四十四：方维甸》，《清史稿》第三七册，中华书局 1977 年版，第 11332~11334 页。又见《方维甸》，《清代七百名人传》上册，中国书店 1984 年版，第 575~583 页。

② 孟醒仁：《桐城派三祖年谱》，安徽大学出版社 2002 年版，第 14~16 页。

③ 《列传七十七：方苞》，《清史稿》第三四册，中华书局 1977 年版，第 10270~10272 页。又见《方苞》，《清代七百名人传》下册，中国书店 1984 年版，第 1763~1766 页。

④ 杨向奎：《清儒学案新编》第三卷，齐鲁出版社 1994 年版，第 29~33 页。

"诸生或举于乡"。①

桐城派一代宗师刘大櫆出身于清寒课读之家。曾祖，明季贡生，县学训导。祖与父，皆为县学生。兄大宾，举人，官知县。大櫆业师吴直，与其兄大宾、同里姚范同科中举。"有绝慧"、"古文峻洁超妙"、"尤邃于义理之学"。大櫆"深于古文，尤得其传"。② 大櫆二十岁游京师，同乡前辈方苞惊赏其文，称其为"国士"。大櫆科途不顺，至副贡，数不获举，后选为黟县教谕。他师事方苞，"传其义法，而才调独出"，为文"气肆"、"才雄"，别提"神气"主张。其"文笔"尤为后继者姚鼐所推服。有《海峰先生文集》、《歙县志》、《黄山志》、《古文选》、《历代诗约选》等传世。"世遂称为方刘姚"。大櫆同邑门人除姚鼐外，要数王灼有学。王灼，字滨丽。乾隆末举人，选东流教谕。在馆于歙县时，与武进张惠言等友善。后张惠言弃俪体而为古文，即深受王灼影响。王灼著有《悔生诗文钞》。③

在方苞与刘大櫆之间，桐城有一位博学之士胡宗绪。④ 宗绪字袭参，号嘉遁。康熙末，以举人荐充明史馆纂修。雍正年间中进士，授编修，迁国子监司业。他十岁，父胡弥禅丧，家贫，母潘氏课之严而有法。宗绪感愤励学，博学穷研。自为诸生时已名动天下，及为司业，以师道为己任，重其德而成材者多知名于时。著有经史、音律、方舆等类著作近二十种，"自为诗文曰《环隅集》，古藻过大櫆"。他与长者方苞交友，为后学姚鼐所称服。⑤

桐城姚氏也是自明代以来就人才辈出。姚鼐高祖文然，康熙名

---

① 孟醒仁：《桐城派三祖年谱》，安徽大学出版社 2002 年版，第 120 页。

② 孟醒仁：《桐城派三祖年谱》，安徽大学出版社 2002 年版，第 23、39、54 页。

③ 《列传二百七十二文苑二：刘大櫆　胡宗绪　王灼》，《清史稿》第四四册，中华书局 1977 年版，第 13376~13378 页。又见《刘大櫆》，《清代七百名人传》下册，中国书店 1984 年版，第 1778 页。

④ 《列传二百九十五列女一：胡弥禅妻潘》，《清史稿》第四六册，中华书局 1977 年版，第 14024 页。

⑤ 《列传二百七十二文苑二：刘大櫆　胡宗绪　王灼》，《清史稿》第四四册，中华书局 1977 年版，第 13377 页。

臣。曾祖士基，康熙举人，官知县，有惠政，官民皆立祠奉祀。祖孔锳，府学增生。父淑，也有文名。姚鼐伯父姚范，乾隆进士，与刘大櫆为挚友，同师事方苞，然志于研经，所作文，不主家法，有自己风格。姚鼐初从方泽受业。方泽，字芑川，号侍庐，生有异禀，以文学名于时。与同里姚范、叶酉等号称“龙眠十子”。年五十举优贡入都为八旗教习。馆于姚鼐家，姚鼐弟兄皆从他受业。① 姚鼐“及长受经学于伯父，学文于刘先生”。乾隆二十八年(1763)中进士，官礼部主事，充四库馆纂修官。四十四岁(1774)借病乞归。主讲江南紫阳、钟山等书院四十余年。年八十五卒。姚鼐工古文，为文高简深古。其论文根极于道德，而探源于经训。受学“于家庭师友间”，而“论者以为辞迈于方，理深于刘，三人皆籍桐城，世传以为桐城派”。姚鼐著有《九经说》、《老子庄子章义》、《三传补注》、《法帖题跋》、《惜抱轩文集诗集》，并编选《古文辞类纂》、《五七言今体诗选》等。② 姚鼐生平清约寡欲，待人和蔼，品学兼备，以诲迪后进为务，造就多士，本邑方东树、刘开和上元(今南京)梅曾亮、管同等名弟子光大了桐城派，“方姚之文”由此走出桐城，引领全国文坛。

姚家子弟皆重文。姚鼐的两个弟弟姚讦和姚鼎，是监生和附贡生。长子景衡，举人，知县，有隽才，工书法。姚门中从姚鼐受学而成为闻人的有姚元之、姚柬之、姚莹等人。姚元之、姚柬之兄弟为清初姚文燮七世孙，均从族祖姚鼐学。姚柬之，字仲之，号伯山，少负异才，道光初进士，官至知府。为政酌地方之宜，不使累民。他决疑狱，止械斗，复书院，救灾民，清积案，被民呼为“好官”。名入《清史稿·循吏传》。著有《且看山人文集》、《漳水图经》等。③ 姚元之，字伯昂，嘉庆进士，官至内阁学士、工部侍郎。其文章尔雅，书画兼

① 孟醒仁：《桐城派三祖年谱》，安徽大学出版社 2002 年版，第 79～80、91、97 页。

② 《列传二百七十二文苑：姚鼐》，第 13395～13396 页。又见《姚鼐》，《清代七百名人传》下册，中国书店 1984 年版，第 1787～1788 页。

③ 《列传二百六十五循吏三：姚柬之》，《清史稿》第四三册，中华书局 1977 年版，第 13058～13060 页。

工，习于掌故，有《竹叶亭杂诗稿》传世。① 姚莹，姚范曾孙、姚鼐侄孙。嘉庆进士，官至按察使。为学“源于从祖鼐”，工诗古文，惟长于议论，并发展了姚鼐的“义理、考据、文章”兼济的主张，并把“经济”同列为“学问”要端，从而凸显了经世思想。他任台湾道抗英遭贬后，发愤作《康輶纪行》，欲使“中国稍习夷事，以求抚夷之方”，成为晚清“知夷”论的先驱。姚莹有《中复堂全集》行于世。其子濬昌，能继家学，入曾国藩幕，官知县。善吟咏，有《五瑞堂集》。② 姚莹孙永朴、永概，均光绪举人。永朴专治经史，永概长于诗文，二人在清季致身教育，民初均曾主讲北京大学，以道德文章名于时。姚濬昌女婿通州范当世和桐城马其昶，同为后期桐城派重要传人，并吸取西学，为近代中国学术文化转型致力。③

姚鼐同邑门人中以方东树、刘开文名最著。刘开，字明东，号孟涂，少孤贫，以牧牛娃窃听塾师诵书，并能熟记。塾师吴士鼐为他好学精神所感动，免费收他入塾，后来还把女儿许配给他。刘开年十四，“以文谒鼐，有国士之誉，尽授以文法”。他性洒脱，喜交游，才名动一时。年四十，早逝。家贫，所著未能付梓。子刘继，字少涂，承父志，广为求助，使其父《孟塗集》得以面世。刘开还有《论语补注》、《大学正义》、《中庸本义》、《孟子拾遗》、《广列女传》等经史著作传世。④

方东树属桐城另一支方氏家族。曾祖方泽，拔贡生，姚鼐业师。祖父方烈，亦有文。父方绩，乾隆诸生，师事刘大櫆、姚鼐。他为文雄迈，姚鼐子景衡又从他受业。方东树传承家风，赴江宁书院求学于

① 《列传一百六十二：姚元之》，《清史稿》第三八册，中华书局 1977 年版，第 11566~11567 页。又见《姚元之》，《清代七百名人传》上册，中国书店 1984 年版，第 292~293 页。

② 《列传一百七十一：姚莹》，《清史稿》第三八册，中华书局 1977 年版，第 11669~11671 页。

③ 杨怀志、潘忠荣主编，操鹏、江小角副主编：《清代文坛盟主桐城派》，安徽人民出版社 2002 年版，第 140~144 页。

④ 《列传二百七十三文苑三：梅曾亮　管同　刘开》，《清史稿》第四四册，中华书局 1977 年版，第 13426~13427 页。

姚鼐门下。后姚鼐又邀他于江宁书院课其长孙姚超。① 方、刘、姚家世代相承的师弟关系是桐城派得以传衍和发展的一个重要因素。方东树，字植之，晚年以“仪卫”名轩，自号仪卫老人。早年专精于文，有独到之识，中岁为义理学，晚年耽佛学，凡三变，皆有论撰。当乾嘉时，汉学炽盛，方东树客于粤督阮元所辟学海堂，独辟众说，著《汉学商兑》。梁启超称评它“为清代一极有价值之书”，“其书为宋学辩护处，固多迂旧，其针砭汉学处，都多切中其病”，堪称“知言”。后此治汉学者颇欲调和汉宋，“颇受此书之影响”。② 方东树终生课徒撰述，未涉足仕途，然子弟众多，誉满士林，另著有《昭昧詹言》、《书林扬觯》、《仪卫轩文集》等。年八十卒于祁门东山书院。生前穷老不遇，身后赖其族弟方宗诚传其学，刊布其书，声名更著。③

方宗诚为方东树五服族弟，字存之，号柏堂。幼从伯父方敦化启蒙。后从乡贤许玉峰习程朱理学。及长师从族兄方东树，深究程朱理学。又赴各地客游课徒。五十岁后入曾国藩幕，作枣强县令近十年。晚年寓居安庆，撰述不辍。有《柏堂集》等多种著述传世。④ 子孙均能传承重文笃学家风。

方宗诚同县学友苏惇元、戴钧衡，皆方东树弟子。苏惇元，字厚子，咸丰元年(1851)举人，他为学近于明末清初浙江桐乡张履祥(人称杨园先生)肆力程朱亦重经世之学，为文近于方苞古文，编有《杨园、望溪年谱》。所著有《四礼从宜》、《逊敏录》、《诗文集》等。戴钧衡，字存庄，号蓉洲。有经济才。道光末年举人，与曾国藩友善，“自谓生方姚之乡，不敢不以古文自任”。与苏惇元重订《望溪集》，

---

① 孟醒仁：《桐城派三祖年谱》，安徽大学出版社 2002 年版，第 163、205、230 页。

② 梁启超：《清代学术概论》，东方出版社 1996 年版，第 62 页。

③ 《列传二百七十三文苑三：方东树 从弟宗诚》，《清史稿》第四四册，中华书局 1977 年版，第 13430~13431 页，又见《方东树》，《清代七百名人传》下册，中国书店 1984 年版，第 1798~1799 页。

④ 《列传二百七十三文苑三：方东树 从弟宗诚》，《清史稿》第四四册，中华书局 1977 年版，第 13430~13431 页。

增集外文十之四。① 又附苏惇元《方望溪年谱》。后经光绪年间山东孙葆田和近人的辑补，遂成以后面世的《方望溪先生全集》。② 戴钧衡又与同邑士人编有《桐城文录》、《桐城乡诗选》，又不畏犯忌为戴名世编《潜虚先生文集》和《潜虚先生年谱》。序中称，潜虚先生“足与望溪齐名”。另外，戴钧衡又与同里名流于道光二十年(1840)在县东创建桐乡书院，并手编《桐乡书院志》，其对桐城人文贡献甚多。四十一岁早逝。著有《蓉洲初集》、《味经山馆诗文钞》。③

至清季，桐城名士吴汝纶与弟子萧穆和马其昶等继承桐城派又适时采纳西学，推助了近代学术文化的转型。吴汝纶，字挚甫，少贫力学，早著文名，同治四年(1865)进士，官内阁中书。曾国藩赏其才，留佐幕府；后又参李鸿章幕，曾、李“二人奏疏多出吴汝纶手”。后任官直隶深州、冀州，锐意兴学。又主讲保定莲池书院，任京师大学堂总教习。光绪二十八年(1902)奉命赴日本考察学制。对晚清学制改革和学堂兴办贡献殊多。其为学，由训诂以通文辞，合古今、中外之学，“唯是之求”。著有《易说》、《写定尚书》、《尚书故》、《夏小正私笺》、《文集》、《诗集》、《深州风土记》和《东游丛录》文稿。其弟子萧穆，字敬孚，县学生。博综群籍，考其异同。校印诸家书达百余种。有《敬孚类稿》传世。④ 马其昶，字通伯，晚年号抱润翁。少时从父马慎庵学古文辞。稍长，从同邑方宗诚、吴汝纶和武昌张裕钊诸桐城派名士交游，学问大进。清末任学部主事。民国后任省议员、安徽高等学堂校长、参政院参政、清史馆总纂等职。民国十九年(1930)年七十五病逝。论者称他为桐城派殿军。著有《抱润轩文集》、

---

① 《列传二百七十三文苑三：方东树　从弟宗诚》，《清史稿》第四四册，中华书局1977年版，第13431页。

② 《辞海·文学分册》，上海辞书出版社1981年版，第171页。

③ 杨怀志、潘忠荣主编，操鹏、江小角副主编：《清代文坛盟主　桐城派》，安徽人民出版社2002年版，第97~100页。

④ 《列传二百七十三文苑三：吴汝纶　萧穆》，《清史稿》第四四册，中华书局1977年版，第13443~13445页。又见《吴汝纶》，《清代七百名人传》，中国书店1984年版，第1808~1809页。

《毛诗学》等。① 门人陈祖壬为之编《桐城马先生年谱》。②

除马其昶逝世于《清史稿》编成之后外，本节所述戴名世、姚范、刘大櫆、胡宗绪、王灼、姚鼐、方东树、方宗诚、苏惇元、戴钧衡、吴汝纶、萧穆等桐城士人均名列《清史稿·列传·文苑》，而方苞、方观承、方维甸、姚元之、姚莹、姚柬之，则在《清史稿·列传》中有本传。这些桐城笃学重文之士及其子弟传人借助家学、师传和交游，光大“方、姚之学”，为清代桐城人文铸就了最光亮的篇章。

文德齐辉：“科第世家”与学林葱葱

清代桐城盛行笃学重教之风，许多官宦和学士从科第中走出，一边是良臣循吏迭出，一边是贤师名士纷呈，构成文光和德化齐辉的人文景观。

官吏从科第中走出，桐城张英家族是一个典型。桐城张氏，自清初起，张英与其子张廷玉先后由进士官至大学士，成为“父子宰相”，“以科第世其家”。张廷玉，字衡臣，张英次子，康熙进士，授翰林院检讨，官至保和殿大学士，兼礼部尚书。雍正年间，参与军机处的设立，一手定立“规制”，是最初的军机大臣之一。因“器量纯全，抒诚供职”，前后在朝中任官五十年(1701—1750)，是终清一代配享太庙的唯一汉大臣。③

据《清史稿》记载，清代桐城张氏家族除张英、张廷玉外，张英长子廷瓒、三子廷璐、五子廷瑑，先后于康熙年间和雍正元年中进士。张英四子廷玑之子若潭，三子廷璐之子若需以及若需之子曾敞，均为乾隆年间进士。廷玉子若霭、若澄和从子若淮，亦为雍、乾年间进士。昔论者称其“四代十进士”，这是因为未将《清史稿》明载的廷

① 杨怀志、潘忠荣主编，操鹏、江小角副主编：《清代文坛盟主桐城派》，安徽人民出版社 2002 年版，第 135～139 页。

② 黄秀文主编：《中国年谱辞典》，百家出版社 1997 年版，第 622～623 页。

③ 《列传七十五：张廷玉》，《清史稿》第三四册，中华书局 1977 年版，第 10237～10241 页。

玉从子若潍为“雍正八年进士”算入，以致张英有五个孙子中进士被说成“四个孙子中进士”。如核实历史记载将此误更正，张英家从他康熙六年(1667)中进士，到他曾孙张曾敞乾隆十六年(1751)中进士，应是他和他的四个儿子、五个孙子及一个曾孙相继考中进士，故应是“一门十一进士”。其中若潭在授翰林院检讨后即因病归里，而其他十个进士均曾充日讲起居注官，故《清史稿》称：“自英后，以科第世其家，四世皆为讲官。”①《清史稿》张廷玉本传上有一则史实表明，张廷玉第四子若淳未中进士，于乾隆年间以例贡入赀授吏部主事，嘉庆五年(1800)官至刑部尚书，两年后卒于任，终年七十五岁。这样，从张英中进士起至张若淳卒于任止，张氏四代十二人在朝中做官，从大学士、尚书、左都御史、侍郎、内阁学士、翰林院侍讲到翰林院检讨，前后历时135年(1667—1802)。有论者据史实又作补充说明，张英的第五、第六代孙张元宰和张聪贤于嘉庆年间中进士，分别官翰林院编修和直隶州同知。张英第七代孙张绍华同治年间进士，官至布政使，光绪后期先后署理江西和湖南巡抚。此外，张英子孙后代中出身举人或诸生任京官和地方官者为数也很多。如张英第三子廷璐之子若震，由举人官至湖北巡抚。张廷玉长子若霭之孙、重孙和曾孙，三代均为举人。② 由上可见，桐城张氏从张英康熙初中进士起，至张绍华光绪三十年(1904)署湘抚，③ 先后七代十四进士，七代人连续任官朝廷和地方242年(1667—1908)以上，几与有清一代相终始。这是清史之所仅见。有论者用“空前绝后”形容这个“科第世家”，实不为过。

史实表明，张门为官的七代均是以科第起仕，均属有学能文之辈。除张英外，张廷玉亦曾任国史馆总裁、清会典总裁、文颖馆和三礼馆总裁。《二十四史》中规模最巨的《明史》，即是在他任总裁时告

---

① 《列传五十四：张英》、《列传七十五：张廷玉》，《清史稿》第三三册，中华书局1977年版，第9965~9967页、第三四册，第10237~10241页。

② 桐城派研究会：《桐城派研究》2005年第1辑(总第8辑)，第91页。

③ 钱实甫编：《清季重要职官年表》，中华书局1959年版，第209、215、239页。

成。《中国史学史》明确记载：“《明史》清张廷玉等撰。”①张廷玉不仅是高中进士得官，而且据历史记载，他做官之余，“退食淡然无谋营。时手一编，安坐室中，阒若无人”。② 可见他始终好学。他有《传经堂集》传世。除张英、张廷玉外，前四代中另有八人曾充宫中讲官，任考官典试地方者也不乏人。张氏几代官员均多才有学。如张英三子廷璐，一生好学，善诗能文，数度典试江、浙，后来官至大学士的刘纶和著名诗人沈德潜皆出其门。著有《咏花轩制义》、《咏花轩诗集》等。又如廷玉长子若霭，善吟咏，工书画，其廷试卷从字楷到行文甚得雍正皇帝赞誉，亲定为一甲三名(探花)，由于张廷玉坚辞，乃改为二甲一名。若霭除书画作品外，还著有《蕴真阁诗集》、《晴岚诗存》等。若霭弟若澄，亦能诗工画，与其兄相匹亚。有《潇碧轩诗钞》面世。

史实表明，张英、张廷玉家族保有重文修德家风。前已述及，张英为官以敬慎有守闻于朝，身后入祀贤良祠。张英妻即廷玉母姚夫人，也以贤德闻乡里。史称，“张英初官翰林，贫甚，有人或馈之千金，张英勿受”。姚夫人也以无故得千金感到羞愧，支持丈夫拒受。后来张英“官禄稍丰，姚不改其俭，一青衫数年不易”。“英年六十，姚制寒衣贷寒者”。后来，康熙帝对左右近臣说：“张廷玉兄弟，母教之有素，不独父训也!”姚夫人重文教，善吟咏，著有《含章阁诗》。其女即廷玉妹令仪，为同县姚士封妻，亦能文，有《蠹窗集》。③

张廷玉能秉承父训母教，为官五十年，也始终“周敏勤慎”，年近八十还乡。史称：“廷玉历相两朝，子侄戚党列仕籍数十人，皆能约以礼法，生平无声色玩好之嗜”，“僚友共事者，阅数十辈，平心接之，多所容纳，人不见其疾言遽色。然其能持躬谨省，而家门大盛”。张廷玉兄弟子侄，均为官清正精勤。如张廷玉长子若霭，官至

---

① 《辞海·历史分册》，上海辞书出版社 1981 年版，第 396 页。

② 《张廷玉》，《清代七百名人传》上册，中国书店 1984 年版，第 93 页。

③ 《列传二百九十五　列女一：张英妻姚》，《清史稿》第四六册，中华书局 1977 年版，第 14022 页。

内阁学士兼礼部侍郎，乾隆十一年(1746)扈从乾隆帝南巡途中得病，回京后英年早逝。史称其“在内廷行走十余年，小心勤慎，颇有乃父风”。① 另如廷玉之侄若需，官至侍讲学士。在分校乡、会试中，严履执守，秉公评断。乾隆帝称他为“真正直人”。再如廷玉五弟廷瑑，官至礼部侍郎，因疾归。乾隆三十九年(1774)，八十四岁病逝。其时，在康、雍、乾三朝中先后做官的长兄廷瓒、三兄廷璐和次兄廷玉均先后逝世。史称廷瑑“性笃诚，细微必慎。既归，刻苦砺行，耿介不妄取”。乾隆帝闻他丧讯后对左右叹息良久说：“张廷瑑兄弟皆旧臣贤者，今尽矣，安可得也。”②当然，历史也有记载，乾隆时传有桐城“张姚二姓，占却半郡缙绅之谚。又是时满汉分党，满党尽归附鄂尔泰，汉党则多趋向廷玉”。但最后并未成朋党之祸，张氏家门始终安泰。乾隆二十年(1755)年张廷玉八十四岁卒。在他逝世前一个月，乾隆帝杀鄂尔泰门生湖南学政胡中藻，与胡中藻唱和的鄂尔泰侄儿甘肃巡抚鄂昌亦被赐死。③ 鄂尔泰虽已先前死去，乾隆仍“追咎鄂尔泰植党，命撤出贤良祠”。而对张廷玉，乾隆仍遵雍正遗诏，让他配享太庙。④ 故时人对张廷玉有“太平宰相”之誉。张廷玉所以能安然成为“太平宰相”，“张门始终大盛”，实与张氏兄弟子孙都勤慎有守有关。康熙、乾隆帝等对张氏父母和兄弟子侄的多次称评当是一种有力说明。晚清李鸿章在给其子弟家书中曾勉励他们要重文修德，告诫说：“自古无百年不败之家。”清代桐城张英、张廷玉父子重文修德，“父子宰相”，造育绵延二百多年的“科第世家”子孙们能官能文，七代人连续历官几与清代相终始，这也是清代桐城人文景观中特出闪亮的一页。

清初以来，桐城就涌现许多名重士林、流芳乡里的学者文士，

---

① 《张廷玉》，《清代七百名人传》上册，中国书店 1984 年版，第 93~94 页。

② 《列传五十四：张英》，《清史稿》第三三册，中华书局 1977 年版，第 9966~9967 页。

③ 孟醒仁：《桐城派三祖年谱》，安徽大学出版社 2002 年版，第 131 页。

④ 《列传七十五：鄂尔泰》、《列传七十五：张廷玉》，《清史稿》第三四册，中华书局 1977 年版，第 10236、10240 页。

“方、刘、姚”可谓是清代桐城学人承先启后的代表。与其同时及其后，桐城学林始终郁郁葱葱、人才济济。而另外，在桐城良臣循吏之林中，有学能文之士比比皆是。

清代方氏闻人还不少。雍乾间，方浩由进士官至吉南赣道，成为一位以能安民济民而名重一时的循吏。① 以疾卒于官后，同邑文士刘大櫆应其兄方汉之请为他作墓志铭。另外，道咸间，方士超，字鲁生，号硕存。未仕，钻研经学，授馆著述，主讲山东胶西书院及桐城培文书院。著有《毋不敬斋全书》等。卒后门人私谥“文通先生”。子方敦吉作有《桐城方文通先生年谱略》。② 另外，桐城张氏在乾嘉年间也出有不少官员出身的学术文化名人。张敔，字芷园，乾隆举人。官湖北知县。工书法，真草篆隶飞白均知名于时。又工画山水、人物、花卉、禽虫，是有名的书画家。③ 张聪咸，字阮林，一字小阮，号傅岩。张英第六代孙、姚鼐从侄孙婿，师从姚鼐。嘉庆举人，八旗教习。诗文笔力精悍，姚鼐称其为“异才”。喜研经学，精通《左传》及音韵学，熟悉汉晋史事。是经史学家。英年早逝。著有《左传杜注辨正》、《音韵辨微》、《汉晋逸史》、《经史质疑录》等。④

清代桐城除张、方、姚三姓外，马姓也是一个人才济济的望族。马姓除清初的饱学之士马教思和清季桐城派殿军马其昶外，在雍正年间有诗人马朴臣。朴臣，字相如，一字春迟。由举人官内阁中书。有《春迟诗稿》传世。⑤ 嘉庆年间，马宗梿、马瑞辰父子先后成为进士，都是“勤学著书”的“汉学道儒”。马宗梿，字鲁陈，由举人官至东流县教谕。成进士一年后病逝。少从舅父姚鼐学诗、古文，所作多沉博绝丽。后从邵晋涵、任大椿、王念孙学经史，精通训诂及地理之学。

---

① 《列传一百二十三：方浩》，《清史稿》第三六册，中华书局 1977 年版，第 11036 页。

② 黄秀文主编：《中国年谱辞典》，百家出版社 1997 年版，第 509 页。

③ 吴海林、李延沛编：《中国历史人物辞典》，黑龙江人民出版社 1983 年版，第 659 页。

④ 王达敏：《姚鼐与乾嘉学派》，学苑出版社 2007 年版，第 211~212 页。

⑤ 吴海林、李延沛编：《中国历史人物辞典》，黑龙江人民出版社 1983 年版，第 639 页。

生平敦实，以著述为乐。所著能博征诸说，不苟同而立己见。著有《左氏补著》等经学七种。另有《岭南诗钞》、《校经堂诗钞》，又曾为阮元《经籍纂诂》手订凡例。是一位名入《清史稿·儒林传》的经学家。马瑞辰，字元伯，由进士官至员外郎。仕途多艰，几次谪戍后归乡，以著述自娱，历主江西、山东、安徽等地著名书院。史称其“能传父业，为训诂之学，勤学著述，耄而不倦”。以《毛诗传笺通释》名世。与同时学者陈奂的《毛诗传疏》并列为治《毛诗》的两家专门之学。年七十九死于太平军桐城之役。子马三俊，字命之，咸丰元年(1851)优贡生，举孝廉方正，学宗程朱，也死于太平军桐城之役。著有《马征君集》。马瑞辰父子均列名于马宗梿《清史稿》儒林传后。①

清代桐城其他各姓也出不少闻人名士。嘉庆年间学者徐璈有名于时。徐璈，字云骧，号樗亭。由进士授户部主事，改浙江知县。性刚直，不能随俗，引疾归。从事著述。有《诗经广诂》、《牖景录》、《黄山纪胜》、《樗亭诗文集》等。② 在道咸同光年间，有一位亦官亦士的孙云锦，字海岑，以科第办团练入曾国藩幕，后历任通州、江宁、开封等府知府。为官公廉清正，有政声。他对南通张謇有知遇之恩，“悯其未学而召置门下。念其有亲而资分俸余”，张謇得以向张裕钊问学、得入吴长庆幕，均由其引介。张謇在中状元两年后专程去安庆祭奠恩师。③ 孙云锦著有《孙先生遗书》，子孙起孟为父编《年谱》二卷。均由张謇校定。④ 乾隆年间，左世容是一位端人学士。左世容，字学冲，号笔泉。性纯孝。乾隆初年举人。出为武进教谕，课诸生，后进尊为楷模。后乞病归。姚鼐青年时曾馆于左家。另外，乾嘉间，汪志伊也是一位为官能文之士，与姚鼐友善。任官之余，著有《近腐

---

① 《列传二百六十九儒林三：马宗梿　子瑞辰　孙三俊》，《清史稿》第四三册，中华书局 1977 年版，第 13240~13241 页。

② 吴海林、李延沛编：《中国历史人物辞典》，黑龙江人民出版社 1983 年版，第 698 页。

③ 张謇研究中心南通市图书馆编：《张謇全集》第六卷日记，江苏古籍出版社 1994 年版，第 328 页。

④ 黄秀文主编：《中国年谱辞典》，百家出版社 1997 年版，第 536 页。

斋集》，姚鼐为之作序，称其诗与文能“经理性情之实”。① 志伊，字稼门，乾隆中举人。由四库馆校对入仕，官至湖广、闽浙总督。为官廉正，有操守，能察吏安民，曾手编《荒政辑要》，颁为赈济之法。又在苏州增设正谊书院课士。② 再之，桐城吴氏中有一位姚鼐远亲吴赓叔，字登虞，号春麓，嘉庆进士，官至御史。学宗程朱，著有疏稿及诗文集，学者称春麓先生。③

清代桐城自方以智、方中通父子后，屡有学人研习自然科学。乾隆年间张裕叶，字侍乔，副贡生，官滁州学正。精通天文、数学。曾著《开方捷法》，又发明“燥湿表”，预测天气晴雨，学有所用。④ 乾隆中，余霖和章攀桂等则以治瘟疫和知地理而闻名于时。余霖，字师愚，乾隆中先后在桐城和京师治理伤寒等时疫病有效，“活人无算”。其所著《疫疹一得》，与其时太湖洞庭山名医吴有性所著《瘟疫论》各有异同。章攀桂，字淮树，官知县，累迁至道员。有吏才，多技艺，尤精地理之学。曾为明朝张宗道《地理全书》作注，稍辨正其误失。既仕显，不以方技为业。乾隆时，句容凿河，他相其形势，监其工役，渎成，谓之新河，《清史稿》称“百年来赖其便”，为他列入专收技术类名人的《艺术》列传中。余霖亦在《艺术》中有传。⑤

开阔视野：加强桐城派与桐城人文研究

综上所述，有清一代桐城人文郁起，文人学士和良臣循吏辈出，引领全国文坛约二百年的“方刘姚”古文派和几与清代相终始的张氏

---

① 孟醒仁：《桐城派三祖年谱》，安徽大学出版社 2002 年版，第 124～125、234 页。

② 《列传一百四十四：汪志伊》，《清史稿》第三七册，中华书局 1977 年版，第 11325～11327 页。

③ 孟醒仁：《桐城派三祖年谱》，安徽大学出版社 2002 年版，第 244 页。

④ 吴海林、李延沛编：《中国历史人物辞典》，黑龙江人民出版社 1983 年版，第 669 页。

⑤ 《列传二百八十九艺术一：余霖、章攀桂》，《清史稿》第四六册，中华书局 1977 年版，第 13867、13884～13885 页。

“科第世家”是各具特色的亮丽篇章。以桐城派为特出表征的清代桐城人文景观，其外显为笃学重文，内涵为修德重教，可谓是学林和仕林并茂，文光和德化齐辉。这是一笔丰硕的历史文化资源。我们应改善理论思维，开阔研究视野，在进一步从文学史、学术史的视角开展桐城派研究的同时，还可从文化社会史的视角加强对桐城派与桐城人文景观和人文精神的研究。这种研究还可从学林人文扩展到仕林人文，并从精英层面(本文述议尚停伫于此)，大到大众层面，以期进一步丰富对桐城派与桐城人文学术内涵、学术意义和现实意义的认识，大力发掘和发扬清代桐城所不断凸显的中华民族的重文修德、自强不息的人文精神，推助当今和谐社会建设和中华民族伟大复兴。

(选自徐成志等:《桐城派研究》，新华出版社2010年版)

【评　介】

刘学照，1935年12月出生，江苏人。毕业于华东师范大学，现任华东师范大学历史系教授、博士生导师。主要从事中国近代史、中国近代思想史以及近代中日关系史的研究。代表作有《洋务思潮与近代中国》、《日本帝国主义侵华史略》等。

《桐城派与桐城人文述议》一文收录在2010年的《桐城派研究》的第12辑中。2009年10月17—18日，“第四届全国桐城派学术研讨会”在安徽省桐城市召开，《桐城派研究》为其会刊。

《桐城派与桐城人文述议》一文中，作者分三部分分析桐城派和桐城人文景观，从文化社会史的视角对桐城派与桐城人文作简述，以此来显现桐城派和桐城人文的历史文化价值和社会现实意义。每一部分都是先从宏观的视角进行综合研究，然后从微观的角度描述桐城诸家的生平、社会历史环境、思想、家学师承和文论建树、创作成就以及对桐城派发展的贡献来探寻该文派的发展脉络。

作者以介绍清代桐城人文的前驱来拉开写作的序幕。明清以降，桐城文风昂扬，以著姓望族为代表的书香门第、“科第世家”人才辈出，仕学互动，形成的桐城人文盛况，为桐城派的崛起并引领全国文坛开拓了优越的地缘文化基础。作者从三个角度介绍了清初桐城人文景观，先是以清初的遗臣逸士方以智、钱澄之和名臣循吏姚文然、姚文燮、江皋、张英开其端，然后介绍饱学之士姚际恒、马教思，最后介绍方孝标和戴名世。在戴名世部分，作者特别提及其因《南山集》文字狱受到的迫害，指出文字狱对桐城派创始人方苞以及文风的影响。作者认为文字狱扫荡了方以智、钱澄之在桐城所植的遗臣逸士之气，也正是这些清初桐城人文胜景以及《南山集》案遗留的阴影，一起铺垫了清代桐城人文的前路。

第二部分是从家学师承的角度来介绍桐城派文坛盛况，桐城派由方苞开端，刘大櫆承其后，姚鼐总其成。家学熏陶、师弟相随、交友交游以及姻亲联系对桐城派学术发展、学风形成、流派传衍起了重要的作用，作者将桐城派家学师承的多数成员进行了有序排列和详细阐述。正是这些桐城笃学之士及其子弟，使得“方姚之文”引动全国文坛，为桐城人文铸就了“最光亮的篇章”。

第三部分作者详细介绍“父子宰相”的张氏家族，描绘桐城派文德齐辉的人文景观。作者统计张氏家族取得科举功名的状况，纠正昔日学者统计错误，描述张氏重科举、重文德的家风，与名门望族的联姻以及成功的为官之道，以此来论证张氏家族是空前绝后的“科第世家”，并指出这是清代桐城人文景观中特别闪亮的一页。此外作者对循吏之林之中，有学能文之士的方姓、马姓和桐城的其他各姓也作了阐述，还指出清代桐城派的很多学者在学术上的成就，既是专精，又通诸多方面学问，既重视文史人文科学又重视自然科学的探讨。

纵观全文，作者一改以往的视角，从文化社会史的角度对桐城人文景观和人文精神进行系统梳理与深入探讨，使人们从另一个角度认识和体会桐城派的传承，也给学者们以后的科研思维打开了一扇创新之门。

（冯静）

汉学与反汉学
——江藩的《汉学师承记》、《宋学渊源记》和方东树的《汉学商兑》

朱维铮

19世纪初叶，江藩的《汉学师承记》、《宋学渊源记》，以及与之针锋相对的方东树的《汉学商兑》三书相继出现，在清学史上属于超越学派之争的事件。它表征着18世纪以来清统治者推行文化分裂政策以驾驭学术文化界的伎俩失效，也表征着十八十九世纪之交文学界领袖阮元等调和汉宋的努力，效应适得其反。由扬州学派名士江藩和桐城派文士方东树分别反映的两种学术取向，并没有随着帝国统治的内外危机的深化而消失，反而随着晚清政坛的矛盾加剧，而呈现越发变幻的形态。问题在于清学史的这一页，自清末以来屡遭简单化的处理，不同的价值判断的主观需求，究竟在多大程度上分别扭曲了历史的事实，无疑只有对原著双方的矛盾陈述进行清理之后，才能了解。本文便是考证当初历史真相的一次尝试。

一

公元1818年，当嘉庆二十三年，旅居广州的江苏甘泉的老名士江藩，刻成了《国朝汉学师承记》八卷，后附《国朝经师经义目录》。那时他正在两广总督阮元的幕府中，参与《皇清经解》的编纂策划，被阮元引为堪总其事的海内二三学友之一。因而阮元不仅资助江藩刊行《汉学师承记》，还作序盛推此书，说是“读此可知汉世儒林家法之承授，国朝学者经学之渊源，大义微言，不乖不绝，而二氏之说，亦不攻自破矣”①。

四年以后，清道光二年冬末（1823年初），江藩又在广州刊印《国朝宋学渊源记》二卷，“附记”一卷。这回作序者署名“长白达三”，自然是满洲旗人，时官居广东盐运使，无疑也是资助此书出版者。达三在序中又盛推此书，“无分别门户之见，无好名争胜之心，唯录本朝潜心理学，而未经表见于世者。其余庙堂诸公，以有国史可考，不敢潜议也。其用心至矣！其用力勤矣”②！

是这样吗？倘说阮元序前书，对于他这位以狂放著称的小同乡兼老同学的推崇，还有分寸的话，那么达三序后书，则简直在瞎捧，表明他或他的捉刀人，似乎从未读过前书，也似乎没有看懂后书。

《汉学师承记》至迟在1812年已有初稿。这年也是江藩同乡的汪喜孙为此书作跋尾，便强调这位长辈著书的本意，在于区别汉宋门户，并把宗理学的古文名家汪琬、方苞，对汉儒、宋儒讥弹的毛奇龄，自命为汉宋调人的王懋竑，都斥作“矫诬之学”，“恶莠乱苗，似是而非”③。1817年，龚自珍致江藩函，建议他把书名改作《国朝经学师承记》，说是原署“汉学师承”，“名目有十不安”，其中批评的重

---

① 《汉学师承记》阮元序，见江藩本书。序末署“岁戊寅除夕”，当清嘉庆二十三年十二月末，1819年1月。

② 《宋学渊源记》达三序，见本书。

③ 参看《汉学师承记》汪喜孙跋。此跋在《丛书集成初编》本移植于《经师经义目录》后，改题“跋一”，非原貌。汪喜孙，汪中子，父殁后从学江藩。跋中指责“汪钝翁私造典故”，“毛西河肆意讥弹”，袭自阎若璩；但谓“方灵皋以时文为古文，三《礼》之学等之自郐以下”，“王白田根据汉宋，比诸春秋之调人”，则当属汪中、江藩的意见。

点，便是江藩有“门户之见”①。至于《宋学渊源记》，声称凡做过官的都不著录，“以有国史可考”云云，更是饰辞。一瞥他在前论后记列举的所谓国史有传或“自必有传”、“无烦记录”的人物，唯独遗忘了自居为深得“正学”心传的方苞、刘大櫆、姚范、姚鼐等桐城诸人，便知他的真意所在。

桐城派早与汉学家结怨。尤其是此派中坚姚鼐，在乾隆间任四库馆臣时，曾屈尊要求拜皖派大师戴震为“夫子”，遭到戴逊辞坚拒，在学林大失面子，终身切齿，所撰《惜抱轩尺牍》等多收痛诋戴震和考据学的文字②。江藩书出时，姚鼐已死，他的四大门徒俱在。其中最好斗的是桐城老诸生方东树。

方东树少江藩十一岁，身份与监生江藩相同，而且都终生不得一举。但江藩在青年时便因注释乾隆帝的“御制诗”而曾获得预备召见的殊荣③，从此，“以布衣为掌故宗”④，备受达官名宿的礼敬。而方

---

① 参看《与江子屏笺》，《龚自珍全集》，上海人民出版社 1975 年版，第 346~347 页。清末皮锡瑞述及建议更改《汉学师承记》书名者，误作焦循，已于 1928 年为周予同师指正，见皮锡瑞著，周予同注释：《经学历史》，中华书局 1959 年版，第 313 页及第 318 页注 18。

② “范从子姚鼐，欲从震学，震谢之，犹亟以微言匡饰。鼐不平，数持论诋朴学残碎。其后方东树为《汉学商兑》，徽章益分。”见章炳麟重订本《訄书·清儒》。此篇注释，可参看周予同主编，朱维铮修订：《中国历史文选》下册，上海古籍出版社 1980 年版，第 343 页注以下。范，姚范。

③ 江藩，字子屏，号郑堂，晚号节甫，甘泉人。生于清乾隆二十六年（1761），卒于清道光十一年（1831），年七十一。传见《清史列传》卷七六《儒林传》。按，此传仅据二、三种记述编成，甚略。主要依据李元度《国朝先正事略》卷三六“经学”余萧客传附江藩传，而李元度作此传，仅概括江著《经师经义目录》大略而已。实则江藩于《汉学师承记》、《宋学渊源记》和其他杂著内，一再叙及身世。据此，闵尔昌编有《江子屏先生年谱》，有民国十六年（1927）朱刊本。江藩为监生，但早岁知名，居京甚久，曾坐馆于大学士王杰家。约在乾隆五十一年（1786），他撰成乾隆“御制诗”集注，由王杰进呈，得乾隆赏识，又传谕召对圆明园，值林爽文起兵台湾而中辍。然江藩由此名愈著。见清汪廷儒《广陵思古篇》。

④ “嘉庆中，扬州有雄骏君子，曰江先生，以布衣为掌故宗，且二十年。”见龚自珍《江子屏所著书序》，前揭龚集，第 193 页。

东树虽以姚鼐弟子的缘故，奔走权门，未受白眼①，但仅充食客而已。阮元在广州开学海堂，提倡“以古学造士”②，也借以安置投奔他的海内学者文士。方东树也厕身其中，得以目击江藩二书刊行并首先在阮元幕中引起的轰动效应。倘说《汉学师承记》获阮元推崇，已引出方东树的妒火的话，那么《宋学渊源记》的继刊，引出的便是他的怒火。③ 这不难理解。试想，假如江藩将桐城诸老摈斥于“国朝宋学”之外的策略奏效，那么方东树辈自命“正学”而借以为官作幕的“谋食”术，岂不从此失灵？谁都知道，中世纪晚期热衷于趋附权贵的所谓道学夫子，早如顾炎武所讥，把“知耻”置诸度外，他们最痛恨的是有人染指其饭碗。何况江藩此书意在砸掉其饭碗。于是方东树感到忍无可忍，决意写一部书，不顾江藩著书已是针对姚鼐骂倒“朴学”的回应这一事实，更反噬其著书目的“以辟宋儒，攻朱子为本”④。这就是后人熟悉的所谓“上纲上线”。既然帝国的圣祖、世宗、高宗都已明白宣布孔孟之道为纲，而朱熹关于“纲常”的解释，乃是衡量是否恪守孔孟之道的唯一尺度，那么谁被谴责为“辟宋儒、攻朱子为本”，谁就等于自寻死路。方东树如此严厉谴责江藩，不待

① 方东树，字植之，晚号仪卫主人，桐城人。生于清乾隆三十七年(1772)，卒于清咸丰元年(1851)，年八十。传见《清史列传》卷六七，《清史稿》卷四八六。二传大抵据方氏门人苏惇元《仪卫方先生传》(《汉学商兑》同治十年重刊本卷首)，桐城郑福照《方仪卫先生年谱》(《仪卫轩文集》附，同治七年刊)，又世传方宗诚撰《方植之先生年谱》，据来新夏《近三百年人物年谱知见录》(上海人民出版社1983年版，第150页)，谓内容与郑编同。方东树以诸生终，然“少有用世志”，在外作幕友，主书院近五十年。阮元任两广总督，于1819年聘方为《广东通志》分纂，次年又入新建成的学海堂，又次年主持廉州海门书院。至1826年回皖入安徽巡抚邓廷桢幕。章炳麟说他“本以文辞为宗，横欲自附宋儒，又奔走阮元、邓廷桢间，躬行佞谀，其行与言颇相反”。见《检论·清儒》(《章太炎全集》第三卷，上海人民出版社1984年版，第475页)。他二十岁后好陆王之学，学古文于姚鼐；四十后改宗朱熹，讲义理之学；晚年居家，又醉心禅帨，《清史稿》说他一生学凡三变，是不错的。

② 参看《清史稿》卷四八二儒林曾钊传。

③ 参看前揭《清史稿》卷四八六文苑方东树传。

④ 见《汉学商兑序例》。

说也在严厉谴责阮元。依清律，假如他控告江藩“攻朱子”的罪名得以成立，则曾替江书作序并引为知己的阮元，至少也得承受“姑息养奸”的咎责。但不知为什么，方东树写成此书，并将它献给阮元，已在《宋学渊源记》刊行三年之后，恰值阮元奉调离粤赴云贵总督任之际①。仿佛他有意以此书替阮元变相左迁送行。这部书就是《汉学商兑》。

恕我寡闻，至今没有见到《汉学商兑》道光丙戌(1826)初刻本。我所见的最早版本，是道光辛卯冬(1831)的重刊本。江藩已在去岁死去。阮元仍在受反清的“野人”困扰。这时方东树已回到合肥依附安徽巡抚邓廷桢。邓廷桢号称“绩学好士，幕府多名流”②，其实没什么学问，附庸风雅而已。那时方东树虚龄六十，在故乡已入桐城派

---

① 《汉学商兑》始著时间，郑福照《年谱》系于清道光四年(1824)，梁启超谓“其书成于嘉庆间”，均被钱穆讥为“无他证”或“益无据”。梁说见拙校注《梁启超论清学史二种》，复旦大学出版社 1985 年版，第 56 页。钱说见《中国近三百年学术史》下册，台湾“商务印书馆”1980 年版，第 517 页。但钱穆以为《汉学商兑》“成书在丙戌(1826)前，刊行则在辛卯(1831)”(上引书，第 517 页)，显然失考。复旦大学图书馆藏道光辛卯冬刊本，卷首于道光丙戌四月所著“序例”前有“重序”一篇；于“序例”后列有“汉学商兑题辞”，凡七人，署地望者有阳湖陆继辂、元和沈钦韩、武进李兆洛、宝山毛岳生；未署地望者，姚莹虽为桐城人，而时在江苏候补，陶澍时为江苏巡抚。诸人既不同在一地，题辞或云“读大著”如何，“奉教”如何。这时方东树在安庆邓廷桢幕府，自无将手稿分缮寄诸人可能。此本卷下末又附按语谓“余既写此说，友人多以见规”云云，则见书者又不止前有题辞之七人。倘无刊本，则难以想象有分散诸地的如此多人作出回应。因而钱穆谓“刊行在辛卯”，缺乏佐证。再，复旦大学藏辛卯本，封面有墨书手迹“桐城方植之先生著凡四卷附刊误补义”，封内有同一手绩题“己亥春正月二十一日读卷上一过”云云数语。今存两册，卷上卷中之上合一册，卷中之下卷下合一册。两册封面右下角各有同一手绩硃书“上”、“中”二字，则知阙“下”即“刊误补议”一册。由此也可证辛卯本以前必有一初刻本，惜未见。据《清史稿》卷一九九《疆臣年表一》，阮元于道光六年丙戌五月中奉调任云贵总督。方东树作《汉学商兑序例》署“丙戌四月”，又《仪卫轩文集》卷七载有《上阮芸台宫保书》，乃为献《汉学商兑》而作，未署写信时间，但必在《序例》作成后。因而我疑心方东树此书早成，但献给阮元的时机，并非与阮调任纯属巧合。在阮元离粤后，方东树随即赴浙江，旋返皖入邓廷桢幕。见郑编《年谱》。

② 见《清史稿》卷三六九邓廷桢传。邓任安徽巡抚十年。

活着的耆老之流，因而在此书的“重序”中，攻击“近世为汉学者”，越发没有顾忌①。

同江藩一样，方东树也没有想到，他们从正负两面评论清代汉学，主观意向都在于“打击别人，抬高自己”，结果却殊途同归，恰好从两个极端，凸显了所谓汉学和所谓宋学，早在19世纪初叶，“欧风美雨”大举从海上侵袭帝国大陆前多年，便都已走向末路。他们其实是用极不谐和的音调，给中世纪式的“清学”，共同谱写了挽歌。

二

甘泉是清代扬州府治的属县之一。清中叶的扬州，仍然是江南最为繁华的商业城市。这里是帝国的盐务重心、漕运要津。畸形的盐业垄断政策，使这里成为帝国政府的财源和包税盐商的利薮。而地处南北交通运输命脉的运河中段的起点，又使这里成为北往南来的商人、士人和官员等必驻都会。但它又不是两江总督或江苏巡抚的驻在地，即不是地区的政治中心，因而较诸南京、苏州，受帝国和地区的军事化的政治控制，相对来说都较弱。因而由中世纪式的经济繁荣，带来的文化繁荣，在这里也表现得颇具典型色彩。绅商辐辏，巨贾云集，既使这里的消费需求猛增，也使这里的消闲文化俗雅并举。在18世纪，扬州便出艺妓，出名伶，出画家，出书贾，出文士，也出学者。依靠食盐专卖而大发横财的帝国税务官和包税商，出于迎合皇帝假充斯文或改良自身贪婪形象的复杂心态，每每延聘名流学者充当清客，或资助刊行自己莫名其妙的学术著作。在乾隆时两度任两淮都转盐运使的卢见曾，虽在初任期内曾因贪污而被告发，并连累儿女亲家纪昀一道被充军，但复任十年内，却变本加厉，建书院，刻经书，在府中供养众多名士，包括吴皖两派汉学家宗师惠栋、戴震等，遂使“谈艺

① 见《汉学商兑》道光辛卯本卷首。

者无不知有雅雨先生也”①。这就是一则显例。

有财务作后援，有学术信息活跃作前提，又有少受政治干预作酵母，因而从 18 世纪到 19 世纪初，清代汉学中崛起自成特色的扬州学派，便是顺理成章的。

所谓扬州学派，空间涵盖面当然包括那时的扬州府所辖各州县学者。但著名学者，都出在扬州府治所在的甘泉、江都二县，及其北边的高邮州、宝应县，以及南边的仪征县。这五城都位于大运河畔。原籍江都的汪中、汪喜孙父子和凌曙，甘泉的焦循、焦廷琥父子和江藩，高邮的王念孙、王引之父子和李惇、贾田祖，宝应的刘台拱、刘宝楠伯侄，仪征的阮元和刘文淇、刘毓崧父子等，便是乾嘉间扬州学派的佼佼者。但追溯他们的学术传承，多半非戴震即惠栋。再深究呢？却又发现他们虽然个人风格差异很大，有的谨慎，有的狂放，有的专经，有的求通，有的宣称志在复古，有的不讳爱好“西学”，但不论是行迹怪诞的汪中，居乡横暴的焦循，曾为佣保的凌曙，致身公卿的二王，以及余人，在学术上都有不同程度的非宋非汉趋向。这一趋向到曾任九省疆臣的阮元尤为明显。他是汉学家，但随着主持各省的教育、行政和大区军民政务的阅历日增，就越发倾向于调和汉宋。

我曾经指出，18 世纪的学术史中的所谓汉宋之争，原是清统治者施行的分裂文化政策的产物②。建立在一个少数民族压迫汉族和各民族的特权基础上的清帝国，它的最高权力控制者对汉文化传统的认知愈深，便对本族汉化的担忧愈甚。否则便很难理解，到乾隆帝即位，上距清建国已逾百年，在其祖父康熙帝在位时还极力拉拢的故明遗老遗少早已死光，而他厉行满汉隔离政策，反而超过以猜疑著称并建立遍布各省的特务网的其父雍正帝。从康熙到乾隆，祖孙三代总共君临中国一百一十八年，尤以乾隆帝统治的六十四年，分裂汉文化的政策最为露骨。一方面继续承认所谓朱子学是帝国统治思想的理论基

---

① 参见卢文弨：《故两淮都转盐运使雅雨卢公墓志铭》，载闵尔昌纂录：《碑传集补》卷十七。按此墓志铭，《抱经堂文集》未录。

② 请参拙作《中国经学的近代行程》，《复旦学报》(社科版) 1989 年第 4 期。

石，一方面又鼓励所谓汉学家“两耳不闻窗外事”的沉湎经史考证的风尚。时时讥嘲假道学，但自命朱熹信徒的又致身通显，往往表彰真汉学，但偶尔赏给戴震以进士显衔，同时严惩敢于上书吁求用人泯除满汉界限的杭世骏，命其在罢官后“奉旨买卖破铜烂铁”；这就是乾隆帝自以为得计的驭汉之术。他的继承人嘉庆对此遵而勿失，可惜玩弄权术远逊于乃祖乃父。刚亲政便使王念孙获得首劾和珅的荣名，却又使洪亮吉获得忠君得咎的盛名。他以此显示朝廷已无能力继续先帝的分裂汉文化政策。于是阮元以疆臣身份欲充汉宋调人的策略，直接回应是失败。失败不在别处，就在他的幕府内。

在就任两广总督前，在主持浙江省政任内，阮元已奉旨修成《国史儒林传》。其中已明白表露，他以黄宗羲、顾炎武作为清朝汉宋两大派的共同开山，意谓说理学当宗黄，说经学当宗顾，而黄、顾曾互相称道，则后继者不必争孰是孰非。岂知首先惹恼了他的“同里同学”江藩。此人早有“狂生”名，总在大庭广众自赞“文无八家气”①。他既然连韩柳欧苏辈都不放在眼里，怎能想象他会由于寄身昔日学友篱下而附和其学术史见解？写定于阮元幕中并由阮元作序的《汉学师承记》，何以那样强调清学史的汉宋分野，乃至于清学大宗师顾炎武、黄宗羲，也被判作“以不纯宗汉学”，而置于编末，很可能是在故作违言。

三

《汉学师承记》的编纂采用传记体。全书八卷，正传四十人，附传十七人，但附传中有若干人不登于目录。

首卷先述中国经学的历史概貌，类似全书总序。然而述三代只虚赞学校教育，矢口不提韩愈的那个“道统”。自汉兴转入实述，而以

---

① 参看前揭汪廷儒：《广陵思古篇》。又，清陈康祺《郎潜纪闻》二笔卷十六评江藩：“其为人，则权奇倜傥，能走马夺槊，狂歌豪饮，好游好客，至贫其家。儒林、文苑、游侠三传，令后世难于位置。”奇怪的是《清史稿》真的无江藩传。

为“古学”至东汉末的郑玄已臻于至善，那以后便是一连串的破坏，到明代更堕入昏天黑地的状态。多亏“我”大清列皇个个圣明，代代相承，终于“文明于变”，重现盛世。在不辞辛苦地对顺治到嘉庆五帝作了极口赞颂之后，江藩说出了堪称全书主旨的一段话。据说这来自乃师余萧客、江声的教诲，“乃知经术一坏于东西晋之清谈，再坏于南北宋之道学；元明以来，此道益晦。至本朝三惠之学，盛于吴中，江永、戴震诸君，继起于歙，从此汉学昌明，千载沉霾，一朝复旦”！

奇怪的是江藩在前述末宣称，“是记于轩冕则略记学行，山林则兼志高风”，表白他的诠次重点在于困居草泽的汉学家，但就在首卷，列入正传第一人的，却是阎若璩。

的确，阎若璩的《古文尚书疏证》，在清代对伪古文《尚书》作出了一审判决，那以后经过惠栋、王鸣盛等的相继考证，使此书之伪，基本定谳。但他不是顾炎武的门徒吗？他不是在吴棫、朱熹、梅鷟等宋明学者的研究基础上才能判决此书之伪吗？为什么在清初流亡草泽的顾炎武反被打入另册，而与道学藕断丝连的阎若璩，却被尊为清代汉学的开山呢？其实本传已自透其底。江藩津津乐道的，是阎氏在康熙间怎样被达官赏识，尤其怎样被未来的世宗宪皇帝优礼。虽在传末带了一笔，说此人有背师嫌疑，但全传基调是称道阎氏同清初统治者的积极合作精神，则是分明可见的。相形之下，黄宗羲自高身份“将俟虏之下问”①，顾炎武标榜气节却往来于致身清朝显贵的外甥三徐之门，在江藩看来都有悖于孔门传统。因而他怀疑阎若璩背师，未必是贬意②。

由这个例证，可知江藩同情有学问而常在底层的汉学家，并非赞美他们自甘淡泊，为学术献身，而是哀婉他们“数乖运舛”“筮仕无门”，虽通经而无以致用。清代的汉学家，无论是古文学者还是今文学者，大抵

---

① 章炳麟语，朱维铮、姜义华编注：《章太炎选集》注释本，上海人民出版社1981年版，第402页。

② 《汉学师承记》的阎若璩传，基本内容与杭世骏的《阎先生传》略同，但对同一事件的说法往往不同。比较地说，杭世骏对阎更持批评态度。

都是汉儒的“通经致用”说的近代门徒。正如周予同师所讥，他们“对于西汉君主利用迂儒的策略，愚而且诬地在赞叹着仿效着”①。江藩的言论，表明他也属于“真有点非愚即妄”者流。不过这一点可以谅解，因为他百年后，所谓学术与政治的关系，仍然时时夹缠不清。

江藩把“三惠之学”说成清代汉学昌明的标识，也近于夸张。所谓“三惠”，祖父惠周惕说经未脱头巾气，受媚俗成名的朱彝尊称道，更可见他的人品未足道。其子惠士奇以八股晋身，被雍正帝钦点广东学政，目睹岭南文士的蠢愚无知，忽然想到可以模拟汉代在蜀郡兴学成名的文翁，由此获得大名，但雍正帝在他离粤后罚他用私产重修镇江城，可见皇帝已疑心他在广东六年横财之多。他著有《易》、《礼》、《春秋》三“说”，号称“邃深经术”，但三书俱在，一瞥便知没有超出平凡之上。在经学上真有造诣的，是终身为县学生员的孙儿惠栋。他的《周易述》、《古文尚书考》、《春秋左传补注》、《九经古义》诸书，都属于乾嘉汉学的先行名著。学术的先行者多半犯有偏执或粗疏的通病。惠栋也不例外。譬如他的《易》学一扫宋代理学家的图书说，努力恢复汉代《易》的原貌，但有硬把汉人不同说法拉扯在一起的毛病。他说九经专考汉人的训诂，所谓古义，但有好奇爱博，把不可通的汉人诠释说成可通的毛病。梁启超曾挖苦他以为“凡古必真，凡汉皆好”，虽不尽然，却触及了他的症结②。

由惠栋以下，《汉学师承记》的卷二、三，所传均吴派。江藩表白，他最推崇的是钱大昕，比之于郑玄复生。卷五、六则传皖派。这两卷非但以戴震为轴心，而且不惜篇幅，全抄洪榜的上朱筠书，孔广森的《戴氏遗书》序，力证戴震如汪中所赞，是清代汉学的集大成者。从中可以窥见戴震虽已死去四十年，但他的《孟子字义疏证》、《原善》等书的见解，应作怎样的价值判断，在学者中仍然存在着很大的分歧。卷四的传主是王昶、朱筠、武亿、洪亮吉四人，倾向或吴或皖或居中，但所叙都集中于他们在政坛上的作为，可知此卷意在表彰汉

① 参看拙编《周予同经学史论著选集》，上海人民出版社1983年版，第103页。

② 参看拙校注《梁启超论清学史二种》，复旦大学出版社1985年版，第26页。

学家也能“立功”。

有趣的是卷八为黄宗羲、顾炎武作传，正文好话说尽，最后突然出现答客问①。凡三问三答，进攻的都是“客”，首先指责作者初稿不为黄、顾立传是数典忘祖，而后指责作者以黄、顾曾抗清为辩是不明乾隆帝表彰南明史的苦心，于是作者虚心承认错误，赶紧补立一传。或以为这是江藩故为问答，“其中表抑而里扬”云。确实，在先阮元修《国史儒林传》初二稿都以黄、顾居首，因而使人相信江藩起初不传二人真是格于体例，并非出于政治考虑②。但这说不通，观江藩的答问可知。解释不可能如伍崇曜所说，在于江藩的个性褊急，故意与阮元立异③。

但江藩还嫌他的传记不能展示清代汉学的纯正，于是又仿照陆德明《经典释文》的先例，“取其专论经术而一本汉学之书”，作成附记一卷，题作《国朝经师经义目录》。他对入录诸书，定了取舍标准四条，其实只有一条：“言不关乎经义小学，意不纯乎汉儒古训者，不著录。”另三条，如书未著成、已成未见或著者见于前面附传而人尚在世的，都不著录，乃属附加限制。按照如此苛刻的尺度，入选的经师仅三十二人，“经义”诸书仅九十四种④。其中入选三种以上的，

① 参看《汉学师承记》卷八末“节甫曰”。

② “郑堂久在阮文达幕府。文达撰《国史儒林传》稿，第一次顾亭林居首，第二次黄黎洲居首，而是书以两先生编于卷末，以纯宗汉学也，亦可见其体例之严。”见粤雅堂丛书本《汉学师承记》伍崇曜跋。按此跋或为谭莹作。陈康祺《郎潜纪闻》初笔卷十四：“近刻《粤雅堂丛书》百八十种，校雠精审，中多秘本……每书卷尾必有题跋，皆南海谭玉生舍人莹手笔，间亦嫁名伍氏崇曜，盖伍为高赀富人，购书付雕，咸藉其力，故让以己作云。”参见《清史稿》卷四八六文苑谭莹传。

③ 见粤雅堂丛书本《宋学渊源记》伍崇曜跋。按此跋亦或为谭莹所作，说见前注。但此跋以为“郑堂学术人品，颇近毛西河检讨”，则提供了对江藩就近观察多年的一种印象，颇近似。

④ 参看《经师经义目录》江钧附识。江钧当即《汉学师承记》卷七汪中传末江藩自述“养侄为儿”者。但此识语则无疑出于江藩本人。入选《目录》的人和书，统计乃我所作。又，江钧附识署“嘉庆辛未良月既望”，而识语谓“家大人既为《汉学师承记》之后”，“作《经师经义目录》一卷，附于记后，俾治实学者得所取资……次列既，承命钧缮录”云云，则可知此书及目录，在嘉庆十六年(1811)十月十五日前已完成初稿。此后当有修改。

有十四人，共七十二种；而入选五种以上的更少，依次为江永十二种，惠栋九种，顾炎武八种，阎若璩、戴震各六种，江声五种，共四十六种，就是说这六人的著作几占全部著作的半数。

前已提及，江藩曾参与阮元编刻《清经解》的策划。《清经解》收录的下限和有的附加限制，与江藩的目录相近。但它选书一百八十八种，著作七十余家，而江藩登录的书和人，都恰为它的一半。令人诧异的，是《汉学师承记》列入正传的四十人中，有十八人无一种著作入录。其中包括他明白推崇为郑玄第二的钱大昕，他曾经正式拜作老师的王昶、朱筠，他作传时屡表服膺的亡友李惇、汪中、徐复、汪光爔等。这很难用他们“言不关乎经义小学”来解释，只能说在江藩看来，他们在主观意向上还不够矢忠于所谓“汉儒古训”。例如钱大昕，居然提出这样的问题：“自惠戴之学盛行于世，天下学者但治古经，略涉三史，三史以下茫然不知，得谓之通儒乎？”①用江藩的尺度衡量，钱大昕竟对惠栋、戴震所标榜不读汉以后书的说法提出质疑，便可证他著书的动机不纯，于是他的说经诸书就必须摈斥于目录之外——虽然这一来，即使郑玄复生，能否厕身于“国朝经师”之林，也成了疑问。

然而《经师经义目录》的陈述方式，却惹人注目。它述经义，分成八类。前五类分述“五经”，以下依次以《论语》概括“四书”，以《尔雅》概括“小学”，最后述清代学者研究古“乐”的成就。每一类都首先概述经传传授历史，次或简评清代学者研究得失，而后列举清人的相关代表作。在江藩以前，清人虽已在注意经学传授史，但还没有像江藩这样从严分汉宋、摈斥今文的角度，陈述经古文学的传授史。因而《清史列传》中的“儒林江藩传”，大半篇幅在复述这篇目录的要点，反而不注意江藩在《汉学师承记》正附诸传中时时透露的个人身世，致使他的行状隐晦不明。

龚自珍批评江藩的《汉学师承记》“名目有十不安”，其中第五点说：“近有一类人，以名物训诂为尽圣人之道，经师收之，人师摈

① 引语见《汉学师承记》卷三钱大昕传。

之，不忍深论；以诬汉人，汉人不受。”①倘说此点乃指江藩的附记《经师经义目录》，似无疑问。所谓经师人师的区别，在清学史上也算一大公案。早在清初，黄宗羲“教学者说经则宗汉儒，立身则宗宋学”；在乾隆初，号称清代汉学纯正先师的惠栋，在他颇具浪漫色彩的题作“红豆山房”的书斋前手书楹帖，说是“六经尊服、郑，百行法程、朱”。这都见于江藩的记载②。因此，当江藩的同乡同学阮元在任浙江巡抚时所撰《拟国史儒林传序》等文中，强调汉学家是“经儒”，宋学家是“师儒”③，也就是说经师人师虽有区别，但都是儒是师。如说他旨在调和汉宋，那是不错的，但如说他有悖于清代汉学的一贯追求，则难以服人。可是江藩在与阮元立异的同时，忘记了摈斥宋学，乃至连《汉学师承记》诸传频繁述及的西学，也一并在《经师经义目录》中毁尸灭迹，这就不能不令人感到龚自珍的讥斥有理。

四

谁曾留心18世纪的清朝文化政策史，谁就不能不对一个历史现象感到惊异。那就是在这百年间，相继在位的康熙、雍正和乾隆三帝，无不“以朱子之学倡天下”④，然而他们愈尊朱熹，愈使“理学之言竭而无余华”⑤。康熙时代还出过汤斌、陆陇其、张伯行那样的理学“名臣”⑥，还出过李光地、徐元梦、熊赐履等好讲理学的高级大

---

① 前揭《与江子屏笺》。

② 黄说见《汉学师承记》卷八黄宗羲传。此传大略同于全祖望《黎洲先生神道碑文》，但传文所引“教学者”二语，则不见于全氏碑文，或江藩别有所据？惠联见于《宋学渊源记》卷首，引语下谓“藩为是记，实本师说”。按惠栋于1785年去世时，江藩已二十四岁，相继从余萧客、江声习经学已多年，因而曾向惠栋问学是可能的。

③ 阮文见《揅经室一集》卷二。

④ 参看《清史稿》卷二九〇及后论。此卷所载杨名时、方苞等十余人，多为李光地荐拔的人物，从中可见李光地何以在雍乾二朝仍能具有影响。

⑤ 参看前揭重订本《訄书·清儒》。

⑥ 清代所谓“理学名臣”，原指由历届政府特许从祀孔庙的人物，衡量尺度唯在“躬行践履”，与其在理学上是否有造诣无关。这里即用此含义。

臣。但从雍正到乾隆，在这对父子统治帝国的七十七年中，连这类人物也越来越稀见。那原因之一，就是他们虽然爱讲“天理良心”，或标榜“中庸之道”，却比康熙帝更不喜欢道学家们的“讲”。因为一讲就会侵犯皇帝关于圣贤道理的解释权的垄断地位。他们更喜欢“行”，也就是善于揣摩君主意向，做好忠臣顺民。在康熙晚年曾因文字狱牵连而被发配旗下充军的桐城人方苞，在雍正初得到赦免，便被皇帝派充此等角色。他把李光地当作楷模，小心翼翼，颇知趋避，而以钝直面貌出现，似已除去皇帝憎恶的“士大夫结习”①，因而在官绅动辄犯忌的雍正、乾隆之际，能够连连升官。最终乾隆帝发现他营私有据，并不清白，也只是贬官而迫其退休了事。他早已是著名的古文家，文章曾获三代皇帝赏识，又很会自我宣传，于是“虽未识程朱深旨”②，死后却被推崇为雍、乾间经术文章兼备的宋学宿儒。经他的再传弟子姚鼐的表彰，更成为“桐城派”的开山人物③。

桐城派与汉学家早有矛盾。还在乾隆初，年仅“而立”的皖派开山江永，在京与年及古稀的方苞讨论《仪礼》的疑难，曾使这位《三礼义疏》馆副总裁“大折服”。此事明见于戴震、钱大昕分别所作的江永传④。因此，

---

① 方苞于乾隆初有“请矫除积习兴起人才札子”，其中表明他颇知皇帝憎恶的是怎样的“结习”。参看《方苞集》，上海古籍出版社 1983 年版，第 557~564 页。

② 参看前揭重订本《訄书·清儒》。

③ 自姚鼐的《古文辞类纂》刊行，并由此出现“桐城派”的名称，在同时代的汉学家中激起的反感，可以钱大昕为例。钱大昕年轻时以辞章知名，为沈德潜赏识的“江左七子”之一，人品以谦和著称，却很讨厌方苞的文章，称其人“乃真不读书之甚者”，斥其文“所得者古文之糟粕”，“未喻乎古文之义法”，并屡引王澍讥方苞语，谓其“以古文为时文，却以时文为古文”。见《潜研堂文集》卷三三“与友人书”、卷三一“跋方望溪文”等。如后所述，方东树的《汉学商兑》，将钱大昕作为重点攻击对象，这无疑是直接动因。但本文不拟考察桐城派与汉学家的文学争论，容当别论。

④ 戴震《江先生永事略状》，钱大昕《江先生传》，分见《东原文集》、《潜研堂文集》，合刊见钱仪吉纂录《碑传集》卷一三三。《汉学师承记》卷五江永传，即据戴、钱二文，行文因袭钱文尤多。关于方苞向江永问礼事，戴、钱及王昶《江慎修先生墓志铭》，记载略同，均谓方苞“素负其学”或“素以三礼自负”，闻江永至京，设难相问，“乃大折服”。但江藩却将末语改作“苞负气不服，永哂之而已”。这属于事实的颠倒，对方苞的诋诬。同样情形，在《汉学师承记》、《宋学渊源记》内，虽不多见，但有此例便令人怀疑作者违背汉学家所称的实事求是原则。可笑的是方东树攻击江藩，竟未举如此明显诋诬方苞的例证，或以为举此恰证方苞学问不行？也可能本不知这段故事。

章炳麟把桐城派看作文士的代表，说是“文士与经儒始交恶”，时在乾隆三十八年(1773)开四库馆后①，那是不错的。冲突直接开端于戴震和姚鼐，也已如前述。

应该说，在戴震于1777年去世后，姚鼐对他进行猛烈抨击，甚至辱及人身，而戴门弟子和朋友都报以沉默。一个原因，便在于乾隆帝标榜向用儒术，但前期重用的汉大臣仍然多为李光地的门生故吏，提倡所谓“正学”；其后开四库馆，也鼓励“朴学”，还默许纪昀等人讥评“假道学”，但文官考试中所用的经典诠释，依然是李光地、方苞等主编的什么“折中”、“义疏”之类。所谓朴学，在统治者眼里，是“学”非“术”，可以用来点缀“文治”，却不足以替代作为治心之术的“正学”。姚鼐自命为捍卫程朱道统的中流砥柱，著《九经说》、编《古文辞类纂》，攻讦汉学，以方苞、刘大櫆的继承人身份，竖起“桐城派”旗帜，自居是清代“正学”的集大成者②。在那些潜心考证的汉学家看来，此辈依仗权势，“本未得程朱要领，徒援引肤末，大言自壮”③，岂足与校？以无言示轻蔑，自在意中。

然而清代汉学并没有因为戴震去世而中止前进。相反，乾隆一代的帝国文化政策，将愈来愈多的才识杰出的士人驱入书斋，埋首经史考证。他们著书，或为谋食，或为自娱，罕有真想“经世致用”之意。但正是这班迂阔的书生，写出来的解经考史的种种论著，分开来看无不支离破碎，合起来看则可说此一拳，彼一脚，将五百年来高踞庙堂的“正学”，摧残得百孔千疮。危微精一，出自伪《书》；《大学》、《中庸》，原非孔学。讲宋学而攻汉儒，乃属数典忘祖；是程朱而非陆王，可谓同室操戈。很难说清楚这类枯燥乏味的朴质见解的传播过程，但历史证明，“乾嘉以来，朝士崇尚汉学；崇学之士，翕然从

① 参看前揭重订本《訄书·清儒》。

② 参看姚莹《姚先生鼐家状》，前揭《碑传集》卷一四一。

③ 前揭重订本《訄书·清儒》。但以后章炳麟的说法，略有改变。比较《检论·清儒》。

风”①。当姚鼐在嘉庆二十年(1815)以八十五岁高龄死去的时候，他有没有想到桐城派已被众多“崇学之士”，下意识地排除在“国朝宋学”之外？人们不得而知。但汉学家在忍受他和他的支持者攻讦四十年后，已难以继续隐忍，则也是事实。

乾隆晚年成书的《四库全书总目提要》，纂修官多半是汉学名家，其中讥讽道学的倾向已颇明显。那以后这名老皇帝沉湎于臣下颂声，已无心顾及学术争论。乾、嘉政权更迭之际，首攻前朝权相和珅的王念孙，首揭乾隆末季弊病的洪亮吉，都号称汉学名家又都以事功著称。于是汉学家的形象顿时改变，似乎通经足以致用。更由于乾隆末的毕沅，嘉庆间的阮元，都久任封疆大吏，而都以彰显经史考证之学为韵事，遂使士林竞趋时髦。这就使江藩所谓“有一知半解者，无不痛诋宋学”，形成另一种时尚。

熟悉清学史的江藩，既自居为汉学宗传，又忧心于汉宋纷争。他以为汉学家重视礼乐故训，属于“教化之本”，而宋学家不读汉学家诠释经传诸书，也不能阐明性命之理②。因此，他在作《汉学师承记》之后，又著《宋学渊源记》。他自称“藩为是记，实本师说”。那师说，具见于惠士奇手书的书斋楹帖，所谓“六经尊服郑，百行法程朱”③。《汉学师承记》还曾指名批评方苞。《宋学渊源记》则对桐城派采取回避态度，不仅没有只字说到方苞、刘大櫆、姚鼐，而且没有只字提及阴受桐城义法的阳湖派恽敬、陆继辂等人。江藩可能没有想到，他这样做，实际上将桐城、阳湖诸家排除在“国朝宋学”之外，而卷首声明诸家著录与否的理由，给人印象则无非是饰语。

五

《宋学渊源记》也是传记体。正编二卷，附记一卷。但它的编法不同于《汉学师承记》，不再以学派别门户，而采取双重标准，正编

---

① 前揭书《郎潜纪闻》初笔卷六记唐鉴理学条。

② 参看《宋学渊源记》卷首。

③ 阮文见《揅经室一集》卷二。

按地域分卷，附记以杂学合编。

卷上传十人，籍贯分属于黄河中下游的陕豫鲁诸省。卷下传二十一人，则都是江浙皖赣等长江下游诸省学者。附记八人，多半籍贯和所有经历，都在江浙。

江藩称卷上诸人为“北方之学者”，卷下诸人为“南方之学者”。依此类推，则附记诸人，则无疑都属于南人。把空间分布作为学术派分的畛域，始于南北朝。但承认“统一”时代还存在学术的地域剖分，则盛于北宋。黄宗羲的《明儒学案》，使空间差异和学派传授相结合的编纂形式，成为学术史的楷模。《宋学渊源记》没有突破这一藩篱，而且比全祖望编定《宋元学案》采取的籍贯分类法，还要粗略。

令人感兴趣的，是江藩的判教尺度：“北人质直好义，身体力行；南人习尚浮夸，好腾口说。”那结论自然是孙奇逢、李中孚所代表的北学，议论虽然兼采朱熹、王守仁，但都“期于自得”，“不为禅言，不为禅行”。南学呢？“其蔽流于释老，甚至援儒入佛，较之陆王之说，变本加厉矣。”①

可是，江藩按照他的尺度，所选择立传的清代理学家，其中南人倍于北人。数量固然未必表征质量，一个孙奇逢也许胜过十个刘汋。不过，《宋学渊源记》著录的南方理学家，却不乏与孙奇逢等比肩之人。例如张履祥在清初的名望，便不亚于关中二李（中孚、因笃）；而朱用纯按朱熹的“主敬”原则所作家训（即后人所称《朱柏庐治家格言》），非但在清代的流传程度为孙奇逢的讲学语录所不及，而且常被世人误以为是朱熹本人的作品。可见即使论学行，南方理学家也未必逊于北方理学家。当初顾炎武曾对明末清初“南北学者之病”②，分别予于批评，并没有抑此扬彼的意思。江藩套用顾炎武的说法，而抑南扬北，显然也不是指全部南方理学家。由本书附记来看，他

① 《宋学渊源记》卷上“记者曰”。

② “饱食终日，无所用心，难矣哉！今日北方之学者是也。群居终日，言不及义，好行小慧，难矣哉！今日南方之学者是也。”见《日知录》卷十三“南北学者之病”。

所传八人，个个“佞佛”，其中仅一人为南下的北方移民。但就是这些南人，江藩也多予揄扬，包括著名的“尺木居士”彭绍升，而批评较多的仅是好佛又不忘俗的罗有高。既然如此，那么《宋学渊源记》抑南扬北，又独独不载属于南人的桐城诸家，其指向便很清楚。

其实，综观《宋学渊源记》前叙及各卷后论，则江藩所以贬抑南方理学家，更其摈斥桐城诸家，真正理由并不在于他们推崇朱熹，甚至不在于他们援儒入佛。在哪里呢？卷上引用孙奇逢的话，指责“世之学者，不务躬行，惟腾口说，徒增藩篱，于道何补”？这也就是江藩的本意。他在记叙议论中，再三说到“断断辩论朱、陆、王三家异同”，“是谓词费，是为近名”。他反驳说，岂止陆、王、朱熹的言论何尝不近于禅？程颢不是首开援儒入佛的风气？他指斥说，为什么学朱熹不在明道的基本功即修身方面身体力行，反而唯重口舌之争？如此等等，都分明在指桐城派。姚鼐虽说义理、考证、词章三端都不可废，但他的首座弟子陈用光解释其意，便强调“以考证佐义理，义理乃益可据；以考证入词章，词章乃益茂美”①，就是说最重要的在于用美文表义理，而考证无非是所谓载道之文的佐料而已。从方苞、刘大櫆到姚鼐，作文无不以朱熹代表“正学”，而攻击陆九渊、王守仁为“异端”。姚鼐更时时攻击汉学家的考证，“欲尽舍朱、程”，“诋毁父师”，其心可诛②。这当然是把考证看作“实学”的江藩所不能忍受的。

因此，江藩在卷下后论中，再度指责“务以词胜者”之后，声明他诠次南方学者，“于哓哓辩论三家之异同者，概无取焉”，更证明他摈斥桐城诸家于“国朝宋学”之外，是有意的。

---

① 参看平步青：《霞外捃屑》卷七下“以考证入文”条引陈用光诸文。陈用光，字硕士(平步青误硕为石)，江西新城人，嘉庆六年进士，官至礼部左侍郎。又，梅曾亮《礼部左侍郎陈公用光行状》，亦记其义理、考证、词章的见解，见前揭《碑传集》卷末下。

② 参看姚莹：《姚先生鼐家状》，前揭《碑传集》卷一四一。

六

从清学史的角度来看，从戴震去世以后的三十多年间，汉学家面对讲道学者的种种攻击，总的说来是采取守势，避免直接论战。江藩二书刊行，才算他们对于这类攻击的首次全面回应。在18世纪末汉学盛行之际，批判汉学最有力的是史学家章学诚。但章学诚的著作，在生前仅刊行了《文史通议》一部分，并没有引起学术界注意。相对而言，姚范的《援鹑堂笔记》、姚鼐《惜抱轩尺牍》诸集中那些针对汉学而发的言论，虽然远比章学诚浅薄，而且时时散发出骂街臭味，但在结集前早已在文坛传播。因而，读江藩二书，令人感到意外的，并非他以桐城诸家为回应对象，而是他的回应，同在前的姚鼐、在后的方东树相较，可说是够温和的。他指名批评对手，不过在《汉学师承记》和附录中，各出现一次，只点方苞一人；《宋学渊源记》没有点到桐城、阳湖诸家任何姓名。但也许正是这种彬彬有礼的态度，激怒了姚鼐的四门徒之三的方东树。此人尽管热衷功名，却终老青衿，未经宦海浮沉，还没有从躬行践履中深悟"笑骂由尔"的政客三昧，于是便气哼哼著论反驳。用不着深究《汉学商兑》，何以恰值阮元离粤督任前公表。那可以有不同解释。譬如说章炳麟根据他奔走阮元、邓廷桢的幕府，讥他趋奉权势，可作一种解释。但也可以说他未必得知阮元即将离粤，因相信这位总督真想弘扬学术，而献出逆耳之言①。

---

① 方东树有迂执名。钱穆谓之"肆口无忌"，"惟以纵横排奡见长"（前揭书《中国近三百年学术史》，台湾"商务印书馆"1980年版，第520页），是不错的。1825年阮元出题考试学海堂诸生，题为《学者愿著何书》。方东树大不为然，即撰《书林扬觯》驳之，序中指名因阮元策题而发，凡十六篇。其第七篇题作"著书不足重"，内谓"近又有一种人，以己所余之残膏剩馥，丐妇人造作虚誉，裒然各自成书，灾之梨枣，以疑误学人耳目"云云，并比作张霸、梅赜等"专造伪书"。据平步青说，此条所斥，似指阮元命其侧室刘书等所撰《疑年录》诸书。见前揭《霞外捃屑》卷六《书林扬觯》。又据徐子苓谓，他在道光末曾由桐城带方东树函至九江给姚莹，姚莹阅未毕即发怒道："咄！植之与我都老大，乃屡呵我如小儿。"见徐撰《桐城姚先生墓志铭》，缪荃孙纂录《续碑传集》卷35。这两例说明，章炳麟批评方东树，单指其奔走权门，而不及其弹击不顾贵人故旧，也是片面语。

同江藩二书比较，《汉学商兑》显示作者跳踉叫嚣，不知区分论敌主次，一味谩骂，可谓罕有学术价值。但此书的价值，也许正在于它的作者没有考虑它的学术价值①。

《汉学商兑》共四卷。前已说明，我没有见过 1826 年的初刻本，因而无从比较那以后五年刻板的道光辛卯冬刊本，与初刻本的同异。现据我所见到的最早刊本，即道光辛卯冬刊本，可概述如此。

全书的写作方式，沿袭湛若水驳杨时的《杨子折衷》的体例，先引论敌原语，再写本人驳语，引文或驳语中或附夹注，有的驳语后还有“考辨”。按照所引原文(不计驳语中引证)统计，全书共引七十二段，其中大部分仅举引文作者。

全书以顶行标出的正式引文，列举的原作者，除江藩外，有二十一名。其中出现次数最多的，一是阮元，十三次；二是戴震，十次；三是钱大昕，六次；四是汪中，五次；五是段玉裁，三次。此外，黄

---

① 方东树有《汉学商兑三序》，见前揭郑福照撰年谱，今《汉学商兑》诸本均未载，唯见侯外庐《中国思想通史》第五卷(即《中国早期启蒙思想史》，人民出版社 1956 年版，第 636 页)曾节引。此序谓其生平读书只佩服朱熹遗说，“觉其言言当于人心，无毫发不合，直与孔孟无二”：因而方东树宣称，“故见人著书，凡与朱子为难者，辄恚恨，以为人性何若是其弊也”。侯外庐评曰，“这是何等主观的独断”，甚是。然而梁启超、钱穆两种《中国近三百年学术史》，均论及方东树，而且钱书还列有专节，但他们都无视方东树这一极有学术史价值的自白。梁启超至谓《汉学商兑》，“其书成于嘉庆间，正值正统派(指汉学家)炙手可热之时，奋然与抗，亦一种革命事业也”。见前揭《梁启超论清学史二种》，复旦大学出版社 1985 年版，第 56 页。用不着分辨梁氏所谓“革命”与以后的诠释有何不同，他肯定没有超出《易》革卦所说“汤武革命”的诠释，但他意在肯定方东树针砭汉学顺乎清学史潮流而堪称“知言”时，忘记引用方东树那段独断论的自白，至少使他标榜论清学史出于客观的说法大打折扣。钱穆虽承认方东树的学术造诣，“文史通明”不如章学诚，“经义湛密”不如陈澧，“识趣深细”不如许宗彦，但仍强调方说也表征“学术将变应有之象”，同回避方说的独断论乃留恋雍乾以来清帝国文化专制政策的衰音这一事实，较诸梁说也不及五十步。

震、顾炎武、惠栋、焦循各二次；毛奇龄、万斯同、朱彝尊、茅星来、臧琳、凌廷堪、钱大昭、宋鉴、孙星衍、庄炘、阎若璩、王昶，各一次。在驳语中被指名攻击的汉学家更多，例如余萧客、王念孙、王引之、刘台拱等，都被点到。

这份名单表明，只要被方东树认作与汉学有关的人物，无论前驱或者后进，都在攻击之列。但它也表明，方东树并非乱箭齐发，而是集矢于戴震一系，更其是扬州学派。全书用引文形式指名攻击的清代汉学家言论，连同《汉学师承记》、《经师经义目录》被引及的十五段在内，阮元、汪中、焦循、江藩四名扬州学者的见解，便居过半。

方东树的批驳，由《汉学商兑》各卷内容可知，主要在于以下方面：第一，力辨《道学》即《圣学》，见卷上；第二，力辨朱熹的理学体系发明孔子的“道统”，见卷中之上；第三，抨击汉学家的训诂考证方法，隐含“破义理之学，祧宋儒之说”的险恶用心，见卷中之下；第四，逐段否定江藩的《国朝经师经义目录》，并归结出汉学家的“六蔽”，见卷下。

《汉学商兑》开卷便攻击毛奇龄、戴震。在汪中称道戴震是清代汉学集大成者以后，戴震的这一地位也得学者公认。江藩自居为吴派嫡传，却在《汉学师承记》中认可汪说，便是确证。戴震最有影响的论著是《孟子字义疏证》。章炳麟说此书出，“学者由自薄程朱”①，那是不错的。因而方东树要否定汉学，必先否定戴震，自可理解。然而他首攻毛奇龄，则颇蹊跷。毛奇龄治学向以

① 前揭重订本《訄书·清儒》。“学者由是薄程朱”，例证可见《四库全书总目》，又可见钱大昕的论著。假如时刻提防“天威莫测”的纪昀，假如在乾嘉汉学家中以谨慎恬退著称的钱大昕，在官私著作中对于朱熹集大成的理学及其流派，都敢于调侃非议，那就不能不承认章炳麟道出了百年来学术史的一个基本事实。

怪异著称，曾给朱熹神主吃戒尺以表示对《四书集注》的憎恶，但又曾著《古文尚书冤词》以表示对阎若璩考证传世《古文尚书》经传皆伪的否定。阎若璩曾叹息清初有三学者“贻误后学不浅”，其一便是“毛大可割裂经文”①。因而乾嘉间汉学家自述先驱，总是首列顾炎武、阎若璩，无人肯认毛奇龄是汉学家。《汉学师承记》不为毛奇龄立传，就是显例。岂知他们的对手仿佛有意戏弄，坚持说毛奇龄才是惠栋、戴震两派汉学的共同开端。《汉学商兑》首陈此见，将毛、戴说成清代反理学、倡汉学的两大祸首。以后曾国藩的门徒李元度辑《国朝先正事略》，更直称毛、惠、戴三人是清代“专宗汉学以抵

① “汪尧峰私造典礼，李天生杜撰故实，毛大可割裂经文，贻误后学不浅。”说见前揭《郎潜纪闻》初笔卷五。相传这是阎若璩与毛奇龄争论后的评论。在晚清学术界流传甚广。《汉学师承记》汪喜孙跋已有指责汪琬、毛奇龄的近似语，可知陈康祺并非杜撰。奇怪的是《汉学师承记》卷一提到阎若璩对汪琬、李因笃的指责，唯独不及阎氏指责毛奇龄“割裂经文”。由于《宋学渊源记》署伍崇曜跋，有“郑堂学术人品，颇近毛西河检讨”等语，这自然令人疑及江藩不提阎若璩指责毛奇龄语，乃有此顾忌。但前已指出，《汉学师承记》阎若璩传的蓝本是杭世骏的《阎先生传》。杭《阎先生传》于李因笃“杜撰故事”，汪琬“私造典礼”，均有交待，但下文则云，《潜邱劄记》“中多微文，刺讥时贤，如王士正(桢)、魏禧、乔莱、朱彝尊、何焯，表表在艺林者，皆不能免。惟固陵毛氏为《古文尚书》著《冤词》，专以攻击《疏证》，(若璩)气慑于其锋焰，而不敢出声——喙虽长而才怯也”。杭《阎先生传》见前揭《碑传集》卷131。对于阎若璩来说，毛奇龄虽然只比他年长十三岁，但在明清易代之际，毛奇龄已是颇为有名的抗清人物，他还是个钝不知书的乳臭少年，当清初毛奇龄已在因《四书集注》扞格不通而用戒尺击打朱熹牌位时，他还在苦苦探究朱熹、蔡沈等对于《尚书》经传的解释。他属于清统一南方后读书成家的一代学者，没有“遗民”心态，但有受“本朝”恩遇为荣的心理。但当他没有赶上向南巡的康熙帝献艺，以获得梅文鼎那样的恩遇，而感到遗憾之际，意外地获得日后的皇帝胤禛的隆遇，可惜还没有来得及替新皇帝效劳，便死了。他至死也没有克服对当时还健在的毛奇龄的畏怯心理。因此，杭世骏的说法，看来更近于历史事实。江藩传阎若璩，既然本于杭世骏，则他不取所谓阎若璩指责毛奇龄“割裂经文”的传说，当然是审慎的表现。

程朱之隙者”的代表①。他们企图利用毛奇龄的恶名来“搞臭”汉学，其意昭然。但也并非纯属臆说。毛奇龄的遗著，忽然在他死去近百年后大行于世，原因在于阮元任浙江学政时作序表彰②。而江藩在生前的举止，也早被时论譬作毛奇龄③。因此，方东树劈头就痛骂毛戴否定朱熹学说，危害等于洪水猛兽，实际在影射阮元、汪中、江藩，似可不言而喻。

依此类推，《汉学商兑》对于戴震一系和扬州学派的攻讦，似都不难索解。令人难解的，是方东树何以那么憎恨钱大昕。在清学史上，钱大昕是著名的务实学者。他的经典研究兼得惠、戴二师之长，他不满纯经学研究而力倡以史证经，他提出“实事求是，护惜古人”的传统文化研究原则，他着意探索文物与文献互相印证而在百年后由王国维概括的“二重证据法”，都说明他不是所谓汉宋门户之见的偏执者。然而，在《汉学商兑》中，钱大昕受攻击的程度，居已故学者的第二位，可与戴震并提。为什么？由此书卷中之下首

---

① 谁是清代汉学的直接开山？在18世纪末还没有问题，各派都承认是顾炎武。但到19世纪却成了问题。汉学家和宋学家都争相表白自己崇敬顾炎武。惠戴派不必论，即姚范著《援鹑堂笔记》，也明白声称是模拟《日知录》。这就导致两派更精确地划定鸿沟的愿望。江藩以阎若璩为大宗，激起宋学家的回应，就是把毛奇龄说成清代汉学不祧之祖。毛奇龄成名远比阎若璩早，却比阎氏晚死九年。他在闻知康熙帝特尊朱熹后，将所著《四书改错》书板劈烧的行为，恰可用来讥刺汉学家言伪行僻。因此，从方东树后，自命理学者流都坚持把毛奇龄说成清代汉学第一人，那理由在学术史以外。由曾国藩作序表示完全肯定的他的幕僚李元度所编《国朝先正事略》，凡例中称“本朝经学”分两派：“其专宗汉学以抵程朱之隙者，毛西河、惠定宇、戴东原诸先生也；其义理宗程朱，仍博稽汉唐注疏者，李安溪、方望溪、姚姬传诸先生也。”从学说的官本位来看，不待说曾国藩、李元度辈肯定的“正统”，当然是李光地的徒子徒孙方苞、姚鼐之流，而将被惠、戴两派公认反复无常的人物毛奇龄，硬派作清代汉学始祖，那含义不言而喻。这段历史陈述的微妙区别，至今未见海内外学者注意及之，因而我在此愿作一提醒。我希望见到由这一思路对清中叶汉学史的重新评估。

② “萧山毛西河、德清胡朏明所著书，初时鲜过问者，自阮文达来督浙学，为作序推重之，坊间遂多流传。”见前揭书《郎潜纪闻》二笔，卷一六。

③ 见《宋学渊源记》伍崇曜跋，前揭粤雅堂丛书本。

则即狠批钱大昕倡导的实事求是、不主一家论，可以窥知这正是他被方东树憎恶的主要理由。别的不说，就说朱熹建构的《四书》系统。倘若真的实事求是，坚持从历史说明历史，那么朱熹从“七十子后学”杂论集合的《礼记》中，割裂出《大学》、《中庸》二篇，并毫无根据的宣称《大学》乃曾参所述“初学入德之门”，《中庸》乃子思所授“孔门传心之法”，岂非厚诬古人？再说由朱熹集大成的道学精髓，所谓孔门传心的“危微精一”十六字诀，倘若真的实事求是，坚持以无征不信作为前提，那么此说出于晚出的《伪古文尚书》，自宋明以来已由怀疑变为确论，岂能再当作统治学说的出发点？方东树虽然是个屡试不举的老诸生，偏偏比庙堂在位诸公，更自以为能从钱大昕辈的学术研究主张中，嗅出某种危及现有权力机制的潜在威胁。在他看来，连实事求是、不主一家之类的温和主张，都显得那么可怕，其政治嗅觉可谓灵矣。然而连钱大昕这样的学者，也不能容忍的权力机制和社会结构，岂非正如龚自珍所形容的是“鬼神思变置”的衰世表征？

七

值得一看的，还有《汉学商兑》卷末所说的“六蔽”。

“其一，力破‘理’字，首以穷理为厉禁；此最悖道害教。其二，考之不实，谓程朱空言穷理，启后学空疏之陋”。这两点是汉学家的闭塞还是开通，暂且不论，但概括得不错。我以为有趣的，是方东树指责他们“考之不实”，错在不该把“俗士荒经”当作归罪程朱的理由，“如世治狱并案办理也”。这个比拟，不正表明他也承认汉学家控告道学并非无理吗？那又怎能反控其“悖道害教”？

“其三，则由于忌程朱理学之名，及《宋史》道学之传”。证据呢？是没有的。因为从顾炎武以下的汉学史，只证明许多学者曾议论《宋史》分道学、儒林为二传不当。究竟该不该分？自可讨论，但还没有证据表明，批评者乃出于“忌程朱理学之名”，见到《宋史》替道学立专传便醋意盎然的。既然没有实据，那么方东树攻讦汉学的这条罪状，也许只可从他本人心态来解释。

“其四，则畏程朱检身动绳以理法，不若汉儒不修小节，不矜细行，得以宽便其私。其曰宋儒‘以理杀人’，如商、韩之用法；浸浸乎舍法而论理，死矣，更无可救矣”！一看便知，这是在明斥戴震，暗讥戴派和扬州学派。戴震的个人传记，的确留下有损他高大形象的某些未决疑问，包括聚讼已久的《水经注》校本是否剽袭赵一清稿之类个案。戴震的门生知友或信徒，的确也有居官在乡行为可议的人物，如段玉裁任县令贪污，王昶借收徒敛财等。乾嘉之际号称汉学护法的毕沅、阮元的幕府中，名士学人会聚，而丑闻时出。扬州学派的汪中、焦循、江藩等，尤以狂狷著称。此类行为的文化史含义，当属别论。但并非戴派人物全都如此不守规矩，钱大昕、王念孙等人的个人节操，决不比桐城派开山也是唯一可称“孝友严整躬行”的方苞为差。即如阮元，尽管用宠姬名义出书等事，被方东树在《书林扬觯》中大肆嘲骂①，但他仍容纳方东树在幕府中吃白食，那胸襟便远非姚鼐辈所及。方东树指斥他们尊汉抑宋，是为了“宽便其私”，已属以偏概全，借端造谤，用的是乡曲讼师的惯用伎俩。至于他因此而指斥戴震的《原善》、《孟子字义疏证》，控诉清代不信理学的每每“以理杀人”的暴君酷吏，也是纯属假公济私，则更是蓄意诬蔑，

---

① 方东树有迂执名。钱穆谓之“肆口无忌”，“惟以纵横排奡见长”（前揭书《中国近三百年学术史》，台湾“商务印书馆 1980 年版，第 520 页），是不错的。1825 年阮元出题考试学海堂诸生，题为《学者愿著何书》。方东树大不为然，即撰《书林扬觯》驳之，序中指名因阮元策题而发，凡十六篇。其第七篇题作“著书不足重”，内谓“近又有一种人，以己所余之残膏剩馥，丐妇人造作虚誉，裒然各自成书，灾之梨枣，以疑误学人耳目”云云，并比作张霸、梅赜等“专造伪书”。据平步青说，此条所斥，似指阮元命其侧室刘书等所撰《疑年录》诸书。见前揭《霞外捃屑》卷六《书林扬觯》。又据徐子苓谓，他在道光末曾由桐城带方东树函至九江给姚莹，姚莹阅未毕即发怒道“咄！植之与我都老大，乃屡呵我如小儿。”见徐撰《桐城姚先生墓志铭》，缪荃孙纂录《续碑传集》卷 35。这两例说明，章炳麟批评方东树，单指其奔走权门，而不及其弹击不顾贵人故旧，也是片面语。

怎么见得？此段引戴震语后，方东树忽然笔锋一转，说是戴震的控诉，“所谓不欲明镜之见玼也”，就是说他不得不承认戴说有征可信，但把普遍事实缩小成偶有失误的小小例外，却忘记这一来，便使他的前述心理分析，化作人所共知的“《春秋》诛心”的无稽之谈。

“其五，则奈何不下腹中数卷书及其新慧小辨，不知是为驳杂细碎，迂晦不安，乃大儒所弃余，而不屑有之者也”。此则夹注指名抨击惠栋的《九经古义》、臧琳的《经义杂记》，代表汉学家“说经穿凿僻妄，义理浅狭”，“最为无取”。惠臧二书，广征博引，流于繁琐，确属事实。但乾嘉汉学备受后世重视的著作，是被公认既渊博又有新知的戴、钱、段、王诸书，较诸二程朱熹的语录之类，怎么样？方东树避而不谈。其实朱熹还是读书的，只是鄙薄史学，作茧自缚，使他论及孔孟原教旨见解，大多经不起重视以史证经的汉学家推敲。从李光地到方苞、姚鼐之流，标榜义理，而识见唯以在位君主的是非为是非，甚至说不上拾朱熹唾余。方东树居然以不读书为荣，把辨正朱熹的经典诠释错误，蔑称为“新慧小辨”，可称桐城派的自画招供。

“其六，则见世科举俗士空疏者众，贪于难能可贵之名，欲以加少为多、临深为高也”。这是讥笑惠栋、江永、戴震和扬州学派的焦循、汪中、贾田祖、李惇、刘台拱等，包括江藩，都困于科举，终身老于诸生，或仅得举人，而戴震依靠皇帝恩赐，才中了名额外进士。方东树的本意，自然是讥笑汉学家自愧勿如空疏俗士，因而猛烈排斥作为科举教义的程朱理学。“既与程朱异趣，而为说不辨，用意不猛，则其门户不峻，面目不著，自占地步不牢”，于是找到古人，找到号称汉儒魁首的郑玄、小学导师的许慎，找到号称难治的三《礼》诸经中的名物制度，来显示自己的才学。——“究其本志，特出于私妄好事，豪举矜名，原来尝为明经起见，并未尝反求其身，推之人事，实欲人己均获治经之益，国家获通经之用也”。方东树如此推测戴震之类的卑劣居心，堪称雄辩。缺点只在于，第一他没有注意到孔孟都早已斥责学者为避难就易，因而汉学家避易就难，大悖常理；第二他忘了自己的身份，忘记了乾嘉间监生依靠八股胜于诸生半步，因而江藩较诸他方东树更没有理由“与程朱异趣”，更遑论戴震。

然而方东树似乎觉得斥责汉学家“六蔽”还不过瘾，他是古文家，熟悉“七体”，因而必欲给汉学家的闭塞罪状再加上一则，于是说他们还有“七识”。他倒坦白，自注说“二字用佛典”，因而使人们得知他原来就是江藩所说的援儒入佛的一员，因而也使人们得知此公不过是罗台山、彭尺木之流，绝非道学的真信徒。所谓七识，即《唯识论》所说的“末那识”，乃佛乘唯识宗所谓介于主观客观之间的意识。方东树借用这一术语，攻击汉学家否定朱熹，不过“欲复九世之伊”。因为朱熹在汉儒说经“久兴之后”，否定他们“惟知章句训诂之为事”，所以清代汉学家“亦欲夺之于宋儒既盛之年”。方东树没有想到，所谓复九世之仇，本来是西汉公羊学派诠释《春秋》的说法。清代孔广森、刘逢禄等说公羊学，都回避此说，以免激起汉人对满族统治的不平回忆。方东树把这一点当作汉学的最大罪状，并且附会说它证明汉学家“以六者之蔽，而加以复仇之志”，正合佛典所谓七识的“胎意”，这到底是证明汉学纯属异端呢？还是证明汉学反理学并非“复古”而是追求更化呢？后来戴望、廖平、康有为、皮锡瑞等，特别强调恢复西汉公羊学的原教旨，而孙诒让、章炳麟、刘师培等，又特别强调东汉的经古文学者，皆知“搏国不在敦古”。这两种倾向，各有源头。但方东树的《汉学商兑》，都是他们读过的。因此倘说方东树的这一谬论，从反面给了清末两派以启迪，则非过言。

《汉学商兑》表明，方东树的智商平平。他好作反汉学的激进之言，便使《汉学商兑》甫出版，即赢得了赞赏。

赞赏主要来自桐城、阳湖二派。《汉学商兑》的 1831 年重刊本，卷首增附有各家“题辞”。题辞者七人。首列较完整的两段识语，作者其一是姚莹，以姚鼐的侄孙而与方东树同学于姚鼐，他大赞方书“有功圣道”，力量等于韩愈的《原道》，那是当然的；其二是朱雅，生平未详，但显然与方东树同调，因而狂吹方书堪称“天下万世之书”，也不奇怪①。其后五人题辞，实为来信摘录。内有阳湖派的陆继辂、李兆洛，以及崇拜恽敬的毛岳生，虽作经史考证而特别服膺韩愈的沈钦韩，还有时任安徽巡抚的陶澍。方东树摘引的自然都是对他的“大著”的赞辞，但有的赞辞便隐含批评②。著成一书一文，就遍送名人，索取“批评”，而后摘引于己有利的段落乃至片言加以刊布，原是明清以来文人沽名钓誉的卑劣伎俩。江藩二书，虽请阮元、达三作序，但还没像方东树乞讨赞赏来为自己壮色。因此，方东树的门徒后来宣称，《汉学商兑》一出，才使烧得正旺的汉学火焰“渐熄”③，那也只能以大话视之。

---

① 钱穆以为，《汉学商兑》显示方东树的学术造诣，虽不如章学诚、许宗彦、陈澧等人，“然亦颇为并时学者推重”，自注为“即其首列诸家题辞可见”。说见前揭钱著《中国近三百年学术史》，台湾”商务印书馆“1980 年版，第 520 页。但我在本文中已指出，《汉学商兑》重刊本题辞者，其本属于桐城、阳湖派人物，不能代表“并时学者”的一般意见。这里还要补充指出：一、《汉学商兑》成书时，管同、梅曾亮等都在，他们同属姚门高弟，却没有参与替方东树喝彩的行列，这是很奇怪的。二、如本文结尾绍介《汉学商兑》的传本情况所示，此书较流行的时间，在同治末到光绪中的三十年间。那原因在于学术之外。由于方东树的堂弟兼学生方宗诚和另一名学生戴钧衡，在镇压太平天国期间均入曾国藩幕府，方宗诚还相继获得讲理学的吴廷栋、倭仁等赏识，并在曾国藩以后入李鸿章幕府，因而得以借助权力刊行方东树的遗著；倭仁因得慈禧太后宠信而任同治帝的师傅，便以《汉学商兑》等作为课本；于是此书便被习八股的士人视作敲门砖而大行于世；由此也可解释此书何以随着义和团失败而突然不再行世。关于后一点，《国朝先正事略》和《清史稿·文苑传》作者都是明白的。李元度虽也是曾门人物，但述及姚鼐门下诸人，却只字不提方东树，最奇的是他替戴钧衡列附传，其中提及苏惇元，也只说他们同订方苞文集，而根本不说他们都是方东树的弟子。《清史稿》的方东树传，实为写方宗诚带挈方东树成名史。

② 例如陆继辂说《汉学商兑》兼有郑玄、朱熹二者长处。例如李兆洛说“汉宋纷纭，亦事势相激而然”。论者每举李兆洛题辞中有“曩时读书，甚不喜康成，然于朱子亦时时腹诽，读先生书，敬当力改其失”数语，以作《汉学商兑》足以服人之证。其实这几句话，如不结合李兆洛本人的学术见解去解释，也很难说清楚。

③ “道光初，其焰尤炽。先生忧之，乃著《汉学商兑》，书出，遂渐熄”。见苏惇元《仪卫方先生传》，《汉学商兑》同治十年刊本卷首。

八

不错，当江藩着手撰写《汉学师承记》的19世纪初，清代汉学仿佛仍如日中天。江、戴、惠、钱和纪昀等大师虽先后辞世，但继起的王念孙、段玉裁、王引之、焦循、阮元等，并不比他们的先辈逊色，更其是清学史上解经释传的专门名作，多半完成于嘉庆间。那时很少有人看出正午的烈日恰是趋向日落的先兆。所谓汉学，本指否定宋学、唐学的恢复贾、马、服、郑一系的东汉经学。岂知否定本身必遭否定。就在世纪交替的乾嘉之际，在汉学内部已出现了三重否定自身的动向。一是重提东汉公羊学大师何休与郑玄争论《左传》是非的旧案，表征着已有汉学家要求回到西汉今文学去；二是《说文》、《尔雅》研究成为显学，表征着许慎在不少汉学家心目中已代替郑玄，通经的旨趣已转移为古典文字语言研究的时尚；三是儒家经典的研究，不但逊色于历史考证，更被悄悄兴起的诸子研究热所冲击，表征着汉学正在变质。因此，18世纪的那种初始意义的汉学，在19世纪初已呈现出内部更新的取向。在鸦片战争前帝国内外危机的加剧，迫使帝国统治者抛弃火中取栗式的文化分裂政策，转向病急乱投医式的鼓励“经世致用”的无固定导向的文化政策，更使汉学内部的分化加剧，出现了所谓经今古文学的对立，出现了所谓汉宋调和呼吁，也出现了假道学僵尸复活的机遇。

江藩的《汉学师承记》，属于缅怀过去光荣而不悟衰势将至的那种类型。他死后被收入《国史儒林传》。但他怎能料到，他的传记作者最感兴趣的是此书的附件《经师经义目录》，不厌其烦地抄撮下来，作为乾嘉汉学的成绩总账。而方东树的《汉学商兑》则属于已被对手打击得气息奄奄而指望对手猝死于己前的那种类型。他倒地垂毙，仍在毒詈对手，似为进攻，实在苟活。他在晚年，背叛《汉学商兑》表白的所谓信仰程朱的坚定立场，转而“耽禅悦”①，可作为此人不过

① 参看《清史稿》卷486文苑方东树传。实则在这之前，皮锡瑞已批评《汉学商兑》，说“方氏纯以私意肆其谩骂，诋及黄震与顾炎武，名为扬宋抑汉，实则归心禅学，与其所著《书林扬觯》，皆阳儒阴佛，不可为训”。见前揭周注本《经学历史》，中华书局1959年版，第314页。

是外强中干的僵尸化身的自注。

正如江藩在1831年死去的时候，没有想到他在《宋学渊源记》中已判为必死的道学末流会再度跳踉一样，当方东树在1851年死去的时候，也没有想到他的《汉学商兑》，竟会在同治、光绪年间一再重印，三十年间至少印过五种以上的版本，仿佛在为他招魂似的。确有招魂者，那就是乘乱世称英雄的曾国藩。此人标榜调和汉宋，实则自居当世方苞，为旗下奴才仍忠心君主。他利用方东树的族弟方宗诚来显示自己"文以载道"，反被方宗诚利用来宣传方东树"名乃大著"。①从这一点来看，胡适当年的一个意见，还是有道理的。胡适不同意《汉学商兑》书出而汉学之焰"渐熄"的皮相见解，以为咸丰以后，"汉学之焰确然'渐熄'"，但此中功罪，"不如归到洪秀全和杨秀清的长发军"②。

然而出来的僵尸仍是僵尸。待到清帝国统治者利用义和团的愚昧不成功，反而挨了外国侵略者一顿狠揍之后，不得不牺牲意识形态外衣而宣布实行"新政"，首批忍痛割去的制度之一，就是八股取士制度。既然朱熹的《四书集注》之类，变成既陈之刍狗，那么《汉学商兑》之类昏话，还能歆动士人去购读吗？1905年清政府宣布"学制改革"以后，《汉学商兑》再也没有出过新版。相反，江藩二书，倒被出版界认为可资学者研究参考，一印再印。这个对比，蕴含的学术史意义，岂不值得研究？

（选自朱维铮：《中国经学史十讲》，复旦大学出版社2002年版）

【评　介】

朱维铮（1936—2012），祖籍江苏无锡，从复旦大学历史系（中国古代史专门化方向）毕业后留校任教。在中国经学史、中国思想文化史、中国学术史、中国史学史、中西文化交流史和中国近代史等多个领域研究成就卓著。朱维铮曾师从陈守实和周予同，在治学方面继承

---

① 《清史稿》本传。

② 胡适：《戴东原的哲学》，商务印书馆1927年版，第175页。

了复旦大学优秀的学术传统，主持整理、编选和校注多种重要典籍，成果为学界所瞩目，其中主要的包括：《孔子思想体系》、《周予同经学史论著选集》、《走出中世纪》、《音调未定的传统》、《求索真文明——晚清学术史论》、《壶里春秋》、《中国经学史十讲》、《重读近代史》等。2012 年 3 月 10 日朱维铮在上海逝世，享年 76 岁。其逝世的消息传出后，媒体相继推出报道，将他评为“经学大家”、“最后的经学家”，甚至是“经济学家”。但许多学者认为这样的评价并不完全切合实际。朱门弟子、复旦历史系兼职副教授廖梅认为，怀念朱维铮的过程，也是普及经学史常识的过程。他认为朱先生“不是经学家，也不是经济学家，是中国经学史专家”。北京大学的李零教授认为，“朱先生是坚持中国启蒙精神的代表人物，特别是他敢于挑战时下尊孔复古的逆流，令本人感佩无已”。

《汉学与反汉学——江藩的〈汉学师承记〉、〈宋学渊源记〉和方东树的〈汉学商兑〉》是《汉学师承记》(外二种)的导言，后收入《求索真文明——晚清学术史论》。该文于 1993 年发表在《复旦学报》(社科版)。此外，该文还收录在朱维铮的专著《中国经学史十讲》(复旦大学出版社 2002 年版)中。

1818 年江藩刻成《国朝汉学师承记》(即《汉学师承记》)八卷，后附《国朝经师经义目录》，江藩作品的问世得到了阮元的肯定。1823 年，由于姚鼐四大门徒之一的方东树既“嫉妒”阮元推崇《汉学师承记》，又害怕汉学盛行砸掉他的饭碗，为了捍卫宋学的正统地位愤而著《汉学商兑》。1823 年江藩刊印《国朝宋学渊源记》一书，汪喜孙强调江藩著《汉学师承记》的本意，在于区别汉宋门户，并把宗理学的古文名家汪琬、方苞，对汉儒、宋儒讥弹的毛奇龄，自命为汉宋调人的王懋竑，都斥作“娇诬之学”，“恶莠乱苗，似是而非”。时人称赞此书“无分别门户之见，无好名争胜之心，唯录本朝潜心理学，而未经表见于世者。其余庙堂诸公，以有国史可考，不敢潜议也。其用心至矣！其用力勤矣”，但其实有明显夸大的成分。《宋学渊源记》也是传记体。正编二卷，附记一卷。但它的编法不同于《汉学师承记》，不再以派别门户分类，而采取双重标准，正编按地域分卷，附记以杂学合编。江藩按照他的尺度，所选择立传的清代理学家，其中南人倍于北人，但数量固然未必表征质量。

方东树写成《汉学商兑》一书，并将它献给阮元。方东树本意是想从正负两方面评论清代汉学，主观意向都在于“打击别人，抬高自己”，结果却从两个极端凸显了所谓汉学和所谓宋学。

桐城派与汉学家早有矛盾。这种矛盾在乾隆初年就已见端倪，章炳麟认为这是“文士与经儒始交恶”的开始，冲突源于戴震和姚鼐。

在朱维铮看来，当时的汉宋之争和两大著作的问世，是清朝实行文化分裂政策的结果。朱维铮在文中对《汉学商兑》和《汉学师承记》的内容和学术价值都有论及，并指出两部著作的写作初衷都是为了维护各自拥护的学派的利益。可惜结果却是，汉学和宋学都没有经历住历史大潮流的考验，纷纷走向没落。当时阮元等为了汉宋调和而作的努力也付诸东流，江藩、方东树、阮元等一起为中世纪的“清学”谱写了挽歌。

朱维铮的学术成就和学术地位令人钦佩，但更令人敬重的是他的为人。在现有的学术背景和氛围下，朱老师敢于直指孔子的“毛病”、直批“伪大师”的存在等，这些是需要胆识的，不是任何人都可为的。

方东树与汉学的衰退

王汎森

近人因为受到西洋汉学家“冲击—变化”模式之影响，故讨论近代思想的变化时亦每喜自鸦片战争开始，视之为近代思想变化之起点，但事实上早在鸦片战争之前中国内部已经面临了各种挑战。

挑战是从几方面来的。第一是内治的问题，动乱接踵而来，各种制度也出现问题，尤其是风俗道德方面，其中最令人触目惊心的是官僚的贪污腐化，在《李星沅日记》、《道咸宦海见闻录》等书中都可以充分看出。正因为人们对贪污腐化触目惊心，所以会出现像魏源等人的“挑菜会”以及倭仁等人的“吃糠会”。① 第二种挑战是鸦片及外夷的问题。

当时传统学问也起了种种变化。这些变化的原因很复杂，有的是因为学术本身内在的发展而起：汉学内部出现了许许多多因内在问题而产生的所谓“典范危机”。但最重要的是知识与现实、知识与人们日常生活的关系。当时知识分子有一个疑问：为何考证学如此发达，出版的书这么多，而现实世界如此龌龊混乱？这个现象显然与清初大儒的主张相违背。清初大儒说，研求圣经贤传的最终目的是为了能再返三代之治。清季学者开始质疑这个大前提：为什么将三代社会的真相弄得愈清楚，似乎也愈不可能实行？是因为人们不肯留心致用，还是因为六经的社会与清代社会已经完全不同，以致不可能将六经原原本本实行于当世？简言之，这时候产生了一种深刻的“知识与现实世

① 关于挑菜会，见梁章钜：《浪迹丛谈，续谈，三谈》，中华书局 1981 年版，第 201 页，《人日以七种菜饷客，约同人和吃》及《人日叠韵诗》。

界断裂”的危机感。人们怀疑当时居学术界主流地位的汉学考据，究竟与现实政术及道德风俗有何关联？这一门学问是不是完全失去了现实观照性，以至于学术自学术、社会自社会，汗牛充栋的考据学著作非但不能为现实世界带来一尺一寸的进步，反倒有恶劣的影响？

在《书林扬觯》一书中，方东树便将当时学问与现实世界的巨大断裂说得非常坦白，非常激烈。这本书虽然是在道光十一年(1831)刊行的，但发愿撰写则在道光五年(1825)的春天。他说当阮元(1761—1830)创建学海堂书院之次年，阮氏首先以“学者愿著何书”策问堂中学生，方东树听了觉得非常感慨，他认为这个问题大错特错，阮元不应该只问学者想写什么书，而不问所著的书有什么用。故他慨叹后世著书太容易，“殆于孔子所谓不知而作者”，乃发愤写了十六篇文章，其中有不少直接或间接批评清儒拼命著书而不管现实世界的风气。他在终篇中说：

> 藏书满家好而读之，著书满家刊而传之，诚为学士之雅素，然陈编万卷，浩如烟海，苟学不知要，敝精耗神，与之毕世，验之身心性命，试之国计民生，无些生益处……此只谓之嗜好。不可谓之学。①

这段话必须放在道光学术的背景下看。方氏是针对乾嘉学者拼命考证著书，只管在学术社群中树立地位与声望，而不管他们的专业研究与整个社会的福祉是否有任何关系而发的，所以他说那样拼命著述，如果“验之身心性命，试之国计民生，无些生益处”，则只能说是“嗜好”，不能称之为“学”。所谓“学”，照传统儒家的理想，应该是承担天下国家的实政实务。故他说：

> 君子之学，崇德修慝辨惑，惩忿窒欲，迁善改过，修之于身，以齐家治国平天下，穷则独善，达则兼善，明体达用，以求

---

① 方东树：《书林扬觯》，《书目类编》第九十二册，台湾成文出版社 1978 年版，第九十二册，总第 41516 页。

至善之止而已，不然，虽著述等身，而世不可欺也。①

方东树代表道光年间一大批希望转弦易辙的士大夫共同的想法。他们都不满意当时学问的性质以及学问与社会的关系，他们想追求一种理想的人格，简言之，一种整合政事、文章与道德为一的整体观念。

他们也为宋学，乃至整个宋代申冤，认为许多考据学领袖无情地攻击宋学，乃至于“使有宋不得为代，程朱不得为人”。② 他们认为宋学不但是中国学术的高峰，而且宋儒对先秦儒家的把握，其实是最高明的，宋儒对现实的观照也远胜于考证学者。这一个将文明发展之注意力由汉转向宋的方向，是清代后期思想史中一个关键性的变化。

以上这些观点基本是鸦片战争以前知识圈中的一个“意见气候”(climate of opinion)。不过毫无疑问的，鸦片战争的失败，使这一发展变得更加激烈。如果不能掌握上述的“意见气候”，便不能了解方东树的思想倾向，而如果不能掌握方氏的思想倾向，就不能了解他为什么敢冒天下之大不韪，写出了《汉学商兑》这部奇书。

一

在这里我要先用《仪卫轩文集》中的材料，来说明方东树的思想意趣，然后再谈《汉学商兑》。

方东树尊宋颂宋的态度与桐城文派有关。他的父亲是姚鼐(1732—1815)的学生，而他自己也曾长期从学于姚氏；他的交游圈基本上也以桐城文派为主，这些人看重朱学，对于陆王不能没有怀疑，③ 对于考证学，则常持激烈批判的态度。方氏在许多著作中透露

① 方东树：《书林扬觯》，《书目类编》第九十二册，台湾成文出版社 1978 年版，总第 41517 页。

② 朱雅题辞，《〈汉学商兑〉题辞》，方东树：《汉学商兑》，台湾“商务印书馆”1978 年版，第 1 页。

③ 在方东树《仪卫轩文集》卷五，清同治年间刊本，第 12 页《重编张杨园先生年谱序》中他说：“自朱子而后，学术之差，启于阳明。”

了他尊朱的热情，如《重刻白鹿洞书院学规序》：

> 慨然想见朱子当日所以集群儒之大成，使斯道昭明，如日中天，其遗文教泽一字一言，皆如布帛菽粟，后之人日游其天而不能尽察也。……必欲兴起人心风俗，莫如崇讲朱子之学为切。①

他说六经都是为了致用的——“六经之为道不同，而其以致用则一也，此周公孔子之教也”，而这个宗旨“唯宋人为大得”。②《文集》中有几篇长文，都是为了辩驳汉学家中相当流行的“理学亡国”论，③譬如在《明季殉难附记序》中说：

> 世之鄙儒乃犹痛诋道学，力攻程朱，甚且以明之亡归咎于讲程朱之学，是恶知天下古今得失之大数乎？④

他又说清儒：

> 毕世治经，无一言几于道，无一念及于用，以为经之事尽于此耳矣，经之意尽于此耳矣。其生也勤，其死也虚，其求在外使人狂，使人昏荡。⑤

他认为这是因为考据家只为了求在学术社群中的名声，而不顾其他。在《书钱辛楣〈养新录〉后》中他说：

---

① 方东树：《仪卫轩文集》卷五，清同治年间刊本，第 31 页。

② 方东树：《仪卫轩文集》卷五《〈汉学商兑〉重序》，清同治年间刊本，第 4~5 页。

③ 方东树：《仪卫轩文集》卷六《书钱辛楣〈养新录〉后》，清同治年间刊本，第 4~11 页。

④ 方东树：《仪卫轩文集》卷五，清同治年间刊本，第 8 页。

⑤ 方东树：《仪卫轩文集》卷五《〈汉学商兑〉重序》，清同治年间刊本，第 5 页。

然则其所作《廿一史考异》亦何用也？不过搜觅细碎，眩博以邀名而已。①

在《〈潜邱劄记〉书后》中也一再强调，为了名，这一些学者可以不要天下国家，② 说他们：

虽窃大名。亦徒荣华于一朝，而末由施用而不朽。③

他也批评清儒之学有愈走愈窄，愈来愈小，愈来愈琐碎，也愈来愈离开现实的趋势，对于宋人之学也愈来愈不能以公平的态度去对待。在《〈潜邱劄记〉书后》中，他说顾炎武的书还有“本领根源”，所以其书尚莫能废；到了阎若璩，已经变小了——“其体例不免伧陋，气象矜忿迫隘，悻悻然类小丈夫之所发”。④ 到了惠栋、戴震、臧琳等，又变得更小，更无是非，而且“专与宋儒为水火”，⑤ 他们的学问不过是取汉儒破碎之学加以穿凿而已。他特别点出扬州江藩等人是使得汉学走入窄小狭仄之局的关键人物。在《复罗月川太守书》中，他说：

此其风实自惠氏、戴氏开之，而扬州为尤甚。及其又次者，行义不必检，文理不必通，身心性命未之闻，经济文章不之讲，流宕风气，入主出奴。⑥

引文中的“扬州”指江藩等人。在他们主导下，学问风气“弃本贵末，违戾诋诬，于圣人躬行求仁修齐治平之教，一切抹杀，名为治

① 方东树：《仪卫轩文集》卷五，清同治年间刊本，第 11 页。

② 方东树：《仪卫轩文集》卷六，清同治年间刊本，第 1 页。

③ 方东树：《仪卫轩文集》卷六，清同治年间刊本，第 1~2 页。

④ 方东树：《仪卫轩文集》卷六，清同治年间刊本，第 2 页。

⑤ 方东树：《仪卫轩文集》卷五《〈汉学商兑〉序》，清同治年间刊本，第 2 页。

⑥ 方东树：《仪卫轩文集》卷七，清同治年间刊本，第 6 页。

经，实足乱经，名为卫道，实则畔道”。① 所以他要向这些被“扬州佬”所窄化的学问开火。这也是为什么此下我要花费一些篇幅谈方东树与扬州学圈的关系之故。

二

在考证学初兴时，人们并不将自己局限于汉学。把汉儒之学与孔学等同起来的新典范基本上是惠栋(1679—1758)所确立。在《九经古义》的序中，惠栋说，由于经书的意义唯有透过汉儒的注解才能被正确地把握，所以后人不应该作有别于汉儒的解释。②

苏州与扬州是惠栋阵营的主要根据地，他的学生江声(1721—1799)、余萧客(1729—1777)等人都活跃于这些地方。扬州是清代中期最繁华的城市。只要一览当时全国交通图，便可知它是水陆交通辐辏之地，提供了一个极便利的交通网；而只要一查清代藏书家的资料，也知道扬州同时也是藏书极富之地，在官方藏书方面，《四库》的七份抄本中，便有一份在扬州，再加上当地大盐商对学术文化的赞助，这些条件吸引了全国各地的学者。扬州的学风也深深影响过往的学者，戴震(1723—1777)在扬州停留三年之久后，思想便很受惠氏之影响，尤其是反宋学的态度。③

扬州也孕育了阮元(1764—1849)及江藩两位汉学领袖，他们都是余萧客的学生，算是惠栋的再传弟子。阮元是一位极成功的学术官僚，曾任浙江巡抚、两广总督，并成为考证学的重要支持者。比起阮元，江藩便寒微得多了，他不曾获得任何功名，但这并不影响他成为一位学术领袖。江藩也曾试着通过管道获得仕进机会，并曾在1786年详注乾隆的诗以进呈，但是，当时北京正因林爽文事件而一片混

---

① 方东树：《仪卫轩文集》卷五《〈汉学商兑〉序》，清同治年间刊本，第3页。

② 惠栋：《九经古义》，阮元编：《皇清经解》，台湾汉京文化公司1980年版，卷三五九《述首》，总第14379页。

③ 惠氏曾说宋儒之祸于秦焚，见钱穆：《中国近三百年学术史》，台湾“商务印书馆”1968年版，第321页。

乱，故乾隆无暇分神应付江藩。① 失去这次机会后，江藩来往于北京、扬州、杭州等地。在这段日子里，他的名著《国朝汉学师承记》(以下简称《师承记》)逐步成型。1811 年，这部稿子已大致完成，并在江南学者手上流通。1817 年，二十六岁的龚自珍也看到这份稿子，并写信反对江氏以“汉学”二字称呼清代考证学。不过，江藩并未为其所动。江藩在 1818 年受阮元之邀到广东参与《广东通志》的编纂工作，同时刊印《师承记》。

在《师承记》中，江藩对汉学与宋学作了非常清楚的划分。他很不情愿地把两位清代考证学开山大师顾炎武、黄宗羲放入《师承记》的《附录》部分，主要是因为他们仍与理学的传统有关，并曾参与抗清的活动。② 他把不是完全符合汉儒训诂之学的摒弃不录，③ 与宋学有一点牵连的也概被拒绝。④ 故恒慕义(Arthur Hummel)形容江藩的这部书是第一次系统建立清代经学系谱的尝试。⑤

《师承记》得到阮元的大力支持。阮元在该书的序中强调说，因为汉儒接近儒家先圣的时代，而且是在道家与佛学被大量吸收之前，他们对儒经的训诂比后来的人更为可靠。⑥ 阮元表示他完全同意江藩的去取标准。从 1825 年起，阮元开始编刊《皇清经解》，他在选目时所立的标准也大致与《师承记》相近。⑦

方东树比江藩还落魄。方东树数度参加科考，但直到五十岁仍未能搏得一第，他在江南各地转逐，过着相当贫困的生活。从后人为他

---

① 《江藩传》，《清代碑传全集》，上海古籍出版社 1987 年版，第 1189 页。

② 《汉学师承记》，中华书局 1983 年版，第 133 页。

③ 江藩：《国朝经师经义目录》，与《汉学师承记》合刊，中华书局 1983 年版，第 147 页。这是江藩之子江钧综括性的话。

④ 徐复观：《两汉思想史》第 3 册，台湾学生书局 1979 年版，第 589~590 页。

⑤ Arthur Hummel，Eminent Chinese of the Ch'ing Period. Ch'eng-wen，1972：137-138.

⑥ 《汉学师承记》，中华书局 1983 年版，第 1 页。

⑦ 何佑森：《阮元的经学及其治学方法》，《故宫文献》1970 年第 1 期，第 22 页。

做的年谱中我们可以看出，他一生大部分的时间是在寻求职位糊口，① 尤其是漂泊扬州那几年更是难堪。② 因为家贫，以致一家数口死去多年而未能下葬。他的妻子贫病将死之际，方氏却为了糊口，不得不辞家远行，而且为了保持馆职，即使闻说祖母病危，也不能赶回。像这类例子，在苏惇元为他编的年谱中更是屡屡见之。在《答姚石甫书》中，他这样说："仆孤穷于世，遝独无见收之人，乃至无一人可共语。"③他的孤立是两方面的，经济上的困窘，学问上的孤立，而这些与他是宋学的鼓吹者而不是当令的考证学家有关。其实这并不奇怪，在汉学极盛的时代，理学家不易得到学术主流的青睐。以方东树的老师姚鼐为例。姚氏虽然在朱筠的推荐下，于 1771 年进入四库馆撰写提要，但是因为他的理学背景，所撰提要经常被其他馆臣抵制，逼得姚氏最后辞职离开。④ 离开四库馆后，姚开始公开表示他对汉学强烈的不满。

姚鼐早年也曾想接近考证阵营。他曾希望成为戴震的学生，但是被婉拒了。即使是离开四库馆并公开批评汉学，但他对汉学的长处仍有充分的认识。他所不同于当时考证学者的，是希望合义理、考证、辞章为一，而且他认为这对考证学的发展有利。在他的学生中，也有不少人娴于考证，方东树便是其中一个。在《汉学商兑》(以下简称《商兑》)中，方东树便公开承认清儒在音韵训诂之学上的成就古今无双。他不断提醒学生，朱子并不曾轻视训诂音韵之学，并强调自己对它们的重视也不减于并世的考证学者。⑤

方东树颇能欣赏清儒的某些作风。在《商兑》的"序例"中，他称

---

① 郑福照:《清方仪卫先生东树年谱》，台湾"商务印书馆"1978 年版，第5页。

② 方东树:《仪卫轩文集》卷七《答姚石甫书》，清同治年间刊本，第 15 页。

③ 方东树:《仪卫轩文集》卷七《答姚石甫书》，清同治年间刊本，第 13 页。

④ Kent Guy, The Emperor's Four Treasures. Harvard University Press, 1987: 143, 146, 156.

⑤ 方东树:《汉学商兑》，台湾"商务印书馆"1937 年版，第 20~21 页。

赞余萧客的《古经解钩沈》详注所引材料之出处。① 引书注出处虽起源更早，但是到清学才形成一个特色，《引书考》一文的出现即是一证。② 方东树在《商兑》一书中便刻意模仿这种体裁。他很明显地是想吸收汉学的长处，并摆脱宋学玄想无根之病。

1819 年春天，方东树在《广东通志》局中，成了江藩的助手。没有任何资料显示二人相处的情况。我们所知道的是方东树在完成所负责的工作后便离开广东了。方东树曾于五年后重返广东，教馆于阮元的衙门。当时《皇清经解》的刊刻工作正如火如荼地展开着，而在这套大书中，凡是牵涉理学的作品多被排摈，即使是那些被尊为清学开山之作的名著也不例外。③ 这可能使得一旁的方东树感触良深，一般相信，就在 1824 年这一年，《商兑》的稿子已大致写成，不过它是在 1831 年，也就是《师承记》出版十三年后才刊行。江藩就在《商兑》出版的这一年去世。有趣的是，针锋相对的两本书都由阮元所刊行，这或许象征着阮元后来逐渐显露出的一种同时包容汉宋之学的趋向。

三

《商兑》一书主要是为宋学辩护，同时攻击汉学的缺失。在撰写的过程中，方氏时时不忘以子之矛攻子之盾。他不断地展示自己的考证学素养，然后从内面来攻击它。为了擒贼擒王，考证学大师惠栋、戴震、钱大昕、阮元都成了攻击目标，尤其是那些反对讨论宋明理学的人。

方东树批判他们的方式通常是先引一段考证学者最具代表性的话，然后施以尖刻的批评。我们可以清楚感觉得到，《商兑》的第三部分明显地是针对江藩的《师承记》与《国朝经师经义目录》而发的。

---

① 方东树:《汉学商兑》,《序例》, 台湾“商务印书馆”1937 年版, 第 3 页。

② 方东树:《汉学商兑》,《序例》, 台湾“商务印书馆”1937 年版, 第 3 页。

③ 何佑森:《阮元的经学及其治学方法》,《故宫文献》1970 年第 1 期, 第 22~26 页。

当汉学在它的高峰时，几乎无人敢撄其锋。章学诚（1738—1801）《文史通义》中因有大量批评考证学者的文字，所以整部刊行是在他死后的事。清季陈澧（1810—1882）有一大批未刊稿在20世纪初被发现，它们之所以未刊，也是因为其中有太多攻击考证学的文字。这说明在“狐狸”当道时，极少“刺猬”敢公开挑战。① 因此，像《汉学商兑》这样一本系统而大胆地攻击考证学之书在1831年出现时，不能不说是石破天惊之举了。

首先，方东树指出汉学研究的一个典范危机。由于清儒大多认为六经是一个完整的系统，所以这个体系内的矛盾并未被严肃地考虑过。而清代的考证学者心中也大多假设着，透过客观严谨的考证，可以恢复古代各种历史制度之真貌。而且因为这是客观的研究，而不是理学家的玄思，故可以避免搅扰不休的争论。

这种乐观的自信，在凌廷堪《校礼堂集》中的《戴东原先生事略状》里表现得最清楚：

> 昔河间献王实事求是。夫实事在前，吾所谓是者，人不能强辞而非之；吾所谓非者，人不能强辞而是之也。如六书九数及典章制度之学是也。虚理在前，吾所谓是者，人既可别持一说以为非，吾所谓非者，人亦可别持一说以为是也，如理义之学是也。②

这种乐观的自信也时常为出土文物所证佐。譬如戴震对古代的钟所作的历史重建工作，在乾隆中期被一个在陕西出土的实物所印证。③

---

① 钱穆：《中国近三百年学术史》，台湾“商务印书馆”1968年版，第601页。“刺猬”与“狐狸”之喻。请参考余英时先生的《论戴震与章学诚》（台湾东大图书公司1996年版），第98~99页。

② 《校礼堂文集》卷三十五《戴东原先生略状》，台湾艺文印书馆1971年版，第8页。

③ Benjamin Elman, From Philosophy to Philology. Harvard University Press, 1984: 182.

但方东树敏感地指出，清儒对同一个名物器数的研究却常常得出互相冲突的结论。讲求客观的考证学家无法保证其客观性。方东树因为熟知考证学的成果，所以他很快发现这一个各人研究成果不能互洽的现象。他非常敏锐地指出：

> 又按汉学诸人，坚称义理存乎训诂典章制度，而如考工本制，江氏有考，戴氏有图，阮氏、金氏、程氏、钱氏皆言本制，同时著述，言人人殊，迄不知谁为定论。他如秦氏赋役，沈氏禄田，任氏、江氏、贺氏、张氏宫室，黄氏、江氏、任氏、戴氏方服冕弁，各自专门，亦互相驳斥，不知谁为真知定见。①

方东树说，过去在王阳明良知说的影响下，因为每人皆以一己的心作为依据，各执一是，争端百出。而清儒正是要以客观考据来取得确定答案。何以声称能够确定而客观的汉学，竟然“言人人殊”，莫衷一是，就好比不同的人做同一组实验，却又得出不同的结论来。方东树认为这一现象本身即蕴含着汉学内在的危机。

接着，方东树认为清学有一种从“实学”到“虚学”的现象。考证学有一个共喻的前提：当儒家经典的原义以及制度器数的原貌被重构后，圣人的理想便可以付诸实行。至少在清代的初期，名物度数研究的最终目的是要治国平天下。即使到了清代中期，考证大师们如戴震、钱大昕(1728—1804)等仍然奉行这个主张。

但是，考证学的发展却逐渐遗弃了这个前提。在现实上，因为文字狱的压力，使得士大夫不敢太在经世或现实批判上用心。但最出人们意料之外的是，学者们发现，即使车制、明堂、冠冕之制皆能一一复三代之旧，而且没有内在的矛盾与争论，它们也未必能在当代社会中实行。具有讽刺意味的是，当这些车制、宫室没有考证清楚之前，彻底复返三代之旧的热情是无法浇熄的，一旦把它们弄清楚后，反而觉悟到原来它们无法付诸实行。在考证学的先驱们身上，这个困境已经出现了。顾炎武要以三代声音改换今音，可是有一次他做客于朋友

① 方东树：《汉学商兑》，台湾“商务印书馆”1937年版，第165页。

之家，清晨晏起，朋友对他大喊“汀茫久矣”时，顾氏竟大惑不解。后经朋友点明，“汀茫久矣”是“天明久矣”的古音，足见以三代之旧施之当世的困难了。既然三代之旧不能在当世实行，而且也没有什么人积极想推动它们，那么所谓的“实学”又在何处落实呢？方氏说，清儒夸称他们所治的学问是言必有据，证必多端。相对于理学家而言，他们引证丰繁，也确是至“实”之学，但是到头来却在现实致用上成了至“虚”之学。《周礼》难读，而戴震有解；名物难知，而程瑶田《通艺录》中有图。① 可是，考古的热情虽在，将“古”实施于“今”的可能性没有了，愿望也逐渐褪色了。方东树在《商兑》中便引了一节段玉裁(1724—1815)描述其师戴震学术精神的话，并施以激烈的批评。段玉裁是这样说的：

> 由考核以通乎性与天道，既通乎性与天道矣，而考核益精，文章益盛，用则施政利民，舍则垂世立教而无弊。②

方东树批评说：

> 汉学诸人，言言有据，字字有考，只向纸上与古人争训诂形声，传注驳杂，援据群籍，证佐数百千条，反之身己心行，推之民人家国，了无益处，徒使人狂惑失守，不得所用，然则虽实事求是，而乃虚之至者也。③

方氏同时也指斥汉学的两大问题：第一，他说“由考核以通乎性与天道”之说是荒谬的，因为考据工作虽“证佐数百千条”，但“反之身己心行”却毫不相干。第二，他说考据工作“推之民人家国”，亦了无益处，不得所用。故不管从道德或政治上看都没有价值。方东树抱

---

① 譬如程瑶田：《释宫小记》，《通艺录》第 9 册，安徽丛书本 1933 年版，第 34~35 页。

② 方东树：《汉学商兑》，台湾“商务印书馆”1937 年版，第 122 页。

③ 方东树：《汉学商兑》，台湾“商务印书馆”1937 年版，第 39 页。

怨说，考证学承诺要将所考的名物施之于用，可是他们花了极大力气去考证，却花最小的力气讨论如何将它们付诸实行。① 稍后魏源也说过，他并不反对考证可以得先圣之道，但即使这样，考证工作仍无益于后人，因为先圣之道在现世已用不上了。②

方东树更进一步说明性和天道何以不需“考核”也可以了解。他说，人们不必得先查《说文解字》才懂得什么是忠、孝、仁、义。③

此外，方东树从五个方面瓦解汉学研究的典范：第一，汉学家认为“经”与“道”可以画上等号，而“诂经”是通往“道”的捷径。阮元的一段话说明了这一点：

> 圣贤之道存于经，经非诂不明。④

阮元为考据学者的工作寻找根据说：古经典因长久传衍而大量残缺，它们的意义也难为后人所把握。而汉儒因年辈接近孔子及其弟子，所以他们对经书的训解是掌握经书原意的捷径。⑤ 但是，方东树将这条大锁链的第一环解开了，“经”不等于孔子的“道”，所以通“经”不一定即掌握了“道”，而通汉儒的训诂更不能说是掌握了“道”。方东树说许慎与郑玄这两位清代考证学者最为推崇的大师都犯了一大堆错，⑥ 后人何能借由他们及他们同时代人的训解去掌握经书之原意。

第二，清儒有一种相当普遍的态度，认为要懂得先圣的义理得从考据入手，因为后人对古圣贤的语言文字与典章制度有所隔膜，必须通过考据的工夫才能通古人的“心志”。戴震曾抱怨说：

---

① 方东树：《汉学商兑》，台湾“商务印书馆”1937年版，第106页。

② 《魏源集》，《默觚上·学篇九》，中华书局1976年版，第24页。

③ 方东树：《汉学商兑》，台湾“商务印书馆”1937年版，第89、103~104页。

④ 阮元：《西湖诂经精舍记》，《揅经室集》，台湾“商务印书馆”1967年版，第505页。

⑤ 阮元：《西湖诂经精舍记》，《揅经室集》，台湾“商务印书馆”1967年版，第505页。

⑥ 方东树：《汉学商兑》，台湾“商务印书馆”1937年版，第87页。

今人读书，尚未识字，辄薄训诂之学。夫文字之未能通，妄谓通其语言，语言之未能通，妄谓通其心志，此惑之大者也。论者又谓：有汉儒之经学，有宋儒之经学，一主训诂，一主义理。夫使义理可以舍经而求，将人人凿空得之，奚取于经乎？惟空凭胸臆之无当于义理，然后求之古经，而古今悬隔，遗文垂绝，然后求之训诂，训诂明则古经明，古经明而我心同然之义理，乃因之以明。古圣贤之义理非他，存乎典章制度者是也。昧者乃歧训诂、义理而二之，是训诂非以明义理，而训诂何为？义理不存乎典章制度，势必流入于异端曲说，而不自知矣。①

方东树批评这段话说，这是戴震最有代表性、影响最大，而所犯的错误也最大的一段话。方东树说，经书的意义不一定非通过训诂与文献考证才能把握。他说：

若谓义理即在古经训诂，不当歧而为二，本训诂以求古经，古经明，而我心同然之义理以明，此确论也。然训诂不得义理之真，致误解古经，实多有之。若不以义理为之主，则彼所谓训诂者，安可恃以无差谬也？

他并非决绝地认为考证、训诂完全无用，但他认为在了解古圣的过程中，“义理”应该是优先的：

总而言之，主义理者，断无有舍经废训诂之事；主训诂者，实不能皆当于义理。何以明之？盖义理有时实有在语言文字之外者。②

方氏认为主义理者——主要是指以当时桐城派为代表的宋学家

① 方东树：《汉学商兑》，台湾“商务印书馆”1937年版，第86页。
② 方东树：《汉学商兑》，台湾“商务印书馆”1937年版，第87页。

们，必定不废训诂，而且义理时常存在于语言文字之外。方东树是在提倡一种新的诠释态度。他认为圣人的道理是比六经更广泛的东西，其中还有一部分不在文字中，属于人的义理心性，不是文字训诂之学所能穷尽的。所以，如果以经典考证为能尽圣人之道理，则是将圣人看小了。

乾嘉考证有一种类似"诠释学循环"的方法，要人先知字之诂，而后治句之义，然后通全篇之义，进而窥全书之旨。复须通全篇之义或全书之旨，庶得以定某句之意，解全句之意，庶得以定某字之诂。① 方东树则要求超出纯文献的由部分到整体，再由整体到部分的诠释风格。他说当学者从事考据工作时，对事物的"理"的了解应时时在其心中，所以他特别反对阎若璩所说的"治经不必拘理"，认为这句话如果用来说天文历算之学时还可以，不能说治一切经文都可不拘理而专求之于训诂；② 他认为只有机械性的文字训诂并不能真正通经之义，从事考证工作时必须有义理贯穿其间才能深入，这也是为什么他与其师姚鼐一样，极力反对将考证、义理、辞章三分，而坚决主张三者应该形成有机的结合。他说一段经文的意思常需从"语气"上加以把握，而这种精微的技巧不是窄狭的考证学者所能欣赏的。③ 在《商兑》中，他不但举例说明何以当义理与考据结合时，可以比纯限于文字训诂的方法了解得更为透彻。④ 他甚至挑战时人：究竟是宋儒还是清儒对古圣贤的"心志"把握得更贴切？⑤

方东树进一步反驳戴东原以义理存乎典章制度之说法。他认为，义理并非都能从历史事实上推导出来。譬如，人们并不能从三代制度中推出"钦"、"明"、"安"、"恭"、"让"、"慎"、"诚"、"忠"、"恕"等道理。⑥ 他说：

---

① 参见钱锺书：《管锥篇》第一册，香港"中华书局"1979 年版，第 171 页。

② 方东树：《汉学商兑》，台湾"商务印书馆"1937 年版，第 80 页。

③ 方东树：《汉学商兑》，台湾"商务印书馆"1937 年版，第 124 页。

④ 方东树：《汉学商兑》，台湾"商务印书馆"1937 年版，第 124～125 页。

⑤ 方东树：《汉学商兑》，台湾"商务印书馆"1937 年版，第 87～88 页。

⑥ 方东树：《汉学商兑》，台湾"商务印书馆"1937 年版，第 89 页。

若夫颇通于训诂而实不识字，详于制度而实昧于义理，如戴圣、马融、扬雄，或不识节义字及进退守身义理，又何说也？盖忠孝信义，进退取予，廉耻等字，不待读《苍》、《雅》、《说文》，而世无不明者，古今学人，或不识得，岂为不晓训诂之故与？①

义理也不必通过精研训诂文字，或精通古代的礼仪或典章制度才能获得。而且，要紧的不是不明白古圣先贤之道理，而是如何付诸实行的问题。方东树扼要地说：

盖不患不明，第患不行耳。②

在这里，他将知识与道德实践之间脱节的问题又重新提出来。

方东树除了攻击清代汉学方法论的典范外，对清代中期以来兴起的一股新哲学思潮也感到十分不满，这股新哲学是通过考证对宋明理学的一些概念作新诠释。他们是以戴震、阮元、焦循、凌廷堪等人为主，希望以回复经书中这些概念的原义来取代已经被佛道思想污染的宋明儒的概念。

戴震是这一股新诠释风潮的重要开启者，而阮元及其他一批考证学者是热心的追随者。他们的目标是将理气心性等道德名词的诠释权从宋明儒手中抢过来，以考证训诂复其“本义”，通常是比较朴素的意义，而汉儒的注释常被引用来支持这一新诠释学。最足以代表这派新哲学的是戴震的《孟子字义疏证》。当该书出现时，只有洪榜(1745—1779)真正支持他，③ 但是到了阮元的时代，戴氏的风格与方法已经有了大量的模仿者及追随者。方东树感受到这股学风的压力，

① 方东树：《汉学商兑》，台湾“商务印书馆”1937年版，第89页。

② 方东树：《汉学商兑》，台湾“商务印书馆”1937年版，第106页。

③ 余英时：《论戴震与章学诚》，台湾东大图书公司1996年版，第90页。

几十年后，曾国藩也不约而同地表达他对此“入室操戈”之风的忧虑。①

在这股新哲学思潮中，最令方东树忧虑的是扬州学者凌廷堪、阮元的“以礼代理”思想。阮说：“理必出于礼也”，② 并强调这是摆脱理学中每人皆坚持自己的“理”以致纷纷相争，而获得一种确定性的办法：

> 以非礼折之，则人不能争；以非理折之，则不能无争矣。故理必附于礼以行；空言理，则可彼可此之邪说起矣。③

阮元这段话多少提示我们，清代学问，尤其是礼学的兴起，与理学内部对人人皆“理”、人人皆“良知”之间的纷争与相持不下有密切的关系。

方东树反驳说，“理”是万事万物“所以然”，所以，“理是礼之所以然”，“礼”只是“理”所涵括的一个小部分，故决不能“以礼代理”。他说“凡事凡物之所以然处，皆有理，不尽属礼也”，④ 而且行礼时也不能无“理”在胸中：

> 夫谓理附于礼而行，是也；谓但当读礼，不当穷理，非也。理斡是非，礼是节文，若不穷理，何以能隆礼？⑤

由此可见，方东树坚持，不管是作考据工夫，或是讲礼，都必须有“理”、“义理”在心中。否则所得或为皮相，或为形式。照方东树的意思，如果真要深入汉学，必须融会宋学，否则无法真正深入。这个说法已为清季汉宋融合之风启其先端！

---

① 钱穆：《中国近三百年学术史》，台湾“商务印书馆”1968 年版，第 584 页。

② 方东树：《汉学商兑》，台湾“商务印书馆”1937 年版，第 171 页。

③ 方东树：《汉学商兑》，台湾“商务印书馆”1937 年版，第 61 页。

④ 方东树：《汉学商兑》，台湾“商务印书馆”1937 年版，第 62 页。

⑤ 方东树：《汉学商兑》，台湾“商务印书馆”1937 年版，第 62 页。

四

《汉学商兑》的主要内容大致上就是上述这些。它一方面批判汉学，从各个方面攻击它行之逾百年的典范，同时也处处指出它内在的技术危机，而最终目的是要恢复宋学，并挽救知识与道德、知识与社会断裂的危机。

《商兑》一书在19世纪30年代的影响不算太大。方东树的学生苏惇元曾宣称《商兑》出版之后，考证之学随之渐熄，① 这自然是个夸张的说法。汉学到晚清仍未衰竭，而且在民国学术史中仍占一关键地位。不过，我们可以说它打破了汉学一元垄断之局。此后汉学并非马上衰微，而是开启学术多元之途。有一群关心时政的学者马上被反汉学与宋学的风气所吸引，像陶澍(1778—1839)、李兆洛(1769—1841)、陆继辂(1772—1834)、毛嶽生(1791—1841)，都对方氏表示支持之意。《商兑》一书说服人们在汉学独霸之局下，宋学仍有值得注意之价值。不过，在讨论《商兑》对学界的说服力时必须注意到时代背景。事实上有许多人是因为拿它与时局相对照，才逐渐明白书中对汉学的反省与攻击有其现实性。在《商兑》出版之后，清朝便面临了巨大的困局，对照现实的变局，汉学的无用性愈发明显，而宋学虽不一定是理想的选择，但当时复兴宋学的人大多还试着把学问与现实产生关联，而且发生过相当的效果，则二者消长之势亦可知矣。李兆洛说，他原是反对宋学的，可是《商兑》一书使他变得同情宋学。而《商兑》大胆攻击汉学，清楚而系统地说出许多久蓄于人们心中，但不知如何说或不敢说的不满汉学的话，② 也为它吸引了一大批有志经世的士大夫。

方东树曾寄望阮元来改变当时学术主流的弊病，在《上阮芸台宫保书》中说："今日之汉学亦稍过中矣，私心以为于今之时，必得一

---

① 方东树：《仪卫轩文集·序》，清同治年间刊本，第1页。

② 方东树：《仪卫轩文集》，《题辞》，清同治年间刊本，第2页。陶澍便表示《汉学商兑》说的东西与他心中所想的相符合。

非常之大儒以正其极、扶其倾，庶乎有以挽太过之运于未蔽之先，使不致倾而过其极。……当今之世，能正八柱而扫秕糠者，舍阁下其谁与归？”①有一种说法认为阮元晚年颇为欣赏方东树的书。② 但是这个传言是方东树的学生郑福照所留传下来的，使得它的可靠性较为减低。

《商兑》成了汉学阵营的一大箭靶。李慈铭（1829—1894）批评方东树愚而无用。③ 张之洞（1837—1909）、缪荃孙（1844—1919）、汪之昌（1895—？）、黄清宪都有作品猛烈批评它。他们的攻击与李慈铭相当不同，他们认为方东树并不愚，他对汉学的神髓有相当深入的掌握。张之洞甚至说方东树原习汉学，但是因无法成为一流学者，故转而以攻击汉学为生。④ 此说可能有意气的成分。清末章太炎（1869—1936）提醒时人：方东树对声音训诂之学很有素养，而且他对汉学的攻击并非全无根据。⑤ 太炎这位清学最后的大师对他所继承的学术传统也有相当深刻的反省，他批评清学“琐碎识小”⑥。在某种程度上这也正是方氏的见解。

《商兑》一书也标识着汉宋相融的新发展。一般相信曾国藩曾受方东树的影响而主张汉儒“实事求是”之学无异于朱熹的“格物穷理”。⑦ 主张汉宋相融最力的陈澧在《东塾读书记》中则指出，朱熹也

---

① 方东树：《仪卫轩文集》卷七，清同治年间刊本，第1~2页。

② 郑福照：《清方仪卫先生东树年谱》，台湾“商务印书馆”1978年版，第18页。

③ 参看张舜徽：《清人文集别录》，中华书局1980年版，第359页。

④ 缪荃孙：《方东树仪卫堂集跋》，《艺风堂文集》卷七，文海出版社1973年版，第25页及张舜徽：《清方仪卫先生东树年谱》，台湾“商务印书馆”1978年版，第575、578页。

⑤ 《章太炎全集》第三册，《清儒》，上海人民出版社1984年版，第475页。

⑥ 《章太炎全集》第三册，《清儒》，上海人民出版社1984年版，第477页。

⑦ 钱穆：《中国近三百年学术史》，台湾“商务印书馆”1968年版，第584页。

是极力强调“学”的重要性的。① 依钱穆的研究，他们两人都曾受方东树之影响。当清季一位学者林国赓为他的老师金均龄（1811—1890）——一位主张汉宋相融的学者——所写的《理学庸言》作序时，林氏说，有了这一部书，《汉学商兑》就可以不作了。② 这段话也曲折地点出，在《商兑》出版半世纪后，人们还是把它当做要求汉宋融合的嚆矢。

（选自王汎森：《中国近代思想与学术的系谱》，河北教育出版社 2001 年版）

【评　介】

本文为王汎森所写，收录于《中国近代思想与学术的系谱》一书中，该书由河北教育出版社于 2001 年出版。

王汎森，台湾云林人，现于台湾“中央研究院”历史语言研究所工作，任研究院副院长和历史语言研究所特聘研究员。主要从事中国近世思想的研究，其代表性著作有：《章太炎的思想》、《古史辨运动的兴起》、《中国近代思想与学术的系谱》、《晚明清初思想十论》、《近代中国的史家与史学》（人文书系）等；其代表论文有：《从传统到反传统——两个思想脉络的分析》、《从曾静案看十八世纪前期的社会心态》、《历史记忆与历史：以中国近世史事为例》、《明末清初的人谱与省过会》、《心即理说的动摇与明末清初学风之转变》、《道咸年间民间性儒家学派——太谷学派研究的回顾》、《邵懿辰（1810—1861）与清季思想的激烈化》、《刘师培与清末的无政府运动》、《读傅斯年档案札记》、《傅斯年与陈寅恪》、《清末民初的社会观与傅斯年》、《何以三代之下有乱无治——明夷待访录》、《对思想史研究的若干考察》、《道、咸以降思想界的新现象——禁书复出及其意义》

① 钱穆：《中国近三百年学术史》，台湾“商务印书馆”1968 年版，第 613、620 页。

② 麓保孝：《宋元明清近世儒学变迁史论》，国书刊行会 1976 年版，第 213 页。

等，其中不少在中国大陆的杂志上发表。

方东树(1772—1851)，字植之，别号副墨子，自号“仪卫”老人，后世学者称其为仪卫先生。安徽桐城人，桐城派的代表人物之一，师从姚鼐。乾嘉年间，汉学盛行，方东树含愤著《汉学商兑》，旗帜鲜明地反对汉学，极力宣扬程朱理学。他虽然一生清苦，但其忧国忧民之心受到后人尊崇。方东树的代表著作包括：《汉学商兑》、《匡民正俗对》、《病榻罪言》、《仪卫轩文集》十二卷、《昭昧詹言》、《老子章义》、《阴符经解》等十余种。

在中国传统学术史上，汉学和宋学的争斗持续了很长时间，众多学者都参与到这一争斗中。本文主要认为，作为晚清桐城派末期代表人物之一的方东树对汉学是反对的。全文大致解答了下述问题：方东树为什么会反对汉学？方东树的思想倾向是什么？方东树与扬州学圈的关系如何？方东树的《汉学商兑》内容是什么？《汉学商兑》的影响是什么？

作者在文章第一部分指出，鸦片战争以前的知识圈形成了一种“意见气候”(climate of opinion)，通过这种“意见气候”，人们便能了解方东树的思想倾向，进而了解方东树反对汉学的行为。作者认为，汉学在晚清社会出现衰落可分为内外两个原因。外因是西方思想传入，中国的传统学术受到影响；内因则是汉学本身脱离现实，不能经世致用。作者在文章中主要对汉学自身的变化作了叙述，认为汉学内部出现了所谓“典范危机”，即“知识与现实世界断裂”的危机。针对这种现象，当时方东树的观点是“著书时首要考虑的是所著之书有什么用，而不是要著什么书”；“乾嘉学者只顾考证、拼命著书是不对的，所著之书应该承担国家的实政实务”；“宋学与现实的联系相对来说是紧密的，人们对宋学的批判是有失偏颇的”等。通过这些，可以通俗地说，方东树反对汉学的重要原因之一便是汉学与现实生活的脱节。

作者在第二部分论述了方东树尊宋颂宋的思想倾向。作者认为方东树的这种思想的产生受了桐城派的影响，他的教育背景和人际交往都离不开桐城派。方东树对汉学及汉学家的看法是：第一，考据家多是为了出名，不顾国家，不顾其他；第二，汉学在逐渐走入窄小狭仄之局，而江藩等扬州人对于汉学这种变化的出现负有不可推卸的责任。

作者在第三部分花了不少笔墨介绍惠栋、江声、阮元和江藩的情况，同时提到，在当时汉学极盛的时代，作为汉学反对者的方苞和方东树在仕途上无比坎坷。正因为反对汉学的声音受到打压，当时敢于公开反对汉学的人并不多，所以方东树《汉学商兑》的出现是"石破天惊"之举。

第四部分主要从方东树在《汉学商兑》中对宋学的批评展开：首先，方东树提出汉学研究的一个典范危机。"清儒对同一个名物器数的研究却常常得出互相冲突的结论。讲求客观的考证学家无法保证其客观性"，"而清儒正是要以客观考据来取得确定答案。何以声称能够确定而客观的汉学，竟然'言人人殊'，莫衷一是……方东树认为这一现象本身即蕴含着汉学内在的危机"。接着，方东树认为清学有一种从"实学"到"虚学"的现象。在清代的初期和中期，"名物度数研究的最终目的是要治国平天下。即使到了清代中期，考证大师们如戴震、钱大昕(1728—1804)等仍然奉行这个主张"。后来"因为文字狱的压力，使得士大夫不敢太在经世或现实批判上用心"。此外，方东树从"道"与"经"能否画等号、经书的意义是否一定要通过训诂与文献考证才能把握等五个方面瓦解汉学研究的典范。最后，方东树认为，"如果真要深入汉学，必须融会宋学，否则无法真正深入"。可见他批评汉学的目的是要恢复宋学，改变知识和现实社会断层的现象。

最后一部分涉及《汉学商兑》出版后的影响，总结来说是：第一，这本书的出现打破了汉学在学术界的垄断地位，引起不少学者对宋学的关注和对汉学的反思；第二，这本书是汉宋融合发展的标志。

现在，用辩证的眼光来看宋学和汉学，两派各有所长。宋学之长，在于其对思想领域的推进，促进了中国传统社会思潮的活跃；汉学之长，在于其对纯粹学术的推进，尤其对于古典文献学(目录、版本、校勘)、传统语文学(文字、音韵、训诂)的贡献。所以，客观地评价、辩证地吸收二者所长对后人来说是非常重要的。

《汉学师承记》与《汉学商兑》
——兼论清代中叶的汉宋之争

黄爱平

清代学术以汉学复兴为最大特征，故而人们往往用“清代汉学”一语赅而括之。但实际上，汉学的对立面宋学，亦即理学，在有清一代，却始终没有退出历史舞台。这不仅表现在理学一直高踞庙堂，形式上占据着学术思想界的统治地位，而且还表现在两派的对立和斗争一直没有消歇。嘉庆、道光年间，学术界先后出现了两部各自为本学派总结、张目，并且排斥、攻击对方的著作：《汉学师承记》与《汉学商兑》。二者的出现，既为清代中叶以来的汉宋之争作了一个总结，同时也为其后学术的发展变化显示出某种征兆。故此笔者不揣浅陋，对《汉学师承记》与《汉学商兑》这两部著作的思想内容，以及清代中叶汉宋之争的状况作一番探讨，以期对了解清代中叶的学术概况及其发展趋势有所裨益。

一

《汉学师承记》与《汉学商兑》，是清代汉宋之争的代表作。前者成于汉学如日中天的嘉庆年间，既是汉学营垒及其学术成就的集中展示，也是汉学家对本学派学人、学术的全面总结。后者则成于道光初年，在为宋学辩护的同时，几乎囊括了宋学家攻击乃至中伤汉学的全部言论。由于相互之间的严重对立，二者也因此而成为清代学术史上颇为引人注目的作品。

《汉学师承记》系汉学家江藩所撰。江藩，字子屏，号郑堂，江苏甘泉人。他曾受学于余萧客、江声，是惠栋的再传弟子，其学术也深受惠栋的影响，“博闻强记，无所不通，心贯群经，折衷两汉”。① 惠栋曾作《周易述》，未成书而病逝，尚缺自《鼎》至《未济》十五卦及《序卦》、《杂卦》二传。江藩为之拾遗补阙，撰《周易述补》一书，体例一本惠氏，甚而王弼以下皆黜之，“方之惠书，有过之无不及也”。② 时值汉学昌明，学术界几至“家家许郑，人人贾马”，江藩置身其中，也极力排斥宋学，深固壁垒。为了羽翼其师，张大其军，江藩选择清初至乾嘉时期的汉学家，人各立传，详述其学行始末，揭橥其思想主张，列举其学术成就，撰《汉学师承记》八卷，附《经师经义目录》一卷。这部由汉学家自己撰写的学术史著作，既集中反映了江藩及其一般汉学家的学术思想和主张，也对清代汉学作了一个总结。

清代汉学是在同宋明理学的对立和斗争中产生和发展起来的。因此，一般汉学家在推崇汉学、尊奉汉代经说的同时，对理学都持否定态度，特别是乾嘉时期，“汉学昌明，遍于环宇，有一知半解者，无不痛诋宋学”，③ 江藩也是如此。他批评“濂、洛、关、闽之学，不究礼乐之源，独标性命之旨，义疏诸书，束之高阁，视如糟粕，弃等弁髦，盖率履则有余，考镜则不足也”④。他推崇汉代经师经说直接孔子先圣之绪，各有师承，如“言《易》，淄川田生；言《书》，济南伏生；言《诗》，于鲁则申公培，于齐则辕固生，于燕则韩太傅；言《礼》，鲁高堂生；言《春秋》，于齐则胡母生，于赵则董仲舒”，⑤ 均“诵先王之书，被儒者之服，彬彬然有洙泗之风焉”。特别是东汉硕学大师郑玄，“生炎汉之季，守孔子之学，训义优洽，博综群经，故老以为前修，后生未之敢异”。⑥ 因此，要寻求圣人微言大义，就必须从汉人的经说诂训入手。江藩认为，“以故训通圣人之言，而正心

---

① 阮元：《汉学师承记序》。

② 《清史列传》卷 69。

③ 江藩：《宋学渊源记》卷上。

④ 《汉学师承记》卷 1。

⑤ 《汉学师承记》卷 1。

⑥ 《汉学师承记》卷 1。

诚意之学自明矣，以礼乐为教化之本，而修齐治平之道自成矣”①。即如宋儒以义理之学见长，同样也离不开汉儒经说。这是因为“读义疏之书，始能阐性命之理，苟非汉儒传经，则圣经贤传久坠于地，宋儒何能高谈性命耶”②！基于这样的认识，江藩对宋儒弃先儒古义为土梗的做法十分不满，斥之为“邪说诡言，乱经非圣，殆有甚焉”③。

在推崇汉学、排斥宋学的同时，江藩从汉学家的视角出发，比较客观地梳理了本学派的渊源流变。清代汉学自顾炎武开山，阎若璩、胡渭奠基，惠栋开创，戴震集其大成以来，至乾嘉时期，已臻于极盛，学者无不靡然向风。但是，尚未有人对此进行总结，只有汪中曾说：“国朝诸儒崛起，接二千余年沉沦之绪，通儒如顾宁人、阎百诗、梅定九、胡朏明、惠定宇、戴东原，皆继往开来者。”④拟作《国朝六儒颂》，述其本末，后因病去世而未成。江藩起而继之，有感于“经术一坏于东、西晋之清谈，再坏于南、北宋之道学，元明以来，此道益晦。至本朝，三惠之学盛于吴中，江永、戴震诸君继起于歙，从此汉学昌明，千载沉霾，一朝复旦”。⑤ 因而于治学之余，“诠次本朝诸儒为汉学者，成《汉学师承记》一编，以备国史之采择”⑥。在这部书中，江藩通过对汉学家学行学术的记述和表彰，比较完整地勾勒了清代汉学发生发展的概貌。如惠栋三世传经，精研《易》学，首标汉帜，江藩对其推崇备至，盛称“本朝为汉学者，始于元和惠氏”，⑦ 既于书中原原本本地记述了其思想主张、学术传承及其治学成就，还特别表彰其《周易述》一书，“专宗虞仲翔，参以荀、郑诸家之义，约其旨为注，演其说为疏，汉学之绝者千有五百余年，至是而粲然复章矣”。⑧ 在《经师经义目录》中又复加揄扬，谓“《易》自王辅

---

① 江藩：《宋学渊源记》卷上。
② 江藩：《宋学渊源记》卷上。
③ 《汉学师承记》卷 1。
④ 《汉学师承记》卷 7。
⑤ 《汉学师承记》卷 1。
⑥ 《汉学师承记》卷 1。
⑦ 江藩：《宋学渊源记》卷上。
⑧ 《汉学师承记》卷 2。

嗣、韩康伯之书行，二千余年，无人发明汉时师说。及东吴惠氏起而导其源，疏其流，于是三圣之《易》昌明于世，岂非千秋复旦哉”。①阮元称：“读此可知汉世儒林家法之承授，国朝学者经学之渊源，大义微言，不乖不绝，而二氏之说亦不攻自破矣。”②

但是，江藩在总结清代汉学的同时，也不可避免地表现出了很深的门户之见。他为汉学家立传，凡被认为其学术不纯者，均遭排斥。如黄宗羲、顾炎武，都是清初著名思想家、学者，他们为扭转明末空疏学风，开启清代学术路径作出了不可磨灭的贡献。因而，后世学者多推崇其学，认为“国朝诸儒究六经奥旨，与两汉同风，二君实启之”。③ 汪中作《国朝六儒颂》，首推顾炎武。阮元撰《国史儒林传稿》，也以顾炎武、黄宗羲居首。但江藩却深固壁垒，指责其学不纯，认为“梨洲乃蕺山之学，矫良知之蔽，以实践为主；亭林乃文清之裔，辨陆王之非，以朱子为宗。故两家之学皆深入宋儒之室，但以汉学为不可废耳。多骑墙之见，依违之言，岂真知灼见者哉”！竟然把黄宗羲、顾炎武摒弃于外。后在友人的规劝之下，才复“辑二君事实，为书一卷，附于册后”。④ 后人对此评论说，阮元撰《国史儒林传稿》，“第一次顾亭林居首，第二次黄梨洲居首”，而江藩的《汉学师承记》“以两先生编于卷末，以不纯宗汉学也。亦可见其体例之严”。⑤ 其实，所谓“体例之严”，恰恰表现出江藩的门户之见。并且，这种门户之见也反映在他所诠次的《经师经义目录》中。如关于《易经》的研究，清代学者所取得的成就主要体现在三个方面：对《河图》、《洛书》等图、书的辨伪；对汉人《易》说的钩沉；对《易经》的新疏解。其中，清初学者黄宗羲的《易学象数论》、黄宗炎的《图书辨惑》等著述，均力辨图、书之非，为恢复《易经》本来面目起到了重要作用。其后，胡渭在此基础上进而深入研究，撰《易图明辨》一书，

---

① 《经师经义目录》。

② 阮元：《汉学师承记序》。

③ 《汉学师承记》卷8。

④ 《汉学师承记》卷8。

⑤ 伍崇曜：《汉学师承记跋》。

最终使图、书之伪成为定论。显然，总结清代《易》学，特别是有关图、书的矫诬辨伪，黄宗羲、黄宗炎的著述是不能不提的。但江藩却认为二者均非专门汉学，他说："黄宗羲之《易学象数论》，虽辟陈抟、康节之学，而以纳甲、动爻为伪象，又称王辅嗣注简当无浮义。黄宗炎之《周易象辞》、《图书辨惑》，亦力辟宋人图、书之说，可谓不遗余力矣。然不宗汉学，皆非笃信之士也。"①因此，他在为本朝汉学家诠次著述目录时，竟将二书摒而弃之，声称"凡此诸书，不登兹录"。其子江钧在撮述江藩著录旨意时，也说："家大人既为《汉学师承记》之后，复以传中所载诸家撰述有不尽关经传者，有虽关经术而不醇者，乃取其专论经术而一本汉学之书，仿唐陆元朗《经典释文》传注姓氏之例，作《经师经义目录》一卷，附于《记》后，俾治实学者得所取资，寻其宗旨，庶不致混莠于苗，以碔为玉也。"故而凡"言不关乎经义小学，意不纯乎汉儒古训者，不著录"。② 可见，江藩扬汉抑宋，壁垒森严。也正因为如此，同时稍后的今文经学家龚自珍致书江藩，专就"汉学"之称提出十条质疑，认为"本朝自有学，非汉学，有汉人稍开门径，而近加邃密者，有汉人未开之门径，谓之汉学，不甚甘心"，又谓"若以汉与宋为对峙，尤非大方之言。汉人何尝不谈性道"，而"宋人何尝不谈名物训诂，不足概服宋儒之心"。③ 并据此而建议江藩将书名改为《国朝经学师承记》。其后，祁隽藻嘱何秋涛撰《续记》，何秋涛也说："是编当依阮元《畴人传》之例，改为《学人传》，若特立一汉学之名，宋学家群起而攻之矣。"④可见江藩的《汉学师承记》甫出，当时的学术界已有不同意见。由此而引发宋学家的攻击，也就不足为奇了。

在宋学家对汉学的攻击中，以方东树的《汉学商兑》最为引人注目。方东树，字植之，安徽桐城人，曾从姚鼐问学，史载其"研极义

① 《经师经义目录》。
② 《经师经义目录》。
③ 《龚自珍全集》第五辑，《与江子屏笺》。
④ 《清史列传》卷 69。

理，于经史百家、浮屠、老子之说，罔不穷究，而最契朱子之言”。①他见乾嘉以来，“汉学大盛，新编林立，声气扇和，专与宋儒为水火，而其人类皆以鸿名博学为士林所重，驰骋笔舌，贯穿百家，遂使数十年间承学之士耳目心思为之大障”,② “而程朱之门，独寂然不闻出一应兵”，因“恐此道遂倾矣，盖尝惧之，故为反复究论”,③“思有以弥缝其失”，撰成《汉学商兑》三卷。

出于卫道的目的，方东树对汉学家“著书以辟宋儒、攻朱子为本，首以言心、言性、言理为厉禁”④深致不满，指责此乃“边见邪见”，最为“悖道害教”，斥其“较之杨、墨、佛、老而更陋，拟之洪水猛兽而更凶”。⑤ 认为汉学家“不知学之有统，道之有归，聊相与逞志快意，以骛名而已”,⑥ 断言其“毕世治经，无一言几于道，无一念及于用，以为经之事尽于此耳矣，经之意尽于此耳矣。其生也勤，其死也虚，其求在外，使人狂，使人昏，荡天下之心而不得其所本，虽取大名如周公、孔子，何离于周公、孔子，其去经也远矣”⑦。不仅如此，在方东树看来，汉学家“弃本贵末，违戾诋诬，于圣人躬行求仁修齐治平之教，一切抹杀，名为治经，实足乱经，名为卫道，实则畔道”，“其有害于世教学术，百倍于禅与心学”⑧。

站在宋学的立场，方东树对汉学家一致遵循的由文字、音韵、训诂以寻求经书义理的汉学宗旨尤为反感，攻击不遗余力。他说：“夫谓义理即存乎训诂，是也。”“然训诂不得义理之真，致误解古经实多有之，若不以义理为之主，则彼所谓训诂者，安可恃以无差谬也。诸儒释经解字，纷纭百端，吾无论其他，即以郑氏、许氏言之，其乖违失真者已多矣，而况其下焉者乎！总而言之，主义理者，断无有舍经

① 《清史列传》卷 67。
② 《汉学商兑序例》。
③ 《汉学商兑》卷下。
④ 《汉学商兑序例》。
⑤ 《汉学商兑》卷下。
⑥ 《汉学商兑重序》。
⑦ 《汉学商兑重序》。
⑧ 《汉学商兑序例》。

废训诂之事，主训诂者，实不能皆当于义理，何以明之？盖义理有时实有在语言文字之外者也。”①据此，方东树认为：“解经一在以其左证之异同而证之，一在以其义理之是非而衷之，二者相须不可缺，庶几得之。今汉学者全舍义理而求之左验，以专门训诂为尽得圣道之传，所以蔽也。”②何况一些汉学家一味泥古、复古，“言不问是非，不惟论时代，以为去圣未远，自有所受，不知汉儒所说，违误害理者甚众”③。因此，方东树极力强调：“夫训诂未明，当求之小学，是也；若大义未明，则实非小学所能尽。今汉学宗旨必谓经义不外于小学，第当专治小学，不当空言义理，以此欲蓦过宋儒而蔑之，超接道统，故谓由考核以通乎性与天道，由训诂以接夫唐、虞、周、孔正传，此最异端邪说，然亦最浅陋，又多矛盾也。”④针对汉学家群趋于典章制度考证的治学风气，方东树反诘说：“如《考工》车制，江氏有考，戴氏有图，阮氏、金氏、程氏、钱氏皆言车制，同时著述，言人人殊，讫不知谁为定论。他如蔡氏赋役，沈氏禄田，任氏、江氏、盛氏、张氏宫室，黄氏、江氏、任氏、戴氏衣服冕弁，各自专门，亦互相驳斥，不知谁为真知定见，庄子所谓有待而定者邪！”⑤此等学问，方东树认为，“得之固佳，即未遽明，亦无损大体，无关闳旨”⑥。他说：“汉学诸人，言言有据，字字有考，只向纸上与古人争训诂形声。传注驳杂，援据群籍，证佐数百千条，反之身己心行，推之民人家国，了无益处，徒使人狂惑失守，不得所用。”⑦方东树还进而总结汉学六蔽：“其一，力破理字，首以穷理为厉禁，此最悖道害教”；“其二，考之不实，谓程朱空言穷理，启后学空疏之陋”；“其三，则由于忌程朱理学之名，及宋史道学之传”；“其四，则畏程朱检身，动绳以理法，不若汉儒不修小节，不矜细行，得以宽便其私”；“其

---

① 《汉学商兑》卷中之下。
② 《汉学商兑》卷中之下。
③ 《汉学商兑》卷中之下。
④ 《汉学商兑》卷中之下。
⑤ 《汉学商兑》卷下。
⑥ 《汉学商兑》卷中之下。
⑦ 《汉学商兑》卷中之下。

五，则奈何不下腹中数卷书及其新慧小辨，不知是为驳杂细碎，迂晦不安，乃大儒所弃余而不屑有之者也”；“其六，则见世科举俗士空疏者众，贪于难能可贵之名，欲以加少为多，临深为高也”。① 可以说，宋学家对汉学的攻击，至方东树达到了顶点。

平心而论，方东树对汉学的指责，不能说完全没有道理。诸如批评典章制度的考证言人人殊，不知何所适从；针砭汉学一味考据，无关国计民生；认为训诂小学不能完全赅括经书义理和儒学内容，等等，都切中汉学弊病。但由于方东树归根结底是出自“卫道”的目的以及宋学家的门户之见，因而其书颇多强词夺理，谩骂中伤之处，这就使得仅有的一点是处，也淹没在门户之争的污水中去了。

二

在中国儒学史上，汉学、宋学都是儒学内部的不同派别。它们的区别，主要在于研究对象、治学途径与方法，借用宋代陆九渊的话来概括，就是“六经注我”与“我注六经”。汉学注重“我注六经”，即比较严格地从经书的文字、音韵、训诂出发，来寻求经书义理，因而这一学派以文字音韵、章句训诂、典章制度为主要研究对象，以考证为主要研究方法。其蔽则易陷入烦琐破碎，脱离实际。宋学“摆落训诂，直寻义理”，强调“六经注我”，重在发挥自己的思想，建立自己的体系，因而往往强解经义以就己说，甚至不惜篡改经书以就己意，极易流入空疏措大，穿凿附会。可见两派各有其长处，也各具其弊端，而归根结底，两派都是共同为封建统治服务的学术。因此，清代汉学与宋学的对立和冲突，最终随着形势的变化而逐渐趋向于调和。

清代中叶，汉学发展到极盛阶段，统治者的文化政策也由尊崇理学转变而为汉宋兼容并包，一时间，汉学如烈火烹油，不仅学者趋之若鹜，纷纷致力于文字、音韵、训诂、校勘、考证的研究，就连朝廷开设的四库全书馆，也成了“汉学家大本营”，以戴震为首的众多汉学家进入馆内，从事辑佚校勘、整理编次历代典籍的工作。而官修

① 《汉学商兑》卷下。

《四库全书总目》也在总结评判中国传统学术的同时，鲜明地表现出反对空疏，注重征实的思想倾向和学术特征。在它看来，两千年来的学术变迁，“要其归宿，则不过汉学、宋学两家互为胜负”。面对宗旨迥别，学风各异的两大学术流派，尽管《总目》竭力摆出一副不偏不倚的姿态，认为“汉学具有根柢，讲学者以浅陋轻之，不足服汉儒也；宋学具有精微，读书者以空疏薄之，亦不足服宋儒也”，强调“消融门户之见而各取所长，则私心祛而公理出，公理出而经义明”。① 但实际上，由于当时学风的影响，《总目》在叙述评论之中，仍隐喻轩轾之意，对宋明理学空疏措大，好发议论，乃至舍传以求经的种种流弊，多次予以严厉指责。如关于《易经》的研究，《总目》认为：“盈虚消息，理之自然也。理不可见，圣人即数以观之，而因立象以著之。”“至于互体变爻，错综贯串，《易》之数无不尽，《易》之理无不通，《易》之象无不该矣。左氏所载即古占法，其条理可复案也。故象也者，理之当然也，进退存亡所由决也；数也者，理之所以然也，吉凶悔吝所由生也。圣人因卜筮以示教，如是焉止矣”。而“宋人以数言《易》，已不甚近于人事，又务欲究数之所以然，于是由画卦推奇偶，由奇偶推《河图》、《洛书》，由《河图》、《洛书》演为黑白方圆，纵横顺逆，至于汗漫而不可纪。曰：此作《易》之本也”。《总目》批评说：“圣人垂训，实教人用《易》，非教人作《易》。今不谈其所以用，而但谈其所以作，是《易》之一经，非千万世遵为法戒之书，而一二人密传玄妙之书矣。经者常也，曾是而可为常道乎？”② 在批评理学空疏学风的同时，《总目》十分推崇汉学的征实，把“考证精核”奉为正宗。它说：“说经主于明义理，然不得其文字之训诂，则义理何自而推；论史主于示褒贬，然不得其事迹之本末，则褒贬何据而定。”因而，《总目》对讲求文字、音韵、训诂、考证的清代汉学，给予了充分的肯定，认为“古者漆书竹简，传写为艰，师弟相传，多由口授，往往同音异字，辗转多歧。又六体滋生，形声渐备，毫厘辨别，后世乃详。古人字数无多，多相假借，沿流承袭，遂开通用一

① 《四库全书总目》卷1，《经部总序》。

② 《四库全书总目》卷6，《易》类案语。

门。谈经者不考其源，每以近代之形声，究古书之义旨，穿凿附会，多起于斯。故士生唐宋以后，而操管摛文，动作奇字，则生今返古，是曰乱常。至于读古人之书，则当先通古人之字，庶明其文句而义理可以渐求”。① 并称赞以惠栋为首的汉学家“能一一原本汉儒，推阐考证，虽掇拾散佚，未能备睹专门授受之全，要其引据古义，具有根抵，视空谈说经者，则相去远矣”。② 可以说，《总目》的看法，反映了当时学术界的普遍倾向。其影响所及，就连朝中缙绅，也无不附庸风雅。后人记载说：“自四库馆启之后，当朝大老，皆以考博为事，无复有潜心理学者，至有称诵宋、元、明以来儒者，则相与诽笑。”③宋学已然溃不成军，难以与汉学争锋抗衡了。

但是，就在汉学极盛的情势下，仍有一些宋学家不甘寂寞，意欲坚守宋学壁垒，与汉学相抗衡。他们抓住汉学烦琐破碎、不切实际的弊病大作文章，攻击汉学与程朱立异，识小遗大。程晋芳说：“古之学者日以智，今之学者日以愚。古之学者由音释训诂之微，渐臻于诗书礼乐广大高明之域；今之学者烦琐章句，至老死不休。”④姚鼐也指责汉学家“专求古人名物、制度、训诂、书数，以博为量，以窥隙攻难为功。其甚者，欲尽舍程朱而宗汉之士，枝之猎而去其根，细之搜而遗其巨，夫宁非蔽与”！⑤

嘉庆以后，随着形势的变化，汉学日益暴露出其本身的弊端，一些汉学营垒中人也不乏有清醒认识者。段玉裁自谓平生“喜言训诂考核，寻其枝叶，略其本根，老大无成，追悔已晚”。⑥ 焦循目睹乾嘉时期考据学家“诘鞫狭隘”的种种弊端，十分不满，因而大声疾呼，强调“通核”，反对“据守”，甚至主张摒弃“考据”之名，直称“经学”，以融会众说，兼收并蓄。而历官乾、嘉、道三朝，被称为汉学护法大师的阮元，则更明显地表现出一种折中汉宋，二者兼采的倾

---

① 《四库全书总目》卷33，《九经古义》提要。

② 《四库全书总目》卷6，《周易述》提要。

③ 姚莹：《东溟文外集》卷1，《复黄又园书》。

④ 程晋芳：《勉行堂文集》卷1，《正学论》。

⑤ 姚鼐：《惜抱轩文集》卷7，《赠钱献之序》。

⑥ 段玉裁：《经韵楼集》，《朱子小学恭跋》。

向，认为“圣人之道，譬若宫墙，文字训诂，其门径也。门径苟误，跬步皆歧，安能升堂入室乎？学人求道太高，卑视章句，譬犹天际之翔，出于丰屋之上，高则高矣，户奥之间未实窥也。或者但求名物，不论圣道，又若终年寝馈于门庑之间，无复知有堂室矣”。① 因而他主张“崇宋学之性道，而以汉儒经义实之”，即兼采二者之长，使其共同为封建统治服务。汉学内部如此，而宋学家受考据学风的影响，也早已开始倡导义理与考据的结合。姚鼐“尝谓天下学问之事，有义理、文章、考证。三者之分，异趋而同为不可废。一途之中，歧分而为众家，遂至于百十家，同一家矣。而人之才性偏胜，所取之径域，又有能有不能焉。凡执其所能为，而毗其所不为者，皆陋也。必兼收之，乃足为善”。② 翁方纲也在一定程度上肯定考订，认为“学者正宜细究考订诂训，然后能讲义理”，③ 同时又十分强调“考订之学以衷于义理为主”，以避免“嗜博”、“嗜琐”、“嗜异”、“矜己”之弊。④ 就连撰著《汉学商兑》的方东树，也主张“义理、考证、文章本是一事，合之则一贯，离之则偏蔽”。⑤ 甚而在他极力攻击汉学之时，也不期然采用了考据的方法，旁征博引，以证己说。并且不得不肯定“汉学诸人于天文、术算、训诂、小学、考证、舆地、名物、制度，诚有足补前贤裨后学者”。⑥ 可见，嘉道时期，无论是汉学家，抑或宋学家，都已经觉察到各自的弊端，并且自觉不自觉地吸收了对方的某些合理因素，试图为本学派补偏救弊。因此，清代中叶以后，汉学、宋学实际上已呈现出合流的趋势。然而，此时的清朝统治，已然走过了它的全盛期，国内各种社会危机日益暴露，国外资本主义侵略势力频频叩关，面临“千百年来未有之大变局”。长期专注于古代经籍中的汉学无法适应迅速变化的形势，不能解答社会现实的问题，而理学也早已陈腐不堪，同样不可能挽救封建统治的危机。因此，尽管

---

① 阮元：《揅经室一集》卷 2，《拟国史儒林传序》。
② 姚鼐：《惜抱轩文集》卷 7，《复秦小岘书》。
③ 翁方纲：《复初斋文集》卷 7，《与程鱼门并钱戴二君议论旧草》。
④ 《复初斋文集》卷 7，《考订论》。
⑤ 《汉学商兑》卷中之下。
⑥ 《汉学商兑》卷下。

二者试图相互调合，共同补偏救弊，但仍然无法避免双双走向衰落的命运。在严峻的挑战面前，一个崭新的学派应运而生，这就是清代的今文经学，中国传统儒学也由此而步入近代阶段。

（原载《中国文化研究》1996 年第 4 期）

【评　介】

黄爱平，瑶族学者，现任中国人民大学清史研究所教授。主攻研究方向是中国古代史、清史，在学术文化史、文献学史，特别是清代学术文化、历史文献学的教学与研究等方面有突出成就。著有《四库全书纂修研究》、《清代学术与文化》（合著）、《十八世纪中国与世界·思想文化卷》、《清代学术文化史论》等书，并发表《清代汉学的发展阶段与流派演变》、《18 世纪中国社会知识界对妇女问题的关注》、《清代康雍乾三帝的统治思想与文化选择》、《乾嘉汉学治学宗旨及其学术实践探析》等论文七十余篇。

《〈汉学师承记〉与〈汉学商兑〉——兼论清代中叶的汉宋之争》一文原发表在《中国文化研究》1996 年第 4 期上。作者首先介绍了清代汉学之争的状况，以及《汉学师承记》和《汉学商兑》这两本书的内容，并总结了汉学和宋学各自的优劣与区别。具体地说，汉学注重“我注六经”，宋学强调“六经注我”；汉学繁琐破碎、脱离实际，宋学则常牵强附会。两派共同目标是为封建统治服务。汉宋之学研究对象、治学途径和方法的不同，必然会导致为争夺封建文化主导地位、统治者的青睐以及生存空间而对抗竞争，竞争需要“工具”，对抗会有结果，《汉学师承记》和《汉学商兑》可以说是两派对抗的“工具”和“产物”。

《汉学师承记》成书于嘉庆年间，作者为江藩。从大的学术背景来看，当时的汉学发展如火如荼；从小的学术氛围来看，汉宋之学互相敌视，加之当时还没有一部专门的著作对汉学的发展进行论述，于是，江藩作《汉学师承记》八卷，附《经师经义目录》一卷，梳理汉学学派的渊源流变，为清朝初年到嘉庆时期的各个汉学家立传，详细论述他们的学行、思想主张，列举他们的学术成就，对汉学家的学派、学人进行全面的总结，较全面地勾勒了清代汉学发展的概况。作为当时对抗宋学的代表作，江藩在书中对汉学极度推崇的同时，对宋学的批判也是不遗余力的。作者在文中多次引用江藩所述之话，来表现江藩对宋学的厌恶。

《汉学商兑》成书于道光初年，作者是方东树。此书的目的与《汉学师承记》相反，它是要为宋学卫道。《汉学商兑》有三卷，收录了宋学家攻击、中伤汉学的全部言论。在书中，“方东树对汉学家一致遵循的由文字、音韵、训诂以寻求经书义理的汉学宗旨尤为反感，攻击不遗余力”，“针对汉学家群趋于典章制度考证的治学风气”，方东树也进行反诘，并且“方东树还进而总结汉学六蔽”。可以说，此书的出现将宋学家对汉学的攻击推到了顶峰。

两本著作的影响不可小觑，它们的出现“对清代中叶以来的汉宋之争作了一个总结，同时也为其后学术的发展变化显示出某种征兆”。而二者的不足之处同样明显，那就是把江藩和方东树的门户之见表现得“淋漓尽致”：江藩指责黄宗羲和顾炎武学术不纯，其二人弃于《汉学师承记》之外，即使后来有人对他进行劝解，他的这种看法也没有什么大的改变；方东树作为一个有学问之人，却不能以一种“有素养”的姿态对汉学进行批评，在他的书中多对汉学进行谩骂和中伤，有失学者的修养和风度。

文章的第二部分介绍了汉宋之争的发展情况，主要可分为两个阶段。第一个阶段是清代中叶，这是汉学极盛发展的时代。这时，统治者改变文化政策支持汉学，开设四库馆编纂《四库全书》，该书总目中对汉学给予了极高的评价和充分的肯定；很多学者对汉学趋之若鹜，纷纷致力于汉学的研究，汉学的阵营扩大；由于前两个事实的出现，汉学的影响也不断扩大，就连朝中大臣也都附庸风雅。第二个阶段是嘉庆以后，汉宋相互包容、逐渐融合的阶段：随着时代变化，汉学脱离实际的弊端更加明显；汉学内部段玉裁、阮元等人也开始公开承认汉学的不足；清末宋学的主要发言人桐城派的姚鼐、方东树等也开始意识到汉学的一些合理之处；二者为维护封建统治和封建文统服务的共同目标，为它们的合流提供了最重要的前提。不过，世界风云变幻，中国也参与其中，汉学和宋学存在的时代背景不在，政治基础不在，学术的氛围不在，它们的精髓也便消失了。

论刘师培、黄侃与姚永朴之《文选》派与桐城派的纷争

汪春泓

在晚清民初文论界，桐城派与《文选》派之间展开的纷争是比较引人注意的事件。对此，周勋初先生《黄季刚先生与〈文心雕龙〉札记的学术渊源》有十分精到的评述。① 黄侃撰写《文心雕龙札记》，其初衷是针对以姚永朴为代表的桐城派，削弱桐城派的影响。而此次纷争所展开的时空背景是在蔡元培主政的北京大学（1912 年，中华民国临时政府成立，蔡元培任教育总长），在 1910 年京师大学堂时期，桐城派学者姚永朴、马其昶与林纾就已经来校，任经文科教员。黄侃则于 1914 年被聘为北大文科教授；刘师培是在 1916 年蔡元培任北京大学校长后，于 1917 年受聘为北大国语门文学史教授，撰写有《文心雕龙》讲义，于 1919 年 11 月病故，而黄侃则于 1918 年离开北大。② 就实际情形来看，所谓的《文选》、桐城两派并没有形成真正意义上的直接交锋，尤其刘师培，其反对桐城派的主张，是渊源于家学的一贯思想，锋芒更多指向桐城派元老。姚永朴面临对手挑战，他不肯应战。此役似乎是《文选》派获胜，其实却并不尽然。

刘、黄与桐城派分庭抗礼，是古文现实功用丧失的直接体现，明王守仁为重刻宋谢枋得编《文章轨范》作序说“夫自百家之言兴而后有六经，自举业之习起而后有所谓古文”。古文关系到举业，

---

① 周勋初：《当代学术研究思辨》，南京大学出版社 1993 年版。

② 参考马越编著：《北京大学中文系简史（1910—1998）》，北京大学出版社 1998 年版。

一旦清王朝覆灭，科举废除，挑战古文主流——桐城派，才成为可能。此表面是针对北大内部的桐城“末流”，实质上是清代以来汉宋之争的余波。比较刘、黄二人的文学见解，周勋初先生上述论文认为黄氏文学理论方面受到刘氏影响，确为正确的看法。而刘、黄、姚三家均研究《文心雕龙》，分别有讲义、札记与《文学研究法》发表、出版，俱有极深的心得，且充分表现于其各种著述中，因此围绕三家“龙学”，比较三家的文学思想，从而可以为恰当地评估上述两派之争，提供很好的切入点。因此首先来看刘师培是如何接受《文心雕龙》的，也可以同时考察他对于桐城派批评态度之形成。

一　刘师培如何发挥《文心雕龙》于文笔之争

根据刘氏《先府君行略》①可以知道，刘毓崧是刘师培祖父，刘毓崧考定《文心雕龙》成书于齐代，非常精当，作为四世传经的仪征刘氏，“龙学”也是其家学渊源之一，刘师培精熟《文心雕龙》，实在是自然而然的。其《搜集文章志材料方法(自秦汉迄隋)》说：“刘氏《文心雕龙》集论文之大成。”②而刘勰论文的特点，刘师培着重于其论文章源流部分，其《国学发微序》说：“诠明旧籍，甄别九流，《庄》、《荀》二家，尚矣！自此厥后，惟班《志》集其大成，孟坚不作，文献谁征？惟彦和《雕龙》，论文章之流别；子玄《史通》，溯史册之渊源。前贤杰作，此其选矣。……”其《文说》与《中国中古文学史讲义》均比较全面地祖述《文心雕龙》。《文说》之《序》，特别标举《文心雕龙》，说“《雕龙》一书，溯各体之起源，体各为篇，聚必以类，诚文学之津筏也”。辨体是文论的重要命题，而讨论文法的著作，有害无益，大多“可谓文章之桎梏”，因此，就有借助《文心雕龙》来解除文弊的用意。其《析字篇第一》说：“自古词章，导源小学。

① 刘师培：《刘申叔先生遗书·左盦集》卷六，江苏古籍出版社 1997 年版。

② 刘师培：《刘申叔先生遗书·左盦外集》，江苏古籍出版社 1997 年版。

盖文章之体，奇偶相参，则侔色揣称，研句炼词，使非析字之精，奚得立言之旨，故训诂名物，乃文字之始基也。昔西汉词赋，首标卿、云，摘词贵当，隶字必工，此何故哉？则辨名正词之效也。观司马《凡将》、子云《训纂》，详征字义，旁及物名，分别部居，区析昭明。及撮其单词，俪为偶语，故撷择精当，语冠群英。则字学不明，奚能出言有章哉？夫作文之法，因字成句，积句成章，欲侈工文，必先解字。”他对于刘勰批评“多略汉篇，师范宋集”尤有会心，《文心雕龙·练字》篇说西汉文学成就是建立在深湛的小学基础上的，刘勰表扬当时“鸿笔之徒，莫不洞晓”；《诏策》篇比较汉初到汉武帝时期诏体的变化：“观文景以前，诏体浮杂；武帝崇儒，选言弘奥。”经学勃兴，有助此类文体语词戒除了粗鄙的缺失，而显得典雅深奥。刘师培非常认同此种意见，认为一切文法的根本在于识字，而小学修养比所谓的作文法重要得多，显然认为刘勰文章写作理论的核心基础是“解字”，而解字必须尊重先儒故训，也即必须以宗经为准则，《文心雕龙》“宗经”说的要义，刘师培从字、词、句之精当与否，来入手理解，所体现的正是其精于小学的学风特点。其《文章原始》说：“积字成句，积句成文。欲溯文章之缘起，先穷造字之源流。……然扬、马之流，类皆湛深小学(如相如作《凡将》篇，扬雄通奇字，皆精于小学之证也)，故发为文章，沉博典丽，雍容揄扬，注之者既备述典章；笺之者复详征诂故，非徒词主骄俪，遂足冠冕西京。”所表达的是与之相同的意思；《记事篇第二》强调征实，历数文献里错讹不实之处，所反对的是以文害义的文人陋习，提倡文质彬彬。但是此处所论述的对象侧重在史书范围，与其《论美术与征实之学不同》一文相对照，文学虚构夸张等艺术特点，刘师培完全予以尊重和维护，他与王充《论衡》有很大的不同；《和声篇第三》颇引用《文心雕龙·声律》篇，关于文的定义：“刘彦和《文心雕龙》亦曰‘声不失序，音以律文’、(近世之书若赵秋谷《声调谱》、蒋氏《词律》以及阮芸台《文韵说》，皆讲文韵者必读之书也)，欲求立言之工，易以此语为法乎(古人之文，其可诵者，文也。其不可诵者，笔也。文、笔不同，亦见阮氏《揅经室集》)？”声律是刘氏所认可的“文”的重要特征之一，而如何做到文有声韵之美，其把握的分寸仍然以刘勰《声律》篇为基准；《耀采篇第四》说："……是则文也者，乃英华发外，秩然有章之谓也。由古迄今，文不一体，然循名责实，则经史诸子，体与文殊，惟偶语韵词，体与文合。……是则文章一体，与直语殊。故艳采辩说，韩非首正其名；'翰藻'、'沉思'，昭明复标其体。诗赋家言，与六艺九流异类；文苑列传，共儒林、道学殊科。自古以来，莫之或爽也。……故《文选》勒于昭明，屏除奇体；《文心》论于刘氏，备列偶词。体制谨严，斯其证矣。厥后《选》学盛行，词华聿振，徐、庾迁声于河朔，燕、许振采于关中。排偶之文，于斯为盛。"刘师培历数历代名家名篇，以作为代表赋、制敕、书表、碑志、序文、游记、论体、颂铭箴赞、檄文、祭文各体之正宗。他总结道："然三代之时，文与语别；六朝以降，文与笔分。若屏斥偶体，崇尚奇词，是则反朴归真，力守老聃之论，舍文从质，转追棘子之谈，空疏之识，讵可免欤？观《典论》著于魏帝，备列诗赋之章；《文赋》创于陆机，不列序碑之体，则单行之词，实与文章有别，有何疑乎？"此篇最能体现他与《文心雕龙》的因缘，大致上已表述了其《选》学派立场，以及关于文体守正的态度；《宗骚篇第五》则颇见其南人的文学立场，有肯定南方文学的意思。《文心雕龙》有《宗经》篇，而对于楚《骚》，则是取"辨"的态度，刘师培却宣称"宗骚"，此点与刘勰迥异，刘氏并不认同楚《骚》存在《辨骚》篇所谓的"异乎经典者也"，相反，《骚》体"粤自风诗不作，文体屡迁，屈宋继兴，爰创《骚》体，撷六艺之精英，括九流之奥旨，信夫骈体之先声，文章之极则矣"。《骚》体囊括众美，寻其微旨，包含"此《易》教之支流也"、"此《书》教之微言也"、"此《诗》教之正传也"、"此《礼》教之遗制也"、"此《乐》教之遗意也"以及"此《春秋》之精义也"。并且诸子百家之所长，也无不兼备。他高抬其体用"故知楚词之书，其用尤广，上承风诗之体，下开词赋之先，若中垒《世颂》之篇，贾生《惜誓》之作，渊源有自，咸出于《骚》；故王逸作注，兼采景、唐之什，昭明选文，详征屈宋之词。惜乎汉魏以下，效法者稀，则以立言之旨，情文相生；后世诗人之作，情胜于文，故朴而不华；赋家之作，文胜于情，故华而不实。惟《洛神》之赋，出于《九歌》；《北征》之赋，近于《涉江》；《哀江南赋》，乃《哀郢》之余音；《归去来辞》，亦《卜居》之嗣响。自此以降，文藻空存，非复屈宋之旨矣”①。此可与《论文杂记》所说“……而屈宋楚词，忧深思远，上承风雅之遗，下启词章之体，亦中国文章之祖也”相印证，在《文选》派眼中，楚《骚》更具开山的意义，故大力表彰，除了同样推崇屈《骚》在文学史上的地位以外，他与刘勰有所保留的观点异趣。

然而，刘氏上述基本文学观，却更多出自其家学渊源。而此必须溯源至扬州学派的先辈人物，如汪中、凌廷堪与阮元等人。南桂馨序《刘申叔先生遗书》说：“清三百年骈文莫高于汪容甫；六朝文笔之辨，则以阮文达为最坚。昔周书昌、程鱼门论定文章，称桐城为天下正宗。申叔承汪、阮风流，刻意骈俪，尝语人曰：‘天下文章在吾扬州耳！’后世当自有公论，非吾私其乡人也。’……然其学术主张，终不越乎扬州；其校雠之学，固高邮也；其声音之学则本之黄春谷。”至于汪中的文学主张，江藩著《国朝汉学师承记》有简要的介绍，江自称与汪弱冠时，即已定交，相知很深。他说汪容甫“治经宗汉学”、“又不喜宋儒性命之学”，而对于桐城派文章，“若方苞、袁枚辈，岂屑屑骂之哉”②！极其鄙视。刘氏非常敬佩汪中这位江都先辈，文论观受其影响至深。刘师培《先府君行略》说到刘师培自己的父亲刘贵曾曾校勘钟嵘《诗品》，而且“诗法六朝”，扬州学派在诗文方面从来不鄙薄六朝，这与其推崇《选》学、服膺《文心雕龙》有直接的关系。刘氏《清儒得失论》：“若江北学者，自汪中外，多得江、戴之传，焦循、黄承吉，或发古经奥义，或穷文字之源，黄兼工诗，以格律声情相尚，甘泉江藩则确宗惠氏。此数子者，焦、黄均居乡寡行；江稍疏放，然慕世之心未衰；惟凌曙、刘台拱，修身励行，上拟汉儒；别有包世荣、包慎言、姚配中、俞正燮，迹托皖南；汪曰祯、臧寿恭、徐养原、姚谌奋迹苕溪；薛传均、柳兴宗、汪士铎潜踪江表；朱骏声、陈奂、毛岳生、张履绍业东吴。”将汪中放在扬州学派比较显赫的位置；值得注意的是讲到北江学者与江永、戴震的关系，而戴震上承顾

① 刘师培：《刘申叔先生遗书》，江苏古籍出版社 1997 年版。

② 江藩：《国朝汉学师承记》卷七，中华书局 1998 年版。

炎武"经学即理学"，倡言训诂以外别无义理，排斥宋儒义理之学①。这对于扬州学派文学观产生深刻的影响，此派重视"识字"为汉学根基，就体现在刘师培的文论之中。凌廷堪是汪中的朋友，也是阮元的老师，刘师培祖父也曾从凌廷堪受经学。凌廷堪《复姚姬传先生书(壬戌)》说："又集中论诗，假索伦蒙古人之射为喻，以为非有定法。此诚不易之论。窃谓诗既如此，文亦宜然，故于方望溪义法之说，终不能无疑也。"②可见凌廷堪已质疑方苞义法之说。此派以汉学正宗自居，月旦学界人物，惟以是否预流其心目中的汉学正宗为高下准衡，此也连带到对于文学正途的辨别。而在清代文笔之论争中，阮元的影响更是青出于蓝，阮元为梁章钜《文选旁证》作序说："《文选》一书，总周、秦、汉、魏、晋、宋、齐、梁八代之文而存之。世间除诸经、《史记》、《汉书》之外，即以此书为重。读此书者，必明乎《仓》、《雅》、《凡将》、《训纂》、许、郑之学，而后能及其门奥。"③可见刘氏站在《选》学立场上，极其重视小学的文学观，乃此派之真传，尤其阮氏《文言说》、《学海堂文笔策问》以及《文韵说》等后出转精，对刘氏文学观形成有直接的启迪。而读阮元《四六丛话序》可以知道，乌程孙梅作为阮氏老师，在树立四六为文章正宗方面，孙梅的文学理论被阮氏所接受，阮氏称赞孙梅"心擅雕龙"，当于《文心雕龙》也深有研究，其书"而且体分十八，已括萧、刘，序首二篇，特标《骚》、《选》"④。而这也间接反映于刘师培文论之中。

关于汉宋之争，刘师培《汉宋学术异同论》，虽然承认汉学也有瑕疵，但是比较汉宋之学，则无疑宋不如汉，刘氏扬汉抑宋的倾向是斩钉截铁的。因此承袭先辈关于桐城派的排斥，其批评桐城的锋芒与先辈相比显得更加尖锐，其立说的依据主要有两端，一则桐城陷于宋学而不能自拔；二则此派人物除了学问肤浅，而且人品也不足称道。其《论文杂记》："故近日文词，宜区二派，一修俗语以启瀹齐民；二

① 参看余英时：《论戴震与章学诚》，三联书店 2000 年版。
② 凌廷堪：《校礼堂文集》卷二四，中华书局 1998 年版。
③ 梁章钜：《文选旁证》，福建人民出版社 2000 年版。
④ 阮元：《揅经室四集》卷二，中华书局 1993 年版。

用古文以保存国学，庶前贤矩范赖以仅存。若夫矜夸奇博，取法扶桑，吾未见其为文也。……夫文字之训，既专属于文章，则循名责实，惟韵语俪词之作，稍与缘饰之训相符。故汉魏六朝之世，悉以有韵偶行者为文，而昭明编辑《文选》，亦以‘沉思’、‘翰藻’者为文，文章之界，至此而大明矣。降及唐代，以笔为文如昌黎，言‘作为文章，其书满家’(见《进学解》)；梦得言‘手持文柄，高视寰海’(见刘禹锡《蔡韩退之文》)是也。……若以笔为文，则与古代文字之训，相背矣。而流俗每习焉不察，岂不谬哉!”清理桐城谬种之源流，他有意要推倒以唐宋八大家所代表的“文”的正统，自然会对与这一传统关系密切的近代文章家，也要摧毁其宗主地位。他说：“近代以还，文儒辈出，望溪、姬传，文祖韩、欧，阐明义理，趋步宋儒(凡桐城古文家无不治宋儒之学，以欺世盗名。惟海峰稍有思想，若方东树、方宗诚、曾国藩皆治宋学，复以能文鸣)，此儒家之支派也。……若夫废修词之功，崇浅质之文，则文与道分(吕氏编《宋文鉴》，朱子谓其有时于文虽不佳，而事理可取者。盖宋儒之论文如此)，安望其文载道哉(钱竹汀曰：君子之出词，气必远鄙倍，语录行则儒家有鄙倍之词矣。有德者必有言，语录行则有德而不必有言矣。姚姬传曰：唐世僧徒，不通文章，乃书其师语，以理俗谓之语录。宋世儒者弟子效之，以弟子记先师，惧失其真，犹有取也。明世自著书者，乃亦效其词，此何取哉)！则崇尚文言，删除俚语，亦今日厘正文体之一端也(夫以俚俗之文，著之报章，以启瀹愚氓，亦为觉民之一助。惟既曰文词，则文体不得不法古文，否则不得称为文矣)。”刘氏将文词一分为二，不抱残守缺，适应时势发展，俚俗报章体有其存在的必要，但这完全是出于实用的需要。而作为“文”，却有保存国学、承传慧命的伟大使命，它既是时代精神文明的结晶，又必须将之推到美的极致，必须循规蹈矩，不可率尔为之，应超越无韵之笔，与非文划清界限，突现其尚丽美文的追求，即以四六骈体为指归。而桐城沾染宋儒习气，实在是开文章之恶趣，所以刘氏认为此派已与文学正宗背道而驰了。《近儒学术统系论》也为阮元为首的扬州学派张目，而对桐城派却不屑一顾，他说：“皖北之学，莫盛于桐城。方苞幼治归氏古文，托宋学以自饰，继闻四明万氏之论，亦兼言《三礼》。惟姚范校核群籍，不惑于空谈。及姚鼐兴，亦挟其古文、宋学，与汉学之儒竞名。继慕戴震之学，欲执贽于其门，为震所却，乃饰汉学以自固，然笃信宋学之心不衰。江宁管同、梅曾亮均传其古文；惟里人方东树作阮元幕宾，略窥汉学门径，乃挟其相传之宋学，以与汉学为仇，作《汉学商兑》。故桐城之学，自成风气，疏于考古，工于呼应、顿挫之文，笃信程朱，有如帝天，至于今不衰。惟马宗琏、马瑞辰间宗汉学。”①这段文字里桐城最大之过在于宗宋学，即使有意靠拢汉学，亦因根器已怀，绝无跳出宋学牢笼的可能，他们于学之关系，无论汉或宋，刘氏均用一“饰”字，可见对其不学无术，非常藐视。而清末以来，因曾国藩崛起，桐城派势大，加上张裕钊、吴汝纶等的推广，门生遍布，对汉学派构成巨大挑战②，这是刘师培竭力贬低桐城派的原因之所在。刘师培进一步从道德人品上攻击桐城派，其《清儒得失论》，将学问相对空疏的明儒与清儒作比较，在人格上，刘师培热烈地称赞明儒，揭示清儒的狡狯，这与其汉学自居的身份，相映成趣，也可见其性格之一端，而对于清儒人格委琐的批判，刘氏极似隋代大儒文中子，他评价“桐城方苞……然行伪而坚，色厉内荏；姚鼐传之，兼饰经训以自辅；下逮二方，犹奉为圭臬，东树硁硁，尚类弋名；宗诚卑卑，行不副言。然昌言讲学，亦举世所难能，此一派也”③。指出此派人物将文章沦为沽名钓誉的工具；其《论近世文学之变迁》说：“故枵腹之徒，多托于桐城之派，以便其空疏。”腹笥空空者，假借桐城文章以为掩饰，文章又堕落为其伪饰空虚的手段，其攻击之激烈，确实有耸动视听的效果。

其《文章原始》说：“梁元帝《金楼子》云：至如不便为诗如阎纂，善为章奏如伯松，若此之流，泛谓之笔；吟咏风谣，流连哀思者谓之文(《立言》篇)。刘彦和《文心雕龙》云：‘今之常言，有文有笔，无

① 刘师培：《刘申叔先生遗书·左盦外集》，江苏古籍出版社 1997 年版。

② 见刘声木撰：《桐城文学渊源撰述考》，为桐城壮大声势，人物选取不太谨严，但也确实可以看出桐城作为文章学流派，其影响之巨大。黄山书社 1989 年版。

③ 刘师培：《刘申叔先生遗书·左盦外集》，江苏古籍出版社 1997 年版。

韵者，笔也；有韵者，文也。’(《总术》篇)文笔区分，昭然不爽矣。故昭明之辑《文选》也，以‘沉思’、‘翰藻’者为文。凡文之入选者，大抵皆偶词韵语之文，即间有无韵之文，亦必奇偶相成，抑扬咏叹，八音协唱，默契律吕之深(见仪征阮氏《文韵说》所引《宋书·谢灵运传论》、沈约《答陆厥书》，甚为的当)。故经史诸子，悉在屏遗(陆机《文赋》不及传志碑版之文，盖以此为史体，非可入之于文也)。是则文也者，乃经史诸子之外，别为一体者也。齐梁以下，四六之体渐兴，以声色相矜，以藻绘相饰，靡曼纤冶，文体亦卑，然律以‘沉思’、‘翰藻’之说，则骈文一体，实为文体之正宗。……近代文学之士，谓天下文章莫大乎桐城，于方、姚之文，奉为文章之正轨，由斯而上，则以经为文、以子史为文(如姚氏、曾氏所选古文是也)；由斯以降，则枵腹蔑古之徒，亦得以文章自耀，而文章之真源失矣，惟歙县凌次仲先生，以《文选》为古文正的，与阮氏《文言说》相符。而近世以骈文名者，若北江容甫，步趋齐、梁；西堂其年，导源徐、庾。即穀人、孱轩、稚威诸公，上者步武六朝，下者亦希踪四杰。文章正轨，赖此仅存。而无识者流，欲别骈文于古文之外，亦独何哉!”枵腹蔑古，指桐城派于古学、古文实质上了无心得，只是招摇撞骗而已。显然以凌、阮等所代表的扬州文脉与桐城派划一界线，横扫桐城，与桐城争夺“正轨”地位，以扬州骈文取代桐城派势力，重振骈文，以拨乱反正。

刘氏《广阮氏〈文言说〉》说：“阮氏《揅经室集》列《文言说》，以俪词韵语为文言。又征引六朝文笔之分，以成其说。今考《说文》云：‘文，遣画也，象交文。’又云：‘彣，䰕也。’《广雅·释诂二》云：‘文，饰也。’《释名·释言语》云：‘文者，会集众采以成锦绣，会集众字以成词谊。如文绣然也。’是文以藻缋成章为本训。《说文》‘䰕’字下云：‘有彣彰也。’盖‘彣彰’即‘文章’别体，犹‘而”与‘耏’同，‘丹’与‘彤’同也。厥后始区二字，‘彣’训为‘䰕’；与‘文’训‘错画’，其义互明。观青与赤谓之文，经纬天地亦曰文，则训‘饰’、训‘错’，义实相兼。故三代之时，凡可观可象，秩然有章者，咸谓之文；就事物言，则典籍为文，礼法为文，文字亦为文；就物象言，则光融者为文，华丽者亦为文；就应对言，则直言为言，论难为语，修词者始为文。文也者，别乎鄙词俚语者也。《左传》曰：‘言之无文，行之不远。’又曰：‘非文辞不为功。’言语既然，则笔之于书，亦必象取错交，功施藻饰，始克被以文称。故魏晋六朝，悉以有韵偶行者为文，而昭明《文选》，亦以‘沉思’、‘翰藻’为文也。两汉之世，虽或以笔为文，然均指典册及文字言，非言文体。如《史记·太史公自序》‘《春秋》文成数万’，论次其文；《论衡·超奇》篇‘文以万计’是也。不得据是，以非阮说。惟阮于许、张、刘诸故训，推阐弗详，故略伸其说，以证文章之必以‘彣彰’为主焉。”①此段文字已将其继承阮元遗说，判分文笔的《文选》派立场作了极其充分的阐释，更为阮氏大张旗鼓，其意思还是比较明白易懂的，总之学者文章家尽可以对于“文”有自己的理解，但是从属文所需高度文化修养与艺术天赋此一角度来讲，文也非人人率尔操觚即可为之，所谓谈何容易也。因此刘氏确立以四六体为文之正轨，就维护中华精神文明、保存汉字美学特点而论，他呼吁不要丧失此种民族审美特性，在日后的汉字写作中，不至于众体皆亡，不要让四六美文成为鲁殿灵光，以致大雅荡然，仅存报章一体，其观点颇有可取之处。

只有判分文与笔，才能清理什么是“文”的概念，并且确立“文”的本体。刘师培在阮氏基础上进一步深入研究，其《中国中古文学史讲义》第二课，专立《文学辨体》一章，胪列历代有关文笔的论述，澄清文、笔相对的准确内涵；尤其是第五课《宋齐梁陈文学概略》之《文笔之区别》一则，对于《文心雕龙》篇章所隐含的文笔区分，大有发覆之功，刘氏发现：“更即《雕龙》篇次言之，由第六迄于第十五，以《明诗》、《乐府》、《诠赋》、《颂赞》、《祝盟》、《铭箴》、《诔碑》、《哀吊》、《杂文》、《谐隐》诸篇相次，是均有韵之文也；由第十六迄于第二十五，以《史传》、《诸子》、《论说》、《诏策》、《檄移》、《封禅》(篇中所举扬雄《剧秦美新》为无韵之文；相如《封禅文》，惟颂有韵；班氏《典引》亦不尽叶韵；又东汉封禅仪记则记事之体也)、《章表》、《奏启》、《议对》、《书记》诸篇相次，是均无韵之笔也。此非

① 刘师培：《刘申叔先生遗书·左盦集》卷八，江苏古籍出版社 1997 年版。

《雕龙》隐区文笔二体之验乎?”可见刘氏对于《文心雕龙》悟人之深，此可与其祖父考证《文心雕龙》成书于齐末相媲美。

然而刘师培游学日本，是受新学思想影响的人物，已有鲜明的现代学术意识，他尊重《文心雕龙》，批评桐城派，并非是为了在宗六朝与宗宋问题上，故意与桐城立异，其中实质上寄寓了其深厚的美学观念，也体现出他对于汉字特点的深刻认识。其《近代汉学变迁论》说：“不知汉学初兴，其征实之功，悉由怀疑而入。”①所以他往往能够不盲目信古，其论文总体祖述刘勰之外，也能够发表与刘勰不同的看法。比如上述评论屈《骚》，就是一例。而在南北文学不同问题上，他颇有独到的见解。

对南方文学风格特点的评价，是基于其自然环境因素决定论，《论美术援地而区》说：“然明于古代产物之区，即知古代之美术，亦必援地而区分。《考工》谓地气使之然，岂不然哉!”《编辑乡土志序例》六《文学志》说南北经学不同，并且“文章亦然，北人工记事析理之文，南人贵托兴缘情之作；南人之文多柔靡之音，北人之文饶刚劲之气。此固中国文学划分南北之征。然青齐亦居北方，何以谈瀛之学亦起于其间？新安偏处南方，何以治经之儒偏详于征实？是则学术虽划分南北，然所以成为风尚者，则地势使然，所居之地不同，即学术文章亦各殊观”②。物产与地气对于当地居民的精神活动与精神生产会起到巨大的作用，有时就决定了其学术、文艺等风格特征，此本是不以人的意志为转移，有其客观必然性，当然南北的差异具有丰富的内涵层次，不应作机械的理解。然则南人的缘情柔靡，应视作地域特色，是文章写作的主体性使然，不必大加诟病。当然刘师培有如许见解，可能也与阮元有关，阮氏有《南北书派论》、《北碑南帖论》③已比较公允地探讨南北文化的差异，刘师培也秉承其说，力戒偏见。其《中国美术学变迁论》说：“以言乎文词，则南人清新俊逸；北人硗确自雄。南派虽崇妍练，然出于自然，秀气灵襟，超轶楮墨。及乎末

① 刘师培：《刘申叔先生遗书·左盦外集》，江苏古籍出版社 1997 年版。
② 刘师培：《刘申叔先生遗书·左盦外集》，江苏古籍出版社 1997 年版。
③ 阮元：《揅经室三集》卷一。

流，遂流轻绮，雕畿既极，色泽空存；北派叙事简严，发言刚劲，工者以严凝之骨饰流丽之词，元魏以后，侈言法古，杰格拮掇，俶佹可观。”①当然此种南北特点，假使过度演进，也会成为偏颇，刘师培看到了南北文学相互交融调适的正面意义，但是地域特色却并不会在交融过程里被抹煞。其《南北学派不同论》是一篇专门比较南北差别的论文，涉及甚广，其中《南北文学不同论》一则，在关于南方文学态度上，显然比刘勰更加宽恕，能以兼包并容的胸怀来看待南北文学的差异性。

二　黄侃诠释《文心雕龙》与受刘师培的影响

黄侃与刘师培年岁相近，刘师培 1907 年亡命日本，黄侃在章太炎处结识刘师培。为了向刘请益经学，在民国八年拜刘为师，因此两人一直到刘氏生命之末年，才确定了师生的名分，对于十分自负狷介的黄侃而言，可见他真心折服刘师培②。读黄侃《始闻刘先生凶信为位而哭表哀以诗》说两人经常“温言论文史，推挹殊恒俦。幽都难久居，数年为君留”③。黄侃不喜在北京居住，而之所以不立即离去，是由于为了能够与刘师培过从切磋，而刘氏不同流俗的文史观点对黄侃产生过震动。因此可以推想，刘氏的文学观念，大多与其扬州学派渊源有自，黄侃在《文心雕龙札记》里所反映的部分文学见解，所同于刘师培者，出自刘氏的可能性则极大。

文学创作论的关键或核心问题是“小学”问题。这是刘、黄的共识，当然黄侃师事于章太炎，必然注重声韵、训诂等小学治学方法。刘氏《论美术与征实之学不同》说：“古人词章，导源小学，记事贵实，不尚虚词。后世文人，渐乖此例，研句炼词，鲜明字义，所用之字，多与本义相违。”这种文章学看法，刘氏三致意焉。反观黄侃《札

① 刘师培：《刘申叔先生遗书·左盦外集》，江苏古籍出版社 1997 年版。

② 黄焯：《记先从父季刚先生师事余杭仪征两先生事》，刊于陆宗达主编：《训诂研究》第一辑，北京师范大学出版社 1981 年版。

③ 《刘申叔先生遗书》卷首附录。

记》，《文心雕龙》五十篇中，于《章句》篇阐释特详，所发挥的正是刘氏词章之本在于小学的思想。他说：“结连二字以上而成句，结连二句以上而成章，凡为文辞，未有不辨章句而能工者也；凡览篇籍，未有不通章句而能识其义者也。故一切文辞学术，皆以章句为始基。”黄侃为章句学风辩护：“知章句之末流，为人诟病甚矣，然未可因是而遂废章句也。”他认为训诂比语法在古代汉语里重要得多，空讲语法其实并不能深入掌握汉语特点，即使他对于《马氏文通》表示尊重，但是此篇意思在乎强调小学工夫更是不可欠缺的。同样在《札记》之《题辞及略例》里，黄侃认为刘勰以下，论文专著大多有舍本逐末的失误，而精通小学章句却更应受到重视，此是属文之首务；黄侃《中国文学概谈》评论东汉蔡邕说：“《史记》、《汉书》，尚未纯粹。质言之，班较胜马；至《汉书》以下之文，陈陈相因，四字一句，此种体裁，实出于议碑。而议碑则以蔡邕为主，其后范蔚宗以碑为史，韩退之以史为碑，盖范受蔡之碑版影响也。”黄侃还怀疑韩愈的文学史地位，说：“谓文起八代之衰，未免言之太过。”①这与刘师培也如桴鼓相应，根据尹炎武《刘师培外传》称，刘氏“雅好蔡中郎”②。刘勰《铭箴》篇赞扬“蔡邕铭思，独冠古今”。他们都从文字学角度，推许蔡邕得文字之雅正。而黄侃老师章太炎反驳阮元关于文笔的论述，黄侃就必须在章太炎与阮、刘之间作出左袒与评判，黄焯《记先从父季刚先生师事余杭仪征两先生事》说：“章君于诗文必宗于古，从父则不废近制，骈俪、律体、诗余，咸臻其妙。”黄侃《原道》篇《札记》说：“案阮氏之言，诚有见于文章之始，而不足以尽文辞之封域。本师章氏驳之(见《国故论衡·文学总略》篇)，以为《文选》乃裒次总集，体例适然，非不易之定论；又谓文笔文辞之分，皆足自陷，诚中其失矣。窃谓文辞封略，本可弛张，推而广之，则凡书以文字，著之竹帛者，皆谓之文。非独不论有文饰与无文饰，抑且不论有句读与无句读，此至大之范围也。故《文心·书记》篇，杂文多品，悉可入录。

① 收录于黄侃：《中国文学论集》，一流书店 1942 年版，转引自黄侃：《文心雕龙札记》附录，陈引驰校订，华东师范大学出版社 1996 年版。

② 《刘申叔先生遗书》卷首附录。

再缩小之，则凡有句读者皆为文，而不论其文饰与否；纯任文饰，固谓之文矣，即朴质简拙，亦不得不谓之文。此类所包，稍小于前，而经、传、诸子，皆在其笼罩。若夫文章之初，实先韵语；传久行远，实贵偶词；修饰润色，实为文事；敷文摛采，实异质言。则阮氏之言，良有不可废者。即彦和泛论文章，而《神思》篇以下之文，乃专有所属，非泛为著之竹帛者而言，亦不能遍通于经、传、诸子。然则拓其疆域，则文无所不包，揆其本原，则文实有专美。特雕饰逾甚，则质日以漓，浅露是崇，则文失其本。"此节文字，貌似折中于章、阮，其实从首先征引阮氏《文言说》等文字，并且《征圣》篇《札记》说："近代惟阮君伯元知尊奉文言，以为万世文章之祖。"虽然也讥其"千虑一失"，但他倾向于阮元，还是显而易见的。他还是相信在至大的文之范围中，有特指的文存在，那就是从写作者而言，包含着韵语、偶词等文事技巧与安排，便与质言相区别，质木则无文，改变质木的自然状态才是文。而章太炎将文扩大至著于竹帛者，这从后世阅读接受而论，文字均有历史感或审美价值，但这更多的是侧重于阅读者的经验判断，或作为文明遗产的价值判断，就写作主体来看，他当下付诸刀笔、著于竹帛，确实有文与非文的不同。因此在文笔判分问题上，显然黄侃是以阮、刘马首是瞻，与章氏则存有歧异。其《文学记微》说："文学之作，所以达人情志。顾专门既立，不能溥及恒民。于是文家与流俗，判为二途。若广以章句为言，则文家实高于流俗。若欲以人情为本，则流俗或过于文家。试观风雅并陈，览民风国势者，观风胜于观雅。汉魏而降，当时习俗，往往见于歌谣乐府，徒知诵法曹、刘者不能得此也。是知一代必有文家之文，以章其专业；亦必有流俗之文，以写其恒情。二者并隆，乃可得文学之真状。此研究文学必须观材性也。"①此也与刘氏主张文词"宜区二派"意思接近，但作为社会精英之展现，黄氏无疑只认可文家专门之文。

此自然在反桐城派立场上，与刘师培所见略同。其《札记·题辞及略例》直指桐城派"文气、文格、文德诸端，盖皆老生之常谈，而

---

① 收录于黄侃：《中国文学论集》，一流书店 1942 年版，转引于黄侃：《文心雕龙札记》附录，陈引驰校订，华东师范大学出版社 1996 年版。

非一家之眇论。若其悟解殊术，持测异方，虽百喙争鸣，而要归无二。世人忽远而崇近，遗实而取名，则夫阳刚阴柔之说，起承转合之谈，吾侪所以为难循，而或者方矜为胜义”。此显然意在针对北大桐城派同事，具有公然宣战的意味。尤其在以自然论来摧破桐城文以载道等说方面，黄侃矫矫立异的用心是十分明显的，其《原道》篇《札记》说：“《序志》篇云：‘《文心》之作也，本乎道。’按彦和之意，以为文章本由自然生，故篇中数言自然。一则曰：‘心生而言立，言立而文明，自然之道也。’再则曰：‘夫岂外饰，盖自然耳。’三则曰：‘谁其尸之，亦神理而已。’寻绎其旨，甚为平易。盖人有思心，即有语言，既有语言，即有文章，言语以表思心，文章以代言语，惟圣人为能尽文之妙，所谓道者，如此而已。”将“道”更多地解释为自然之道，虽也涉及圣人云云，但是，刘勰要改变文章自在自为的状态，努力要把文章纳入儒家经学规范，此番意愿却被忽略了，因此黄侃为了反对桐城义法，援引《韩非子》与《庄子》来注解刘勰之“道”，显然是不确的。

黄侃关于《体性》篇的看法，也可能受刘申叔的影响。黄侃评述八体中“新奇”与“轻靡”二体说“词必研新，意必矜创，皆入此类。潘岳《射雉赋》、颜延之《曲水诗序》之流是也”、“辞须茜秀，意取柔靡，皆入此类。江淹《恨赋》、孔稚圭《北山移文》之流是也”。刘勰对于具有浓郁南人趣味的文学，表示了深深的不满。而黄侃这里只作客观描述，与刘师培比较通达地比较南北文学之不同，十分近似。

可以肯定地说，由于黄侃钦佩刘氏学问，所以也较多地受其文学思想的影响，在许多重要观念上，均可寻觅到此种影响的印记。但是，刘氏一以贯之的文学理论，发轫于其扬州地域文化，是清儒汉宋之争的衍生，有其产生的历史过程与内在肌理，与北大桐城派势力并无太大的关系；而黄侃虽然在认识刘师培之前就有“文辞淡雅，上法晋宋”(章太炎语)的文章风格趣味，一生批点《文选》，黄焯整理有黄侃《文选平点》，但上述文论主要观点，却大多存在着与刘氏相互切磋之因缘，黄侃以之与姚永朴等人决胜于讲席。

三　姚永朴结合《文心雕龙》以为桐城别开生面

根据王遽常《桐城姚仲实教授传》，称姚氏“为惜抱郎中世父姜坞先生五世孙”①，即姚范的五世孙，姚范所著《援鹑堂笔记》闻名于世，上述刘师培对于桐城人物，惟称赞姚范“校核群籍，不惑于空谈”，姚永朴言必称先姜坞府君，故姚永朴也有深厚的家学渊源，其为学有兼通汉宋的特点，学问淹博，也堪称通人。先来体会姚氏对于“桐城派”的自报家门，其《文学研究法》之《派别》篇说：“至于近世张文襄公《书目答问》，于古文中又析之曰‘桐城派古文家’、‘阳湖派古文家’、‘不立宗派古文家’，尤不足据。韩退之《答刘正夫书》云：‘文无难易，惟其是尔。’惜抱先生《古文辞类纂序》云：‘夫文无所谓古今也，惟其当而已。’苟知其是与当，尚何派别之可言？考‘桐城派’之名所由生，曾文正《欧阳生文集序》尝言之云：‘乾隆之末，桐城姚姬传先生鼐，善为古文辞，慕效其乡先辈方望溪侍郎之所为，而受法于刘君大櫆及其世父编修君范，三子既通儒硕望，姚先生治其术益精，历城周永年书昌为之语曰：“天下之文章，其在桐城乎?”由是学者多归向“桐城”，号“桐城派”，犹前世所称“江西诗派”者也。’”姚永朴总结此派得失说：“桐城之文，末流亦失之单弱，然自方氏以来，气体清洁，与庞杂者自不同，故《四库全书总目》于《望溪集》称之云：‘源流极正。’大抵方、姚诸家论文诸语，无非本之前贤，固未尝标帜以自异也。……宗派之说，起于乡曲竞名者之私，播于流俗之口，而浅学者据于自便，有所作弗协于轨，乃谓吾文派别焉耳；近人论文，或以‘桐城’、‘阳湖’离为二派，疑误后来，吾为此惧。更有所谓‘不立宗派之古文家’，殆不然欤!”姚氏有树立宗派之惧，更有为末流汩汩乱源头之惧，所以其文章学理论，突出“是”与“当”二字，意在实事求是，重视文章学的真理性内核，超越树立宗派的恶习。一方面他不可避免地受桐城派的熏染，而另一方面则上追刘勰《文心雕龙》。《文学研究

① 姚永朴：《文学研究法》卷首，黄山书社 1989 年版。

法》卷首附张玮的一篇序，说姚氏写作该书："其发凡起例，仿之《文心雕龙》。"以此经典为参照，突破桐城派局限，来建构其经得起考验的文章学理论。其卷一有《起源》、《根本》、《范围》、《纲领》、《门类》与《功效》六篇，具有文学总说性质，乃仿照《文心雕龙》论"文之枢纽"，虽然论述古文则推崇姚鼐《古文辞类纂》与曾国藩《经史百家杂钞》为最善，然而，姚氏是在更加开阔的视野中来谈论文章学，因此又能不为之局囿，尤其与《文心雕龙》相会通，深得圆照折中之精髓，避免了清初钱牧斋所讥讽的"兔园册"陋习。在论述义法时，能够通变以视之，打通了某些桐城派文论的僵硬关节；卷二有《运会》、《派别》、《著述》、《告语》、《记载》与《诗歌》六篇，参照了姚鼐与曾国藩的文体分类法，类似于《文心雕龙》的文体论部分，在大致论述历代文学史与文学流派情形之后，分门别类地辨析各体文章的源流，并确立各体文章之正宗，体现了刘勰的宗经辨体意识；卷三有《性情》、《状态》、《神理》、《气味》、《格律》与《声色》六篇，主要表达了其文章美学观，类似于《文心雕龙》中谈论文章作法部分，在探索文学创作心理方面，有非常独到精深的见解，并且旁征博引，材料异常丰富，桐城派过于清寂平实，姚氏有意在华丽美文方面，补充桐城的不足，比如他大段征引《文心雕龙·风骨》篇等，均可看到其良苦用心，力求达到刘勰所谓"衔华而佩实"的境界。卷四有《刚柔》、《奇正》、《雅俗》、《繁简》、《疵瑕》与《工夫》六篇，前四篇以相对的文论概念、范畴来探讨文章主体的文章学修养以及文学风格，较之于前卷，此卷更侧重于作者内在工夫，具有折中内外的意味。而第五、六两篇，也在《文心雕龙》中可以找到对应的篇章；最后一篇《结论》相当于《文心雕龙》的《序志》篇。此书引用《文心雕龙》十分密集，足见姚氏以刘勰为凌驾于桐城派之上的文论宗师，而以《文心雕龙》为文论圭臬，也正体现姚氏借助《文心雕龙》来修正提升桐城文论的努力，所以是刘勰千载之下的知音。而林纾《春觉斋论文·述旨》说："《论衡》及《抱朴子》与《文心雕龙》，最为古论文之要言。"他提出"应知八则"、"论文十六忌"、"用笔八则"与"用字四法"，同样也孜孜于改变桐城派遭世所诟病的缺陷；而且借鉴《文心雕龙》表达尊体的意识①。可以体察到桐城派内部当时正处于变革求存的阶段。因此，黄侃视姚氏为桐城余孽，集矢于姚氏，恐怕他并不曾认真读过姚氏的著作，年少气盛，有点鲁莽灭裂。

其实，桐城方、姚二氏二三百年相互联姻，世交殊深，但是姚鼐文学观与前辈方苞已不一致；姚永朴对于桐城学说义法也作了很大的修正，尤其其所认同的桐城文脉，在方、姚之间，他已经洞察方氏的短处，譬如上述所谓“单弱”是缺点，甚至“清洁”也隐含过分平淡清寂的微讽，此主要是有感于方氏而发。吴德旋《初月楼古文绪论》说：“方望溪直接震川矣，然谨严而少妙远之趣。”②姚永朴北大同事、忠心耿耿的桐城派人物林纾《春觉斋论文·述旨》说：“夫桐城岂真有派？惜抱先生亦力追古学，得经史之腴，镕裁以韩、欧之轨范，发言既清，析理复粹，自然成为惜抱之文，非有意立派也。学者能溯源于古，多读书，多阅历，范以圣贤之言，成为坚确之论，韩、欧之法程自在，何必桐城？即桐城一派，亦岂能超乎韩、欧而独立耶？”也以姚鼐为桐城宗主，而开创者方苞却只字不提，并借韩、欧以救桐城之文弱，于此可相印证。姚永朴也汲取了汉学家文论的滋养，同时又能够坚持桐城派正确与有益的意见观念，其文章学体系与《文心雕龙》比较吻合，他又遍稽群籍，广泛参考了刘勰以下唐宋以来的历代文论新成果，丰富和充实了《文心雕龙》的文章学思想，可以视为清末民初比较全面回应刘勰的文论作品，黄侃虽竭力贬斥，但其价值是不容抹杀的。

姚氏论文与刘、黄颇有相合之处，首先，清代乾嘉以来，汉学家辈出，汉学氛围主导学界，在此时风众势下，加上姚范就有汉学学风，姚鼐也有意靠拢汉学，到姚永朴时，其论文重视小学基础，就几乎与刘、黄如出一辙。比如《文学研究法》卷一《起原》篇讲文章肇始与文字产生的关系，涉及“六书”等文字学知识；并指出：“欲由今溯古，以通其训诂，必自识字始。”其门径为结合《说文》与《尔雅》同资研究，赞同张之洞“小学乃经史词章之本”的观点，在训诂精确根基

---

① 林纾：《春觉斋论文》，人民文学出版社 1998 年版。
② 吴德旋：《初月楼古文绪论》，人民文学出版社 1998 年版。

上，来从事词章之学。关于宋儒性理学说对文章的负面作用，姚氏也不避讳，此与姚鼐反感语录体文章或有关联，其《运会》篇说："汉之东，宋之南，其学者专为训诂，故义理明而文章则不能兼胜焉。"此种"训诂"多自我发挥，所得的义理，与清代汉学家"训诂即义理"不可同日而语，此即刘师培所深恶痛绝的宋儒式文章，理学或道学本体与文学本体固然不合，"义理明"所造成的是文章的衰退，这样的看法与刘、黄有何分别呢？

其次，关于《文选》与骈体的态度，只是姚氏所指的文章范围比《文选》派大，有韵之文与无韵之笔一并囊括，骈体文只是文章总目下一子目，但是姚氏对《文选》与四六文并不像某些古文家那样愤激，还是能够客观评价其文学成就。《文学研究法》卷一《门类》篇说："总集古以《文选》为美备。"他甚至认同"《文选》烂，秀才半"之说，对于《文选》学以及历代骈文高手丝毫没有藐视的意思；其卷二《运会》篇评述清代文章家，也是古文与骈文并列，似也未曾表示明显的轩轾之意，他说："至于清室二百七十余年之间，人才亦不少。古文则有……骈文则有胡天游、邵齐焘、孔广森、洪亮吉"与古文家诸如桐城派并驾齐驱；《起原》篇说属文者必读书目："六经、周秦诸子、《楚辞》、《文选》姑勿论。"也是看家本事，一定要认真揣摩的；而作为文章选本与历代文章家，除了古文家之外，"骈体文选本莫善于李申耆(兆洛)《骈体文钞》"。

复次，关于方望溪义法，姚氏能够做到既不抛弃又不拘泥，比如卷一《纲领》篇中他赞许魏禧《答计甫草书》的意见，魏氏说："古人法度，犹工师规矩不可叛也；而兴会所至，感慨、悲愤、愉悦之激发，得意疾书，浩然自快其志，此一时也，虽劝以爵禄不肯移，嗅以斧钺不肯止，又安有左氏、司马迁、班固、韩、柳、欧阳、苏在其意中哉！"就比较灵活地看待法度，将之视作活法，与方苞"立言必本义法"①便大不相同，其实姚鼐本人就流露出重才气轻义法的思想，如上述凌廷堪与他通信

① 姚鼐：《惜抱轩全集·文后集》卷一《望溪先生集外文序》，中国书店1991年版。

就曾抨击过方氏“义法”，他不能不受到震撼①。若就其《陶山四书义序》说：“论文之高卑，以才也而不以其体。”②认为写作主体的才性是决定文章好坏的第一因素，其他都是次要的。姚氏《纲领》篇说：“且夫义法虽文学家所最重，而实不足以尽文章之妙。是以惜抱先生《与陈硕士书》云：‘得书谓震川论文深处，望溪尚未见，此论甚是。望溪所得，在国朝诸贤为最深，较之古人则浅。其阅太史公书，似精神不能包括其大处、远处、疏澹及华丽非常处。止以义法论文，则得其一端而已。’”“义法”作为文章学核心的局限性，姚鼐早就不以为然了，所以其《古文辞类纂序》标榜为文在乎“神、理、气、味、格、律、声、色”。已经有意识地纠正方苞之偏枯了，所以后世执“义法”为桐城派之口实，似乎有嫌以偏概全。

同是借鉴于《文心雕龙》，刘、黄猎其有韵骈文之一端，为之张皇幽眇；而姚氏则拾其全部，虽然其古文家倾向性是坚定的，但他有意统合有韵、无韵之文、笔，消弭古文与骈文之对峙壁垒，此可能与扬州学派的咄咄逼人有关，《派别》篇说：“吾尝论有韵之文与无韵之文之发生，必有韵之文居乎先。……据此则文之有韵无韵，皆顺乎自然，诗固有韵，而文亦不必不用韵。……若夫偏于用奇之文与偏于用偶之文之发生，则用奇者必居乎先……昔李申耆(兆洛)《骈体文钞序论》云：‘……自唐以来，始有古文之目，而目六朝之文为骈俪，而为其学者，亦自以为与古文殊路。既歧奇与偶为二，而于偶之中，又歧六朝与唐与宋为三。夫苟第较其字句、猎其影响而已，则岂徒二焉

① 姚鼐《望溪先生集外文序》说自己“鼐为先生邑弟子，诵其文，盖尤慕之。鼐少时，亦与先生之老年相接，然先生居江宁，鼐居桐城。惟乾隆庚午乡试，一至江宁，未及谒先生；其后遂入都；又数年，先生没。遂至今以不见先生为恨矣”。按方氏“义法”，比如方苞《书太史公自序后》讲司马迁叙述武帝封禅，其父司马谈不得与从事，故发愤且卒。方氏认为司马迁腹诽封禅事，以此笔法使其父与武帝荒唐事划清界限。而姚氏上述不惮其烦地说自己不曾见过方苞，从其欲执贽戴震之门，遭拒后，在《程绵庄文集序》中诋毁戴震“为论之僻，更有甚于流俗者”来看，其人格属于险士或鸿儒，盖可想见矣。据此可以揣测其心理，一则须借重方苞文名，另则也隐含不步方氏后尘的意思。

② 姚鼐：《惜抱轩全集·文后集》卷一。

三焉而已，以为万有不同可也。’”认为丰富多彩的文章面貌，是历史过程中自然形成的，不必妄加判分，是文章百花园里的朵朵奇葩，都有其存在的价值，而喜好骈文则排挤古文，反之，以古文自居则指骈文为淫靡，此都不能做到通方广恕，也与《文心雕龙》“体大虑周”不合。

姚氏与刘、黄所不同者，他很重视文章学，对于文章修辞之学，用力甚多，比如他也承袭桐城派家法，讲究起承转合；其卷二《著述》篇说：“大抵诸类之体虽殊，然必命意、布局、行气、遣词则一。是故忌平铺直叙，须有反正，有开合，有宾主，凡题之正面，不宜絮衍，盖所谓反与开与宾，无非托出正面也。”他在卷二《记载》篇说：“文章必有义法，而记载门尤重。”他也十分重视“顿挫”之说，认为可以增强文章的波澜含蓄感。对照《文心雕龙》，刘勰在文章写作论部分，除了重视经学与小学根基之外，确实对于写作过程中所面临的问题，无论巨细，均给予认真深入的探讨，这也是《文心雕龙》不可或缺的组成部分。而刘、黄强调“识字”、“解字”之小学，似乎小学通则文章难题迎刃而解，一切讨论文章之道的技巧、理论都属于俗学，对于《文心雕龙·神思》篇以下未能全面回应。然而小学与文学之间，在其论述中缺少一中间过渡环节，小学与文学关系究竟如何，显得语焉不详。刘、黄实质上是提倡汉学家之文，而文学家必须达到汉学家的水准，类似于在宋明道学家之道与文关系以外，别立一学者之道与文章之道的关系，其共同点就是轻视文学实质上有其独立本体，纵观文学史，小学工夫不及清代一流汉学家的文学家，不可谓无，实际上占据多数，假如以刘、黄汉学水准来衡量历代文家，那么中国文学史将不知从何写起。从刘、黄本身仅仅是学者，而非文学家而论，汉学家之文，其实与道学家之文一样，也会阻碍抒情，窒息性灵，令文学走上歧路。

姚氏虽然不像《文选》派那样讲究“沉思”、“翰藻”之文，但是他对于文学的特质还是有清晰认识的，卷一《范围》篇说文学家与各家的区别在于：“一异于性理家”、“二异于考据家”、“三异于政治家”、“四异于小说家”。此文学家自然是就古文家而言，他将古文家从性理等诸家中抽离出来，体现出他要摆脱非文学因素干扰的意向，以确立比较纯粹的文学概念，此与《文选》派厘定“文”为何物，虽有较大出入，但是思路却有殊途同归之感，至少他已将宋儒语录体文章等清除出“文学”的领域，认为文学家与政治家身份不可混同，也坚守文学古雅特征，不致滑向小说家言等俚俗文学，也对桐城所历来强调的“义理、考据与辞章”有所变革，除了《文选》派固守四六骈体而外，刘、黄识见与之也相去不远。卷一《功效》篇讲文章功效盖大端有六：“一曰论学”、“二曰匡时”、“三曰记事”、“四曰达情”、“五曰观人”、“六曰博物”。而《文选》派讲文学功用，似乎突出骈文的精英与唯美特质，而对于文学作用于现实社会与人生，却大为忽略了，未如姚永朴总结得那般全面。

故而，对于文学的理解，相对而言，假如要确立一家之言，刘、黄所代表的《文选》派，突出其个人的趣味嗜好，鼓吹有韵之文，那是无可厚非的。然而从中国文坛历来持杂文学观念，即使《文心雕龙》也论及“有韵之文”与“无韵之笔”来看，更从唐宋八大家文学实绩不容贬低而言，《文选》派比姚永朴持论就显得偏颇一些。所以黄侃起而攻击北大桐城派同事，在尚未知己知彼情况下，显得无的放矢、捕风捉影，他对于姚永朴的批评是站不住脚的。当中国陷于 20 世纪初的衰乱之中，随着救亡思潮与白话运动的兴起，无论是桐城还是《文选》派，均被历史所“抛弃”，曾经有过的争论也成为刍狗陈迹，文章之学也横遭断裂。

（原载《文化遗产》2002 年第 4 期）

【评　介】

本文作者汪春泓，1964 年生，男，浙江嘉兴人，1988 年南开大学中文系本科毕业，1991 年南开大学中文系硕士研究生毕业，1994 年复旦大学中文系博士研究生毕业。1994 年入北京大学中文系任教，2006 年晋升教授；2004 年至 2006 年受北京大学派遣到澳门大学中文系任教，并兼任中文系主任；2006 年下半年，至香港岭南大学任教，现为岭南大学中文系教授。

本文主要讨论晚清民初以刘师培、黄侃师徒两人为代表的《文选》派与以姚永朴为代表的桐城派的纷争。这一时期的文论界，桐城派与《文选》派之间的纷争是较为引人注意的事件。刘、黄、姚三人均研究《文心雕龙》且颇有心得，作者认为通过评价三人的文学思想不失为评估两派纷争的很好的切入点。本文即分三部分，分别探讨刘、黄、姚三人的文学思想。

第一部分讨论了刘师培关于《文心雕龙》、文笔以及南北文风的有关论述。刘师培受其家学影响，自幼熟悉《文心雕龙》，他同意刘勰主张，重视小学修养，同时对虚构、夸张等艺术特点也予以尊重和维护。刘氏认为声律是“文”的重要特征之一，而如何做到文有声韵之美，刘师培也推崇《文心雕龙》的观点作为把握的分寸。《耀采》篇第四最能体现他与《文心雕龙》的因缘，这大致上已表现出其《文选》派立场，以及关于文体守正的态度。但在对待以《离骚》为代表的南方文学上，刘师培与刘勰不同，他更为宽容，并推崇屈《骚》在文学史上的地位。

刘师培的基本文学观的形成受到《文心雕龙》的影响，但最重要的影响是家学渊源。刘氏受汪中、凌廷堪与阮元代表的扬州学派影响巨大。他们的著作尤其是阮元的著作对刘氏文学观的形成有着直接的启迪作用。当然，刘师培同样承袭了先辈对桐城派的排斥，他攻击桐城派一是陷入宋学不能自拔，二是此派人物不仅学问肤浅，而且人品不足称道，其攻击之激烈，有耸动视听的效果。在对待南方文学风格特点的评价上，他持自然环境因素决定论，对待南人的缘情柔靡，他视为地域特色，认为不必大加诟病，比之刘勰，刘师培更能以兼容并包的胸怀看待南北文学的差异性。

第二部分讨论了刘师培文学主张对黄侃解说《文心雕龙》的影响。黄侃折服刘师培学问，拜其为师。刘师培的文学观点也在黄侃的著作《文心雕龙札记》里有所反映。黄侃注重小学功夫，这与其师相同。章太炎也是黄侃的老师，章太炎反驳阮元关于文笔的论述，黄侃在章太炎与阮元、刘师培之间作出评判时，也是倾向于刘师培。当然，黄侃在反对桐城派立场上，也与刘所见略同。此外，黄侃关于《体性》篇看法，也可能受刘师培的影响。所以黄侃钦佩刘氏学问，较多地受其文学思想的影响，在许多重要观念上，均可寻觅到此种影响的印记。

第三部分讨论姚永朴研究《文心雕龙》、《文选》及其对桐城派的影响。姚永朴是姚范五世孙，有深厚的家学渊源。姚永朴兼通汉宋，对桐城学说义法作了修正，且姚永朴也重视小学基础（几乎与刘师培、黄侃如出一辙）。对《文选》与骈体能够客观评价其文学成就；关于方苞的义法，姚永朴也能做到不抛弃又不拘泥。姚与刘、黄不同之处是重视文章学，对文学特质有着清晰认识。笔者认为姚永朴的持论较之刘、黄，则更为公允、客观、冷静。

（张铖）

论姚鼐与四库馆内汉宋之争

王达敏

乾隆三十八年(1773)二月，诏开四库全书馆，一项浩大的文化工程隆重启动。这一决策，标志着最高统治者的学术宗尚，从清初的尊宋潜移到了崇汉；也标志着播扬于民间的汉学从边缘走向学术舞台的中心，而原先显赫的宋学，退引边缘。梁启超说："四库馆就是汉学家大本营"；此馆的开启，表明在汉宋之争中，"汉学派全占胜利"。① 学风的嬗变，激化了尊宋的姚鼐与戴震等汉学家之间蓄积已久的矛盾；也决定了姚鼐在汉宋之争中必然孤立和从都门告退的命运。

一、汉学坚城

四库馆开启后，朝堂妙选硕学，分任编纂。姚鼐、戴震均以资望荣膺馆选。就是在四库馆内，姚鼐与强大的汉学阵营发生了直接冲突。

姚鼐与汉学派的分歧当然并非始于四库馆。自从求拜戴震为师见拒(1755)之后，姚鼐把为学重心从耽爱辞章移向了汉学考据。但是，在他努力修习汉学的近二十年间，尊汉抑宋、弃宋乃至反宋的风气却在学坛越演越烈。惠栋、戴震、王鸣盛、钱大昕、段玉裁等第一流学

① 梁启超著，朱维铮校注：《中国近三百年学术史》：《梁启超论清学史二种》，复旦大学出版社 1985 年版，第 91~522 页。

者皆心存汉宋畛域。① 惠栋最严汉宋壁垒，视汉儒为绝对权威，指斥宋儒不稍留余地。他说，“古训不可改也，经师不可废也”，②“宋儒之祸，甚于秦火”。③ 戴震承江永之绪，本来学兼汉宋，而以宋学为归，其考据目的乃在扶翼程朱义理。但是，他在乾隆二十二年(1757)从京师南下扬州与惠栋交游后，学术思路渐变。惠栋尊汉抑宋、弃宋；戴震更进而与宋学立异。学坛此风令一贯尊奉宋学的姚鼐深感震撼。这种震撼在乾隆三十五年(1770)前后表现得最为突出。这年，姚鼐充任湖南乡试副考官，南行期间，撰写古今体诗四十余首。这些诗作集中表达了他对程朱的尊仰，对理学遭斥而衰落的浩叹；表达了他因“夙秉宋贤说”而“志不就”、“渺无群”的孤愤④。乾隆三十七年(1772)，姚鼐致书乃师刘大櫆，表示要谨守家法，与汉学谬误相抗；并希冀有“英异之才”与他同行。这样的英彦他果然遇上了一个。这就是孔广森。孔广森是姚鼐在乡、会试中取中的门生。姚鼐爱之很深，待之甚厚，期望尤为殷切。但到京师后，孔广森很快就拜在戴震门下钻研汉学去了。这引起姚鼐强烈不满。就在四库馆开启的当月，他箴规门生说，“言忠信，行笃敬，本也；博闻明辨，末也”。他要孔广森分清本末轻重，“慎其所以自附”⑤，以免误入歧途。姚鼐对于在戴门执弟子礼的孔广森口气如此严厉，显出他与汉学家的分歧已经相当尖锐。而四库馆之开为二者之间冲突的爆发提供了契机。

姚鼐在四库馆内的首要论敌乃是其学问楷模戴震。戴震在馆不足四年间，撰写、校勘作品近二十种。其考据之学达于顶峰；义理之学也臻于成熟：入馆之际，他完成了《孟子私淑录》；去世前，他写定

---

① 参看孙钦善：《中国古文献学史》(下)，中华书局1994年版，第930~934、938~940、952~953、990~991、981~989页。

② 惠栋：《九经古义述首》，商务印书馆1959年版。

③ 钱穆：《中国近三百年学术史》(上)，中华书局1986年版，第321页。

④ 姚鼐：《惜抱轩诗集》卷二，《诣岳麓书院有述》，上海古籍出版社2002年版，第11~12页。

⑤ 姚鼐：《惜抱轩文集》卷七，《赠孔约假归序》，上海古籍出版社2002年版，第2页。

了自称平生最大的著作《孟子字义疏证》。这些著作，与其入馆前所撰《原善》三篇（1757—1763）、《原善》三卷（1766）和《绪言》（1769秋—1772）一起，构筑了一个有别于程朱理学的思想体系。这一体系的反宋特性，正是姚鼐集矢的靶点。后来，姚鼐在回首馆内汉宋之间那场不称的颉颃时，就明确将戴震指为主要论辩对手。他说："鼐往昔在都中与戴东原辈往复尝论此事。作《赠钱献之序》发明此旨。"①

在四库馆，先后预于修书之事者有三百六十来人。其中，推尊戴震、随其雁行者不在少数。戴震的同门金榜、学侣邵晋涵等，都是其学术上的同道。而他最得力的盟友，则莫过于总纂官纪昀。纪昀与戴震水乳相交长达二十余年。右汉左宋的共同为学趣味是二人雅谊不衰的关键。纪昀右汉左宋始于青少年时代。他自述"三十以前，讲考证之学，所坐之处，典籍环绕如獭祭"②；喜好"汉唐训诂，而泛滥于史传百家之言"，与其从兄的"文章必韩欧，学问必宋五子"异趣。③ 进入四库馆，他"领修秘籍，复折而讲考证"④，轩汉轾宋，旗帜鲜明。余嘉锡说他"自名汉学，深恶性理，遂峻词丑诋，攻击宋儒，而不肯细读其书"⑤。黄云眉说他在馆一心"标榜汉学，排除宋学"⑥。余英时说他是"乾、嘉时代反程、朱的第一员猛将"，通过四库馆，"广泛而深入地把反宋思潮推向整个学术界"。⑦

戴震、纪昀等对待汉宋学术的态度相当程度上体现了清廷此时的文化取向。乾隆中叶，汉学不仅独秀于学坛，而且在政界也所向披

---

① 姚鼐：《惜抱轩文集》卷六，《复蒋松如书》，上海古籍出版社 2002 年版，第 13 页。

② 纪昀：《纪晓岚文集》第二册，《〈姑妄听之〉序》，河北教育出版社 1991 年版，第 375 页。

③ 纪昀：《纪晓岚文集》第一册，《怡轩老人传》，河北教育出版社 1991 年版，第 324 页。

④ 纪昀：《纪晓岚文集》第二册，《〈姑妄听之〉序》，河北教育出版社 1991 年版，第 375 页。

⑤ 余嘉锡：《四库提要辨证》，中华书局 1980 年版，第 51 页。

⑥ 黄云眉：《史学杂稿订存》，齐鲁书社 1980 年版，第 231~238 页。

⑦ 余英时：《论戴震与章学诚》，三联书店 2000 年版，第 120 页。

靡。乾隆帝作为最高统治者，对汉学崇重有加；① 庙堂列卿推尊汉学也争先恐后。以皇帝宠臣于敏中为例。于敏中以大学士、军机大臣出任四库馆总裁。这位总裁可不是个徒拥虚名者。章学诚说他“斟酌学术”、“学究典坟”、“崇实黜虚”；董理馆事时，“载籍繁博，簿书填委”。② 据陈垣考论，《四库全书》“所有体例之订定，部居之分别，去取之标准，立言之法则，敏中均能发纵指示，密授机宜，不徒画诺而已”③。如此深于学问和具有汉学趣味，就不怪他力主开馆修书，并如乾隆帝一般，那么欣赏戴震了。四库馆能够启动，并成为汉学家的荟萃之地，正是学、政两界合力作用的结果。

学坛名流联手，学、政两界结合，形成一股庞大的力量，造就并推动着汉学走向辉煌；同时也使尊奉宋学的姚鼐等在学坛隐入黯淡的边际。

二、汉宋之辨

面对汉学坚城，姚鼐“独立不惧”，奋起抗争。关于这场抗争的史料，在姚鼐的撰作中，最珍贵者莫过于《赠钱献之序》。姚鼐告别四库馆前夕，恰值钱大昕的从子钱坫将归江南。他郑重写序相赠。序文中，他不顾钱氏一门皆精汉学，皆是戴震考据学方面的同志，极力称扬程朱理学，严厉纠弹汉学。以下讨论将以《赠钱献之序》为基础，佐之以姚鼐在四库馆初启时写下的《咏怀》、在馆期间写下的《惜抱轩书录》，并参之以姚鼐明言复述《赠钱献之序》论旨的《复蒋松如书》，来推阐他在四库馆汉宋之争中的基本论点，以彰明他与戴震等汉学家的分歧实质所在。

姚鼐笔下的“汉学”分为两个层次，一是汉儒之学，主要是指以

---

① 关于乾隆帝对汉学的宗奉和对宋学的淡漠，拙文《从尊宋到崇汉——论姚鼐建立桐城派时清廷学术宗尚的潜移》有较详论证。见刘梦溪主编：《中国文化》第 19~20 期合刊，中国文化杂志社 2002 年版，第 279~293 页。

② 章学诚：《章学诚遗书》，《为座主梁尚书撰于文襄公墓志铭》，文物出版社 1985 年版。

③ 陈垣：《陈垣学术论文集(二)》，中华书局 1982 年版，第 44~45 页。

东汉许慎、郑玄为代表的训诂考据学问；二是当世学者舍弃宋学之后，效法、祖述和发挥汉儒之学而形成的新学风。姚鼐既责备汉儒之学，也鄙薄当世汉学，而责备汉儒之学的着眼点是为了与当世汉学家论辩，最终目的则是维护宋学，尊宋抑汉的倾向至为明确。

姚鼐为什么要抑汉呢？

第一，汉儒未必得圣人之道。汉学家之所以尊汉，是因为他们认为，汉儒离圣人生活的时代较近，学有所承，又讲究训诂，于圣人之旨所得为多，因而，汉儒之学乃后人探研圣道的最佳途径。然而在姚鼐眼中，汉儒固然去古较近且学有所承，但这并不能保证其一定得圣人之道，所以，汉儒之学也就不能视为后人求道的必由之路。姚鼐在《赠钱献之序》中说："孔子没而大道微。汉儒承秦灭学之后，始立专门，各抱一经，师弟传授，侪偶怨怒嫉妒，不相通晓，其于圣人之道，犹筑墙垣而塞门巷也。久之，通儒渐出，贯穿群经，左右证明，择其长说；及其敝也，杂之以谶纬，乱之以乖僻猥碎，世又讥之。"①姚鼐不相信汉儒与圣道之间存在必然联系。因为，首先，孔子没后，其后学对圣道之解已经多歧。姚鼐说："孔子没，七十子之徒传诵六艺，转相为说，或得或否，瞀乱本真。"②又说："至于七十子之徒，虽亦有得于师传，而不必尽为善言德行。故所杂取前人之说，文义离合，或不免于附会。"③汉儒虽然比起后世去古较近，但比起孔门后学，仍可说去圣久远。孔门后学对圣人之道尚且异说歧出，舛异交争，汉儒不及孔子之门，怎见得就一定能得道呢？因此，去古之远近，并非判定得道与否的绝对尺度。其次，汉儒因暴秦焚书，典籍亡佚，治经本来就存在困难；而其传经方式又是师弟相授，家别派分，各为专门，各家之间不仅"不相通晓"，而且"侪偶怨怒嫉妒"，褊狭殊甚。这就使得他们"与圣人之道，犹筑墙垣而塞门巷"，不免隔远。

① 姚鼐：《惜抱轩文集》卷七，上海古籍出版社2002年版，第4页。

② 姚鼐：《惜抱轩书录》卷三，《扬雄太玄目录序》，光绪己卯（1879）桐城徐宗亮刊本，第3页。

③ 姚鼐：《惜抱轩书录》卷一，《〈孝经〉刊误》，光绪己卯（1879）桐城徐宗亮刊本，第8页。

再次，郑玄等通儒固然卓尔不群，但其解经既“杂之以谶纬”，又“乱之以乖僻猥碎”，同样难免掩蔽经典之意。既然汉儒治学并不能保证得圣人之道，因而姚鼐坚决反对时人媚汉，尤其反对奉郑玄一家之解为圭臬。

第二，当代汉学家变本加厉地发展了汉儒治学的缺陷，猎枝去根，搜细遗钜，因而不免离道愈远。姚鼐在《赠钱献之序》中说：“且夫天地之运久则必变。是故夏尚忠，商尚质，周尚文。学者之变也，有大儒操其本而齐其弊，则所尚也贤于其故，否则不及其故。自汉以来皆然已。明末至今日，学者颇厌功令所载为习闻，又恶陋儒不考古而蔽于近，于是专求古人名物、制度、训诂、书数，以博为量，以窥隙攻难为功。其甚者欲尽舍程朱而宗汉之士，枝之猎而去其根，细之搜而遗其钜，夫宁非蔽与？”①姚鼐所说的“根”、“钜”就是程朱义理；“枝”、“细”就是时人采用汉儒训诂考据方式所治之学。他认为，学术演变更迭是自然之事。如果领袖新学的大儒能抓住根本，摒除旧学的缺憾，并救正之，新学相对于旧学自是个进步；若不然，则较诸旧学反有所逊。而汉学诸人在弃绝宋学末流之弊时，连程朱义理这个大本也舍掉了，一味抓住枝条不放，如此“大小之不分，精粗之弗别”②，实乃为学之蔽。

第三，汉学权威戴震另创义理，意欲取代程朱义理，甚为愚妄。戴震曾“自称《原善》之书欲希两庑牲牢”。③ 又说：“自戴氏出，而朱子侥幸为世所宗，已五百年，其运亦当渐替。”④其欲以自家义理取代程朱义理的意图昭然若揭。这最为姚鼐所不能容忍。他在《复蒋松如书》中谈及四库馆汉宋之争时单点戴震的名字，正与戴氏反对程朱并欲取而代之相关。姚鼐与戴震的分歧如此之深，以至于他告退后，与戴震的私谊和学术交往完全中断，甚至连间接的问候也不曾有；且在

---

① 姚鼐：《惜抱轩文集》卷七，上海古籍出版社 2002 年版，第 4~5 页。

② 姚鼐：《惜抱轩文集》卷七，上海古籍出版社 2002 年版，第 13 页。

③ 章学诚：《章学诚遗书》，《答邵二云书》，文物出版社 1985 年版，第 645 页。

④ 章学诚：《章学诚遗书》，《书〈朱陆〉篇后》，文物出版社 1985 年版，第 16~17 页。

对汉学家的频频指斥中，常常不放过痛责戴震。当戴震墓木已拱时，还抨击说：戴震“欲言义理以夺洛、闽之席，可谓愚妄不自量之甚矣”；① 又在致袁枚书中，把包括戴震在内的一些学者的“身灭嗣绝”，归因于其反对程朱而“为天之所恶”②的结果。如果不是愤激到极限，平生以温润娴雅著称的姚鼐，岂能口吐此言。

第四，一些汉学家背弃程朱义理，制行甚为可议。姚鼐讥讽沉迷汉学者“诽鄙程与朱，制行或异旃”③，他对汉学诸人的专己好名尤为不满，说：今世学者“以专宗汉学为至，以攻驳程朱为能，倡于一二专己好名之人，而相率而效者，因大为学术之害”。④

那么，姚鼐为什么要尊奉程朱理学，而不允许汉学家肆意诋毁呢？

姚鼐认为，程朱最得圣人之旨。他在《赠钱献之序》中说，汉代以后，“盖魏晋之间，空虚之谈兴，以清言为高，以章句为尘垢，放诞颓坏，迄亡天下。然世犹或爱其说辞，不忍废也。自是南北乖分，学术异尚五百余年。唐一天下，兼采南北之长，定为义疏，明示统贯，而所取或是或非，未有折中。宋之时，真儒乃得圣人之旨，群经略有定说”⑤。宋儒之所以为真儒，是因为他们跨越唐、晋、魏，超迈汉、秦，直接为往圣继绝学，“得圣人之旨”，使“群经略有定说”。由于姚鼐视程朱为孔孟之道的传承者，他在四库馆为过眼图书撰写提要时，就往往折中于程朱；并竭力维护程朱在道统中的核心地位，而不许汉学家任意攻之。

姚鼐认为，程朱诠释古典文献的方法“更为曲当”。他在《复蒋松

---

① 姚鼐：《惜抱先生尺牍》卷六，《与陈硕士》其三十，咸丰五年(1855)刻本，第22页。

② 姚鼐：《惜抱轩文集》卷六，《再复简斋书》，上海古籍出版社2002年版，第19页。

③ 姚鼐：《惜抱轩诗集》卷二，《述怀二首》其一，上海古籍出版社2002年版，第22页。

④ 姚鼐：《惜抱轩文集》卷六，《复蒋松如书》，上海古籍出版社2002年版，第13页。

⑤ 姚鼐：《惜抱轩文集》卷七，上海古籍出版社2002年版，第4页。

如书》中说：宋儒治学时，“审求文辞往复之情，亦更为曲当，非如古儒者之拙滞而不协于情也”①。所谓“审求文辞往复之情”，就是在解释古籍时，揆情度理，从辞章、义理角度诠释本文，或辨识古籍真伪，而不胶着于音训而失本真。宋儒此一治学方法与汉儒的考据手段绝殊，是汉学家嫌弃其凿空的所在，却得到姚鼐的肯定。

姚鼐认为，程朱言行相顾，品行卓越，无愧于圣门。他说：程朱“生平修己立德，又实足以践行其所言，而为后世之所向慕”②。程朱修己立德，言行相符，是学术史上不争的事实。因此，姚鼐在强调此点时，没有着意展开论述。

姚鼐认为，程朱理学可以经邦济世。此一功效乃靠一批受其陶铸而持身谨严、明大义、有操守的儒生来实现。在《赠钱献之序》中，他说：程朱理学“元、明守之，著为功令。当明佚君乱政屡作，士大夫维持纲纪，明守节义，使明久而后亡，其宋儒论学之效哉”！③ 在《皇明两朝疏钞》中，他说：“明之敝始于世宗。然其间犹有忠义出于至诚，慷慨议论，蹈祸患而不恤者，名相继于史册，则宪孝之泽存，而正人君子之所以自立之道累世相传而未坠也。”④他把明代的国败归咎于昏君乱政，把国祚的苟延归之于一群讲论、践履宋学的儒生持纲纪、守节义。正是看到了程朱派儒生在承平和临难时的勇于担当，姚鼐才忧虑：“道学一旦废，乾坤其毁焉。”⑤

总之，在姚鼐眼里，圣人之学有大小精粗之别。宋学深契圣人之旨，有关身心、家国，得圣人为学之大，之精；汉学仅关名物、制度、训诂、书数，得圣人为学之小，之粗。尽管宋儒在小和粗的方面无法与汉儒并驾，汉儒在大和精的方面也难以与宋儒齐驱。因此，宋

---

① 姚鼐：《惜抱轩文集》卷六，上海古籍出版社 2002 年版，第 12 页。

② 姚鼐：《惜抱轩文集》卷六，《复蒋松如书》，上海古籍出版社 2002 年版，第 12 页。

③ 姚鼐：《惜抱轩文集》卷七，上海古籍出版社 2002 年版，第 4 页。

④ 姚鼐：《惜抱轩书录》卷四，光绪己卯(1879)桐城徐宗亮刊本，第 26 页。

⑤ 姚鼐：《惜抱先生尺牍》卷二，《述怀二首》其一，咸丰五年(1855)刻本，第 22 页。

儒才是孔孟真传，汉儒不过小道可观而已。在四库馆启时，姚鼐说："汉唐勤笺疏，用志诚精专。星月岂不辉，差异白日悬。"①把汉学、宋学分别比作星月与白日，轻重分明。基于以上认识，姚鼐主张治学以程朱为归；主张以汉学补苴宋学的罅漏，而不能从根本上动摇之。姚鼐以这样的立场来评判当世汉学，自不免方枘圆凿。

三、从《惜抱轩书录》到《四库全书总目》

在四库馆，姚鼐有关汉宋学术的见解并不为绝大多数汉学家所认可。姚鼐与戴震、纪昀等人的分歧，以及他在汉学重围中面临的严峻挑战和困境，把他所撰《惜抱轩书录》和《四库全书总目》中的相关文字作一比较，就会看得更为真切。

被梁启超视为"汉学思想的结晶体"②的《四库全书总目》，是以纪昀领衔的、以戴震为最高权威的汉学家群体的代表作。《惜抱轩书录》是姚鼐在馆内为经眼之书所写提要。《惜抱轩书录》收入《四库全书总目》时，被纪昀等删润，大失本来面目。叶昌炽比勘后认为：《四库全书总目》对姚鼐原稿，"十仅采用二三。惜抱学术与纪文达不同，宜其凿枘也"。③ 在如何对待宋学问题上，两部作品的观点最为对立。

《大学》一书，二程更定在前，朱熹重编、为章句在后，姚鼐明知程朱之书"虽学者亦未敢决以为尽合曾子之旧，而纤毫无失"，但仍竭力推尊："第自得程朱所解，学者依以为成己之序，义理当而道术明，垂世立教，百世以俟圣人而不惑，斯亦足矣。其得失非以区区章句间也"。④ 章句间的得失，正是汉学家必全力亟辨之所在。姚鼐

---

① 姚鼐：《惜抱先生尺牍》卷二，《述怀二首》其一，咸丰五年（1855）刻本，第22页。

② 梁启超著，朱维铮校注：《中国近三百年学术史》，《梁启超论清学史二种》，复旦大学出版社1985年版，第91～522页。

③ 叶昌炽：《缘督庐日记》（二），江苏古籍出版社2000年版，第1178页。

④ 姚鼐：《惜抱轩书录》卷一，《中庸指归·中庸分章·大学发微·大学本旨》，光绪己卯（1879）桐城徐宗亮刊本，第7页。

却取大略小，极赞程朱所解之当，而对其不完善处仅以“区区”视之。《四库全书总目》编者不喜，将姚评删削殆尽。

朱熹撰《伊洛渊源录》奠定了理学在圣学传承中的正统地位。姚鼐赞其“道德言论之美固皆具矣”，称之为“实录”。① 纪昀等则甚不然之，说：“其后，《宋史》道学、儒林诸传多据此为之。盖宋人谈道学宗派自此书始，而宋人分道学门户亦自此书始。厥后声气攀援，转相依附。其君子各执意见，或酿为水火之争。其小人假借因缘，或无所不至。叶绍翁《四朝闻见录》曰：‘程源为伊川嫡孙，无聊殊甚，尝鬻米于临安之草桥。后有教之以干当路者，著为《道学正统图》，自考亭以下，剿入当事姓名，遂特授初品，因除二令。又以轮对改合入官，迁寺监丞。’是直以伊洛为市也。周密《齐东野语》、《癸辛杂识》所记末派诸人之变幻，又何足怪乎？”②责备朱著首开道学门户；并举程氏后辈之谬行，牵藤带蔓地嘲及伊洛之学。

如何评价朱熹在所著《〈孝经〉刊误》中的疑、改经典，是汉宋两造的分歧点之一。《孝经》“自汉以来，传为孔子所作”。但朱熹却“疑为本曾子门人所记，后儒复取他书之语增益其间”，因而放手改之。姚鼐力为朱熹的疑、改辩护。他认为，一方面，此书“精粗相杂，而文义亦有离析隔碍之病”，“而儒者反悉以为孔子之语固然，此朱子所不得不论者”；另一方面，“朱子少读《孝经》，尝题其上曰：‘不若是，非人也。’……盖《孝经》所为，至德要道，儒者守身事亲之大者。如朱子平生乃所谓尊其所闻，则高明者也”。因此，他说：朱熹“笃信之心与明辨之识不相妨也”。③ 而《四库全书总目》编者则对朱熹的疑、改《孝经》，并由此导致的门户之分，甚表不满。纪昀等细揭朱熹删改经典的事实：“取古文《孝经》，分为经一章，传十四章。删旧文二百二十三字”；并以大量笔墨证明“朱子诋毁此书已非一日”。末

① 姚鼐：《惜抱轩书录》卷三，《〈伊洛渊源录〉三卷》，光绪己卯（1879）桐城徐宗亮刊本，第1页。

② 纪昀等：《四库全书总目》（上），中华书局1965年版，第519页。

③ 姚鼐：《惜抱轩书录》卷一，《〈孝经〉刊误》，光绪己卯（1879）桐城徐宗亮刊本，第8页。

云："南宋以后，作注者多用此本。故今特著于录，见诸儒渊源之所自，与门户之所以分焉。"①

如何评价朱熹在所著《〈周易参同契〉考异》中表现出来的与圣学相异的倾向，是汉宋双方争论的又一个重点。朱熹曾与蔡元定于寒泉精舍夜论《周易参同契》。这就是聚讼频仍的所谓寒泉证道。姚鼐多方为朱熹究心圣学以外之道辩解。他认为："盖君子修德而养寿，故不溺志于神仙服食导引之说，而亦不废养生之节。朱子作《〈楚辞〉辨正》，于《远游》篇颇论及道家之义。故于此书亦究心焉。然寒泉夜论之事亦偶然耳。而黄瑞节记是书后，乃谓其师弟子有脱屣世外之意，则过论也已。"②《四库全书总目》编者则认为，朱熹自知"究心丹诀非儒者之本务"，故跋末不署真名，假托空同道士邹䜣所作以遮饰；并认为朱熹"遭逢世难，不得已而托诸神仙"，称赞黄瑞节有关朱、蔡有脱屣世外之意的论断为"深得其情"。③

有的学者论学与朱熹立异，为姚鼐所不喜，而为《四库全书总目》编者所肯定。姚鼐在论及王若虚时说：王氏"经说则好与朱子异，凡所言者多矣，岂无一言之善，而不胜其迂谬猥陋者之多也"④。《四库全书总目》编者则说："统观全集，偏驳之处诚有，然金元之间学有根柢者，实无人出若虚右。吴澄称其博学卓识，见之所到，不苟同于众。亦可谓不虚美矣。"⑤

此外，有的学者或与程朱有渊源，或议论与之不悖，即得姚鼐赞扬，而为《四库全书总目》编者所不悦。凡姚鼐所强调处，均被删除。在褒贬一些作品、人物时，姚鼐往往称引朱熹之说或与之相关的典实以为立论根据，也为《四库全书总目》编者所不取。

---

① 纪昀等：《四库全书总目》(上)，中华书局1965年版，第264~255页。

② 姚鼐：《惜抱轩书录》卷三，《〈周易参同契〉考异》，光绪己卯(1879)桐城徐宗亮刊本，第6页。

③ 姚鼐：《惜抱轩书录》下册，光绪己卯(1879)桐城徐宗亮刊本，第1249页。

④ 姚鼐：《惜抱轩书录》卷四，《金王若虚文集》，光绪己卯(1879)桐城徐宗亮刊本，第16页。

⑤ 纪昀等：《四库全书总目》(下)，中华书局1965年版，第1421页。

《四库全书总目》编者除对《惜抱轩书录》中所持宋学立场加以摒弃外，对姚鼐的考据水准和某些辞章趣味也不予首肯。而姚鼐的尊宋思想受到彻底否定，显得尤为触目惊心。姚鼐此前数十年间精神上赖以托足之基，就这样被挖空。尽管姚鼐在都门时《四库全书总目》尚未纂成，他也无从知晓自己所撰文字会被怎样改编，但预修《四库全书总目》的汉学诸家所营造的尊汉抑宋、弃宋甚至反宋的学术氛围则是真实地存在，他身临其境，自有切肤之感。透过《惜抱轩书录》编入《四库全书总目》后被处置过酷这一视角，不难看出，姚鼐当时面对的，的确是坚城一座；其奋力回应挑战，的确算得上是“冒天下之所不韪”。①

四、知音寥落

在四库馆，姚鼐的尊宋同道也不是没有，只是极少罢了。这里拟作简述，好与围绕在戴震身边的强大的汉学家队伍作一比照，以证明这场汉宋学术之间的颉颃，是何等不称。

首先要提到的是乾隆学坛上的名士程晋芳。程晋芳是姚鼐密友，二人曾先后就学于刘大櫆之门。在四库馆内，程晋芳由于尊奉宋学，而与姚鼐持论一致。程晋芳坚守宋学的主要著作是《正学论》七篇。胡适说，程氏“作《正学论》，力诋颜李，并驳戴震，大为程朱辩冤”②，准确揭破了程论主旨。这组论文竭力维护程朱理学在儒学传承中的正宗地位。程晋芳认为，“两宋以来诸大贤程功序进之方，修己治人之法”，直承洙泗之微言，“不爽毫厘”。“由汉及唐，孔孟之真传不显”，“及宋贤出，而圣学大明，修齐治平之理较然为一”。由此，程晋芳力辟将程朱理学与佛道牵连并否弃之的论点。在斥责颜李否定程朱理学非孔孟之学后，他进而列举说：“近代一二儒家又以为

① 姚鼐：《惜抱轩书录》卷四，《〈礼笺〉序》，光绪己卯（1879）桐城徐宗亮刊本，第20页。

② 姚鼐：《惜抱轩书录》卷四，《〈礼笺〉序》，光绪己卯（1879）桐城徐宗亮刊本，第20页。

程朱之学即禅学也。虚灵不昧，以复其初，非二氏之说乎？教人静坐，见佛即拜，调息坐功，非二氏之学乎？且延平、朱子入手皆从内典，久乃自返，而禅根未脱，虽与陆氏争辩，实亦一陆氏也。”“近有人谓，孔子不轻言性，而宋儒好言性。以此为异于孔氏之学。又谓，人之为人，情而已矣。圣人之教人也，顺乎情而已矣。尊性而卑情，即二氏之术也”。他提到的“近代一二儒家”、“近有人”，主要说的就是戴震。戴震抨击程朱理学非孔孟正传的重要理据，便是其掺杂了佛、老思想。程晋芳为讲明正学，对此论予以痛驳，是自然的。此外，他对程朱之脉在当代“无有续者”殊为忧虑，对“今之学者琐琐章句，至老死不休”甚感不满，并期盼“儒者、学人合而为一”的大儒出世。持论与姚鼐契符。

其次要提到的是乾嘉学坛上的名家翁方纲。① 翁方纲为学“深以考订为务，而考订必以义理为主”②。其所谓义理，指的就是程朱理学。他曾作《考订论》八篇，充分发挥“考订之学以衷于义理为主”③之义，深斥嗜博、嗜琐、嗜异和矜己之病。翁方纲与姚鼐一样，也把锋芒主要指向戴震，反对其诘难并立异于程朱。他说：“近日休宁戴震，一生毕力于名物象数之学，博且勤矣，实亦考订之一端耳。乃其人不甘以考订为事，而欲谈性道以立异于程朱，就其大要，则言理力诋宋儒，以谓理者是密察条析之谓，非性道统挈之谓，反目朱子性即理也之训谓入于释老真宰真空之说，竟敢刊入文集。说‘理’字至一卷之多。”他从程朱理学出发，援经据典，力申戴震理说之妄。同时，他也不同意戴震所说的“圣人之道必由典制名物得之”，认为戴言“偶就一二事言之可矣，若综诸经之义”则不能成立。④

---

① 胡适：《胡适学术文集·中国哲学史》，中华书局 1991 年版，第 1007 页。

② 翁方纲：《复初斋文集》卷七，《与程鱼门平钱、戴二君议论旧草》，道光间李彦章校刊本，第 22 页。

③ 翁方纲：《复初斋文集》卷七，《考订论》八篇，道光间李彦章校刊本，第 7~19 页。

④ 翁方纲：《复初斋文集》卷七，《与程鱼门平钱、戴二君议论旧草》，道光间李彦章校刊本，第 21~22 页。

需要说明的是，程晋芳、翁方纲除了在拥护程朱这一点上与姚鼐相合而与戴震相异外，在汉学考据方面，他们倒是与戴震家数略同，而与姚鼐所区别。程晋芳经史考订的成果优异，功力也为世人称道。翁方纲在金石学领域的造诣在乾嘉诸老中更是首屈一指。程晋芳、翁方纲虽然尊宋，但就学术实践来看，他们大体上仍可视为汉学队伍中的成员。江藩最严汉宋之辨，他在《国朝汉学师承记》中给程晋芳、翁方纲各留一席之地，自有他的道理。因此，严格说来，在四库馆内，就尊宋而言，姚鼐尚有程晋芳、翁方纲等与之和鸣；尊宋而兼抑汉者，则不过姚鼐一人而已。这证明，姚鼐曾谓自己在论争中“力小而孤”①，洵非虚语。

姚鼐与汉学派论辩的具体情景已经渺不可寻。为了尽可能还原他当时所处的学术氛围，这里不妨一提稍后进入四库馆的钱载与戴震的矛盾。

钱载因攻击戴震而受到汉学诸人嘲笑，并遭戴震当面斥詈。据王昶说，钱载曾与朱筠、金榜、王念孙等在王昶家冬夜酒会，“竹君推戴东原经术，而箨石独有违言，论至学问可否得失处，箨石颧发赤，聚讼纷挐。及罢酒出门，断断不已，上车复下者数四。月苦霜浓，风沙蓬勃，余客伫立以俟，无不掩口而笑者”②。余客均为汉学名家，不是戴震的好友，就是戴震的弟子，宜其“无不掩口而笑”。钱载在戴震刚入词馆时，就与之爆发了一场严重冲突。翁方纲在致程晋芳的信中说：“昨箨石与东原议论相诋，皆未免于过激。戴东原新入词馆，斥詈前辈，亦箨石有以激成之，皆空言无实据耳。箨石谓东原破碎大道。箨石盖不知考订之学，此不能折服东原也。训诂名物岂可目为破碎？学者正宜细究考订训诂，然后能讲义理也。宋儒恃其义理明白，遂轻忽《尔雅》、《说文》，不几渐流于空谈耶。”③钱载攻击戴震

---

① 姚鼐：《惜抱轩文集》卷六，《复蒋松如书》，上海古籍出版社 2002 年版，第 13 页。

② 黄爱平：《四库全书纂修研究》卷十四，中国人民大学出版社 1989 年版，第 14 页。

③ 翁方纲：《复初斋文集》卷七，《与程鱼门评钱、戴二君议论旧草》，道光间李彦章校刊本，第 20 页。

“破碎大道”，并攻击训诂考订。这“大道”，在当时主要就是指宋儒义理。可知钱、戴纠葛的要点也在汉宋之辨。翁方纲是钱载的密友，他在钱、戴冲突中不免左右袒。据翁方纲说：戴震“向日骂簭石，吾欲集同好至翰林公所声其罪，同人劝解乃已”。

钱载充四库馆总阅官在乾隆四十四年(1779)，那时姚鼐已经告退。不过，透过钱载与戴震等的矛盾，却可以看出四库馆内汉宋之争的不称和激烈程度。当时，钱载已是有名诗人、礼部侍郎，而姚鼐的学问尚无大成，在朝也不过一介刑部郎中，名望、地位均逊于钱载。钱载的遭遇如此不堪，姚鼐在与戴震等论争中的境况就可想而知了。

五、告退主因

乾隆三十九年(1774)秋，姚鼐突然决定从京门学坛和官场告退，并在下年(1775)初春南旋。那时离他进入四库馆尚不足两年。关于姚鼐的告退主因，当世和后来学人一直莫衷一是。由以上分疏可知，姚鼐的告退实与他跟戴震等汉学家的严重分歧及其在论争中的身陷孤立有关。下面拟对此作进一步论证。

从姚鼐诀别京师时的激越情绪和其友人们的反应来看，他的告退实由其与汉学派的学术分歧及其孤立所致。青春时代，姚鼐多少次“千里飘飘向京洛”①，对帝都何等向往。这次告退前夕，在姚鼐眼中，弥漫着汉学逼人气息的神京，却成了可厌的“尨淆”之所、“车马尘杂”之地。当翁方纲向姚鼐“乞言”留念时，他却满怀牢骚和挖苦地说“诸君皆欲读人未见之书，某则愿读人所常见书耳”②，钻觅未见之书，是当时嗜博、嗜僻的汉学时尚；而所谓常见之书，主要是指程朱义理之作。将“诸君”与“某”、“读人未见之书”与“读人常见书”对举，既见其对汉学的弃绝，也见其力量的单薄。这可与翁方纲对姚鼐的临别箴规对读。翁方纲说：“窃见姬川之归，不难在读书，而难在

---

① 姚鼐：《惜抱轩诗集》卷一，《酬胡君宏业》，上海古籍出版社 2002 年版，第 11 页。

② 姚莹：《东溟文集》卷六，同治六年(1867)刊本，第 7 页。

取友；不难在善述，而难在往复辨证；不难在江海英异之士造门请益，而难在得失毫厘悉如姬川意中所欲言。姬传自此将日闻甘言，不复闻药言。更将渐习之久，而其于人也，亦自不发药言矣。此势所以必至者也。夫所谓药者，必有其方，如方纲者，待药于君者也，安能为君作药言乎？吾友有钱子者，其人仁义人也，其于学行文章，深得人意中所欲言，愿姬川之闻其药言也。”①翁方纲虽在尊宋方面是姚鼐的同道，但他主要是一个汉学家。正如他不同意钱载痛诋戴震的考订一样，他也不完全同意姚鼐对汉学所持的过激之论，而期待其能采纳不同意见。由于当时钱大昕在汉宋之争中的态度较为温和，所以，翁方纲愿意姚鼐听一听钱大昕的药言。这所谓药言，就是纠姚鼐在汉宋之争中的见解之偏。不难看出，翁方纲婉讽姚鼐的告退为负气之举，而不予赞同。翁方纲后来在《感旧》一诗“苦言辨可憎，正未深咀嚼”句下加一小注：“昔《送姬川》诗有‘苦言近辣有人憎’之句。姬川作色曰：‘鼐非敢憎也。’”②所谓“苦言”就是药言的意思。翁方纲在姚鼐作别前夕，赠文、送诗，均劝姚鼐不可轻弃汉学考据。而“有人憎”三字却道出了姚鼐极端的拒谏态度，道出了他与汉学派分歧的无法调和。翁方纲还惋叹，姚鼐这一走，学问上再无“往复辨证”机会；学侣们既不能获箴于姚鼐，也无法针砭其过失了。在当时特殊语境下，这“往复辨证”四字，指的主要就是汉宋之争。陈梦元在赠序中提到了姚鼐的沉默。他说：姚鼐“尝语余曰：‘遐方异味，食恐生病。若稻粱菽粟，味淡而正，补益人元气。人周身所以为运行昼夜，恃有元气耳。天地之元气在太和，人身之元气在善养。雕琢刻削而已亡有矣。’自是知君所以语余者，在深造于经传中，而自得之。君先得之，闭口而不泄于人也”③。姚鼐所说的“稻粱菽粟”指的便是讲论修身养性的程朱理学。陈梦元说他“闭口而不泄于人”；洪榜也说“慎言当效

---

① 翁方纲：《复初斋文集》卷十二，《送姚姬川郎中归桐城序》，道光间李彦章校刊本，第2页。

② 翁方纲：《复初斋诗集》卷六十五，《感旧》，上海同文图书馆石印本，第4页。

③ 王文濡、沈粹芬等编：《国朝文汇》卷二十四，《送刑部郎中姚姬传鼐南归序》，上海国学扶轮社1909年石印本，第29页。

姚惜抱”①。姚鼐不是不愿泄于人，有意慎言，而是面对汉学坚城，他已无话可说。朱孝纯在姚鼐还乡前夕，说他“忽忽辞轩冕，而来数别离。孤怀成独往，老泪洒临歧”②，着意点出他的孤怀独往。姚鼐因与汉学派抗争而身陷孤立，并坚执己见，由此而被迫告退。这在学坛引起不小反响，以至于成为当时一个话题。

姚鼐南还后也或显或隐将告退主因归于自己的与汉学异趣和孤立。他在教导外甥马宗琏时说：“嗟吾本孤立，识谬才复拘。抱志不得朋，慨叹终田庐。”③坦言因“抱志”而“孤立”，而“不得朋”，最终导致了“终田庐”的结局。姚鼐对自己的遗世孤立耿耿于心，经常愤愤道及。他在坚拒复出时说：“仆骙蹇，不明于古，不通于时事。”④他致信汪辉祖说：“鼐性鲁知暗，不识人情向背之变，时务进退之宜，与物乖忤，坐守穷约。”⑤等等。这些表达，意义当然较宽，但其中包含着姚鼐对自己在汉宋之争中遭际的慨叹和愤懑，则是可以肯定的。这也可见姚鼐与汉学派的学术分歧及其孤立对之刺激之深。

其实，姚鼐挺身与汉学相抗，其身陷孤立和告退的命运一开始就已注定。如前所论，汉学的昌大，四库馆的启动，是学、政两界合力的结果。而那时学、政两界边线不明，四库馆的总裁就由一群体现皇帝意志的重臣出任。在此情势下，力小而孤的姚鼐逆潮流而动，尊宋抑汉，不仅在学坛上被挤向边缘，在仕途上也实难再有发展余地。他除了告退，还能有什么更好的选择呢？

况且姚鼐又是一个傲岸和持守谨严的人，在汉宋之争这样的重大是非问题上，绝难指望他表现出灵活性来。吴德旋说他“义所不可，

---

① 孔继涵：《杂体文稿》卷二，《微波榭遗书之三》，第4页。

② 郑福照：《姚惜抱先生年谱》卷五，《甲午残腊姚姬传假归过泰安即送其旋里三首》其一，同治七年（1857）刻本，第10～11页。

③ 姚鼐：《惜抱轩诗集》卷五，《题外甥马器之〈长夏校经图〉》，上海古籍出版社2002年版，第16页。

④ 姚鼐：《惜抱轩文集》卷六，《复张君书》，上海古籍出版社2002年版，第2页。

⑤ 姚鼐：《惜抱轩文集》卷六，《复汪进士辉祖书》，上海古籍出版社2002年版，第6页。

确然不易其所守”①；他自己说：“大丈夫宁犯天下之所不韪，而不为吾心之所不安”②。此一秉性，在四库馆汉宋之争中体现得淋漓尽致。姚鼐后来解释说，他之所以毅然站出来力正汉学之非，“非不自度其力小而孤，而义不可以默焉耳”③。据姚莹说：于敏中以宰辅之尊，在馆内“雅重先生，欲一出其门，竟不往”④。姚鼐不拜于敏中，除羞向权贵折腰外，还有很重要的一层，就是不阿附异道者。于、姚在馆内分属汉、宋营垒。于敏中可示以优容大度，姚鼐则无法苟且，随人俯仰。姚鼐虽然在四库馆汉宋之争中至为孤立，但他丝毫不肯相让。姚门弟子毛岳生说：纂修四库者“益事繁杂，诋讪宋元来诸儒讲述极庳隘谬戾可尽废。先生颇与辨白，世虽异同，亦终无以屈先生”⑤。姚鼐如此个性，因纷争而陷入孤立时，除了告退，还能有什么更好的选择呢?

关于姚鼐告退的主因，清人已有明示。姚莹作为姚鼐侄孙和弟子，深悉姚鼐在汉宋之争中的处境。他明白点出了姚鼐与汉学派冲突的无法调和及其孤立。他说：在四库馆，汉学诸公“竞尚新奇，厌薄宋、元以来儒者，以为空疏，剖击讪笑之不遗余力。先生往复辨论，诸公虽无以难，而莫能助也”⑥。道光时金鼎寿所纂《桐城续修县志》说：“乾隆、嘉庆中，学者多尊汉人训诂而卑视宋学。独鼐卓识冠世，折中论断，一归于和平，粹然儒者之言，克与古圣贤相表里，识者伟之。”但姚鼐终“以辨论汉宋之学，与时不合，遂乞病归”⑦。光绪时马其昶说：姚鼐“时已负天下重名，使循资以进，固可回翔至卿

---

① 郑福照：《姚惜抱先生年谱》，同治七年(1857)刻本，第25页。

② 姚鼐：《惜抱轩文集》卷四，《〈礼笺〉序》，上海古籍出版社2002年版，第20页。

③ 姚鼐：《惜抱轩文集》卷六，《复蒋松如书》，上海古籍出版社2002年版，第13页。

④ 姚莹：《东溟文集》卷六，同治六年(1867)刊本，第6页。

⑤ 姚鼐：《惜抱轩书录》卷首，光绪己卯(1879)桐城徐宗亮刊本，第2页。

⑥ 姚莹：《东溟文集》卷七，同治六年(1867)刊本。

⑦ 金鼎寿：《桐城续修县志》，民国庚辰年(1940)根据道光七年(1827)刊本重印，第540页。

贰。而超然高举不俟终日者，徒以论学不能苟同也”①。

综上所述，不难得出结论：姚鼐与戴震等汉学家的严重分歧及其在论争中的孤立，是导致其最终从都门告退的主要原因。

姚鼐因汉宋之争而告退，是其学术生涯中最为重大的事件，对此后清代的古文史和学术史影响至巨。正是在汉宋之争中，姚鼐萌生了开宗立派的意识，重新把为学重心从考据调整到早年溺爱的辞章。告退之后，姚鼐栖息于东南书院四十年，构拟文统、创立理论、埋首写作、组建队伍，集中精力创建桐城派。而其每一项建派工作，都包含着对抗汉学派的深刻动机。到其晚境，以宋学为旗帜的桐城派自成一军，姚鼐与汉学派抗衡的愿望庶几实现。乾嘉后期的学坛格局也由此一变。

[原载《北京大学学报》(哲学社会科学版)2006 年第 5 期]

【评　介】

本文原发表于《北京大学学报》(哲学社会科学版)2006 年第 5 期上。作者王达敏在前文中已介绍过，此处不再赘述。

本文共包括五部分，分别为：“汉学坚城”、“汉宋之辨”、“从《惜抱轩书录》到《四库全书总目》”、“知音寥落”和“告退主因”。每部分的开头都对该部分的主要内容作了大致说明，然后引入相关著作及相关代表人物的话语对其所列观点进行条理分明的论证，最后进行总结。因此，虽然作者在文章中和其他类似文章一样引用了大量的文言文，但整体上思路清晰，要点明确。

如摘要部分已提示的，本文主要论述的内容为姚鼐裹进汉宋之争和退出四库馆的事件。在第一部分“汉学坚城”中，作者指出：四库馆能开设并成为汉学家的荟萃之地，是学、政两界合力作用的结果。两界具体所指的内容即是学界戴震、纪昀等名流在四库馆内任职，政界当时在位的统治者极力推崇汉学，这样造就了汉学的坚城。在第二部分“汉宋之辨”中，作者意在引用姚鼐的《赠钱献之序》、《惜抱轩书

① 马其昶：《桐城耆旧传》，黄山书社 1990 年版，第 363 页。

录》等作品来反映姚鼐对汉学的奋勇抗争。根据“姚鼐为什么要抑汉?”和“姚鼐为什么要尊奉程朱理学?”两个问题分别给出了四条理由。对于后者，作者认为，“在姚鼐眼里，圣人之学有大小精粗之别。宋学深契圣人之旨，有关身心、家国，得圣人为学之大，之精；汉学仅关名物、制度、训诂、书数，得圣人为学之小，之粗。尽管宋儒在小和粗的方面无法与汉儒并驾，汉儒在大和精的方面也难以与宋儒齐驱。因此，宋儒才是孔孟真传，汉儒不过小道可观而已”，同时，“姚鼐以这样的立场来评判当世汉学，自不免方枘圆凿”。

第三部分“从《惜抱轩书录》到《四库全书总目》”中，作者比较了《惜抱轩书录》和《四库全书总目》，提出姚鼐的《惜抱轩书录》在收入到《四库全书总目》时被大量删减的不争事实，以说明当时在四库馆内姚鼐反对汉学的见解是不为人所接受的。此外，第四部分“知音寥落”中讲到馆内支持姚鼐反对汉学的人是寥寥无几的，被提到的程晋芳和翁方纲也只是在尊宋方面和姚鼐一样，至于尊宋又抑汉的只有姚鼐而已。这两部分共同说明一个问题，即姚鼐在四库馆内没有坚实的盟友，他在汉学的重围中面临着严峻的挑战和困境。大的学术氛围与他的主张严重对立，自己的主张又得不到周围人的认同，直接导致了姚鼐告退四库馆。

作者引入姚鼐告退四库馆后的相关言论及其友人的言论来反映姚鼐诀别京师时的激动情绪，通过史料进一步证明姚鼐的告退确实是由其与汉学派的分歧以及其在四库馆内孤立的地位所致。当然，这种现象的出现是姚鼐个人和当时的时代大环境所造成的。另一个重要的原因是姚鼐傲岸和严谨的个性，这一性格使他在对待大是大非问题上特别坚持自己的原则，以至于不能“识时务”，所以他最终没有在四库馆“成俊杰”。姚鼐在告退后潜心进行桐城派的建派工作，在书院讲学，培养人才，最终成为“桐城三祖”之一，他所创建的桐城派在当时乃至今天的文学界中都有很大影响。可以说，四库馆没有成就姚鼐，而桐城派却让人们都记住了他。

晚清古文研究：以陈用光、梅曾亮、曾国藩、吴汝纶四大古文圈子为中心（节选）

柳春蕊

第三节　桐城派古文在京师的传播[①]

道光中后期近二十年中，京师古文创作呈现繁荣的局面。和唐代韩愈、宋代欧阳修的古文圈子相比，这一时期古文创作和理论整体水平不高。这种现象说明了什么，或者说是什么促进了古文的繁荣。这涉及如何看古文的问题。当时“有语及古文者，群诋为怪，民遂相率引此为忌”[②]，即使是像孙衣言这样年少气盛、狂诞不羁，在古文方面同样不能超乎时俗。[③] 究竟哪些人看不起古文，我们并不知晓，但

---

① 魏泉：《十九世纪宣南的士林交游与风气变迁》（北京大学博士论文，未刊稿，2003年）第三章“江亭雅集与桐城古文的流衍全国——以梅曾亮的京师交游为中心”第三节“桐城古文在京师的传播”对此问题分析很详细，可参阅。这里所讨论的侧重在梅曾亮京师生活的几件大事上，注重梅曾亮京师传播桐城古文的方式与姚鼐的一致性以及梅氏古文圈子内部复杂性方面。

② 杨彝珍：《书重刻逊学斋文集后》，《移芝室古文读本》卷五，光绪二十二年（1896）杨氏刻本。

③ 当杨彝珍读到孙衣言的文集时，不禁感慨：“窃怪君负天下之禀，特为习俗所囿，无以表异于恒流。然察君之资才，可以战古之立言者，使由此锲而不已焉，如所称八家者，无难涉其樊而道其堂奥。”（《书重刻逊学斋文集后》，《移芝室古文读本》卷五）

至少说明，在当时进行古文创作是需要勇气的。士子在古文方面花工夫，必然于科考不利。①

分析这一现象，须留意时代风尚与古文的关系。嘉道中期以后，社会各阶层矛盾激化，官场黑暗，游走京师的士人有的直接反抗。像龚自珍、魏源、汤鹏之辈，他们较早预见了时代风雨的到来，重视个人力量对时代的推动作用。而古文派，讲士气，讲“道”的关怀、大雅之声和君子小人之辨，这种内在精神的感召，可看做是对社会黑暗的一种积极回应。由于古文家讲为文之道，而“道”更多指向风俗、民心、伦理道德这类内容，所以，从某种意义上说，古文本身就具有经世的特点。道咸时期的古文家关注时代现实。从逻辑上说，他们也属于经世派人物。因而，谈文论艺，以古文相尚，切磋研阅，在京师易于形成风气。而士人雅集，追求一种更古雅的士人风尚和生活方式，在当时士人心中具有普遍意义。

但是，这一时期古文并未得到很好发展，优秀作品不多，古文理论显得贫乏。因此，本节重在考察桐城派古文在京师的传播情况，将这一时期的“古文事件”呈现出来，做事件的梳理。桐城派古文在京师得以广泛传播，与梅曾亮居京二十年的古文创作与培养后进密不可分。无疑，梅曾亮具有典型性。下面选取梅曾亮在京师的几件大事予以说明。

一、解析梅曾亮《赠余小坡叙》

道光二十四年(1844)，余坤由户部郎中出守四川雅州，梅曾亮写了《赠余小坡叙》这篇赠序，云：

> 道光元年，余初游京师。一时交游多好古博洽之士，意气相得甚欢。后十余年，又来京师，其人或死，或归，或远宦，或志趣始同而终异者有之。以十余人之多，而云卷波徙，遂无复有一

---

① 如秦缃业，他“既好古文，其于场屋之作，辄不能降抑以徇俗，故不为有司所喜”(孙衣言《秦君澹如墓志铭》，《逊学斋文续钞》卷四，同治十二年刻本)。

人存者，慨然自以为无复朋友聚处之乐矣。久之，得交陈君艺叔、朱君伯韩、吴君子叙。又因伯韩得交小坡及冯君鲁川、王君少鹤。其志趣同而不常合并者，又有人焉。要皆雄俊之士，不妄与可于人者也。

余初识小坡，其貌甚落落，久之而情益亲，议论益同。其有所作，余未尝不以为工；而于余文，所可否未尝不与我同其意也。盖自六七年以来，余与数君子游处之适、文酒讽议之欢，旷乎礼而不流，肆于言而不歧，庄庄乎其相推，傥然而无所随，虽昔之意气相得者，其乐盖无如今日之盛。而数君子外，增一二人焉而亦不可得，则甚矣友之难，而斯乐之不可忽也！

道光二十四年二月，小坡以朝命由户部郎中出守雅州，同游者甚祝其行，而又惜其去也。嗟夫！乐其留而不乐其去者，孰有甚于余者乎？又孰有甚于小坡于余者乎？然其如小坡何哉？避外而恶难，政不得试乎民，禄不得赡乎亲，岂士君子之所以自处者乎？岂朋友望于所亲厚者乎？又岂吾友所以自慰其亲戚朋友者乎？吾且如其行，何哉？然则自今以往，诸君子皆有不能久縻于兹者，孰先去乎？孰后处乎？其终离乎？其复合乎？余其倏然于四虚之途，而去人日远也夫。①

余坤（字小坡）为人甚严，不肯苟且，喜吟啸，古文诗歌造诣很高。②余坤到偏远的四川雅州做官，这件事在当时古文圈子里震动很大。梅曾亮与余坤相知多年，余坤的离去，梅氏的感受与别人自是不同。梅曾亮三十七岁时，放弃了去贵州做官的机会，而以户部郎中闲居京师。想起以前这段艰难的选择，不禁慨然。所以，末一段于好友余氏的去留，十一个问句道出了他辞官的难言之情。对于梅曾亮而言，最

---

① 梅曾亮：《柏枧山房文集》卷三。

② 关于余坤，可参看冯志沂《送余小坡先生出守雅州序》（《适适斋文集》卷一，《续修四库全书》本）、梅曾亮《张端甫文稿序》（《柏枧山房文集》卷七）、杨彝珍《致余小坡》（《移芝室古文读本》卷十二）。

大的损失莫过于自今以往，少了一位可以研阅诗文的诤友,① 更何况“诸君子皆有不能久縻于兹者”。

梅曾亮一生两次入都，一次是道光元年(1821)至道光二年(1822)，一时如张琦、魏源、黄洵、陈易庭、汤鹏、叶绍本、龚自珍皆与之交，这些人也就是他所说的“好古博洽之士”。当时京师还有梅曾亮早年一起学古文的朋友马沅、汪平甫、汤子燮、周石生。另一次是道光十二年(1832)至道光二十九年(1849)。道光十八年(1838)以前，与梅曾亮京师交游者有程恩泽、徐宝善、黄爵滋、张岳骏、陈望道、万荔门、朱丹木、朱涛、范今甫、杨以增、孙宪仪、黄钊、许宗衡、孔宪彝、秦缃业、张穆、何绍基、何兆瀛，不过，他们主要是写诗。当时以黄爵滋和徐宝善为中心的江亭雅集,② 就是一个以汉学为主的诗人群体。③ 道光二十年(1840)，孔宪彝和秦缃业主持的尺五庄饯春雅集，也是以唱诗为主。④ 这段时期，梅曾亮更多的是依附于汉学群体，尤其是像程恩泽这样的显宦，虽然周围有项传霖、张岳骏这样的嗜好古文之士，但擅长古文的毕竟在少数，梅曾亮的古文排不上多少用场，更谈不上形成自己的古文圈子。

这期间，道光十二年(1832)，汪平甫卒；道光十五年(1835)，

---

① 梅氏文中如《享帚集序》(《柏枧山房文集》卷七)、《青嶰堂诗集序》(《柏枧山房文集》卷七)，写友朋星散聚集之况，皆有可观者。

② 秦缃业云：“其时遭际隆平，朝野无事，则有叶筠潭、徐廉峰、黄树斋诸先生，提倡风雅，奖供后进。每于春秋佳日宴集，一时名士于江亭，赋诗缀文，动盈卷轴，流布海隅，余亦偶厕其列。而上元梅伯言、马湘帆、建宁张亨甫、益阳汤海秋、汉阳叶润臣、镇海姚梅伯、曲阜孔绣山、临桂朱伯韩、代州冯鲁川、吴县潘星斋、绂庭及青粕诸君子恒与焉。诸君子大半习与余。青粕与伯言、湘帆丈同里闬，在师友间。”(《心庵诗存序》，《虹桥老屋遗稿 · 文二》，光绪己丑刻本)

③ 至于梅曾亮如何进入以汉学为主的江亭雅集士人圈子，可参看魏泉：《十九世纪宣南的士林交游与风气变迁》，北京大学博士论文，2003 年，第 54~55 页。

④ 这次雅集有张际亮、张金镛、潘曾莹、黄韵珊、姚燮、孔宪彝、许季眉、陈拜芗、黄子干、潘曾绶、秦缃业、朱琦、梅曾亮十三人。参见孔宪彝《尺五庄饯春雅集》，《对岳楼诗续录》卷一，咸丰七年(1857)凸阜孔氏刻本。

陈用光卒；道光十六年（1836），黄钊归岭南；道光十七年（1837），程恩泽卒；道光十八年（1838），徐宝善卒，黄爵滋离京；道光十九年（1839），潘德舆卒，朱丹木出使安徽无为；道光二十年（1840），汪喜孙和沈垚卒；龚自珍也于前一年（1839）离京。这是梅曾亮所说的“后十余年，又来京师，其人或死，或归，或远宦，或志趣始同而终异者有之”的情况。

二、梅曾亮古文圈子的形成

随着程恩泽、徐宝善相继去世，黄爵滋离京，京师汉学圈子和以黄爵滋为中心的诗人圈子逐渐衰落。然而，这一时期古文圈子却空前兴盛起来。

说古文的兴盛，并非是学古文成为一种时尚，而是说在京师进行古文创作的人空前聚集，频繁交往。繁荣背后的“古文资源”是如何整合的，从梅曾亮《赠余小坡叙》的表述来看，朱琦是一个关键人物①。梅曾亮也说：“自吾交子，天下之士益附，而治古文辞者日益进。”②朱琦说：“十九年夏，余始至京师，即与上元梅曾亮先生游。”③又，“琦识先生差早，迹虽友而心师之”④。据此，梅曾亮和朱琦相识当在道光十九年（1839）。由朱琦介绍，梅曾亮与冯志沂、王拯、余坤相识。考察梅曾亮的诗文，他与冯志沂、王拯、余坤、陈学受、朱琦研讨诗文之乐始于道光二十一年（1841）。⑤

---

① 冯志沂认识朱琦在道光十八年（1838）至十九年（1839）。“两人居并门，日相从谈文字甚乐”（《赠朱伯韩序》，《适适斋文集》卷一）。冯氏因朱琦认识王拯、吴嘉宾等人（《余小坡诗序》，《适适斋文集》卷一）。道光二十一年（1841），由朱琦介绍冯志沂认识梅曾亮，冯氏诗云：“昔岁辛丑时初秋，朱君介我从翁游。”（《伯言先生决意南归有感赋呈》，《微尚斋诗集初编》卷一，《续修四库》本）道光十八年（1838），冯志沂认识余坤（《余小坡诗序》，《适适斋文集》卷一）。

② 朱琦：《柏枧山房文集书后》引梅曾亮语，载《柏枧山房文编》卷末。

③ 朱琦：《张端甫遗集后序》，《怡志堂文初编》卷四，同治三年（1864）刻本。

④ 朱琦：《柏枧山房文集书后》，载《柏枧山房文集》卷末。

⑤ 梅曾亮《柏枧山房诗集》卷七多记载这时期古文同好谈艺论文之乐，如《夜集偶成呈伯韩、小坡、艺叔、鲁川》、《赠陈艺叔》、《赠朱伯韩》等。

梅曾亮古文圈子主要成员有姚椿、张岳骏、项传霖、吴嘉宾、陈学受、陈溥、冯志沂、孔宪彝、秦缃业、朱琦、王拯、余坤、孙衣言，后来又有吴敏树、孙鼎臣、杨彝珍、周寿昌、舒焘、邵懿辰、曾国藩、刘传莹、龙启瑞、彭昱尧、唐启华、黄彭年、王柏心，他们大多是梅曾亮的晚辈，年差在二十至三十岁之间，尊称梅曾亮为“梅先生”。而与梅曾亮年岁相仿的像程恩泽、张祥河、潘德舆、贺长龄、林则徐、姚莹、汪喜孙等或年寿不永，或外出做官。总之，像梅曾亮这样居京二十年，在同辈中不为多见，而梅曾亮隐于朝，乐于清贫，闭门读书，狷介不俗，也是赢得京师晚辈尊敬的原因之一。

当时，京师有言宋学、汉学和古文辞三派。黄彭年云：

> 道光中，京师言宋学者则有倭文端公、曾文正公、何文贞公、吴侍郎延栋、邵员外懿辰、丁郎中彦射。言汉学者则有何编修绍基、张州判穆、苗贡生夔及君乡人陈御史庆镛。言古文词者则有梅郎中曾亮、朱御史琦、王都御史拯、冯按察志沂。君专精汉学，而从诸公游处，未尝以门户标异。①

细分的话，当时京师还有龚自珍、姚莹、魏源、林则徐、张际亮、汤鹏、陈庆镛、苏廷魁、朱琦等经世派士人群体。由于姚莹的关系，梅曾亮常常出入其间。② 他们多为慷慨豪杰之士，力主经世。汤鹏自视甚高，尝谓“天下事无不可为者”，他所许可的“惟李文饶、张太岳辈”，而“徒为词章士，无当也”。③ 汤鹏看不起唐宋八家之文，而是直取周、秦，此一现象，与其说是反对固守八家的桐城文章，不如说是由于他落拓不羁、不可一世的性格而形成的认识事物的方式，

---

① 黄彭年：《刑部员外郎何君墓表》，《陶楼文钞》卷七，1923年精刻本。

② 姚莹道光二十四年(1844)被释(被诬告入刑部狱)，汤鹏置酒万柳堂为贺。参加贺宴的有朱琦、苏廷魁、陈庆镛、王拯、何绍基、汤鹏、姚莹、梅曾亮、马沅等九人。

③ 梅曾亮：《汤海秋墓志铭》，《柏枧山房文集》卷十四。

更多的是意气，而非判断。正因为这样，梅曾亮古文圈子的人对他并不反感。而汤鹏这种迈俗不羁，关心时务的品性，可能正是梅曾亮的古文圈子人士愿意与之结交的原因。汤鹏“镇流俗”，勇于言事，又赢得他们的赞赏和同情。①

京师不同的士人群体，包括后来以祁寯藻为中心的早期宋诗派圈子，虽然他们的学术兴趣和个性各自不同，但并不妨碍他们之间的往来。同为何绍基诗集作序，既有擅长古文的梅曾亮和朱琦，又有汉学圈子内的张穆和何秋涛。张穆虽然反对他的同乡冯志沂跟随梅曾亮学古文，认为是“无本之学”②，却又请梅曾亮题画。③ 龙启瑞一方面师从梅曾亮，另一方面又从刘传莹学音韵之学。④ 孔宪彝虽然以诗以朋友为性命，羡慕梅曾亮的古文，积极参与梅曾亮古文圈子的剪烛樽酒、谈艺论文的士人活动，但心仪的却是汉学。曾国藩、邵懿辰和吴嘉宾虽然也是古文圈子中人，但他们的理学修养却使得和梅曾亮之间有一段距离。王拯与张金镛、孙衣言、杨彝珍、孙鼎臣住舍较近，他们又形成一个小的文人圈子。⑤ 至于京师士人群体中的两楚人士，尤其是楚南地区，他们的身份和所分属的圈子就更为复杂。

无论是从一己性情出发批评当时社会诸种弊端，还是从儒家心性或君子操守上来讨论世风日下的道德伦理，只要是真性情，只要是关

---

① 参阅梅曾亮：《汤海秋墓志铭》(《柏枧山房文集》卷十三)、《赠汤海秋》(《柏枧山房诗集》卷六)。

② 冯志沂云：“道光中，上元梅先生伯言以古文词提倡后学。一时京朝官如诸暨余小坡、桂林朱伯韩、新城陈艺叔、马平王定甫诸子，时时载酒从先生游，余亦厕其末。……时平定张石洲传亭林、潜邱之学，与余善。先生不喜汉学，石洲亦不喜八家文。先生闻余交石洲，第默默不置可否。石洲闻余从先生治古文，辄不乐，或怒加诮讓。然余往来于两家者如故。”(《授经台记》，《适适斋文集》卷二)

③ 梅曾亮：《张石洲烟雨归耕图》，《柏枧山房诗集》卷八。

④ 龙启瑞：《刘茮云哀词》，《经德堂文集》卷四，光绪四年(1878)刻本。

⑤ 详见王拯：《夜饮海门斋中，谈艺夜分，明日琴西、海门两君有诗，四次前韵》，《海门、琴西居址皆近，过从相得，而君有诗，五次前韵》(《龙壁山房诗草》卷五，光绪七年河北分守道署刻本)。

注社会现实，有强烈的士大夫关怀，他们都能走到一起。① 同时，他们的意见和主张又很不统一，虽然这一时期汉宋之争早已过去，汉宋调和论成为主流话语，然而真正能做到义理、考据、辞章相统一的却很少，比如梅曾亮，他不喜欢义理，更不喜欢考据。一个圈子内部也不统一，梅曾亮古文的圈子里，对古文看法不一致的大有人在。“数君子外，增一二人焉而亦不可得，则甚矣友之难，而斯乐之不可忽也”，梅氏这番感慨，看来也是自有其因的。

三、梅曾亮六十寿辰

道光二十五年(1845)三月二十五日，梅曾亮六十寿诞，京师后辈于龙树寺设宴以为寿，时有王拯、朱琦、彭昱尧、唐启华、邵懿辰、冯志沂、秦缃业、王柏心、孔宪彝等十人。邵懿辰《龙树寺寿燕诗序》云：

> 夫人之久生于世，年自六十以至七、八、九十，从未至乎是者比观之，而强名之为寿。从已至乎是，乃又进乎是者比观之，皆其数自致尔，亦未始见为别异而可贵也。惟夫能文章之士，其所为文，固已足垂数十百年之久，甚至逾远而弥存。而其文章之工，又必待其年至而积以多，而工者益甚工。而近世号工于文者，取集中所为作，而覆其年月，四十以前者盖无几。其尤工而为人所爱诵，多五六十以后之为。盖阅天下之理与事益详，而人之与人流连往复之情亦愈久而深且至，则所谓垂数十百年之久，以至逾远而存者，果亦视其生世之久远以为差。而其它不幸中道而止者，往往犹留未至之境，为后人所慨叹。故夫能文章者之久生于世，非如世人之但久于世而已也。而与并生于世者，或以其

---

① 这一点，从顾祠的修饬可得到说明。顾祠修饬是由汉学圈子的何绍基和张穆发起。但参与者不限于汉学内部。客观上讲，无论是从汉学考据的真精神去理解，还是从顾氏一生主张的“天下兴亡，匹夫有责”的士人担当而言，祭顾氏祠在国家蒙难之时更具有象征意义。

禄位容貌而视之，与凡为寿者等，则未达于天之意也。①

王拯《龙树寺寿燕图记》云：

道光二十五年三月二十五日为上元梅先生曾亮生日。余与仁和邵位西舍人号于同人，为先生寿燕于兹阁。主宾翕集。冠履彬彬，觞燕再终，流连竟晷。谈谐间伦，礼仪弗愆。于时春莫，天日清美，林薄微翳，禽鸟悦人。惠风飂然，草木自馨，西山拱揖，来我牖户，于是先生年六十矣。酒酣，有举酹而言者曰：今世士夫才五六十，张筵为庆，特须臾之顷耳，何有于庆？惟文章之士则不然，彼一日之间而千载在焉，故世惟先生者为宜庆。又酹而言者曰：古能文章者多大年，盖其阅世深而取物宏，故其年益上者业益高。若宋欧阳氏、明归氏、国朝方氏、姚氏皆然。然则先生其未有艾耶？于是先生欣然洗盏命酢，顾余而言曰：斯言也，真能祝我而寿我者乎？吾何以易之哉！位西既以其言为文，先生举册而命书之。同人为诗寿先生者亦以次列于后。余谓人之为斯言也，乃其所以为先生寿也。先生之乐斯言也，乃先生之所以为能寿也。②

这两段文字，与姚鼐《刘海峰先生八十寿序》、梅曾亮《姚姬传先生八十寿序》参看，无论是义法，还是情理，都是桐城文章的写法。两段话都从人之“寿”与文词之“寿”着笔，而以欧阳修、归有光、方苞、姚鼐作陪，梅先生巍然一大师也。

从京师同人的寿诗来看，有状梅曾亮生活性情者，如：“先生六

---

① 邵懿辰：《半岩庐文遗集·遗文》，光绪三十四年(1908)刻本。

② 王拯：《龙壁山房文钞》卷五，光绪七年(1881)河北分守道署刻本。王拯文集有光绪癸未(1883)善化向氏校刊本和光绪七年(1881)河北分守道署刻本，两个本子文字差异很大。以下凡所引王拯文出自“光绪七年本”者从略，出自“癸未本”者注明。

十神采清，骨坚不借长年乐。千秋事业托缥缃，廿载郎曹甘淡泊。”①“先生隐于文，众妙出真静。宗风继方、姚，笔力破余境。身无吏事牵，眼为异书炯。谤誉乱众咻，何异蛙与黾？”②有写从梅曾亮问字商略之乐者，如：“车前问字屦常满，门外轻尘轨还却。有时花底共楸枰，静里时闻解新簭。”③更有对先生的赞辞和良好祝愿：“先生齿德谁与伦？领袖何须藉高爵。风流裙屐共称觞，谈议俱怀经世略。”④“强食终无何，斯事赖持秉。”⑤但最能让梅曾亮称心的要数王柏心这首诗：

> 国初以来盛文苑，商邱、宁都相继驰。桐城侍郎稍后出，绍明古训遵庄馗。惜抱受之晚砣砣，独造柔澹刊支离。配林恶池先有事，弟子得翁宏其施。翁家达人亦不少，图纬奥学陈轩羲。数传至翁扩文囿，位不配才郎署卑。往往覃思出宙合，耽之不异渴与饥。厥初敷言首贯道，用弼政典光民彝。粤若姚姒逮邹鲁，大文经纬苞两仪。董贾迁雄导厥委，乃始专骛于文词。横翔捷出稍一变，其视六艺犹未歧。有唐韩子约经旨，攘斥佛老固藩篱。功施两宋久弗替，仁义不患邪说漓。嗟乎后来体益裂，决防溃岸不可治。捃摭章句兢钩釽，不者浮冶如繁枝。破碎大义骋小辨，百家日出言犹卮。雕刻众巧等技艺，翁起慨然一扫之。经纶训典翼大道，奖述忠孝昭穹碑。上者承明

---

① 孔宪彝：《三月廿五，梅伯言丈六十初度，王子寿、朱伯韩、邵蕙西、彭子穆、秦淡如、王少鹤、冯鲁川、唐子实集龙树寺，益酒为寿》，《对岳楼诗续集》卷三，咸丰七年(1857)曲阜孔氏刻本。

② 冯志沂：《乙巳三月二十五日，伯言先生六十生辰，同人觞集龙树寺，次邵位西舍人韵二首》(其一)，《微尚斋诗集初编》卷一，《续修四库全书》本。

③ 孔宪彝：《三月廿五，梅伯言丈六十初度，王子寿、朱伯韩、邵蕙西、彭子穆、秦淡如、王少鹤、冯鲁川、唐子实集龙树寺，益酒为寿》，《对岳楼诗续集》卷三，咸丰七年(1857)曲阜孔氏刻本。

④ 孔宪彝：《三月廿五，梅伯言丈六十初度，王子寿、朱伯韩、邵蕙西、彭子穆、秦淡如、王少鹤、冯鲁川、唐子实集龙树寺，益酒为寿》，《对岳楼诗续集》卷三，咸丰七年(1857)曲阜孔氏刻本。

⑤ 邵懿辰：《集龙树寺寿伯言六十》，《半岩庐遗集·遗诗》。

石渠彦，下至山林文学师。见翁述作尽敛手，旋其面目惭测蠡。斯文统系有专属，此论至公吾何私！翁今矍铄始六十，健笔战走千熊罴。海棠初红酒初熟，介翁寿康福履绥。小子举觞述作者，词林万羽徒尔为。韩欧往矣旷千载，余子琐琐皆庶支。天其以翁续文统，愿翁永保黄发期。①

可以不认同“斯文统系有专属，此论至公吾何私”，但梅曾亮在京师古文的领袖地位却是事实。梅曾亮自然是当仁不让，他在《答邵位西读〈惜抱轩集〉见赠》一诗中说：

记年十八谒翁时，迢递桐乡感墓碑。昔日语言追悟晚，近来文字就订迟。瓣香自愧无余子，流别争传有大师。定论漫期千载后，喜君先已辨渑淄。②

越是对姚鼐所教追悟恨晚，就越表明梅曾亮承担斯文责任之自觉。同在京师，梅曾亮比姚鼐的处境要好得多，汉学失去了往日的中心位置，而治宋学若不谙于经世之务，单讲心性物理，在京师同样不居主流，这是梅曾亮独有的时势。同时，梅曾亮清楚地认识到要把桐城古文传播到京师，完成乃师未竟的事业，③ 自身的努力最为重要，这集中体现在他熟知一学问之建立、一文派之延续的具体策略。其《陈用光先生授经图记》一文有较为详细的说明：

---

① 王柏心：《寿梅丈伯言六十》，《百柱堂全集》卷十，光绪十九年（1893）刻本。

② 梅曾亮：《柏枧山房诗集》卷八。

③ 方东树：《柏枧山房文集后序》云：“（梅曾亮）读书深，胸襟高，故识解超而观理微、论事核。至其笔力高简醇古，独得古文行文笔势妙处。此数者，北宋而后、元明以来诸家所不见。为之不已，虽未敢许其必能祧宋，然必能与宋大家并立不朽于作者，可决之。此固先师平日所力追，而惟恐不全如志者也。”（《柏枧山房文集》附录部分）

> 桐城姚姬传先生以名节、经术、文章高出一世。门下士通显者如钱南园侍御、孔撝约编修，皆不幸早世。而抱遗经、守师说、自废于荒江穷巷之中者，又不为人所从信。惟今侍讲学士陈公，方受知于圣主。而以文章诏天下之后进，守乎师之说，如规矩绳墨之不可逾。及乙酉科，持节校士于两江。两江人士莫不访求姚先生之传书轶说，家置户习，以冀有冥冥之合于公，而先生之学，遂愈彰于时。盖学之足传，而传之又得其人，虽一二人而有足及乎千万人之势，亦其理然也。夫先生之书具存，其文章之高奇，说经之通远，士或浮慕焉而未能入。然张其学者有公，而学于公者，亦必有人如公守师说而尺寸不逾者。先生之学，其传于世者未有艾也。公试毕，将归京师，出《授经图》以示曰："为我志之。吾不能一日忘吾师也。"嗟夫！曾亮固所谓自废于荒江穷巷之中而不为人所从信者，于是图，其能无概于先生哉？①

此文作于道光五年(1825)，陈用光是梅曾亮的座师，又是姚鼐的大弟子。单从"授经"、志陈氏不忘姚鼐教诲之意上说，文章可以就"主"来叙述陈氏之意，也可以就"宾"来写姚鼐何以让陈氏不忘。可以就"图"上说，也可以就梅曾亮与陈用光关系上说。但梅曾亮本其一贯的精思独运，陈义甚高，从一学问之明晦、视其徒众之多寡与爵位之高卑，从学之足不足传与传之得不得人，说到捍卫和发扬姚氏之学这一核心问题上来。显然，这样写和陈用光身居高位而不忘乃师之意这一情况相符，使得"自废于荒江穷巷之中"，又有志于扩大师门文派的梅曾亮，既不失说话的分寸，又没有丧失自己的"真"性情，这再次让我们看到梅曾亮为文"精思"的一面。梅曾亮居京二十年，只是一介署郎，但锐意进取，一心为文，奖掖后进，使桐城文派大有

---

① 梅曾亮：《柏枧山房文集》卷十。

再盛之势。① 应当说，姚鼐古文之学，到梅曾亮这里，洵得其传矣。

四、梅曾亮出都

道光二十九年(1849)，梅曾亮出都，京师同人仍在龙树寺为其饯别。梅氏诗云：

> 樗散京华二十年，英流相接喜珠联。久应旧里便衰懒，难得奇文共讨研。隐几他年宁故我，扶轮今日仗群贤。青杨巷近潮沟宅，书札能来自日边？②

出都前一年秋天，梅曾亮送好友黎吉云(号樾乔)，为诗云：

> 高吟昨岁送归舟，偕隐知君意莫留。青史漫论千载后，黄花又伴一人秋。湖湘落落望三友，京国劳劳生四愁。严召从来多盛事。可能萧散遂林邱？③

又，梅曾亮《出都偶成》云：

---

① 陈宝箴说："方、刘既殂，姚先生岿然为老师。徒党相和，桐城家之言几遍天下。后数十年，上元梅曾亮氏最称高足弟子，复守姚氏之绪，讲艺京师，四方魁杰笃敏之士萃焉。"(《龙壁山房文集序》，王拯《龙壁山房文集》卷首)又，秦缃业《古杼秋馆遗稿序》云："道光己亥、庚子间，薄游京师，识上元梅郎中伯言先生，间以所作就正，始知古文义法。盖先生故姚氏之晚年高弟也。姚氏之门尚有陈侍郎石士、管孝廉异之，先后逝世，而梅先生乃独得姚氏之传。时若朱侍御伯韩、余户部小坡、邵舍人位西、陈上舍艺叔、曾阁学涤生、王户部少鹤、冯刑部鲁川，皆好为古文，而必以伯言为归，毋少逾桐城矩矱。吾邑则有张君端甫、侯君子勤先后著录称弟子。二君初亦濡染乾嘉时习，及从梅先生游，乃尽弃，其平日所为诗若文，而别有心得焉。余亦与相砥砺，毅然以斯文自任。吾乡数十年罕见之绝学，一时而得吾三人，可不谓盛与？"(《虹桥老屋遗稿·文二》)

② 梅曾亮：《己酉八月出都，邵位西员外、孔绣山舍人、曾涤生侍郎、边袖石编修、秦淡如明经、冯鲁川何愿船两主政、黄子寿庶常饯于龙树寺，因留赠》，《柏枧山房诗集》卷八。

③ 梅曾亮：《送黎月樵归里》，《柏枧山房诗集》卷八。

不须松桂怅岩阿，屈指横江一月过。归去交亲耆旧少，近来文字墓铭多。但期笔札传通子，莫话功名叹阿婆。一笑穷愁原故物，几人黄壤更如何？①

五年前，他送余小坡。陈学受屡试不就，归新城。道光二十五年(1845)，张岳骏卒于河南任上。道光二十六年(1846)，王拯出都。道光二十七年(1847)，朱琦因与当权者不合，亟请告归。朱琦归里，可能对梅曾亮的触动较大。② 梅曾亮离都，在京师古文圈子内是一件大事。以前是他送别人，如今则到了自己离去之时。一方面“隐几他年宁故我，扶轮今日仗群贤”，另一方面“归去交亲耆旧少，近来文字墓铭多”，这样的人生况味，对于梅曾亮而言，穷愁之苦，苍茫无措，自是不言而喻。至此，梅曾亮的京师生活全部结束了。其后京师古文圈子虽然亦有人在弘扬，但盛景不再。从留下的文字来看，更多是对昔日文章盛事的一种追忆。③

(选自柳春蕊：《晚清古文研究：以陈用光、梅曾亮、曾国藩、吴汝纶四大古文圈子为中心》，百花洲文艺出版社2007年版)

---

① 梅曾亮：《出都偶成》，《柏枧山房诗集》卷八。

② 梅曾亮《与朱伯韩书》云：“自愚言之，归可也；不归，亦可也。诚欲归也，古人当仕宦炙手之时，尚有急流勇退者，况平进之士，何不可归？若曰义不可不归，则赓堂之归，因父忧遂不即来；颂南之归，因左降无缺。今阁下情事皆异于此，故曰：不归亦可也。且古人致仕而去者，隐则隐，耕则耕，而自汉以后，能行此者难矣。诚使闭门扫轨无待于世，居京师固不如家居之为得也。然此惟阁下能自得之，非他人所能与矣。”(《柏枧山房文集》卷二)

③ 这方面，有龙启瑞《逆贼陷江南感怀伯言先生(其二)》(《浣月山房诗集》卷三)、邵懿辰《寄梅伯言先生》(《半岩庐遗诗》)、王拯《闻伯言先生南归》(《龙壁山房诗集》卷三)、《伯言先生之丧，闻之殆稔感痛不能为词，先成此律》(《龙壁山房诗集》卷八)、朱琦《闻伯言丈侨寓清江感怀》(《怡志堂诗集》卷六)、《重读(柏枧山房遗稿)有感》(《怡志堂诗集》卷八)、《伯言先生没逾年，少鹤农部设奠于城南龙树寺，因出先生手迹并次曩年寿先生诗元韵，时丁巳三月二十一日》(《怡志堂诗集》卷八)。

【评　介】

本节内容选自《晚清古文研究：以陈用光、梅曾亮、曾国藩、吴汝纶四大古文圈子为中心》一书，该书2007年由百花洲文艺出版社出版。该书作者柳春蕊，又名柳磬如，现任教于北京大学中文系。主要从事中国古代文论、思想史研究和乡村文化建设研究。他的主要学术著作包括：《晚清古文研究》(百花洲文艺出版社2007年版)、《古代文学基础》(清、近代部分，北京大学出版社2008年版)、诗文集《南轩诗文》等。其关于桐城派研究的文章包括：《神、理、声、色——姚鼐诗歌体性论》(《北京大学学报》2004年第4期)；《梅曾亮与桐城派古文在京师的传播》(《安徽文献研究集刊》2005年第1期)；《梅曾亮与嘉道时期岭西古文创作群体之兴起》(香港《新亚论丛》2007年卷)；《曾国藩的士大夫之学与内在逻辑》(《齐鲁学刊》2007年第6期)；《莲池书院与吴汝纶古文圈子的形成》(《东方论坛》2008年第1期)；《梅曾亮京师古文领袖地位成因考》(《云梦学刊》2008年第1期)；《梅曾亮文学思想考辨》(《文学与文化》第8辑，南开大学出版社2008年版)等。

全书用六章论述了陈用光、梅曾亮、曾国藩、吴汝纶四人古文圈子的形成，从中可以窥见桐城派古文影响的形成和传播。全书结构为：第一章"从新城到桐城——陈用光与嘉道时期的古文实践"，主要论述吴德旋对桐城古文进入江浙地区发挥了重要的作用。第二章"梅曾亮与桐城派古文在京师的传播"，包括五节内容"作为姚门弟子的梅曾亮"、"'孔门四科'中的文学——道与文的剥离"、"桐城派古文在京师的传播"(本文所选出自此节)、"京师古文圈子的复杂性"、"'天下之文章，其萃于岭西乎？'"。第三章"都下古文中的归有光现象"。第四章"以曾国藩为中心的古文圈子的形成(上)"和第五章"以曾国藩为中心的古文圈子的形成(下)"是紧密联系的两章，两章就曾国藩的气性、古文思想和认知、当时京师已经形成的以梅曾亮为首的古文圈子的问题作了探讨。作者认为，曾国藩自恃在古文方面成就很高，和梅曾亮圈子中的不少人多有不合，矛盾不少，关系紧张。但随着年龄的增长，曾国藩晚年时对梅曾亮古文的评价又变得很高，开始佩服梅曾亮的为文。最后一章讲到"吴汝纶与清末的古文教育"，主要论述了书院和新式学堂在桐城古文传播中所发挥的重要作用，吴汝纶这位教育大家对近代书院和学堂的学制、学风等的重要影响。

本篇节选的内容主要是桐城派古文在京师的传播问题。道光中后期的二十年中，京师古文的创作出现了繁荣的局面，与前代相比，古文创作和古文理论整体水平却不高，这与当时的社会风尚不无关系，在当时，创作古文需要很大的勇气，因为古文的创作对当时的科举考试并没有多大的用处。

嘉道中期以后，社会各种矛盾激化，官场黑暗，游走京师的士人坚持家国情怀，借助古文这一工具，关注时代现实，创作了大量“经世致用”的文章，很快在京师形成了一种风尚，士人之间以文会友，追求士人雅集的生活方式。

桐城古文就是在这样的背景下进入京师并且很快得到了广泛的传播，这与梅曾亮的努力是分不开的。梅曾亮居住京师长达二十年，在这期间，他不仅自己创作古文，而且提携后进。当时，京师主要有汉学圈子和诗人圈子两种，最初，梅曾亮主要依附于汉学群体，因而还没有形成自己的圈子，随着一批汉学家和诗人的谢世或离京，汉学圈子和诗人圈子衰落下去，恰在此时，京师聚集了大批进行古文创作的人，在朱琦的活动下，又加上梅曾亮本身的人格魅力，大批古文创作者聚集在梅曾亮的周围，形成了属于梅曾亮的古文圈子。

京师有宋学、汉学和古文辞三大派，但是彼此之间交往颇多，并不互相排斥，这主要是因为三派都关注社会现实，有着强烈的士大夫人文情怀，能够让他们互相吸引，进行大量的诗文唱和之作。

毫无疑问，梅曾亮在当时处于京师领袖地位，他自觉地承担起了把桐城古文传播京师的重任，他意识到要完成乃师未竟的事业，自身的努力最为重要和关键，必须要熟知一学问之建立、一文派之延续的具体策略。

在梅曾亮的努力下，桐城古文在京师名噪一时，但随着梅曾亮在京师生活的结束，京师的古文圈子也随之很快衰落了，即使仍然有流传的文章，但更多的是对往日繁华文事的一种回忆，这就要从桐城派本身来寻找原因了。

论莲池书院与桐城文派在河北的兴起

陈春华

保定莲池书院，地处京畿首善之区，是清代著名的省级书院。随着曾国藩、李鸿章相继督直以及一批学识渊博、品行端正、威望崇高的学者先后主持书院讲席，莲池书院一度成为北方的学术中心。特别是晚期桐城文派的代表人物张裕钊、吴汝纶相继担任书院院长近20年，莲池书院又成为了桐城文派在北方学术传播的重镇，对后期桐城文派的传衍起到了重要的推动作用。

一

雍正《畿辅通志》学校志记载，莲池书院创建于清雍正十一年(1733)。时任直隶总督李卫在《莲花池修建书院增置使馆碑记》中对莲池书院的环境、规模加以刻画，并描述了修建书院的具体过程：

> 始，余以雍正十年建节保阳，环池行数十武，亭馆就荒，池水淤遏不东注。顾以林泉幽邃，云物苍然，于士子读书为宜。周回余址，宽闲爽垲，又为冠盖住宿为便，辄欣然有得，期于公余葺理整顿，以为吾职所当为。而建立书院之诏适下，爰与司藩王君、司臬窦君、观察彭君、郡守、县令商，度以大门甬道折行池北，故有南向厅事、堂后精舍便室、东西廊庑、大小曲房若干间，因旧起废，建为书院。……名以莲池书院，

从其始也。①

清雍正十一年(1733)朝廷“命直省省城设立书院，各赐帑金千两为营建之费”②。当时的直隶总督李卫与布政使王谟、按察使窦启英、知府朱寿图以及清苑县令徐德泰会商，决定将直隶书院设于保定古莲花池内，由徐德泰主抓筹建工作，并取名“莲池书院”。李卫还责成徐德泰负责在莲池西北部“因旧起废”，修建书院，同时又在莲池东南红枣坡一带划出五六亩的地方，筑起围墙，名叫“南园”。在南园建厅堂五间、瓦舍三间和一所凉亭，作为书院的别馆，专供学生在此自学和研习之用。

李卫早在浙江为官时，曾有建紫阳、敷文两书院的卓越政绩。南北交替，地域变换，但他对书院的认识一如既往。他将在杭州西子湖畔建立书院的经验与精神在北方付诸实践，发扬光大。督直伊始，便有在省会办书院的卓识，莲池书院于是应运而生：

> 曩，余制浙，修举紫阳、敷文两书院，训迪浙士，颇有振兴。又凡湖山胜概，旧迹所存，加意修葺，以为太平液洽咏歌之一助也。今兹之举，既以宣朝廷乐育人材之雅化，而益以广圣皇恩惠使臣、轸原隰之盛心。且以表王畿都会之中，巍乎焕乎，有以扩大古人之遗迹而更新之。吾知萃麟凤于文苑，征杞梓于儒林，乐嘉宾之至止，颂德意之孔昭。弦歌诗诵，旨酒吹笙，池馆之盛，山川之灵，且自庆其辉光之日新，而遭逢盛事，有什伯于千载以前者。是固封疆大吏有事斯土者所乐为，后之君子亦愿以时修葺，历永远而勿替者也。③

① 李卫:《莲花池修建书院增置使馆碑记》,《清苑县志 3》卷五，民国二十三年(1934)本，陈谷嘉、邓洪波:《中国书院史资料》(中册)，浙江教育出版社 1998 年版，第 864~865 页。

② 《清朝文献通考》卷七十，陈谷嘉、邓洪波:《中国书院史资料》(中册)，浙江教育出版社 1998 年版，第 854~855 页。

③ 曾国藩:《圣哲画像记》,《曾国藩全集》，岳麓书社 1986 年版，第 865~886 页。

莲池书院因地处京畿首善之区，侧近辟有清帝行宫，颇得朝廷重视，乾隆帝曾经3次巡幸，并赋诗表彰。莲池书院的院长通常都由学识渊博、品行端正和威望崇高的学者担任，由直隶总督亲自聘任，院长既是教学工作的主持者，又是学术研究活动的指导者，对书院的发展命运起着关键的作用，先后担任莲池书院院长的名人有张叙、汪师韩、章学诚、祁韵士、何秋涛、李嘉端、王振纲、黄彭年、张裕钊、吴汝纶、贺涛等。在这些著名学者的主持下，莲池书院开始成为直隶省的学术文化中心和教育中心。

二

桐城文派对莲池书院产生影响始于曾国藩任直隶总督之时。1867年，捻军起义被镇压下去，直隶地方面临着百废待举的局面。清廷意识到“现在畿辅要区，正赖重臣整理”，故令曾国藩接任直隶总督。作为中兴名臣之首的曾国藩，力主隆礼重教以拨乱反正，他说：“先王之道，所谓修己治人、经纬万汇者，何归乎？亦曰礼而已矣。”①曾国藩督直时间虽短，但通过对直隶最高学府——莲池书院及其师生的关怀与培育，对直隶的文风、学风与士风以及教育的变化产生了深远影响。

曾国藩是后期桐城派的开拓者和盟主，他在文学理论上继承了桐城派的主张，同时又特别强调了“经济”“以理学经济发为文章”，即文学经世济时的功用。曾国藩任直隶总督时重视文教，颁示《劝学篇示直隶士子》，使莲池书院乃至整个直隶地区的文风都发生了转变，透出一股经世的清新之气，桐城古文开始在书院扎根发芽。曾国藩写作《劝学篇》在经过对莲池书院大约半年的接触后，大体明了直隶文风与学风落后症结之所在，故在同治八年(1869)七月初四开始写作：

> (初四日)……阅《北学编》，将作《劝学》文，告直隶士子也。中饭后阅本日文件。作《劝学篇》百余字。申刻核批稿各簿。

---

① 曾国藩：《曾国藩全集·日记三》，岳麓书社1987年版，第250页。

西初剃头一次。写扁三方。又作《劝学篇》百余字。傍夕小睡。夜作文二百余字。二更四点睡。共作五百余字。

(初五日)……午饭后阅本日文件。作《劝学篇》数行。申正核批稿各簿。旋核廿八日呈状各批。傍夕小睡。夜作文三百余字。二更四点睡。

(初六日)……巳正作《劝学篇》百余字。中饭后阅本日文件,又作文二百许字,作毕,约千四百字。复视芜浅,殊不足观。……①

《劝学篇》约1400字,历时3日完成,虽然曾国藩自己表示对该文不甚满意,但的确是曾国藩的精心之作,对直隶学风的转变产生了深远的影响。曾国藩指出,直隶学风之所以显得传统狭隘,乃是由于"人才随士风为转移"②,而当时直隶士林仍多受燕赵文化的历史影响,表现为"多刚而不摇,质而好义,犹有豪侠之遗"③,学术上充斥着经学影响与应试教育气息。他又强调,"然则豪侠之徒,未可深贬"④,治学时也不难入圣贤之道,进而为大家指出了一条全新的治学道路:

为学之术有四:曰义理,曰考据,曰辞章,曰经济。义理者,在孔门为德行之科,今世目为宋学者也。考据者,在孔门为文学之科,今世目为汉学者也。辞章者,在孔门为言语之科,从古艺文及今世制义诗赋皆是也。经济者,在孔门为政事之科,前

---

① 曾国藩:《曾国藩全集(诗文)》,岳麓书社1986年版,第1659页。

② 灊山:《谈谈以往的莲池》,《河北月刊》1936年第2期。陈谷嘉、邓洪波:《中国书院史资料》(中册),浙江教育出版社1998年版,第441页。

③ 钟广生:《陶庐文集序》,《近代中国史料丛刊》第28辑,台湾文海出版社1966年版,第442页。

④ 吴闿生:《吴门弟子集序》,《吴门弟子集》卷首,民国十九年(1930)莲池书院刻本,第442页。

代典礼、政书，及当世掌故皆是也。①

曾国藩将后期桐城文派之精髓浓缩在这一宽广的时代命题之中。他鼓励直隶士子“立志以植基，居敬以养德，穷理以致知，克己以力行，成物以致用”②，殷切希望直隶士子跳出原来狭小的学习圈子并纠正治学空疏的弊端，转而吸取传统文化的各种优长，大力发展实学研究，为发展直隶作出自己应有的贡献。在曾氏宣传下，理学经世思想在直隶扎下根来，为桐城文派在直隶的后续发展打下了良好的基础。

三

曾国藩对莲池学院学风的影响以及对桐城文派传入河北的推进之功还体现在他所培养的弟子将莲池书院打造成为北方的学术中心和桐城派的传播重镇。光绪九年(1883)至二十七年(1901)，“曾门四弟子”中的张裕钊、吴汝纶先后主持莲池书院，对书院的办学模式、教学内容和管理方式进行了大胆的革新，“河北风气，因以大开，于是占毕揣摩之所，一便为储才研籍之地矣”。③

张裕钊、吴汝纶二位主讲莲池书院近20年，他们继承曾国藩开辟的文学传统，把前任院长黄彭年开创的学古堂发展成为培养直隶桐城派的摇篮，使桐城派的中心由南方移到了北方直隶，具体地说就是到了莲池书院。就如同王树楠所说的那样：“夫桐城流派即曾氏所言观之，其传殆偏于江汉东南，而大河以北无闻焉。自张、吴两先生主讲保定之莲池书院，先后十余载，北方学者多出于其门，此两先生者

---

① 王树楠：《故旧文存(卷首)》，《小传》，《陶庐丛刊》第三十三，民国十六年(1927)刊，第442页。

② 王敏达：《张裕钊诗文集·前言》，上海古籍出版社2007年版，第443页。

③ 刘声木：《桐城文学渊源考》，黄山书社1989年版，第870页。

皆尝亲承绪论于曾氏，于是燕蓟之间始有桐城之学。”①吴汝纶之子吴闿生也在《吴门弟子集序》中极力表彰了张、吴二人对造就河北学术风气的教育之功：“盖河北自古敦尚质朴，学术人文视东南不逮远甚。自廉卿先生来莲池，士始知有学问。先公继之，日以高文典册，摩厉多士，一时才俊之士奋起云兴、标英声而腾茂实者，先后相望不绝也。己丑以后，风会大开，士既相竞以文词，而尤重中外大势，东西国政治有用之学。畿辅人才之盛，甲于天下，取巍科，登显仕，大率莲池高第。江、浙、粤省望风敛避，莫敢抗衡，其声势可谓盛哉!”②王树枏说：“同治、光绪间，海内言古文者，并称张、吴，谓裕钊及桐城吴挚甫汝纶也。黄贵筑师主讲保定莲池书院去后，予与挚甫荐之直督张靖达公，继主讲席。廉卿去后，挚甫继之。河北文派，自两先生开之矣。”③由上不难看出，正是在张裕钊、吴汝纶的倡导下，清代河北一地的古文得以兴盛，学风得以演变，士风得以转移。张裕钊、吴汝纶“联袂创辟了绵延于清季、民国文坛的莲池派”。④

张裕钊、吴汝纶性情相近，思想相近，学风、文风也相近，教育弟子的基本理念、教学内容和教学方式等也比较相近。在二人相继主持莲池书院的近20年时间里，以其古文法施教于书院，对书院的文化氛围影响深远。张裕钊继承姚鼐、曾国藩论文注重声调的传统，提出了“因声求气”说，主张“欲学古人之文，其始在因声以求气，得其气，则意与辞往往因之而益显，而法不外是矣”。⑤ 他在教学中遵循了桐城派注重“精读”的传统，提出“欲为古文，则程功致力之始，‘熟读精思’四字，足以尽之”⑥，“顾其为人学虽专精，无伟大作事

---

① 张裕钊著，王达敏校点：《复查翼甫书》，《张裕钊诗文集》，上海古籍出版社2007年版，第17页。

② 吴汝纶：《吴汝纶全集》，黄山书社2002年版，第1页。

③ 刘声木：《桐城文学渊源考》，黄山书社1989年版，第1页。

④ 钱基博：《现代中国文学史》，岳麓书社1986年版，第1页。

⑤ 贺涛：《题西山精舍图》，《贺先生文集》卷二，民国三年(1914)刻本，第285~286页。

⑥ 赵衡：《贺先生行状》，《序异斋文集》卷四，民国二十一年(1932)天津徐氏刻本，第98页。

魄力能力，且在北方不甚久，故所成就斟吴先生不如远甚，北方风气之开，终当属之吴挚甫先生也”。① 吴汝纶虽然非常重视西学，但他在莲池书院最热心从事的工作仍是古文教育，“其为教也，一主乎文”，他主持莲池书院的中心宗旨是传授古文。张、吴二人在莲池书院讲学的状况和成果，可以从他们学生的作品集《学古堂文集》中反映出来。《学古堂文集》的首卷是由张裕钊编辑而成，包括问对4篇，考证3篇，人物论1篇，表章1篇，古赋2篇，古诗3首；二卷是由吴汝纶编辑而成的，收录学生作品65篇，其中问对1篇，考据18篇，史论19篇，书篇5篇，论辨7篇，赠序1篇，策论1篇，杂记1篇，辞赋4篇，古诗8篇。《学古堂文集》古文佳作皆是，当为书院课艺以及作品集中的精品，影响深广。

四

继吴汝纶之后，主持书院的是贺涛(1849—1912)。贺涛是桐城文派晚期的重要作家，他“师事张裕钊、吴汝纶，受古文法，相从最久。……其为文导源盛汉，泛滥周、秦诸子，矜练生创，意境自成，善能敛其才于学之中。其规模藩域，一仿张、吴二公。……讲求古文义法，以为义法明而古人之精神乃可见”，“主文学馆即莲池书院，终日与学者讨论文章义法不厌，谨守张、吴两家师说”②。吴汝纶对贺涛寄以厚望，当他离开莲池书院时，推荐贺涛作为书院主讲，曰：“贺君在，斯文之传可以不绝。某去，犹不去也。”③贺涛作为桐城派的承继者，不容置疑，他谨守桐城家法，且付诸书院讲学之中，不愧为北方桐城派的中坚。贺涛在莲池书院的同窗瀩山也曾称赞：“北方学人对之极推崇之盛，谓继吴挚甫先生而后之第一人。主讲冀州书院

---

① 张舜徽：《清人文集别录》，华中师范大学出版社2004年版，第870页。

② 刘声木：《桐城文学渊源考》，黄山书社1989年版，第287页。

③ 钱基博：《现代中国文学史》，岳麓书社1986年版，第154页。

久，其门第遍燕南北，蔚为北方大师。”①

贺涛嗜好古文，“少时则喜读桐城方望溪先生之文。及从吴先生游，益广以刘氏、姚氏之说”②。贺涛“于文事，盖有天授。尝为《反离骚》，桐城吴先生为深州，一见，奇之，登诸门墙，授以历代所传斯文之绪。及武昌张先生北来，都讲保定莲池书院，复为书通之张先生，张先生得之狂喜，复书以为至宝也”③。张舜徽评论贺涛认为“尤高其有论古之识，终不堕文士窠臼”，“清末文士继吴、张而起者，涛固卓然一大家矣”④。张、吴之后，河北一地古文学得以延续并弘扬，这主要是贺涛的功劳。

莲池书院在光绪初年彻底地接纳了桐城派，并以此为基地，影响了整个直隶地区。在桐城文派传入河北的过程中，曾、张、吴居功至伟。据胡阿祥统计：“清代河北全部 119 位古文作家中，张、吴的门人弟子竟达 103 人。”⑤著名的有沧州张以南(化臣)，盐山刘若曾(仲鲁)、刘彤儒(翊文)、杨越、贾恩绂，新城白仲元(长卿)、王树楠，定州安文澜(翰卿)、马锡蕃，永年孟庆荣(绂臣)，献县纪矩湘(海帆)、张坪，南宫刘登瀛、李刚已，清苑崔琳、张镇午，肃宁刘春霖诸人。这些文学之士及其后来者被称为直隶的“桐城古文学派”，他们对河北一地古文学的延续和发展起到重要的传承作用。

[原载《江苏教育学院学报》(社会科学版)2010 年第 9 期]

---

① 吴康宁：《面向 21 世纪的我国学校道德教育的必由之路》，《华东师范大学学报》(教育科学版)1999 年第 3 期，第 870 页。

② 贺涛：《题西山精舍图》，《贺先生文集(卷二)》，民国三年(1914)刻本。

③ 赵衡：《贺先生行状》，《序异斋文集(卷四)》，民国二十一年(1932)天津徐氏刻本。

④ 张舜徽：《清人文集别录》，华中师范大学出版社 2004 年版，第 582 页。

⑤ 胡阿祥：《魏晋本土文学地理研究》，南京大学出版社 2001 年版，第 224 页。

【评　介】

本文原载于2010年9月《江苏教育学院学报》(社会科学版)第26卷第9期。陈春华，江苏宿迁人，写作本文时为苏州大学文学院博士研究生。

作者对莲池书院出现的渊源，发展以及其在桐城派传播过程中扮演的重要角色作了介绍。莲池书院地处保定，地理位置优越。雍正十一年(1733)时，朝廷划拨经费，令当时直隶总督李卫和布政使等在直隶设立书院，李卫充分地发挥其在修建书院方面的才能，利用其多次修建书院的经验，因地制宜，合理地规划书院的布局，在保定修建了莲池书院。书院环境优美，设有别馆，专供学生读书和研习之用。书院建成后，因地理位置重要，乾隆帝曾多次亲临，赋诗题词。此后莲池书院名震天下，成为“全国书院之冠，京南第一学府”。在鼎盛时期，莲池书院曾与湖南岳麓书院南北交相辉映。在相当长的一段时期内，莲池书院都被认为是重大的政治活动场所和直隶文化教育中心。书院的老师和院长都是学识、品行兼备的人，如章学诚、黄彭年、何秋涛、张裕钊、吴汝纶等大师在此任教，培养的学生自然也不逊色。如刘春霖、王发桂、胡景桂、孟庆荣、傅增湘、冯国璋这些学生是流芳后世的人物。本文还重点讲到莲池书院对桐城文派的影响：曾国藩任直隶总督，倾心于对莲池书院师生的关怀和培育，之后由于吴汝纶等人的加入，莲池书院遂成为北方传播桐城派的重要基地，对直隶的文风、学风、士风产生了悠久的影响，对桐城文派整体发展有不可磨灭的作用。总之，桐城派人士的入驻影响了莲池书院的办学风格、教学内容和管理模式，把书院发展成为培养桐城派人才的摇篮，使得桐城派的中心由北方移到南方。莲池书院对桐城文派的影响则具体地体现在推动了桐城派在河北的传播，对河北一地古文的传承和发展起到了重要的作用。此外，书院在桐城派传播古文过程中的地位举足轻重，大多桐城派人士长时间地从事书院的教学工作，以此为基地扩大了桐城派的影响，延续了桐城派的“血脉”。

学术界对莲池书院的研究有很多，涉及面广。如陈美健等的《论莲池书院的办学特色》、《莲池书院与晚清直隶文化》、《保定莲池书院与近代西方科学技术的传播》、《黄彭年与莲池书院》等就书院的整体情况、书院对清代和近现代的影响、书院与相关重要任务的联系等进行了探究。众多研究中有关莲池书院与桐城派关系的论文也不在少数。如魏际昌和吴占良的《桐城古文学派与莲池书院》(《文物春秋》1996 年第 9 期)；汪效驷的《吴汝纶与莲池书院》[《安庆师范学院学报(社会科学版)》2004 年第 3 期]；彭小舟的《曾国藩与莲池书院》(《贵州社会科学》2006 年第 5 期)；柳春蕊的《莲池书院与吴汝纶为中心的古文圈子的形成》(《东方论坛》2008 年第 2 期)；苏国安和吴洪成的《吴汝纶在保定莲池书院的事业与思想探析》[《河北师范大学学报(社会科学版)》2010 年第 1 期]；张静的《吴汝纶与保定莲池书院》(《兰台世界》2012 年第 1 期)；周宁的《吴汝纶三辞保定莲池书院》(《历史档案》2012 年第 5 期)；汪洋等的《吴汝纶在莲池书院的教育改革述评》(《教育学术月刊》2012 年第 10 期)等。由上述论文可以发现，研究大多集中在吴汝纶和莲池书院的关系的问题上，可知吴汝纶作为一位教育大家，对莲池书院发展的影响在一定程度上是胜过其他人的。

崛起与政治(节选)

王达敏

姚鼐所缔造的桐城学人群体凝聚力至强；信仰至坚；品行醇粹；创作成就斐然；在深层把摸到了适合于华夏民族表达思想、情感的美学方式；把摸到了数千年文章发展史的内在脉动，等等。这一切，均是桐城学人群体赖以成功的重要原因。而政治权力、庙堂之上的文化政策在桐城派崛起中所起的决定性作用，则尤为不能忽略。

政治对于学风盛衰的重大影响，姚鼐最为明白。他曾致书在京师冉冉上升的鲍桂星说："大考闻进职，甚喜。愿努力建树，以副清时。至天下文章衰敝，得登高而呼以振兴之，亦所幸也。"①曾有十年省阁阅历的姚鼐，亲眼目睹了汉学如何借重政治力量而鼎盛，宋学如何因最高统治者的冷漠而衰落。因此，他为鲍桂星的进职而欣喜，勖励其在庙堂有更多建树；尤其期待其能处高位振臂而呼，使文章从衰敝走向兴旺。

身居要职的姚门诸子，为整个桐城学人群体增添了光辉。除了陈用光、姚莹、邓廷桢为国家重臣外，姚门弟子握有重权者，尚可再举数人。鲍桂星，嘉庆四年(1799)进士，历任河南乡试正考官、提督河南学政、山西乡试正考官、署日讲起居注官、提督湖北学政、内阁学士兼礼部侍郎、工部侍郎、署武英殿总裁、詹事府詹事等。② 姚元之，嘉庆十年(1805)进士，历任陕甘乡试正考官、翰林院侍讲学士、会试同考官、内阁学士兼礼部侍郎、兵部侍郎、工部侍郎、刑部侍

① 姚鼐：《与鲍双五》其四，《惜抱先生尺牍》卷四，第 11 页。

② 王钟翰点校：《清史列传》(八)卷三十二，第 2513~2515 页。

郎、顺天乡试副考官、户部侍郎、江西乡试正考官、提督浙江学政、督察院左都御史等。① 李宗传，嘉庆三年(1798)举人，历任浙江丽水等县知县、四川布政使、山东按察使、湖北布政使。② 康绍镛，嘉庆四年(1799)进士，安徽布政使、安徽巡抚；广东巡抚、礼部侍郎、广西巡抚、湖南巡抚等。③ 周兴岱，乾隆三十六年(1771)进士，历任山东乡试副考官、陕西乡试副考官、广东学政、内阁学士兼礼部侍郎、湖北乡试正考官、礼部侍郎、吏部侍郎、经筵讲官、户部侍郎、江西乡试正考官、兵部侍郎、都察院左都御史。④ 等等。在以官为本位和政、学浑一不分的时代，姚门诸子的赫赫身份，提升了桐城学人群体在学坛的地位。

身居要职的姚门诸子，在京外任职时，每每招纳同门友人入幕。宾主因师出一家，信仰相近，学风一致，趣味也少有差池，故易和谐相处，形成有利于桐城派发展的优异环境。邓廷桢招管同、梅曾亮、方东树入幕是如此；姚莹招吴德旋、方东树、毛岳生等入幕也是如此，已如上节所述。

身居要职的姚门诸子，多曾出任乡试、会试考官，或提督各省学政。他们执掌文衡，有力地推进着学风的转向。姚鼐深知科考对于学风、文风转变的意义。因此，在垂暮之年，他异常渴望诸弟子或信奉其学说者掌握文权。得知陈用光将典试礼闱，他说："文风衰极。此士习人心之征也。岂不可忧？能使反正，良为佳耳。然恐闱中同心者未易得也。"⑤得知鲍桂星可能典试礼闱，他说："总裁会闱。文体之

---

① 王钟翰点校：《清史列传》(十一)卷四十二，第3275~3277页。

② 马其昶：《桐城耆旧传》十，第387~388页。

③ 王钟翰点校：《清史列传》(九)卷三十三，第2592~2594页。

④ 分别见《清实录》第十九册《高宗纯皇帝实录》(十一)卷八八四、第二三册《高宗纯皇帝实录》(十五)卷一一八四、第二五册《高宗纯皇帝实录》(十七)卷一三三三、第二六册《高宗纯皇帝实录》(十八)卷一三五三和卷一三七三、第二七册《高宗纯皇帝实录》(十九)卷一四五五和卷一四七七、第二八册《仁宗睿皇帝实录》(一)卷四十和卷五十七、第二九册《仁宗睿皇帝实录》(二)卷八十四、第三〇册《仁宗睿皇帝实录》(三)卷一九〇和卷二四〇。

⑤ 姚鼐：《与陈硕士》其二十，见《惜抱先生尺牍》卷七，第18页。

坏甚矣。能反之以正，乃士流之所望矣。"①他告诉欲列门墙的贾声槐："近时文体坏敝日甚，士习诡陂。因之如阁下读宋贤之书，融洽贯穿以施于文，殆孔子所云辞达者。以当衡士之任，必能厘正伪体，有裨于教化。"②道光五年(1825)，陈用光校士于两江，"两江人士莫不访求姚先生之传书轶说，家置户习，以冀有冥冥之合于公。而先生之学，遂愈彰于时。盖学之足传，而传之又得其人，虽一、二人而有足及乎千万人之势，亦其理然也"③。道光十三年(1833)，陈用光督学浙江，立即重刻姚鼐《敬敷书院课读四书文》，希冀学者讲习此书，能"阐经训之旨，归参儒先之讲贯"；并"以是为蒿矢，而进求之经史百家之言"。④ 两江、两浙最为汉学渊薮，而陈用光手握文柄，致使姚鼐著作家置户习。握有文教之权对于桐城派从学坛边缘走向中心的作用，由此可见一斑。

任职史馆的姚门弟子，在修史时，对桐城一系学人不能不有所偏重。姚元之在史馆修纂儒林、文苑传，呈书告知姚鼐。姚鼐闻此，兴奋不已，建议将方苞、刘大櫆、姚范收入文苑传。他说："此真史官职分，良宜尽心。吾旧作《海峰传》一首，今寄阅。若薑坞先生生平著书未成，但细书于所读书上，吾欲以经史子集为编辑未就，但于《九经说》内载其四论，然足见其学矣。诗集五卷名《援鹑斋集》亦未刻行。或附于海峰后，可乎？与馆中商之。"方氏"可人文苑"。"薑坞先生书皆苦未成，近莹欲刻之于广州，然亦少。大抵馆中必欲已刻行之书为据也"。⑤ 当时，史馆修史是件大事，引起汉宋两派学者严重关切。阮元负责儒林传的修纂，拟录凌廷堪，姚鼐深感不满。他对姚莹说："吾昨得凌仲子集阅之，其所论多谬，漫无可取。而当局者以私交入之儒林。此宁足以信后世哉？吾家自当力为其所当为者。书成

---

① 姚鼐：《与鲍双五》其十七，《惜抱先生尺牍》卷四，第18页。

② 姚鼐：《与复贾良山声槐》，《惜抱先生尺牍》卷二，第6页。

③ 梅曾亮：《陈硕士先生受经图记》，《柏枧山房文集》卷十，《柏枧山房诗文集》，第235页。

④ 陈用光：《重订姚先生四书文选》，《太乙舟文集》卷六，第54~55页。

⑤ 姚鼐：《与伯昂从侄孙》其九，《惜抱先生尺牍》卷八，第6页。

以待天下后世之公论，何必竞之于此一时哉？”①可知汉宋之争，已漫及修史领域。姚鼐批评阮元择取凌廷堪不当，却建议弟子将尚无刻本问世的姚范抬入文苑，实也难免非议。姚元之如何对待乃师建议，难知其详；但他在修史中对桐城学人会有所偏，则无可疑问。此外，陈用光曾任国史纂修总纂，其对桐城学人会有所偏，自亦不待多言。

尊宋的姚门弟子能致身通显，桐城派能够迅速传播南北，实与嘉道之际庙堂渐崇宋学的指向密切相关。

宋学地位在庙堂之上的抬升，从科举考试的政策变化角度看，嘉庆十年(1805)是一个最可注意的年份。这年三月礼闱前夕，给事中汪镛奏：嘉庆四年(1799)，他曾充同考官，发现第三场策卷后面先有总裁官墨笔记注圆尖圈点；该场考试成为考生能否录取的决定因素。因此，他建议：嘉庆十年(1805)会试，应“令总裁官遵照成例，先阅头场荐卷，再阅后场，以定去取。不得将三场试策，豫为记注，以防流弊”。上谕：“所奏甚是。乡、会试三场并设经文策对，原与制义并重。然必须先阅头场文艺，择其清真雅正合格者，再合校二三场，取经文之赅洽、策对之详明，能鉴拔通才。……嗣后著考试官恪遵定例，先阅头场，后阅二三场。”②第三场策问考经，最利于博学者施展才学。考官首阅策卷，以墨笔记注圆尖圈点，先已成竹在胸。头场以发挥朱注为主的四书文变得相当次要。这显示出在科考中汉学分量之重，和宋学分量之轻。嘉庆四年(1799)会试正考官为朱珪，副考官为阮元等。朱珪主持乡试、会试，向来重汉学，曾为姚鼐所讥。此科会试，二三场文策，朱珪嘱阮元“一人披阅，乃选出长策一千三百余卷，穷三日夜之力，再选出二百卷，分为三等，以观头场，名士经生多从此出。论者谓得士如鸿博科，洵空前绝后也”③。汉学名家王引之、胡秉虔、张惠言、陈寿祺、马宗琏、郝懿行等皆被罗致。朱珐、阮元在此科中的重汉轻宋，以及所取汉学名家之多，真实地反映了汉宋学术在学坛的热冷之别。科考中对汉宋的倚重倚轻，引起了一

① 姚鼐：《与侄孙莹》其七，《惜抱先生尺牍》卷八，第14页。

② 《清实录》第二九册《仁宗睿皇帝实录》(二)卷一四一，第929页。

③ 张鉴等撰，黄爱平点校：《阮元年谱》，中华书局1995年版，第21页。

些人士的不满。嘉庆五年(1800)五月，给事中王钟健奏请厘正文体。他说："三场策问，系属记诵之学，未便因策对之佳，遽行取中。又近科墨卷，率以《说文》内不经见之字，钞写一二，妄矜新奇。请旨饬禁。"王钟健希望把汉学内容从科考中清除，把发挥朱注的四书文的重要性凸显出来。但嘉庆帝严辞申斥了他。上谕："国家设科取士，三场并重。其策问内果能条对详明，实足征考订之学。若如该给事中所言，专重头场四书题文，是三场对策竟可裁撤，有是理乎？至士子读书稽古，原应博采群籍。况《说文》亦非僻书，如能引据得当，是其平日尚属留心训诂。若概置弗录，使空疏者转得幸获，岂崇尚实学之道？王钟健所奏，全不成话。"①皇帝在并重汉宋之时，强调了训诂考订在选才中的重要性，不同意专重头场四书文。但是，嘉庆十年(1805)，情况起了明显变化。皇帝在并重汉宋之时，突出了以宋学为主的头场四书文在科考中的优先地位。文廷式认为，嘉庆帝这一导向性做法，与乾隆九年(1744)皇帝对科考中后场的强调一起，极大影响了百余年间的风气变迁和学术盛衰。②

嘉庆十年(1805)后，在科考中，嘉庆帝对宋学越来越看重，对汉学则明显渐趋淡漠。嘉庆十三年(1808)四月，殿试有题："自古帝王传心之要，主敬为先。……朱子谓：《大学》始终不外乎敬，《中庸》枢纽不外乎诚。心法治法，一以贯之者，二书实括其全。能申明其义欤？"③同年十一月，嘉庆帝在推扬方苞纂《钦定四书文》时，力斥汉学浸入科考，希望转移风会。上谕：《钦定四书文》"选择精严，理法兼备，操觚家自当奉为正鹄。乃近科以来，士子等揣摩时尚，往往摭拾竹书路史等文字，自炫新奇。而于经史有用之书，转未能潜心

---

① 《清实录》第二八册《仁宗睿皇帝实录》(一)卷六十八，第902~903页。

② 文廷式说：嘉庆十年(1805)，皇帝强调科考中头场四书文的地位后，"从此天下士子，成以通经博士为讳。此则奉行者之过，非上意也。至咸丰元年(1851)，御史王茂荫奏称：近时考官专取头场，请经策并重。部议乃量为调停"。他说，观此事与乾隆九年(1744)上谕的重视后场，"百余年来风气之变迁、学术之盛衰，可十得其六七矣"。(《纯常子枝语》卷七，《续修四库全书》第一一六五册，第104页)

③ 《清实录》第三〇册《仁宗睿皇帝实录》(三)卷一九四，第565页。

研讨。揆之经义，渐失真源。……是唯在典司文衡之臣，悉心甄别，一以清真雅正为宗，而于引用艰僻以文其固陋、专尚机巧以流入浅浮者，概屏置弗录。则海内士子自各知所趋向，力崇实学，风会日见转移，用副国家振兴文教至意”①。嘉庆十六年(1811)四月殿试，朱子论敬、诚的题目再次出现。② 嘉庆十九年(1814)闰二月，为厘正文体，上谕：“国家设科取士，制艺代圣贤立言，必以清真雅正为宗。六经皆载道之文，其中并无奇文僻字，凡天地民物之理，包括靡遗。近日士子罔知潜心正学，猎取诡异之词，挦扯饾饤，以艰深文其浅陋，敝习相沿，大乖文体。言为心声，尤足觇人器识。士子进身之初，先由诡遇。及试以政事，其于是非邪正之辨，治乱得失之原，皆懵然不解于心，欲望其通达政体，以圣贤之学坐言起行，岂可得乎？嗣后乡、会试考官，校士衡文，务各平心持鉴，别裁伪体，简拔真材。如有将支离怪诞之文目为新奇，妄行录取者，经磨勘官摘参，必将原考官严加惩处。至策对以觇博洽，亦必贯通经史，所对与所问相比附，方称通才。”③

与科考中宋学地位的抬升相应，在理论上，嘉庆帝突出正己治人的重要性。而正己治人，正是宋学阐发的核心理念。嘉庆十九年(1814)二月，在仲春经筵中，皇帝阐发《孟子》“正则庶民兴”时曰：“人心不正之故，总由邪说横行也。其咎在上而不在下，盖有故焉。为人上者，不能彰明教化，宣扬礼义；司牧之官，唯知尸禄保位，视民如草芥。德不修，学不讲，乃有奸徒煽惑，假邪说以诬民，愚顽自趋陷阱而不觉，世道沉沦，未能挽救，谁之咎欤？正己治人，实为探本之论；谨身率下，诚为不易之理。不必责人之趋向不端，曷不自醒己之行为，未有不知者也。逆来顺受，又何怨乎？人君为世道计，在一心枢机之所发，转旋风气，唯在敬敷五教，躬行实践，为庶民之准则。行端表正，其应如响，不可忽也。尧舜以来，真正不易之常经，即在伦常日用间，非新奇之事也。常经既复，而归于正，皆知五伦之

① 《清实录》第三〇册《仁宗睿皇帝实录》(三)卷二〇三，第709~710页。

② 《清实录》第三一册《仁宗睿皇帝实录》(四)卷二四二，第265页。

③ 《清实录》第三一册《仁宗睿皇帝实录》(四)卷二八六，第910页。

道，为吾真是。勃然成兴于善，则邪慝皆潜移默化矣。人伦明于上，小民亲于下，乌有干名犯义之举？同归于正之功用，全在培养心德，诚至理也。”①

在施政中，嘉庆帝把宋学的教化作用提到了相当高度。嘉庆二十二年(1817)十月，御史卿祖培奏：请各省学政讲明《朱子全书》，以端士习。上谕：“教化为立政之本，以正人心，以厚风俗，非特各省学政当讲明正学，以端士习，即督抚藩臬，以至道府州县，各有治民之责，皆应随时化导，俾小民迁善远恶，力返淳风。宋儒《朱子全书》，固足以阐明经术，而五经及四子书，炳若日星。若在官者各能身体力行，以为编氓倡率，亦何不可收世道人心之益？朕前降谕旨，令牧民者唯以孝弟忠信礼义廉耻为教民之先务。直省大小官吏，果能仰体朕意，实力奉行，广为劝谕，使父诫其子，兄诫其弟，久之渐摩成习，薰德而善良者众，日计虽不足，月计则有余也。其有愚顽梗化之徒，狃于邪说，则明刑所以弼教。化导与惩创相辅而行，使民知畏法而生惧心，即渐知慕义而生愧心，至于有耻且格，则经正民兴，自无邪慝。”②嘉庆帝认为，治民需要两手，一手是教化；一手是明刑。明行乃为弼教化。教化的责任在各级官吏。官吏若欲尽职，就必须讲明《朱子全书》。因为朱子之书固足以阐明经术，而五经四书炳若日星。官吏只有讲明朱著，身体力行，为民表率，化导小民，才能使其迁善远恶，力返淳风，由此达到治平。

进入道光时代，庙堂继承嘉庆朝之绪，强调宋学重德行和重实用的价值。关于重德行，道光二年(1822)闰三月，殿试之题对“道德文艺几判为两途，而务正学者鲜”表示不满，接着提出：“……胡瑗教授子弟，咸使适于实用。朱子《白鹿洞学规》，所列五教之目，为学之序，修身处事接物之要，乃圣贤人德之门。真德秀示学者说，于学术真伪，剖析谆挚，可以廉顽立懦。今欲使学者处为修士，出为良臣，必知先德行而后文艺，国家乃收人才之用。”③道光十六年

① 《清实录》第三一册《仁宗睿皇帝实录》(四)卷二八四，第875~876页。

② 《清实录》第三二册《仁宗睿皇帝实录》(五)卷三三五，第420页。

③ 《清实录》第三三册《宣宗成皇帝实录》(一)卷三十二，第579页。

(1836)四月，殿试之题曰："多士治经学史，先器识而后文艺。所以裨朕治理者也。"①关于重实用，道光十二年(1832)四月和十八年(1838)四月的殿试题，均赞赏朱子之立社仓，收久远之利，独有成效。②

审视姚鼐的成学经历和其建立桐城派的过程，不难发现，庙堂之上的学术趣味和在文化方面的政策性指向，始终在背后发挥着关键作用。初，朝廷对经学的提倡，催发了汉学的勃兴。年轻的姚鼐随风逐浪，将为学重心从辞章转向考据。随后，最高统治者的尊汉淡宋，推动汉学走向极盛的同时，加深了宋学的危机，致使尊宋的姚鼐在四库馆内汉宋之争中因极度孤立而告退，并将为学重心从考据向辞章转移。最后，嘉庆季年至道光一朝，宋学在庙堂之上的重新赢得尊重，成为姚门诸子仕途晋升和桐城派得以广泛传播的重大机缘。

(选自王达敏：《姚鼐与乾嘉学派》，学苑出版社 2007 年版)

【评　介】

王达敏，毕业于北京大学中文系，毕业后留校任教，从 2012 年开始担任安徽大学文学院的兼职教授。先后在洪子诚先生、乐黛云先生和孙静先生指导下从事学习与研究，研究方向主要为明、清和近代学术史、文学史。所作专著有《姚鼐与乾嘉学派》。发表的关于桐城派的论文有：《姚鼐拜师戴震见拒考论》、《从尊宋到崇汉——姚鼐建立桐城文派时清廷学术宗尚的潜移》、《回归辞章——姚鼐学术生涯的第二次重大转折》、《桐城文统的建立》、《姚鼐与四库馆内汉宋之争》、《桐城与新安：双峰并峙——论姚鼐建立桐城文统的内在动因》、《从辞章到考据——论姚鼐学术生涯第一次重大转折与戴震的关系》、《论姚鼐的神妙说》等；其古籍整理有：校勘标点《张裕钊诗文集》。

---

① 《清实录》第三七册《宣宗成皇帝实录》(五)卷二八二，第 344 页。

② 《清实录》第三六册《宣宗成皇帝实录》(四)卷二一〇，第 91 页。《清实录》第三七册《宣宗成皇帝实录》(五)卷三〇八，第 799 页。

王达敏从 1997 年开始着手准备编写《姚鼐与乾嘉学派》一书，直到 2007 年才正式出版。十年之中，他收集了大量资料，力图从姚鼐和乾嘉学派的关系的角度入手来对姚鼐进行研究，以区别于前人多探讨姚鼐在桐城派的地位、思想和古文的研究。该书共包括八章，以姚鼐学术思想和文学理想在人生的不同时期的演变为中心，以和姚鼐有关的乾嘉学派学者，特别是与戴震相关言行为陪衬，既正面论述，又侧面烘托来展示姚鼐创立桐城派的艰辛过程。① 可知王达敏主要从乾嘉学派学术思潮中研究姚鼐，因此本书也是研究姚鼐的一部专门著作。

本篇选文选自《姚鼐与乾嘉学派》的第八章“桐城学人群体的形成”。这部分论述的核心点是政治的支持对桐城派的发展和壮大起了关键的作用，桐城派成功的重要原因除了桐城文人们的文笔，统治者的文化政策也起了不可小觑的作用。

在汉宋之争的部分中，王达敏认为姚鼐进入四库馆修书而后又主动告退的重要原因之一，是当时在位的统治者崇尚汉学。这种学术氛围使得护宋的姚鼐在四库馆内可谓是没有盟友，举步维艰，最后离开成为他最好的选择。可见，庙堂之上的文化政策深刻地影响了姚鼐，所以在桐城派的发展中，姚鼐特别希望认同他学术的人能在朝廷中占有一席之地，能为桐城派的发展提供政治上的保障。

王达敏在这部分内容中多提及姚门弟子，认为尊宋的姚门弟子能置身通显，是桐城派迅速传播南北的原因，这与嘉庆、道光年间统治者逐渐崇尚宋学有关。首先是科举考试政策的变化，在并重汉宋之时，突出了以宋学为主的头场四书文在科考中的优先地位；其次，与宋学在科举考试中地位提高相对应，嘉庆皇帝突出了宋学正己治人的核心理念；在施政的过程中，嘉庆皇帝又将宋学的教化作用发挥得淋漓尽致；至于道光皇帝则是强调宋学重德行和重实用的价值。统治者的支持，使得这时进入庙堂的桐城人与姚鼐当时相对尴尬的境地相比，可谓是如鱼得水。

桐城派身居要职的文人们为整个桐城学人群体增光添彩主要表现

---

① 吕双伟：《读王达敏〈姚鼐与乾嘉学派〉》，《文学评论》2010 年第 5 期。

在：在官本位时代，桐城派相关人士在朝廷的显赫身份提升了桐城派学人在整个文坛的地位；身居要职的桐城人在任职期间，招揽幕僚、门人，壮大了桐城派的队伍，形成了有利于桐城派发展的优势环境；桐城人曾多出任乡试、会试考官或提督各省学政，他们职掌文衡，有力地推进了学风的转变，使得桐城派从学坛边缘走向了中心；参与修史的在职官员会对桐城学人有所偏重等。借助职位的优势，他们充分地使用他们的权力为桐城派摇旗呐喊，促进了桐城派的南北传播。

王达敏在此所写与曾光光的《政治集团与文学派别的组合体》都涉及桐城派与政治，但这两位学者研究的侧重点都在于统治者的文化倾向对文学派别发展的影响。但对于桐城派文人在任官职期间对社稷、民生、统治者的态度以及他们的从政理念等问题，学者研究得很少，所以收集到的“桐城派与政治”这部分内容相对较少。

关于桐城派与政治的研究还包括：乔国章的《论桐城派古文和清朝的文化统治——兼与段熙仲同志商封“义法”等同题》，该文是 20 世纪 20—60 年代的桐城派研究中否定桐城派社会政治作用的文章之一。乔国章认为，桐城派古文之所以能延续两个世纪之久，最重要的原因就是迎合了清朝的文化统治。此外，当时的段熙仲、王竹楼等人也撰文否定桐城派的社会政治作用。江小角、方宁胜在《桐城派研究百年回顾与展望》一文中总结道：“桐城派作家方宗诚、曾孙舒芜撰文指责方苞‘重道’，志在‘帮忙’；刘大櫆重文，‘则以帮忙之名，行帮闲之实’；曾国藩‘以经济代换了义理的首位，是反动政治要求更直接的服务的反映’；吴汝纶‘要尽废一切中国古籍，单存《古文辞类纂》一书为国粹的精华，使学士与种种西书同时诵习，则是桐城派努力殖民化的好标本’等等。”当时这种否定桐城派政治倾向而肯定其文学主张的立场，虽不无偏颇，但反映了研究桐城派的一个层面，还是很有代表性的。

政治集团与文学派别的组合体(节选)

曾光光

桐城派古文到了曾国藩手中，体现出强烈的“中体西用”的洋务色彩，不仅成为宣扬“义理”、卫道护教的工具，也成了宣传“经济”、学习西学的手段。这有利于调动起对传统伦理秩序及文化恋恋不舍又冀学西学以自强的传统知识分子的积极性。因此，当他举起桐城派旗帜时，“一时为文者，几乎不出曾氏之门：或从而问学，或辟入幕府，济济多士，于焉称盛”①。众多士子聚集到他的麾下，形成了一个以“曾门四子”(黎庶昌、吴汝纶、张裕钊、薛福成)，及郭嵩焘、方宗诚、王先谦等为代表的具有浓厚政治色彩的文学派别。由于曾国藩是湖南湘乡人士，所以又被称为桐城—湘乡派。②

考察桐城—湘乡派在人员构成上的特点，不难发现他们不仅在桐城派古文上各有建树，而且多为名重一时的洋务派官僚。作为洋务派领袖的曾国藩自不待言，其他如吴汝纶、薛福成、黎庶昌、郭嵩焘等或居曾国藩、李鸿章幕府中协办洋务；或充驻外使节；或居地方官

---

① 姜书阁《桐城文派述评》商务印书馆民国十九年(1930)版，第72页。

② 胡适将道光、咸丰年间的桐城派称为“桐城—湘乡派”。见胡适《五十年来中国之文学》，《胡适文存》(二)，黄山书社1996年版，第183页。“桐城—湘乡派”的称呼显示了洋务运动时期桐城派人员构成在地域上的变化，也显示了湘乡派与桐城派之间一脉相承的联系。如单以“湘乡派”相称，有把湘乡派与桐城派割裂之嫌。魏际昌认为湘乡派是“桐城古文学派的陵替”，并称湘乡派为“准桐城派”，这种提法也较好地反映了湘乡派与桐城派之间的联系与区别。见魏际昌：《桐城古文学派小史》，河北教学出版社1988年版，第199~229页。

职，均以洋务名世。① 吴汝纶居曾、李幕府中时，“中外大政常决于曾国藩、李鸿章二人，其奏疏多出汝纶手”。② 黎庶昌曾任驻英、法、德、西班牙四国参赞、驻日本国钦差大臣。郭嵩焘是当时“于洋务相近而知政体者”中的“英豪”，③ 洋务运动时期，他曾署广东巡抚、福建按察使，首任驻英国大臣、驻法国大臣。薛福成在当时也以通晓时务而称名朝野，他曾任职浙江宁绍道，1889 年以左都副御史出使英、法、意、比四国。

由于桐城—湘乡派中的多数主要成员在洋务时期担当要员，所以可以说它是一个文学派别与政治团体的组合体。作为洋务思想的宣传者与实践者，桐城—湘乡派在文学思想上具有双重性。

一方面，他们主张严守桐城派古文“义法”，维护桐城派的正统地位。薛福成在《〈寄龛文存〉序》中就认为：“桐城诸老所讲义法，虽百年不能移。”④

---

① 桐城—湘乡派的成员与曾国藩幕府宾僚有相当的关系与重叠性。薛福成在《叙曾文正公幕府宾僚》中叙述了曾国藩幕府的盛况，在是文中，薛福成将曾幕中幕僚分为四类共 83 人。见薛福成：《叙曾文正公幕府宾僚》，《庸庵文编》。沈云龙主编：《近代中国史料丛刊》第 95 辑，台湾文海出版社 1973 年版。关于此 83 人与桐城—湘乡派之间的关联，姜书阁曾有如下论述：“薛福成《叙曾文正公幕府宾僚》一文，共录八十三人，皆一时知名之士，虽非全属桐城派文人，而受桐城派之影响，得曾氏之训诲或指导者，实甚多也。八十三人中，或‘从公治军书、涉危难、遇事赞画者’；或‘以他事从公，邂逅入幕，或骤致大用，或甫入旋出，散之四方者’；或‘以宿学客戎幕，从容讽议，往来不常，或招致书局，并不责以公事者’；或‘有一艺一能，各效所长者’。四类之中，除最后十三人，罕以文学见称外，余皆文声籍籍，为世所称。”姜书阁还据此得出进一步结论：“曾氏之中兴桐城文派，固非一人之力所能办，实由其幕府宾僚及受业弟子共成之也。此辈各有所长，曾氏则兼采众议，调和其间，以集大成。”见姜书阁：《桐城文派述评》，商务印书馆民国十九年(1930)版，第 73~74 页。

② 赵尔巽等撰：《清史稿·文苑二》第四十四册，中华书局 1977 年版，第 13443 页。

③ 李鸿章：《上曾相》，《朋僚函稿》第 1 卷，《李鸿章全集》第五集，海南出版社 1997 年版，第 2368 页。

④ 薛福成：《〈寄龛文存〉序》，《薛福成选集》，上海人民出版社 1987 年版，第239页。

黎庶昌为文也“恪守桐城义法”。① 黎庶昌与王先谦分别编撰《续古文辞类纂》，宗旨都在坚守桐城派古文“义法”，承接桐城派传序。对桐城派“义法”的坚守，使他们既不失桐城派传统，又与洋务思潮“中体西用”的文化特色相协调。

另一方面，他们又主张文章“因时适变”②，强调顺应洋务思潮，使洋务派古文能承载西学的广泛内容。“取西人器数之学，以卫尧舜禹汤文武周孔之道，俾西人不敢蔑视中华”③的心态是桐城—湘乡派主张文章“因时适变”的思想基础。由于“卫道”、“自强”是作为洋务官僚的桐城—湘乡派文士从未转移的追求目标，西方器数之学是他们为达到这一目标而选择的武器，桐城派古文既然是他们宣传洋务的喉舌，西方器数之学就自然成为桐城派文章承载的重要内容。纵观洋务时期桐城—湘乡派的文章，其内容涉及西学的众多方面，举凡“化学、重学、声学、植物学、测量学，所包者广”。④ 薛福成、郭嵩焘所写的旅欧日记更是为中国文学开辟了记述西洋风土人情的新天地，他们对西方政治制度的初步介绍，还折射出早期维新思想的光彩。

从文学的角度来客观分析桐城—湘乡派，可以发现他们在文学艺术上的成就并不大。他们笔下大量充斥的是奏章、书牍、政论文章。他们的使西日记、游记虽以新颖的内容给人以耳目一新之感，但从严格意义上讲，在文体上都属于介绍西方见闻的考察报告，而非传情表意的散文。究其原因，主要在于桐城—湘乡派与政治的密切关系，使他们把洋务治世当成文学的首要任务，文学本身的特征

---

① 薛福成：《〈拙尊园丛稿〉序》，《薛福成选集》，上海人民出版社 1987 年版，第 510 页。

② 黎庶昌：《〈续古文辞类纂〉叙》，《拙尊园丛稿》卷二，光绪乙未(1895)金陵状元阁印本。

③ 薛福成：《筹洋刍议·变法》，《薛福成选集》，上海人民出版社 1987 年版，第 22 页。

④ 薛福成：《出使英法意比四国日记》，《薛福成选集》，上海人民出版社 1987 年版，第 615 页。

反倒被他们忽略了。① 黎庶昌在《〈庸庵文编〉序》中的表述尤能说明这一点：

> 古之君子无所谓文辞之学，所习者经世要务而已。后儒一切废置不讲，专并此心与力于文辞，取涂已陋，而其所习又非古人立言之谓，举天下之大事，芒昧莫赞其一辞。道光末年，风气苶然，颓放极矣。湘乡曾文正公起而正之，以躬行为天下先，以讲求有用之学为僚友劝，士从而与之游，稍稍得闻往圣昔贤人修己、治人、平天下之大旨。而其幕府辟召，皆极一时英隽，朝夕论思，久之窥其本末，推阐智虑，各自发摅，风气为之一变。②

在黎氏这里，文学与"经世要务"之间几乎没有什么间隙了。在国家、民族面临危亡的时代，文学、艺术与现实政治紧密结合，是中国文学发展史的一个显著特征。对于素怀"修己、治人、平天下"之志的知识分子来说，经邦治国永远是高于一切的目标，尤其是国难当头时，更是如此。

（选自曾光光：《桐城派与晚清文化》，黄山书社 2011 年版）

【评　介】

曾光光，现为暨南大学历史系副教授。博士阶段的学术主攻方向为中国近代文化史。博士后阶段主攻中国近现代思想与文化史，曾多次在《清史研究》、《江海学刊》等刊物发表学术论文。

本篇选文选自曾光光的《桐城派与晚清文化》，该书于 2011 年由

---

① 洋务时期的桐城派人士多希望在政治上有所作为，有时他们以政治家自视，而不以文士自视。黎庶昌就说：在曾国藩幕府时，他与薛福成等人"日夕究论天下事，志意伟然。方是时，国藩诸贤各以经世之学相摩砺，余雅不欲以文士自欺，亦遂不以此期诸僚友"。见黎庶昌：《青萍轩遗稿序》，《拙尊园丛稿》卷四，光绪乙未（1895）金陵状元阁印本。

② 黎庶昌：《〈庸庵文编〉序》，《拙尊园丛稿》卷二，光绪乙未（1895）金陵状元阁印本。

黄山书社出版。全书共有五章，分别从晚清时期社会思想、教育、学术等层面论述了桐城派的演变，是研究桐城派与近代教育的重要作品之一。

所录内容涉及洋务运动时期的桐城派，“展示了近代中国的内忧外患的困境下，桐城派走出书斋，把眼光投向政治的一个场景”。这个时期的桐城派由于洋务运动倡导者曾国藩的参与和支持出现了“中兴”，作者在书中给出了曾国藩跻身桐城派行列，以自己的名位使桐城派出现中兴的原因：一是中兴桐城派的重要思想基础，曾国藩早年居京时与桐城派人士密切往来，双方在思想上比较接近。二是晚清桐城派对程朱理学的坚守及对西学的关注与曾国藩“中体西用”的思想不谋而合；曾国藩想借桐城派的文章为洋务运动摇旗呐喊，减少来自顽固派的阻力，整合天下的知识分子致力于洋务运动，所以支持桐城派。

为什么说桐城派是“政治团体与文学派别的组合体”呢？当时曾国藩和他的众多幕僚，如黎庶昌、吴汝纶、张裕钊、薛福成、郭嵩焘、方宗诚和王先谦等，因集于桐城派麾下，又都是湖南湘乡人，故被称为桐城—湘乡派，从而保持他们的特点而又体现他们与桐城派的联系。这些人在桐城古文上有不少的建树，又在洋务运动期间担任重要的官职，所以这时的桐城派被视为是“政治团体与文化派别的组合体”。他们的特点是，一方面主张要严守古文义法，另一方面主张文章要顺应时代潮流而变化。同时，由于他们与政治活动的关系密切，他们把洋务事务当成文学的首要任务，而文学本身的特征却被他们忽略了。

鸦片战争后，各国列强纷纷入侵中国，中国的各个阶层人民纷纷寻找国家的出路，以挽救国家危亡。洋务运动是一场朝廷中开明的地主阶级希望通过西方先进的科学技术来维护清王朝的统治的运动。可是，中国在甲午战争中的惨败宣告了这场标榜“自强”、“求富”的运动的破产。尽管如此，洋务运动中的曾国藩在面对顽固派的反对以及其他危机时，仍希望借助知识分子的力量寻求一条解决之路。对桐城派来说，政治上的支持和保障更有利于他们学派的发展，扩大他们的影响，壮大他们的队伍。可以说，洋务派与桐城派之间相互的需要促成了他们的“合作”。对此，作者也谈道：“从某种程度上来看，传统知识分子对现实、政治的关注与参与是传统中国社会发展遇到重大危机时的一种自我调整。当统治者面对危机束手无策或是刚愎自用的时候，知识分子的主动参与也许会为社会危机的解决提供一条新路。当然，对于知识分子的参与，历代封建专制统治者都保持着足够的警惕，尤其是体制外的知识分子的政治热情还有可能危及现存的统治。对于握有统治权的阶层来说，给别的阶层提供发言的机会，也就意味着要丧失自己的部分发言权，甚至还有可能要从自己的权力蛋糕中切出一块既得利益。体制内的知识分子则多是从维护巩固现存统治的角度提出‘补天’的方案，晚清桐城派诸人多为体制内知识分子，他们对于政治现实的关注也是在体制范围内的关注。”

概括地来说，本文论述了桐城派在洋务运动时期成为“政治团体与文化派别的组合体”的原因以及表现，即洋务派与桐城派双方各取所需，而这种现象出现的深层原因在《桐城派与晚清文化》一书中也有详细的论述。

林纾的认同危机与民初的新旧之争(存目)

罗志田

【评　介】

罗志田，四川大学历史系获得学士学位，美国新墨西哥州立大学获硕士学位，美国普林斯顿大学师从史学大师余英时获博士学位。现任四川大学、北京大学历史学系教授，主攻方向为中国近代观念史、社会思想文化史、中外关系史，是当代中国近现代史领域最有影响力的历史学家之一。罗志田的学术成果丰富，其主要专著有：《再造文明之梦——胡适传》、《民族主义与近代中国思想》、《权势转移：近代中国的思想、社会与学术》、《二十世纪的中国思想与学术掠影》、《乱世潜流：民族主义与民国政治》、《国家与学术：清季民初关于“国学”的思想论争》、《裂变中的传承：20世纪前期的中国文化与学术》、《近代中国史学十论》、《激变时代的文化与政治——从新文化运动到北伐》、《昨天的与世界的：从文化到人物》、《近代读书人的思想世界与治学取向》、《变动时代的文化履迹》等。

《林纾的认同危机与民初的新旧之争》发表在《历史研究》1995年第5期。这篇文章被作者收录在《权势转移：近代中国的思想、社会与学术》一书中。作者认为，由于林纾的“社会资格”不论在新旧时期都无法与蔡元培比拟，根本不用论战，蔡元培就在“社会资格”胜了，因此，需要从社会学的角度来重新探索林纾与民国的新旧之争。其中，由于思想界新旧关系错综复杂，作者便选择从思想史的社会学层面来论述林纾的认同危机和民国的新旧之争。在文中，作者主要通过林纾和章太炎在北京大学的“交手”，林纾和蔡元培、胡适、陈独秀等人的论战来论述民初的新旧之争，而林纾的认同危机一直是贯穿其中的主题。林纾希望世人能视他为古文家，但是世人却都把他看做小说家；胡适等新文化运动和五四运动的先锋读着林纾的小说长大，最后却走上了“反”林纾的道路，多次撰文攻击林纾，迫使林纾作文反驳。若要给林纾的认同危机和民国初年的新旧之争做个总结，其中很重要的一点是：民国初年的“新”“旧”文化存在多层联系，“新”中有不少“旧”的内容，而“新”的胜利也需要靠“旧”的帮助，旧派林纾其实不旧，新文化人也不全新。

杨联芬在其《晚清至五四：中国文学现代性的发生》(北京大学出版社 2003 年版)中这样评价《林纾的认同危机与民初的新旧之争》：该文曾经对新文化派的“旧等级观念”作过非常精当的论证，认为“新文化诸人对林纾从一开始的主动攻击和后来的驳辩，都一直抓住林纾的认同危机即旧派资格不够这一主线”①。葛兆光在《重绘近代思想、社会与学术地图——评罗志田著〈权势转移：近代中国的思想、社会与学术〉》(收录于《史学新书评(2000—2003)》，社会科学文献出版社 2007 年版)一文中对该文作了评价，认为该文的切入思路相当精巧。

林纾落入新旧之间的尴尬处境突出表现在五四时期，许多学者对于这一时期林纾思想状况都有深刻的研究，专著方面包括：杨联芬的《晚清至五四：中国文学现代性的发生》(北京大学出版社 2003 年版)；张俊才的《顽固非尽守旧也——晚年林纾的困惑与坚守》(陕西人民出版社 2012 年版)，该书对“中年林纾：五四新文学的不祧之祖”、“晚年林纾：五四新文化派的首选对手”、“身后林纾：五四话语中的封建复古派”进行了详细的论述等。在论文方面有：马兵的《林纾的矛盾——兼谈他与“五四”文学先驱者文学观念的异同》(《东岳论丛》2003 年第 1 期)、耿传明的《在“新”“旧”对峙的背后——从林纾看“五四人”与“晚清人”的代际文化心态差异》(《天津师范大学学报》2004 年第 4 期)、张俊才的《“悠悠百年，自有能辨之者”——

---

① 罗志田：《权势转移：近代中国的思想、社会与学术》，湖北人民出版社 1999 年版，第 279 页。

重评林纾及五四新旧思潮之争》(《河北师范大学学报》2005 年第 4 期)、胡焕龙的《一场没有思想对话的思想论战——林纾与五四新文化阵营论战焦点的再分析》(《江淮论坛》2006 年第 6 期)、马勇 2010 年 6 月发表的《五四新文化运动中的林纾》、马勇的《重构五四记忆:从林纾方面进行探讨》(《安徽史学》2011 年第 1 期)等。

以上研究者从不同的方面论述林纾和五四新文化运动的关系，无论在文学方面，还是心态方面，归结起来都不可避免地要谈到“新”、“旧”问题。林纾究竟是新思想的代表，还是旧思想的代表？他究竟是新文学的先驱，还是旧文学的恪守者？目前恐怕仍没有统一的答案。

与林纾差不多时代的鲁迅、钱锺书、严复、章太炎等人或多或少地读过林纾翻译的小说，受过他的影响，虽然他们后来很多人在对待林纾的问题上都选择了严苛批判的方向。然而，作为桐城派后期重要的代表人物，林纾在西文小说翻译和古文造诣方面无疑都是极为出色的，如今也有越来越多的学者开始拓宽对林纾研究的范围，这正说明了林纾其人其事对于中国近代历史的重要性。

二十世纪初文学变革中的新旧之争
——以后期桐城派与“五四”新文学的冲突与交锋为例

关爱和

一、后期桐城派的形成及其文化与文学选择

后期桐城派，主要是指出自于吴汝纶门下，活跃在 19 世纪末年、20 世纪初年，以桐城义法相号召的古文创作群体。

曾国藩门下从事古文写作的四大弟子薛福成、黎庶昌、张裕钊、吴汝纶中，惟吴汝纶为桐城籍人。吴汝纶在 1894 年三位同门师兄先后去世之后，又亲历了震撼人心的甲午战争、戊戌变法、庚子事变等重大历史事件。在洋务运动破产，湘乡派讨论经世要务、摭谈当代掌故之文成为弃履之后，复致力于湘乡派文向桐城派文的复归。吴汝纶致力于湘乡派文向桐城派文的复归主要是围绕以下几个方面进行的：

(一) 尚醇厚老确而黜绚烂闳肆。从桐城派到湘乡派，其为文风格有一个由气清体洁到奇崛雄俊的变化过程。吴汝纶在《与杨伯衡论方刘二集书》中借评方苞、刘大櫆之文，力辨醇厚与闳肆之文的优劣，旨在建立一种新的审美风范，这种新的审美风范，提倡敛才敛气归于精邃深静，追求醇厚老确，静虚澹淡、笃雅可诵之文境；以稍稍矜才纵气，观之有玄黄采色、飘摇跌宕之势，诵之有铿锵鼓舞之声的闳肆绚烂之文次之；又以驰骋之为才，纵横之为气，杂以文牍、笔记体裁者为不取。吴氏所谓的醇厚老确之境，实际是以桐城诸老体清气洁、清真雅正之文为标的的；其所谓闳肆绚烂之文，则近于以汉赋倔强之气、铿锵之声矫桐城派文柔弱之失，上攀班固、韩愈之伦的曾国

藩、张裕钊之文。其所谓驰骋为才，纵横为气之文则又近于纵横捭阖、长于议论，讨论经世要务，摭谈当代掌故的郭嵩焘、薛福成之文。吴汝纶对曾、张之文，虽推尚不已，但作为桐城乡里后生和曾门弟子，其内心深处，仍以方、姚之文为当行本色，而以曾、张之文为变风变雅。变风变雅尚可接纳，志在经济，于文事固有不暇者，则很难目之为文士。吴汝纶对体清气洁、清真雅正审美风范的重新提倡，是湘乡派文向桐城派文复归的重要标志。

（二）义理考据，皆于古文文体有妨。桐城派是一个文学流派，其对古文写作艺术的探讨是一以贯之、孜孜以求的。这是桐城派存在价值的最终体现，也是桐城派不断发展的命脉所在。在桐城派的发展过程中，受时代学术风气及领袖人物学术视野的影响，在不同阶段，对文道关系及道的涵义的理解和解释各有不同。至吴汝纶，面对西学东渐的汹汹之势，从理智上讲，吴氏认识到："方今欧美格致之学大行，国之兴衰强弱，必此之由"①；但从情感上讲："吾国周孔遗业，几成绝响"②，又使人极不甘心。"中国之学，有益于世者绝少，就其精要言，仍以究心文词最切。"③在这样一种思想基础上，吴汝纶倾向于以文人之心看待古文，更多地考虑古文自身发展的特点，更多地保留古文自身的品格。吴汝纶《与姚仲实》书中以为，说道宣讲之文，贵在以正襟危坐之态，发宏旨精当之言；而抒情言志之文，则以雕龙镂彩之文心，见奇诡变化之长。两者分之而各有偏胜，合之则皆挫其锋芒。学行程朱、文章韩欧，与其是两相妨碍，不得要领，反不如心定气闲，择文而终。

（三）重建辞约旨博、清正雅洁之义法。桐城派在其发展过程中，形成了言简义备、详略有致、雅洁纯净的文体与语言风格。至湘乡派，其讨论经世要务、纵横捭阖之文，已是桐城派义法所不能规范。在湘乡派文随着洋务运动的破产而失去活力，康、梁维新派新文体不胫而走之际，吴汝纶借讨论介绍西学之译书的行文问题，重提方姚传

---

① 《吴汝纶尺牍·答日本中岛生》。
② 《吴汝纶尺牍·答日本中岛生》。
③ 《吴汝纶尺牍·答阎鹤泉》。

统与古文义法。并把这种提倡恢复看做保存国学、力延古文绝绪的重要行为。这种提倡得到了吴门弟子的响应，遂使湘乡派文向桐城派文的复归得以实现。

曾门四弟子中，张裕钊、吴汝纶共同执掌教鞭，讲学于南北书院。其弟子有文名者，张裕钊门下有范当世、朱铭盘、查燕绪；吴汝纶门下有贺涛、马其昶、姚永朴、姚永概。张、吴门下弟子，相互通流，故而诸门生道其师传，大多并称张、吴。其中姚永朴、姚永概、马其昶为桐城籍人，永朴、永概为姚莹之孙、姚浚昌之子，其昶、当世分娶浚昌长女、次女。后期桐城派主要是以这种师徒、姻亲关系为纽带建立起来的。

后期桐城派中的贺涛、范当世，其文学活动主要在甲午战争前后。1903 年吴汝纶去世，次年范当世去世。贺涛晚年盲目。吴汝纶去世后，在文坛上承继桐城派传绪的是马其昶、姚永朴、姚永概兄弟。

马其昶奔走于张、吴之门，存志于古文，其又有强烈地振兴乡邦文化的意愿。青年时期，以数年之精力，搜集文献，将桐城一邑明清两代名臣、忠节、循吏、文苑、孝义百数十人生平事迹辑为《桐城耆旧传》，以表彰先贤，激励后进。但时代终于没有给以潜龙自喻的马其昶提供上下云雨，开阖出没，御阴乘阳的机遇。随着袁世凯的倒台，马其昶短暂的政治生涯也告结束。当其入国史馆，以曲折尽意之笔，写作儒林与文苑传时，则已消退“足以持世而章教”的浮躁，而纯然儒者气度了。

作为后期桐城派中吴汝纶之后的主帅，马其昶深感世变日亟，古文的发展，已失去了从容不迫的生存环境，而进入危亡濒死的境地，尤其是废除科举、兴办学堂以后，古文不再与进身仕途结缘，其使用范围及在青年学子中的号召力与影响也便大打折扣。马其昶写于 1914 年的《陶庐文集序》论古文之命运，以“陈朽之业”，“互慰寥寂、召笑取侮”之类的言语自嘲。文入困境，而论者之心也渐入老境。

姚永朴少承家学，好古文辞，与弟永概同师事张裕钊、吴汝纶，并从马其昶、范当世研习探求。姚永朴主讲国立法政学校期间，讲授古文，曾著有《国文法》四卷。1914 年，永朴复应文科大学之聘，在

《国文法》的基础上，成《文学研究法》二十五章，其书仿《文心雕龙》体例，摭拾自有书契以来各家论文要旨，参照以桐城派古文理论，讲述文学而主要是文章之学、古文辞之学的起源、范围、功效、根本及写作应知等基本问题。作者书中立论，虽大多是掇拾先人遗绪，但把散在零星、只言片语的古文辞理论系统化，变成可以在大学讲坛上传授的知识，却是一次有益的尝试。姚永朴的《文学研究法》与林纾的《春觉斋论文》都是要在桐城派韶华未尽之时，将桐城派古文辞理论作一总结，并以大学讲坛作为布道之所。

永朴之弟永概，以“慎宜轩”名其室。永概1910年作《慎宜轩记》，写出了生在清王朝土崩瓦解、世界万国争强时代，士大夫宜者不知，慎又何从的惶恐心态。永概《与陈伯严书》，一方面对清王朝诏立学堂之举欢欣鼓舞，另一方面又因“鄙人兄弟学文二十年，至今全无用处”①深感失落。姚文认为甲午前患西学不知，今患中学之全弃；西学中惟政、艺可学，中学则六经程朱韩欧之书、伦理纲常之道为不可弃。永概与陈三立信中所陈述的观点，代表着后期桐城派所共同的文化选择，这也是五四新文化的倡导者提倡新道德、反对旧道德、提倡新文学、反对旧文学何以以桐城派为攻伐对象的重要原因。

1912年，严复出任北京大学校长时兼任文科学长，不久，便聘请姚永概担任文科学长之职，林纾同时任职于北大。1914年年初，因校长更换，学旨不合，姚、林二人同辞去北大职务，就职于北洋军阀徐树铮所创建的正志学校。共同的志业，共同的命运和为延古文于一线的共同愿望，使得永概引年长14岁的林纾为文学知己，其《畏庐文续集序》表述了与林纾涸辙之鲋，相濡以沫的心情。

后期桐城派中的贺涛、范当世、马其昶、姚氏兄弟，在时代没有为他们提供纵横驰骋的政治舞台，留给他们的只有文坛与讲坛的情况下，希望少涉纷杂，以具有“渊穆气象”的纯儒自处。他们的作品，很少再去讨论“经世要务”，记述“当代掌故”，但他们以传统文化的传人自居，坚守着程朱之学、韩欧文章的防线，以文人的敏感，体验着时代文明进步的震撼和旧文化被撕裂的阵痛。

---

① 《抱润轩文集》。

19 世纪末 20 世纪初，在桐城古文面临着西风残照境遇时，为桐城古文开疆辟域，延一线生机的是以译才并世的两位翻译家：严复和林纾。严复、林纾对桐城古文理论的认同及他们极富有影响的翻译成绩，使得桐城派古文显示出最后的辉煌。

严复 14 岁入福州船政学堂，23 岁奉派赴英国格林尼次海军大学学习。时郭嵩焘为出使英国大使，常延严复至使署，析中西学异同，结为忘年之交。1880 年，26 岁的严复出任天津水师学堂总教习。1895 年春，有感于甲午战败，严复接连完成《论世变之亟》、《原强》、《辟韩》、《救亡决论》等一系列震聋发聩的政治性论文，将其多年对中国之所以积弱不振，中国何以能求富自强的思考和盘托出。严复以其中西学兼通的优势及炽热的爱国强国的激情，在 1895 年的中国思想界刮起了一股严复旋风。

鉴于国人对西学精髓无从了解的现实，严复决心从事西方学术著作的翻译工作，以促进中国民智民德的发展。他所选择的第一部西方学人的著作是赫胥黎的《天演论》。《天演论》中“物竞天择、适者生存”的理论，极大地刺激了正在寻求民族自强新生之路的中国思想界和广大知识阶层。人们从“物竞天择”的道理中更深切地认识到民族危亡的存在，而将挽救民族危亡化作思想与行为上的自觉。

严复所译的《天演论》请吴汝纶为之作序，严复与桐城派的关系也便由此开始。严复请吴汝纶为《天演论》作序，原因是多重的。严复在英国与郭嵩焘结为忘年交，引为知己。郭嵩焘、吴汝纶都曾为曾国藩幕府中人，由旧交而结新友，此其一。吴汝纶亲闻洋务要员、中兴名臣之謦欬，甲午战后，还鼓吹教育救国，主张兴办学堂，中西学兼顾，思想基础有所相近，此其二。吴氏以古文大家、桐城传脉盛名于世，在中国旧派知识分子中名望较高。而被旧派知识分子所轻视的留学生，其所译之书，一经吴氏作序，则会身价倍增。此其三。

为《天演论》作序，对吴汝纶来说，也是求之不得的。先此之前数年，吴氏就同薛福成有过一个设想。其以为转移风气，以造就人才为第一，制船购炮，尚属第二义。但自洋务兴办以来，争言外国奇怪利害、妄言无行之徒日多，此类人不得谓之才，且无造就之法。“窃谓各关道当聘请精通西学能作华语之洋人一名，更请中国文学最高者一人，使此两人翻洋书，则通微合莫之学，辅以雄俊典雅之词，庶冀学士大夫，争先快睹，近可转移一时之风气，远可垂之后代，成一家言。惜乎此二人者，未易多觏也”。① 而严复译作的出现，则使他惊喜地发现，他原来认为难以寻找的两种人才的优点竟完美地体现在严复一人身上。《天演论》既是通微合莫之学，译文又是雄俊典雅之词。因此，吴汝纶在《答严幼陵》的信中兴奋地说：“得惠书并大著《天演论》，虽刘先主之得荆州，不足为喻。”“盖自中土翻译西书以来，无此宏制，匪直天演之学，在中国为初凿鸿蒙，亦缘自来译手，无此高等雄笔也。”②

严复所译《天演论》以其物种进化、汰劣留良的进化论影响了一代中国人，而其流畅渊雅的译文，也博得了尤其是文学青年的喜欢。以音调铿锵之古文译书，为古文的发展开辟了一块新的殖民地。以古文作为西学新学的载体，也确实使吴汝纶等桐城派中人着意兴奋了一阵。吴汝纶在与严复的通信中，多次谈到翻译中的化俗为雅，与其伤洁，勿宁失真及剪裁化简体义互见之法。桐城派的义法之说，在翻译文学中，被派上了新的用场。严复对吴汝纶的意见也极为看重，称吴氏“老眼无花，一读即窥深处。盖不独斧落征引，受裨益于文字间也”③。对于吴氏，又有相知恨晚之概：1903 年，严复译《群学肄言》成，闻听吴汝纶去世的消息，其在《译余赘语》中写道：“呜呼！惠施去而庄周忘质，伯牙死而钟期绝弦，自今以往，世复有能序吾书者乎！”④严复真诚地把吴汝纶看做良师益友与著述知音。吴、严之交，不失为近代文坛上的一段佳话。

由于严复在《天演论》之后的学术著作翻译中，摒弃了“意译”的方法而以直译为主，加上刻意摹仿先秦文体等原因，其译文变得愈来愈艰深难懂。在严复与吴汝纶书信频繁，讨论渊雅洁适的为文之道时，梁启超正在以文字鼓吹新民救国、文界革命。1902 年严复的《原

---

① 《吴汝纶尺牍·答薛叔耘》。

② 《吴汝纶尺牍》。

③ 《严复集·群学肄言序》。

④ 《严复集》。

富》问世，梁启超在《新民丛报》上予以介绍时，对严复的译文提出了批评。梁氏从传播文明思想与国民的角度，提出译文当以流畅锐达之笔行之，而不可过于渊雅艰深。梁启超的批评一针见血，严复的回答也不存客气。严复《答梁启超书》以为若一味追求近俗之辞，此于文界，谓之陵迟，而非革命。学理邃赜之书，正待多读古书之人。不然，其与报馆文章则无所区别。

严复与梁启超1902年关于文体古雅还是通俗的争论，是发人深省的。争论有个人意气及好恶的因素在内，但也反映出不同文化观念的内在冲突。在某种意义上，这次争论实际上是五四时期文言与白话之争的一个前奏。

1901年，与严复齐名的另一位晚清文学翻译家林纾来到北京。在一种悄然进行的文化整合的外力推动下，林纾自觉地成为桐城派殿军中的一员。

入京前的林纾，就古文而言，只能是位有着良好文化修养的爱好者。其五十岁以前所作古文，数量很少，所以他初入京师时，人多以翻译家视之。1901年，林纾为五城中学国文教员时，得与吴汝纶相遇，为论《史记》竟日。汝纶对林纾《史记》的见解大为赞赏，又读林纾之文，称"是抑遏掩蔽，能伏其光气者"①。次年，吴汝纶写信于林纾，请为代校《古文四象》，得到文坛名宿吴汝纶的鼓励与托付，林纾古文写作的兴致骤增，对古文及桐城派的命运也越来越关心。此后，林纾又分别结识马其昶、姚永朴、姚永概等桐城籍作家，引为同道。数年后林纾已以吴汝纶之后桐城派传人自居。自1905年清政府下令废科举，兴学堂之后，传授古文的渠道便主要在大中学校。辛亥革命前后，是林纾致力古文写作，传播古文之学兴致最高的时候。1910年，由林纾自选的《畏庐文集》出版，1916年，《畏庐续集》出版，人始以古文家看待林纾，而林纾持韩、柳、欧，曾及桐城义法者愈力。林纾发表于1916年4月15日出版的《民权》上的《送大学文科毕业诸学士序》，真切地恳请各位文科毕业生，力延古文之一线，使不至于颠坠。林纾的苦心孤诣，殷切希望，贯注于字里行间。出于力

① 《畏庐续集·桐城吴先生点勘史记读本序》。

延古文之一线，使不致颠坠的目的，林纾上下奔走，著述演讲，倡言古文之道。1914 年，林纾的《韩柳文研究法》由商务馆出版，此书将其多年来阅读、研究韩、柳之文的心得体会和盘托出，并请马其昶作序。1916 年，《春觉斋论文》由北京都门印书局印行。这是一部详尽论述古文要旨、流别、应知、禁忌、用笔的入门指导性著作，也是对古文写作理论、技法与桐城派义法说的系统概括与总结。

此外，作为古文家的林纾还常常在西洋小说的翻译过程中体味到“义法”的存在。其《撒克逊劫后英雄略序》云：“纾不通西文，然每听述者叙传中事，往往于伏线、接笋、变调、过脉处，以为大类吾古文家言。”①《春觉斋论文》论及古文写作的十六禁忌，其“忌糅杂”一节以为，古文不可杂佛语、道家语、东瀛语，但不提小说家语。在林纾的古文创作与小说翻译的实践过程中，他对两种文体相通与不同之处的体验，比其他人都要深切得多。在小说的翻译过程中，他要借助富有表现力的文言词语，叙述描写，表情达意，借助史传文文体结构的经验，造就跌宕起伏，引人入胜的阅读效果，其最为便当最有实用的借鉴对象便是古文文体。至于林纾从西洋小说中，悟出“大类吾古文家言”，也只能是古文的经验在西洋小说的结构中获得了某种印证。在创作态度上，林纾自然不把小说翻译与古文创作等量齐观。林纾的古文，下笔谨慎，清劲凝重；而其翻译，则轻快明爽，诙诡多变。人们因翻译家的林纾，认识古文家的林纾；但林纾本人，其看重古文远远超出翻译。而“五四”以后，人们常常推重作为翻译家的林纾，而作为古文家的林纾则遭到鄙夷。

二、“五四”时期思想与文学的新旧之争

1915 年 9 月，《青年杂志》在上海创刊，它拉开了五四新文化运动的序幕。在《青年杂志》创刊号上，陈独秀作为主编，发表了题为《敬告青年》的发刊词，同期，汪叔潜发表了题为《新旧问题》的文章，此文虽不如《敬告青年》传诵广泛，但却一语中的概括了 1915 年前后

① 《林纾研究资料》。

的文化现象。《青年杂志》创刊伊始，就紧紧抓住国人所最为关心的中西新旧文化冲突问题，旗帜鲜明地显示了《青年杂志》对文化冲突与文化建设的基本态度：即以民主与科学为思想武器，倡言伦理革命，造就适应世界文明发展趋势的民族文化与自主进取的新青年。

在以勇猛的态度反对旧道德、提倡新道德的同时，由《青年杂志》改刊之后的《新青年》还把反对旧文学、提倡新文学作为自己的历史使命。1916 年 2 月 3 日，胡适致函陈独秀讨论新文学问题。在《新青年》杂志的催促下，胡适把在美国与诸位好友关于文学革命的争论和由此而想到的文学革命的八个条件写信向陈独秀作了陈述，此信刊于《新青年》第二卷第二号。正欲求在文学上找到革命突破口的陈独秀读信后欣喜异常，称之为“今日中国文界之雷音”。在陈独秀的督促下，胡适的《文学改良刍议》1917 年 1 月在《新青年》第二卷第五号上发表。《文学改良刍议》较为充分地说明了胡适有关文学改良的两个基本理论：一是一代有一代之文学，今日之中国，当造今日之文学，不必摹仿唐宋周秦，仰承古人鼻息而为古人之奴婢。二是白话文学将成为中国文学的正宗，言文脱离的局面应当打破，中国文学史上小说戏曲等白话作品的价值远远在文言作品之上。《文学改良刍议》代表了胡适对新旧文学之争的基本思路，他以后的作为，都是对这一思路的发展发挥。

仅为胡适鼓掌叫好，似乎意犹未尽，陈独秀即亲自操刀，写作《文学革命论》，发表在 1917 年 2 月出版的《新青年》第二卷第六号上，作为对《文学改良刍议》的声援，也作为对胡适之论的一种深化与补充。陈独秀论文学革命当以建立平易抒情的国民文学、新鲜立诚的写实文学，明了通俗的社会文学为目标，要求文学从高高的神殿中走出，贴近时代，贴近社会，贴近人生，贴近民众，既充满新鲜活力而又平易通俗。

以平易抒情、新鲜立诚、明了通俗的标准反观中国文学发展的历史及现状，陈独秀以为：韩愈文章号称起八代之衰，其实韩愈文犹师古，虽非典文，然不脱贵族之气，又误于“文以载道”之谬见。文学本非为载道而设，而自昌黎以讫曾国藩所谓载道之文，不过抄袭孔、孟以来极肤浅空泛之门面语而已。唐宋八家文之所谓“文以载道”，直与八股家之所谓“代圣贤立言”，同一鼻孔出气。元明剧本，明清小说，乃近代文学之粲然可观者。惜为妖魔所厄，未及出胎，竟尔流产，以至今日中国之文学，远不能与欧洲比肩。此妖魔即明之前后七子及八家文派之归、方、刘、姚是也。陈独秀在文末宣称：“吾国文学界豪杰之士，有自负为中国之虞哥、左喇、桂特郝、卜特曼、狄铿士、王尔德者乎？有不顾迂儒之毁誉，明目张胆以与十八妖魔宣战者乎？予愿拖四十二生的大炮，为之前驱。”①

陈独秀激烈痛快、豪情万丈的文学革命的宣言，确实是震动流俗的。与之相比，胡适的《文学改良刍议》显得立言谨慎，文质彬彬了许多。1917 年 4 月 9 日，胡适读了《文学革命论》后致书陈独秀，一方面表示奉读大著，快慰无似，另一方面又予提醒：“此事之是非，非一朝一夕所能定，亦非一二人所能定。甚愿国中人士能平心静气与吾辈同力研究此问题，讨论既熟，是非自明。吾辈已张革命之旗，虽不容退缩，然亦决不敢以吾辈所主张为必是而不容他人之匡正也。”②很显然，胡适是一直把文学改良作为学术问题提出来进行讨论的；但陈独秀却始终是把文学革命与政治革命、伦理革命以及民族自存等问题视为一体的。陈独秀与胡适的信中答曰：“改良文学之声，已起于国中，赞成反对者居其半。鄙意容纳异议，自由讨论，固为学术发达之原则；独至改良中国文学，当以白话为文学正宗之说，其是非甚明，必不容反对者有讨论之余地，必以吾辈所主张者为绝对之是，而不容他人之匡正也。”其态度之坚决，不容人对国语之文学的方向，有丝毫的怀疑。

在 1917 年 4 月 9 日胡适写给陈独秀的信中，其论白话文学的部分，单独以《历史的文学观念论》的题目作为论文刊发。胡适的信及《历史的文学观念论》中有两处涉及桐城古文派。至此，两位新文化、新文学的提倡者都已把反对旧文学的矛头明确无误地指向桐城派及桐城古文。桐城派作为旧文学殉品，作为新文学祭物的命运，已无可逃遁。当北京大学古文字学教授钱玄同等人也参与对桐城派的讨伐时，

---

① 《新青年》第二卷第六号。

② 《新青年》第三卷第三号。

桐城派更是趋避不及。

在陈独秀发表《文学革命论》的 1917 年 2 月，钱玄同致信于《新青年》，对胡适的《文学改良刍议》极表佩服，又以为“其斥骈文不通之句，及主张白话体文学，最为精辟”，“具此识力而言改良文艺，其结果必佳良无疑。惟选学妖孽，桐城谬种，见此又不知若何咒骂。虽然得此辈多咒骂一声，便是价值增加一分也”①。这是钱氏第一次使用“选学妖孽”、“桐城谬种”的字样。以妖孽称骈文之学，以谬种称古文之学，在五四新青年中，不胫而走。

从 1915 年 9 月至 1917 年年底，陈独秀主编的《新青年》高举伦理革命、文学革命的两面旗帜，而文学革命因为有胡适、钱玄同等人的参与显得更为光彩夺目。文学革命的倡导者因为要建立以白话为唯一表达形式的国语文学，而不得不反对以文言为主要表达形式的桐城派古文；文学革命的倡导者持“历史的文学观念”，以为今人当造今人之文学，而不得不反对自诩传马班韩柳文统，视马班韩柳传统之外皆旁门左道的桐城文派；文学革命的倡导者看重贴近时代、贴近社会、贴近人生、贴近民众、抒情写世的白话文学，而不得不反对尊古蔑今、清高孤傲、肤浅空疏、无病呻吟的古文之学。文学革命的风暴再次撼动桐城派古文的统治地位。

后期桐城派中的马其昶、姚永朴、姚永概、林纾等人，身历废科举、改学堂、辛亥革命、袁世凯复辟等一系列事变，其“学行程朱、文章韩欧”的学术祈向并没有因世事纷乱而有所改变。在西学东渐、新学纷纭的文化动荡中，他们更习惯于以道统、文统传人自居，以传统文化的继承者、捍卫者立言。

后期桐城派对六经之训、程朱之书、韩欧文章、纲常伦理的眷恋依附，不纯粹是一种政治态度，更是一种文化选择，当然也与他们的知识结构、职业、生计密切相关。在韩欧文章日益为人轻贱之时，以韩欧传绪自居的桐城文派，又何以能立身处世？

与一马两姚相比，林纾的思想经历更为复杂多变。林纾少负狂名。1897 年在国人纷纷言变法、言救国之时，每与友人论及中外事，

---

① 《与陈独秀》，《新青年》第二卷第六号。

慨叹不能自已。又以为转移风气，莫若蒙养，故而印行平生第一本诗集《闽中新乐府》，以明白如话的语言评价时事，讥讽政治，表现出赞同维新的意向。对六君子戊戌被杀，林纾“扼腕流涕，不能自已”。从事于译书之后，每于译序之中，表述爱国之旨，借译书儆醒国人。1908 年其在日本人德富继次郎所著小说《不如归》译序中写道：“余老矣，报国无日，故曰为叫旦之鸡，冀吾同胞惊醒，恒于小说序中，摅其胸臆，非敢妄肆嗥吠，尚祈鉴我血诚。”可见其心志。但林纾的思想矛盾，在译序中也多有表现。1905 年，林纾翻译英国作家哈葛德的作品，译名题为《英孝子火山报仇录》，在《序言》中林纾自称：“余非西学人也，甚悯宗国之蹙。”正因为有感于宗国积弱，方颔许西学可学；而一旦西学紧逼中学，汹汹然有取而代之之势时，林纾是绝然要以宗国文化的捍卫者自居的。

辛亥之年，清帝被迫退位，林纾在《畏庐诗存自序》中抒写心情，以为“革命军起，皇帝让政。闻闻见见，均不适余心”①，因对共和之后的政局不满，而以大清布衣自称。1913 年 4 月起，十一次拜谒光绪陵墓，所交往者，多为桐城派、宋诗派中的旧派文人，诗社文会，互慰寂寞。此时的林纾，把古文作为国故的精华，兢兢以守备之，断断以力辨之，其守旧以待新的文化选择倾向是十分明确的。

1917 年末，林纾在北京组织古文讲习会，讲解《左传》、《庄子》等，传授古文之道，到会听讲者近百人。次年，林纾在《古文辞类纂选本序》中评品文坛，文中“割裂古子、填写古字”之言，是指章炳麟及其弟子以魏晋文相尚者。章氏为朴学大师，又为革命党领袖。1906 年在日本讲学时，留日学生鲁迅、许寿裳、钱玄同、黄侃、沈兼士、周作人，都曾听过他的《说文解字》。章门弟子是新文学主力。文中“倡班、马革命之说与醉心报馆文学”之言，当指梁启超辈。梁启超策动的文学改良运动开启了新文学的先河。以嗜古腐酸自称，以保存国故，力延古文于一线为使命的林纾与《新青年》伦理革命、文学革命的学说是决不相容的。

1918 年 1 月，《新青年》改为全用白话，编辑部进行改组。调整

---

① 《畏庐诗存》。

后的编辑部阵容整齐，随后即向旧道德，旧文学发动新的一轮攻击。3 月 15 日，《新青年》第四卷第三号上发表了钱玄同与刘半农著名的双簧信。双簧信中对桐城派、宋诗派、汉魏之朝诗派等旧派文学极尽嘲弄，而又把矛头集中于林纾、严复。

与林纾相比，严复 20 世纪初年的思想经历更是大起大落，国内外局势的跌宕变化和个人命运的荣辱起伏，常常使这位思想启蒙家陷入难言的困惑和痛苦。1905 年，严复游访欧美诸国，途经伦敦，与孙中山会面，谈到中国前途，严复主张应以教育入手，改良民智。孙中山则谓："俟河之清，人寿几何？君为思想家，鄙人乃实行家也。"①此段对话，显示了严复与革命党领袖一重思想启蒙、一重民主革命的差异。留学归国三十年后重返欧洲，严复既对欧洲社会经济日新月异的发展感到惊奇，又对西方资本主义的民主政治及伦理道德深为失望。其在环球中国学生会上发表演说，当严复谆谆告诫学生"五伦之中，孔孟所言，无一可背"时，人们很难再看到甲午前后那位撰写《辟韩》、《救亡决论》，倡言民主、科学的思想家的风采。

1914 年第一次世界大战的爆发和共和后国内纷乱的政治局势，使得严复对西方文明的理想之梦彻底破产，转而把文明天演的希望寄托于东方文明，寄托于传统文化。严复 1917 年所作的《太保陈公七十寿序》集中地表达了他的东西文化观。其又在《与熊纯如书》中表述此意："不佞垂老，亲见脂那七年之民国与欧罗巴四年亘古未有之血战，觉彼族三百年之进化，只做到'利己杀人，寡廉鲜耻'八个字。回观孔孟之道，真量同天地，泽被寰区。此不独吾言为然，即泰西有思想人亦渐觉其为如此矣。"②

此时的严复，对《新青年》伦理革命、文学革命的倡导，真有一种"曾经沧海难为水"的鄙夷。双簧信之前，《新青年》的言论中没有提及严复。双簧信作者批评严复，也仅及严复的译文，但其中"混帐""严先生知道了，定要从鸦片铺上一跃而起，大骂该死"之类的语言，对于严复，也是极具有刺激性的。

---

① 严璩：《侯官严先生年谱》。

② 《严复集》。

在双簧信的反响正在热热闹闹地进行时，胡适在1918年4月《新青年》第四卷第四号上发表了《建设的文学革命论》，试图对近两年文学革命作一总结，并把白话文运动的重点由破而转移到立的方面。号召有志创造新文学的人，积极作白话文，先创造国语的文学，再期望文学的国语。5月，鲁迅的第一篇白话小说《狂人日记》在《新青年》上发表，它标志着新文学真正从理论倡导走向了创作实践，鲁迅从此一发而不可收，以其冷峻的现实主义作品，成为新文学的奠基者与先驱者。此年10月，由陈独秀起草，合署胡适之名的《论〈新青年〉主张》在《新青年》第五卷第四号上发表。文章是对易宗夔来信的答复，借这封复信，陈、胡再次明确地表达了《新青年》破坏旧文学、创造新文学的决心。

双簧信后，倍受嘲弄的林纾，面对叫阵挑战，而不得不披挂上阵。1919年2月和3月，林纾分别在《新申报》为他专设的《蠡叟丛谈》专栏里发表文言小说《荆生》和《妖梦》，发泄对《新青年》阵营的不满。这种仇恨有“道不同，不相为谋”的因素，也有《新青年》对林纾出言不逊所激发的个人意气的因素。

稍后，林纾在1919年3月18日的《公言报》上，发表《致蔡鹤卿太史书》，慷慨陈辞，论伦常之不可铲，孔孟之不可覆。在写完《致蔡鹤卿太史书》后的数天后，林纾为《蠡叟丛谈》专栏里发表的小说《演归氏二孝子》作跋，预感到将有一场毒骂来临，以“老廉颇”自居的林纾果然是众矢集身。在《荆生》刚刚发表之后，李大钊作《新旧思潮之激战》正告曰：“须知中国今日如果有真正觉醒的青年，断不怕你们那伟丈夫，也断不能摧残这些青年的精神。”①《每周评论》第十二号转载了《荆生》全文，第十三号又组织文章对《荆生》逐段评点批判，并同时发行了题为《对于新旧思潮的舆论》的“特别附录”，摘要编发国内十余家报纸上批评林纾的文章，鲁迅在《新青年》上以唐俟的笔名发表《随感录五十七·现在的屠杀者》，以其特有的冷峻回击白话文的反对者。

先于鲁迅，陈独秀发表《〈本志〉罪案之答辩书》，归纳社会对《新

---

① 《严复集》。

青年》的非难，以为：

> 本志同志本来无罪，只因为拥护德莫克拉西(Democracy)和赛因斯(Science)两位先生，才犯了这几条滔天的大罪，要拥护那德先生，便不得不反对孔教、礼法贞节、旧伦理、旧政治；要拥护那赛先生，便不得不反对旧艺术、旧宗教；要拥护德先生又要拥护赛先生便不得不反对国粹和旧文学。
>
> 西洋人因为拥护德、赛两先生，闹了多少事，流了多少血，德、赛两先生方渐渐从黑暗中把他们救出，引到光明世界。我们现在认定只有这两位先生，可以救治中国政治上、道德上、学术上、思想上的一切的黑暗。若因为拥护这两位先生，一切政府的压迫，社会的攻击笑骂，就是断头流血，都不推辞。①

出了一口怨气却惹来众多批评的林纾，一方面在报纸上承认自己有过激骂詈之言的过失，另一方面却又表示拚我残年，极力卫道，1919年4月，林纾在《文艺丛报》月刊上发表《论古文与白话之相消长》的评论，重弹“古文者白话之根柢，无古文安有白话”的老调，又以为“吾辈已老，不能为正其非；悠悠百年，自有能辨之者”。

在新旧文化阵营剑拔弩张，各自不惜以断头流血相搏杀之际，“五四”爱国运动爆发。五四运动推动了新文化运动向纵深发展，推动了马克思主义在中国的传播，也促使了新旧文化阵营的分化瓦解。在“五四”爱国运动的推动下，白话文刊物风起云涌，连《小说月刊》、《东方杂志》等旧派之文人所掌握的刊物，也纷纷改用白话。鉴于白话代替文言已成不可扭转之势，1920年，北洋政府教育部终于颁布命令，要求国民学校一、二年的国文，从本秋季起，一律改用白话。在白话文成为法定国语的同时，白话文学也取得长足的进展，新文学运动如初出夔门的长江，汹涌澎湃，一泻千里。

在林纾与新文学阵营龂龂以辨之时，因列名筹安会而受人鄙夷的严复深居简出，作壁上观，其1919年在《与熊纯如书》中评论白话文

---

① 《新青年》第六卷第一号。

运动说：

> 须知此事，全属天演，革命时代，学说万千，然而施之人间，优者自存，劣者自败，虽千陈独秀、万胡适、钱玄同，岂能劫持其柄，则亦如春鸟秋虫，听其自鸣自止可耳。林琴南辈与之较论，亦可笑也。①

1921年10月3日，严复留下临终遗嘱，重申“须知中国不灭，旧法可损益，必不可叛”②的信仰，此后不久，便带着无限的遗憾，离开人世。1924年10月19日，林纾也溘然长逝。死前一年，林纾有《续辨奸论》一文，仰天长叹：“乱亟矣！丧权丧地，丧天下之膏髓……所患伦纪为斯人所致，行将侪于禽兽，兹可忧也。若云挟有旧仇宿憾，用是为挟击者，有上帝在，有公论在。”言语之中，遗恨无穷。1924年，姚永概去世。其写于1921年的《辛酉论》中，尚有“世及之法可变也，帝王之号可去也，君臣之精义不可无也，而况父子夫妇乎”之论。是年，马其昶、姚永朴也垂垂暮年，老归乡里。作为一个文学流派，桐城派已不复存在。

（原载《文学评论》2004年第4期）

【评　介】

关爱和，毕业于河南大学中文系。研究生时师从文学史家任访秋先生，毕业后留校任教，现为河南大学教授和党委书记。关爱和的学术研究的主要方向是中国近代文学史，特别是在中国鸦片战争时期至“五四”时期文学思潮、流派、代表性作家、代表性作品的研究方面，取得了丰硕成果，在桐城派研究方面也有不少建树，为中国近代文学学科的建设作出了令学术界瞩目的贡献。关爱和在桐城派研究方面的论著主要包括：《守望艺术的壁垒——论桐城派对古文文体的价值定

---

① 《严复集·与熊纯如书》。

② 《畏庐文钞》。

位》(《文学评论》2000 年第 4 期)、《古典主义的终结——桐城派与“五四”新文学》(上海文艺出版社 1998 年版)、《二十世纪初文学变革中的新旧之争——以后期桐城派与“五四”新文学的冲突与交锋为例》(《文学评论》2004 年第 4 期)等。

《二十世纪初文学变革中的新旧之争——以后期桐城派与“五四”新文学的冲突与交锋为例》于 2004 年发表在《文学评论》上，主要从后期桐城派的生存状态、“五四”新文学与桐城派的交锋等方面，揭示中国文学由古典向现代转换过程中的矛盾冲突与艰难曲折过程，是研究后期桐城派的重要成果。

所谓后期桐城派，是 19 世纪末 20 世纪初，出于吴汝纶以桐城义法相号召的古文创作群体。在“后期桐城派的形成及其文化与文学选择”这部分中，作者就吴汝纶致力于湘乡派文向桐城派文的复归，马其昶、姚永朴和姚永概、贺涛等人的生存状况和古文创作情况进行了概述。此外，该部分介绍了为桐城古文开疆拓土的两位翻译家严复和林纾的翻译成就，认为“严复、林纾对桐城古文理论的认同及他们极富有影响的翻译成绩，使得桐城派古文显示出最后的辉煌”。

《新青年》创刊拉开了“五四”的大幕，也拉开了后期桐城派与五四倡导者新旧之争的大幕。在“‘五四’时期思想与文学的新旧之争”这部分中，作者展现了新文化运动领袖陈独秀、胡适提倡新文学、反对旧文学，提倡白话文、反对文言文的努力。同时，也论述了社会新形势下，后期桐城派一马二姚、林纾、严复等思想的变化路程，林纾为了捍卫古文和新文学阵营辩论的历程。

除《二十世纪初文学变革中的新旧之争——以后期桐城派与“五四”新文学的冲突与交锋为例》一文外，《古典主义的终结——桐城派与“五四”新文学》一书是关爱和研究桐城派和新旧之争的重要成果之一，该书由上海文艺出版社于 1998 年出版，全书 353 千字。该书共分五章：第一章勾勒了桐城派的发展轨迹，把桐城派分为初创、承守、中兴和复归四个历史时期；第二章详细分析了桐城派的古文理论；第三章评析了桐城派的古文创作；第四章探讨了桐城派与“五四”新文学的关系；“引言”和第五章“结语”对桐城派古文的发展脉络和历史影响进行了梳理，指出桐城派古文的消亡与五四新体散文的涌现成为中国文学从古典走向现代的一次思想文化的历史性转折。该书从侧面说明五四新文化先驱们批判桐城派为“桐城谬种”的偏激和偏颇，五四文化断裂论的虚妄，从正面论证了桐城派肩负了几千年中国文化与文学承上启下的历史重任。关爱和在他的书中用大量的事实和论据雄辩地证明，桐城派不但不是“谬种”，而恰恰是功臣。

民国初期章门弟子与桐城派的北大之争

卢　毅

桐城派是清代绵延时间最长、影响最大的散文派别。它文宗韩欧，学宗程朱，讲求“文章义法”和“文以载道”。在经历了方苞、刘大魁、姚鼐的创派，以及曾国藩、薛福成、吴汝纶等人的中兴后，它蔚然成为清代文坛的最大流派，“天下翕然号为正宗”①，甚至有“天下文章，莫大乎桐城”之誉②。时至清季民初，桐城派在文坛的势力虽有所减弱，却仍具有相当号召力，这尤其反映在北大文科中。但自从章门弟子纷纷涌入北大之后，桐城派的这一地位受到了严峻挑战，最终节节败退，被迫拱手让出了北大讲坛。当时舆论在介绍北京学界状况时就曾言：“从前大学讲坛为桐城派古文家所占领者，逾入民国，章太炎学派代之以兴。”③后来，钱基博在《现代中国文学史》一书中更是详细描述说，“在前清光、宣之际，北京大学之文科，以桐城家马其昶、姚永概诸人为重镇。民国新造，浙江派代之而兴，章炳麟之徒乃有多人登文科讲席；至是桐城派乃有式微之叹”,④“于是

① 王先谦：《〈续古文类辞纂〉序》，《葵园四种》，岳麓书社1986年版，第30页。

② 刘师培：《文章原始》，《刘申叔遗书》，江苏古籍出版社1997年版，第1646页。

③ 《请看北京学界思潮变迁之近状》，《公言报》1919年3月18日。

④ 钱基博：《现代中国文学史》，傅道彬编校：《中国现代学术经典·钱基博卷》，河北教育出版社1996年版，第544页。

章氏之学兴，而林纾之说熸。纾、其昶、永概成去大学，而章氏之徒代之”①。今天看来，此役一举奠定了章门弟子在北大乃至全国学界的强势地位，标志着它作为一个学术文化群体的异军突起。这无疑是中国近代学术风气的一大转移，对后世学术发展产生了十分重要的影响。故本文拟就此事件做一番梳理，以求对这种学派之间的代际递嬗有更深刻的体认和感悟。

一、桐城派与民初的北大文科

桐城派与北大的渊源，最早可以追溯到清末京师大学堂。1902年，管学大臣张百熙奏请吴汝纶为首任总教习，此事虽因吴氏病故而未果，但继任者张筱浦作为桐城派支派——阳湖派领袖，仍与桐城派趣味相投。当时京师大学堂下设译书局，总办、副总办又分别是与桐城派渊源极深的严复和林纾。此外，吴汝纶弟子姚永概及其妹夫马其昶也早在宣统年间就已进入京师大学堂担任教习。由此可见，桐城派在京师大学堂中占有举足轻重的地位。

民国建立后，严复出任北京大学首任校长，并聘请姚永概担任文科教务长。在姚永概主持北大文科期间，其兄姚永朴也到北大执教。此后，尽管严复因与教育部冲突而辞职，但在姚永概、姚永朴、马其昶、林纾等人的掌控之下，桐城派仍在北大文科维持了极大的影响力。如姚永朴在主讲国文门必修课“文学研究法”时，便力倡桐城“义法”，并将讲义编成《文学研究法》一书，共25篇，“每成一篇，辄为诸弟子诵说，危坐移时，神采奕奕，恒至日昃志倦；仆御皆环听户外，若有会心者”②，当时授课盛况由此可见一斑。与此同时，林纾在教授国文时，也以姚鼐、曾国藩所选古文为主，宣讲桐城义法，“其他国文教员选择之文亦大致与林同，盖彼时隐有一种文章义法为

---

① 钱基博：《现代中国文学史》，傅道彬编校：《中国现代学术经典·钱基博卷》，河北教育出版社1996年版，第222页。

② 钱基博：《现代中国文学史》，傅道彬编校：《中国现代学术经典·钱基博卷》，河北教育出版社1996年版，第212页。

正宗，教学尚能统一也”①。此外，他还以桐城古文笔法广译欧美小说，产生了巨大的社会效应，“有不少年青人非常喜欢‘林译小说’。有些人并没有见过林纾，可是在心目中却把他当作自己的‘国文导师’。当时摹仿林纾的译笔写作文章，更成为一种风气”②。

总之，桐城派凭借师友及同门、同乡乃至姻亲等关系的相互援引，在清季民初的北大文科甚或整个文坛占据了主导地位。关于这一点，有论者曾概述说：“清末京师大学堂时代，先后主持总教习的吴汝纶、张筱浦；译书局总办的严复，副总办的林纾；民初任文科教务长的姚永概、汪凤藻、马其昶、陈衍、宋育仁在当时文坛都是桐城古文派的中坚分子。其时主宰北大文风自然是桐城古文派。”③

二、魏晋文与唐宋文

桐城派主宰北大文科的局面，直至章门弟子与之相争才被打破。究其根源，这场相争主要是因为双方的旨趣不同而引起。章门弟子继承师说，崇尚魏晋文章；桐城派则文宗韩、欧，推崇唐宋八大家古文，尤其是林纾“以保桐城学者之盼睐为幸；遂为桐城张目，而持韩、柳、欧、苏之说益力”④，“以与崇魏、晋之章炳麟争”⑤。缘此，“大抵崇魏晋者，称太炎为大师；而取唐宋，则推林纾为宗盟”⑥。

就章太炎的文学趣味而言，也经历了一个由唐宋文向魏晋文转变

① 张鸿来：《国文科教学之经过》，朱有瓛主编：《中国近代学制史料》第3辑(上册)，华东师范大学出版社1990年版，第439页。

② 薛绥之、张俊才编：《林纾研究资料》，福建人民出版社1982年版，第290页。

③ 陈万雄：《五四新文化的源流》，三联书店1997年版，第26页。

④ 钱基博：《现代中国文学史》，傅道彬编校：《中国现代学术经典·钱基博卷》，河北教育出版社1996年版，第222页。

⑤ 钱基博：《现代中国文学史》，傅道彬编校：《中国现代学术经典·钱基博卷》，河北教育出版社1996年版，第229页。

⑥ 薛绥之、张俊才编：《林纾研究资料》，福建人民出版社1982年版，第175页。

的过程。他在《自述学术次第》一文中便回顾自己少年时曾学韩愈文章，“慕退之造词之则，为文奥衍不驯”，但“三十四岁以后，欲以清和流美自化，读三国两晋之辞，以为至美，由是体裁初变”，并认为“吴魏之文，仪容穆若，气自卷舒，未有辞不逮意，窘于步伐之内者也”①，而“晚唐变以谲诡，两宋济以浮夸，斯皆不足劭也”②。从这一文学趣味出发，他对文宗唐宋的桐城派自然有所不满。在《訄书·清儒》中，他就严厉批评道：“江、淮间治文辞者，故有方苞、姚范、刘大魁，皆产桐城，以效法曾巩、归有光相高，亦愿尸程、朱为后世，谓之桐城义法。……桐城诸家，本未得程、朱要领，徒援引肤末，大言自壮，故尤被轻蔑。”③

此外，章太炎之所以批评桐城派，或许还基于以下三方面原因。

其一，桐城派文风不擅长论辩说理。这一点连他们自己也不否认，曾国藩在《与吴南屏书》中便承认：“仆尝谓古文之道，无施不可，但不宜说理耳。”而论辩说理对一生写下不少“所向披靡，令人神旺”④论战文章的章太炎来说，无疑是一项不可或缺的文学功能。因此，他不满于“效唐宋之持论者，利其齿牙”的桐城派，而倾向于运用“守己有度，伐人有序，和理在中，孚尹旁达”⑤的魏晋文，其撰《国故论衡》一书，即是“持论议礼，尊魏晋之笔；缘情体物，本纵横之家”⑥。

其二，与“汉宋之争”有关。桐城派与汉学派之间的积怨由来已久，早在方苞之时，桐城派就因“尊宋学”，“而与当时所谓汉学者互

---

① 章太炎：《自述学术次第》，张勇编：《章太炎学术文化随笔》，中国青年出版社 1999 年版，第 328 页。

② 章太炎：《国故论衡》，上海古籍出版社 2003 年版，第 83 页。

③ 章太炎：《訄书重订本·清儒》，《章太炎全集》第 3 卷，上海人民出版社 1984 年版，第 157 页。

④ 鲁迅：《关于太炎先生二三事》，《鲁迅全集》第 6 卷，人民文学出版社 1981 年版，第 546 页。

⑤ 章太炎：《国故论衡》，上海古籍出版社 2003 年版，第 84 页。

⑥ 章太炎：《国故论衡》，上海古籍出版社 2003 年版，第 4 页。

相轻”①。此后，姚鼐欲拜戴震为师，却为戴氏婉拒，“犹亟以微言匡饬，鼐不平，数持论诋朴学残碎”②，他甚至咒骂戴氏“身灭嗣绝”③，可见结怨之深。时至嘉庆年间，双方的潜在积怨终于在方东树与江藩之争中公开爆发，二人分别撰写了《汉学商兑》与《汉学师承记》两书，相互攻击批驳，由是将汉宋之争推向了最高潮。而在出身汉学的章太炎看来，这场争论显然导致了双方“徽章益分”，“夫经说尚朴质，而文辞贵优衍；其分涂自然也”④。

其三，与今古文之争有关。桐城派固然不专治经学，但也有所旁涉，而且较倾向于今文经学，如姚鼐在《九经说》中便称：“《左传》全书，吴起之伦各以私意附会”，从而对古文经典《左传》的可靠性表示怀疑。而作为清代今文经学重镇，常州学派也往往援引桐城派以自壮。章太炎即曾指出其“古文辞笔法受之桐城”⑤，并批评说：“文士既以熙荡自喜，又耻不习经典，于是有常州今文之学，务为瑰意眇辞以便文士。”⑥同时，他还针锋相对地提出：“鄙意提倡国学，在朴说不在华辞，文学诚优，亦足疏录。然壮言自肆者，宜归洮汰。经术则专主古文，无取齐学。”⑦

概言之，无论是从文学趣味与功能，还是从学术立场和派别来看，章太炎都与桐城派截然异趣，因此双方的对立势必难免。不过平心而论，章太炎虽对桐城派有所不满，但他的态度还是较为客气的。他曾解释：“仆重汪中，未尝薄姚鼐、张惠言。……要之，文能循

---

① 梁启超：《清代学术概论》，东方出版社 1996 年版，第 61 页。

② 章太炎：《馗书重订本·清儒》，《章太炎全集》第 3 卷，上海人民出版社 1984 年版，第 157 页。

③ 姚鼐：《再复简斋书》，刘季高标校：《惜抱轩诗文集》，上海古籍出版社 1992 年版，第 102 页。

④ 章太炎：《馗书重订本·清儒》，《章太炎全集》第 3 卷，上海人民出版社 1984 年版，第 157、158 页。

⑤ 《章太炎书信集》，河北人民出版社 2003 年版，第 76 页。

⑥ 章太炎：《馗书重订本·清儒》，《章太炎全集》第 3 卷，上海人民出版社 1984 年版，第 158 页。

⑦ 《章太炎书信集》，河北人民出版社 2003 年版，第 77 页。

俗，后生以是为法，犹有坛宇，不下堕于猥言醜辞，兹所以无废也”①，并对钱玄同说：“今知古学者既难多得，但令处处有桐城派人主持风气，亦可相观而善，胜梁夏（指梁启超、夏曾佑——引者按）之窕言多矣。（惟如林纾辈托名古文辞者，则不可与作缘）。”②由此可见，章太炎并没有全然排斥桐城派，相反还对其历史作用及现实意义予以了相当积极的肯定。关于这一点，钱基博在《现代中国文学史》一书中也评述说：“惟炳麟之所贬绝者，特林纾耳，未尝贬绝桐城家言也。”③

而正如上引诸文所述，章太炎虽对桐城派不无肯定，却也同时明显流露出对林纾等人的鄙薄。在此期间，他还一再批评严复、林纾等人：“下流所仰，乃在严复、林纾之徒。复辞虽饬，气体比于制举，若将所谓曳行作资者也。纾视复又弥下，辞无涓选，精采杂汙，而更浸润唐人小晚之风。夫欲物其体势，视若蔽尘，笑若齲齿，行若曲肩，自以为妍，而只益其丑也。”④“就实论之，严氏固略知小学，而于周、秦、两汉、唐、宋先儒之文史，能得其句读矣。然相其文质，于声音节奏之间，犹未离于帖括。申夭之态，回复之词，载飞载鸣，情状可见，盖俯仰于桐城之道左，而未趋其庭庑者也”⑤。

历史地看来，章太炎的这种文学取向及其对严复、林纾等人的评价，显然对其弟子产生了极为深远的影响。

首先，从摒弃唐宋文、崇尚魏晋文的趣味取向来看。章太炎曾指出：“夫李翱、韩愈，局促儒言之间，未能自遂。权德舆、吕温及宋司马光辈，略能推论成败而已。欧阳修、曾巩，好为大言，汗漫无以应敌，斯持论最短者也。若乃苏轼父子，则俗人之戋戋。”⑥可以说自

---

① 《章太炎书信集》，河北人民出版社 2003 年版，第 287 页。

② 《章太炎书信集》，河北人民出版社 2003 年版，第 116 页。

③ 钱基博：《现代中国文学史》，傅道彬编校：《中国现代学术经典·钱基博卷》，河北教育出版社 1996 年版，第 98 页。

④ 《章太炎书信集》，河北人民出版社 2003 年版，第 287 页。

⑤ 章太炎：《〈社会通诠〉商兑》，《章太炎全集》第 4 卷，上海人民出版社 1985 年版，第 323 页。

⑥ 章太炎：《国故论衡》，上海古籍出版社 2003 年版，第 84~85 页。

韩愈以下的唐宋八大家，都被他逐一严加针砭。在他这种文学思想的潜移默化下，钱玄同也提出："应用文之弊，始于韩、柳，至八比之文兴，桐城之派倡，而文章一道，遂至混沌。"①周作人更是明确表示，"八大家的古文在我感觉也是八股文的长亲"②，"我对于韩退之整个的觉得不喜欢，器识文章都无足取"③。而据其回忆，鲁迅也是"看重魏晋六朝的作品，过于唐宋，更不必说'八大家'和桐城派了"④，他"对于唐朝的'韩文公'韩愈和宋朝的'朱文公'朱熹这两个大人物，丝毫不感受其影响……唐宋八大家不值得一看，'桐城派'更不必提了"⑤。确实，在章太炎的影响下，鲁迅对"清峻通脱、师心使气"的魏晋文章情有独钟。1913 年至 1935 年，他倾其一生之力精心校勘了《嵇康集》，自己也从中得力不少。曹聚仁即评论鲁迅兄弟的散文深得魏晋神理，据说传至苏州，章太炎也颇为首肯⑥。刘半农还曾赠予鲁迅一副联语："托尼学说，魏晋文章"，朋友们都认为写得很是恰当，他自己也不反对⑦。此外，鲁迅对嵇康、阮籍等魏晋名士的真诚性情与不幸遭际也别有会心，"曾以孔融的态度和遭遇自喻"⑧，并为后人留下了《魏晋风度及文章与药及酒之关系》这一不朽名篇。

---

① 《钱玄同日记》第 3 册，福建教育出版社 2002 年版，第 1480~1481 页。

② 周作人：《我的杂学》，《苦口甘口》，河北教育出版社 2002 年版，第 59 页。

③ 周作人：《厂甸之二》，《苦茶随笔》，河北教育出版社 2002 年版，第 27 页。

④ 周作人：《鲁迅的文学修养》，《鲁迅的青年时代》，河北教育出版社 2002 年版，第 55 页。

⑤ 周作人：《鲁迅的文学修养》，《鲁迅的青年时代》，河北教育出版社 2002 年版，第 51 页。

⑥ 曹聚仁：《我和鲁迅》，钟敬文、林语堂等：《永在的温情——文化名人忆鲁迅》，河北教育出版社 2000 年版，第 326 页。

⑦ 孙伏园：《鲁迅先生逝世五周年杂感二则》，孙伏园、许钦文等：《鲁迅先生二三事——前期弟子忆鲁迅》，河北教育出版社 2000 年版，第 75 页。

⑧ 冯雪峰：《鲁迅与中国民族及文学上的鲁迅主义》，《冯雪峰忆鲁迅》，河北教育出版社 2001 年版，第 129 页。

其次，从对严复、林纾等人的态度来看。鲁迅早年在南京求学时，曾度过一段“一有闲空，就照例地吃侉饼、花生米、辣椒，看《天演论》”的日子。当时，他觉得严复“做”的《天演论》“桐城气息十足，连字的平仄也都留心，摇头晃脑的读起来，真是音调铿锵，使人不自觉其头晕”①。此后有一个时期，严复“每译出一部书来，鲁迅一定设法买来”，“直到后来在东京，看见《民报》上章太炎先生的文章，说严几道的译文‘载飞载鸣’，不脱八股习气，这才恍然大悟，不再佩服了”②。鲁迅这时还给严复起了一个绰号，戏呼其为“载飞载鸣”，典即出自章太炎语。至于林纾的翻译，也曾经一度吸引了鲁迅与周作人的目光。周作人即曾回忆说：“我们对于林译小说有那么的热心，只要他印出一部，来到东京，便一定跑到神田的中国书林，去把它买来。”③但是在章太炎的影响下，他们终于改变了这一看法，“丙丁之际我们翻译小说《匈奴奇士录》等，还多用林琴南笔调，这时候就有点不满意，即严几道的文章也嫌它有八股气了”④，“我从前翻译小说，很受林琴南先生的影响；1906 年住东京以后，听章太炎先生的讲论，又发生多少变化，1909 年出版的《域外小说集》，正是那一时期的结果”⑤。

由此可见，在章太炎的深刻影响下，章门弟子最终摒弃了严复、林纾等人的文风，转向欣赏章氏极力推崇的魏晋文体。更为关键的是，他们还将这种主张带进了民初的北大文科，从而引发了一场与桐城派的激烈相争。

---

① 鲁迅：《关于翻译的通信(并 J K 来信)》，《鲁迅全集》第 4 卷，人民文学出版社 2001 年版，第 381 页。

② 周作人：《鲁迅的文学修养》，《鲁迅的青年时代》，河北教育出版社 2002 年版，第 72 页

③ 周作人：《鲁迅的文学修养》，《鲁迅的青年时代》，河北教育出版社 2002 年版，第 74 页。

④ 周作人：《鲁迅的文学修养》，《鲁迅的青年时代》，河北教育出版社 2002 年版，第 131 页。

⑤ 周作人：《〈点滴〉序》，《苦雨斋序跋文》，河北教育出版社 2002 年版，第 14 页。

三、章门弟子大举进入北大

1912年10月，北大校长严复因学校经费问题，与教育部数度冲突而宣布辞职，继任者为原工科学长何燏时。何氏上任之后不久，就开始与预科学长胡仁源（1914年年底继任北大校长）一起大批引进章门弟子，以与桐城派相抗衡。缘此，沈兼士、朱希祖、马裕藻、钱玄同、黄侃等章门弟子互相引荐、桴鼓相应，陆续涌入北大。1916年年底，蔡元培出任北大校长后，则更进一步扩张巩固了章门弟子在北大的势力与地位。

究其缘由，何燏时、胡仁源等人之所以积极引入章门弟子，大致有以下三方面原因。其一，留日背景。何、胡二人均曾于清末留学日本，这使他们与多是科举出身的桐城派文人不免有些隔阂，而较倾向于有着相同留日经历的章门弟子。其二，故交旧识。胡仁源在上海时曾受教于章太炎，留日期间又与鲁迅等人来往。其三，浙籍乡谊。何、胡二人与章太炎及其多数弟子还有同乡之谊（都是浙江籍），其中胡仁源是吴兴人，与钱玄同、沈兼士等同籍。这在十分注重地缘关系的学界，无疑使他们更容易产生认同感。当时舆论界就评论："前清光、宣之际，便是福建派占势力时期。侯官严复，闽县林纾、陈衍等人，都是大学教师，讲的是桐城义法。自辛亥以后，闽派渐衰，浙江派代兴。"①

颇有意思的是，何燏时、胡仁源在1913年2月最先引进的沈尹默，其实并非章门弟子。据其自述，他在日本9个月即回国，并未从章太炎受业；但何、胡二氏以其弟沈兼士是章门弟子，推论他亦出自太炎门下。在此情形下，他"只好硬着头皮，挂了太炎先生门生的招牌到北京去了"。而他刚进北大，理科学长夏元瑮（曾与胡仁源同在上海受教于章太炎）便对许多人说："现在好了，来了太炎先生的学生，三十岁，年纪轻。"其言下之意，是"对北大的那些老先生可以不

---

① 因明：《对北京大学的愤言》，《每周评论》1919年4月27日。

理会了”①。

此后不久，朱希祖、马裕藻、沈兼士、钱玄同、黄侃等章门弟子也纷纷应聘，陆续进入北大，详见下表：

姓　名	时　间	最 初 任 职
朱希祖	1913 年春	预科国文教授
马裕藻	1913 年春	预科国文教授
沈兼士	1913 年夏	预科文字学教授
钱玄同	1913 年年底	预科文字学教授
陈大齐	1914 年	心理学教授
黄侃	1915 年秋	国文门教授
朱宗莱	1915 年	预科文字学教授
康宝忠	1916 年	社会学、伦理学教授
刘文典	1916 年	国文门教授
周作人	1917 年 4 月	国史馆编纂员

从上表可以看出，章门弟子在进入北大之初，大多先任职于预科，较少直接执教本科，这种现象也从一个侧面反映出桐城派此时势力犹存。但章门弟子所任课程，则无一例外是其所擅长的文史之学，而这必然要与在此领域盘踞已久的桐城派发生正面交锋，于是形成势不两立的对垒。关于当时情形，沈尹默曾经回顾说，“太炎先生门下大批涌入北大以后，对严复手下的旧人则采取一致立场，认为那些老朽应当让位，大学堂的阵地应当由我们来占领。我当时也是如此想的”，“我虽然不是太炎弟子，但和他们是站在一起的”②。

① 沈尹默：《我和北大》，陈平原、夏晓虹编：《北大旧事》，三联书店1998 年版，第 164~165 页。

② 沈尹默：《我和北大》，陈平原、夏晓虹编：《北大旧事》，三联书店1998 年版，第 166~167 页。

四、骈散之争

当年就读于北大国文系的杨亮功后来曾回忆："北大学术思想转变的中心是在文科，而文科的中国文学系又是新旧文学冲突之聚点。"①确实，在民初北大，围绕着国文课程讲授，章门弟子与桐城派展开了激烈的纷争。这一方面体现在章门弟子纷纷秉其师承，新开设了不少小学课程。这无疑是以朴学考据为武器，击中了桐城派"以空文号天下"②的流弊，如朱希祖便不时指责桐城派文人为"空疏之士"，并讽刺他们与汉学为敌，是为了"掩其不知经术之耻"③。另一方面，当时章门弟子与桐城派的分庭抗礼，还尤其明显地表现在"骈散之争"上。所谓"骈散之争"，是指刘师培、黄侃等人极力表彰以《文选》为代表的六朝骈文，因而与素来推崇唐宋散文的桐城派发生了直接的冲突。当时舆论界即曾介绍说："刘、黄之学，以研究音韵、说文、训诂为一切学问之根，以综博考据讲究古代接迹汉代经史之轨，文章则重视八代而轻唐宋，目介甫、子瞻为浅陋寡学。其于清代所谓桐城派之古文家，则深致不满，谓彼辈学无所根，而徒近于声调。更借文以载道之说，假义理为文章之面具，殊不值通人一笑。"④具体说来，黄侃等人对桐城派的批判，主要集中于以下两点。

第一，批判"偏隘者流"及阴阳刚柔之说。如黄侃就对桐城派抬高唐宋古文而否定六朝骈文的做法十分不满。他表示"有人高谈宗

---

① 杨亮功：《五年大学生活》，王世儒、闻笛编：《我与北大——"老北大"话北大》，北京大学出版社 1998 年版，第 271 页。

② 钱基博：《现代中国文学史》，傅道彬编校：《中国现代学术经典·钱基博卷》，河北教育出版社 1996 年版，第 222 页。

③ 朱希祖：《中国文学史要略》，《朱希祖先生文集》第 1 册，台湾九思出版公司 1979 年版，第 440 页。

④ 《请看北京学界思潮变迁之近状》，《公言报》1919 年 3 月 18 日。

派，垄断文林”①，“谓文起于八代之衰，未免言之太过”②，并批评“近世褊隘者流，竞称唐宋古文，而于前此之文，类多讥诮”③。与此同时，黄侃还严厉抨击了桐城派所提出的“阴阳刚柔”之说。所谓“阴阳刚柔”之说，最初为姚鼐首倡，此后曾国藩继起推衍其说，并著《文学四象》一书，将文学与阴阳刚柔相联系，由是成为了桐城派论文精义。姚永朴在讲授《文学研究法》时便说，“案文正既以四象申惜抱之意，尝选文以实之，而授其目于吴挚甫先生，其后挚翁刊示后进”，俨然以该说传人自居。而在黄侃看来，此说“以为势有纡急，有刚柔，有阴阳向背……为春温者，必不能为秋肃，近强阳者，必不能为惨阴”，未免过于“执一而不通”④。他还讽劝说：“自唐而下，文人踊多，论文者至有标橥门法，自成部区……夫阴阳刚柔之说，起承转合之谈，吾侪所以为难循，而或者方矜为胜义。夫饮食之道，求其可口，是故咸酸大苦，味异而皆容于舌函；文章之嗜好，亦类是矣，何必尽同？”⑤

第二，反对“文以载道”，提倡自然为文。“文以载道”的文学思想渊源久远。战国荀子在《解蔽》、《儒效》、《正名》等篇中，便提出“文以明道”；三国时期的曹丕在《典论·论文》中也要求“文以载道”。不过，他们之所谓“道”与后世并不相同。而在唐代古文运动中，韩愈则一方面明确表示：“愈之志在古道”(《答陈生书》)，另一方面又声明：“己之道，乃夫子、孟轲、扬雄所传之道也”(《重答张籍书》)，从而将“道”与儒家伦理道德相联系。此后，其弟子李汉更进一步将之概括为“文者，贯道之器也”(《昌黎先生集序》)。至宋代，理学开创者周敦颐又揭橥“文所以载道也”的旗帜(《通书·文辞》)。此后，桐城派更以传承韩愈所谓“道统”自任，将“文以载道”思想作为他们文学批评的主要标准之一。方苞所谓“义法”之说，其

---

① 黄侃：《文心雕龙札记》，上海古籍出版社2000年版，第107页。

② 黄侃：《中国文学概谈》，转引自汪春泓：《论刘师培、黄侃与姚永朴之文选派与桐城派的纷争》，《文学遗产》2002年第4期。

③ 黄侃：《文心雕龙札记》，上海古籍出版社2000年版，第164页。

④ 黄侃：《文心雕龙札记》，上海古籍出版社2000年版，第109页。

⑤ 黄侃：《文心雕龙札记》，上海古籍出版社2000年版，第3页。

中“义”即“义理”，实际指的也就是这种“道”，亦即孔孟之道和儒家心性学说，当时便有人称赞他是“学行继程朱之后，文章介韩欧之间”（王兆符：《望溪文集序》）。不难看出，桐城派的理想就是既继承唐宋古文传统，又宣扬宋明理学，他们也因此受到了清朝统治者的青睐和支持。时至清末民初，林纾仍是“每译一书，辄‘因文见道’”①。姚永朴在北大讲授《文学研究法》时，也将“文以载道”之说置于首要地位，在开篇《起原》、《根本》二篇中加以反复阐说，强调“是故为文章者，苟欲根本盛大，枝叶扶疏，首在于明道”。

但时过境迁，这种封建卫道言论最终遭到了黄侃的严厉批判。他在《文心雕龙·原道篇》札记中辨析说：

> 《序志》篇云：《文心》之作也，本乎道。案彦和之意，以为文章本由自然生，故篇中数言自然……所谓道者，如此而已。此与后世言文以载道者截然不同。……夫堪舆之内，号物之数曰万，其条理纷纭，人鬓蚕丝，犹将不足仿佛，今置一理以为道，而曰文非此不可作。非独昧于语言之本，其亦胶滞而罕通矣。……使文章之事，愈瘠愈削，浸成为一种枯槁之形，而世之为文者，亦不复撢究学术，研寻真知，而惟此窾言之尚，然则阶之厉者，非文以载道之说而又谁乎?②

文如层层剥茧，切中肯綮，不仅抨击了桐城派“胶滞而罕通”之弊，而且还将刘勰提出的文章之“道”解释为自然之道，而非所谓孔孟之道，这无疑击中了“文以载道”之说的要害，彻底颠覆了桐城派学说。

颇有意思的是，章太炎本人对这场“骈散之争”是抱着保留态度的。他后来曾对吴承仕说：“往者季刚辈与桐城诸子争辩骈散，仆甚谓不宜。”③他晚年仍认为：“由今观之，骈散二者本难偏废。……各

① 梁启超：《清代学术概论》，东方出版社 1996 年版，第 89 页。
② 黄侃：《文心雕龙札记》，上海古籍出版社 2000 年版，第 5~6 页。
③ 《章太炎书信集》，河北人民出版社 2003 年版，第 309 页。

有所宜。不知当时何以各执一偏，如此其固也。……骈散之争，实属无谓。”①而大多章门弟子也并未参与这场论争。朱希祖即曾言：“近来北京大学文科教授主持文学者，大略分为三派：黄君季刚与仪征刘君申叔主骈文，而刘与黄不同者，刘好以古文饬今文，古训代今义，其文虽骈，佶屈聱牙，颇难诵读；黄则以音节为主，间饬占字，不若刘之甚，此一派也。桐城姚君仲实，闽侯陈君石遗主散文，世所谓桐城派者也。今姚，陈二君已辞职矣。余则主骈散不分，与汪先生中、李先生兆洛、谭先生献，及章先生（太炎）议论相同，此又一派也。”②很明显，他这是以置身事外的第三方自居。但即便如此，他们这些旁观者仍是受益匪浅，因为黄侃发起的这场“骈散之争”在很大程度上消解了桐城派在北大的势力。这对于诸多章门弟子来说，无疑是乐观其成的。

总之，在以黄侃为代表的章门弟子猛烈攻击下，桐城派在北大文科的势力彻底动摇。林纾与担任北大文科教务长的姚永慨相继辞职，马其昶不久也离去。可以想见，他们对这种局势的逆转当然极为不满。林纾在送姚永概南归桐城的信中便写道：“敝在庸妄巨子，剽袭汉人余唾，以挦扯为能，以饤饾为富；补缀以古子之断句，涂垩以《说文》之奇字，意境义法，概置勿讲。……近者其徒某某腾噪于京师，极力排媚姚氏，昌其师说，意可以口舌之力挠蔑正宗。”③此处“庸妄巨子”、“其徒某某”，无疑是指章太炎与黄侃。然而，林纾的这种咒骂并不能挽回桐城派走向没落的命运。1917 年，最后坚守北大的姚永朴也终于宣布辞职，这标志着桐城派从北大文科的完全退出。作为见证者，杨亮功后来清晰地回忆说：“最初北京大学文科国学教授以桐城派文学家最占势力，到了我进北京大学的时候，马通伯

① 章太炎：《国学讲演录》，华东师范大学出版社 1995 年版，第 243~244 页。

② 《朱希祖日记》，引自朱锲：《五四运动前后的北京大学》，全国政协文史资料研究委员会编：《文化史料》第 5 辑，文史资料出版社 1983 年版，第 162 页。

③ 钱基博：《现代中国文学史》，傅道彬编校：《中国现代学术经典 · 钱基博卷》，河北教育出版社 1996 年版，第 222~223 页。

(其昶)及姚仲实(永朴)、叔节(永概)兄弟这一班人皆已离去。代之而起者为余杭派，如黄季刚(侃)，朱希祖、马幼渔(裕藻)和沈尹默兼士兄弟诸先生皆系章太炎先生门弟子。”①这实际上意味着北大开始了一个学术的新时代！

(原载《近代中国与文物》2009 年第 2 期)

【评　介】

《民国初期章门弟子与桐城派的北大之争》于 2009 年发表在《近代中国与文物》的第 2 期上。

文章主要讨论发生在北京大学的两个学术派别之争。甲午海战的失败让中国的有识之士认识到，仅学习西方的先进技术还远远不够，文化与制度或许才是缓解危机的关键所在。因此，学习西方的先进科学技术和思想都刻不容缓，创办学校、培养人才迫在眉睫。清光绪二十四年六月二十日(1898 年 7 月 4 日)创办了融合传统与现代、中学与西学的京师大学堂，即北京大学的前身。民国时期的北京大学，发生过两次新旧之争，所涉及的内容实际上是政治潮流、学术思想、教育体制和同乡同门等具体的人事关系方面的矛盾。第一次争论的主力是章门弟子和桐城派，他们在北京大学开展了骈文和散文之争。这其实是双方在北京大学争夺地位的争论，其结果是曾在北京大学文科风光无限的桐城派走向衰落，而章门弟子随之在北京大学崛起。卢毅认为，此役奠定了章门弟子在北京大学乃至全国学界的强势地位，标志着它作为一个学术文化群体的异军突起。这是中国近代学术风气的一大转移，对后世学术发展产生了十分重要的影响。

本文开篇时指出，在康熙、乾隆和雍正三代帝王时期，桐城派三祖方苞、刘大櫆、姚鼐以古文著称，海内翕然，号为正宗；余绪繁衍，蔚为大观。因此，桐城派主导了清代文坛百余年。郭绍虞在其著作《中国文学批评史》中说道：“由清代的文学史言，由清代的文学批

---

① 杨亮功：《五年大学生活》，王世儒、闻笛编：《我与北大——“老北大”话北大》，北京大学出版社 1998 年版，第 271 页。

评言，都不能不以桐城派为中心。”不得不承认，桐城派在清朝所占据的地位几乎无可匹敌。

清末京师大学堂的创立，是中国教育史上一件跨时代的大事，它是中国近代教育的一个典范。京师大学堂成立初期，桐城派晚期的著名人士及其门人便先后在北京大学的文科中占据了重要地位。如：吴汝纶于1902年担任北京大学总教习，他作为中国近代的教育家在答应担任总教习后赴日考察，为中国近代学制的确立和师范学校的建立作了突出贡献。在他离世后，他的弟子、桐城派旁支阳湖派的张鹤龄继任此职位。林纾任预科、文科讲席并一度主持文科。姚永概任文科讲席，并任学长。马其昶和姚永朴亦先后任文科讲席。柯劭忞任署理。1912年严复任校长，由此可见，桐城派晚期代表人物纷纷进入京师大学堂，他们在这里传道授业、讲授古文，扩大桐城派的学术影响，为国家培养了人才。然而他们的这种优势并没有一直延续，当章门弟子来到北京大学的时候，一切开始变化了。

卢毅此文将章门弟子和桐城派的争论归结为两个方面：“魏晋文和唐宋文”之争，与“骈文和散文之争”。最初撼动桐城派在北京大学地位的是康有为和梁启超，梁启超提倡的“新文学”在一定程度上冲击了桐城派的古文体。接着，章太炎的弟子们来到北京大学。章太炎本人对桐城派虽然不是一味反对，但他的弟子们却毫不客气地进攻老一辈的桐城派。1912年严复辞去北京大学校长一职，接任北京大学校长的几个人都是浙江籍的章门弟子。可知，重要领导地位的丧失，对于桐城派是致命一击。这时的北京大学，六朝文渐渐取代唐宋文，桐城派的文人们或主动或被动地陆续离开北京大学，章门弟子的时代来临了。对于这次争论，前面已经提及，桐城派在北京大学失去领导权，也就失去了优势，在一定程度上导致了桐城派的退出和衰落。虽然后来桐城派的少数人又曾在北京大学任教或任职，但最初那种显赫的地位已一去不复返。而桐城派彻底地离开北京大学，则是其在北京大学的最后一位代表人物姚永朴的辞职。桐城派的北京大学之旅至此彻底地终结。

卢毅较为具体地论述了章门学派和桐城派的争论，但对桐城派日后的发展状况，如在五四运动时期、蔡元培在北京大学时期的情况，却没有详细说明。对这一问题，其他学者的研究或许能对此文稍作补充，如吴微的《从亲和到遗弃：桐城派与京师大学堂的文化因缘》(广西师范大学出版社)；此外，刘克敌、卢建军著的《章门弟子与早期北大及与桐城派的恩怨》(收录于《章太炎与章门弟子》第六章第1节，大象出版社2010年版)对这个问题也做了清楚的阐释。

章门学派胜利了，但桐城派为北京大学作出的贡献是不可否认的。吴汝纶倡导废除科举制度，积极引进日本的教育体制，其与时俱进的教育理念一直影响着北京大学日后的发展。桐城派在一定程度上造就了北京大学，丰富了北京大学的历史，其后期的代表人物不仅为近代的书院教育作出了贡献，也为近代的大学教育付出了心血。

晚清桐城派与教育制度的近代化(节选)

曾光光

甲午战争的失败和《马关条约》的签订，使晚清社会面临空前危机，达摩克利斯之剑已经高悬在国人头上，激进的抑或保守的知识分子都在急切地寻求着救国的良方。在时代浪潮的推动下，教育改革成为社会关注的一个中心问题。批判传统教育，主张废除科举，鼓吹书院改革，兴办新式学堂，就是维新派变法主张中的一项重要内容。

中国传统教育制度在清末发生的两项重大变革，一是书院制度的近代化及新式学堂的建立；二是科举制度的彻底崩溃。书院与科举制度对于桐城派而言具有关乎存亡的重大意义，考察晚清桐城派对中国教育制度近代化的矛盾态度，可以从一个侧面洞察传统知识分子在近代文化转型中的矛盾心态，体会他们的彷徨与痛苦。

一、吴汝纶、王先谦与书院制度的近代化

洋务派是传统书院近代化的最早推动者，大致从19世纪80年代起，一些洋务派官僚为了培养洋务人才，除了兴办新式学堂外，还在任内对所辖地区的部分书院进行有限度的改革，其改革的主要内容是在正统教学课程之外，新增一些西学实用课程。① 洋务派在这一时期对个别书院的局部改革，仅仅拉开了传统书院近代化的序幕。洋务派官僚对书院的近代化改革，无非是“中体西用”的洋务思想在教育领

① 如光绪十六年(1890)，张之洞在湖广总督任内，兴办了两湖书院，在课程设置上，不仅保留传统的经史诗赋，还新增外语、商务、经济、算学四种。

域的具体展开。晚清桐城派作为洋务思想的宣传者与实践者，显然对书院的这种变革驾轻就熟，他们在书院改革中的实践超脱不了“中体西用”思想的局限。故本节研究的时间段不侧重在洋务时期，考察的重点时间段放在戊戌维新前后至辛亥革命前夕。

书院作为学术、思想传播的主要场所，在 19 世纪 90 年代受到维新派的空前重视，作为时代弄潮者的维新派的加盟，使局部、个别的书院改革逐步呈现出在各地全面展开的态势。在光绪二十四年(1898)四月，即光绪帝颁布“定国是诏”前，各地书院改革的内容主要集中在对课程的添设，尤其是时务与西学课程的添设上。① 但此时书院所添设的西学课程与洋务时期相比有了质的变化，书院对西学的引进已经不再局限于实用技术层面，西方政治制度理论已悄然引入传统书院，加之时务课程的开设，曾经壁垒森严的书院开始笼罩上新时代的政治色彩。在时代浪潮的推动下，此一时期活跃在各地书院的桐城派学者艰难而又矛盾地在新的层面上开始了对书院制度近代化的思考与实践。

此一时期活跃于书院的晚清桐城派代表人物是吴汝纶与王先谦。吴汝纶当时主持保定莲池书院，王先谦在 1894 年至 1903 年间主讲岳麓书院，曾任岳麓书院院长。与康有为、梁启超等维新派全面要求改革书院的激进态度不同，② 吴、王两人对书院改革的态度显得十分谨慎，他们力图跟上书院改革的时代步伐，但在触及本质问题的时候，又显得顾盼迟疑。

在学习西学问题上一向持积极态度的吴汝纶，自然不会把西学拒

① 参见白新良撰：《中国古代书院史》，天津大学出版社 1995 年版，第 258~270 页。

② 如康有为一方面批评中国传统书院教学“用非所学，学非所用，空疏愚陋，谬种相传”，一方面又主张学习西方的先进教育制度，改革书院制度，“令各省州县遍开艺学书院，凡天文、地矿、医律、光重、化电、机器、武备、驾驶，分立学堂，而测量、图绘、语言、文学皆学之”。见康有为：《上清帝第二书》，蒋贵麟主编：《康南海先生遗书丛刊》十二，台湾宏业印书局 1987 年版，第 30 页。

之于书院门外。将西学引入书院，是吴汝纶“变通书院”、① 改革书院的重要内容。在思考与实践这个问题时，吴汝纶已经意识到科举是书院改革的障碍，“不改科举，则书院势难变通”。对于个中缘由，吴汝纶的阐述很清楚：国家以科举取士，学生只学“应试之学”，西学不在“出仕之途”，“虽改课亦少应者”。② 与维新派激烈反对科举的态度相比，吴汝纶的建议显得谨慎、温和，他绝无否定科举之意，他的潜在之意很明显，将西学纳入到科举之中，书院教学自然要引入西学课程。

如何有步骤地将西学引入书院，吴汝纶有着系统的设想：

一是购置西书。1896 年，吴汝纶在《答牛蔼如书》中认为，“现时各属，力所能为，止有购置已译之书，入之书院中，高才生兼习之，似为简易可行”。③ 对于书院购置西书的类别，吴汝纶有独到的见解。他认为书院当时急需添购的不是天算格致等书，而是“西国富强政治之书，如上海所译《防海新论》，同文馆所译《富国策》等皆是。而西人自译，若《自西徂东》、《泰西新史览要》、《西国学校》、《万国岁计》诸书，至为有益。此外，则购阅各报，尤为切要”。④ 可见他对西学认识的眼光已经超出了器物文化的层面，开始从制度文化的层面实践对西学的引进，按当时一般人的理解，西方天算格致等书籍当是书院急购之书，至少应与西国富强政治之书并购。对此，吴汝纶持不同见解，他在强调书院大量购入西方政治书籍的同时指出：“西国专门之学，如原奏所谓天算、格致等书是也。此等若无师授，终不能升堂入室，又须购买仪器，乃可传其理法，学之有成。国家尚无能考验高下之人，既成而无所用之，于身于国，两无益处。故胡中丞购买此

---

① 吴汝纶：《答牛蔼如书》，施培毅、徐寿凯校点：《吴汝纶全集》三，黄山书社 2002 年版，第 129 页。

② 吴汝纶：《答牛蔼如书》，施培毅、徐寿凯校点：《吴汝纶全集》三，黄山书社 2002 年版，第 129 页。

③ 吴汝纶：《答牛蔼如书》，施培毅、徐寿凯校点：《吴汝纶全集》三，黄山书社 2002 年版，第 130 页。

④ 吴汝纶：《答牛蔼如书》，施培毅、徐寿凯校点：《吴汝纶全集》三，黄山书社 2002 年版，第 131 页。

等书为急务，其实皆可缓图也。”①吴汝纶的见解是否妥当可置而不论，但他的这个观点在一定程度上反映了他对学习、引进西方器物文化的理智态度，当时中国书院普遍缺乏科学技术的师资、实验器材确实是不得不正视的事实。

二是准备在书院开设西文课。1896 年，吴汝纶在《答贺松坡》中曾谈及在书院中开设西文课的问题，“我今年在此，欲令诸生兼习西文、西语，先请中师，后改请西师，而诸生颖异者，亦且进锐退速，深畏其难，至蠢拙者，更无论矣。故西学捷径，但读已译之书，其弊则苦于不能深入。其导源之法，则必从西文入手，能通西文，然后能尽读西书；能尽读西书，然后能识西国深处”。② 吴汝纶认为，能识西文才能尽读西书，能尽读西书，才能了解西方文化的内核。吴汝纶显然希望从开设西文课入手，试图引导学生去探求西方文化的内核。

三是在恰当时候聘用西国教师，在这个问题上，吴汝纶显得比较谨慎。他曾经不无忧虑地说：“西国教师，在沿海尚且难求，在内地万难聘请，若但欲聘中国人为师，则恐非驴非马，如龟兹王学汉语矣。计惟有招延西国传教之士，又恐骇人观听，激成他变，且非诏旨允行，转恐教士因来教学徒，要求广行彼教，是则利少弊多，又不可之大者。”③吴汝纶一方面认识到聘用西国教师的重要性，一方面又颇多顾虑。一方面希望聘用西国教师，一方面惧怕“激成他变”。唯恐教士“要求广行彼教”，这种矛盾态度惟妙惟肖地反映出桐城派御用文人的性格特征：一切变革的思想与实践都不能触及专制统治与程朱道统。这极大地阻碍了桐城派在中国教育近代化进程中的步伐。事实上，聘用西教早已有之，如洋务时期设立的同文馆就聘有西人任教，1865 年，美国传教士丁韪良即到馆任教，1869 年至 1894 年，他还担任了该馆的总教习。当光绪二十二年(1896)吴汝纶还在苦苦思考是

---

① 吴汝纶：《答牛蔼如书》，施培毅、徐寿凯校点：《吴汝纶全集》三，黄山书社 2002 年版，第 130~131 页。

② 吴汝纶：《答贺松坡》，施培毅、徐寿凯校点：《吴汝纶全集》三，黄山书社 2002 年版，第 129 页。

③ 吴汝纶：《答牛蔼如书》，施培毅、徐寿凯校点：《吴汝纶全集》三，黄山书社 2002 年版，第 130 页。

否聘用西国教师的时候，浙江巡抚廖寿丰即于此年在杭州建求是书院并延聘“一西人为正教习，授各种西学”。① 传统思想的桎梏使晚清桐城派在面对新事物、新思想的时候不免显得迟疑、延宕，当他们还在犹豫思考的时候，别人已经捷足先登了。

对时势的关注，对政治的强烈参与意识，是近代中国知识分子的一个重要特征。激荡的晚清政治风云，个性解放思想的萌动，促使书斋中的中国传统知识分子逐渐把眼光投向现实与政治，也使向近代化转型过程中的晚清书院与现实、政治越来越紧密地结合起来，晚清书院的部分师生也逐渐开始关注现实与政治。

王先谦在任岳麓书院院长期间十分注意引导书院学生关注现实政治，光绪二十二年(1896)，王先谦特地为岳麓书院十二斋订购《时务报》六份，供学生看阅。王先谦为此还专写《购〈时务报〉发给诸生公阅手谕》谕告书院诸生：

> 谕岳麓书院诸生知悉。窃惟：士子读书，期于致用。近日文人往往拘守帖括，罕能留意时务，为太平无事时之臣民犹之可也，今则强邻逼处，列国纷乘，朘我脂膏，环顾几无所凭恃。圣天子焦劳于上，群有司惕厉于下，为士子者，若不争自振奋，多读有用之书，相与讲明切磋，储为国器，出则疏庸贻笑，无以励相国家；处则迂腐不堪，无以教告弟子。②

《时务报》于 1896 年 8 月 9 日在上海创刊，是戊戌变法时期与《国闻报》齐名的报刊。汪康年与梁启超分任经理与主笔。梁启超在谈及《时务报》的创办缘由时曰：“非创一杂志，广译五洲近事，详录各省新政，博收交涉要案，俾阅者周知全球大事，熟悉本国近状，不

① 《学校》(七)，刘锦藻纂：《清朝续文献通考》卷一百，民国十年(1921)铅印本。

② 王先谦：《购〈时务报〉发给诸生公阅手谕》，《时务报》第十八册，光绪二十三年正月二十一日(1897 年 2 月 22 日)。

足以开民智而雪国耻。”①主笔梁启超以慷慨激昂、富于才华的优美文字、新颖的内容、对时政的尖锐抨击令国人倾倒一时，正如梁启超所言：“甲午挫后，《时务报》起，一时风靡海内，数月之间销行至万余份，为中国有报以来所未有，举国趋之，如饮狂泉。”②王先谦曾这样评价：“今上海刻有《时务报》，议论精审，体裁雅饬，并随时恭录谕旨暨奏疏、西报，尤切要者，洵足开广见闻，启发志意，为目前不可不看之书。”③《时务报》的魅力显然极大地吸引了王先谦，《时务报》1896 年 8 月创刊，王先谦于 9 月即购报分发至书院各斋，供学生“翻阅抄誊”，可见王先谦把《时务报》推荐给书院诸生的迫切心情。在《购〈时务报〉发给诸生公阅手谕》中，他还特别强调《时务报》所载文章为“忧时君子发愤而作”。④ 王先谦当时没有料到梁启超初露锋芒的“新文体”竟会在日后成为桐城派古文的掘墓者，也没有料到康有为、梁启超等维新派日后会成为清政府的政治通缉犯。

作为忠诚于清王朝的传统知识分子，王先谦也渴望着国家的自强，但王先谦的政治目标与梁启超等维新派人士的政治目标显然南辕北辙。当王先谦逐渐意识到维新派“志在谋逆”时，他对书院制度近代化的积极态度也就烟消云散了。

如果说王先谦对《时务报》的积极态度显示了他试图将时务与书院教学相结合的热忱，那么，王先谦随后对时务学堂的态度则显示出他对书院制度近代化的矛盾心情与政治底线。

二、王先谦与新式学堂的浪潮

将书院改为学堂是中国近代教育体制的一次大变革，光绪二十四

---

① 丁文江、赵丰田等：《梁启超年谱长编》，上海人民出版社 1983 年版，第 52 页。

② 王先谦：《购〈时务报〉发给诸生公阅手谕》，《时务报》第十八册，光绪二十三年正月二十一日（1897 年 2 月 22 日）。

③ 王先谦：《购〈时务报〉发给诸生公阅手谕》，《时务报》第十八册，光绪二十三年正月二十一日（1897 年 2 月 22 日）。

④ 《王先谦自定年谱》，王先谦：《葵园四种》，岳麓书社 1986 年版，第 744 页。

年(1898)五月，康有为上书鼓吹改变教育体制，将书院改为学堂。①光绪皇帝在维新派的鼓动下，随即颁布谕旨，令将“各省府厅州县现有之大小书院，一律改为兼习中学、西学之学校。至于学校等级，自应以省会之大书院为高等学，郡城之书院为中等学，州县之书院为小学，皆颁给京师大学堂章程，令其仿照办理”②。由于戊戌变法的迅速失败，这些措施虽然并未得以完全实施，却极大地冲击了传统的教育制度。湖南是维新变法时期思想比较激进，也是新旧思想冲突较为激烈的省份，兴办学堂自然是湖南戊戌维新时期的一项重要内容。有意思的是，湖南在戊戌维新时期名噪一时的时务学堂的始作俑者竟然是以顽固反对维新闻名的王先谦。

将王先谦与彻底的保守派等同起来是不公平的，毕竟时务学堂的建立与他有相当关系。1897 年，王先谦充当领衔，联络熊希龄、张祖六等人，上书湖南巡抚陈宝箴，请求设立时务学堂，以便讲求时务，培养中西贯通的新式人才。③ 1897 年 8 月，时务学堂成立，11 月，在湖南按察使黄遵宪的邀请下，梁启超赴长沙任时务学堂中文总教习。梁启超初至长沙时，王先谦还主张：“特加热闹，议于曾忠襄祠，张宴唱戏，普请各绅以陪之。”④但短暂的蜜月转瞬即逝，政治目标的不同使王先谦迅速站在了梁启超与时务学堂的对立面。

梁启超作为维新派的一名干将，自然不会放过在时务学堂宣扬维新、倡导民权的机会。据梁启超回忆。当时他在时务学堂“每日在讲堂四小时，夜则批答诸生札记，每条或至千言，往往彻夜不寐。所言

---

① 见康有为《请开学校折》、《请饬各省改书院淫祠为学堂折》等，蒋贵麟主编：《康南海先生遗书丛刊》十二，(台北)宏业印书局 1987 年版。

② 《上谕》，中国史学会等主编：中国近代史资料丛刊《戊戌变法》第二册，上海人民出版社 2000 年版，第 34 页。

③ 戊戌时期，在长沙设立时务学堂，最先是由蒋德钧提出。1897 年，蒋氏起草了《请设湖南时务学堂公呈》和《开办湖南时务学堂简明章程》，此两呈文均由王先谦领衔上呈陈宝箴。陈宝箴很快批准，并命名为时务学堂，批准后，由熊希龄负责筹办。

④ 熊希龄：《上陈中丞书》，《湘报》十二号，光绪二十四年二月二十七日(1898 年 3 月 19 日)。

皆当时一派民约论，又多言清代故实，胪举失政，盛倡革命。其论学术，则荀卿以下汉、唐、宋、明、清学者，掊击无完肤。时学生皆住舍，不与外通，堂内空气日日激变，外间莫或知之。及年假，诸生归省，出札记示众亲友，全湘大哗”①。此距梁启超到时务学堂不过三个月的时间。王先谦对此反应异乎寻常的强烈，“半月前，见梁启超批学生刊稿各本，称南海先生，然后知康有为之弟子，专以无父无君之邪说教人，大为骇怪”，并由此判断梁启超等人为“得罪名教之乱臣贼子”。②

王先谦的一段话很清楚地表明了自己与维新派的分歧：

> 上年开设时务学堂，本为当务之急，凡属士民，无不闻风兴起。乃中学教习广东举人梁启超，承其师康有为之学，倡为平等、民权之说，转相授受。原设立学堂之本意，以中学为根柢，兼采西学之长……梁启超及分教习韩、叶诸人(指韩文举、叶觉迈，笔者注)，自命西学通人，实皆康门谬种。而谭嗣同、唐才常、樊锥、易鼐辈，为子乘风扬波，肆其簧鼓。学子胸无主宰，不知其阴行邪说，反以为时务实然。丧其本真，争相趋附，语言悖乱，有如中狂。始自会城，浸及旁郡。③

王先谦希望通过时务学堂实现“以中学为根柢，兼采西学之长”的西艺教育思想。而梁启超与熊希龄制定的《湖南开办时务学堂大概章程》却提出“中西并重”的办学宗旨，梁启超对民权平等思想的鼓吹，对变法维新思想的传播，自然与王先谦“中学为体”的思想格格不入。

王先谦在书院变革上未能突破洋务思想的局限，他所能接受的限

---

① 梁启超：《清代学术概论》，《饮冰室合集》专集之 34，中华书局 1989 年影印本，第 62 页。

② 王先谦：《复吴生学兢》，《葵园四种》，岳麓书社 1986 年版，第 863 页。

③ 王先谦：《三致陈中丞·附公呈》，《葵园四种》，岳麓书社 1986 年版，第 876 页。

度是“西学为用”，“中学为体”在他看来是万不可破的防线。① 康、梁等人倡导的民权、平等之说，这在王先谦看来是“几若不知有君臣、父子之大防”。② 康、梁等人的民权平等政治思想与王先谦所固守的名教纲常具有本质的不同，这是导致王先谦与梁启超及时务学堂反目成仇的根本原因。由此我们也就不难理解为何一手倡导创建时务学堂的王先谦又要一手“谋毁时务学堂”了。

一旦王先谦认定梁启超与时务学堂已经背离了自己的初衷，他开始了有计划的反击。第一步，他公开宣称“康梁之说，无异叛逆”，③ 自己将起而卫道，“明教纲常之大，岂容稍有假借？弟在讲习一日，必竭一日维持之力，雷霆斧钺，所不敢避”④。

第二步，撰文制造舆论声势。王先谦当时指斥梁启超、时务学堂的文章均收入其门生苏舆编辑的《翼教丛编》中。苏舆编纂此书的目的就是“将以遏异学之横流，而使之圣教昌明”。⑤ 王先谦对此书赞赏有加，认为该书“于康梁造谋，湖南捍乱，备详始末，亦佳书也”。⑥

第三步，在湖南保守士绅与时务学堂的对抗中，王先谦挽袂上阵，试图借自己的声望压制时务学堂。在宾凤阳事件中⑦，当湖南巡抚、学政准备对宾凤阳“讯究惩办”时，王先谦以辞去岳麓书院院长

---

① 董剑平在《维新运动中的王先谦》一文中认为：“王先谦对维新运动的态度，始终是沿着洋务思想的轨迹运行的。”见《烟台师范学院学报》1991 年第 4 期。

② 王先谦：《再致陈中丞 · 附原奏稿》，《葵园四种》，岳麓书社 1986 年版，第 868 页。

③ 王先谦：《复吴生学兢》，《葵园四种》，岳麓书社 1986 年版，第 863 页。

④ 王先谦：《复洪教谕》，《葵园四种》，岳麓书社 1986 年版，第 870 页。

⑤ 苏舆：《〈翼教丛编〉序》，《翼教丛编》，上海书店出版社 2002 年版，第 1 页。

⑥ 王先谦：《王先谦自定年谱》，《葵园四种》，岳麓书社 1986 年版，第 745 页。

⑦ 宾凤阳时为岳麓书院斋长，他四处张贴匿名揭帖，毁谤时务学堂，时务学堂学生随即向湖南巡抚、学政呈控。

相要挟，迫使陈宝箴致书道歉："公如朝辞岳麓，弟亦夕去湖湘矣。请释戈解甲，容再负荆。"①第四步，他联合湖南保守派绅士，联名上书湘抚，历数梁氏罪状，要求"严加整顿，屏退主张异学之人"。②由于梁启超在戊戌维新变法前夕已经离开长沙，"留京差委"，王先谦随即设法迫使时务学堂辞退了教习韩文举、叶觉迈、欧榘甲等人。

戊戌变法后，时务学堂停办，改称求是书院，王先谦与时务学堂的恩恩怨怨终于了结。不管王先谦对时务学堂的态度最后是多么恶劣，但不可否认，湖南时务学堂的最初建立，在一定程度上确是得益于王先谦的努力，也正是他最初的积极态度，促成了维新巨子梁启超执教时务学堂，使时务学堂成为维新时期最负盛名的学校。王先谦也绝不会预料到时务学堂会受到青年毛泽东的高度评价："湖南之有学校，应推戊戌春季的时务学堂，时务以短促的寿命，却养成了若干勇敢有为的青年。"③

从王先谦对时务学堂前后判然不同的态度中，我们可以看见囿于传统伦理道德观的传统知识分子在近代教育体制转型中的局限与痛苦。作为清王朝政治、文化体制维护者的王先谦等人只能容忍一定程度内的教育变革，如果教育变革发展到威胁既存政治、文化格局的时候，他们就要起而"卫道"了。

戊戌变法失败后，书院改革的部分成果被保留下来，数年之中，出现了学堂与书院并存的局面。④ 但历史潮流推进的浪头毕竟不可阻挡，光绪二十七年(1901)八月，清政府颁布谕旨："著将各省所有书院，于省城均改设大学堂，各府及直隶州均改为中学堂，各州县均改设小学堂，并多设蒙养学堂。其教法当以四书五经纲常大义为主，以

---

① 王先谦：《四致陈中丞·附复书》，《葵园四种》，岳麓书社 1986 年版，第 879 页。

② 王先谦：《三致陈中丞·附公呈》，《葵园四种》，岳麓书社 1986 年版，第 876 页。

③ 转引自李锐：《毛泽东的早期革命活动》，湖南人民出版社 1980 年版，第 184 页。

④ 白新良：《中国古代书院发展史》，天津大学出版社 1995 年版，第 266 页。

历代史鉴及中外艺学为辅。”①在这道谕旨的推动下，各省随即开始了改书院为学堂的高潮。光绪二十八年(1902)、二十九年(1903)，清政府又先后颁布《钦定学堂章程》与《奏定学堂章程》，从学制上为学堂的建立铺平了道路。光绪三十一年(1905)，清政府下令废除科举制度。科举制度废除不过二三年，作为其附庸的传统书院终于走到了尽头。② 有意思的是，当传统书院走向终结时，桐城派也快到了自己的终点。

在传统书院中，桐城派文人可以从容不迫地论文讲道，他们对时文的娴熟更令学子趋之若鹜。但在新式学堂中，中国传统文学、经学的魅力已被日新月异的西学取代。科举制度的废除，新文体、白话文的流行，不仅让时文成为时代的弃履，也使桐城派古文在新学子的眼中渐成古董。桐城派文人在传统书院中享有的崇高的地位，他们中的许多人担任着书院的院长或主讲的讲习，但在近代新式学堂中，西学课程的普遍开设，使它们在学堂中失去了原有的独尊地位。在中国近代这个对西学狂热渴求的特定时期，桐城派文人注定要沦为新式学堂中可有可无的配角。尚需强调的一点是：在近代中国，新式学堂不仅是传播西学的中心，也是衍生维新、民主、革命思想的场所，新式学堂培养的年轻学生是中国近代新知识群的重要组成部分，他们是近代每一次重大政治风暴的有生力量。③ 长沙时务学堂在维新变法时期就被湖南保守派指斥为“革命造反之巢穴”④。因此，从政治角度观察，晚清桐城派与近代学堂分别属于不同的政治阵营，两者最终走向冲突

---

① 白新良：《中国古代书院发展史》，天津大学出版社 1995 年版，第 267 页。

② 晚清各地书院改办学堂的高峰是在 1902—1906 年。至清朝灭亡前夕，残存的书院已经寥寥无几。参见邓洪波、段欣制作：《各地书院改办学堂统计表》，陈嘉谷、邓洪波编：《中国书院史资料》(下册)，浙江教育出版社 1988 年版，第 2512~2546 页。

③ 参见桑兵：《清末新知识界的社团与活动》，三联书店 1995 年版，第 277 页。

④ 丁文江、赵丰田：《梁启超年谱长编》，上海人民出版社 1983 年版，第 84 页。

是必然的。

曾经是清代书院等教育领域风云人物的桐城派文人，在近代教育体制变革的浪潮中渐渐落伍。偌大的桐城派在晚清学堂中曾经任教的屈指可数，兹列表如下：①

姓名	籍贯	功名	官职	师事或私淑关系	任职学堂
马其昶	桐城	光绪年间举人	学部主事	师事方宗诚、张裕钊、吴汝纶	桐城中学校、桐城师范学校、安徽高等学校、京师法政学校
姚永概	桐城	光绪戊子举人	太平县教谕	师事方宗诚、张裕钊、吴汝纶	历任学堂教习、北京大学教习
李谐韺	冀县	光绪甲午举人			保定优级师范国文教习
吴汝纶	桐城	同治乙丑进士	冀州、直隶州知州	师事曾国藩	京师大学堂总教习(未就)
林纾	福州	光绪九年举人		私淑桐城	北京五城学堂、京师大学堂
严复	福州			私淑桐城	北洋水师学堂总教习、总办，安庆高等学堂、复旦大学督学、北京大学校长

严复与林纾虽称私淑于桐城派，但他们在政治思想上已属于近代新知识分子。他们是以新知识分子的身份去自然接受新式学堂的。在五四新文化运动前，他们还属于走在时代前列的知识分子，尤其是毕业于福建船政学堂的严复、林纾对于新式学堂没有思想接受的痛苦过

① 此表根据刘声木编撰的《桐城文学渊源 · 撰述考》整理。

程。他们与新式学堂的关系显然与晚清桐城派中的其他遗老有别，本书于此不再多议。

古文最终还是成了桐城派末流在学堂中的障碍。1913 年，林纾因不满同校执教的章太炎的激烈奔放的文风，愤而辞去北京大学讲习，马其昶、姚永概也随即离开北京大学。①

在桐城派的每一个发展阶段中，其组成成员多有功名、官职。进士、举人、各级官职往往是桐城派文人不可或缺的身份，他们以师生、同乡、亲属等关系为纽带，汇聚在桐城派各期代表人物的周围，形成一个人数众多、影响广泛的社会网络。桐城派的存在是如此依赖于传统教育，以至于传统教育体制在晚清逐渐走向瓦解时，桐城派也随之失去了维系派别关系、传承学术思想的重要纽带。② 传统书院的瓦解、近代学堂的崛起，使桐城派失去了讲学传道的重要场所；科举制度的崩溃，使时文成为时代弃履，与时文紧紧关联的桐城古文也随之失去魅力，桐城派由此失去了吸引士子的法宝，“有师无生”的尴尬局面使桐城派在成员构成上失去了后继者的保障。林纾在送别姚永概归桐城时曾这样感叹：“计可以论文者独有一叔节，而叔节亦行且归，然则讲古者之既稀，而二三良友复不得常集而究论之。”③林纾的感叹犹如秋后蝉鸣，可见桐城派末流在当时的文坛是何等寂寞。曾经是“从者如云”、争相求学古文的场景终于成为供人凭吊的历史回忆。

（选自曾光光：《桐城派与晚清文化》，黄山书社 2011 年版）

---

① 参见许福吉：《义法与经世——方苞及其文学研究》，学林出版社 2011 年版，第 280 页。

② 马其昶在反思桐城派为何走向衰竭时说：“窃怪今者风流歇绝，何其蹶而不复可振也，岂不以师友之渊源渐被沦而日落，或数典而忘祖。”见马其昶《〈桐城耆旧传〉序》，《抱润轩文集》卷三，宣统元年（1909）安徽官纸印刷局石印本。

③ 林纾：《送姚叔节归桐城序》，《畏庐文集 · 诗存 · 论文》二，沈云龙主编：《中国近代史料丛刊》第 94 辑，台湾文海出版社 1973 年版，第 523 页。

【评　介】

《晚清桐城派与教育制度的近代化》一文收录于曾光光的《桐城派与晚清文化》一书中，该书于2011年由黄山书社出版。

作者在文中所指的近代教育制度的近代化主要是指以传统书院向学堂演变为内涵的传统书院的近代化。在这场教育制度的近代化中，晚清桐城派无疑起了重要的作用，而吴汝纶和王先谦又是其中最为突出的代表。

王先谦(1842—1917)是晚清著名的学者，生平取得巨大的学术成就。在其教育生涯中，他一方面将传统教学与学术研究紧密结合起来，被称为“清末全面研治经史子集的一代宗师”。另一方面，他还注意了解国外情况，被称为“通过博览群书走向世界的极为罕见的朴学大师”。他不仅是岳麓书院最后一任院长，还是岳麓书院的学术榜样，以其丰富的研究成果为岳麓书院留下了一座巨大的学术丰碑。

吴汝纶和王先谦作为有学识、有见地的名人，在当时时代的大背景下，他们提倡西学，主张“中学为体，西学为用”，不断为开办书院和新式的学堂而奔波。作者在其文章中便提到了吴汝纶为将西学引进书院而做的各种努力。具体地说，吴汝纶在选择西书方面的认真态度和在此过程中的各种担忧也从另一个侧面体现了其对引进西学的重视。王先谦的情况也大体相同，他为创办时务学堂，为学生能了解时事、学习西文作出了不少贡献。

对于吴汝纶和王先谦有关近代教育之事，过去已有不少文章予以论述。特别是对于吴汝纶主张废除科举和赴日考察这两方面都有较丰富的研究成果。作者这篇文章的不同之处在于，在论及吴、王二人与近代教育制度的关系时，他不忘比较他们与维新派康有为、梁启超在主张引进西学、开办学堂方面的不同之处，通过引用各种文献描写他们当时既想要办西学、增强清王朝的统治能力，又害怕聘用西方教师将引发各种事端的矛盾心理。在比较的同时，作者不忘道出这种矛盾心理出现的根本原因，即以吴汝纶和王先谦为代表的晚清桐城派实际上是当时的守旧势力，他们所做的一切是为了维护清王朝的封建统治，这是底线且不可逾越。而维新派则是当时的激进派，他们要求引进的不仅是西方先进的科学技术和思想，还有先进的政治制度，进而要求在中国实行君主立宪制。这种主张在桐城派人士的眼中却是大逆不道的。

此外，作者还论述了近代书院制度的衰落、书院向新式学堂的转变与桐城派衰落的关系。作者曾著有《书院与晚清桐城派的传承》一文，该文同样也收录在《桐城派与晚清文化》一书中。在这篇文章中，作者详细论述了桐城派与书院的历史渊源。桐城三祖之一的姚鼐曾在书院讲学达四十年之久，培养出了众多名徒，四十年的书院生涯为姚鼐提供了讲学的环境，同时也在一定程度上造就了以后历代桐城名人与书院的密切关系。作者在论文中为了直观表示桐城派和书院的密切关系，将晚清活跃于全国各地书院的桐城派文人用表格表示出来，经统计，共有 83 位人士曾在书院讲学。桐城派人士为什么都喜爱在书院讲学呢？作者认为比较重要的有两点。第一，书院讲学活动对晚清桐城派的传承和壮大起了关键的作用，书院作为中国当时传播学术、培养人才的主要途径，在宣传思想上极有益助，这对于桐城派而言无疑是最好的选择。第二，晚清桐城派的很多人士担任了一官半职，政治上的独特优势为他们在书院讲学提供了权力保证。这些造就了桐城派和书院的密切关系。

到了清朝晚期，传统的书院教育越来越不适应时代的发展，新式的学堂应运而生。新式的学堂不仅提倡西学，而且宣传西方的政治制度。书院的衰落和新式学堂课程的改变使桐城派这些传统的知识分子在书院中的地位下降，随着桐城派名声和地位的下降，后继者越来越少，最终归于平静。书院的衰落成为桐城派衰落的重要原因。

总之，落后的古文、桎梏的思想、保守的心态等因素都让桐城派与不断变化的时代格格不入。一个文派的发展如果不能适应社会的变化、与时俱进，那么它终将被社会淘汰。当然，虽说晚清桐城派的文人在为推动中国教育制度近代化作努力时畏首畏尾，但他们的努力和贡献是不可忽视的。

《慎宜轩日记》前言(节选)

沈　寂

一、家族与生平

姚永概生于桐城姚氏世家，为惜抱郎中世父薑坞先生五世孙。祖父姚莹，字石甫。父亲濬昌，字慕庭，官至知县，终任湖北竹山县。有兄弟五人，伯兄永楷，仲兄永朴(字仲实)，季即永概，人称姚三。四弟永棠和五弟永樛，为庶母张氏所生。有姊二，长适同里马其昶(字通伯)，次适通州范当世(字肯堂)。

1. 桐城姚氏

桐城姚氏在清代枝繁叶茂，文伯代兴，有清一代文统——桐城文派的倡导者之一姚鼐即其中佼佼者。桐城派“屏弃六朝骈丽之习，以求所谓神理气味格律声色者，法愈严而道愈尊”，有助清政权社会基础的稳固。讫曾国藩，又“矫桐城末流虚车之饰”。① 使这个文统又延长了五六十年。桐城方、姚二氏有“试资”之设，即有一专门基金，以供方、姚二氏后裔贫困士子应试之用。乾隆时即已开始。据“印簿”所载：“原订乡试六十名，内扣姚氏十二名；会试十名，内扣姚氏三名。且皆须赤贫无亩之人。”“在光绪初年，桐城公租大讼之时，姚氏子孙未将此簿呈出作据。虽曾文正公批给三成以济姚裔，而姚氏应扣之额已不存矣。幸而奉宪颁发公租章程中尚云：方、姚试资向归

---

① 黎庶昌：《续古文辞类纂序目》。

方、姚自行经理。”(丙午八月朔日)这是桐城派创建者后裔之贫困者所享有的特殊待遇。

姚氏一切生活均按一定规矩。每年元旦黎明起，即侍父亲拜天地，遥拜祖迩，复拜观音大士。祭祖时进柿饼、水、薏仁米。拜天地时亦拜裴仙。阖第贺年后，则往初复堂、中复堂拜祖，拜贤良祠。对先圣先贤也如祀祖一样虔诚，如孔子的生日、朱子的生日亦必礼拜。

诗礼传家，对死者的丧葬尤为重视。永概之母光氏恭人同治十一年(1872)去世，其时永概只七岁，柩未归土，久厝于汪庄。因讲究风水，选择坟地安葬，在他们生活中占有重要位置。例如甲申(1884)年四月十一日，日记中考察山地的描述：“邀厚培至土地岭脚，上楞栳尖，饭于寺僧所，复寻龙，曲折而下，起一大木星，抽脉而下，又起一顶，两旁龙虎分开。数重相向，先十世倪太夫人葬其中，四围罗程及面案皆圆满无缺，穴旁小八字亦隐约可见，俗名仙人大座形，诚美地也。看山人煮茶饮之，复越其青龙，横行数里，为李氏蛇形，其龙亦自楞栳发来，降八平田，起一顶。复落平二三十步，又起一顶，开面分八字，穴甚显然。其外大龙虎，虎短龙长，青龙横作，案甚平秀，是亦为小结作，较之仙人大座霄壤矣……”考察山地的记录，贯彻永概日记始终。究其原由，乙酉(1885)年十二月十八日的记述可为答案：“皖生言通伯昨云：但愿葬好坟，得一佳子，己身中举，作县令一任归，闭门读书耳。予言我之愿与彼同。惟中举作令则听之天，但能使我饘粥有资，读书无虑而已。”

当时，讲究丧葬已成了人们祈求升官发财的一种弊俗。风水先生从中投机取巧，制造纠纷。但姚永概仍遵循儒家的传统理念：“葬之择地，求其安亲也。岂专为求富贵、利后嗣计哉。故择地者当知此意，则不惑于葬师之伪说，而至于湮迟不葬，即葬而又屡迁也。况亲骨一安，则子孙未有不昌者乎。今之人反有因无龙发长房、少虎发幼房、明堂不正发中房，兄弟相争，遂致搁起不丧者。又有因听俗师之言，欲求福利，葬而屡迁者。此其人直将父母之骸骨视为钓鱼之饵、请神之香楮、放债之本钱、捐官之银两，欲以之为奇货，势必葬一佳地，发几个宰相、几个大官始能满我之欲，庶几乎饵不致空抛，本钱不致空放，香楮不致空烧，银两不致空送也。穷其心，直无几微有欲安其亲之意，是乃天下之罪人，人鬼之所深恨，岂反畀之以吉地也乎。予用是自戒，且因以戒人尔。”(壬午六月二十九日)这就是孔子弟子曾子所说的：“慎终追远，民德归厚。”“慎终”者，即是人们不仅父母生前要行孝，死后亦要行孝；“追远”者，即是通过祭祀追念祖先遗教，遵守祖训。朱熹注云：“民德归厚，谓下民化之，其道德亦归于厚。盖终者，人之所易忽也，而能谨之，远者，人之所易忘也，而能追之，厚之道也。故以此自为，则己之德厚；下民化之，则其终亦归于厚也。”士为四民之首，也是社会的榜样。

丧葬亦必循礼。安葬母柩要循礼，庚子年(1900)三月父亲死了，永概又为父亲的葬地而奔波。父母亲合葬，更是要事，他常查阅《训子经》，因其中详尽明白言葬事，寻求如何处理父母合葬才能符合于礼。壬寅年(1902)六月十六日，“得仲兄书，并以一文来论祔事。余亦作一文复之”。“祔”即指合葬。“仲兄谓不可以男祔位，奉先府君恭人，固是。谓余兄弟可用在籍进士、举人之例，视七品承用斯庙祧，去一代升祔先府君恭人，则于理亦未顺耳。仍于葬后奉主于正寝立香阁，俟吾兄弟力稍足时立庙乃奉升耳”。

科举是这种家庭子弟上达的必经之路：“有清科目取士承明制，用八股文取《四子书》及《易》、《书》、《诗》、《春秋》、《礼记》五经命题，谓之制义。”当时的社会，科举不仅仅是一个虚荣，实是支配了全社会一般人的实际生活。姚永概在应考之前和成为生员之后，直至会试失利之间，所写八股文难计其数。其辛巳年(1881)第一册日记的年终总结道：“今年作古文三首、时文二十四首、诗四十三首、试帖十六首。”癸未年(1883)年终总结，“作古文共十一首，古今体诗共四十二首”。在日记中不仅记录了自己应试时和练习时的题目，还保存了别人的或其他考场中的试题。试帖诗的题目，同样出于经史子集或前人诗句。“制艺”在当时来说，是一种“敲门砖”，“得第则舍之矣”。

2. 姚永概的诗文

姚永概十八岁，即癸未年(1883)被录取为生员；二十三岁，即1888年(戊子)乡试中式解元。嗣后会试凡四次：1889(己丑科)、

1890(庚寅科)、1892(壬辰科)、1894(甲午科)，屡屡败北。进士这一关没有通过，不等于他的文章不及格。姚永概二十三岁乡试中式，并名列第一，在当年有其特殊意义，说明他的文章不流俗。传说：姚永概的中元因正主考与副主考有矛盾，属鹬蚌相争，渔人得利。还说，同里生员，对姚的中式“忌者最多，怀宁某至上申报，谤主考有冀北空群，益令江南减色”(戊子十一月初九日)。但马其昶则说：“姚中式光绪戊子科乡试举人，考官李文田、王仁堪皆负时望，病科举文日即靡敝，以江南多才隽，思得老儒宿学居榜首，用振起之。得君文，置第一。撤卷，颇讶其年少。及观其先祖父，有高名，乃喜相告，庆得士矣。”①由此名声远扬。林纾《送姚叔节归桐城序》云：“前二十余年，吾见桐城姚叔节于稠人中，有王贡南者指而称曰：‘是惜抱先生之从孙也。’时叔节英英然方领解，余不得绍，无以自进于叔节。”翌年，姚永概赴京参加己丑科会试，谒乡试主考官“李老师”(即李文田)，久谈去年乡试的事：“本拟第二名中元，因元当中上江，乃改用第六名。房官均不服，指其疵累，遂易用予(姚永概自称)……又言房官于上江卷子极其草率，且不喜荐。十本之中，下江居其七，盖因下江多中朝达官，若遇其子弟，便可联络，求其函牍请托。”姚1890年第二次参加庚寅科会试时，李文田和王仁堪(原乡试副主考官)把姚永概这次在会试考场中所作的制艺，散发给考生传阅，广造舆论。姚在日记中说：“闻李、王二师持予文遍誉之，深可愧也。”看到姚文的考生则“深许”之。由此可以说明，有识者认为姚永概的文章确系脱俗，足以振兴时文的日趋“靡敝”而提倡其文风。

姚永概自己也说：“予之以第一人中式，殊非所料，上溯吾乡赵、刘、方、张五前哲，不免滋惭，则外间之纷纷籍籍，分所应有，但吾之自勉，又不在此。方今天下可为忧虑者甚深且伙，而沾沾以一榜自喜，不几堕梅伯言所讥、《文昌杂录》之说耶。于今人不信，后世看传头。人之毁誉，付诸飘风，何足深较。”

姚永概对文章，自有其深究。他在十七岁那年即说：“阅诸家赋中，惟吴縠人最洽我心，既合时趋，又极风雅。盖赋之原，本出于

① 马其昶：《姚叔节墓志铭》，《抱润轩文集》二十。

《三百篇》之‘赋、比、兴’之‘赋’，亦古诗之流也，故以风韵为尚。而近世考场之赋，尤其易作，不过笔致松润，能化板为活，心思灵敏，可想出意外足矣。而选者纷纷然，吾只取吴榖人之端庄清腴，夏少岩之轻润圆秀。”(壬午九月初七日)这是对文章的原创性意见。

制艺如何能比别人高明？戊子(1888)四月十六，他与二兄有一次讨论，说：“制艺见长有数种，得其一皆足以胜人：一曰机局，谓结局当紧也；一曰机气，谓气势昌沛也；一曰机势，谓着笔得势也(一篇有一篇之势，一股有一股之势)；一曰机调，谓极熟后，有了上句，便有下句也。凡此四者，离一‘机’不得。盖有机则灵，如箭之弦，如户之枢也(尚有机神、机锋、机趋三种未言)。”所谓“机”，是指文章的布局、气势、走笔、调贯都必以智巧相驾驭。他还说：“时文无他道，一爽、二清、三醒、四新，便造其极矣。句短则爽，不多堆字眼则清，多现题字则醒，多想意见则新。”(壬午 1882 年十月十四日)应该说，他的文论在桐城文前辈的基础上有所创新。

文章除义理、辞章外，内容务必充实。他将读书“分为刚柔两日：刚日读经，读儒家书，读古文、诗；柔日读史，读经济(经世济民之道)及时事书，读时文试帖”。光绪十二年(1886)，他在王先谦幕校勘《皇清经解续编》，得以纵览乾嘉大师、宿儒的注经解经著作，增强了对古文的识力。他的父亲还告诉他，“人不可为无用之学，须于农田水利上讲究一番方好。因开各当看书为一单，分地理(附天文)、兵、盐、漕、河、水利、农田、度支、礼乐、洋务数门，逐一细究，方能有用”。有一次，他在答“闱中三场之策，虽十对其七，大半皆獭祭而得。惟问《管子》难字一则，记是王念孙《读书杂志》中所有而未携也，因以己意断之。出检书，同王十九，惟‘男不田，女不缁’，‘缁’字王以为‘织’字之误，予以为‘甾’下脱‘木’，当是‘橵’字之误，义较王胜。而寿州方孝杰闱中亦以此对，足见事理之合当者，人固有同心也。又解‘北’字即‘背’字，予引先儒说，益以己意曰，人君向明而治，背常而北，故朔方谓之北，亦可为字义小助”(己丑八月初十日)。此乃“字义”上的“多想意见”，由此而致理义上的创新。

因此，他在应试中，有时颇具自信。1888 年乡试，他在七月十八日的日记中说:“闻今早录遗案发,予兄弟均见遗,方景周、张振甫、叶小仲亦见遗。代农欲为求人交条。予辈听之而已。自反文字虽劣,而尚清通,规矩亦未错,必可望也。”果不出所料,终于中式了。1892 年的壬辰科会试,四月十一日,发报中式者为郑辅东,其余皆落第。但姚“心中似有把握,不如前二次之心动也”。直至十四日“取落卷出……而以额满见遗”。卷子上所批的评语“亦极佳”。事后“乃知闱中本拟第六,旋复抽换榜发”(乙未六月二十二日)。说明他的自信是有根据的,落榜是考官作弊所致。

姚永概理应是桐城文派的殿军人物之一。他在乡试中解元,是主考官独具只眼。他的文如上所述,有所创新。钱基博说:“现代作者,其昶文追惜抱,而永概乃法望溪。”由于他的文字情理俱深,并以细节描写取胜,又简洁通俗,林琴南说姚的文章“气专而寂,澹宕有致,不矜奇立异,而言皆衷于名理”。《慎宜轩文集》中如《范肯堂墓志铭》可为典型。其他记叙文如《竹山城西小潭记》、《西山精舍记》、《慎宜轩记》、《游三祖山记》等疏落短篇,亦跌宕有致。姚永朴在《慎宜轩笔记跋》中说:“予弟叔节诗、古文辞夙为海内贤士大夫所称许。”在文章法则方面,他认为姚惜抱论文,率先主“阳刚阴柔”之说,为临文的基本要点;至曾国藩演变为“太阳、太阴、少阳、少阴”的“四象”之说,以充实和权衡文章的气势、趣味、识度及情韵。他由此进而把曾氏的“四象”说,扩充为“四气”说,以文章的气势、韵味,比照季节的特征进行区划。他说:“四象犹四气也”,“夫得乎春者,其文和雅,其敝平衍无崭绝之观;得乎冬者必醇厚,敝则郁抑而不肆;得乎秋者,高结整肃,其敝也狭;得乎夏者,昌盛光大,然放焉不善持,敝乃与秋反。昌黎兼夏与秋,故多长而少敝;临川惟得秋之美而已;明允、子瞻盖多夏气;孙可之自谓得昌黎之秘,喜用生字、创句,只觉槎牙纸上,岂若昌黎奇崛而自妥帖哉!”①

姚永概以诗盛名,这与其父姚慕庭有关。吴汝纶在《姚慕庭墓志铭》中说:“桐城自方侍郎苞以义理文章为学……顾不为诗,至姚郎中乃以诗法教人,其徒方植之东树,益推演姚氏绪论。自是桐城学诗

---

① 《慎宜轩文集·复海城于君书》。

者一以姚氏为归，视世所称诗家若断潢野潦，不足当正流也。大乱以后，业此者希，耳目所接，唯君一人。”慕庭早年候补江西，因委解军械至曾国藩营。国藩问其所学，因呈其感事诗，国藩至为欣赏，遂留为幕府。当时曾国藩提倡姚惜抱的诗法，以为能以古文的义法通之于诗。姚慕庭作诗向以绍继惜抱之遗绪见称，风神、骨力均有姚氏家风。国藩又令其“师事子偲(莫友芝①)，其于诗独有天得”。永概幼年随父任所，日经耳濡目染，即能为诗。后其父又亲授永概读书。因之永概诗的造诣颇深，对诗的评述也很有见地。他说：“予尝谓四言诗乃五言之开山，六言诗实七言之变体。然六言，后世作者间不乏人，其佳者如摩诘‘花落家童未扫，鸟啼山客犹眠’，康伯可‘啼鸟数声村晚，落花满地人归’。而康诗与摩诘大致相同也。近时如吾家惜抱‘画角一声江郭，布帆几叠风亭。前日故人千里，倚楼依旧山青’，莫子偲‘茅屋四围桑竹，疏篱一带鸡豚。客来不用几席，共坐千年树根’及‘泠泠竹外泉响，艳艳枫边日斜。犬吠主人开径，到门无数黄花’。此三首皆自然古淡，可并王康……莫子偲先生《郘亭诗钞》，古雅淡朴，近时之巨手也。然其诗囿于宋人，终未得唐人境界耳。”(壬午十月初二日)时永概年仅十七。又云：“押虚字韵，惟老杜擅长，如‘翠华森远矣，白首飒凄其’、‘古人称逝矣，吾道卜终焉’、‘素业行已矣，浮名安在哉’、‘卫侯不易得，余病汝知之’等，韵皆押虚字，而愈健拔。后惟有玉谿生‘客鬓行如此，沧波坐渺然’一联，稍得遗韵耳。”(壬午十月十九日)又云：“七绝关键全在第三句上，要硬，要婉，要承上，要色泽，四者不可缺一。”(癸未六月初三日)姚永概作诗，主张法古人，立门户，以为能以古人为规矩准绳，从其中能起“变化”者才是“真才”。可是“今世之士未窥古人门户，即曰不立门户。才豪气猛，亦如滔天之水不可灌溉，燎原之火难用蒸炊。古人之门户固无矣，亦未见己之有门户也。夫变化于规矩准绳之中，乃真才也！轶而出焉，是舍规矩准绳以求成室，岂不难哉”②！欲立门户，

① 莫友芝：曾国藩幕，当时能识姚氏诗之“风神骨力”均绍继惜抱之遗绪者，仅莫友芝、张裕钊、王梅村、孙琴西、吴挚甫诸人。

② 《慎宜轩文集·复罗君书》。

姚特别强调胸襟和学力，他说“格律、声色之间，古人能夺我也，苟吾之胸襟、学力能与境相处，而有可立之言，取古人之格律、声色驱策之，不求与之同而自同，不必与之异而有异，何也？吾之言为吾所自立也”。① 至于取法前人诗，姚认为：“诗体至唐而大备，然世之论者每称李白、杜甫，二人者涂辙不同，其忧时嫉俗之情则一。厥后以诗鸣者至多，而苏轼、黄庭坚、陆游、元好问为之最，四子为诗犹白、甫也。自是以降，兢兢于格律、声色，公然模袭，其发愤也不深，则立乎中者不诚，中不诚则气不昌，气不昌则不足以震动而兴起。孔子曰‘诗可以兴’，兴于发愤也。”②清末，沈曾植取马其昶之文与姚永概之诗合印一册，称之为皖之“二妙”。其实，姚永概在当时的文名与诗名，均冠于皖之同辈群彦，并且是年龄最小者。

3. 谋官难得

学优则仕。姚永概想中进士，就是为了能谋一官职。与他父亲一样，谋官是为了养亲。他父亲姚慕庭“以母老求禄仕……一旦奉母，弃官归桐城……归十三年，卒以贫不能供养，再出补安福，于是母夫人以天年终，忧服既阕，君亦垂老矣”。③ 姚永概在 1895 年说：“予起初之年，实因大母新丧，哀毁在心，加以大人年六十而私累千余金，两弟又稚，亟思得进士以养老亲。”（乙未六月二十二日）当时读书人倘不能考中进士，则仕途极为困难。他曾想设法捐官，但感到总不如正途出身，所以坚持致力于会试。十九岁时，他就说“吾家此时所谓富贵之余、贫贱之始。凡习气依旧是富贵，而境遇窘迫，因不免有计较烦苦之时，此际正须用功”（甲申七月二十三日）。同年底又云：“连日筹画生计，兼以匠人诸钱日来索取，无以应之，心境为之郁郁。因思七八月来，始以内人疾，继以移居，不亲书册久矣。加以管月，胸中米盐之念不免纠缠。遂觉于事日亲，于学问日远。此心飞扬，无所拘束。拟自今后尚须用力于宋贤之书，方可定浮气而复本初

① 《慎宜轩文集·马冀平诗序》。

② 《慎宜轩文集·范肯堂墓志铭》。

③ 吴汝纶：《姚慕庭墓志铭》，《吴汝纶全集》（一）。第 212 页。

也。不然，悠悠岁月，易逝难留。终老一生，依然故我。”(甲申十二月二十五日)他既把解决“贫贱”之道寄望于进学，但又视此为人欲，与天理相对立。他说“人之一心，天理、人欲而已，天理胜则心明，人欲胜则心昏”(壬午八月二十六日)。因此，他对科举、时文常起厌恶之心。他在十七岁应县试之时，即指出“时文之害不亦甚哉，敝人有益之精神，耗人难得之日月，以从事于四六股段之中，宇宙间多少当读之书、当做之事皆不暇顾，而徒逐逐焉为(惟)时文之是求，父母朋友之期望、得失欣喜之焦灼皆在是中”(壬午十一月二十七日)。他曾在致二兄的信中说：“近来每日只诵读制艺，得失之念旋起旋伏，总在人欲一边，全无读书穷理意思。所以一启口则悖戾，一举足则乖违。此心憧然，无时或息。因是立志，每夜必看理学书一二十页，涵养此心，庶几应事之间，差少过乎。时文虽近来切务，然一意在时文上，将为人根本反令失却，其得失为何如也……故每早起读时文……夜，篝灯茅斋读时赋试帖毕，看《思辨》二十页，如精神好，不妨多看数页，如此庶几两不失乎。”(壬午十一月二十九日)1883年(癸未)正月初六日，竟说“制艺已汩没人性灵矣，至于墨卷、至于小题割截，又其甚焉者也。惟明文及国初名家之精实或绵邈诸作，一讽诵之，稍足起发”。他甚至把理学当精神支柱，说：“读《近思录》二十余则，焚香正衿，心神朗肃。盖读此等书不数行后，腰不期直而自直，心不期定而自定，惜册子放下，此意不能接续为。”(戊子四月十八日)能振作精神，但不能解决实际问题。因此，他必须悖“天理”就“人欲”而“应府试”、“应乡试”。曾在府试前说：“君子于此等事顺以应之而已，得失固所不计。予拟今年府院试后，得之良佳，或万一不然，归来立定脚跟做圣贤一流人，看圣贤一路书，庶不负此生也。”(癸未正月初七日)在当时的社会环境和这样的家庭，追求富贵，唯科举一途，姚永概亦无法超越。他说：“吾族之衰久矣，六七十年未得一科者，而贫不能炊者甚多，吾辈安得不努力耶!”(乙酉四月二十五日)府试进学后，则思更上层楼，继续努力：“吾乡自粤贼乱后，各旧家皆有成进士者，独吾家过六十年，乡试竟无售者。”“子孙中无立志发奋者耳。今年吾兄弟皆知努力制艺。”(戊子四月初一)同年乡试中式解元，则查阅宗谱，统计了自明讫清姚氏的进士与举人情况：

“吾族登进士第者二十一人，乡试中式者二十九人。”并详列了姓名及其经历。又说：“自五世祖参政公下，十世凡三进士、一举人，十一世凡二进士，十二世凡四进士、三举人，十三世凡一进士、三举人，十四世凡一进士、五举人，十五世凡一进士、三举人，十六世凡二进士、四举人，十七世凡二进士、八举人，十八世凡四进士、二举人，十九世凡一举人。共登春、秋试者五十人。其中祀名宦、贤良、乡贤、孝悌各祠代不乏人，未尝绝也。”他说：“今距甲辰之年已四十五年，姚氏未有与春、秋试者，今年永概乃以江南第一人，遥承先德，缅怀在昔，固不仅以科名见重。呜呼，小子能不思所以似续哉！”(戊子十一月二十日)但他的这个理想，始终未能实现。清制，举人三次会试落榜，可以从中挑选一部分人以知县、教职分别录用，即所谓“大挑”。姚在1898(戊戌)年进京应试。桐城赴挑八人，二人一等，五人二等。姚列二等(三月二十八日)。在翌月十一日的日记中又说：“听红录，桐城报中三人，予兄弟皆报罢……”在十三日又说：“领落卷。予出毓隆之门，荐批甚佳，为孙冢宰所摈。”又是一次打击。欲支持家庭生活，只能走为幕与授徒之途。在甲午战争中，他已认识到“合地球各国所讲求者无非富强之术……中国则君臣皆尚虚文，无事不讲情面，即取士之道，仍用时文、试帖、小楷。所习非所用，所用非所习，故有已掇巍科，登显仕，犹茫然不知天下为何等者”。由此他把固有的“天理”与“人欲”统一于“富强之术”。于是决心注销大挑，弃绝科举与仕途，从事新式教育事业。

(选自姚永概：《慎宜轩日记》，黄山书社2010年版)

【评　介】

本文选自由黄山书社于2010年整理、出版的《慎宜轩日记》的“前言”部分。该书作者为清朝的姚永概，“前言”部分由沈寂撰写。《慎宜轩日记》共分为三十六册，汇集了姚永概从16岁(1880)到57岁(1921)的日记。日记内容多为个人经历、家庭要事以及读书札记、社会见闻、时政消息。沈寂所写的“前言”部分共包括“家族与生平”、“中国少年”、“尾声”三部分内容，本篇选文选录的是第一部分。

沈寂，江苏武进人，曾在安徽大学历史系从事中国近代史的教学与科研工作，现已退休。他的学术成果丰富，其专著作品有：《胡适政论与近代中国》、《时代碣鉴——胡适的白话文、政论、婚恋》，编著作品有：《胡适学术文集》中的《新文学运动》、《语言文字研究》两卷、《辛亥风雷》以及《许世英》等。特别是在20世纪五六十年代，针对陈独秀早年组织“岳王会”并创办《安徽俗话报》的事迹，沈寂作了深入的调查发掘，引起广泛注意。此外，沈寂还撰论文20余篇，如《陈独秀与基督教》、《陈独秀与商务印书馆》以及《陈独秀传略》、《苏曼殊与陈仲甫》、《陈独秀与章士钊》、《陈独秀与陈钟凡》、《二十世纪的革命特征》等。

本选文共包括三小节。第一小节为“桐城姚氏”，提到桐城姚氏家族在清代枝繁叶茂，培养了姚鼐、姚莹、姚永概、姚永朴等名人。此外，这个家族非常重视礼仪风俗，讲究丧葬，其中不少人是通过科举入仕为官。第二小节为“姚永概的诗文”。该小节提出，虽然姚永概考进士屡屡不中，但并不说明他的文章不及格，恰恰相反，他的诗文常常能够创新，做到不流俗。姚永概对自己的诗文水平也是颇有自信的，他认为，好的诗文除义理、辞章外，内容务必充实，在此基础上，应当有所创新。沈寂认为，姚永概可谓“桐城文派的殿军人物之一”。同时，姚永概的诗文成就，是与其父亲姚慕庭的培养分不开的。第三小节为“谋官难得”。沈寂指出，姚永概谋官之初衷，正如其父，是为了“养亲”。然而，姚永概的屡试不中使他与他所期望的官场无缘，甚至使他对科举制有所不满。到了甲午战争后，他更是如同严复一般，弃绝科举与仕途，投身于发展新教育的事业中去了。

总的来说，《慎宜轩日记》的前言部分对姚永概家世家族的论述较为简单。纵观近年与桐城派相关的研究成果，可以发现专门研究桐城派的家族是很少的。个别书籍中零星的对桐城派中某个人物的家族进行记录，描写桐城派曾国藩家族的著作也有几本，除此之外，几乎没有一部专门论述整个桐城派家族的著作出版。因此本篇前言对姚永概家族的概述是很有益的。

汉党的形成（节选）

赖惠敏

桐城张氏，自张英为大学士以来，子孙登仕版者多达数十人。张廷玉于雍正元年（1723）入直南书房。① 因承奉记注精敏称旨，擢尚书拜大学士。雍正七年（1729），西北军兴创立军机处，一切规程皆张廷玉手定，从此成为世宗所倚重大臣。雍正在位时，张廷玉与鄂尔泰同为大学士兼军机大臣。自乾隆即位，两人又同受遗命辅政。张廷玉因而家门大盛，子孙皆列清华、跻显要，姻亲更相依附，有“桐城张、姚二姓占却半部缙绅”之谚语。乾隆赐张廷玉诗句，有“便将翰苑登瀛谱，唤作卿家世系图”。因自张英以下，入翰林者十一人。②详细的姻亲网络请参考下表：

桐城张氏科第功名与姻亲

九世张英（1638—1708），1663年举人，1667年进士，官至文华殿大学士兼礼部尚书。妻为明经姚孙森之女。	
子	廷瓒（1655—1702），妻为明经吴德音之女，继室为礼部侍郎顾祖荣之女。
	廷玉（1672—1755），妻为刑部尚书姚文然之女。
	廷璐（1675—1745），妻为进士姚文燕之女。
	廷瑧（1676—1698），妻为候选州同姚文荧之女。
	廷瑑（1681—1764），妻为进士吴学政之女。
	廷瓘（1683 — 1716），妻为方中履之女。
	长女，适举人姚士黉。
	次女，适副榜吴骥，为吴德音子。
	三女，适增生姚士封，即姚文熊子。
	四女，适国子监学录吴同岱，即吴兆熊子。

① 李桓辑：《国朝耆献类征初编》（台湾明文书局1985年版），卷一四，第6页。

② 《清诗纪事八》，乾隆朝卷，第4658页。

续表

十世张廷瓒，1678年举人，1679年进士，官至翰林院侍讲学士。 子　若霖(1673—1732)，附贡生，妻为拔贡生姚士重之女；继室为进士姚士藟之女。 若霈(1681—I727)，1708年举人，官至广西苍梧道兼管通省盐事务，妻为举人姚士黉之女。 若霆，早卒。
十世张廷玉，1696年举人，1700年进士，官至保和殿大学士兼管吏部、户部尚书事。 子　若霭(1713—1746)，1732年举人，1733年进士，官至内阁学士兼礼部侍郎，妻为云南南宁知县姚士塛之女。 若澄(1721—1770)，1744年举人，1745年进士，官至内阁学士兼礼部侍郎，妻为举人姚焜之女；继室为翰林编修朱荃之女。 若淑(1727—1760)，一品荫生，候选员外郎，妻为国学孙曰注之女，继室广西横州知州姚孔政之女。 若渟(1728—1802)，贡生，官至刑部尚书，妻为处州同知夏启珍女。 长女，适翰林院编修姚孔口，是姚士黉子。 次女，适广东潮州分司运同姚鈜，是姚士封子。
十世张廷璐，1702年举人，1718年进士，官至礼部左侍郎。 子　若震(1696—1756)，1723年中举，官至兵部侍郎兼署湖广总督，妻为候选州同姚士备之女。 若需(1705—1753)，1736年举人，1737年进士，官至翰林侍讲，妻为候选州同姚士至之女。
十世张廷蓁，附贡生。 子　若潭(1695—1741)，1724年举人，1736年进士，官至翰林院庶吉士，妻为举人姚士黉之女；继室为教习吴泳之女。
十世张廷瑑，1713年举人，1723年进士，官至内阁学士兼礼部侍郎。 子　若泌(1705一1768)，1735年举人，官至候选知县，妻为明经姚肤功之女。 若渠(1713一1753)，1735年举人，妻为云南南宁知县姚士塛之女。 长女，适候选知州孙循绵，是吴元衡子。 次女，适监生顾麒曾，是顾宁绳子。 三女，早卒。

续表

十世张廷瓘，廪贡生，候选教谕
子　若霨(1700—1769)，监生，候选州同，妻为文学方正谬之女。
若霍(1707—1763)，1736年中举，选授国子监学正，妻为吴同岱之女。
若霁(1709—1781)，1736年中举，拣发河工效力，妻为陕西潼商道方正之女。
长女，适赣州知府姚孔锌，是姚士黉子。
次女，早卒。
三女，适庠吴生夔，是吴昌材子。

资料来源：张绍华，《张氏宗谱》，卷四、五、六。

张英子孙三代共22人，其中获有举人功名者15人，占全部人数的68%，进士9人占40.9%。平均中举人的年龄为26岁，中进士年龄是31岁。而清朝中举岁数约30，中进士时为36岁。① 张氏获得功名的年龄比一般人略早，是因皇帝格外施恩之故，照理说，科场上若族人中有当主考者，其他人必须回避，等下次再考。但乾隆帝则下令设回避场考试，形式上的回避其实没有任何效果，张氏中试者亦多。如1723年张廷玉为总裁，廷瑑中进士；1733年张若隆为提调官，张若霭中会试第三十名；1737年张廷玉为总裁官，张若需会试第五十八名；同年张廷瑑为总裁官，张若潭中会试第五十一名。②

至于张氏的婚姻方向，自张英以下三代，共有十五人娶桐城姚氏女子，占总结婚人数70%，另有五位张姓女子嫁到姚家，占出嫁人数一半。可见张氏的婚姻对象仍以累世通婚的姚氏为重，不会因他们家族地位提高，转而寻求全国知名的世家为姻亲。

由鄂尔泰和张廷玉出身背景比较，可见两者差异。鄂尔泰因个人战功，受宠于雍正帝；张廷玉生于仕宦家庭，自幼承受庭训，为人恭谨，与鄂尔泰等恃功而骄的态度大不相同。从张英"聪训斋语"上的

① Chang Chung-li, *The Chinese Gentry: Studies on Their Role in Nineteenth-Century Chinese Society*. Seattle: University of Washington Press, 1967: 121, 125.

② 张绍华:《桐城张氏宗谱》[光绪十六年(1890)修],《联合报》(国学文献馆藏微卷),卷五,第35页;卷六,第34、50、52页。

座右箴四纲十二目，可见张英平日对子弟教育甚严。四纲为立品、读书、养身、择友。十二目有戒嬉戏、慎威仪、谨言语、温经书、精举业、学楷字、谨起居、慎寒暑、节用度、谢酬应、省宴集、寡交游。张英认为："世家子弟其谨饬如寒士，其检素如寒士，其谦冲小心如寒士，其读书勤苦如寒士，其乐闻规勤如寒士，如此则自视亦已足矣。"①张廷玉履行父亲箴言，至晚年著《澄怀园语》，时时引述张英的家训。②

张廷玉因态度谦抑、办事缜密，赢得三朝皇帝对他的信任。此外，他对民变的处理方式也不像鄂尔泰征苗疆时赶尽杀绝的作风。康熙五十九年(1720)山东发生两起民变，一则是盐贩聚众劫掠屯庄；另一起是青州生员倡率邪教，招集亡命肆行不法。经巡抚总兵竭力捕治，擒获一百五十余人。张廷玉当时官刑部侍郎，被派前往济南审讯，他发现叛乱头目自称仁义王、无敌将军，或称义勇王、飞腿将军，此不过市井混名，不足深究。故将叛乱作盗案处理，将审讯的一百五十余人中的七位首恶正法、三十五人割断脚筋，其余无干系皆释放。原本盗首供称有二千余众，张廷玉认为胁从者不过乌合之众，不必多杀，遂尽行宽恕。③ 当地文武官员却以为盗贼党羽数千人应加严惩，以免再度蠢动。张廷玉晓谕圣主德化之感人，治狱之不宜残苛。他将此事淡然处置的理由归于圣主仁慈宽大之心，并无夸耀自己功劳。

张廷玉与鄂尔泰同是乾隆朝顾命大臣，但张廷玉在诗文中仍表露谦抑之风，歌颂皇恩浩荡，有一回和皇帝放风筝，作诗云："九霄日近增华色，四野风多仗宝绳。"④可见他是个安分的人，并不骄矜自己历事三朝。也唯有在君主恩典庇护下，才能让富贵荣耀绵延数代。

---

① 张英：《聪训斋语》，收入葛元煦：《啸园文集》第12、13册[台北：光绪九年(1883)仁和葛氏刊本，傅斯年图书馆藏线装书]卷下，第21、19页。

② 参见张廷玉：《澄怀园语》卷三，收入葛元煦：《啸园文集》第13、14册，第3页。

③ 参见张廷玉：《澄怀园语》卷一，收入葛元煦：《啸园文集》第13、14册，第1~4页。

④ 《随园诗话》卷一，第1页。

从鄂尔泰和张廷玉的家世、姻戚故旧及个性思想上的比较，可看出明显的差异。鄂尔泰出身寒素，但受宠于雍正后即与满洲权贵攀亲结戚，同时又以座主姿态庇荫江南名士。在雍正帝面前自称儿臣，到乾隆帝时却俨如周公。而他征服苗疆的事功却又是建立在血流成河的手段上，一旦苗变再起，难免令乾隆帝责问鄂尔泰有何殊勋惠绩，足以媲美周公。张廷玉出身于仕宦家族，谨守礼法，历事三朝犹自谦才识短浅，不能有所建树，① 每怀戒慎恐惧之心来处理繁多事务。专断集权的乾隆帝最后会舍去满党，而与汉党共治天下，意图甚是明确。

（选自赖惠敏：《清代的皇权与世家》，北京大学出版社 2010 年版）

【评　介】

本文节选自赖惠敏的《清代的皇权与世家》中第五章第一小节“‘满党’与‘汉党’的形成”。赖惠敏毕业于台湾大学，现任台湾“中央研究院”近代史研究所研究员，主要从事社会史方面的研究。赖惠敏的研究与当下社会史研究重理论有所不同，注重对清代档案、文献史料的收集，在研究世家、家族方面取得了不少的成就。其出版著作有：《但问旗民：清代法律与社会》、《续修澎湖县志·财政篇》、《天潢贵胄：清皇族的阶层结构与经济生活》、《明代南直隶赋役制度的研究》、《台中县县政发展史》等，发表的文章有《清代旗人妇女财产权之浅析》、《清代皇族的经济生活》、《清代皇族的家族结构与财产分配》、《清代皇族妇女的家庭地位》、《清代皇族的过继研究》等。

赖惠敏的《清代的皇权与世家》出版于 2010 年 7 月，是《中国社会文化史丛书》之一。该丛书的出版旨在反映明清社会的情况，包括社会风气、社会群体和社会文化等问题。赖惠敏认为，中国传统社会的人际关系是建立在亲属、姻亲和门生故旧的基础之上的。所以，为了写作本书，必须了解政治圈的人际关系、相关家族的婚姻记录等，于是族谱、年谱、墓志铭等便成为作者写作本书的重要基础资料。通

① 《清鉴纲目》卷七，第 331 页。

过阅读家谱，作者发现了满人和汉人不同的入仕方式——汉人通过科举考试进入仕途，而满人则不仅限于此种方式。该书还探讨了清代皇权对世家的影响。具体来说，作者从政治、经济、人口和家庭史几个角度进行了研究。全书共有八章，第一章选择江浙和山东地区的一些代表性家族来讨论明清世家的形成和兴衰；第二章以海宁陈氏为例讨论了明清浙西世家的婚姻状况；第三章通过比较海宁陈氏和查氏两个家族在生育率、结婚率、死亡率方面的差异，讨论了其家族的经济基础和科举人数；第四章主要谈到山东孔府的情况；第五章涉及桐城张氏家族的情况；第六、七章分别讨论了钮钴禄氏等和高佳氏；最后一章写到了辛者库的情况。

本文所节选的内容涉及桐城的张氏家族，其中以张廷玉家族为主。作者通过对当时的满党领袖鄂尔泰和汉党领袖张廷玉进行对比，讨论了他们的家庭背景、性格、思想、门生等方面的情况。值得注意的是，作者在文中以表格的形式展示了桐城张氏科举功名和姻亲的情况。根据表格可以发现，桐城张氏的第九、十世都与姚氏家族联姻，即使日后张氏家族的整体地位提高了以后也依然保持这种情况。这在一定程度上反映了桐城派人士的一些家族在姻亲联系上的考虑。

在《清代的皇权与世家》中，作者还列举了不少与世家有关的著作，如刘翠溶的《明清时期家族人口与社会变迁》、朱勇的《清代宗族法研究》、徐扬杰的《明清家族制度史论》、高达观的《中国家族社会之演变》、潘光旦的《明清两代嘉兴的望族》等。在第二章中，作者特别提到美国学者 Hilary J. Beattie 的书 *Land and Lineage in China*: *A Study of T'ung-Ch'eng County*, *Anhwei*, *in the Ming and Ch'ing Dynasties*, Beattie 在书中指出，桐城世族的张氏、姚氏、范氏、曹氏、吴氏等通过长期的通婚，在当地久居领导地位，由此可见婚姻市场和政治势力有一种“唇齿相依”的关系。总之，对世家状况的研究可以反映一定社会群体的思想、生活、婚姻等情况，从中也可窥见这一群体的政治势力与文化号召力等，所以加强对桐城派家族方面的研究，在一定程度上能够促进对桐城派政治、教育、传播等各方面的研究。

桐城方氏：中国文化世家的绝唱

陶善才　方宁胜　张　勇

当代台湾著名学者高阳说：“桐城方氏为海内有名的世家，中国第一等的诗礼之家。”桐城方氏以桂林方氏与鲁谼方氏最为兴盛，两方差不多都是宋元之交自徽州迁桐，不过一是来自休宁，一是来自婺源。两方迁桐后都门庭兴旺、硕辅辈出、名哲继踵，蔚然为钜族。桐城桂林方氏还创造了博大精深的“桐城方氏学派”，引领了主导有清一代文坛两百多年的“桐城派”。桐城鲁谼方氏则发微于明，崛起于清，影响于当代。近代以来，许多学者在研究桐城方氏现象时，都无不赞赏有加。梁实秋则不无夸张地说：“桐城方氏，其门望之隆也许是仅次于曲阜孔氏。”黄苗子在赠方鸿寿词中也有“话到桐城必数方”之句。《影响百年中国的文化世家》一书，辟有一章重点介绍鲁谼方氏，其标题就是“中国第二大文化名门”。两方虽都是桐城方氏，然而今人多不易区分，笼统地称誉为首屈一指的文化世家。本文作者长期搜集乡邦文献、关注桐城方氏评论，今就桐城方氏文化脉系作一梳理，以飨读者。

一、有凤来仪、雷惊石破

历史学家汤纲认为，“城镇的功能除了贸迁场所之外，城镇也是许多望族士大夫的出生地、栖身处或原籍”。明清时期的桐城一向是人文荟萃之地，而作为政治经济文化中心的县城，由于是七省通衢、江淮大邑，也是钜家望族集中的地方，其中张、姚、马、左、方等钜族尤为显赫。这些钜族多从江南等地外迁而来，有的首迁之地在县城，如桂林方氏的首迁之地即县城凤仪里（又称凤仪坊）；有的虽然首迁之地在乡野，如麻溪姚氏、宰相张氏、鲁谼方氏、麻溪吴氏、龙眠孙氏等，但随后都相继迁入县城；而桐城左氏则由江南泾县首迁潜山，次迁横埠，后也迁入县城。这些钜族迁入县城后，都人文蔚起、门祚绵长，成为钜族。他们在县城不仅构有华堂大屋、游宴园林，还热衷于开办私学、兴建书院，尤其在筑城墙、架桥梁、缮文庙、助里民方面作出了许多贡献，促进了县城的经济文化繁荣。他们兴旺发迹之后，又以巨资在本县乡下择买田地、山场、水面，建构别业，以备闲时耕读，变世时则隐而居之，有时也作为卜葬之地。

然则，桂林方氏到底何时迁？现已经无确实可考。其十二世祖方大镇在《祠堂续纪》里说："我方籍于桐二百余年。"方大镇生于明世宗嘉靖三十九年（1560），往上倒推二百余年，则大约是在元末。而据方学渐所编《家谱》，则称始迁桐为元初，籍于桐已经三百余年。清末学者马其昶著《桐城耆旧传》取折中说法："方氏宋元间徙桐城。"苏惇元辑《方苞年谱》也持此说："始祖号德益于宋元之际，由休宁迁桐城县凤仪坊。"德益公率全家迁桐后，因所居之地为凤仪坊，方家也由此被称为"凤仪方"。据桐城县志记载：当时县学宫（即今桐城文庙）门前狭窄不利通行，方德益让出居地一半，使得文庙门前道路更加宽敞；他还捐资在龙眠河上修建了桐溪桥（即今紫来桥）。宋元间，胡骑南侵，铁马金戈，一时间江北人家多避兵南迁，方德益何以舍江南之安、冒锋镝北上？原来，宋端平三年（1236），蒙元兵犯淮西，安庆府被迫南迁入长江绝岛太子矶办公，后又移杨槎洲。桐城县治也随之迁至江南乌沙李阳河。当时的乌沙没有现在的大圩，江面宽广，水天相接，地势较高的洲在建制上属桐城县。为避蒙古铁骑，桐城县治迁入李阳河是不难理解的。县治何时回迁？惜于史无资料。一般认为，在元初迁回似合乎逻辑。安庆府 1260 年迁至桐城境内盛唐湾宜城渡，作为属县的桐城县治当在此前后归建。1277 年元在安庆设路，桐城县治最迟在 1277 年已不在江南。当桐城县治迁出乌沙李阳河时，方德益很有可能是随之北迁，至于他是县衙中文职人员，还是迫于王命北迁的富户就不得而知了。元延祐元年（1314），桐城在紫来桥东建文庙，当时方德益让出居地一半，拓宽通向文庙的街衢。据此至少可以肯定，方德益迁桐是在公元1314年之前，且极可能是随桐城县治一道北迁，这个时间不会早于1236年，也不会迟于1314年。何况方德益第五世孙方法，生于洪武元年(1368)，通常三十年为一代，古人生育年龄小，如以二十五年为一代，上溯四代为一百年，终元一朝计九十六年，因此方德益是宋末元初迁桐城无疑。

方德益举全家定居桐城后，散枝开叶、人丁兴旺，其后裔先后任元朝地方主簿、巡检、宣抚等职，虽然官位较低，却为后来的人才崛起作了很好的铺垫。入明后，及至五世孙方法，于建文朝由县学生举于乡，授四川按察司断事，因号“断事公”。方法刚正廉直，执法不挠。靖难兵取南京，天下诸藩皆有贺表，惟有方法效期门师方孝孺，不肯署名参贺。不久朝廷诏逮诸藩不服者，方法即被逮捕。船至望江，望家乡龙眠故山，方法对守者曰：“此吾父母邦也，幸宽我械，容治酒北向而拜，以尽人子之思。”守者许之，于是，衣冠立船首拜，拜毕跃入长江而死。其妻郑氏苦节四十年，合葬于桐城龙眠山。女儿方川贞生于四川官舍，因以命名。据《桐城耆旧传》载：断事公死难后，郑氏归里，以女许盛氏，受彩礼。“比征，女笄有日矣。盛氏子病疫，女请临丧”。“自是贞女与母同寝处二十余年。舅姑丧，服衰母室。孺人殁后，贞女遂独居一室。卒年六十八”。方法殉义沉江及其妻女苦节自守的事迹，成为方氏后裔共同引以为荣、富有感召力的一笔精神遗产，他们认同先祖笃守节义、忠贞、孝悌的价值取向和精神力量。在这种精神力量感召下，桐城县凤仪里方家到了第六代，终于“雷声惊石破”(方以智诗句)，蔚然为钜族了。

二、龙眠钟气、代起人豪

在桐城城北，龙眠山口的外方，求雨顶的对面，有一座小小的山峦，宛如一弯新月卧在长渠北岸，这就是月山。又因上有方氏祖坟，所以常称方家月山。山虽小，名气却很大，因为它作为桐城县明清两代族旺丁繁的大姓“桂林方”的发祥地，而留名于史传之中。据马其昶《桐城耆旧传》载，断事公方法长子方懋，字自勉，与里人金腾高、史仲宏结为莫逆之交。史会看风水，他相中月山这块“吉壤”，既不敢私有，也不肯明珠暗投，便先后来到金、方二家察看其子孙德行好坏。到金家，只见人声喧嚷，孩子们有的在猜拳行令，有的在吆五喝六地赌博，便摇头默退。而到了方家，只听东边纺绩声，西边读书声。两家气氛迥异，便兴奋地告诉自勉说："将来你的子孙必定富贵"，于是便把月山这块"宝地"指给他，并说这是上天的意旨，谁也不能违背，于是月山就成了方家祖坟山。本文无意于宣扬风水迷信，不过方自勉的后嗣兴盛、名贤继踵也是事实，这主要是因方自勉"训诸子厉学"，家教得法，子孙勤恳和刻苦学习，并且使良好的家风世代相传所致。

当时方自勉所居房屋宏丽壮观，甲于全县，并袭其先父方法官职名，称"断事坊"。方自勉有五个儿子，五子皆贤，时人有"五龙"之誉。因为老三方佑成进士，老五方瓘中举人，于是吏科给事中王瑞在"断事坊"大门楼上题写"桂林"二字。古称科举及第为"蟾宫折桂"。这"桂林"二字既是赞辞，也是祝福，就是祝愿方家今后"蟾宫折桂者，比立如林"。因此"桂林"二字也就理所当然地成了该族的光荣标志，大概这就是"桂林方"的来历吧。也就是从方自勉这一代开始，方家开始分房：长子方琳为中一房，次子方玘为中二房，三子方佑为中三房，四子瑜为中四房，五子瓘为中六房，懋弟方恕的长子瑶为中五房，次子玠为中七房。其后，方家子孙开枝散叶，人才兴旺，门庭日盛，门祚绵延五百余年，堪称首屈一指的文化世家。据不完全统计，明清两季，桐城桂林方氏成进士者二十五人，中举者更多，而太、府、县学生(秀才)则难以计数。

这里以桐城桂林方氏中一房为例：方琳之子方印为明朝成化举人，授天台令，彝秉直方、爱民如子、疾恶如仇，深受县民拥戴，死时囊橐空空，依靠吏民助棺，才能入殓。更值得称道的是他的曾孙方学渐。学渐字达卿，号本庵，生于嘉靖后期，先后以里中宿儒何省斋和县教谕汉阳人张绪为师。何、张二人都崇奉理学，所以学渐自然也以性善之学为宗。他终生不试，后与邹守益、吕坤、冯从吾、顾宪成、高攀龙等名士交游。高攀龙曾把他和顾宪成并称，享有崇高的声望，以布衣身份主坛席者长达二十余年，在重功名的科举时代，这是极为罕见的。死后，学者私谥"明善先生"。清初文华殿大学士、著名文学家张英说："先生以布衣振风教，食其泽者累世。"清代著名学者朱彝尊说："方氏门才之盛，甲于皖江，明善先生实浚其源。东南学者，推为帜志焉。"

明善先生学术活动影响很深、很远，这是因为：第一，他于县城龙眠河畔构建桐川会馆，馆"负城临流，据一方之胜"（焦竑《桐川会馆记》），从此县人有了专供讲习、研讨学问的地方；第二，从他开始，县中读书人纷纷集会、结社，开始了讲学之风，这对推动全县的封建文化教育，无疑起了促进作用；第三，他一生从事教育，以理学为其教育内容，门下弟子多达千人，使大多数读书人都自觉不自觉地继承了程、朱衣钵，直至清末的一些文人也未能脱其窠臼。为什么桐城文人多为封建正统文人？为什么桐城过去封建伦理观念特别浓厚？大约这是一个历史渊源吧。更重要的是，方学渐还是"桐城方氏学派"的创始人，他写了不少阐明性善之旨的书，如《心学宗》、《性善绎》等，还有解经著作多种。

明善先生长子方大镇是万历前期进士，官河南巡抚，累迁大理寺少卿。他在方氏学术上起了承前启后的作用。对上，他要弘扬乃父的性善之学，特地在明善祠旁建一个"荷薪"馆（"荷薪"之典出自《左传·昭公七年》，其义是借以表示决心继承父亲的道德学问）；对下，他悉心培养了巡抚方孔炤和才女方维仪兄妹。方维仪是大镇仲女，孀居六十六年，不惜牺牲自己的终身幸福，来实践祖父辈所宣扬的道德主张，可谓惨矣！可贵的是在其嫂吴氏早年亡故后，她以非凡的才力，接下了娘家持家教子的重担，方以智及其弟妹皆受养于她。方以智，这位百科全书式的旷世奇才的成长，是与其仲姑呕心沥血的培育分不开的。他的道德和学术成就远胜于他的先人，也不愧为后世大师。方以智后嗣中，成就最大者为次子方中通，其后，或为官或为文，就少有超过先辈的了。

明善先生次子方大铉亦为万历进士，累官至户部主事，与其兄方大镇被里人合称为"凤仪坊双凤"，居家时分别于城北陋巷和龙眠碾玉峡构筑"搴兰馆"，表达了一种雅洁向上的精神追求。大铉子方文善诗，明亡后隐居山野，以诗纪行和反映社会现实，创造了独特的"涂山体"。方大镇子方孔炤，万历进士，宦海沉浮，历任兵部主事、佥都御史、湖广巡抚。方孔炤子方以智，崇祯进士，官翰林院检讨、永历朝礼部侍郎、东阁大学士。尤其值得称道的是，明末桐城名媛诗社的领袖人物方维仪，她的身边聚集了方姓、吴姓大家闺秀，她们诗文秀洁、才调绝人，不仅《明史·艺文志》有载，而且被清以来许多“诗话”所称道，《历代妇女著作考》、《安徽才媛纪略》等都有专述。清人朱彝尊《静志居诗话》赞云：“龙眠闺阁多才，方、吴二门称盛。”此外，中一房还有进士方建钟官吏部考功司主事；方锡庆累官太仓、松江、凤翔、临江知府；方正瑗官内阁中书、工部郎中；进士方履中授翰林院编修，先后任两准盐运使、四川提学使、安徽矿务总理。

再以桐城桂林方氏中六房为例：方大美是中六房发祥的奠基人物。大美字思济，方德益第十二世孙。他勤奋治学，饱览经书，科场得意，万历十四年(1586)进士。授湖广常德府推官，后擢御史、巡按江西，再巡河南、顺天，旋迁大仆寺少卿。仕途一路春风。方大美有五子一女。其中，方应乾、方体乾、方承乾是恩贡生，方象乾是贡生，官居海防同知、方州按察司副使。方拱乾是进士，官少詹事、宏文院侍讲学士。虽然方大美后代经历了两次流放的打击，但是依然辉煌灿烂。仅方拱乾就有二十二孙，个个是人才，一门读书人。方大美后代中进士及第者十一人。进士方孝标(玄成)官东宫侍读学士。进士方亨咸官监察御史。进士方世俊官贵州、湖南巡抚。进士方保升官翰林院庶吉士。方登峄官工部主事。进士方式济官内阁中书。方苞是桐城文派鼻祖，名扬天下，官至礼部侍郎。方观承、观承子进士方维甸、从子进士方受畴先后官直隶总督，享“一门三总督”的荣耀。马其昶先生不禁惊叹：“一门之内，三秉节钺，何其盛也!”方维甸之子、进士方传穆官翰林院编修、沅州知府。方传植官濮州知府。方传檖官福建、台湾知府。进士方奎炯官四川打箭炉同知。进士方铸官户部郎中。其中，方登峄是中一房十三世方兆及的嗣子。还有不少人在两朝担任要职，于此不再赘叙。

方氏后裔秉承家学渊源，将刻苦读书、钻研学问当成人生的一种生活方式，膏油继晷，兀兀穷年，任何情况下都不放松。如方式济受《南山集》案累，流放黑龙江，在严寒绝域治学不辍。戍余，详细记述边陲山川、民族分布、物产资源和历史沿革等，写成清代名志《龙沙纪略》，入《四库全书》。方苞五岁即能背诵“五经”，一生嗜学如命。因《南山集》案，被定为死刑。在刑部狱，他苦读《礼记集说》。同系者厌之，投书于地，说：“性命须臾矣!”他答：“朝闻道，夕死可也。”在狱两年，著《礼记析疑》和《丧礼或问》。而方氏中那些没有及第的读书人，也像明善先生一样，开馆收徒，亲授子弟，阐发经史，振起文运。方学渐族弟方学华工制义(八股文)，“授徒不计贽，讲解不辍，人争师之”。他们担起了传承理学的重任，促进了方氏家学和桐城文化教育的发展。此外，桐城桂林方氏其他各房也是人才辈出。中三房方佑，天顺元年进士，授监察御史，为忌者所劾，出知攸县，官终广西桂林知府，托疾归。他工诗，著《省庵集》。中四房方向，成化十七年(1481)进士，授户科给事中，弘治中疏劾大学士刘吉、徐溥以及尚书周进士等依附固宠、巧图进用、曲意逢迎，竟因此而下狱，谪官云南多罗驿丞，后擢知湖广安陆州，官终琼州知府，著有《素亭集》。方向的从子方克，嘉靖五年(1526)进士，先后知贵溪、桐乡二县，擢南京四川道御史。曾疏劾中贵人邱得专恣不法。后一度归乡，再起为泉州知府，迁陕西苑马寺少卿，致仕归，居仙龙湖上，著《西川文集》。方向的曾孙方大任，万历四十四年(1616)进士，除北直隶元城令，擢拜御史，忤魏忠贤，被免职，崇祯初复官，累迁至左副都御史、顺天巡抚，他学殖赅博，工力深厚，生有吟癖，未尝一日废，著《霞起楼集》十卷。

三、群星丽天、巨峰鼎立

桐城桂林方氏以古文立世，文风绵长。从方门不仅走出许多名臣大吏，而且走出了研究易学、理学、文学、诗词、哲学和自然科学的学者方阵，形成了蔚为壮观的“桐城方氏学派”，铸就了灿若星河的学者群体。方法、方懋、方琳、方佑、方瓘、方印、方向、方若思、方克等皆精通易经之学，古文学造诣极深，各有诗词存世。方学渐是文学家、理学家和教育家，皓首穷经，潜心钻研性善之学，属于“王(阳明)学左派”。撰有《易蠡》、《心学宗》、《桐彝》、《性善绎》、《孝经绎》、《庸言》等十余部学术著作。方大镇、方大铉是理学大儒，诗文名家，精通周易象数之学。方大镇有《〈易〉意》、《〈诗〉意》、《〈礼〉说》、《宁澹居诗集》等数十种著作。方大铉有诗文集《搴兰馆集》、《听峡斋草》等十多种著作。方大美、方大任、方大玮、方大普等精通理学、易学，文学底蕴深厚，各有诗文集行世。方孔炤自幼聪慧，熟读经史，是古文大家、理学家，有《〈周易〉时论》、《〈尚书〉世论》、《〈诗经〉永论》、《〈春秋〉窃论》等三十多种著作。方若洙、方里、方孔一、方应乾、方象乾、方其义、方授、方育盛、方膏茂、方章钺、方畿、方中发、方兆及、方帜、方仲舒、方騄、方世庄、方世俊、方城、方传穆、方传理等，都是古文学家、诗人，各有多部诗文集问世。方拱乾、方孝标、方登峄、方式济、方观承、方维甸一家六代，都是蜚声大江南北的文学家、诗人。方拱乾“平生酷好为诗”，流放“凡一千日，得诗九百五十一首”，结成《何陋居集》，是黑龙江省第一部诗集。方观承还是著名的水利专家、农学家，诗书卜画俱工。方亨咸既是文学家、诗人，又是著名画家，有多幅山水画存藏故宫博物院。方文诗名远播，“声振天下”，堪称诗坛翘楚，有《嵞山诗文集》五十卷、《说文条贯》十八卷，仅《龙眠风雅》就收录他的诗二百三十首。其独创的“嵞山体”在诗词学界有重要影响。他的从曾孙方世举、方贞观学行兼优，酷爱诗词，著述丰硕，被荐博学宏词科皆不就。他们三人被称为“皖江三诗家”。方维仪、方孟式、方维则等闺中女诗人结会“清芬阁”，吟诗填词，唱酬往还，分别有《清芬阁集》、《纫兰阁集》、《抚松阁集》入《明史·艺文志》。方维仪还搜集古今名媛诗作，编成《宫闺诗史》，撰诗论《静志居诗话》，时人称为“今之大家”。方子耀、方若徽都是清代有名的女诗人，工诗画篆刻，分别著有《寒香阁训子说》、《闲云阁诗钞》。方中德是史学家和理学家，有历史巨著《古事比》五十二卷及《性理指南》、《易爻拟论》等数十种。方中通学富五车，是天文学家、清初新派历算“畴人”，师事德国学者汤若望；又是数学巨擘，穷十年之功，撰数学巨著《数度衍》，成为我国论对数第一人。他对哲学、经学造诣深湛，撰有《心学宗续编》、《音韵切衍》、《篆隶辨从》等数十种著作。方中履是著名学者，博学多才，经史、礼乐、法度、历象、算法、声韵、医药无所不精，著有《古今释疑》十八卷和《汗青阁诗集》、《汗青阁文集》等。方戩、方舟是时文大家。方正珠是著名数学家，著《乘除新法》，被学人奉为圭臬。方履中是古文学家、实业家。方正瑞、方正璆、方正瑗、方正琫、方正玢、方正琇、方观鲤、方元醴、方元一、方元荐、方元礼、方道章、方张盘、方张登、方奎炯、方宫声、方昌翰等，都是工文、精诗、通史、酷爱自然科学的学者，知名于时，各有著作面世。更辉煌的是，桐城方氏还崛起了三位文化巨人，成为方氏学术上鼎立的三座巨峰。

第一位文化巨人是中一房十四世方以智。方以智，字密之，号曼公，又号鹿起、龙眠愚者等，万历三十九年辛亥十月二十六日(1611年11月30日)生于明南直隶安庆府桐城县凤仪里廷尉第，卒于清康熙十年辛亥十月七日(1671年11月8日)。少年随父宦游，天启二年(1622)十二岁时，才华横溢的母亲吴令仪不幸逝世，与弟妹归养于仲姑方维仪，维仪抚之如己出。天启五年十五岁时，师事白瑜，通剑术，群经、子史略能背诵。天启七年十七岁时，师事王宣，自此终生受其影响甚深。后流寓南京，崇祯十二年(1639)成进士，授翰林院检讨，为复社成员，有“明季四公子”之称。明亡后为僧，法名弘智。《清史稿》评曰：方以智“生有异秉，博涉多通，自天文、舆地、礼乐、律数、声音、文字、书画、医药、技勇之属，皆能考其源流、析其旨趣”。他将知识分为三类：“考测天地之家，象数、律历、音声、医药之说皆质之通者也，皆物理也。专方治教，则实宰理也。专言通几，则所以为物之至理也。”这种科学分类，在我国是第一次。他强调“质测”(实验科学)的知识，主张“寓通几(哲学)于质测”，哲学寓于科学，科学以哲学作指导。他接受了明末西方传来的科学知识，但反对同时传入的基督教神学，批判西学“详于质测而拙于言通几”。他认为“一切物皆气(物质)所为也，空皆气所实也”。反对“离气以言理”、“离气以言道”的宋明理学，提出“宙(时间)轮于宇(空间)”，宙在宇中，宇在宙中，整个宇宙都是物质的。他在《东西均》中提出“合二而一”的合理命题。他发现“光不走直线”，“光肥影瘦”。其立论与二百多年后爱因斯坦的“光线在引力场中发生弯曲”的论断有相通之处。方以智一生著作有一百多种，包括《通雅》、《物理小识》等，合计四百万言之多，多有散佚，存世作品数十种，内容广博，文、史、哲、地、医药、物理，无所不包。方以智是明清之际伟大的思想家、文学家、唯物主义哲学家，“十七世纪罕无伦比的百科全书式”的大学者。

第二位文化巨人是方氏中六房后裔方苞。方苞(1668—1749)，字凤九，一字灵皋，老年自号望溪。其高祖方大美，明神宗万历十四年(1586)进士，曾任太仆寺少卿。曾祖方象乾，明恩贡生，曾任按察司使，充岑西左江兵备道，明末，因避乱寓居江宁(今南京)。祖父方帜，曾任芜湖训导，后调任兴化县教谕。父仲舒，国子监生，家境日落，后入赘江苏六合县留稼村吴勉家，方苞即出生于这里。方苞自幼聪明，四岁能作对联，五岁能背诵经文章句，六岁随家由六合迁到江宁旧居居住，仍保留桐城籍。十六岁随父回安徽桐城参加科举考试。二十四岁至京城，入国子监，以文会友，名声大振，被称为“江南第一”。大学士李光地称赞方苞文章是“韩欧复出，北宋后无此作也”。方苞三十二岁考取江南乡试第一名。康熙四十五年(1706)考取进士第四名。时母病回乡，未应殿试。康熙五十年(1711)，戴名世《南山集》案发，方苞因给《南山集》作序，被株连下江宁县监狱。不久，解到京城下刑部狱，定为死刑。在狱中两年，仍坚持著作，著成《礼记析疑》和《丧礼或问》。康熙五十二年(1713)，因重臣李光地极力营救，始得康熙皇帝亲笔批示“方苞学问天下莫不闻”，遂免死出狱，以平民身份入南书房作皇帝的文学侍从，后来又移到养蒙斋编修《乐律》。康熙六十一年(1722)，充武英殿修书总裁。雍正九年(1731)解除旗籍，授詹事府左春坊左中允，次年迁翰林院侍讲学士。雍正十一年(1733)，提升为内阁学士，任礼部侍郎，充任《一统志》总裁。雍正十三年(1735)，充任《皇清文颖》副总裁。清乾隆元年(1736)，再入南书房，充任《三礼书》副总裁。乾隆四年(1739)，被谴革职，仍留三礼馆修书。乾隆七年(1742)，因病告老还乡，乾隆帝赐翰林院侍讲衔。从此，他在家闭门谢客著书，乾隆十四年(1749)病逝。年八十二，葬于江苏六合。方苞继明归有光的“唐宋派”古文传统，以儒家经典为基础，尊奉程朱理学，并首创“义法”说，倡“道”“文”统一。在《史记评语》里说：“义即《易》之所谓言有物也，法即《易》之所谓言有序也。以义为经，而法纬之，然后为成体之文。”论文提倡“义法”，“义”即文章的内容；“法”文章的写作技艺，即形式。内容决定形式，形式服务于内容，两者相统一。从“义法”说出发，他要求文章结构条理要讲究“篇法”，以“雅洁”为尚，反对俚俗和繁芜，要“明于体要”，“于义以求法”，“虚实详略”，“或逆或顺，或前或后”，言之有序，有条不紊，创造语言清正雅正、严谨朴质的文体。这为桐城派散文理论奠定了基础。后来桐城派文章的理论，即以方苞所提倡的“义法”为纲领，继续发展完善，于是形成主盟清代文坛的桐城派，影响深远，至今仍为全国学术界重视，方苞也因此被称为桐城派的鼻祖。桐城派统治有清一代文坛二百余年，当时可谓“家家桐城、人人望溪”，在中国文学史上占有重要地位。

第三位文化巨人是中三房后裔方东美。方东美(1899—1977)，名珣，字德怀，后改字东美，曾用笔名方东英。1899 年 2 月生于安徽桐城，世代书香。三岁始读《诗经》，在儒家的家庭氛围中长大。十四岁进入桐城中学，与后来在美学、文学批评方面卓然成家的朱光潜先生同学。1917 年就读南京金陵大学文科哲学系，1918 年与王光祈、曾慕韩、陈愚生等人发起少年中国学会，欲“本科学的精神，为社会的活动，以创造少年中国”。1921 年赴美国留学，留美期间喜好实用主义哲学，后来深为柏拉图吸引，热爱希腊哲学。回国后任国立东南大学(1928 年改名中央大学)哲学系教授，曾任中央大学(1949 年于大陆更名南京大学，1962 年在中国台湾复校)哲学系主任。1948 年任台湾大学哲学系教授、系主任。晚年致力于建立“新儒学”体系，被推崇为新儒学的哲学起源。1965 年出席由美国夏威夷大学主办的第四届东西哲学家会议，宣读的论文得到各国学者极高评价。大会的发起人、夏威夷大学哲学系主任查理摩尔教授说：“我今天才知道谁真正是中国最伟大的哲学家。”英国牛津大学中国明代思想史研究专家麦克慕兰教授说：“真未想到一位东方人，以英文著述，向西方介绍中国哲学思想，其英文之造诣如此优美典雅，求之于当世之英美学者亦不多见。”方东美在从事哲学教学和研究的一生中，始终以开放的胸怀对待中国传统文化的各种思想流派，潜心钻研原始儒家、原始道家、大乘佛学、宋明理学，并力图贯穿古今、统摄诸家。他以宽广的视角审视世界哲学的发展，深入中西哲学的殿堂，融会百家，又最终回归于中国文化本位。他十分注重吸纳中国古代的生活哲学思想，以《易经》为纬，圆融佛儒道，会通中西哲学与文化，建构了他的宏大精深的哲学体系，从而为中国哲学与文化的现代转折指点了一条全新路径，创造了一个富有特色的哲学系统，因此被称为新儒学“一代大哲”。同时，方东美还是一位才华横溢的诗人，撰有《坚白精舍诗集》，存诗一千余首，享有“东方诗哲”之美誉。在方东美先生的学术世界中，诗意的叙述与逻辑的体系，形上的理境与形下的灿烂，华美的文采与宏阔的构思，完美地统一在他的四百万言著作之中。

四、诗书传家、大壑幽深

与桂林方氏“折桂如林”的盛况相比，鲁谼方氏兴起较迟，门第寒微，被人目为“小方”，因其始祖宋末由徽州婺源走猎入桐城，定居于距县城西北十公里处的鲁谼山(谼者，大壑也)，世代以打猎为生，又称“猎户方”。传至族人方孟晙，始弃猎从文，筑舍读书，后世方转而向学。孟晙长子方泽清雍正、乾隆间以优贡生入都为八旗官学教习，任满以知县用，不就，以文学名于当时，与同邑姚范、刘大櫆、叶酉等号为“龙眠十子”，又与周振采、沈德潜等并称“江左七子”，姚鼐尝从受业。著有《待庐集》等。自此，鲁谼方氏文脉大开，薪火相传，墨香不绝，几有超越桂林方氏之势。

方泽孙绩，乾隆诸生，师刘大櫆、姚鼐，鼐子景衡又从受业，为文高古雄迈，著《经史劄记》十二卷、《鹤鸣集》六卷等。绩子东树(1772—1851)，字植之，嘉庆诸生，博览经史，著述宏富，曾纂《桐城鲁谼方氏族谱》二十三卷，有《仪卫轩全集》行世，为“姚门四杰”之一，是鲁谼方氏中第一个享有全国声誉的人物，其《汉学商兑》、《昭昧詹言》为桐城派在政治思想和文学理论方面的代表作。东树子闻，承父祖余绪，学有根柢，负有诗名，著有《抱独山人诗集》二卷。闻子渊如、龙光，严于诗律，不废吟咏，均有诗作传世。

近百年来活跃于学界文林的鲁谼方氏学人皆为方东树族弟宗诚的后裔。宗诚(1818—1887)，字存之，号柏堂，道光县学生。高祖孟晙，曾祖源，祖父护，父松，世有行谊，号为清门。自宗诚始由鲁谼迁居县城西北郊古塘。宗诚少而好学，师事方东树，治经学兼治古文，同治间入曾国藩幕，曾国藩移督直隶，荐宗诚为枣强县令，政声颇著，后加五品卿衔，著有《柏堂集》九十二卷。钱泰吉谓其“议论开拓而能谨严，叙事详赡而能简洁”，为近代桐城派名家。宗诚子守彝(1845—1924)，曾任太常博士，喜网罗旧闻，好为诗文，诗作颇受吴汝纶、徐宗亮称许，著有《网旧闻斋调刁集》二十卷；守敦(1865—1939)，青年时不应科举，尝从吴汝纶东渡日本考察学制，助其创办桐城中学堂，热心教育，精于书法，长于诗文，有《凌寒吟稿》、《凌寒文稿》行世。他们二人是桐城派由衰而亡的见证者。

守彝有子孝朗、孝深、孝冲、孝远、孝宽；守敦有四子五女，子为孝旭、孝彻、孝岳、孝博，女为孝姞、令孺、令完等，皆术有专攻，学有所成，较有名望者有：孝旭(1887—1953)，名时晋，曾留学日本东京弘文学院研修文史，与周作人同学。后任教于各中学，新中国成立后任安徽省文史馆馆员。孝彻(？—1935)，名时亮，工诗，取法谢灵运、杜甫、韩愈三家，诗作富有情感，有《解虚轩遗诗》一卷附杂文一卷存世。孝岳(1897—1973)，名时乔，毕业于上海圣约翰大学，后任北京大学预科国文讲师，上海印书馆编辑，曾赴日本东京大学进修两年，回国后辗转各大学任教，新中国成立后一直任中山大学教授，毕生从事文学、经学、佛学研究，汉语音韵学造诣尤深，是我国现代著名音韵学家。孝博(1908—1984)，名竑，毕业于国立中央大学，留校任物理系助教，后改任中文系讲师、副教授，新中国成立后在甘肃省兰州大学等校任教，著有《墨经中的数学和物理学》、《文字学纲要》等。令孺(1897—1976)，因排行第九，人称“九姑”，1923 年赴美留学，为桐城女子留学第一人，回国后在青岛大学、复旦大学任教，为新月派诗人、散文家，新中国成立后任浙江省文联主席。令完(1910—1981)，早年毕业于安徽省立第一女子师范学校，后在中小学任教。1960 年前后，两次奉派到民主德国莱比锡大学和波兰华沙大学教授汉语言文学。幼承家学，长于吟咏。

守彝、守敦孙、曾孙辈中，亦不乏才华出众、较有影响者。守彝之子孝冲，生有八子，三子琦德、四子珂德(后改名方章)抗战前分别从清华大学英文系、社会系毕业，与蒋南翔同为“一二·九”运动中清华大学中共地下组织的重要成员。琦德“文革”前曾任浙江省人民政府秘书长；珂德在新中国成立后任昆明师范学院副院长、党委书记。五子璞德，改名杨永直，抗战时由复旦大学赴延安，在新中国成立后任中共上海市委宣传部副部长、部长，上海社会科学院院长。六子和壁，改名何均，抗战期间由重庆大学赴延安，曾任朱德秘书，中共中央办公厅某组组长，与毛泽东秘书田家英关系甚密，田家英蒙冤自杀前最后晤谈者即为何均。“文革”后调中国社科院经济研究所工作。七子琯德，抗战期间毕业于国立戏剧专科学校，1949 年后任职北京人艺，为著名话剧演员、导演。守敦长孙、孝旭之子玮德（1908—1935），毕业于南京中央大学外国文学系，从事新诗创作，受到闻一多、徐志摩的赏识，与陈梦家并称为新月派后期“双子星座”，著有《玮德诗文集》。孝岳子管，学名珪德，字重禹，笔名舒芜，当代著名学者、作家；方言（1923—1992），原名方祚德，高级编辑，曾任新华社总社新闻部副主任，新闻研究所所长，中国社科院研究生院指导教师，著有《新闻初探》等；方复，北京工业大学教授，硕士研究生导师，著名建筑设计师，曾主持北京政协礼堂的设计和中南海居仁堂等古建筑的修复工作。余者方敏、方新（筠德）、方徨（祁德）等亦各有所成。曾孙辈中著名者有：方纯（铁生），重坚长子，早年投身革命，曾任北京军事学院教研室主任、炮兵学院副院长，1955 年授大校军衔，现为国防大学副军级离休干部。方子哥，琯德子，北京电影制片厂演员剧团国家一级演员，曾获金鸡奖、百花奖最佳男配角奖。

此外，鲁谼方氏还通过婚姻关系结成了一个庞大的文学方阵。孝岳娶桐城派殿军马其昶第五女马君宛为妻，马氏同父异母姐姐嫁与桐城相府张氏，生女张菁子，即当代蜚声台湾文学界，与琼瑶齐名的著名作家张漱涵；马其昶长孙马茂元，自幼与方氏子弟一起读书、生活，毕业于无锡国学专科学校，后为上海师范大学教授，《中国大百科全书·文学卷》副主编，以楚辞、唐诗研究驰誉学界。孝彻妻夏纯（字漱兰），系国民党政要陈诚的表姐，著名画家和社会活动家。其父夏屿（字次崖），原任桐城中学体育教员，与守敦友善，后因参加倒袁斗争被暗杀，被国民政府追认为“上将军”。守敦长女孝姞能诗善画，嫁与同邑名门之后姚农卿。农卿清末留学英国七年，专攻采矿专业，归国后无用武之地，遂转教古典文学，抗战胜利后任中国大学中文系主任，中华人民共和国成立后任中央文史馆馆员；守敦另一女嫁怀宁邓石如之后、名医邓初。邓初清末赴日本学医，是中国西医界的老前辈，与郁达夫、陈独秀等现代名士相交甚笃，其兄为著名美学家邓以蛰教授，其侄即为“两弹元勋”邓稼先。守彝的一个女儿嫁江苏常熟宗氏，生子宗白华，是与朱光潜齐名的现代中国美学宗师。守彝孙重申之女瑶华，嫁上海人包敬第，生女包柏漪，后举家由台湾移居美国，成为美国公民。包柏漪嫁给曾任驻华大使、助理国务卿的美国外交官洛德为妻，随夫驻华期间积极推动中美友好关系，与中国文学界人士交往密切，是美国有名的小说家，每对人言辄依母籍自称桐城人。

明末清初学者潘江在《怀方尔止·尔留》诗中写道：“龙眼巨室推桂林，文章节义世所钦。国初沉渊有断事，节义寥寥直到今。”总之，桐城方氏自宋元之际迁桐以来，忠孝贤杰，迭起代兴，族望峻大，累叶敦儒，门祚绵延五百余年而未艾。诚如钱理群所说：“桐城方氏是继曲阜孔氏以后对中国文化影响最大的家族。可以说，桐城方氏家族是中国文化世家的一个绝唱，在未来社会是不可能出现的了。”与桐城方氏一样，城内还有张、姚、马、左等著姓望族，合称“桐城五大家族”，多以务农耕读起家而至于科第绵延，簪缨不绝，并由此形成非常深的世家观念。这些望族还以婚姻关系相串联，环环相扣，盘根错节，从五大家族中任取一人为中心，都可以画出一个串联五家的网络。当然，桐城方氏和桐城其他一些望族一样，瓜瓞虽茂，但也并非只蜗居在桐城一隅。特别是明末遭乱后，桐城城中望族纷纷移徙金陵，尽管后来又纷纷回归桐城，但也有的从此寓居他乡。而寓居他乡的客子，重宗意识都很强，仍为桐城的文明薪火蓄势增威，他们的璀璨光芒继续照亮着故园桐城的星空。如方苞自曾祖方象乾时代就举家迁居金陵，他本人也出生于六合，但他始终籍于桐城，以“龙眠方苞”自称，并在金陵建桐城方氏支祠。如今桐城方氏后裔已经遍布世界各地，在各行各业继续作出贡献，但他们大多不忘根在桐城、根在凤仪里，寓居在外年代已久的方氏后裔回桐城寻宗不断，他们仍努力从家族的历史和祖先的辉煌中汲取精神力量。

（原载《书屋》2011 年第 7 期）

【评　介】

桐城方氏可谓中国近现代文化史上一个庞大的“体系”，一般来说它包括桂林方氏、鲁谼方氏及会宫方氏三族。陶善才、方宁胜和张勇在《桐城方氏：中国文化世家之绝唱》一文中择其二，就桂林方氏和鲁谼方氏的发展、兴盛做了论述。文章的结构紧凑，语言优美，概括精确，向读者展示了桐城方氏走向显赫与鼎盛的情况。作者通过文章强调了如下信息：对于桐城方氏这样的大家族，其世世代代人才辈出，而后辈中更是不断涌现在各行各业堪称翘楚的俊杰。可知，桐城方氏无愧于中国文化第二大世家这个称号。

关于桐城方氏的起源、发展、流传以及对后世的影响等方面的研究著作有很多。以下列举其中比较重要的作品，以供读者参考，并期望通过阅读这些作品，读者能对《桐城方氏：中国文化世家的绝唱》有更加深入的体会。

首先，有关桐城方氏的血缘家谱的专著有：清徐璈编《桐旧集》、《桐城方氏家谱前刊家谱原序》、《桐城鲁谼方氏族谱》，臧励和编《中国人名大辞典》，杨廷福和杨同甫编《清人室名别称字号索引》，朱保炯、谢沛霖编《明清进士题录索引》等。特别地，郭谦的《影响中国的文化世家》（海南出版社 2006 年版）把桐城方氏定位为中国第二大文化名门，对方守敦、方令孺、方孝岳、方玮德、舒芜等做了详细的介绍。此外，李兴盛的《中国流人史》和《中国流人史与流人文化论集》，谢正光的《桐城市博物馆馆藏文献文物研究》也都对桐城方氏进行了论述。

其次，关于桐城方氏的发展变迁的论文有：麻守中的《清初桐城方氏两次遣戍东北考》（《史学集刊》1984 年第 4 期），该文对程可则科场案、丁酉科场案、南山集案以及桐城方氏的迁徙作了论述；李兴盛的《清初三次遣戍黑龙江地区的桐城方氏一家》（《求是学刊》1981 年第 1 期）和《〈南山集〉文字狱案及桐城方氏向东北的遣戍》（《北方人物》1988 年第 2 期），这两篇文章对桐城方氏迁徙东北的原因、过程、影响等作了较为详备的论述；张丽丽的《清初满汉融合背景下科举家族的出处与诗歌创作研究——以桐城方氏为例》（《文学界》2012 年第 6 期），该文认为安徽桐城方氏家族在清初经历的各种抉择和科场风波影响了他们家族成员的诗歌创作；张兵和张毓洲的《清朝前期案狱与桐城方氏四代流人的心态与创作》（《甘肃社会科学》2010 年第 3 期），该文认为，明清之际，桐城方氏家族中有不少人因遭到清统治者的打击而沦为遣戍东北的流人文士。他们的心态由积极入世转为消极遁世，其作品基调也由欢愉变为伤悲。

再次，有关桂林方氏的著作主要包括：《桐城桂林方氏家谱》与《桐城桂林方氏名人谱系图》（收录于安徽省图书馆）；宋豪飞的《明清桐城桂林方氏家族及其诗歌研究》（黄山书社 2012 年版）；乔琛的《论桐城桂林方氏女性家庭生活与创作的关系》（《安徽文献研究集刊》2006 年第 1 期），该文认为，方氏女子的生活和创作关系密切，她们的生活是其创作风格形成的最重要的原因；张耕的《桐城“桂林方氏”的文化精神与方以智书画艺术成因的关系》（《书画世界》2008 年第 4 期），该文认为，桐城桂林方氏孝友秉直为臣、饱学为儒的人格铸就了方以智的思想，成就了他的书画艺术风格；金卫国的《从桐城桂林方氏家族看清朝前期满汉民族磨合》（《安徽史学》2009 年第 6 期），该文论述了桂林方氏从对明朝的依附，到顺治、康熙年间因科场案和《南山集》案而沉沦，再到雍正、乾隆时期重振家族的过程。作者指出，这期间他们与朝廷的其他势力逐渐在斗争中走向认同与合作，因此清后的方氏家族史可谓一部满汉磨合史。

最后，有关鲁𬬻方氏的著作主要有方宁胜的《桐城文学世家的现代转型——以鲁𬬻方氏为中心》（收录于 2005 年《安徽省桐城派研究会成立大会暨第二届全国桐城派学术研讨会论文集》）。在这篇文章中，作者指出，“鲁𬬻方氏这个桐城文学世家，跨越近代与现代，历经百年而不衰，在新、旧文学领域都取得了不俗的成绩”，“桐城派散文在内的我国优秀传统文化，无论对于一般读者还是专门研究者，都是一座永不枯竭的宝藏，无论你对它所持的态度如何，它都在发挥接续文化血脉、提高精神素质的巨大作用，这也是我们今天开展桐城派研究题中应有之义”。

此外，有关桐城方氏的女性的研究也有杰出的成果，如许结的《明末桐城方氏与名媛诗社》(《文学评论丛刊》2001 年第 1 期)，以及乔琛的《论桐城桂林方氏女性家庭生活与创作的关系》(《安徽文献研究集刊》2006 年第 1 期)，都对明清时期桐城方氏女性的学养、生活、精神面貌等方面作了探究。

桐城方氏是一个历史悠久、人才辈出的庞大的群体，其中包含着许多值得深入研究的问题，需要桐城派研究者们的共同探索求解。

中国思想学术史上的道统与派分

桑　兵

晚近研治中国学术史，好以派分。除以各个流派为对象的专题研究之外，在一般综合或分科的学术史著述中，学派也往往是条贯的脉络而成为论述的中心。而在学术发展史上，名目繁多的流派是否实有，如何形成，如何判断其主体与边际或内涵与外延，按照学术流派来研究学术史，其高下良否、利弊得失究竟如何，这一系列问题，前贤与时人议论纷纷，莫衷一是。异域学人艾尔曼(B. A. Elman)专文讨论了清代学术流派；香港饶宗颐教授所作《中国史学上之正统论》，不仅论及史统、治统与道统的关系，还辑录了历代重要的相关史料。按照学术流派来探寻学术发展变化的渊源脉络，固然有简便易行的好处，但也的确存在看朱成碧、倒述历史、以偏概全、简约而不能准确展现复杂事实及其联系纠葛的种种弊端。治学须破除门户之见，而破除的前提是能够分别门户。如果分不清而不分，就并非超越而是识浅。鉴于学派问题至少是近代和当下学人看待中国学术史的重要观念，与其先验地将学派作为研究的实在对象，毋宁探讨这些对象的由来以及研究的路径和方法。

一、道统与派分

1903年《国民日日报》刊载了一篇题为《道统辨》的文章，其结语断言："中国自上古以来，有学派，无道统。学派贵分，道统贵合；学派尚竞争，道统尚统一；学派主日新，道统主保守；学派则求胜前人，道统则尊尚古人；宗教家有道统，学术家无道统也。吾非谓宋儒之无足取，吾非谓理学之不足言，不过发明宋儒之学为学派，而不欲尊宋儒之学为道统耳。”①清季激进知识人议论学术，主要是借学术话题表达政治理念，《道统辨》的作者也不例外。他说：“中国学术所以日衰者，由于宗师之一统也。宗师之统一，即学术之专制也。统一故无竞争，无竞争故无进步。溯其原始，孰非异学消亡之故乎？故道统之名立，始也排斥周末之子书，继也排斥汉儒之考证，又继也排斥魏晋之词章，是则道统未立之先，仅为孔教统一，道统既立之后，更为宋学之专制矣。至宋学之专制成，而凡立说之稍异宋学者，悉斥为事杂言庞，于是更缘饰经传一二语曰‘攻乎异端，斯害也已’，曰‘道不同不相为谋’。”清代思想学术，虽然方镇大员力持朴学考据，理学始终是朝廷确定的官方正统意识。而道统论本来与正统论密不可分。“圣贤在上，政即道也；圣贤在下，言即道也。”②“君师本于一人，故为统。”孔子以后，君师相分离，道统与治统亦分离。③ 在这里，反道统其实就是反对清朝统治的正统性，为各种反清的思想学说公开登台鸣锣开道。

不过，道统说不止可以发明宋儒之学为学派，中国学术史上有所谓学派，与道统论关系甚大。陈寅恪《论韩愈》表彰其在唐代文化史上之特殊地位，第一条就是“建立道统，证明传授之渊源”。原因在于“华夏学术最重传授渊源，盖非此不足以征信于人，观两汉经学传授之记载，即可知也。南北朝之旧禅学已采用阿育王经传等书，伪作付法藏因缘传，已证明其学说之传授。至唐代之新禅宗，特标教外别传之旨，以自矜异，故尤不得不建立一新道统，证明其渊源之所从来，以压倒同时之旧学派”。陈寅恪称许韩愈，主旨是想说明“退之自述其道统传授渊源固由孟子卒章所启发，亦从新禅宗所自称者摹袭得来也”。韩愈扫除章句繁琐之学，直指人伦，目的是调适佛教与儒

---

① 东大陆图书译印局编辑：《国民日日报汇编》第 3 集，1904 年 10 月出版，社说，第 7 页。

② 梁廷楠：《正统道统论》，转引自饶宗颐：《中国史学上之正统论》，上海远东出版社 1996 年版，第 235 页。

③ 费密：《统典论》，转引自饶宗颐：《中国史学上之正统论》，上海远东出版社 1996 年版，第 356 页。

学的关系。“盖天竺佛教传入中国时，而吾国文化史已达甚高之程度，故必须改造，以蕲适合吾民族、政治、社会传统之特性，六朝僧徒‘格义’之学，即是此种努力之表现，儒家书中具有系统易被利用者，则为《小戴记》之《中庸》，梁武帝已作尝试矣。然《中庸》一篇虽可利用，以沟通儒释心性抽象之差异，而于政治社会具体上华夏、天竺两种学说之冲突，尚不能求得一调和贯彻，自成体系之论点。退之首先发见《小戴记》中《大学》一篇，阐明其说，抽象之心性与具体之政治社会组织可以融会无碍，即尽量谈心说性，兼能济世安民，虽相反而实相成，天竺为体，华夏为用，退之于此以奠定后来宋代新儒学之基础”。① 而陈寅恪推崇新儒学，是因为“新儒家之旧途径”“一方面吸收输入外来之学说，一方面不忘本来民族之地位”，在中国“真能于思想上自成系统，有所创获”。② 他认为，宋儒“皆深通佛教者。既喜其义理之高明详尽，足以救中国之缺失，而又忧其用夷变夏也。乃求得两全之法，避其名而居其实，取其珠而还其椟。采佛理之精粹，以之注解四书五经，名为阐明古学，实则吸收异教，声言尊孔辟佛，实则佛之义理，已浸渍濡染，与儒教之宗传，合而为一。此先儒爱国济世之苦心，至可尊敬而曲谅之者也”。③ 这与清季革新人士抨击道统论的立意截然不同，后者由其当时的感触立论，并不说明道统论的实际历史地位与作用，但是同样看到，道统论的出现，其实是为宋儒之学的新学派张本。建立新道统的目的，就是为了压倒同时的旧学派。

不仅如此，道统论的出现，甚至是中国学术史上产生学派意识的重要因缘。如近代学人所指出：“汉学讲家法，有今文家法，有古文家法，有讲训诂声韵者，有讲典礼制度者，有讲经籍义例者，若不通家法，便非汉学。宋学讲宗派，有程朱学派，有陆王学派，有种种学

---

① 《金明馆丛稿初编》，三联书店 2001 年版，第 319~322 页。饶宗颐教授对此说存疑。

② 《冯友兰中国哲学史下册审查报告》，《陈寅恪史学论文选集》，上海古籍出版社 1992 年版，第 512 页。

③ 《吴宓日记》第 2 册，三联书店 1998 年版，第 102 页。

派，若不守宗派，便非宋学。”①道统论的出现，反映出宋学的门派意识日渐明确，不仅与此前的章句繁琐之学立异，其内部门派分立的倾向也渐趋强烈。从历史上看，道统论之后，中国出现了学派的概念。“隋、唐之前，无道统之说也。唐、宋诸儒，以为天不变道亦不变也，于是有传道之人；又以吾儒之道异于异端也，于是有道统之说。”②而道统论有孔孟前之道统与孔孟后之道统的分别，前者即韩愈《原道》“斯吾所谓道也，非向所谓老与佛之道也。尧以是传之舜，舜以是传之禹，禹以是传之汤，汤以是传之文武周公，文武周公传之孔子，孔子传之孟轲，轲之死，不得其传焉”。其后中断甚久，到了韩愈，才重新接续。

韩愈“原道”，实际上建立了传授的渊源脉络，却并未正式提出“道统”，用清代学人的看法，也就是有道而无统。“夫愈之《原道》，举其实而辟其浮，守其中而贬其杂，未尝及统。”③将韩愈作为道统论的发端，更多的是宋儒的追溯。据钱大昕考，道统二字始见于宋李元纲《圣门事业图》。④ “统者，即正宗之谓，亦犹所为真谛之说也，要之不过天理二字而已矣。”⑤讲道统就有纲纪法度，是非正邪，所以“论道统之所自来，必曰宗于某，言文脉之所从出，必曰派于某”。费密论述宋儒讲道统的由来：“独言孟轲之传，开于唐儒韩愈。至宋蔡京遂以王安石上下孟轲，程颐又以程颢为孟轲后一人，而尚无道统接传之论也。南渡后朱熹与陆九渊争胜门户，熹传洛学，乃倡立道

---

① 柳诒徵：《汉学与宋学》，东南大学南京高师国学研究会编辑：《国学研究会演讲录》第1集，商务印书馆1924年版，第84~90页。

② 《道统辨》，《国民日日报汇编》第3辑，社说，第1页。

③ 费密：《统典论》，转引自饶宗颐：《中国史学上之正统论》，上海远东出版社1996年版，第360页。

④ 钱大昕：《十驾斋养新录》卷18，江苏古籍出版社2000年版，第386页。

⑤ 熊赐履：《学统序例》，转引自饶宗颐：《中国史学上之正统论》，上海远东出版社1996年版，第363页。

统，自以为曾氏独得其宗，而子思，而孟轲，而程颢、程颐接之。”①

梁启超等人将学派的历史上溯到先秦，严格说来是后人的附会。李审言《论桐城派》称：“《说文》有‘𠂢’无‘派’。𠂢‘从反水’，谓‘水之衺流别也’，即今派之正字。夫衺流别赴，异于正源，本非雅词。古有师法，无所谓派者。有之，自宋吕居仁《江西宗派图》始。然一祖三宗之说，山谷、后山、简斋，尚在人口，其下则蔑如也。可见一时之好尚，未为定论。”②文学史研究者以为：“派”、“流派”两个词在中国典籍中很早就出现了，而用“派”来概括文学创作的派别，大约在北南宋之交才开始，并以吕本中《江西诗社宗派图》、杨万里《江西宗派诗序》和刘克庄《江西诗派总序》为文学流派自觉认识的标志。这样江西诗派成为古代文学史上第一个自觉结成的诗歌流派，后续各派，均“昉于宋朝之江西诗派”。③ 至于学派一词，以宋黄仲元《四如讲稿》卷一提及的江西学派，用法与今义较近。④ 不过，研究者还发现，古代文学流派，包括所谓自觉型的流派，其名称都不是当事人自己标榜的，其命名以及人们对它的认识往往晚于流派本身的形成。也就是说，流派实体先已形成，然后人们才为它命名并对其有所认识。换个角度看，这样的逻辑恰好说明流派是由后来人的认识逐渐定型的，而人们的能动性并不仅仅是发现流派的实体，还会参与流派形成的主观进程。

宋代的学术流派就是在这样的进程中发展和完善起来的。虽然宋儒门户之见甚深，宋代已经出现了学派的概念，并且至少在后来人的眼中，还有了为数不少的学派，但仔细检讨相关史料，宋代学派的分界与脉络在清人的著作中才变得明晰起来。这种清晰化同样与道统论有着密切关系。所谓“孔孟后之道统，则孙夏峰《理学宗传》所列周子

① 饶宗颐：《中国史学上之正统论》，上海远东出版社 1996 年版，第 359~363 页。

② 李稚甫编校：《李审言文集》下，江苏古籍出版社 1989 年版，第 887 页。

③ 钟林斌、李文禄：《编者前言》；钱仲联：《〈桐城派研究〉序》，均见周中明：《桐城派研究》，辽宁大学出版社 1999 年版。

④ 感谢李广健教授和谢小强博士指示相关资料。

元公、程子纯公、程子正公、张子明公、邵子康节、朱子文公、陆子文安、薛子文清、王子文成、罗子文恭、顾子端文是也”。① 而强调道统，必然分别宗派。清代各种宗传、学案，为数甚多，形成梁启超所谓专史中“惟学术史一部门，至清代始发展”的局面。② 康熙时熊赐履著《学统》53卷，其《序例》云：“夫道也者，理也；理具于心，存而复之，学也。学有偏全，有得失，而道之显晦屈伸，遂从而出于其间。有志者，是乌可不为之致辨乎？辨其学，所以晰其理，而道以明，而统以尊。呜呼！此固吾儒事功之决不容已者也。三代以前尚矣。鲁、邹而降，历乎洛、闽，以逮近今二千余年，其间道术正邪，与学脉绝续之故，众议纷纭，讫无定论。以致标揭门户，灭裂宗传，波靡沉沦，莫知所底。予不揣猥，起而任之。占毕钻研，罔闻宵昼，务期要归于一是。爰断自洙、泗，暨于有明，为之究其渊源，分其支派，审是非之介，别同异之端。位置论列，宁严毋滥。”熊自谦为“鄙儒”，“粗通章句，辄搦管为此，则夫谫陋之诮，僭逾之辜，极知在所不免。然而生平卫道之苦衷，自谓可以对越往哲，昭示来兹而无愧”。③ 作者是否鄙儒，自有公论，其卫道心切，则显而易见，因此所分宗派主观意识极强。而黄宗羲、全祖望等人撰写《宋元学案》，“有宋各派学术——例如洛派、蜀派、关派、闽派、永嘉派，乃至王荆公、李屏山派——面目皆见焉”，被梁启超许为“洵初期学史之模范矣”。④

清儒讲宋学史，虽然各种宗传、学案事实上已在编织学派的谱系，可是直接标名学派的并不多见。万斯同的《儒林宗派》和李清馥的《闽中理学渊源考》与众不同，前者叙述整个儒学史，南北朝以前以人分，此后则以宗师姓氏加学派，冠名为某氏学派，如刘献之为刘氏学派，其下系以门生传人。照此办法，宋代分为程子(二程)、胡

① 《道统辨》，《国民日日报汇编》第3集，社说，第1页。

② 梁启超：《中国近三百年学术史》，东方出版社1996年版，第359页。

③ 饶宗颐：《中国史学上之正统论》，上海远东出版社1996年版，第363~364页。

④ 梁启超：《中国近三百年学术史》，东方出版社1996年版，第360页。

氏（瑗）、张氏（载）、邵氏（雍）、朱子（熹）、林氏（光朝）、吕氏（祖谦）、张氏（栻）、陆氏（九渊）、叶氏（适）、陈氏（傅良）、陈氏（亮）等学派，元代分为金氏（履祥）、吴氏（澄）、许氏（衡）、刘氏（因）等学派，明代则分为宋氏（濂）、薛氏（瑄）、吴氏（与弼）、章氏（懋）、蔡氏（清）、王氏（守仁）、刘氏（宗周）等学派。个别在人派之下再以地域分，如朱子学派下又有朱氏建安学派和朱氏建阳学派。不能纳入派分者则每代设“诸儒博考”。也有记门人而不称学派者，如陈白沙。李清馥《闽中理学渊源考》专讲一地的理学流别，除按人分派外，因为地域限制，家传即为谱系，故多用家世学派。这两种分法均出现因宗师同姓而学派同名的现象，容易混淆，而且过于琐碎，不易得到公认，后人很少沿用。

二、宗派的研究法

尽管梁启超认为“有清一代学术，初期为程朱陆王之争，次期为汉宋之争，末期为新旧之争”（后者亦有今古文之争之说），① 而且清儒在将宋学谱系化方面的确是浓墨重彩，可是并不等于说清儒的门户之见特深。相反，“其实清儒最恶立门户，不喜以师弟相标榜。凡诸大师皆交相师友，更无派别可言也”。② 所以梁启超说，清中期以前，虽然有新学派、旧学派和新旧学派之过渡者，但“皆彼此忻合，未尝间然。其始标门户以相排诋者，自陆陇其、熊赐履辈始”③。而且仍是理学大系统内部的纷争。至于朴学，虽有家法，却不立门户，④ 直到江藩作《国朝汉学师承记》和《国朝宋学渊源记》，不仅将汉学、宋学门户显然区别，在汉学内部，也划分吴、皖两派。汉宋之争的展开，使得清代学人的门派意识明显加强，一些前此已经有人描述议论

① 梁启超：《中国近三百年学术史》，东方出版社 1996 年版，第 130 页。

② 梁启超：《清代学术概论》，东方出版社 1996 年版，第 5 页。

③ 梁启超：《论中国学术思想变迁之大势》，《饮冰室合集 · 文集之七》，中华书局 1989 年影印本，第 78 页。

④ 所谓“讲实证的学术，分科繁而派别少，尚玄思的学术则相反”。见曹伯韩：《国学常识》，三联书店 2002 年版，第 6 页。

的派分更加凸显，与此相关的桐城派、扬州学派、常州学派、阳湖派、浙东学派等，成为认识清代学术脉络越来越重要的概念。张之洞《书目答问》附《国朝著述诸家姓名略》，也是因为“读书欲知门径，必须有师，师不易得，莫如即以国朝著述诸名家为师”。清代整理历代学术，故“知国朝人学术之流别，便知历代学术之流别，胸有绳尺，自不为野言谬说所误，其为良师，不已多乎”！① 这番话换一角度，也可以理解为历代学术都经过清人的条理和谱系化。

江藩被指为门户之见过甚，其实只是取舍方面主观成见较多，而且完全按照派分归纳学人，很难安置得当(尤其是顾炎武和黄宗羲)。他批评“经术一坏于东西晋之清谈，再坏于南北宋之道学。元、明以来，此道益晦。至本朝，三惠之学，盛于吴中；江永、戴震诸君，继起于歙。从此汉学昌明，千载沉霾，一朝复旦”。② 并且以惠、戴两支组织全书，却并未具体标出吴派、皖派等名目。所以梁启超说：“吴皖派别之说，出自江氏《汉学师承记》，而章氏辨之尤严。”③章太炎是这样说的：清前期经术虽时有硕儒，“然草创未精博，时糅杂宋明谰言。其成学箸系统者，自乾隆朝始。一自吴，一自皖南。吴始惠栋，其学好博而尊闻。皖南始戴震，综形名，任裁断，此其所异也”④。虽仍未标名吴派皖派，吴皖派分的确由此而得到加强。

江藩的述学引起方东树的极大不满，专门写了《汉学商兑》，其动机和目的，学人另有解释，读者自可判断。有趣的是，方东树陈述江藩所罗织的宋学罪名以及他对受江藩的影响而鼓吹汉学之士的批评，都有门户问题，前者是三条罪名之首，所谓“讲学标榜，门户分争，为害于家国”，后者则是“标宗旨，峻门户，上援通贤，下慑流俗，众口一舌，不出于训诂、小学、名物、制度。弃本贵末……名为治经，实足乱经；名为卫道，实则畔道”。万斯同的《儒林宗派》认

---

① 范希曾编：《书目答问补正》，江苏古籍出版社 2000 年版，第 302 页。

② 江藩等：《汉学师承记(外二种)》，三联书店 1998 年版，第 8 页。

③ 梁启超：《论中国学术思想变迁之大势》，《饮冰室合集 · 文集之七》，中华书局 1989 年影印本，第 94 页。

④ 《〈訄书〉重订本 · 清儒第十二》，《章太炎全集》(3)，上海人民出版社 1984 年版，第 156 页。

为，自朱熹《伊洛渊源录》出，《宋史》遂分道学、儒林为二传，讲学者递相标榜，务自尊大。“明以来，谈道统者，扬己凌人，互相排轧，卒酿门户之祸”。方东树不以为然，认为朱书“本以考实前辈师友学行，不没其真，以为来者矜式。逮其后声气攀援依附，分立道学门户，此末流之敝，古今类然。只可因时救正，而不得恶莠乱苗，并追咎于教稼者也”①。这次汉宋之争的结果，反而是沟通汉宋或汉宋不分的调和论渐成风尚。

由好讲学派而论，傅斯年所说清代“所谓汉学，大体直是自紫阳至深宁一脉相衍之宋学”，② 确有道理。而章太炎的例子表明，晚清讲学术史的学派意识进一步强化。只是最喜欢用学派来讲述学术史的还不是章太炎，而是梁启超本人。如果没有这位新史学的发端者撰写的一系列著作，中国的学术史很可能不会以目前那种派系纷呈的景象展现。

张荫麟悼念梁启超时对其在近代中国学术史上的贡献做了归纳，其中之一是以新观点批评中国学术，为中国学术之第一次重新估价。而作为其“批评中国学术之结晶”的《论中国学术思想变迁之大势》，“实第一部有系统之中国学术史”。③ 梁文计划写 16 章，1902 年发表了前 6 章，只到六朝隋唐的佛教，1904 年续写第八、九两章，改题《近世之学术》，时间为明亡至清季。而重要的宋明时期未能写成。作文的目的在于求学术的进步和思想的统一，但是“统一者为全国民之精神，非攘斥异端之谓也”。梁启超的宗旨立意，在“儒学统一时代”的开篇表达得最为明确：

泰西之政治，常随学术思想为转移，中国之学术思想，常随

---

① 《汉学商兑》，《汉学师承记（外二种）》，三联书店 1998 年版，第 235、249 页。

② 《性命古训辨证》，岳玉玺、李泉、马亮宽编选：《傅斯年选集》，天津人民出版社 1996 年版，第 71 页。

③ 素痴（张荫麟）：《近代中国学术史上之梁任公先生》，《大公报》1929 年 2 月 11 日，转引自夏晓虹编：《追忆梁启超》，中国广播电视出版社 1997 年版，第 106 页。

政治为转移，此不可谓非学界之一缺点也。是故政界各国并立，则学界亦各派并立，政界共主一统，则学界亦宗师一统。当战国之末，虽有标新领异如锦如荼之学派，不数十年，摧灭以尽，巍然独存者，惟一儒术。而学术思想进步之迹，亦自兹凝滞矣。夫进化之与竞争，相缘者也，竞争绝则进化亦将与之俱绝。中国政治之所以不进化，曰惟共主一统故。中国学术所以不进化，曰惟宗师一统故。而其运皆起于秦汉之交。秦汉之交，实中国数千年一大关键也。抑泰西学术，亦何尝不由分而合，由合而分，递衍递嬗，然其凝滞不若中国之甚者，彼其统一之也以自力，此其统一之也以他力。所谓自力者何？学者各出其所见，互相辩诘，互相折衷，竞争淘汰，优胜劣败，其最合于真理，最适于民用者，则相率而从之，衷于至当，异论自息。泰西近日学界所谓定义公例者，皆自此来也。所谓他力者何？有居上位握权力者，从其所好，而提倡之，而左右之，有所奖励于此，则有所窒抑于彼，其出入者谓之邪说异端，谓之非圣无法，风行草偃，民遂移风，泰西中古时代之景教，及吾中国数千年之孔学，皆自此来也。由前之道，则学必日进，由后之道，则学必日退，征诸前事，有明验矣。故儒学统一者，非中国学界之幸，而实中国学界之大不幸也。

以此为主旨，他将中国数千年学术思想史分为胚胎、全盛、儒学统一、老学、佛学、儒佛混合和衰落七个时代，并以其所处的当时为复兴时代，也就是第八时代。从后来梁启超将第七时代改题为“近世学术”看，他似乎已经不以这一时期的中国学术为衰落。只是认为“有清一代之学术，大抵述而无作，学而不思，故可谓之为思想最衰时代”。

梁启超讨论中国学术史与他提倡新史学一样，有着明确的现实政治关怀，即反对专制，鼓吹自由，因此其评判学术的眼光，自然倾向于反对一统，主张派分。他以春秋末及战国为全盛时代，列举了七条原因，即蕴蓄宏富、社会变迁、思想言论自由、交通频繁、人材见重、文字趋简和讲学风盛，尤其重视思想言论自由，认为政权之聚散影响学术思想特甚，由于周末权力四散，学者各称其道，不能容于一国，则去之而他，所以能够横行天下。因此，他十分重视先秦派别千头万绪与学术极盛的关系。他以《汉书·艺文志》所本刘歆《七略·诸子略》、《史记·太史公自序》、《荀子·非十二子篇》、《庄子·天下篇》为“专论学派”或“实为学派论之中心点”，将各篇提及的“家”、“流”、“说”均视为学派，并据以编制“先秦学派大势表”，将整个先秦学术分为南北两派，南派下又分正宗与支流，北派下则分为邹鲁(正宗)、齐(北东)、秦晋(北西)、宋郑(北南)四派，各派之下再分为若干派系。此外，又以孔、老、墨三大宗为系统，孔学下分为小康、大同、天人相与、心性、考证、记事六派，老学下分哲理、厌世、权谋、纵乐、神秘五派，墨学下分兼爱、游侠、名理三派。前者以地域分，后者以宗旨分。复按时间顺序列一时期变迁表，第一期南北两派，第二期孔、老、墨三宗，第三期儒、墨、名、法、阴阳、道六家，第四期为分裂混合。并以后一时期为“全盛中之全盛”，将其时学界大势的内分、外布、出入、旁罗四种现象统统视为“进步之证验”。他批评后世曲儒以本派分裂为道术衰微，是“不知学派之为物，与国家不同，国家分争而遂亡，学术纷争而益盛。其同出一师而各明一义者，正如医学之解剖，乃能尽其体而无遗也”。各派后学从其所好任意去就，为思想自由达于极点，并不株守一先生之言；各派大师也往往兼他派之言以光大本宗。

梁启超不仅着眼于古代中国，还试图放眼古今中外，他将全球学术分为中国、希腊、印度三大派，“以地理论，则中国、印度同为东洋学派，而希腊为西洋学派；以人种论，则印度、希腊同为阿利扬族学派，而中国为黄族学派；以性质论，则中国、希腊同为世间学派，而印度为出世间学派”，进而比较先秦学派与希腊、印度学派的长短。即使在儒学统一、老学、佛学等时代，梁启超也好用派分的观念来看学术史，他认为汉儒流派繁多，可大别为说经之儒与著书之儒两种，并将各经传授本师列表，再分为口说、经世、灾异、训诂四家；老子之教遍天下之时，其中亦有派别，为玄理、丹鼎、符箓、占验四派；佛学则有十三宗，且各宗派多由中国自创。尤其是对清代早中晚三期学术的派分及其流变的概括，虽然一些派别的名称并非由其首创，但是整体的叙述格局却由此而基本成型，对后世学人影响甚大。关于中国、印度、希腊三大学派的分类与描述，以及列表比较南北学派的差异，在五四新文化时期的东西文化论战中也可以找到影子。①

梁启超流亡日本后，所提倡的许多新思想新概念都受明治日本的影响，好讲学派则不然，相当程度上是他本人少年时的兴趣，后来又得到乃师康有为教育强化的结果。梁启超早年为学海堂专课生，汉宋之争与汉宋调和，均与这里的人脉关系密切。流风余韵，令其耳濡目染。梁启超曾撰写过一篇万余言的《汉学商兑跋》，可惜文已不存。②改投康有为门下，后者尤其好讲古今学术源流，且多用派分眼光，其门人张伯桢据1896—1897年于万木草堂听讲笔记整理而成的《南海师承记》，可见康有为讲述汉魏六朝、宋元、明儒及清代学术，均标明学派，实际按学派寻求渊源脉络。③ 其具体派分及源流与梁启超间有出入，而以学派为条理的做法则相当近似。

梁启超一生，无论在政治还是学术上，都是流质嬗变，而好讲学派却始终一贯，从未动摇。他后来写《清代学术概论》、《中国近三百年学术史》、《近代学风之地理的分布》、《老孔墨以后学派概观》、《中国历史研究法(补编)》、《儒家哲学》等著作，均强调派分之于学术史研究的重要，并进一步归纳为系统化的方法。他在《中国历史研究法(补编)》讲述文化专史及其做法，关于学术思想史分为道术史(即哲学史)、史学史、自然科学史和社会科学史四部，着重讲了第一部。他提出将几千年来的各种道术分为主系、润系、旁系三类，所谓主系，是中国民族自己发明组织出来，有价值有权威的学派，对于世界文化有贡献的；润系是继承曾做主系的学派做整理解释的工作，如汉唐和清代；旁系则是外国思想输入融合，然后演化成第二主系，如佛学。面对浩如烟海的典籍和纷纭错乱的表象，只要集中于主系，

① 梁启超：《饮冰室合集·文集之七》，中华书局1989年影印本，第1~104页。

② 丁文江、赵丰田：《梁启超年谱长编》，上海人民出版社1983年版，第20页。

③ 姜义华、吴根樑编校：《康有为全集》第2集，上海人民出版社1990年版，第530~552页。

又抓住派分，便可以提纲挈领。例如“做道术史做到先秦，最要紧的是分派”。派分的主张各人不同，在梁启超看来，只分儒道墨三家就够了，最多加上阴阳家和法家。而叙述润系，“第一要紧的事，就要把各家的脉络提清，看他如何各自承受以前的学风，如何各自解释本派的学说，如何本派又分裂为几派，如何此派又和彼派混合”。研究外来旁系的佛教，也要用研究先秦各家的方法去研究各宗派。至于第二主系，虽然因许多家数所讨论的不过小问题，不可多分派别，还是要分成程朱陆王二派，其余各小派则可择要叙述。①

《儒家哲学》一书，更以专章讨论儒家哲学研究法，梁启超主要分三种，除问题的和时代的研究法外，就是宗派的研究法。每种方法各有长短，宗派法的长处“在于把各派的起源变迁流别，上下千古，一线相承，说得极其清楚；这派与那派，有何不同之处，两派交互间又有什么影响，也说得很明白。我们研究一种学说，要整个的完全的了解，当然走这条路最好”。而其短处“在于不能得时代的背景和问题的真相……一个时代的这一派，我们虽然知道，但这派以外的学说，我们就很茫然。一个问题的这种主张，我们虽然清楚，但这种主张以外的议论，我们也许就模糊了”。从讲演的便捷出发，梁启超以时代法为主，以问题和宗派法为辅，但在每一时代，还是努力说明问题和宗派。事实上，梁启超在用两章讲述二千五百年儒学变迁概略时，通篇还是以派分为条贯。② 即使清学，在江藩、章太炎等人论述的基础上，梁启超更加明确地分割汉宋，并使用吴派、皖派的概念。后来支伟成编撰《清代朴学大师列传》，进一步条理和谱系化，关于清代学派的划分遂告定型。

三、家派与分科

辛亥后，梁启超仍然坚持以派分看学术，但是早年借学派反专制

---

① 《中国历史研究法(补编)》，《饮冰室合集·专集之九十九》，中华书局1989年影印本，第143~150页。

② 梁启超：《饮冰室合集·专集之一百三》，中华书局1989年影印本，第11~70页。

倡自由的目标，已然失去效用。而五四新文化运动中，中国传统思想文化整体成为批判的对象，不仅道统，所有的学派均不能幸免，按照外来的科学观念分科治学成为学人新的取向。

1918年4月，傅斯年在《新青年》第4卷第4号发表了《中国学术思想界之基本误谬》一文，针对英国杂志有文章指东方学术病在根本，不可能产生近世文明的说法，剖析中国学术思想的根本误谬，以求进而扫除，探寻“西洋学术思想界之真域”，总共开列了七条，其中第一条就是：

> 中国学术，以学为单位者至少，以人为单位者转多，前者谓之科学，后者谓之家学；家学者，所以学人，非所以学学也。历来号称学派者，无虑数百，其名其实，皆以人为基本，绝少以学科之分别，而分宗派者。纵有以学科不同而立宗派，犹是以人为本，以学隶之。未尝以学为本，以人隶之。弟子之于师，私淑者之于前修，必尽其师或前修之所学，求其具体。师所不学，弟子亦不学；师学数科，弟子亦学数科；师学文学，则但就师所习之文学而学之，师外之文学不学也；师学玄学，则但就师所习之玄学而学之，师外之玄学不学也。无论何种学派，数传之后，必至黯然寡色，枯槁以死；诚以人为单位之学术，人存学举，人亡学息，万不能孳衍发展，求其进步。学术所以能致其深微者，端在分疆之清；分疆严明，然后造诣有独至。西洋近代学术，全以科学为单位，苟中国人本其“学人”之成心以习之，必若枘凿之不相容也。

傅斯年对中国历代学派的批评，与清季革命党提倡学派以打破道统的取向大相径庭。清季民初学派观念的变化，似乎印证了钱穆对革新派史学的分析：即清季为政治革命，将现实一切问题，归罪于二千年来的专制制度，因而将一切史实，以“专制黑暗”一语抹杀。继起者为“文化革命”，目光由政治转向学术思想，将中国社会发展停滞的原因，归于思想文化落后，要扫除二千年思想之痼疾。①

傅斯年的看法，至少代表了北京大学那批对于中国文史之学有着共同爱好而又迫切希望革新的同学的观念，顾颉刚也有着相似的意见。1916 年，顾颉刚为计划编辑的《学览》一书作序，“其义在博学明辨，故不以家派限”，而要“是非兼收，争论并列”。他进而批评道：

> 古来诸学，大都崇经而黜子，崇儒学而黜八家，以至今古文有争，汉、宋学有争，此亦一是非，彼亦一是非。欲为调人，终于朋党。盖不明统系之争，则争之者无有底，解之者无可藉。使之明之，则经者古史耳，儒者九流之一家耳，今古文者立学官异耳，汉、宋学者立观点异耳，各有其心思，各有其面目，不必己学而外无他学也，不必尊则如天帝而黜则如罪囚也……旧时士夫之学，动称经史词章。此其所谓统系乃经籍之统系，非科学之统系也。惟其不明于科学之统系。故鄙视比较会合之事，以为浅人之见，各守其家学之壁垒而不肯察事物之会通。夫学术者与天下共之，不可以一国一家自私。凡以国与家标识其学者，止可谓之学史，不可谓之学。执学史而以为学，则其心志囚拘于古书，古书不变，学亦不进矣。为家学者未尝不曰家学所以求一贯，为学而不一贯，是滋其纷乱也。然一贯者当于事实求之，不当于一家之言求之。今以家学相高，有化而无观，徒令后生择学莫知所从，以为师之所言即理之所在，至于宁违理而不敢背师。是故，学术之不明，经籍之不理，皆家学为之也。今既有科学之成法矣，则此后之学术应直接取材于事物，岂犹有家学为之障乎！敢告为家学者，学所以辨于然否也；既知其非理而仍坚守其家说，则狂妄之流耳；若家说为当理，则虽舍其家派而仍必为不可夺之公言，又何必自缚而不肯观其通也。

后来顾颉刚还反驳时人为学不能不由家派入门，将来深入之后再弃去的主张，认为从前各种学问都不发达，研究学问又苦于没有好方

① 钱穆：《国史大纲 · 序》，商务印书馆 1996 年版，第 5~6 页。

法，不得不投入家派以求得到一点引路的微光。现在则应当凭借各种分科的学问直接接触事实。

傅斯年和顾颉刚都以分科治学为科学，并且基于那一代人对科学的崇拜相信分科治学为天下的公理。后者宣称：要“止无谓之争，舍主奴之见，屏家学之习，使前人之所谓学皆成为学史，自今以后不复以学史之问题为及身之问题，而一归于科学”。其实，分科治学在欧洲的历史也并不长，其起因究竟如何，迄今为止有限的说法也不统一，而且深受不同民族、不同文化系统甚至不同学派的影响，在许多部分纠缠不清，不了解背后的渊源流别，看起来清晰的分界与边际具体把握起来却往往似是而非。而中国固有的统系，也绝非只是经籍的统系，其中蕴含着已有的知识分类。一旦按照名为天下公理实则西洋传统的系统对知识重新分科，不仅不能恰当把握西学的分科，更重要的是以后来外在的分科眼光来看待中国的固有学问，难免格义附会，曲解抹杀，愈有条理，去古人真相愈远。而诸如此类的问题，要等这些新进少年有机会远渡重洋并且因缘巧合，才能有所察觉和认识。此外，分科治学将原有的联系割裂，破坏了历史的整体性，在日后专业化不断加强的趋势下导致学人的局限性日益明显，其责任虽然不应由倡导分科治学的前贤承担，但毕竟反映了当时崇拜分科，以为可以根绝误谬弊端的盲目性。

在“学史”的层面，顾颉刚并不抹杀学派，他表示对于古往今来固然有许多可以佩服的人，但都没有偶像，而用活泼的理性作公平的裁断，因此在学问上不肯加入或是偏向任何家派，要尽量用客观的态度和平等的眼光去观察种种不同的派别。“至于我们要了解各家派在历史上的地位，不免要对于家派有所寻绎，但这是研究，不是服从。”①顾颉刚在北京大学读书期间，鉴于“古来学事偏于注疏考据，而目录平议之学所以振纲挈领者乃至寡极短，坐使学术散乱，大旨难明”，有意编辑《周秦篇籍考》、《清代著述考》和《书目答问解题》，并提出：“目录条最之事当备四要：一寻其学派，二述其作意，三评

---

① 《古史辨第一册自序》，《顾颉刚古史论文集》第1册，中华书局1988年版，第31、79页。

其优劣，四考其版本。”①他首先从清代做起，以《书目答问》的《国朝著述诸家姓名略》为底，进行增补，“依学术的派别分作者，在作者的名下列著述，按著述的版本见存佚”。② 毕业后到北大图书馆就职，欲改编中文书目，提出的办法中就有编辑“学派书目”一条。③ 直到20世纪30年代《古史辨》第四册出版，顾颉刚所作序言表示自己想编四个考，其中之一还是“道统考”，以“辨帝王的心传及圣贤的学派”。④

为了避免产生自己立门户的误解，顾颉刚反复强调研究学派的目的正是要打破定于一尊和门户之见。经他修改的《禹贡》发刊词称：“以前研究学问，总要承认几个权威者做他的信仰的对象……在这种观念之下，自然会得分门别户，成就了许多宗派。我们现在要彻底破除这种英雄思想，既不承认别人有绝对之是，也不承认自己有绝对之是……我们绝对不需要‘是丹是素’的成见，更无所谓‘独树一帜’的虚声。”⑤《古史辨》第五册自序针对有人指其为“新今文家”的说法反驳道：今古文问题之所以闹了好久而不得解决，有一部分是因从前参加讨论的人以为家派门户应当存在，感到离开了家派就没法解经，“现在我们所处的时代和他们截然不同了，我们已不把经书当作万世的常道，我们解起经来已知道用考古学和社会学上的材料作比较，我们已无须依靠旧日的家派作读书治学的指导。家派既已范围不住我们，那么今文古文的门户之见和我们再有什么关系”！解决这一悬案，只是为做好古代政治史、历法史、思想史、学术史、文字史奠定基础。⑥

---

① 顾颉刚与叶圣陶函，1915年5月，顾潮编：《顾颉刚年谱》，中国社会科学出版社1993年版，第38~39页。

② 《古史辨第一册自序》，《顾颉刚古史论文集》第1册，中华书局1988年版，第28页。

③ 顾颉刚与履安信，1920年9月15日，顾潮编：《顾颉刚年谱》，中国社会科学出版社1993年版，第55页。

④ 《顾颉刚古史论文集》第1册，中华书局1988年版，第223页。

⑤ 《禹贡》1934年第1期。

⑥ 《顾颉刚古史论文集》第1册，中华书局1988年版，第245页。

仅仅从破除门户的角度看，钱穆与傅斯年、顾颉刚也是同道，而且实际做法更加彻底，他以《刘向歆父子年谱》打破经学今古文的界限，又以《中国近三百年学术史》打破汉宋的门户。钱穆并非无视历史上的学派，只是认为不可截然分割，全用派分眼光看学术。他批评近代学者每分汉宋疆域，而主张“不知宋学，则亦不能知汉学，更无以平汉宋之是非”。① 不仅如此，他对于同时代的各种学派亦有全面的批评，其《国史大纲·引论》对清季以来史学领域的传统、革新、科学各派大张挞伐，而《〈新亚学报〉发刊词》更将近代学术史上的主流各派统统痛加批评。钱穆的本意，并非全盘抹杀各派的贡献，而是指摘揭示各派的偏蔽，主张综合、全面与沟通，回到学术及其研究对象的本来意义上。所以，反对学派的傅斯年和顾颉刚，都不免被指为某一派系的旗手或主将，只有钱穆的不立门户，似乎得到学术界的认可，尽管主流派的一些人常常对其白眼相向，却很少有人将他归于特定的派系。近代学术史上，成名的学人能够保持特立独行而不被误解的，的确并不多见。

五四新文化时期的思想学术界日新月异，但还不免受到清学流风余韵的影响甚至制约，经今古文和汉宋问题，一直是学人议论的中心。而学界的派分，除了清季的延续（如桐城派）之外，与时政的关系越来越密切，如北大的新文化派，梁启超的研究系，以及稍后的“现代评论派”等。至于学术本身，最多只能以新旧笼统分别。这并不等于说以派分看学术真的已经被反对派分的主张所压倒，很大程度上不过因为新学术的内在分别在一定时期还比较模糊。到了20世纪30年代以后，对于民国学术的派分意见逐渐增多，梁启超的方法得到进一步发挥。周予同即好以派分谈学术的学人之一，他关于经学史和史学史的一系列文章，在清季以前的部分进一步强化了前人的派分壁垒，在民国部分则开启了后来的学派划分格局，影响相当深远。

在中国原有的学术观念中，经学与史学没有明显的界线，所以周

---

① 钱穆：《中国近三百年学术史·自序》，商务印书馆1997年版，第1页。

予同将经学分成汉学、宋学、新史学三派。① 近代史学成为各学科之总汇以及各种科学方法的汇集，其地位与古代经学颇为近似。周予同关于古代经学学派的论述，与前人间有异同，大抵是在原有框架内进一步明确和清晰化，而他关于新史学的派系划分，却基本奠定了后来的框架。

最能体现周予同关于新史学派系划分的著作，当属1941年撰写的《五十年来中国之新史学》，其中的一些基本观点和认识架构，至少在1936年的《治经与治史》一文中已经呈现。他说："放眼中国现代的史学界，大致可分为二大派：一可称为'史料派'，注意于史料的搜集与整理；一可称为'史观派'，根据旧的或新的史料，对于中国史的全部或某一部门加以考证、编纂与解释。"他进而将史观派分为新旧两派，旧派又叫做"儒教史观派"，新派又叫做"超儒教史观派"，下分左中右三翼，依次为"史的一元论派"、"遗物考证派"和"记载考证派"，并且特别指出左翼史学不以搜集、考证、编排史料为尽了史学的职责，进而要尝试解释史实。

《五十年来中国之新史学》基本延续了上述分析，只是将儒教和超儒教史观派分别再加以经典派和超经典派的名头，而将超经典派的左中右冠以释古、考古、疑古的派名。周予同说："所谓转变期的新史学，可分为两类：一是偏重'史观'及'史法'方面的，一是专究'史料'方面的。史法每原于史观，或与史观有密切的关系；为行文简便起见，前者可称为'史观派'，后者可称为'史料派'。换言之，中国现代的新史学家可归纳为两类，即'史观派'与'史料派'。"这种本来为图行文简便的派分，却深深影响了后来学人的思维与眼界。尽管人们提出过种种批评或修正，也有不少学人根本反对用这样的观念来看待近代史学和史家，但还是有相当多的学人接

---

① 《中国经学史讲义》，朱维铮编：《周予同经学史论著选集》（增订本），上海古籍出版社1996年版，第861页。周予同的分法，前后有所调整，详见《僵尸得出祟——异哉所谓学校读经问题》、《经学史与经学之派别》、《群经概论》、《"汉学"与"宋学"》、《怎样研究经学》、《关于中国经学史中的学派问题》等各篇文章，均收入朱维铮所编此集。

受或基本认可这样的划分。尤其在史学史论著中，坚持用史料派与史观派的消长沉浮构成整个 20 世纪中国史学变动的观点作为基本叙事线索,① 或明或暗地普遍存在。有的论著虽然有所调整补充，大体仍不出其范围。

四、后设与解析

周予同的二分法对后来学人的影响甚大，许冠三即鉴于其文因篇幅所限，“未能尽量叙述”而续写《新史学九十年》，宣称主旨在于：“以历史门径叙各派新学术的发生、流变与兴衰；以比较手段显各家意旨的异同、深浅；以世界设准评各类义例的得失、长短；以客观态度考察新史学的大同，并测其未来走势。核心关注则在：透过各学派所持理论、所用方法与所采原料的比勘对照，以明辨其所立轨范的大小精粗，俾便后之来者领会学术进化之曲折艰难，并得从而通其同，会其异；取其精，用其宏，但择其最普遍意义者加以继承、发扬。”②该书全按学派组织学人，展示学史，考证学派系以王国维、陈垣，方法学派系以胡适、顾颉刚，史料学派系以傅斯年、陈寅恪，史观学派系以李大钊、朱谦之、常乃惠、雷海宗、郭沫若、翦伯赞、范文澜，所分理据虽间引自说，主要还是他人或后人意见，与前贤自许相去甚远，与事实亦不尽吻合。尤其在史建派下凸显殷海光和作者本人，自期固然不低，要得到学界的认可却并非易事。前贤所谓专讲史法者史学往往不甚高明，可惜近代以来学人常常重蹈覆辙。

仔细揣摩，周予同的重心显然在史观派方面，关于史料派的论述多少有些闪烁其词。他在《治经与治史》中举例说明史料派，“如因仰韶遗物的发掘而探求中国新石器时代的文化，因小屯遗物的发掘而探求中国青铜器时代的文化，因西邮简牍和敦煌石室遗物的发见而探求中国汉唐时代的文化，因西汉文字、辽碑、南明史料以及内阁档案的发见而探求中国近世宋、元、明、清诸朝的史实”，应该都是遗物考

---

① 参见王学典：《近五十年的中国历史学》，《历史研究》2004 年第 1 期。

② 许冠三：《新史学九十年》，岳麓书社 2003 年版，第 1~2 页。

证派乃至其他史观派研究历史的依据，很难说是史料派的独占，更不能把物的史料指为人的史料派。《五十年来中国之新史学》同样以物代人："至于'史料派'，自清末以来，因国内外学者陆续发现、搜集、整理、研究，现在上自数十万年前的周口店文化，下至近百年来的外交史料，其材料的丰富，以及对于史学影响的重要，颇有'附庸蔚为大国'之观，致蔡元培有'史学本是史料学'的论调。"众所周知，史学即史料学的名言出自傅斯年之口，周予同偏偏抬出蔡元培，可能的解释，明里有意避开傅斯年，暗中将傅斯年作为史料派的代表。

与其他学人的划分相比，周予同的分法也有些怪异，他所说的考古派与史料派，钱穆即统称为考订派。周予同也承认考古派与史料派关系密切，"但比史料派前进了或深入了一步。史料派只注意史料的发现、搜集与整理，至于整理后的史料应如何与中国已有的史学配合或如何修正中国史学，他们可存而不论。至于考古派，他不仅注意新的史料与旧的史学的关联，而且因而建立他们的历史方法论，因而建立他们的史观"。他把李济作为由新史料产生新史观的学人，并且和王国维一起，分别作为考古派前后期的代表。照他看来，史语所的殷墟发掘田野考古报告，归于史料派，而李济根据这些报告的材料进行解释，才是史观派中的考古派。尽管傅斯年有意耸动人心的口号引起许多误解，也的确偏颇，但称之为考订派、考证派或实证派的学人，并不完全抹杀傅斯年正是主张科学方法，而且所谓史学就是史料学，正是由欧洲近代史学的方法改进而来，本意还在"史料学便是比较方法之应用"。① 他不是根本反对解释，只是不满于脱离材料的任意解释，而用比较方法处理材料，本身就包含揭示真相与联系两方面。一般评判傅斯年，多据其故意偏激的《历史语言研究所工作之旨趣》，很少细读其详细阐释的《史学方法导论》，更不及其生前未曾发表的《中西史学观点之变迁》，误解甚至曲解之处不少。

这一事例表明，用条理太过明确的派分法看待学术史，只不过是后人的心术而非历史的实情，过度的简约化在提供清晰得近乎虚假的

① 《史学方法导论》，岳玉玺、李泉、马亮宽编选：《傅斯年选集》，天津人民出版社 1996 年版，第 192~193 页。

脉络和泾渭分明的界限的同时，牺牲了大量错综复杂的事实，对于知之不多的浅学者或不明真相的后来人，这样的简约明快或许因为容易把握而变得易于流行，但对于研究者而言，如果循此途径认识历史，结果不免南辕北辙。

虽然近代学人好以派分论学术，可是关于如何分派以及如何研究学派，却很少严格的阐述，更多的是沿用成说。梁启超明确提出过宗派研究法，而他关于方法的说明只有“在时代之中稍为划分清楚一点”一句模糊的话，① 其余便是经验性的描述。周予同一直以派分看经学和史学，但直到20世纪60年代，才对学派作出明确界定：“中国经学史中的学派问题，实质上是思想体系的阶级性和继承性的问题。”所谓阶级性，即“经学史中的学派，基本上是中国封建地主阶级在不同历史时期中通过某些经学问题反映出来的具有一定共同点的思想体系，基本上是历代封建地主阶级中不同阶层和集团的不同意识形态在‘经学’范围内的反映和斗争”。所谓继承性，即学派是指具有特点大体相同的一些经学家而言，其“对经书阐释重点的基本一致性及其前后的师承关系”。② 这种带有明显时代烙印的解说，虽有其合理性，偏宕处也显而易见。艾尔曼教授专文讨论过清代的学派，后来又专书研究常州学派，他意识到界定清代学派的困难：“传统意义上的‘派’、‘家’、‘家学’的内涵及界限要比传统学者及现代中国学者力图界定的范围模糊得多。有些时候，一个学派可能是拥有共同的文献学传统、地域上的接近、个别党社思想主张的一致、风格的相似，或这些因素的综合。在许多场合，一个‘学派’仅仅是指为某种组织所作的辩护，这种序列化为某一地区特有的学术活动的中心内容准备谱系或使之系统化。”当然，学术宗旨不同和师承关系也是界定的重要依据。艾尔曼还引述了席文(N. Sivin)教授的定义：学派“为某一大师特有的学说或技术的传授过程，这些技术或学说通过私人传授由其信

---

① 《儒家哲学》，《饮冰室合集·专集之一百三》，中华局局1989年影印本，第13页。

② 《关于中国经学史中的学派问题》，朱维铮编：《周予同经学史论著选集》(增订本)，上海古籍出版社1996年版，第665~667页。

徒代代相传”。因此，“学术的谱系不是固定的历史实体，然而，党派在字面意义上反映出某些个体或群体要与他们的先辈建立联系的要求”①。应当说，这些至少是所谓“学派”形成的条件和后人指认的依据。学派多为后认而非凭空捏造，道理在此。

梁启超不对学派作明确定义，当是因为他知道派分与事实的差距始终存在。谈到先秦的九流十家，他说：“严格论之，诸家学说，交光互影，必以某氏限隶某家，欲其名实相适应，盖戛戛乎难。虽然，学派既分，不为各赋一名以命之，则无所指目以为论评之畛畔。”②“夫对于复杂现象而求其类别，实学术界自然之要求，马、刘之以流派论诸子，不可谓非研究进步之征也。虽然，分类之业，本已至难，而以施诸学派则尤甚。盖前此一大师之兴，全思想界皆受其影响，不必其直传弟子而始然也。后此一大师之兴，虽渊源有所自承，而其学说内容，决不尽同于其师，苟尽同焉，则不能自成一家矣。故谓后此学派与三圣有渊源则可，谓其为三圣所包含则不可；谓某派与某圣因缘较深则可，谓某派为某圣之支与流裔而截然与他圣无关则不可”。③即使关于清代学派，梁启超虽然赋名甚多，但也知道：“所举派别，不过从个人学风上，以地域略事区分。其实各派共同之点甚多，许多著名学者，也不能说他们专属哪一派。”④

由于具有上述自觉，所以梁启超还算注意分派的相对与流动，他借黄宗羲《明儒学案》讲“著学术史有四个必要的条件：第一，叙一个时代的学术，须把那时代重要各学派全数网罗，不可以爱憎为去取。第二，叙某家学说，须将其特点提挈出来，令读者有很明晰的观念。第三，要忠实传写各家真相，勿以主观上下其手。第四，要把个人的

① 艾尔曼著，赵刚译：《经学、政治与宗族——中华帝国晚期常州今文学派研究》，江苏人民出版社 1998 年版，第 2~3 页。

② 《汉书艺文志诸子略考释》，梁启超：《清代学术概论》，东方出版社 1996 年版，第 183 页。

③ 《老孔墨以后学派概观》，梁启超：《饮冰室合集 · 专集之四十》，中华书局 1989 年影印本，第 1~2 页。

④ 梁启超：《中国近三百年学术史》，东方出版社 1996 年版，第 27~28 页。

时代和他一生经历大概叙述，看出那人的全人格”。他还一再指出："好持主观之人，实不宜于作学史。"①他的《清代学术概论》借用佛说四期讲学术思潮的流转，很可以看做其心目中的中国学派兴衰律，启蒙期着力于破坏，建设精神虽已孕育，但条理未确立，研究方法正在间错试验中，弃取未定，著作驳而不纯。全盛期思想内容日以充实，研究方法日以精密，门户堂奥次第建树，“一世才智之士，以此为好尚，相与淬厉精进；阘冗者犹希声附和，以不获厕于其林为耻”。蜕分期因境界国土已为前人开辟殆尽，学者多取局部问题作窄而深的研究，或取其研究方法应用于别方面，“于是派中小派出焉”，往往附庸蔚为大国，新衍之别派与旧传之正统派形成对峙，甚至越而上之，遂转入衰落期。“凡一学派当全盛之后，社会中希附末光者日众，陈陈相因，固已可厌。其时此派中精要之义，则先辈已浚发无余，承其流者，不过捃摭末节以弄诡辩。且支派分裂，排轧随之，益自暴露其缺点。环境既已变易，社会需要，别转一方向，而犹欲以全盛期之权威临之，则稍有志者必不乐受，而豪杰之士，欲创新必先推旧，遂以彼为破坏之目标。于是入于第二思潮之启蒙期”②。这样的描述，对于学术未必恰当，对于派分现象则颇为贴切，至少梁启超以后学派纷呈的现象大体不出此范围。

关于学派的形成，梁启超后来在《儒家哲学》中还有进一步讨论。他认为凡一种大学派成立后，必有几种现象：一注解、二分裂、三修正，注解将丰富的内容变为固定，而解释不同导致派分，面对他派的反抗，则又发掘固有学说以补充或修正。“地不论中外，时不论古今，所有各种学派，都由这几种现象发动出来。”③

与梁启超相比，后来的学人似乎更加自信。研究者将古代文学流派分为自觉型和非自觉型两类，前者指在某一历史时期有某一杰出作

---

① 梁启超：《中国近三百年学术史》，东方出版社 1996 年版，第 58、361 页。

② 梁启超：《清代学术概论》，东方出版社 1996 年版，第 2~3 页。

③ 梁启超：《饮冰室合集·专集之一百三》，中华书局 1989 年影印本，第 22~23 页。

家，不但以自己的创作实践影响着同时代的追随者，而且发表创作纲领和文学口号，加以引导；领袖人物与追随者之间往往同声相应，同气相求，书札往来，唱和切磋，衣钵相承，不但产生了一批风格近似的作品，而且结成了文学见解相接近的创作群体。后者则是由于历史的、时代的以及创作主体的诸多原因，有一批作家同前辈（或同辈）某一天才作家之间，在精神上产生共鸣，心灵上达到契合，从创作题材选择到审美趣味、表现技法等方面有所效仿和师承，从而形成在审美取向和艺术风格上同中有异、异中见同的作品系列，这样的系列往往有相当长的时间跨度，但从中仍可以发现作为流派的脉络和特征。他们注意到学人关于流派界说的争议，也知道即使自觉型流派亦非当事人的自我标榜，其命名及人们对它的认识往往晚于流派本身的形成，仍然认为这些流派实际存在，不能先看它们在形成的当时是否挂起“招牌”，而是要更加注重它们的“货色”，即是否够得上一个流派。①

问题是，判定这些实际存在的流派的标准，包括宗师、学说、方法、师承与传人的谱系化、流变以及地缘关系等，大抵都是他人或后人的指认。其宗师往往并无绝对分界，弟子信徒取其偏，夸大分歧，误解前贤，误导后学。包含此类指认的著述可以当作后人的心路看，但不一定能当作所谈论的历史看，亦即可以反映作者自己的理念，而不能说明取为对象的实事。宋人的道统论不完全反映唐人的意识，却可以反映宋人的心思。同样，清人的宗传更多的不是反映宋代学术的现实，而是清人的关怀。晚清学人的派分主要也是表明他们的倾向。在寻找流派实体的过程中，或者说在将以前的流派谱系化的过程中，难免加入后人的意识甚至附会。如果将后来的认识当作流派的实情，必然倒述历史。若悬此为的，很容易先入为主，看朱成碧，则古今中外，无所不能成为证据。如果以这样的观念治学术史，所谓寻找实体，就成了谱系化或再谱系化的代名词，实在是创造历史而非研究历史。

---

① 钟林斌、李文禄：《编者导言》，周中明：《桐城派研究》，辽宁大学出版社 1999 年版，第 1～3 页。

截然分派以及全用派分看学术，流弊匪浅。其一，将彼此联系的人事人为割裂并使之对立，如史料史观，本来是史家所应兼备，虽有侧重，并无偏废。派分不仅误解各自的真实主张，甚者将一人肢解，戴震被腰斩即其显例。其二，无视多数不能纳入派分的学人，关注的目光过分集中于横溢斜出的极端偏宕，而忽略卑之无甚高论的大道正途与中间部分。其三，忽略对学术本身的理解和把握，陷入门户之见和分科的狭隘而不自觉，甚至于如盲人骑瞎马行险道而自以为条条大路通罗马。其四，以主观的认识乃至杜撰造成历史的幻象或假象，迷惑并误导后人。

上述流弊，只要用派分看学术史，即使有所自觉的学人也在所难免。如梁启超明知戴震的《孟子之义疏证》"盖轶出考证学范围以外，欲建设一'戴氏哲学'矣"，而且戴震本人极以此书自负，许为生平著述之大的第一，却因为戴门诸子看法不一，宗戴之人亦不加注意，长期不得反响，所以"论清学正统派之运动，遂不得不将此书除外"。他还断言："清代学派之运动，乃'研究法的运动'，非'主义的运动'也。"①戴震作为清学正统派的宗师，被人为劈成两半，影响至今犹在。许冠三也承认"各派的宗主虽各有所偏，或重方法，或贵材料，或尊理论，但彼此对立之情况，实与其历史形象相去甚远"。经济史观派与史料学派都标榜"科学的史学"；实验主义的方法学派与唯物史观派都认定理论与方法不可分割，并互相影响，都肯定历史进化观；1928 年胡适发表《方法与材料》一文后，方法与史料学派的差别开始逐渐模糊。② 其实，深究起来，被许氏划分到各派的学人，有几位主观上要强分义理、考据、词章？又有几位治史只讲材料不讲方法？研究历史的方法首先在于解读材料，而解读史料的目的是要弄清史实，揭示表象背后的复杂联系。其取径程序的轻重缓急各有不同，见识亦有高下，这正是研治学术和学人的历史应当着力梳理澄清的要项。强分使之简化，无助于事实的解析，反而会愈治愈棼。

因此，研究学派的历史，或是从学派来看学术发展史，更应当看

---

① 梁启超：《清代学术概论》，东方出版社 1996 年版，第 35~39 页。

② 许冠三：《新史学九十年》，岳麓书社 2003 年版，第 3 页。

学派如何在当时及后来人们的观念世界中形成的过程及其变化。循着这样的变化上溯其主张与所依据的学说之间的异同，以为入手门径，可以避免全用后人眼光看古人言行的格义附会与“横通”之论，收到由俱舍宗把握俱舍学之功效；而整体眼界之下再看各派错综复杂的关系，则可防止陷入门户之见而任意谱系化。

1923 年 9 月，郭绍虞致函顾颉刚，“论孔门学风只有务外主内两派”。后者答复道：“分别两派只是我们居于后世的评论之词，而不必是当时的实在情状……至于学派的分歧，或因于地域，或因于事实，固不必尽关于宗旨。”①从经验和事实看，学术史上林林总总的学派得名有如下依据：(1)地缘。学派因地缘关系而得名的相当多，范围较大的如南学、北学，其次如洛、蜀、关、闽、江西、浙东、岭南，再次如吴、皖、桐城、扬州、常州、阳湖、泰州。(2)时代。如汉宋、乾嘉。(3)典籍。如今古文经学，公羊学派。(4)宗师。如太谷、颜李、阳明学派。晚清以来，传媒发展，导致学派的指认出现两种新现象。其一，即时他认。近代各种传媒如雨后春笋，成为学人表达意见、贡献成果的重要园地。由于传媒的时效性高，能够同时吸引社会的普遍关注，因此虽然自称的学派仍然罕见，但当时即被公开指认者却明显增多。其二，由于上一原因，主张的不同成为派分的重要渊源，而同人性质的书刊往往成为定名的凭借，如国粹派、学衡派、古史辨派、现代评论派、食货派、战国策派等。大学科研的学院化，聚集同仁，形成派分，如北大新文化派、南高学派等。此外，近代中国的思想学术，受外来影响甚大，来源背景不同，观念取径各异，各种以“主义”相标榜的派分，层出不穷。受此刺激，重新检讨固有学术资源，意见也不一致，往往导致派分，大者如新旧，具体如疑古、释古、泥古、考古、史料、史观、革新、科学、方法、考订等。加上派分被视为科学发达的条件，一些学人也有意树立学派的旗帜以相号召。

套用一句时髦话，以派分看学术犹如一柄双刃剑，虽有简便易行之效，但使用不当，则淆乱视听；可是又无法忽略，沟通汉宋的前提

---

① 《答郭绍虞先生〈论孔门学风只有务外主内两派〉书》，顾颉刚编著：《古史辨》第 2 册，上海古籍出版社 1982 年版，第 255 页。

是能够分清汉宋。若处理得当，则可从各派关系的比较中获得理解各自学术的钥匙并把握其利弊得失。鉴于上述，研究学术流派的历史，并非简单地将各派分章集合，为了避免以往学术史研究以某人某派为对象，即偏好某人某派，甚至以其是非为是非的偏蔽，尤其应注意以下方面。

其一，所谓学术流派，往往不是这些学人的自称，而是他人的指认。因此，不仅不能以后来的观念削足适履地强分派系，也不宜直接沿袭前人的指认为范围，以被指认者的著述和活动来条理学派历史。首先须按时间顺序考察该学派如何被指认出来的历史过程，以及这一指认如何被后来人用于描述该派学人的学行和编织谱系。

其二，即使当时就被指认的学派，考虑到并非团体，没有任何组织形式或手续，应考察其人员和主张的构成，尤其是围绕核心逐层外扩的松散梯次结构，进而把握该学派的内涵与外延。

其三，由于各学派的非自认与非团体性，应当在与其他各派学人的联系和区别等相互关系中考察与把握其特性。对于派分及其边际灵活处置，不宜全用派分眼光看待学人的所有学行，尤其要注意派内差异和派外联系。派分的相对性导致派内的差有时甚至大于派外的同。

其四，在整体中考察个别，在近代学术发展变化的来龙去脉中理解和把握每一学派的历史位置，不以一时一地一人的判断为基准。不要强分派系，不要因为关注学派而忽略多数不在派分系统的学人。

其五，由学派看学术史，深入门户的目的在于打破门户之见，因此要进得去，出得来，站在高处，把握学术发展的大势。通过研究近代学术流派，达到超越学派看学术变动以及超越学术看学人与思想界及全社会的关系，更好地理解古往今来的较高境界。

（原载《中国社会科学》2006 年第 3 期）

【评　介】

桑兵，河北威县人，1956 年 3 月生于广西桂林。现任中山大学逸仙学者讲座教授、近代中国研究中心主任、孙中山研究所所长。1977—1987 年，先后就读于四川大学、中山大学、华中师范大学，获历史学硕士和博士学位。1983 年 9 月任教于中山大学历史系，1992 年晋升教授。1999 年 10 月任广东省珠江学者特聘教授。2005 年 1 月为教育部长江学者特聘教授。国家清史编纂委员会委员，教育部哲学社会科学委员会委员。曾到东京亚细亚大学、台湾“中央研究院”近代史所访问研究；曾任韩国延世大学、台北政治大学、香港中文大学、京都大学人文科学研究所、东京大学客座教授。出版《晚清学堂学生与社会变迁》、《清末新知识界的社团与活动》、《国学与汉学——近代中外学界交往录》、《孙中山的活动与思想》、《晚清民国的国学研究》、《庚子勤王与晚清政局》、《晚清民国的学人与学术》等专著。主编《近代中国的知识与制度转型丛书》、《清代稿钞本》。合编《戴季陶辛亥文集》、《戴季陶集》、《近代中国学术批评》、《近代中国学术思想》、《国学的历史》。在《中国社会科学》、《历史研究》、《近代史研究》等刊物发表关于晚清民国史的论文百余篇。

桑兵教授长期从事晚清民国的政治、社会与文化，近代中国的知识与制度转型，近代中日关系以及清代以来的史学与学术研究。他在中国近现代史学科特别是近现代文化史、思想史、学术史等研究领域取得了引人瞩目的成就。近年来他着重于近代中国知识转型、近代学术与学人以及庚子勤王运动的研究，主持了教育部人文社会科学重点研究基地重大项目、211 工程第 1、2 期建设项目和 985 重点学科建设项目(如“晚清至民国社会与文化”、“近代中国学术流派研究”、“庚子勤王运动与近代政治变革的转换”、“晚清民国时期的国学研究”、“《清史·典志·教育志》”等)。

桑兵教授对中国近现代史乃至东亚近代史领域的研究有明显的贡献，被认为是 1990 年前后中国大陆历史研究新潮流的重要推进者之一，引起了历史学界的广泛关注，在国内外享有盛誉。他在历次国际学术会议上所作的报告均受到了学术界的高度评价。

桑教授的《中国思想学术史上的道统与派分》一文，认为中国思想学术史上的派分，与道统论渊源甚深。晚近学人尤好以学派讲学术，并且奠定了学术史叙述的基本框架。而判定流派的标准，包括宗师、学说、方法、师承与传人的谱系化、流变以及地缘关系等，大抵是他人或后人的指认。循此探寻学术发展变化的渊源脉络，容易倒述历史。深入门户，超越学派，则可以更好地理解古往今来学术发展的渊源脉络和趋向。文中涉及桐城派的发展脉络研究，值得我们重视。

本文第一部分是道统与派分。“道统”，指的是儒家传道的脉络和系统。孟子认为孔子的学说是承接尧、舜、禹、汤、周文王等先代圣王的，并且自命继承了孔子思想的正统。道统论本来与正统论密不可分。中国学术史上的学派，与道统论关系甚大。道统论的出现，其实是为宋儒之学的新学派张本。道统论的出现，甚至是中国学术史上产生学派意识的重要因缘。从历史上看，道统论之后，中国出现了学派的概念。“隋、唐之前，无道统之说也。唐、宋诸儒，以为天不变道亦不变也，于是有传道之人；又以吾儒之道异于异端也，于是有道统之说。”韩愈“原道”，实际上建立了传授的渊源脉络，却并未正式提出“道统”，用清代学人的看法，也就是有道而无统。梁启超等人将学派的历史上溯到先秦，严格说来是后人的附会。“派”、“流派”两个词在中国典籍中很早就出现了，而用“派”来概括文学创作的派别，在北南宋之交才开始，江西诗派成为古代文学史上第一个自觉结成的诗歌流派。宋代学派的分界与脉络在清人的著作中才变得明晰起来。这种清晰化同样与道统论有着密切关系。清儒讲宋学史，虽然各种宗传、学案事实上已在编织学派的谱系，可是直接标名学派的并不多见。

本文第二部分是宗派的研究法。江藩作《国朝汉学师承记》和《国朝宋学渊源记》，不仅将汉学、宋学门户显然区别，在汉学内部，也划分吴、皖两派。汉宋之争的展开，使得清代学人的门派意识明显加强，梁启超最喜欢用学派来讲述学术史，这位新史学的发端者撰写的一系列著作，使中国的学术史展现了那种派系纷呈的景象。梁启超讨论中国学术史与他提倡新史学一样，有着明确的现实政治关怀，即反对专制，鼓吹自由。梁启超不仅着眼于古代中国，还试图放眼古今中外，他将全球学术分为中国、希腊、印度三大派。梁启超一生，无论在政治还是学术上，都是流质嬗变，而好讲学派却始终一贯，从未动摇。“《儒家哲学》一书，更以专章讨论儒家哲学研究法，梁启超主要分三种，除问题的和时代的研究法外，就是宗派的研究法……梁启超以时代法为主，以问题和宗派法为辅，但在每一时代，还是努力说明问题和宗派。”

本文第三部分是家派与分科。五四新文化运动中，中国传统思想文化整体成为批判的对象，不仅道统，所有的学派均不能幸免，按照外来的科学观念分科治学成为学人新的取向。傅斯年在《新青年》发表了《中国学术思想界之基本误谬》一文，针对英国杂志有文章指东方学术病在根本，不可能产生近世文明的说法，剖析中国学术思想的根本“误谬”，以求进而扫除，探寻“西洋学术思想界之真域”。傅斯年和顾颉刚都以分科治学为科学，并且基于那一代人对科学的崇拜，相信分科治学为天下的公理。“在‘学史’的层面，顾颉刚并不抹杀学派，他表示对于古往今来固然有许多可以佩服的人，但都没有偶像，而用活泼的理性作公平的裁断，因此在学问上不肯加入或是偏向任何家派，要尽量用客观的态度和平等的眼光去观察种种不同的派别。”在中国原有的学术观念中，经学与史学没有明显的界线，所以周予同将经学分成汉学、宋学、新史学三派。近代史学成为各学科之总汇以及各种科学方法的汇集，其地位与古代经学颇为近似。周予同关于古代经学学派的论述，与前人间有异同，大抵是在原有框架内进一步明确和清晰化，而他关于新史学的派系划分，却基本奠定了后来的框架。

本文第四部分是后设与解析。周予同的二分法对后来学人的影响甚大，周予同的重心显然在史观派方面，关于史料派的论述多少有些闪烁其词。周予同也承认考古派与史料派关系密切，“但比史料派前进了或深入了一步。史料派只注意史料的发现、搜集与整理，至于整理后的史料应如何与中国已有的史学配合或如何修正中国史学，他们可存而不论。至于考古派，他不仅注意新的史料与旧的史学的关联，而且因而建立他们的历史方法论，因而建立他们的史观”。虽然近代学人好以派分论学术，可是关于如何分派以及如何研究学派，却很少严格地阐述，更多的是沿用成说。梁启超还算注意分派的相对与流动，他借黄宗羲《明儒学案》讲“著学术史有四个必要的条件：第一，叙一个时代的学术，须把那时代重要各学派全数网罗，不可以爱憎为去取。第二，叙某家学说，须将其特点提挈出来，令读者有很明晰的观念。第三，要忠实传写各家真相，勿以主观上下其手。第四，要把个人的时代和他一生经历大概叙述，看出那人的全人格”。他认为凡一种大学派成立后，必有几种现象：一注解、二分裂、三修正，注解将丰富的内容变为固定，而解释不同导致派分，面对他派的反抗，则又发掘固有学说以补充或修正。“地不论中外，时不论古今，所有各种学派，都由这几种现象发动出来。”

截然分派以及全用派分看学术，流弊匪浅。其一，将彼此联系的人事人为割裂并使之对立。其二，无视多数不能纳入派分的学人，关注的目光过分集中于横溢斜出的极端偏宕，而忽略卑之无甚高论的大道正途与中间部分。其三，忽略对学术本身的理解和把握，陷入门户之见和分科的狭隘而不自觉。其四，以主观的认识乃至杜撰造成历史的幻象或假象，迷惑并误导后人。文中涉及桐城派的发展脉络研究，值得我们重视。

（周晓杰）

近三十年桐城派研究论著提要

1981 年

民国严几道先生复年谱

王蘧常著，台湾“商务印书馆”1981 年版。本书是王云五主编的《新编中国名人年谱集成丛书》中的第十三辑。原名为《严几道年谱》，1936 年由上海商务印书馆首次出版发行。该书编汇了严复生平事迹的详细情况。

1982 年

论严复与严译名著

商务印书馆编辑部编，商务印书馆 1982 年版。本书中包括国内学者研究严复的 8 篇代表作，它们分别是：王栻《严复与严译名著》、王佐良《严复的用心》、贺麟《严复的翻译》、侯外庐《严复思想批判》、王汝丰《严复思想试探——严复之翻译及其思想之初步试探》、冯友兰《从赫胥黎到严复》、张岂之与杨超《论严复》、李泽厚《论严复》等。8 篇作品对严复从不同的角度进行了研究，是留给后世研究严复的重要作品。

1983 年

中国古典文学丛书・方苞集

该书出自清代方苞之手，由上海古籍出版社于 1983 年出版。全书为竖版印刷，介绍方苞的生平和相关文学著作。

林纾研究资料

薛绥之，张俊才著，福建人民出版社 1983 年版。本书是《中国文学史资料全编现代卷》系列之一，全书分林纾生平及文学活动，林纾评论、研究文章，林纾翻译作品，林纾著译系年，林纾研究资料目录索引五个部分，全面收集整理了关于林纾的研究资料。其中，林纾评论、研究文章这部分中，收集了大量名家的作品，如：蔡元培《答林君琴南函》、刘半农《复王敬轩书》、郑振铎《林琴南先生》、钱玄同《写在半农给启明的信底后面》、钱基博《林纾的古文》、周作人《桐城派对新文学的影响》等。

1984 年

桐城派文选

漆绪邦，王凯符选注，安徽人民出版社 1984 年版。该书选有戴名世、方苞、刘大櫆、姚鼐、吴定、陈用光、吴德旋、方东树、管同、刘开、姚莹、梅曾亮、朱琦、吴嘉宾、鲁一同、吴敏树、曾国藩、龙启瑞、戴钧衡、王拯、方宗诚、张裕钊、薛福成、吴汝纶、林纾、马其昶、姚永概的作品。

严复

王栻、俞政著，江苏古籍出版社 1984 年版。本书是《中国历代名人传》系列之一，书中大多为严复传记，记述严复生平事迹，政治、哲学思想，译著影响，思想的发展变迁等内容。全书共包括五部分：一、海军生涯：(一)福州船政学堂的学生；(二)留学英国；(三)北洋水师学堂的校长。二、资产阶级启蒙思想家：(一)《马关条约》与“公车上书”；(二)鲜明的民主思想；(三)创办《国闻报》；(四)敲起祖国危亡的警钟；(五)在“百日维新”中。三、政治理论和哲学思想：(一)政治理论的基础——进化论及庸俗进化论；(二)机械唯物论的哲学思想。四、从进步转向保守：(一)不安定的生活；(二)专心译著；(三)译著的主要思想内容。五、顽固的瘾懋老人：(一)“筹安会六君子”；(二)提倡尊孔，反对五四运动；(三)在衰病中去世。本书最后附有严复生平大事年表。

1985 年

戴名世论稿

徐文博，石钟杨著，黄山书社 1985 年版。本书八章共 12 万字，有人说《戴名世论稿》是中华人民共和国成立以来桐城派研究的第一部专著。全书共有八部分，分别是戴名世所处的时代；戴名世生平及其著作；“《南山集》案”始末；戴名世的古文理论；戴名世的古文成就；戴名世与“桐城派”；戴名世的史学思想；戴名世的史学实践。

刘大櫆文选

刘大櫆著，吴孟复选注，黄山书社 1985 年版，本书是对刘大櫆文学作品的整理。

黎庶昌西洋杂志

钟叔河，岳麓书社 1985 年版。

张裕钊滕王阁记

(清)张裕钊书，武汉市古籍书店 1985 年版。

1986 年

戴名世集

(清)戴名世著，王树民编校，中华书局 1986 年版。全书共 15 卷，包括书、序、传、记、事、碑铭、墓志铭、墓表、杂著等。

桐城派研究论文选

本书由安徽省社会科学院文学研究所，安庆师范学院中文系，淮北煤炭师范学院中文系编，黄山书社 1986 年版。该书是 1985 年 11 月上旬在桐城派故乡安徽桐城召开的“桐城派学术讨论会”的成果的总结。全书约 25 万字，这其中收录了会议论文中的一小部分。这本书收录的文章从史学、美学、哲学等不同角度，对桐城派进行了一定深度的探讨。

书中收录的文章包括:《桐城派的主要特点及其历史借鉴》、《评价桐城文派的基本原则》、《论桐城派的艺术流变与美学特征》、《桐城派评价臆说》、《评桐城派的古文运动》、《桐城三大家时代学术文化之横观》、《桐城文派绵延久远原因蠡测》、《试论桐城派研习史传文学之观点方法》、《关于桐城派的几个问题》、《论桐城派文人的历史悲剧》、《为桐城派恢复名誉》、《袁枚与“桐城派”》、《论桐城派与程朱理学》、《枞阳与桐城派》、《简论神理气味与格律声色》、《义理·考据·词章》、《曲折发展的〈南山集〉案及其余波》、《方苞下狱真正因由浅议》、《试论方苞与诗》、《方苞与韩愈论纲》、《论刘大櫆的哲学思想》、《试论刘大櫆的“神气音节”说》、《论姚鼐的阳刚阴柔说》、《方东树古文理论刍议》、《曾国藩学文门径试探——读〈曾氏家书〉札记》、《桐城文派论述绝句十二首》、《桐城派三祖年表》、《桐城派研究论文索引》。

该书各篇论文均做到了“持之有故，言之成理”。论文出自二十几位不同学者之手，见仁见智，各有所长，对开展桐城派学术研究起到了一定的促进作用。

严复(全五册)

王栻主编，中华书局 1986 年版，《中国近代人物文集》之一。本书共 5 册，收录了严复的生平著述，分为诗文、书信、专著和按语四类。各类著述大体按撰写或发表的时间先后排列。书中收录有关于严复的大量未曾公开的图片、文字材料等，增加了严复研究的资料信息，并在一些有争议的问题上取得了新发现，纠正了许多以往错误的观点。此外，本书对于收集到的资料，在文字整理、年月的考订、辨伪工作等方面作了进一步的整合。

中国近代文学评林(第 2 辑)

华南师范大学近代文学研究室编，广东高等教育出版社 1986 年版。全书分为以下几大部分内容：中国近代作家作品评论、中国近代作家小传、中国近代文学研究论文索引(1980—1984)。在第三部分内容中对林纾和严复相关内容有所论述。

姚鼐文选

(清)姚鼐著，王镇远选注，黄山书社 1986 年版。本书选入姚鼐各种体裁的文章 70 余篇，并加了注释。

林纾选评古文辞类纂

林纾选译，慕容真点校，浙江古籍出版社 1986 年版。

姚莹论诗绝句六十首注

(清)姚莹著，黄季耕注，黄山书社 1986 年版。

文学百题

中国青年报文化生活部编，上海文艺出版社 1986 年版。

1987 年

林纾选集(小说卷下)

林纾著，林薇选注，四川人民出版社 1987 年版。全书共选取《剑腥录》、《金陵秋》、《冤海灵光》、《巾帼阳秋》四篇小说，每篇均有注释。

韩昌黎文集校注

(唐)韩愈撰，马其昶校注，上海古籍出版社 1987 年版。

薛福成选集

(清)薛福成著，丁凤麟，王欣之编，上海人民出版社 1987 年版。这个选本，以年代为序，将薛福成在各个时期的代表性作品辑入，基本上反映薛氏论著的全貌。既有政论文章，也选了他有关记史、论史和反映社会风貌的文章，他的散文也被收入，此外还有部分日记。

清史列传(卷七十二)

中华书局 1987 年版。有对恽敬的介绍。

文学百题

傅东华编，岳麓书社 1987 年版。书中收有关文学史，文学思潮与流派，各国文学概况，文学的内容与形式，文学的风格、题材、典型，文学体裁，文学批评，中国古典文学与戏剧等方面的文章 100 篇。有关桐城派的文章是《归姚以来的古文运动究竟该给以怎么样的评价》、《林纾翻译的小说该给怎么样的评价》。

1988 年

桐城县文物志

童树桐主编，安徽省桐城县文化局 1988 年版。

戴名世研究

何冠彪著，台湾稻乡出版社 1988 年版。

清代文学评论史

[日]青木正儿著，杨铁英译，中国社会科学出版社 1988 年版。

桐城古文学派小史

魏际昌著，河北教育出版社 1988 年版。分为四个大的部分：第一部分“桐城古文学派的成立”，主要讲述桐城四祖戴名世、方苞、刘大櫆、姚鼐的相关内容；第二部分“桐城古文学派的分播，姚门四子”，分别讲述安徽、江苏、江西等地的桐城派代表人物；“桐城古文学派的分播，梅氏之群与‘阳湖派’”，讲述湖南和广西的桐城派作家和阳湖古文学派；第四部分“桐城古文学派的陵替——‘准桐城派’”，对曾国藩及其幕客进行了叙述。

严复——中国近代思想启蒙者

林保淳著，台湾幼狮文化事业公司 1988 年版，《中国人丛书》之一。本书精练地概括了严复的生平事迹和思想发展历程。文中较多的议论与以往学者的观点相似，但在一些问题上也有新颖的看法。本书章节结构如下：一、风雨西潮；二、马江学堂；三、英伦去来；四、甲午战争；五、维新事业；六、天演进化；七、百日维新；八、转向保守；九、翻译著述；十、筹安君子；十一、回归传统。本书最后包括三篇附录：一、碑传年谱；二、严复在《国闻报》所发表的文章；三、严复翻译年表。

林纾选集　文诗词卷

林薇选注，四川人民出版社 1988 年版。

方望溪文学研究

姚翠慧著，文史哲出版社 1988 年版。

中国近代文学论文集(1919—1949)概论(诗文卷)

牛仰山编，中国社会科学出版社 1988 年版。本书选编了 1919—1949 年关于近代文学研究的文章 39 篇。上卷为概论卷，下卷为诗文卷。在本书的上卷中有陈灨一的《论桐城派》，在吴文祺《近百年来的中国文艺思潮》这篇文章中写到了“古文学的余波——桐城派与《文选》派”；下卷有王森然的《严复先生评传》、《王闿运先生评传》，鲁迅的《关于严复的翻译》(节录)。

1989 年

桐城文派：文章法的总结与超越

何天杰著，广州文化出版社 1989 年版。该书主要研究了桐城文派的形成及其发展，对其主要作家、作品以及散文理论进行了深刻分析，是《中华文学遗产新论丛书》之一。全书正文共有九章：第一章“在载道与崇文的两难选择中”；第二章“桐城第一法，方苞(上)”；第三章“桐城第一法，方苞(下)”；第四章“‘叛逆者’的开拓之功——刘大櫆”；第五章“道与艺合，天与人——姚鼐”；第六章“全盛时代及其危机——姚门弟子”；第七章“从桐城到湘乡——曾国藩”；第八章“马背上的文士们——曾门弟子”；第九章“桐城末路人——林纾”。

惜抱轩文集

姚鼐著，上海书店出版社 1989 年版。

中国近代文学百题

中国社会科学院文学研究所《中国近代文学百题》编写组编，中国国际广播出版社 1989 年版。本书介绍的近代文学指的是 1840 年到 1919 年间及从鸦片战争到五四运动期间的文学，有关桐城派的内容有：漫话姚门四弟子，姚莹散文中的御敌雪耻精神，梅曾亮散文的精华，曾国藩对桐城派的继承和改造，何谓湘乡派，薛福成散文的演变，黎庶昌笔下的异国风光，吴敏树为何否认他是桐城派，等等。

四部丛刊

恽敬著，上海书店出版社 1989 年版。

中国近代文学新探

郭延礼著，中州古籍出版社 1989 年版。本书中写有“近代桐城派散文新论”，在这部分内容中，首先，作者通过桐城派作家在文论中的几个主要方面，展示桐城派在理论上的发展，他认为近代桐城派散文理论具有一个较完整的体系，它已经从片言只语的论述发展为具有较严整的理论框架和理论深度的专论，在中国古典散文理论批评史上也具有一定的历史地位。接着对桐城派作家在散文创作上的成就进行了论述，整体上来看是对桐城派的文学理论和创作实践两方面做了详细的介绍。近代桐城派是有成就的，较之它的前期，不论是理论还是创作，都有所发展，特别是一些描写爱国斗争、面向社会现实的作品，以及一部分描写西方资产阶级文明和异国风光、民俗的抒情散文，更具有较高的思想意义和审美价值，在艺术上也有创新，近代桐城派的弱点主要是其保守性和宗派性，但总体来说桐城派还是功大于过的，这是作者得出的最终结论。

福州市郊区文史资料专辑：严复与家乡

中国人民政治协商会议福州市郊区委员会文史资料工作委员会编，1989 年版。本书从严复的家乡(现福州市郊区盖山乡阳岐村)乡里先贤的文献记载中收集相关论文，论文内容多以生动具体的事件为基础，注重细节刻画，使得严复的历史形象更为丰满，有利于学者更为深入地进行研究。全书收录文章共 25 篇，包括：王栻《近代启蒙思想家、翻译家——严复》、《周恩来总理致王冶秋信》、李乡浏《严复在马江》、《严复和“戊戌政变”的诗》、邱思颖《严复在英国》、廖楚强《严复在天津》、严培庸整理《严复的撰著和译文》等。

黎庶昌评传

黄万机著，贵州人民出版社 1989 年版。本书对黎庶昌先生的政治、外交、学术与文学活动作了较全面的介绍和评价。全书共有十二章内容，分别是“文学世家”、“孤苦童年”、“旅食京华”、“游宦江淮”、“西欧之行”、“出使日本”、“回乡守制”、“再使日本”、“出任川东道员”、“黎庶昌的世界观和政治思想”、“学术思想与学术成就”、“文学思想和散文特色”。附有黎庶昌年谱及其著作简介。

寻求富强：严复与西方

[美]本杰明·史华兹著，叶凤美译，江苏人民出版社 1989 年版。《海外中国研究丛书》之一。本书是美国学者本杰明·史华兹(Benjamin I. Schwartz)(1916—1999)的著作《寻求富强：严复与西方》(*In Search of Wealth and Power: Yen Fu and the West*)在中国大陆首次翻译出版，通过对严复的生平事迹、主要著述及其思想发展变化的轨迹进行考察分析，对严复作了一个全面的评价。全书包括十二章。第一章题为“背景”。第二章题为“早年时代”。第三章题为“原则宣

言”，该章包括两节：一、思想领域；二、行动领域。第四章题为“西方智慧的源泉——进化论与伦理学”，该章包括两节：一、媒介；二、《天演论》。第五章题为“原富”。第六章题为“群己权界论”。第七章题为“法意”。第八章题为“社会通诠”。第九章题为“穆勒名学”。第十章题为“对道家学说的沉思”。第十一章题为“晚年时代”。第十二章题为“结语”。

女国男儿泪　林琴南传

朱碧森著，中国文联出版公司 1989 年版。全书分 3 卷，分别是：穷困与奋发，国仇与家难，革命与守常。

桐城文学渊源撰述考

刘声木撰，徐天祥点校，黄山书社 1989 年版。全书为竖版，古文。《桐城文学渊源考》是刘声木历时三十多年完成的，最初的时候用了七百四十多种参考书，成书之后，汇刊于《直介堂丛刻》中，后又用十多年的时间，再检书八百二十余种，成为《直介堂丛刻补遗》，并于 1929 年出版发行。全书由序、凡例、补遗录、补遗凡例、引用书目、正文等部分构成。书中收录了从明代归有光等开始到近代马其昶等共一千二百多个桐城派相关人士的作品，这些人中既有桐城派人士，也有湘乡派和阳湖派人士。除了这三大派外，还广录其他作品。刘声木在书中所选之人的姓名、籍贯、著作等都有介绍，除此之外，还有摘录自原书原文的评述，对涉及的相关书籍也进行标注。书中的一大亮点是合“学案”和“索引”于一体，方便后人查找之用。收录范围广、资料全，被后人认为是研究明后期散文的精品。

文学研究法

姚永朴撰，许振轩校点，黄山书社 1989 年版。姚永朴的《文学研究法》出版过不少的版本，这是其中比较早的版本之一。

1990 年

桐城派

王镇远著，上海古籍出版社 1990 年版。本书介绍桐城派的代表人物戴名世、方苞、刘大櫆、姚鼐、姚门弟子等的生平、思想、文学理论等。

严复研究资料

牛仰山、孙鸿霓编，海峡文艺出版社1990年版，《中国近代文学研究资料》之一。本书收录涉及严复生平事迹、翻译思想、文学思想以及文学创作等内容的文章。首先收录的是严复自己所撰写的文章；其次是与严复同时代的并与他有往来的人的文章；再次是中华人民共和国成立前严复研究中比较有价值的文章；最后是中华人民共和国成立后的较有代表性的文章。

桐城耆旧传

(清)马其昶著，毛伯舟校点，黄山书社1990年版。最初出版时间是清宣统三年(1911)，本书是一部地方志，记叙从明初到清末桐城籍地方人物九百余人，《桐城耆旧传》征引文献广泛，资料来源主要有《明史》、《桐城县志》、传主文集、谱牒、墓志，以及口述史料和个人见闻等。编写的目的就是通过记叙桐城优秀人才的事迹，重建以程朱理学为行为准则的乡村社会，总结人才之盛与天下兴亡息息相关的历史经验，同时重视地方学术流变，维护理学正统，该书为人们研究明清时期桐城历史文化提供了宝贵的史料。

吴汝纶尺牍

(清)吴汝纶著，徐寿凯、施培毅校点，黄山书社1990年版。吴汝纶的《尺牍》对中法战争、中日战争、义和团运动和八国联军入侵、德国强占胶州等事变的起因和发展的大概做了记录；对吴汝纶的救国主张也有所涉及；还写了吴汝纶作为中国知识分子的一些美德。该书一二两卷由徐寿凯整理点校，其余各卷由施培毅整理点校。

林纾诗文选

林纾著，曾宪辉选注，华北师范大学出版社1990年版。

百年沉浮　林纾研究综述

林薇著，天津教育出版社1990年版。全书共有九章：第一章“林纾研究综述”；第二章“林纾逸史”；第三者“林纾生平研究资料”(林纾年谱述略，林纾传记述略)；第四章“林纾译著书目”；第五章“林纾散佚作品”；第六章“林纾小说论纲”；第七章“林纾的小说观”；第八章“林纾和比较文学”；第九章“林纾创作论纲”。后附有林纾研究资料目录辑，林纾传略。

方望溪遗集

(清)方苞撰，徐天祥、陈蕾点校，黄山书社1990年版。本集所收文章按内容分为：序跋类、奏议类、书牍类、赠序类、碑传类、杂记类、诗赋类这7部分。

刘大櫆集

(清)刘大櫆著，吴孟复标点，上海古籍出版社1990年版。

1991年

大云山房杂记

恽敬撰，中华书局1991年版。

严复学术文化随笔

严复著，王宪明编，中国青年出版社1991年版，《二十世纪中国学术文化随笔》之一。本书从政论、教育、西学、中学、文史五个方面着手，选编了严复在这些领域的相关著述，展现了严复在西学东渐的时代对社会、文化、经济政治等方面的思考。

中国近代文学发展史(第2卷)

郭延礼著，山东教育出版社1991年版。本书分三卷，第一卷为资产阶级启蒙时期的文学，第二卷为资产阶级维新时期的文学，第三卷为资产阶级民主革命时期的文学。第二卷中一共有十四章内容，第十三章用一整章的内容论述了林纾及近代的翻译文学，其中对林纾的生平和文学活动、林纾翻译的代表作品和对“林译小说”的评价与影响等都有所介绍。在书中作者认为林纾并非桐城派中人，只是在桐城派与新文化运动对抗的过程中，林纾和桐城派结成了同盟，他的古文也不是真正的桐城派古文，但为了展示桐城派的历史全貌，所以在桐城后期作家中就提到了他。

方望溪全集

(清)方苞著，中国书店1991年版。本书收有作者的经史论文、诗歌、尺牍、题、跋墓志等。全书正集18卷、集外文10卷、补遗

2 卷。

严复与福泽谕吉——中日启蒙思想比较

王中江著，河南大学出版社 1991 年版。作者以自己的博士论文《中日启蒙思想之比较研究——严复与福泽谕吉》为基础修改和增补而最终成此书，张岱年为此书作序。本书旨在通过对 19 世纪中后期，中日两国最具影响力的启蒙思想家严复和福泽谕吉的启蒙思想的比较，来考察中日两国的启蒙思想状况，并在对比中得出了有益于深化关于两国启蒙思想研究的结论，全书主要由时代篇、文化篇、思想篇、实践篇这四个部分组成。

方苞姚鼐文选译

(清)方苞，(清)姚鼐著，杨荣祥译注，巴蜀书社 1991 年版。本书选录桐城派创始人方苞的散文 22 篇，桐城派领袖姚鼐的散文 18 篇。该书作者希望通过这 40 篇文章反映出桐城派，特别是方、姚二家的主要思想倾向、文学主张和散文创作成就。

1992 年

桐城文派述论

吴孟复著，安徽教育出版社 1992 年版。书中对“桐城文派”的历史渊源、艺术特色、师友传授、诸家风格等方面进行持之有故的论述。本书分为十章：第一章“‘桐城文派’及其历史渊源”；第二章“‘桐城文派’的地理因素”；第三章“‘桐城文派’的艺术特色”；第四章“方苞、戴名世与‘桐城文派’”；第五章“刘大櫆与‘桐城’‘阳湖’二派”；第六章“姚鼐与‘桐城文派’”；第七章“姚门诸子”；第八章“‘桐城派’与‘湘乡派’”；第九章“马其昶、二姚与陈三立”；第十章“怎样诵读、研究古文”。

续古文辞类纂

王先谦著，黄山书社 1992 年版。王先谦的《古文辞类纂》成书于光绪八年(1882)，由当时的王氏虚受堂刊印发行。刊行此书是为了补充姚鼐所著之书的不足，王先谦也是按照姚书的体系进行分类，补充的内容多为序跋、碑志、杂记等，不难发现，王先谦在续编的过程中尽量在模仿姚鼐所著之书，希望能让所续之书和被续之书除了内容上的延续之后，在体例上也有所延续。王书选择的是清朝乾隆年间到咸丰年间从姚范以下到吴敏树一共39大家的文辞作品，作品的种类很多，一共补充了455篇文章。

桐城文派

王献永著，中华书局1992年版。本书结合对桐城派作家作品的评析，论述了桐城文派的产生、发展、衰亡的全过程及此派的功过是非、历史经验教训等。全书共有五章的内容：第一章"桐城文派的产生、创立"；第二章"桐城文派的兴盛发展"，这其中讲到了姚鼐的生平、思想和古文理论以及姚门四弟子和阳湖派、湘乡派；第三章"桐城文派的衰败灭亡"，提到封建意识形态的日趋解体，从根本上动摇了桐城文派的存在，讲到了桐城文派如何从"正宗"的道路上走向了历史的尽头，桐城派的历史命运和五四新文化运动；第四章"桐城文派的功过是非"，这章又分为五部分，怎样看待桐城文派，思想、政治上的保守、落后性与文学观上的某些科学性，桐城古文内容上的缺陷与艺术上的具体成就，桐城文派在我国散文艺术发展史上的地位、影响，对封建统治者所提倡的作具体分析；第五章"桐城文派的历史经验、教训"。附录部分是"'五四'以来桐城派研究讨论情况综述"。

林纾评传

张俊才著，南开大学出版社1992年版。全书用十一章的内容介绍了林纾的生平，并对他的诗、文、小说、翻译等作了评介。

中国近代文学研究概论

徐鹏绪，张俊才著，天津教育出版社1992年版。本书是《学术研究指南》之一，分概论、诗文、小说、戏剧、资料五编，评述了自鸦片战争至五四运动八十年间中国文学发展的历史及不同时期主要的代表性观点，按理论、流派、社团、重要作家及作品等专题进行了认真的评述，并附有研究论著简介及重要论文索引，兼具学术性、知识性和工具性。在诗文篇中有"近代桐城派研究"，小说篇中有"林纾研究"。

救国·启蒙·启示——严复和中西文化

苏中立著，东北师范大学出版社1992年版。本书作者将严复的中西文化观分为三个时期，论述了他的中西文化观与“救国、启蒙、启示”的关系。

翻译家严复传论

高惠群、乌传衮著，上海外语教育出版社 1992 年版。本书主要包括两个章节，后附有严复翻译言论选录和严复年谱。

惜抱轩诗文集

(清)姚鼐著，刘季高标校，上海古籍出版社 1992 年版。

古文与骈文

王洲明主编，山东文艺出版社 1992 年版。本书古文部分选辑了先秦至明清时期的散文名篇，骈文部分选辑了鲍照、丘迟、骆宾王等人的文章。每章含评述、原文等项。古文部分收入有“崇尚义法，讲究章法”，其中讲到了方苞的散文和《狱中杂记》。

1993 年

林纾

曾宪辉，福建教育出版社 1993 年版，全书分四章叙述了林纾的一生。

近代文学批评史

复旦大学中国语言文学研究所教授黄霖先生著，上海古籍出版社 1993 年版，国家社会科学基金会资助。该书系王运熙、顾易生主编的国家重点科研项目《中国文学批评通史》的第七分卷。本书共有十章的内容，作者在书中对姚莹、方东树、梅曾亮、曾国藩、吴汝纶、严复、林纾等桐城派人士的相关作品作出了自己的评价。

中国文学理论批评史

敏泽著，吉林教育出版社 1993 年版。全书分上、下两本。第二十七章论述的是“‘桐城派’和章学诚等”，主要内容包括：“桐城派”的思想基础，方苞义法论和刘大櫆的神气音节说；姚鼐的“义理、考据、文章”，神理气味与格律声色、阳刚、阴柔美；对于“桐城派”的批评及阳湖派等。

严复

牛仰山著，天津新蕾出版社 1993 年版。本书简要介绍了严复的生平事迹与主要思想，包括严复的求学之路、在北洋水师学堂任职的经历、维新变法思想、翻译的理论建设与成就、教育思想等多方面的内容，肯定并称赞了严复的爱国主义精神。

林纾诗文选

林纾著，李家骥等整理，商务印书馆 1993 年版。此书为纪念林纾老人诞辰一百四十周年编写，书分为文、诗歌、讽喻新乐府、道情、词、赋、书信。

1994 年

张裕钊《论学手札》助读

张裕钊著，丁有国主编，湖北美术出版社 1994 年版。本书共收录有张裕钊的书信 56 封。

论语解注合编

姚永朴撰，余国庆点校，黄山书社 1994 年版。

林纾翻译小说未刊九种

林纾译著，李家骥主编，福建人民出版社 1994 年版。本书收《闷葫芦》、《金缕衣》、《雨血风毛录》等 9 篇小说。

1995 年

桐城文史

1995 年第 2 辑，总第 15 期，“桐城派”专辑，安徽省桐城县政协文史委员会编，这个专辑正文只有十二页。内容主要包括：桐城派源流、桐城派文论、桐城派散文创作、桐城派学术研究四部分。该书中附有 1908—1986 年桐城派研究部分论文(著)目录索引和桐城派主要作家膺服、师承关系表。

方苞散文选集

(清)方苞著，王沛霖、王朝晖选注，百花文艺出版社 1995 年版。本书是《中国古代散文》之一。散文每篇均附加题解、注释。每书所选散文，除了方苞有代表性的名篇佳作外，还照顾到其不同时期、不同题材、不同风格的文学性散文。

大云山房文稿　续修四库全书(第1482册)

恽敬著，上海古籍出版社1995年版。

中国文学理论批评发展史

张少康，刘三富著，北京大学出版社1995年版。本书分为上、下两本，对桐城派的论述主要集中在后一本的最后一章中，主要论述的是桐城派的文论，包括：方苞的“清真雅正”论和“义法”论；刘大櫆论古文的神气、音节、文字；姚鼐论义理、词章、考据统一和阳刚之美与阴柔之美等。

明清诗歌史论

周伟民著，吉林教育出版社1995年版。本书分为上、下两编，上编为明代，下编为清代。下编中共有六章内容，在第五章“桐城之歌”中有两节内容，分别为“义气横绝陵九州”的刘大櫆，桐城派的代表人物——姚鼐。

1993年严复国际学术研讨会论文集

福建省严复研究会编，海峡文艺出版社1995年版。本论文集为1993年在福州召开的严复国际学术研讨会的论文总集，收录了与会海内外专家学者关于严复研究的57篇论文。所选文章包括：严停云《吾祖严复的一生》、马勇《严复研究的回顾与前瞻》、陈端坤《严复的故乡、出生地、少年时代》、[日]手代木有儿《严复在英国(1877—1879)——对于西方民众存在方式的探讨》、范启龙《学贯中西的近代启蒙思想家严复》、肖忠生《试论严复早年爱国思想的形式》、柯远扬及邓华祥《试论严复传播维新思想的贡献》、苏中立《论戊戌辛亥间严复的西学宣传及其启蒙意义》、范兆琪《严复和他的维新爱国思想》、许在全《严复的译著及其爱国思想》、吕乃澄《试论严复的中西文化观》、李正午《严复的文化思想刍议》、冯佐哲《简论严复的社会思想》、林秋云及苏东福《严复的社会思想及其社会译著述评》，胡伟希《中国自由主义之父——严复》等。

1996 年

姚莹

沧海编著，中国国际广播出版社 1996 年版。

尚书谊略

姚永朴撰，上海古籍出版社 1996 年版。

中国文章论

[日]佐藤一郎著，赵善嘉译，上海古籍出版社 1996 年版。书中有关于王阳明、戴名世、曾国藩等人的章节，这在前人的论著中较为少见。作者在书中对清初被封建专制统治的“文字狱”杀害的戴名世及其著作《南山集》给出了自己的论述。全书共分为五章，即“总论”、“唐宋文”、“明(诗)文及其展开”、“清(诗)文及其展开与再生”、“现代的文章”。在第三章中有桐城派对王阳明文章的评价，并对与桐城派有渊源的归有光的谱系做了叙述，对归有光的知名度、文章的特色和他的弟子们以及他的文章在桐城派中的继承都做了论述。在第四章中，讲到了方苞散文的形成以及关于戴名世和《南山集》的一些问题，同时对曾国藩的为文也做了较为详细的介绍，认为曾国藩阶段是桐城派发展的新阶段。此外，对梁启超与桐城派的关系也有涉及。总之，这本书展现了一个外国人对桐城派的看法和认识。

现代中国文学史长编

钱基博著，河北教育出版社 1996 年版。此书主要阐述中国现代文学兴衰得失递变的轨迹。这里的“现代”指的是 1911 年到 1930 年近二十年的历史。书中主要介绍和分析这一时间段的代表作家、代表作品，同时对民国以来的学术和政治民俗也做了论述。钱基博在其所著《现代中国文学史长编》的第四版中写了“增订识语”，里边有一段话涉及桐城派：此次增订，有郑重申叙而为原书所未及者三事：第一，疑古非圣，五十年来，学风之变，其机发自湘之王闿运；由湘而蜀(廖平)，由蜀而粤(康有为、梁启超)，而皖(胡适、陈独秀)，以汇合于蜀(吴虞)；其所由来者渐矣，非一朝一夕之故也。第二，桐城古文，久王而厌，自清末以逮民国初元，所谓桐城者，皆承吴汝纶以衍湘乡曾文正公之一脉，暗以汉帜易赵帜，久矣；惟姚永概、永朴兄弟，恪守邑先正之法，载其清静，而能止节淫滥耳。第三，诗之同光体，实自桐城古文家之姚鼐嬗衍而来；则是桐城之文，在清末虽久王而厌，而桐城之诗，在民初极盛难继也。此三者，自来未经人道，特拈出之。

中国散文发展史

张梦新主编，张大芝等编写，杭州大学出版社 1996 年版。本书按照朝代的顺序分八编论中国散文的发展历程。在第八编中讲到了桐城派的中兴，对桐城派末期的林纾也有所介绍，认为林纾的成就和在近代文坛上的地位不可低估。

中国文学批评小史

周勋初编著，辽宁古籍出版社 1996 年版。本书对我国古代文学理论系统地加以论述。自先秦至晚清，共分七编。在第六编“明至清中叶的文学批评”中的第六章讲到“桐城派的基本理论和发展”，对方苞的义法说，刘大櫆的神气音节，姚鼐的义理、考证、文章理论做了论述，同时讲到了桐城派的支流和余波。

中国散文史

陈柱著，东方出版社 1996 年版。全书共分为五编，按照各个朝代的散文风格进行分编，第五编“以八股为文化时代之散文”对清代桐城派的散文做了介绍。

阳湖文派研究

曹虹著，中华书局 1996 年版。本书是《中国传统文化研究丛书》之一。分绪论、总论和分论三大部分。绪论部分论及的是阳湖派的得名由来和其与桐城派的宗派关系。总论部分论述阳湖派产生的时代大背景和江南独特的学术背景；阳湖派的崛起及其文体风格；阳湖派与桐城派的具体关系。分论部分主要论述了阳湖派的几个主要代表人物如恽敬、李兆洛、陆继辂的文法风格和生平事迹等以及阳湖派的历史影响。

中日近代对西方政治哲学思想的摄取：严复与日本启蒙学者

王克非著，中国社会科学出版社 1996 年版。本书阐述了 19 世纪末进化论和自由思想在中日两国不同的摄取情况，深入分析了中日摄取者严复、加藤弘之、中村正直的心态与翻译特色，摄取后译本在中日两国的影响，以及两国环境所赋予这一过程的意义。

1997 年

后期桐城派文选译

王凯符译注，巴蜀书社 1997 年版。选择方东树、梅曾亮等代表性人物的文章进行翻译。

翰墨天下雄：桐城派散文精品赏析

王琦珍著，吉林文史出版社 1997 年版，本书是《中国文学流派精品赏析丛书》中的一部分。书中收集戴名世、方苞、刘大櫆、姚鼐、吴定、恽敬、张惠言、吴德旋、陆继辂、陈用光、方东树、刘开、管同、姚莹、梅曾亮、朱琦、鲁一同、龙启瑞、王拯、吴敏树、戴均衡、曾国藩、张裕钊、黎庶昌、薛福成、吴汝纶、林纾、马其昶、姚永概等人的代表性作品。在介绍其代表性作品之前该书对每个作者进行了介绍，并附有注释和写作背景的介绍，方便我们了解文学作品和对其的学习。书中除了收录像戴名世、方苞、刘大櫆、姚鼐、曾国藩、吴汝纶、林纾等在桐城派影响非常大的人物外，也收录了其他桐城派文人的文章，使得我们能够更加集中、更好地了解桐城派及其相关作品。

严复林纾诗文选译

严复、林纾著，马克锋译注，巴蜀书社 1997 年版。

严复

王中江著，台湾东大图书公司 1997 年版。本书从严复的中西文化比较观、伦理思想、富强思想、民主自由精神、进化论及进步史观等多个方面，对严复思想进行了系统、深入的考察，揭示了他的“独自性”和“超越性”，是一部相当全面的论著。

严复评传

杨正典著，中国社会科学出版社 1997 年版。本书全面系统地论述了严复的生平及学术思想，着重对严复的政治思想、美学思想、文化思想、哲学思想、历史观、伦理思想、教育思想、逻辑思想、翻译理论与特色等分章作了分析。

中西文化之会通——严复中西文化比较与结合思想研究

李承贵著，江西人民出版社 1997 年版。本书主要阐述了严复在中西方文化交流、传播过程中所持的态度以及所起的作用。

1998 年

桐城派文学艺术欣赏

叶龙著，繁荣出版社 1998 年版。

古典主义的终结——桐城派与“五四”新文学

关爱和著，上海文艺出版社 1998 年版。本书共有四章内容。第一章“桐城派兴衰发展的轨迹”，这章将桐城派的发展分为初创期、承守期、中兴期、复归期四个时期，对这四个时期桐城派的发展进行了叙述。第二章“桐城派的古文理论”，这章包括两节内容，分别为“桐城派古文理论发展过程中的诸多矛盾与限制性因素”和“桐城派古文理论的艺术范畴及其构成”。第三章“桐城派的古文创作”，介绍桐城派初创时期、承守时期和中兴时期的古文创作；第四章“后期桐城派与‘五四’新文学”，讲述了后期桐城派的发展状况和后期桐城派与五四新文学发展之间的关系。

林纾：评传、作品选

冯奇编著，中国文史出版社 1998 年版。本书是《清末民初文人丛书》之一，就林纾的人格魅力和历史悲剧进行叙述，同时选择他的部分翻译作品、创作小说、文选、诗词作品进行分析。

清史稿·本传

赵尔巽著，中华书局 1998 年版，在其第 13444 页有对桐城派吴汝纶的论述。

中国现代学术之建立　以章太炎、胡适之为中心

陈平原编著，北京大学出版社 1998 年版。全书共有九章，在第八章的第五部分有“‘谬种’和‘妖孽’的不同命运”。

严复与中国近代化学术研讨会论文集

福建省严复学术研究会、福州市严复研究会编，海峡文艺出版社

1998年版。本书是1997年12月于福州市召开的“严复与中国近代化”学术研讨会的论文成果，收录了与会海内外专家学者的论文六十余篇。这些论文主要以“严复与中国近代化”为主题进行广泛而深入的探讨。其内容具体地可以分成五个方面：第一，严复的政治思想研究。包括“三民说”，“自由观”，主张自由与法制、民主与专制相结合的中西“会通论”，国家观等。第二，严复的文化思想研究。主要涉及严复所翻译、宣传的进化论哲学、经验论哲学、实证主义哲学以及逻辑哲学对中国传统哲学影响的情况。第三，严复传播西学和中国近代化的起步与发展。第四，严译《原富》的研究情况。第五，严复的教育思想研究。

1999年

桐城派与中国文章理论

万奇著，内蒙古教育出版社1999年版。该书采用“专题研究法”，对历代文章做了分类，将桐城派文论分为“作者论”、“创制论”、“文本论”、“品用论”和“源流论”，通过这些总结概括文学发展，在最后附有桐城派文人传承表等内容。

中国文学批评史

郭绍虞著，百花文艺出版社1999年版。王运熙先生为本书写的前言认为“郭绍虞先生的两卷本《中国文学批评史》是他有关中国古代文学理论批评著作中最重要的一部，也是20世纪三四十年代出版的中国文学批评史专著中最重要的一部”。全书分为上、下两册，其中有对桐城派的详细论述，是研究桐城派的重要著作之一。

桐城派研究

周中明著，辽宁大学出版社1999年版。本书介绍桐城派的发祥地，清朝文化政策的特征和桐城派对它的适应性，清朝文化政策与桐城派的矛盾性，详细评述了前期桐城派作家戴震、方苞、刘大櫆、姚鼐等人，以及姚氏弟子随着时代发展各种观念的变化、发展；对于阳湖派、湘乡派与桐城派的继承与发展关系也有论述；论述了严复、林纾等桐城派作家的观点、主张和写作风格等。对桐城派作了系统、深入的研究，评价颇为全面、公正，堪称是20世纪末在桐城派研究方面的最完整的总结。

本书共分为十章：第一章“绪论”，包括六部分内容：缘起；桐城：为什么会成为桐城派的发祥地；清朝文化政策的特征和桐城派对它的适应性；清朝文化特征与桐城派的矛盾性；清代学术思想的变迁和桐城派对它的吸纳；结语。第二章“桐城派的先驱者——戴名世”，包括八部分：“忧愁勤苦”，“潦倒一生”——生平及著作；“思自奋起，以期无负于盛世”——时代背景和政治态度；“树敌甚多，成为招忌之的”——“《南山集》案”和戴名世之死；“天性高傲嫉俗”，“好骂世仍不忘于世”——性格特征及其思想属性；仆古文多愤世嫉俗之作”——古文的思想内容；“吾素闻当今文不雷同者，惟此人”——古文的艺术特色；“率其自然而行其所无事，文如是，止矣”——古文理论；“桐城派古文，实推他为开山之祖”——戴名世与桐城派。第三章“桐城派的创始者——方苞”，和第二章所写内容接近，介绍方苞家庭、生平、为人、学术思想、艺术思想、古文义法和古文的艺术特色。第四章“桐城派的拓大者——刘大櫆”，介绍了其生平经历、性格特点、古文的思想内容和艺术特色、文学理论主张以及对其古文的评价。第五章“桐城派的集大成者——姚鼐”，同样介绍了姚鼐的家庭背景、时代背景、生平经历、学术思想、文学理论和古文的内容。第六章“桐城派的传播者——姚门弟子”，主要提到方东树、姚莹、梅曾亮、管同和刘开。第七章“桐城派的旁支——阳湖派”。第八章“曾国藩及‘桐城——湘乡派’的‘中兴’”。第九章“桐城派的式微——严复、林纾等清末民初的桐城派作家”，包括严复、林纾、姚永概等人。第十章“桐城派的历史地位及近百年来对它的评论”。

方苞·姚鼐

漆绪邦著，春风文艺出版社1999年版。全书包括五部分内容：清初的文化特征；方苞的生平、思想和桐城派散文创作主张的提出；方苞的散文创作；姚鼐的生平、思想和桐城派散文创作论的完成；姚鼐的散文创作。

林纾

曾宪辉著，春风文艺出版社1999年版。全书将林纾概括为：半旧半新的清介学者，不懂外文的译界之王，古文殿军，诗画能手，并从这四个方面展开了对林纾的叙述。

帘卷西风：林琴南别传

王旸著，华夏出版社 1999 年版。全书分十一部分对林纾进行叙述：寒门少年，嗜书如命；带剑狂生，义胆侠肠；孝亲尊师，恪守义礼；多情才子，“寡情”男儿；伤时感乱，血性为文；宦情扫地，文坛显身；百部虞初，旷世译才；文白之争，众矢之的；“犬马恋主”，只为吾心；清介自守，傲骨布衣；回天无力，遗恨而逝。

林纾诗词解析

林纾著，吕树坤编著，吉林文史出版社 1999 年版。

姚莹《论诗绝句六十首》论析

杨松年著，文史哲出版社 1999 年版。

张惠言暨常州派词传

赵伯陶著，吉林人民出版社 1999 年版。该书为《中国历代名家流派诗传丛书》之一。书中收录与桐城派有关的恽敬的作品 6 首，张惠言的作品 22 首，李兆洛的作品 8 首，陆继辂的作品 6 首等。

恽子敬著作年表

陈莲青著，《北京图书馆藏珍本年谱丛刊》第 120 册，北京图书馆出版社 1999 年版。

桐城吴先生日记

吴汝纶著，宋开玉整理，河北教育出版社 1999 年版。《桐城吴先生日记》是吴汝纶为官治事、著述论道之余所感所得、所行所言的汇集。日记中有很多关于清末时事的记载，有关于他关心教育的记载，更多的是他“为学治事”的记载，等等。宋开玉等对日记进行整理，对其中明显的错误进行纠正，方便后人阅读。

严复思想新论

刘桂生编，清华大学出版社 1999 年版。本书收录了 20 世纪末海内外严复研究领域中较有代表性的新成果，学术论文 13 篇，论文可以分为五个方面：严复与中西文化交融互释、严复与自由主义、严复与卢梭和斯宾塞、严复与西方思想、严复诗考释。

2000 年

清·姚鼐行草诗帖

(清)姚鼐书，萧菲编，广西美术出版社 2000 年版。

中国近代文学之变迁　最近三十年中国文学史

陈子展编著，徐志啸导读，上海古籍出版社 2000 年版。本书论述了近代文学的界限、宋诗运动及其他旧派诗人、小说界革命之前后、桐城派古文、从时务文学到政论文学等方面的内容。

严复评传

郭良玉著，河南大学出版社 2000 年版。全书用十六章的内容叙述了严复生平的主要事迹、严复爱国思想的形成过程及其思想变化的轨迹。

周勋初文集

周勋初著，江苏古籍出版社 2000 年版。本书的中国文学批评小史部分收录有“桐城派的基本理论和发展”，对“方苞提倡‘义法’之说”、“刘大櫆讲求神气音节”、“姚鼐主张义理、考证、文章相济”、“桐城派的支流与余波”这几部分的内容进行了论述。

安徽文化史

《安徽文化史》编纂工作委员会编，南京大学出版社 2000 年版。《安徽文化史》共上、中、下三册。下册共有九编。在第六编“明清(鸦片战争前)时期：封建晚期的安徽文化”的第三章“教育”部分写到了“桐城文派代表人物的教育思想”；第五章“文学”部分写到“桐城文派”。第七编“清朝后期：西学东渐时期的安徽文化”的第三章“文学与艺术”中写到“桐城文派的后劲”；第五章“科技”中讲到了“吴汝纶与进化论思想的传播”。

2001 年

义法与经世：方苞及其文学研究

许福吉著，学林出版社 2001 年版。本书是作者的博士论文，通过对清代文学家“桐城始祖”方苞的研究，探讨清代散文基本状况和桐城文派的影响。总的来说，论文对方苞的研究是全面的，从纵横两个角度来探讨方苞的生平及其著作。纵的方面，以方苞个人为出发点，探究他的身世，他的古文作品和他的文学理论；横的方面，分析了他所处的时代背景和政治环境，他的交游和他在桐城派的地位以及所产生的影响。共有九章内容：第一章“绪论”，涉及研究的动机、目的、方法与范围；第二章“方苞的时代背景”；第三章“方苞的家世与生平事迹考述”；第四章“方苞古文义法说阐释”；第五章“方苞文学经世论探研”；第六章“方苞文章审美观析论”；第七章“方苞散文作品透视”；第八章“方苞的地位与影响”；第九章“结论：方苞的总体评价”。

惜抱轩诗集训纂

姚鼐编撰，姚永朴训纂，宋效永校点，黄山书社 2001 年版。

归有光文选

明代归有光著，赵伯陶选注评点，苏州大学出版社 2001 年版。本书是《明清八大家文选丛书》之一，丛书的主编是钱仲联，全国古籍整理出版规划领导小组资助出版。本书精选了归有光的各体散文 80 篇，对各篇文章分别予以“题解”、“注释”、“评点”。书后附录姚鼐传记资料、有关评论资料及主要参考文献，为读者深入研究提供参考。

姚鼐文选

姚鼐编撰，周中明选注评点，苏州大学出版社 2001 年版。本书是《明清八大家文选丛书》之一，丛书的主编是钱仲联。本书精选了姚鼐各体散文一百篇，对各篇文章分别予以“题解”、“注释”、“评点”。书后附录姚鼐传记资料、有关评论资料及主要参考文献，供读者参考。

清代文学研究

段启明，汪龙麟卷主编，北京出版社 2001 年版。本书内容包括：清代诗歌研究，袁枚诗研究，清词研究，清代散文研究，桐城派研究，清代戏曲研究，清代小说研究等。全书共有十六章内容，第七章是对桐城派的论述，包括对桐城派的综合研究、对桐城派散文理论的研究、散文创作的研究和对阳湖派的研究等。

张惠言文选

清代张惠言编著，严明、董俊珏选注评点，苏州大学出版社 2001 年版。该书由全国古籍整理出版规划领导小组资助出版，全书共选张惠言作品 52 篇，各篇都加“题解”、“注释”、“评点”。

桐城派名家评传

杨怀志，江小角主编，安徽人民出版社 2001 年版。本书对方苞、方东树、曾国藩、吴汝纶等 22 位名家的生平事迹、思想倾向、文论主张及创作进行介绍。

华夏纵横：中国旅游文化集成

王君亭，丁振宇主编，华艺出版社 2001 年版。本书中对刘大櫆墓和姚鼐墓有介绍。

严复学术思想评传

马勇著，北京图书馆出版社 2001 年版。本书详尽地介绍了严复生平及其学术思想，特别是在严复的翻译事业、实业救国思想、教育理念、政治经济思想、中西文化观等方面作了深入介绍。

严复书评

伍杰编著，河北人民出版社 2001 年版。本书收集了严复在不同时期对于图书的评论，其中有序言、按语、例言等，共约 30 万字。书评涉及政治、经济、社会等多个领域。

中国近代文学发展史

郭延礼著，高等教育出版社 2001 年版。全书第一卷也是第一编为“资产阶级启蒙时代的文学”，主要内容包括近代宋诗运动及其代表性诗人、太平天国的文学活动、近代桐城派散文、近代初期的戏剧、新旧交替的文学理论等十六章内容。在第十一章“近代桐城派散文”中作者主要论述了：近代桐城派散文的发展与终结，近代初期桐城派代表作家梅曾亮、姚莹和吴敏树，曾国藩和桐城派的“中兴”，近代中期桐城派代表作家：曾门四弟子和郭嵩焘，近代后期桐城派代表作家：贺涛、马其昶、姚氏兄弟及其他。

张裕钊传

叶贤恩著，中国三峡出版社 2001 年版。作者在阅读研究张裕钊的诗、文、手札基础上写成此书。全书共十七章，并附录了张裕钊的世系、年谱，分别对张裕钊的家世、生平事迹、社会思想、学术、文学、书法成就、文章知己等，作了全面系统的介绍。书中附有英文的内容提要、张裕钊的书法作品、张裕钊生平主要活动等。

2002 年

戴名世遗文集

戴名世编著，王树民等编校，中华书局 2002 年版。本书包括手稿影印件、遗文、附录三部分，收有《王孝子诗》、《忧庵集》、《孟庵公传》、《〈知者乐水〉全章》等作品。

七缀集

钱锺书著，三联书店 2002 年版。本书收有《林纾的翻译》等文章。

桐城派研究(第二辑)

研究桐城派的杂志，收入的文章有：《桐城派文论述评》、《姚鼐学术述闻》、《姚门五大弟子研究综论》、《〈戴名世集〉版本校勘两种》、《桐城派的渊源探讨》、《“桐城谬种”考辨》、《名家在世自风骚——写在〈吴汝纶全集〉出版之际》、《桐城派后期作家教育思想之我见》、《桐城派的教育足迹》、《浅议几位桐城派参与纂修的〈清史稿〉》、《打开封闭的“小坚果”——从〈文艺心理学〉看朱光潜对克罗齐美学的吸收与补正》等。

晚明与晚清：历史传承与文化创新

陈平原等编，是《二十世纪中国文化研究丛书》之一。书中收录有关爱和的《守望艺术的壁垒——论桐城派对古文文体的价值定位》。

清代文坛盟主桐城派

杨怀志，潘忠荣主编，安徽人民出版社 2002 年版。全书 40 万字，分为五部分——简述：介绍了桐城派的整体风貌。名家传略：叙述了桐城派 21 位代表作家的事迹、文论和散文风格。名篇欣赏：精选了桐城派 26 位作家的 52 篇精品，加以注释和导读。名评辑录：选录了古今人士对桐城派的重要评论，包括反对者的文章，供读者参考。名人逸事：从各个侧面反映了桐城派作家的人品、文品等。

桐城派三祖年谱

孟醒仁著，安徽大学出版社2002年版。全书收录了方苞、刘大櫆以及姚鼐三位学者的年谱。本书分为：目录，序言，方苞(1668—1749)，刘大櫆(1698—1779)，姚鼐(1731—1815)。

铁笔金针：林纾文选

林纾著，许桂亭选注，百花文艺出版社2002年版。本书收有《梅花诗境记》、《论古文白话之相消长》、《山都与某侍御书》、《原习》、《冷红生传》、《湖心泛月记》等近70篇散文。后有题解和注释。

严复学术研讨会文集

政协天津市河东区委员会文史资料委员会编，2002年版。本书属于《天津市河东区文史资料》第十四辑，是于2001年举办的纪念严复逝世80周年学术研讨会的论文总集。本论文集收录的论文内容涉及严复的生平事迹、民主自由思想、经济政治思想、文学贡献、中西文化观、与天津的关系等多个方面，客观地探讨了严复对中国近代思想的启蒙作用，以及其爱国主义思想和追求真理、严谨治学的精神。所收论文包括：严孝潜《太平已有象，莫忘告黄泉——纪念严复逝世八十周年》、梁柱《先驱者的历史功绩与历史评价——纪念严复逝世80周年》、雷颐《“以自由为本，以民主为用”——严复的生平与思想》、罗澍伟《严复与近代中国之社会科学》、卢美松、王宜椿《天演百年论严复》、林利本《严复翻译〈原富〉的原因及意义》、郭武群《严复启蒙思想的历史贡献》、尚克强《严复论人的近代化》、杨大辛《我国近代翻译事业的开拓者——严复》等。

吴汝纶全集

吴汝纶编撰，黄山书社2002年版。

2003年

戴名世散文选集

戴名世著，石钟扬，蔡昌荣选注，百花文艺出版社2003年版。本书选收戴名世代表作近80篇，重点分析其散文创作的主要成就、艺术特色、散文理论及其在中国散文史上的地位。

重建文学空间

钱念孙著，安徽教育出版社2003年版。书中收录有《桐城派的逆向考察》一文，在文中作者指出五四新文化运动与桐城派的关系，并非简单“打倒”和“被打倒”的关系。该书考察新文化运动兴起后的思想家和作家如何在“排斥”桐城派中又接受桐城派的影响，即对桐城派进行逆向研究。

百年老汤·桐城文章品味

田望生著，华文出版社2003年版。本书研究了桐城文章，包括“和而不同的桐城阳湖派”、“才识超卓的曾门四弟子”、“桐城诗派名辨”、“桐城文章初啖”等。对桐城派文人的文章进行品读，然后以10个左右的文字加以概括，用优美的语言写出了作者对桐城派作品的感受。

桐城派文学思想研究

赵建章著，北京图书馆出版社2003年版。本书共包括四章。第一章“桐城派产生的历史契机”，其中分为三节：第一节“程朱理学与桐城派”(1. 对程朱理学的评价，2. 道统的盛衰，3. 道统没落中的桐城派)；第二节“理论主体的政治地位、角色意识及其文学价值观”(1. 尚用轻文，2. 桐城派的文学价值观)；第三节“对桐城派的总体评价”。第二章“文道关系与桐城派的文学观念”：第一节“处理文道关系的两种思路——一体与两离”(1. 言意与形神，2. 理学家与古文家的文道观)；第二节“义法”说；第三节“‘义法’说的发展”(1. 材料和能事与义理、考据和文章，2. 道与艺，3. 后期桐城派对内容与形式关系的认识，4. 刘大櫆、姚鼐对审美意蕴与艺术形式一体性的认识)。第三章“以诗论文——桐城派的古文理论”：第一节“诗文之辨”；第二节“桐城派论古文的审美特征”(1. 桐城派以神气韵味论文，2. 神气韵味的具体形态)；第三节“古文创作的审美规律”；第四节“以诗论文与桐城派的文学观念”。第四章“以文论诗——桐城派的诗学理论”：第一节“诗歌的表现内容”(1. “言志”与“缘情”的历史发展，2. 桐城派的言志缘情观，3. 方东树言志和载道的审美处理)；第二节“以义法为中心的诗歌创作论”(1. 对各种创作因素的全面强调，2. 广义的“义法”，3. 狭义的“义法”）；第三节“以文论诗的审美取向”（1. 姚鼐的审美取赂，2. 方东树以杜韩为宗，3. 对宋诗流弊的纠正）；第四节“以文论诗与桐城派的文学观念”。

岭西五大家研究

张维，梁扬著，江苏古籍出版社2003年版。本书介绍吕璜、朱琦、龙启瑞等“岭西五大家”的文学创作历程。

历代唐诗论评选

陈伯海主编，查清华等编撰，河北大学出版社2003年版。本书由正文、说明、附录三部分构成。在清代部分有姚鼐的《荷塘诗集序》，附录为方苞的《徐司空诗集序（节录）》、姚鼐的《五七言今体诗钞序目》和《惜抱先生尺牍》（选录）、方东树的《昭昧詹言（选录）》。

明清散文流派论

熊礼汇著，武汉大学出版社2003年版。书中第七章整章论述桐城派，主要内容包括：桐城派产生的思想文化背景，对桐城派文论的评议（戴名世古文的创作特点，方苞的义法说、刘大櫆的“文之能事”说、姚鼐的“文之所以为文”说、桐城派古文理论的美学意义、阳湖派和湘乡派与桐城派文论异同论），“桐城三祖”散文艺术特色等。

中国近代名家名作宝库：严复、林纾卷

周松平主编，内蒙古人民出版社2003年版。选取严复散文8篇，词37首，日记1篇，译著4篇。林纾诗词22篇，译著2篇。

严复年谱

孙应祥著，福建人民出版社2003年版。该年谱中大量征引严复各类已版著译，还汇集了众多佚文、手稿、书信等稀见资料。此外，本书广泛收集了国内外相关档案、大型资料汇编、近代报刊、近代人物的文集、日记、年谱、杂记、碑传、牒谱以及研究论著等，各类资料共计200余种，具有很高的史料价值。

严复与中国近代文化

张广敏主编，海风出版社2003年版。本书为福建师范大学严复研究所于2003年举办的“严复与中国近代文化”学术研讨会的与会论文集，同时还收编了其他有关专家学者撰写的论著节选，论文主要以

“严复与近代中国文化的关系”为主题，从多个方面探讨了严复的教育思想、自由民主思想、国家观念、政治伦理思想、翻译理论、美学思想、晚年事迹等。

2004 年

文史探真

汪春泓著，昆仑出版社 2004 年版。全书共有五章的内容，在第五章“《文心雕龙》在后世的接受和影响”中有涉及桐城派与文选派的争论的问题“评刘师培、黄侃与姚永朴之《文选》派与桐城派的纷争”。

戴名世年谱

[法]戴廷杰(Pierre-Henri Durand)著，中华书局 2004 年版。本书由法国外交部资助出版，为资料长编性质的清代著名文人戴名世的年谱。

严复墨迹

卢美松主编，福建美术出版社 2004 年版。本书是为纪念严复诞辰 150 周年而编的严复书法专辑，所采用严复墨迹大多数来自各有关图书馆、博物馆、档案馆藏品，少部分来自个人收藏或其他公开物，有的无法知道收藏者姓名，有的则应收藏者要求没有署名。书后附有《严复传略》，介绍了严复生平的大致轨迹，以供读者参考。本书所收严复书法包括以下几种形式：对联、条幅、横幅、屏条、扇页、诗稿、临书、信札、手稿、眉批、严复遗印和严复传略。

严复年谱新编

罗耀九、林平汉、周建昌编，鹭江出版社 2004 年版。本书以 20 世纪 30 年代王蘧常编写的《民国严几道先生复年谱》为基础，征引了 80 年代王栻先生主编的《严复集》所发掘的新资料，并在其他相关方面补充了新资料。

《严复集》补编

严复著，孙应祥、皮后锋编，福建人民出版社 2004 年版。本书为王栻主编的《严复集》补充材料汇编，对资料的编排与《严复集》保持一致，分为诗文(先文后诗词)、书信、评点(《〈沈瑶庆奏稿〉批语》)、译文四类，各类著述大体按撰写或发表时间先后排列，其内容涉及严复亲历的一系列重大历史事件。

姚莹年谱

施立业著，黄山书社2004年版。安徽省古籍整理出版办公室资助出版，本书内容包括：姚莹直系世表、姚莹年谱、姚莹研究相关论著一览。

20世纪中国近代文学研究学术史

郭延礼著，江西高校出版社2004年版。本书分上下两篇，上篇“20世纪中国近代文学研究的学术历程”，下篇是“学术论争与研究的深入”。作者在下篇的第四章中专列一章论述了桐城派正统地位的动摇；五四时期对桐城派的批判；桐城派“逆流”的始末；此外还用一节阐述林纾和严复并非桐城派人士。

2005年

林译小说论稿

郝岚著，天津社会科学院出版社2005年版。本书以“林译小说”为中心，对林译小说与中国近现代翻译的关系、林译小说与中国近现代文学乃至文化关系等专题加以研究。

姚鼐散文选集

姚鼐著，周中明选注，百花文艺出版社2005年版。本书精选清代“桐城派”散文大家姚鼐的文学性散文50多篇，每篇散文均有题解、注释。前言部分简述作者生平及创作经历，并结合入选作品，重点概括总结了姚鼐散文创作的艺术风格、特色、成就，在散文史上的地位及对后世散文创作的影响。

严复作品精选

许祖华选编，长江文艺出版社2005年版。本书是严复生平作品的精选集，收录了严复的政论文和少量书信、旧体诗，以及严复所译著作的序、跋等，内容涉及严复的政治、学术、人事、教育、文化等思想。

湖南近代文学

孙海洋著，东方出版社 2005 年版。书中有“从桐城派到湘乡派”。

中国文学史(第 4 卷)

袁行霈主编，黄霖、袁世硕、孙静卷主编，高等教育出版社 2005 年版。在第七章中对桐城派的出现，以及方苞、刘大櫆、姚鼐的散文做了论述；在“近代后期散文”一章认为林纾是“思想上倾向改良主义，文学上坚守桐城古文的人物”。

20 世纪中国古典文艺理论研究论文索引

叶农编，花城出版社 2005 年版。本书按照朝代收录相关论文，在清代部分收入了桐城派方苞和姚鼐的相关论文。

林译小说研究——兼论林纾自撰小说与传奇

韩洪举著，中国社会科学出版社 2005 年版。本书对林纾翻译外国小说的历史背景和思想动因、“林译小说”的概貌和代表作、“林译小说”多方面进步的思想等诸多方面进行论述。

皖江文化探微

程必定，汪青松主编，首届皖江地区历史文化研讨会论文选编，合肥工业大学出版社 2005 年版。书中收录有沈志富、陈东的《禅宗对桐城派影响初探》，吴微的《从亲和到遗弃：桐城派与京师大学堂的文化因缘》，陆琳的《浅谈吴汝纶的普及教育思想》、汪长林、方盛良的《方宗诚与曾国藩交游述考》、江小角的《浅谈方苞的民本思想》。

2006 年

林纾文选(注释本)

许桂亭选注，百花文艺出版社 2006 年版。本书收有：《〈黑奴吁天录〉序跋》、《梅花诗境记》、《原习》、《游方广岩记》等文章，每篇文章后都有题解和注释。其中的《论古文白话之相消长》表现了当时文白之争中林纾对待白话和古文的态度。

严复评传

皮后锋著，南京大学出版社 2006 年版。本书简要评述了严复译书启蒙、教育救国的一生，对其参与南北和谈等一系列政治活动作了新的解释与评价。首先，本书讨论了严复的维新变法思想、政治主张、教育思想、教案观及文化观，从多个方面探寻其心路历程与思想内涵，考察了他为国家富强所作的长远计划，以及他本人生前身后的名誉得失。其次，通过对《天演论》、《原富》、《群学肄言》、《群己权界论》的文本研究，作者揭示出严译名著的特色与价值，讨论了严复在西学东渐进程中的特殊地位。

严复话语系统与近代中国文化转型

韩江洪著，上海译文出版社 2006 年版。本书以社会语言学、文体学、翻译改写论、目的论、翻译规范论等理论为基础，结合理论阐述、个案分析和历史考证等研究方法，参考借鉴了英国语言学家诺曼·费尔克拉夫的话语分析框架，探讨和分析了严复话语对近现代中国文化转型产生的重大影响，并由此阐述严复话语系统中的内在机理。同时，本书还考察分析出除“信、达、雅”之外的严复的其他翻译思想。

郭预衡自选集

郭预衡著，山东文艺出版社 2006 年版。本书收录论文三十余篇。书中内容包括有“桐城派的理论与实践”，在叙述有关桐城派的内容时又分为五部分，前四部分是涉及戴名世、方苞、刘大櫆、姚鼐的文章等，第五部分是总结部分，作者认为桐城派的文章是传统文章的一个历史发展，是有一定的历史地位的，即使地位不高，也还有值得借鉴之处。

晚清名儒年谱·桐城吴先生年谱

郭立志编，北京图书馆出版社 2006 年版。据民国三十三年铅印本影印。

2007 年

姚鼐与乾嘉学派

王达敏著，学苑出版社 2007 年版。全书主要围绕以下问题展开：姚鼐学术生涯第一次重大转折与戴震的关系、姚鼐与戴震的初晤及其拜师见拒时间考、姚鼐学术生涯的第二次重大转折、乾隆帝学术宗尚的潜移、桐城文统的构建等方面的内容。

全书分上、下两篇，共八章内容。上篇“姚鼐与汉学之争”包括四章内容：第一章“从辞章到考据——姚鼐学术生涯第一次重大转折与戴震的关系”，第二章“四库馆内：不称的颉颃”，这一章内容包括“汉学坚城”、“汉宋之辨’，“从《惜抱轩书录》到《四库全书总目》”、“知音寥落”和“告退主因”五部分，主要讲述了姚鼐进入四库馆时的学术背景、入馆后遭遇和孤独持论以及告退馆阁的原因，道出了姚鼐在四库馆内和以戴震为首的汉学派的紧张关系成为其告退的原因。第三章“回归辞章——姚鼐学术生涯的第二次重大转折”、第四章“从尊宋到崇汉——乾隆帝学术宗尚的潜移”，包括“短暂尊宋”、“淡漠宋学”和“崇奉汉学”三个部分。在书中作者讲到了乾隆帝淡漠宋学的六个表现，“反对程朱的政治学说”、“不同意程朱的经学见解”、“反感程朱的讲学和讲程朱之学”、“宽容与程朱立异者”、“摧折或屈抑尊奉程朱的理学家”、“厌弃八股和怀疑八股取士制度”，并揭示出乾隆帝之所以转变思想的原因在于政治的需要，乾隆帝这个大的方向标的思想的转变直接影响到了当时学者的心态和学风的变化。在“崇奉汉学”一节中，总结了程朱理学衰落的四大原因，一是其主体学说中的部分内容，严重妨碍专制帝王随心所欲地施政，二是假理学的出现为帝王的打击提供借口，三是八股取士制度败坏了程朱理学，四是程朱理学一反汉唐注疏的繁冗，因受佛、道影响，讲究玄思和冥想，只要得理，也不顾心安，对经典的诠释往往失之于勇而悍。下篇“桐城派的建立”包括：第五章“桐城文统”，第六章“神妙说发微”，第七章“义理、文章、考证二者兼收说新论”和第八章“桐城学人群体的形成”。

晚清古文研究　以陈用光、梅曾亮、曾国藩、吴汝纶四大古文圈子为中心

柳春蕊著，百花洲文艺出版社 2007 年版。分六章叙述了陈用光、梅曾亮、曾国藩和吴汝纶的古文圈子。第一章“从新城到桐城——陈用光与嘉道时期的古文实践”；第二章“梅曾亮与桐城派古文在京师的传播”；第三章“都下古文中的归有光现象”；第四章“以曾国藩为中心的古文圈子的形成(上)”；第五章“以曾国藩为中心的古文圈子的形成(下)”；第六章“吴汝纶与清末古文教育”。

严复自由主义思想解读

冯英著，吉林大学出版社 2007 年版。全书主要分七章论述了严复的自由主义思想。

2008 年

桐城派与明清学术文化

徐成志，江小角主编，安徽大学出版社 2008 年版。该书收录了第三届桐城派学术研讨会暨安徽省桐城派研究会第二届年会 43 篇学术论文，本书的内容大体上分为桐城派总论、作家作品论和古籍文献论三个部分。桐城派总论这部分收录的文章有：《近三百年文化嬗变中的桐城学术精神——以方苞、曾国藩、严复为中心》、《桐城派形成原因六说》、《清代帝王训诰与文统理念——桐城派开宗传衍背景的一个考察》、《从清代前期学术流变看桐城派与“汉学”关系——“桐城派与汉宋学之争”札记之二》、《探析清廷学术宗尚对桐城派文论及其选本实践的影响》、《清代文章的研究现状及前景展望》、《论明清散文》、《古文与骈文：在“桐城谬种，选学妖孽”之后——从〈光明日报〉“百城赋”说起》。作家作品论部分包括：《“〈南山集〉案”新考》、《戴名世：桐城派开山鼻祖》、《戴名世人物传论研究》、《论“桐城三祖”的作文之“法”》、《试论方苞散文中的“义”与“法”》、《方苞〈春秋〉学二题》、《戴着镣铐的舞者心迹——论方苞的游记创作》、《论姚鼐鲜为人知的一面——民主性和进步性》、《体兼唐宋，气合刚柔——浅议姚鼐的诗及诗论》、《姚鼐诗法思想管窥》、《姚鼐散文艺术论新解——“以诗为文”论桐城派》等文章。古籍文献论部分包括：《试论桐城派文献目录的整理编纂》、《弥足珍贵的教育史料——关于桐城学堂的〈办学公文稿〉》、《钱澄之与〈钱澄之全集〉的编纂》、《〈余氏宗谱〉中所见桐城派名家佚文》、《〈古文辞类纂〉圈点系统初探》。

桐城派文论选

贾文昭著，中华书局 2008 年版。本书收集了桐城派作家 46 人的 108 篇文论，按作家生平先后编排，每篇文章均作了注释和评说，并对每位作家的基本情况作了简介。书中收录有戴名世、方苞、刘大櫆、朱仕琇、姚鼐、鲁九皋、朱孝纯、秦瀛、吴定、王灼、恽敬、吴德旋、陈用光、方东树、邓显鹤、姚椿、管同、姚莹、刘开、梅曾亮、毛岳生、钱泰吉、姚永朴、贺涛、吴汝纶、薛福成、萧穆、黎庶昌、张裕钊、孙鼎臣、方宗诚、郭嵩焘、龙启瑞、孙衣言、戴钧衡、曾国藩、吴敏树、鲁一同、吴嘉宾、朱琦、宋稷辰、姚永概、李刚己、吴闿生等人的文章。

方苞集

方苞著，上海古籍出版社 2008 年版。

桐城派名家文选

程根荣主编，安徽人民出版社 2008 年版。本书收录有戴名世、方苞、刘大櫆、姚鼐等 25 位桐城派主要作家的 63 篇杰作，按历史顺序分为 9 章，大体反映出了“桐城派”的整体面貌。第一章“滥觞时期”，选取的是戴名世的作品，后附有思考题；第二章“创始时期”，选取方苞的作品，同样有思考和练习题；第三章“发展时期”，选取刘大櫆作品；第四章“兴盛时期(上)”，选取姚鼐作品；第五章“兴盛时期(下)”，选取吴定、陈用光、吴德旋、方东树、管同作品；第六章“近代转化时期(上)”，选取刘开、姚莹作品；第七章“近代转换时期(中)”，选取梅曾亮、朱琦、吴嘉宾、鲁一同、吴敏树作品；第八章“近代转换时期(下)”，选取曾国藩、龙启瑞、戴钧衡、王拯、方宗诚、张裕钊、薛福成作品；第九章“衰微时期”，选取吴汝纶、林纾、马其昶、姚永概作品。

桐城派研究(第十一期)

海内外独家桐城派学术研究刊物，安徽省桐城派研究会编。当中收入的文章有：《方宗诚方志思想初探》、《桐城桂林方氏文化精神与方以智书画艺术成因的关系》、《方以智及其〈通雅〉》、《阮大铖其人》、《桐城派德育心理学思想探析》、《曾国藩的品格》、《清代桐城三起文字狱》、《俞平伯〈唐宋词选释〉解读心得》、《学书臆想》、《站在先人的肩膀上》、《学书浅说》、《澄怀主人自定年谱(续完)》等。

严复思想与中国现代化

黄瑞霖主编，海峡文艺出版社 2008 年版。本书是一部关于严复思想研究的论文集，所收论文大部分来自 2007 年的严复思想与中国现代化学术研讨会，还有部分论文选自 2005 年的严复与天津国际学术研讨会以及 2006 年的严复译著《法意》出版 100 周年学术研讨会。收录文章包括：梁柱《严复的爱国主义思想特色及其当代启示》、邓文初《相勖于文明——严复视野中的民族主义与现代化》、史革新《严复关于近代国家理念的阐释》、苏中立和涂光久《严复关于民族问题的论述》、马克锋《严复“三民”思想及其当代价值》、傅小凡《传播西方文化，改造国民素质——试论严复介绍西学对中国近代思想发展的重要影响》、李承贵《严复与中国传统道德的现代转向》、王四达《从民族救亡到道德重建——对严复“救亡”思想的现代思考》等。

2009 年

中国教育近代化的起步——以吴汝纶教育思想和实践为中心的考察

郑德新著，安徽教育出版社 2009 年版。本书内容包括：中国教育近代化的历史背景与吴汝纶的生平活动；吴汝纶与晚清官学、书院改革及新学校创建；吴汝纶力倡废科举的内在动因及具体主张等。

方苞、姚鼐集

许结，潘务正编选，凤凰出版社 2009 年版。全书共选录方苞文 54 篇，姚鼐文 64 篇，其中包括议论文、传记文、序跋文、哀吊文、墓志文等。

严复与道家思想

孙文礼著，湖北人民出版社 2009 年版。全书分为以下几章：中外文化交流史上的道家意蕴；严复的道家情结；“道通为一”的中西会通观；“道法自然”与天演学说；“无为而治”与民主政治；逍遥游与自由论；章、王、冯对道家思想资源的运用。

林纾研究论集

[日]樽本照雄著，清末小说研究会 2009 年版，全书为日文。

方苞散文选集

王沛霖、王朝晖选注，百花文艺出版社 2009 年版。书中所选的散文以抒情、记述体等文学性较强的散文为主。书中除简单介绍作者生平、文学活动外，着重结合选入的作品，分析、评述其散文创作思想特别是艺术特色、散文创作发展历程及影响，每篇散文均有题解和注释。

章门弟子与近代文化

卢毅著，广西师范大学出版社 2009 年版。本书首次将章门弟子作为一个群体，从宏观层面加以集中考察。本书的第四章“章门弟子与中国近代文学嬗变”中讲到了“桐城派与民初的北大文科”，“桐城谬种，选学妖孽”，这两部分内容对桐城派与章门学派在北大的争斗和文白之争的局部进行了论述。

血祭桐城派　戴名世传

朱洪，安徽文艺出版社 2009 年版。本书主要内容包括：嗅一嗅戴名世身上曾有的血腥味，可以感受清代风花雪月的文坛、文质彬彬的科场掩饰下的马蹄和屠刀、窥视这个文人的漫漫人生路等。

中西融通：严复论集

郭卫东、牛大勇主编，宗教文化出版社 2009 年版。2008 年 12 月在北京大学召开了“严复思想与中国变革”学术研讨会，本书是整理这次会议论文所得。全书共收录了 24 篇论文：《关于严复研究的几点认识》、《严复思想研究的意义》、《严复思想中的变革精髓》、《以学为政：从朱熹到严复——论“理学”实践品格的历史传承及其当代启示》、《严复与中华民族精神在近代的重铸》、《严复与近代中国的思想转型》、《融通古今中西：严复与中国近代学科的建构》、《严复的“群学”：内涵、传承、特点》、《科学视域下社会学学理建构与欧战前后严复对中国政教的评判》、《严复与中国近代史学：相关论述的讨论》、《加快严复思想文化资源规模开发利用建策》、《惟国惟家严几道》、《激进革命的渐进回响——从严复的法国大革命观说起》、《“留心世局，眷怀宗邦”——严复的欧战观述论》、《严复与近代教科书的发展》、《论严复的版权思想》、《严复留英若干问题再探》、《“严复书札”伪作与严复、伊藤博文“同学”说的再传播》、《严复与天津水师学堂》、《严复与京师大学堂人事改组事件》、《严复与民国初年的北京大学》、《北京大学首任校长严复去职原因补证》、《严复确是用过“地雷”笔名》、《“严复思想与中国变革”学术研讨会会议综述》。

2010 年

林纾研究资料

薛绥之，张俊才编，知识产权出版社 2010 年版，由中国社会科学院文学研究所总编纂。全书分生平和文学活动，研究、评论文章，翻译作品考察，著译系年，研究资料目录索引五个部分，全面收集整理了关于林纾的研究资料。

张裕钊诗文《濂亭文集》注释

丁有国著，中国民航出版社 2010 年版。

中国散文史话

萧华荣著，中国国际广播出版社 2010 年版。本书内容包括：先秦散文是怎样走向成熟的、“汉文章”、六朝骈文、唐代古文运动、宋代古文运动、晚明小品文、清代桐城文派等。全书共有七章，第七章“清代桐城文派”中涉及的内容包括：“什么是桐城文派”、“桐城初祖方苞”、“承前启后的刘大櫆”、“桐城派的集大成者姚鼐”、“桐城支流‘阳湖派’”、“曾国藩与桐城文派的‘中兴’”。

桐城派研究(第十二辑)

安徽省桐城派研究会徐成志、江小角主编，新华出版社 2010 年版。收入的文章有：《姚鼐对君子人格理想的坚守和追求》、《浅议桐城派与清初文学归雅思潮》、《从方孝岳〈中国文学批评〉看桐城文化精神的现代影响》、《倾听语音、超越语言——桐城派的“精诵”论》、《桐城派与桐城人述议》、《桐城派古文选本中的古赋思想发微》、《学融汉宋、文兼众美——刘开的学术文章及其他》、《桐城派与江苏之一例》、《戴名世的“史识”刍议》、《试论戴名世散文的艺术特色》、《论戴名世散文对“比”的手法的运用》、《试论曾国藩“经济为学”的思想对桐城派的负面影响》、《张裕钊与吴汝纶关系之我见——兼析〈论学手札〉中二人在关注时务方面所体现出来的思想》、《〈古文辞类纂〉李刻本校勘原委与学术价值》、《〈网旧闻斋书简〉的文献价值》、《王拯诗文集版本述略》、《中年的困惑——走进戴名世充满矛盾冲突的内心世界》、《戴名世早期“名居游记”中“忧愤”思想探析》、《刘大櫆与时文》、《道心、文心、史心——方孝标其人其文》、《从良知之“心”到天地之“心”——王学左派与方以智“三教归心”观之比较》、《陈子龙与桐城文人交游考论》、《地域文学研究的新收获——〈清代广西古文研究〉评介》。

2011 年

中国近代诗歌史

马亚中著，复旦大学出版社 2011 年版。本书共有九章，在其第四章“封闭世界里的拓荒者之路”的第一节“桐城派与宋诗派述要”讲到了桐城派的方东树、姚莹、姚鼐、陈用光、梅曾亮等人在诗歌方面的贡献。

百年严复：严复研究资料精选

苏中立、涂光久主编，福建人民出版社 2011 年版。本书收录了近百年来研究严复的 100 篇文章，反映了严复研究在不同时期的不同特点，是一部严复研究的学术发展史著作。选文分四个部分：严复的世系与故居；严复的生平与行状；严复的翻译与信、达、雅；严复及其译著的影响。

桐城派散文

刘永鑫编著，吉林出版集团有限责任公司 2011 年版。

理学古文史

束有春著，河南教育出版社 2011 年版。全书共有九章，在第九章“理学古文的沉寂与崛起”中讲到“桐城派古文的崛起”和“曾国藩与桐城派古文的中兴”。

中国文学批评史

王汝梅著，北京师范大学出版社 2011 年版。书中讲到“桐城派的古文理论”，同样是对桐城派主要代表人物古文理论的介绍。

中国文学理论批评史教程

张少康著，北京大学出版社 2011 年版。书中讲到“桐城派的文论”。

中国古代散文思想史　文化生态与中国古代散文思想的嬗变

马茂军，刘春霞，刘涛著，人民出版社 2011 年版。第八章讲到“桐城派的散文思想”和“桐城派与汉学之关系”。

皖江文化与中国现代化丛书——桐城派学术文化

梅向东，李波著，合肥工业大学出版社 2011 年版。全书分为上编和下编两个大的部分，共有 10 章内容。上编“桐城学术简论”，其中包括：第一章“桐城理学”(一、桐城理学的兴起，二、桐城理学的勃兴，三、桐城理学的成熟，四、桐城理学的收结，附：桐城理学选文)；第二章“桐城庄子学”(一、方学渐父子的庄子学，二、吴观我等人的庄子学，三、方以智的庄子学，四、钱澄之的庄子学，附：桐城庄学选文)；第三章“桐城易学”(一、方学渐父子的易学，二、王宣等人的易学，三、方孔炤的易学，四、方以智的易学，附：桐城易学选文)。下编“桐城文派概说”：第一章“天下文章出桐城——桐城派产生和发展的原因”(一、桐城派产生和发展的社会历史原因，二、桐城派产生和发展的地域文化原因，三、桐城派产生和发展的文学史原因)；第二章“从戴名世到方苞：桐城派的兴起”(一、桐城派的滥觞：戴名世的文论与创作，二、桐城派的创立：方苞的开山“义法”)；第三章“从刘大櫆到姚鼐：桐城派的兴盛”(一、桐城派的开拓者：刘大櫆，二、桐城派的集大成者：姚鼐)；第四章“戴名世和‘桐城三祖’综论”，附：戴名世、方苞、刘大櫆、姚鼐文；第五章“姚门弟子：桐城派的赓续与流变”(一、姚门弟子简介，二、学术纷争背景下的桐城派和姚门弟子，三、嘉道经世思潮背景下的姚门弟子，四、姚门弟子与桐城派文统，五、姚门弟子在文论上的发展和突破，附：梅曾亮、方东树、姚莹、管同、刘开文)；第六章“曾国藩及‘曾门弟子’：近代历史情境中的桐城派”(一、桐城派后期砥柱：曾国藩，二、见识西方、经世图治：“曾门四弟子”，附：曾国藩、戴钧衡、方宗诚、张裕钊、薛福成、黎庶昌、吴汝纶文)；第七章“桐城派殿军：桐城派的流风余韵”(一、曾门弟子与桐城派殿军，二、桐城派精神家园最后的守护者：马其昶、姚永朴，三、桐城派文言世界最后的守护者：林纾、严复，附：马其昶、姚永概文)；第八章“余论。”

学人论丛：林纾小说翻译研究

刘宏照著，上海译文出版社2011年版。本书简要回顾国内外一百多年来林纾研究的成果，尤其是林纾小说翻译方面的研究成果，探讨了林纾的翻译思想、翻译策略、操纵林纾小说翻译的因素、林纾小说翻译成功的原因、林纾小说翻译的贡献以及林纾小说翻译的不足和缺陷。

桐城明清散文选

桐城市博物馆主编，安徽美术出版社2011年版。本书为《桐城历史文化丛书》之一。

桐城明清名宦

江小角，吴晓芬编著，安徽美术出版社2011年版。本书所言的名宦，一是指在朝中任职尚书、侍郎，在地方任职督抚的要员；二是指政绩突出，影响深远，对后世有示范作用的府县官员，他们品级虽然不高，但就其对后世的影响力来说也堪称名宦。书中通过对相关文献资料的检阅、分析，粗略得出桐城古代官员有如下特质：忠贞爱国、为民施政、为官一任、造福一方、打击恶势力、兴学育人等。书中附录有桐城明清时期官员一览表。

桐城风情

叶濒编著，安徽美术出版社2011年版。本书是《桐城历史文化丛书》中的一册，内容包括民俗风情、故事传说、桐城诗歌、戏曲四大部分，全面而充分地反映了桐城淳朴的民风民俗，以及桐城人民的聪明才智和深厚的文化底蕴，是一部极具桐城特色的书籍。

桐城名胜

唐红炬、操鹏编著，安徽美术出版社2011年版。桐城素有“冠盖满京华”之称，甚至有人说在清代仅张、姚两家就占京城缙绅半壁江山。但桐城人眷恋故乡，不管在外地官做得多大，致仕都还乡，所谓落叶归根。所以桐城古建筑多，名人宅第，名人园林，名人刻石，名人墓葬，比比皆是，数不胜数，更兼桐城有千年历史，老街极具特色，且保存完好。与其他几册不同的是，《桐城名胜》图文并茂，通过一幅幅精美的图片，真实再现了风景如画、山川秀美的文都，人文荟萃、古色古香的名城。

桐城文派概论

杨怀志编著，安徽美术出版社2011年版。本书是《桐城历史文化丛书》中的一册，从各方面全部论述了桐城派的研究与成果。全书共有八章的内容：第一章"绪论"，介绍了桐城政治大环境和独特的地理条件，尊师重教的良好学术氛围和薪火相传的群体效应，以及桐城文派古文创作的成就等内容；第二章"桐城文派先驱者戴名世"；第三章"桐城文派奠基者方苞"，对方苞的生平和古文成就做了介绍；第四章"桐城文派拓展者刘大櫆"，同样对其古文成就和生平做了介绍等；第五章"桐城文派集大成者姚鼐"，介绍了姚鼐的古文、生平和《古文辞类纂》；第六章"桐城文派传播者姚门弟子"，包括梅曾亮、方东树、姚莹、管同、刘开、吴德旋、姚椿和岭西诸家；第七章"桐城文派中兴者曾国藩"，包括曾国藩的为人为文、湘乡派、曾门弟子等；第八章"桐城文派殿军"，包括马其昶、姚永概、姚永朴等。

桐城明清诗选

桐城派研究会主编，安徽美术出版社2011年版。本书是《桐城历史文化丛书》的一个分册，明清时的桐城诗人众多，书中收入了姚旭、钱如京、左光斗等人的诗篇。

桐城现代名家文选

桐城派研究会主编，安徽美术出版社2011年版。本书收录了祖籍桐城的现代文人、学者、诗人的名篇佳作，有朱光潜、方孝岳、方令孺、方东美、张漱菡、丁易、马茂元、舒芜、陈所巨、方玮德这十人六十多篇文章。文章涉及美学、国学以及琐碎的生活札记，通过字字珠玑的语言文字反映了当时文人们丰富的人文精神，部分怀念友人的篇章感人至深。

桐城科举

方宁胜著，安徽美术出版社2011年版。本书通过翔实的史料，对桐城科举和教育的方方面面作了较详尽、客观的评述。

桐城派与晚清文化

曾光光著，黄山书社2011年版。本书从文化视角研究晚清桐城派。主要选取晚清时期社会思潮、教育、学术、文学等与桐城派紧密联系的四个领域，具体研究晚清桐城派的演变与社会思潮递嬗之间的关系；研究桐城派在晚清教育、学术、文学等领域的活动、思想、贡献与局限；研究晚清桐城派在中国教育制度近代化、文学近代化等方面作出的贡献。在展开具体研究时，作者选取了社会思潮、教育、学术与文学四个角度，这四个角度都属于文化的具体领域，这本书对晚清桐城派展开了较为全面的研究。全书共分为五章的内容：第一章“桐城派渊源”；第二章“晚清桐城派的嬗变与社会思潮的演进”；第三章“桐城派与晚清教育的近代化”；第四章“桐城派与晚清学术思想的变迁”；第五章“桐城派与晚清文学的变革”。

桐城派研究(第十三辑)

安徽省桐城派研究会编，合肥工业大学出版社 2012 年版。海内外独家桐城派学术研究刊物，书中收入有：《桐城历史文化丛书》序一、序二、序三、序四；《桐城科举》前言；《桐城明清名宦》前言；《桐城文派概论》前言；《桐城明清文选》前言；《桐城明清诗选》前言；《桐城名胜》前言；《桐城历史文化丛书》后记；桐城文化中的和谐思想及其现代意义；《孝经》为万世天下虑；桐城派作家的文化心理学思想研究；远师桐城，近法湘乡——黎庶昌其人其文；吴汝纶西学思想的主要内容及其影响；试论方苞散文中的义与法；吴汝纶与桐城师范教育；戴名世山水游记散文思想内容简析；桐城派语文教育思想研究文献综述；林纾心理学思想研究；考察日本期间吴汝纶对中国传统文化自信心的变化；书院与桐城文派传衍考论；曾国藩与桐城文人；第四届全国桐城学术研讨会综述；戴名世的文化心理学思想；恽敬曾知江山。

2012 年

顽固非尽守旧也　晚年林纾的困惑与坚守

张俊才、王勇著，山西人民出版社 2012 年版。本书共分为五章，主要内容包括：“五四”：林纾的“滑铁卢”、晚年林纾的政治绝望、晚年林纾的文化忧思、晚年林纾的文学焦虑等。

林纾笔记及选评两种

林纾编著，知识产权出版社 2012 年版。书中收录林纾的笔记并对《畏庐琐记》和《刘子政集》做了评价。

惟适之安：严复与近代中国的文化转型

黄克武著，社会科学文献出版社 2012 年版。本书借用了新近发现的史料，通过严复在家庭、职业生活中的事件来刻画严复面对的挑战，展现了其思想上的彷徨与奋斗。

中朝日近代启蒙思想——以严复俞吉浚福泽谕吉的思想为中心

张华著，中央民族大学出版社 2012 年版。本书通过对严复、俞吉浚、福泽谕吉三人的思想进行比较来揭示 19 世纪末的中国、朝鲜和日本三国在应对西欧近代思想的挑战时所持主张的相同点与不同点。

（陈敏）

近三十年桐城派研究大事记

1982 年

◇1 月

《江淮论坛》杂志开辟“桐城派研究”专栏

安徽省《江淮论坛》杂志从 1982 年第 1 期开始正式开辟“桐城派研究”专栏，从此桐城派研究便有了一个强硬的学术阵地，这也为该领域的学者提供学术研究、交流的平台。开辟这一专栏的缘由，应追溯到 1981 年 10 月，当时中央文化部长周扬到安徽考察，谈到桐城派时指出：桐城派影响很大，应当讨论清楚。于是《江淮论坛》的“桐城派研究”专栏应运而生。此后，桐城派研究进入了一个新的历史时期。除《江淮论坛》之外，《艺谭》、《学术论坛》、《文学遗产》等刊物也开始刊登关于桐城派研究的文章。

1985 年

◇11 月

首届国际“桐城派学术讨论会”在安徽桐城召开

11 月上旬，由《江淮论坛》杂志社、安徽省社科院文学所、安徽省古典文学研究学会和桐城县联合主办的首届国际“桐城派学术讨论会”在安徽桐城召开，来自全国各省市以及日本的 160 多位专家学者参与了本次讨论会，讨论内容涉及桐城派的史学、美学、哲学等方面。会后，学者共提交论文 71 篇。本次讨论会成果丰硕，其中有 28 篇与会论文被选摘编辑成约 25 万字的《桐城派研究论文选》（书末附有 1908—1985 年全国主要报刊发表的有关桐城派研究的论文目录索引），由黄山书社出版发行。该论文选考虑到地域的广泛性，兼收国内外的论文，其中不少文章在有争议的问题上既能够兼收并蓄，又能够有理有据地提出自己的独特观点，体现了一定的深度。这对于“桐城派研究”的学术前景颇有益助。总之，这次学术讨论会是中国学术界的一大盛事，在中华人民共和国成立后桐城派研究的历史上有里程碑的意义。

会后，未能纳入《桐城派研究论文选》的其他与会论文相继在《江淮论坛》等刊物发表，形成了桐城派研究在中华人民共和国成立以来的第一个高潮。

1995 年

◇1 月

“桐城派与中国近代社会”主题沙龙在合肥召开

1 月 14 日，由《安徽史学》编辑部组织的以“桐城派与中国近代社会”为主题的史学沙龙在合肥召开。会上，学者们根据如何认识与评价桐城派、桐城派的逆向研究等问题展开了讨论。期间争论激烈，表达了学者们将桐城派研究推向新境界的共同愿景。

2000 年

◇7 月

桐城派研究会成立

7 月 14 日，桐城派研究会在安徽省桐城市正式成立。安徽省、市级有关领导和部分桐城派研究专家参加了成立大会。桐城派研究会的成立，说明桐城派研究工作有了坚实的载体，标志着桐城派文献的发掘、整理和研究工作进入一个新的阶段。与此同时，研究会成立了《桐城派研究专刊》，由季羡林先生题词，旨在为桐城派研究提供巩固的研究阵地。

2001 年

◇11 月

《桐城派名家评传》出版

杨怀志和江小角主编的《桐城派名家评传》于 2001 年 11 月由安徽人民出版社出版。该书属于《桐城派研究丛书》系列。该书以有清一代 22 位桐城名家为论述对象，介绍了他们的生平事迹、思想倾向、文论主张、创作实践和历史贡献等，并对不同的人物进行了系统的介绍、分析和评介。该书贯通了桐城派在清代发展的历史，将其中的重要人物一一勾勒出来，因此其出版被誉为“为桐城派研究领域贡献了一项创造性的成果”。

2004 年

◇**5 月**

法国学者戴廷杰专著《戴名世年谱》出版

法国学者戴廷杰所著《戴名世年谱》，2004 年 5 月 1 日由中华书局出版。戴廷杰，法国法兰西学院汉学所研究员，在十年时间内多次到中国各地图书馆、资料室以及戴名世家乡，调查、收集、抄录和复制相关古籍，以汉语文言撰成中国清朝桐城派代表人物戴名世的年谱。戴廷杰采用了第一历史档案馆所藏的有关清宫满、汉文档案，校订了戴名世生平及与戴氏《南山集》文字狱相关的六百余人的生平传记，使此书成为富有古典文献价值的古籍整理类图书。

◇**12 月**

12 月，由安徽省桐城市和安徽省社会科学界联合会负责申报的《桐城派名家文集汇刊》项目获得国家清史编撰委员会的正式批准，准予立项。该项目书籍预计总规模为 1000 万字，三年半时间内完成。该项目的实施预期达到以下目标：第一，将为桐城派研究提供一套详细的资料，以改变桐城派研究资料零散的情况；第二，为清史编撰工程提供资料；第三，为有关教学科研工作提供基础性的文献资料。

2005 年

◇**6 月**

安徽省桐城派研究会成立大会暨第二届桐城派学术研讨会顺利举行

6 月 18 日，安徽省桐城派研究会在安徽桐城市正式成立。该研究会的成立旨在推动桐城文化研究、进一步建设现代文都，并为海内外专家学者交流学术成果、共同商讨桐城文化发展大计搭建良好的平台和坚实的载体。

6月17日至19日期间，第二届桐城派学术研讨会在桐城召开。来自全国各省、市、自治区的100多位专家学者参加了研讨会，并共计提交了40余篇论文。研讨会上，专家学者针对桐城派的形成、发展、历史地位以及桐城派对清代社会的影响等诸多问题进行了深入探索和讨论，在关于桐城派的地位和作用、桐城派古文与时文的关系、对桐城派主要代表作家的认识以及桐城派研究的回顾与展望等方面达成了共识。

2007 年

◇6月

第三届桐城派学术研讨会在安徽桐城举行

6月20日到23日，第三届桐城派学术研讨会暨安徽省桐城派研究会第二届年会在安徽大学与桐城市举行。本次会议主要由安徽大学中文系、《文学遗产》编辑部、安徽省桐城派研究会、安徽省古籍整理出版办公室以及桐城市人民政府共同举办，是一次成果丰硕的学术盛会。在会议开幕式上，主办单位还为“安徽大学桐城派研究所”举行了简短隆重的揭牌仪式。来自全国各省市的专家学者70余人参加了本次会议，提交了学术论文53篇。

本次会议主要围绕“桐城派与明清学术文化”的主题展开，论题涉及桐城派开宗传衍和形成发展；近代桐城派与五四新文化运动的关系；桐城派与清代汉宋之争；乾嘉年间的文章正宗之争；方苞的古文义法；姚永朴的《文学研究法》；桐城派古文、文论；桐城派诗歌、诗论；桐城派作家作品、文章理论；桐城派古籍文献整理校勘；桐城派名家、名作；桐城籍名族、名人等多个方面。其中，不少论文和发言对当时的桐城派研究是有所突破的，被视为桐城派研究成果的新发展。会后，与会专家一致认为，需要对桐城派发家、成功等的原因进行更深一步的探索。

2009 年

◇**10 月**

第四届桐城派学术研讨会在安徽桐城举行

10 月 17 日至 18 日，第四届全国桐城派学术研讨会在桐城师范高等专科学校的学术报告厅隆重举行。本次研讨会属于 2009 年首届桐城文化节的重要节目之一，得到安徽省、桐城市各级领导人以及桐城派研究专家的特别关注。其中，长期致力于桐城派学术研究的 40 余名专家学者以及"桐城师范高等专科学校桐城派学术研究中心"的师生近 200 人参加了研讨会。本次学术研讨会共收到论文 32 篇，其中 18 篇在会上得到宣读和交流。同时，桐城师范高等专科学校副校长梁志斌代表桐城师范高等专科学校作了《以课程为载体，开展桐城派文化普及活动》的专题发言。

2010 年

◇**12 月**

"桐城派故乡行"笔会在桐城市举行

12 月 28 日，安徽省桐城市举行了以"黄梅飘香 · 桐城派故乡行"为主题的文学笔会。来自合肥、安庆市的部分作家参加了本次笔会。他们在会上探讨了文学创作的技巧和应当努力的方向，对桐城市近年来的文学创作给予了充分肯定，并积极地为繁荣桐城文学事业、进一步宣传桐城而献计策。

2011 年

◇**4 月**

桐城派学术研究中心举行第一、二次会议

4 月 2 日，桐城师范高等专科学校决定成立"桐城派学术研究中心"（下称"桐研中心"）并组织了第一次会议。随后，在 4 月 9 日，

“桐研中心”在图书馆召开了第二次会议。

这两次会议的重要成果主要体现在第一次会议中。第一次会议由“桐研中心”主任占峰同志主持。程大立、程根荣、开健、项波、冉懿、陶家韵、程小娟等参加了会议。会上，占峰主任宣布“桐城师专桐城派学术研究中心”正式成立。占峰主任指出，桐城师专桐城派学术研究中心自成立以来，虽然做了大量工作，取得了一定成绩，但也存在文章不多、层次不高、成果不显著等问题。“桐城中心”的成立，就是为了使“桐城派研究”有新突破、新进展和新成就。同时，会议对“桐研中心”及其工作人员的工作做了如下安排：第一，“桐研中心”成员研究工作应该以桐城派和桐城文化的传承与普及为起点，以学术研究为宗旨；第二，“桐研中心”应当把资源建设作为当前最为紧迫的问题；第三，研究人员应当抓紧读书，深入读书，不断积累，方能开阔视野，提升研究水平；第四，研究人员有必要也有潜力从文学、语言学、宗教学、文化学以及校勘学等角度开展桐城派研究；第五，应当尽早开展专家指导、外出学习和学术交流等活动。

◇10 月

《桐城历史文化丛书》出版发行

10 月 15 日，安徽省桐城派研究会组织编撰的《桐城历史文化丛书》由安徽省美术出版社正式出版发行。这套丛书共分 8 卷，共计 200 余万字。其中，国学大师戴逸、法国汉学家戴廷杰、安徽省人大常委会副主任胡连松、安庆市委常委桐城市委书记王强分别为该丛书作序。这套丛书的出版标志着桐城文化有了自己的历史文化百科全书，填补了原来的空白，将对“桐城派学术研究”产生更加深远的影响。

◇11 月

桐城派研究会二届二次会长会议在安徽桐城举行

11 月 29 日，由安徽省桐城派研究会主办的二届二次会长会议在桐城国际大酒店举行。会上，安徽省人大常委会副主任胡连松和安庆市委常委桐城市委书记王强等分别作了发言。他们充分评价了研究会成立以来的工作。其中，胡连松提出，为了谋求桐城派研究会的长远发展，增强桐城派研究的现实意义，该领域的研究者们应当找准新的研究点，积极出版高水平、高质量的《桐城派大辞典》等。王强则提出，桐城派研究者应首先深入思考桐城派是什么，跳出原有的框框架架，将桐城派放到中国文化历史长河中去研究，并且要将桐城派的研究与城市建设结合起来等。

2012 年

◇10 月

第五届桐城派学术研讨会在安徽桐城举行

10 月 30 日，以“时代召唤、文化引领”为主题的第五届全国桐城派学术研讨会在安徽省桐城师范高等专科学校举行。本次学术研讨会吸引了来自全国各地的专家学者相聚一堂，共同讨论桐城派学术研究的成果与时代意义。本次研讨会历时 3 天，共收到论文 38 篇。此外，北京师范大学吴怀祺教授、中国社会科学院王达敏研究员、安徽大学文学院周中明教授、《文学遗产》编辑部副编审石雷、暨南大学历史系曾光光副教授、安徽大学徐成志教授分别在主会场作了学术报告，其余与会学者在分会场分组作了学术交流。

（李明慧）